Eine Welt der Hinterbliebenen
Benedict Balke

BENEDICT BALKE

EINE

Welt

DER

HINTERBLIEBENEN

SCIENCE FANTASY ROMAN

Bibliografische Information der Deutschen Nationalbibliothek:
Die Deutsche Nationalbibliothek verzeichnet diese Publikation in der
Deutschen Nationalbibliografie; detaillierte bibliografische Daten sind im
Internet über http://dnb.dnb.de abrufbar.
© Benedict Balke

Lektorat: Acelya Soylu
Buchsatz: Acelya Soylu
Covergestaltung: Acelya Soylu (www.buchcoverdesign.online)
Das Cover wurde mit Bildern von www.freepik.de gestaltet
Verlag: BoD · Books on Demand GmbH, In de Tarpen 42,
22848 Norderstedt, bod@bod.de
Druck: Libri Plureos GmbH, Friedensallee 273, 22763 Hamburg
ISBN: 978-3-7693-2575-1

1. KAPITEL

RACHEGELÜSTE

An einem Tag hatte Lias seinem besten Freund Elio anvertraut, dass seine Eltern durch einen Angriff der schrecklichsten Bestie ihrer verlorenen Welt ums Leben gekommen waren. Das blutige Trauma hatte sich ereignet, als er noch ein kleines Kind gewesen war. Gemütlich saßen die beiden am Feuer des Lagers. Erschreckend detailliert beschrieb Lias, wie er sich damals gefühlt hatte. Seine Erzählung war so lebendig, als würde er diese Zeit noch einmal erleben:

„Ich lebte in einer anderen Wohngemeinschaft, welche dem Territorium der Bestie um einiges näher war. Dort gab es viel weniger Bewohner, vor allem die Ausrüstung der wenigen Krieger ließ zu wünschen übrig.

In der besagten Nacht war ich von qualvollen Schreien und einem scharfen Fauchen von draußen geweckt worden. Mit Schrecken musste ich feststellen, dass meine Eltern, die mich zuvor liebevoll in den Schlaf gewiegt hatten, verschwunden waren. Ich bekam schreckliche Angst. Hektisch warf ich die dicke Wolldecke beiseite, um zu dem geöffneten Spalt des Gemachs zu krabbeln. Meine Angst stieg noch mehr an, weil dieser nicht verschlossen war. In der Regel achtete meine Mutter darauf, das zu tun, bevor sie mich allein ließ. Die Schreie wurden immer lauter. Als ich auf allen vieren zu dem offenen Spalt kroch, spielte sich etwas vor meinen Augen ab, was meine Sicht auf das Leben drastisch veränderte. Die Zelte, die mir schon immer Sicherheit und Geborgenheit geboten hatten, waren in grellen Flammen aufgegangen. Ich sah viele vertraute Menschen, die durch die nackte Angst in ihren blutverschmierten Gesichtern kaum noch wiederzuerkennen waren. „Lauf weg, mein Kind!", rief mir eine Frau zu, die bereits seitdem ich denken konnte, eine Freundin meiner Mutter war. Benommen taumelte sie in verschiedene Richtungen. Plötzlich fiel sie hin, ihr Gesicht war auf einen Stein geprallt. Durch den Schock, der in all meinen Gliedern steckte, war ich wie versteinert stehen geblieben. Panisch beobachtete ich, wie aus ihrem Kopf dunkles Blut geströmt kam, welches sich auf der Erde verteilte. Es war auf mich zugekommen."

Seine Augen waren aufgerissen, als sähe er genau den Moment noch einmal vor sich. Zu Elio sagte er:

„Es hat meine Hände überschwemmt."

Eine Gänsehaut überzog Elio, es musste schrecklich gewesen sein. Voller Spannung klebte er an Lias Lippen, als dieser weitersprach:

„Einen Augenblick später erblickte ich erstmals die furchteinflößende Bestie, die auf ihren sechs gewaltigen Pranken inmitten der schreienden Menschen über die Trümmer der Zelte gestapft kam. In jener Nacht sah ich die gelb-funkelnden Augen, die von nun an meine schlimmsten Albträume prägten. Schließlich musste ich mitansehen, wie die giftigen Saugnäpfe sich an immer mehr panische Bewohner hefteten. Diese waren winselnd in sich zusammengesackt. Die langen Fühler suchten nach weiteren Zielen. Das gewaltige Maul riss Fleischfetzen aus den regungslosen Menschen. Die Zähne waren mit Blut getränkt. Immer wieder glaubte ich, auf dem Tigerkopf mit dem weit aufgerissenen Maul ein dämonisches Lächeln zu sehen. Doch zu diesem Zeitpunkt ahnte ich noch nicht, dass mich dies für den Rest meines Lebens begleiten würde."

Der Teil, der jetzt kam, bewegte Elio am meisten. Ein Kind sollte so etwas nicht mit ansehen müssen. In allen Einzelheiten erzählte Lias:

„Plötzlich schimmerte ein Funken Licht durch das Blutbad zu mir hindurch. Ich sah, wie meine Mutter aus der aufgewühlten Menschenmenge auf mich zu gerannt kam. Nachdem sie mich entdeckt hatte, war sie noch schneller als zuvor durch die schreienden Bewohner, die sie immer wieder versuchten zurückzuziehen, hindurch gestürmt. Aus der Entfernung konnte ich das Glitzern der Tränen in ihren Augen sehen. Ihr langes braunes Haar flatterte völlig zerzaust im Wind. Ohne Rücksicht stieß sie alle ringsherum gewaltsam zur Seite, um mich zu erreichen. Noch nie zuvor hatte ich meine Mutter so verzweifelt gesehen. Es schien, als hätte mein hilfloser Anblick sie mehr als die Angst um das eigene Leben gequält."

Das konnte Elio sich gut vorstellen, sie hatte Lias geliebt. Dies hatte sein Freund ihm bereits unzählige Male erzählt. „Was ist dann passiert?", drängte er, weil er das Reden unterbrochen hatte. Lias Blick war gesenkt. Wie gefesselt starrte er auf die tänzelnden Flammen, als sähe er in ihnen Bilder der besagten Nacht. Kurz sah es so aus, als kämpfte er mit den Tränen. Dann schluckte er schwer, um anschließend seine Erzählung fortzuführen:

„Ich sah ihr weiter in die Augen. Auch ich spürte den tiefen Schmerz in ihrem Inneren. Schon immer hatte ich durch die warme Aura hindurch in ihre Gefühlswelt hineinblicken können. Ich erinnere mich nicht daran, jemals mit ihr gestritten zu haben. Harmonie herrschte zwischen uns. Doch in diesem Moment war nicht nur furchtbare Angst, sondern auch eine tiefe Trauer in ihren geweiteten Augen zu sehen, die ich noch nie zuvor wahrgenommen hatte.

Elio starrte seinen Freund entgeistert an. Obwohl dieser den Blick nicht erwiderte, konnte er seine inneren Schmerzen durch die verkrampften Gesichtszüge hindurch sehen. Eine einzelne Träne floß an seiner Wange hinunter. Der sonst unerschütterliche Junge wirkte auf einmal verletzlich. Elio hatte keine Freude daran, ihn leiden zu sehen, aber zugleich wollte er unbedingt wissen, wie die Geschichte weiterging.

„Ich nehme an, sie hat dich nicht erreicht.", raunte er, sein Blick schweifte auch zu dem Feuer.

Lias stieß einen langen Seufzer aus.

„Nein", erwiderte er leise. „Mit enormer Wucht rempelte ein

taumelnder Mann sie an. Sie verlor das Gleichgewicht, fiel zu Boden und kippte nach vorne. „Nein, Mama!", schrie ich mit Tränen in den Augen. Vergeblich versuchte sie, zurück auf die Beine zu kommen. Offenbar war sie von ihren Kräften verlassen worden. Ihre dünnen Arme konnten sie nicht mehr hochdrücken. Es dauerte nicht lange, bis sie aufgab. Nur noch ihr Kopf war leicht nach oben gerichtet, damit sie mich anschauen konnte. Ich sah ihre stark blutende Stirn. Die Hälfte ihres Gesichts war mit schwarzer Erde bedeckt. Trotz der Tränen in ihrem Gesicht lächelte sie mich liebevoll an. Ein letztes Mal in meinem Leben spürte ich jene heimische Wärme, die mich bereits seit der Geburt umgeben hatte.

Ich weinte furchtbar laut, als sich die beiden Fühler der Bestie an ihren Rücken saugten. In diesem Moment verließ mich der Wille, weiterzuleben. Sie legte ihr warmes Lächeln nicht ab, bis sich ihre müden Augen auf ewig geschlossen hatten. Dies sah ich in meinen Albträumen immer wieder. Doch es waren nicht bloß grausame, sondern auch schöne Träume, in denen mir das Lächeln meiner Mutter wieder begegnete. Ich bewunderte sie immer für ihre Lebensfreude und Warmherzigkeit gegenüber anderen Menschen. Niemals fühlte ich mich an ihrer Seite unwohl."

Abermals unterbrach er das Reden, um tief einzuatmen. Seine Augen waren noch wässriger geworden.

„Wie konntest du der Bestie entfliehen?", fragte Elio, der jetzt auch Trauer in seinem Inneren verspürte.

„Ein Mann, der mir bereits lange vertraut gewesen war, stürmte aus der wilden Menschenmenge heraus. Hastig nahm er mich auf den Arm", erwiderte Lias. „Er hat mich fest an die Brust gedrückt, sodass die Sicht auf das grausame Blutbad verdeckt war. Dann rannte er mit mir in die Wälder hinein. Sein Name war Ludwig, einst war er mit meinem Vater befreundet gewesen. Doch kurze Zeit später überreichte er mich kaltherzig an die Wächter vor den Grenzen des Lagers. Ich wusste gar nicht, wie mir geschah, da war er bereits verschwunden.

In den folgenden Jahren erfuhr ich, dass mein Vater bei dem Angriff der Bestie ebenfalls ums Leben gekommen war. Offenbar hatte der feige Ludwig nicht den Mut dazu aufgebracht, mir dies persönlich zu sagen. Angetrieben von ungewollten Schuldgefühlen und einer Wut, die nicht zu bändigen war, schwor ich mir, dass ich den Tod meiner Eltern eines Tages rächen würde." Das war Lias Geschichte.

Elio hatte noch einen weiteren Freund, auch seine Lebensgeschichte brannte sich in sein Gedächtnis ein. Lias und Elio lernten ihren zukünftigen Gefährten Theo unerwartet beim großen Mahl kennen. Bereits seit unzähligen Generationen wurde das Mahl im Lager täglich vor dem Sonnenuntergang abgehalten. Alle Bewohner versammelten sich an den großen Tafeln, die zuvor mit langen hölzernen Sitzbänken von den obersten Hausfrauen und einigen ihrer Mädchen im Herzen des Lagers aufgebaut worden waren. Ausschließlich an Ruhetagen unterließen sie wegen des riesigen Feuers auf dem Gestein das Aufbauen der Tafeln, wodurch die Menschen sich mit den Bänken zufrieden geben mussten. Dann wurden die riesigen Metalleimer um das wärmende Feuer herum aufgestellt. Einer von ihnen wurde mit rohem Fleisch gefüllt, der andere mit unzähligen spitz geschliffenen Stöcken. Auf diese Weise konnten die Bewohner das Fleisch aufspießen, um es über dem Feuer brutzeln zu lassen.

Diese Art der Nahrungsverteilung mochte Elio mehr als jene, die sich während des großen Mahls ereignete, weil sie in der Regel um einiges friedlicher ihren Lauf nahm. Das rohe Fleisch in den Eimern wurde ständig von den Hausfrauen nachgefüllt, wodurch jeder genug Essen bekam. Es kam selten zu Streitigkeiten. Während des großen Mahls hingegen wurden Raufereien unter den Bewohnern häufiger gesehen. Das Fleisch wurde gründlich durchgegart, bevor es in Eimern vor die Tafeln gestellt wurde. Dadurch dauerte es um einiges länger, bis alle Bewohner versorgt waren. Es geschah sogar oft, dass einzelne von ihnen nichts bekamen, denn die Hausfrauen bauten die Tafeln nach dem Sonnenuntergang wieder ab, woraufhin auch kein Fleisch mehr nachgefüllt wurde.

Dies musste auch Theo erfahren. Es lag nicht daran, dass er zu spät war, sondern ein Junge sorgte dafür, dass er keinen Bissen abbekam. Lias und Elio saßen wie üblich an der hintersten Tafel, die etwas weiter von den anderen entfernt war. So mussten sie nicht an der verschwitzten Haut der anderen Bewohner sitzen. Die Holzbänke waren häufig von hungrigen Bewohnern überlaufen. Diesmal teilten sie ihre Sitzbank bloß mit zwei Familien, die sich am entgegengesetzten Ende der Tafel niederließen. Der einzige Nachteil war, dass sie an ihrem Stammplatz zuletzt mit gegartem Fleisch versorgt wurden. Elio und Lias beobachteten, wie die Menschen an den übrigen Tafeln sich wie ausgehungerte Tiere auf die Eimer stürzten.

Bei dem Mahl gab es Rangordnungen. Die Wächter, Jäger und Krieger hatten, wie die Ältesten, als Oberhäupter des Lagers eigene Tafeln. Diese wurden durch verschiedenfarbige Bemalungen gekennzeichnet. In ihren Kreisen ereignete sich die Nahrungsverteilung immer deutlich gesitteter. Aufgrund der gemeinsamen Vorgeschichten respektierten sie sich. Für Kaltblüter, Schmiede, einfache Handwerker und alle anderen Bewohner gab es keine eigenen Tafeln. Sie mussten mit den Frauen, Jungen und Mädchen zusammensitzen, wodurch sie sich oft benachteiligt fühlten und ihren Unmut zum Ausdruck brachten.

Wie gewöhnlich war es besonders laut an den langen Tafeln. Elio und Lias warteten gelangweilt auf ihr Fleisch. Neugierig schielten sie zu der Tafel hinüber, die in der Mitte des Herzens aufgestellt worden war. Laut schreiende Jungen saßen neben wenigen Mädchen, deren eingeschüchterte Blicke gesenkt waren.

Elio sah, wie ein kleiner, schmächtiger Junge mit einem auffällig gekrümmten Rücken auf die Meute zugelaufen kam. Womöglich hatte er Theo zuvor schon einmal gesehen, durch dessen nichtssagendes Erscheinungsbild erinnerte er sich bloß nicht an ihn.

Heute stach ihm der unsicher durch die Gegend taumelnde Junge ins Auge. Theo zitterte am ganzen Leib.

„Wovor hat er denn Angst? Wenn du mich fragst, hat er gerade einen Serpenstigris gesehen", spottete Lias hämisch grinsend.

„Keine Ahnung, aber er zeigt es zu offensichtlich, seine Schwäche rieche ich bis hierhin", murmelte Elio nachdenklich. Dieser ließ seinen Blick nicht von Theo abschweifen, der inzwischen eine freie Stelle der Sitzbank erreicht hatte. Kaum berührte sein Hintern das Holz, setzte ein dicker Junge sich neben ihn. Ohne Vorwarnung rammte dieser ihm den Ellbogen in die Hüfte, sodass Theo mit einem lauten Schnappen nach Luft zu Boden auf den Rücken fiel. Ein quälender Schmerzensschrei entfloh seiner Kehle. Tränen schossen in seine Augen.

Elio spürte, wie sich in seinem Inneren die Wut zusammenbraute. Seitdem er denken konnte, verachtete er Menschen, die sich auf Schwächere stürzten, um von ihrem eigenen Versagen abzulenken. Auch Lias starrte den Peiniger zornig an. Das Grinsen in seinem Gesicht war verschwunden. Die Jungen und Mädchen an der Tafel zuckten erschrocken zusammen, aber danach aßen sie seelenruhig weiter. Offenbar brachten sie nicht den Mut auf, einzuschreiten. Die Menschen an den anderen Tafeln schauten kaum auf.

Der dicke Peiniger erhob sich.

„Du dürrer Schwächling gehörst auf den Boden! Dort kannst du wie eine Made die Erde ablecken, bis bloß noch Knochen von dir übrig sind!", grölte er. Gehässig presste er seinen verschmutzten Fuß in Theos Gesicht. Verzweifelt umklammerte dieser das fleischige Bein, aber vergeblich versuchte er, sich zu befreien. Kläglich winselte er vor sich hin, bis der dicke Junge von ihm abließ, um anschließend in sein verheultes Gesicht zu spucken. Er zitterte noch viel stärker als zuvor. Die Tränen rannen weiter über sein Gesicht. Der Peiniger lachte bloß laut, der ihm den Rücken kehrte und gierig in ein Stück Fleisch hinein biss. Theo rappelte sich langsam auf, taumelte zügig davon, um geradewegs auf Elio und Lias zuzugehen.

„Habt ihr noch einen Platz frei?", fragte er. Elio warf ihm einen verblüfften Blick zu. Noch nie in seinem Leben war ihm eine so zerbrechlich wirkende Gestalt vor die Augen getreten. Er hatte Mitleid, doch zugleich war ihm bewusst geworden, dass Theo den feigen Angriff durch sein verletzliches Auftreten selbst verursacht hatte. Menschen wie er waren ein gefundenes Fressen für Peiniger, die sich an den Schwächen anderer ergötzten.

„Setz dich ruhig", erwiderte Lias. Theo lächelte nur. Zwei Hausfrauen stellten gerade einen großen Eimer vor ihrer Tafel ab. „Sei nicht so schüchtern. Ich sehe doch, dass du Hunger hast", sagte Lias schmatzend, der dem mageren Jungen ein Stück aus dem Eimer reichte. Sofort begann dieser, sich den Mund vollzustopfen, als hätte er das letzte Mal vor Wochen etwas gegessen.

„Warum lässt du dich von dem Fettwanst so erniedrigen?", fragte Elio, der ebenfalls einen großen Fetzen aus dem Fleisch riss.

„Er ist viel stärker als ich. Gegen seine Kraft werde ich niemals ankommen. Das habe ich schon oft genug versucht", stotterte er missmutig mit gesenktem Kopf.

„Er ist nur stärker, solange du es erlaubst", erwiderte Lias sofort mit einem scharfen Ton in der Stimme.

Schweigend sah Theo ihn an. Offenbar hatten die Worte etwas in seinem Inneren ausgelöst.

„Wie soll ich ihm nur verbieten, stärker zu sein?", fragte er verblüfft.

Schmunzelnd griff Elio erneut in den Eimer.

„Von nun an wirst du jeden Tag mit uns essen, Bruder", sagte er. Gutmütig reichte er ihm ein weiteres Stück Fleisch.

Von jenem Tag an verbrachten die beiden viel Zeit mit ihrem neuen Freund, wodurch sie immer mehr über sein bisheriges Leben erfuhren. Seitdem Elio Theo kannte, war dieser schreckhaft. Er hatte bisher vermutet, es hätte daran gelegen, dass er den meisten anderen Jungen körperlich unterlegen war. Die Monate vergingen, mit der Zeit fand Elio die wahren Ursachen seiner Schwäche heraus. Nachdem sie Vertrauen zueinander aufgebaut hatten, legte Theo ihm einen aufschlussreichen Einblick in seine Gefühlswelt dar. Lias hatte sich bereits schlafen gelegt, als die beiden noch am Lagerfeuer saßen und gemeinsam den Sternenhimmel beobachteten.

„Wieso hast du keine Eltern?", fragte Elio, nachdem sie eine Weile geschwiegen hatten. „Du kennst meine Geschichte schon. Doch ich frage mich bereits seit geraumer Zeit, wieso es niemanden gibt, der in deinem Zelt auf dich wartet."

Theo holte tief Luft, der sagte:

„Meine Eltern selbst brachten mich als kleines Kind ins Lager, anschließend verschwanden sie spurlos. Mein Vater war wohl ein kräftig gebauter Mann und meine Mutter eine zierliche Frau mit langem schwarzem Haar. Irgendwie war ich schon immer allein. Bevor ich auf Lias und dich traf, hatte ich die anderen Jungen im Lager gemieden und nie Freunde gehabt. Wahrscheinlich wegen meiner Angst, durch die ich anderen Menschen gegenüber sehr verschlossen war."

Nachdenklich schaute Elio zum Sternenhimmel hinauf. „Verstehe", sagte er. „Ich kenne diese Angst. Sie gibt einem ständig das Gefühl, anders zu sein. So, als wäre man nicht dazu bestimmt, auf dieser Welt zu leben. Auch ich habe mich oft allein gefühlt, bis Lias zu meinem Freund wurde."

Theo nickte schmunzelnd, er erwiderte:

„Das Blatt hat sich auch für mich gewendet, als ihr in mein Leben getreten seid. Ihr habt mir das Jagen beigebracht. Vor dem ersten heimlichen Ausbruch aus dem Lager war ich noch ängstlich, denn ich malte mir aus, was passiert wäre, wenn uns jemand erwischt hätte. Doch nachdem ich mich an den Nervenkitzel gewöhnt hatte, machte es mir sogar Spaß, etwas Verbotenes zu tun. Zum ersten Mal wurde mir klar, dass ich meine Angst überwinden kann. Trotzdem war ich entsetzt, als ihr mir von eurem Vorhaben, einen Serpenstigris zu erlegen, erzählt habt. Ich dachte, dass ihr bloß lebensmüde seid. Damals hätte ich mir nicht vorstellen können, euch auf die Reise zu begleiten."

Jetzt musste Elio lachen.

„Ich kann mich daran erinnern, wie du uns angeschaut hast, als wir dir von dem Plan erzählt haben. Wir dachten, dass du uns verstehen würdest, aber das war ein Trugschluss", erwiderte er grinsend. „Warum hast du es dir eines Tages anders überlegt? Das habe ich noch immer nicht begriffen."

Theo lächelte ihn an und sagte:

„Ich kann mich noch genau an jenen Tag erinnern, an dem sich meine Sichtweise für immer veränderte. Es ist noch nicht allzu lange her. Ich hatte das Gefühl, neu geboren worden zu sein."

Neugierig starrte Elio seinen Freund an.

„Erzähl mir davon.", erwiderte er. Theos Blick schweifte auf die tänzelnden Flammen. Dann erzählte er, was ihm vor wenigen Tagen widerfahren war:

„Alle Bewohner waren in ihren Zelten eingeschlafen. Die Nachtruhe lag über dem Lager. Am Vortag hatten wir wie gewöhnlich eine Grube unter die abgelegene Stelle des Zauns gegraben. Nachdem ich als Letzter den Zaun überwunden hatte, fühlte ich mich frei. Meine Zehen badeten im weichen Sand, meine Brust spürte den kühlen Wind, der leise durch die Weiten der Steppe zog.

„Beweg dich mal!", hast du in meine Richtung gezischt, denn ich stand noch am Zaun, obwohl ihr bereits am Waldrand wart. Aufgeschreckt huschte ich zu euch hinüber. Ich sehe Lias noch vor mir, er hatte geflüstert:

„Heute erlegen wir uns zartes Wild." Ein breites Grinsen zog über sein Gesicht. Etwas kramte er aus seiner Ledertasche, das einem kleinen Speer ähnelte. Ein spitzer Stein war mit dünnen Fäden aus Leder um einen dicken Stock gebunden.

„Worauf hast du es denn damit abgesehen?", hast du gefragt. Dann warf Lias die Waffe mit einer stolzen Miene in die Luft, fing sie auf und verkündete:

„Damit gehen wir auf Wildschweinjagd. Ich wollte schon immer eines dieser kleinen Biester erlegen. Du hast heute die Ehre, den Anfang zu machen, Bruder. Heute kannst du beweisen, was in dir steckt."

Bevor ich einen klaren Gedanken fassen konnte, drückte Lias mir den Speer in die Hände." Abermals grinste Elio.

„Daran kann ich mich auch noch erinnern. Wie hat es sich angefühlt, als er dich ins kalte Wasser geworfen hatte?", fragte er.

Theo zog die Augenbrauen hoch, der erwiderte:

„Plötzlich war mir mulmig zumute, ich begann, zu zittern. Bisher hatte immer einer von euch die erste Beute gemacht. Außerdem hatten wir sonst nur Jagd auf kleines Wild gemacht. Das Zittern wurde stärker. Doch mittlerweile war mir bewusst geworden, dass diese bedrückende Angst mir schon immer im Weg gestanden hatte. Es war jene Angst, die einen schwach und verletzlich macht. Ich wollte euch auf keinen Fall enttäuschen. Also betrachtete ich den kleinen Speer in meinen Händen, um schließlich den Entschluss zu fassen, auf der Jagd mein Bestes zu geben.

Nach einem kurzen Marsch erreichten wir eine weitreichende Wiese, die von zahlreichen dichten Gebüschen unter den Baumkronen umkreist war. Sie schimmerte im blassen Mondlicht. „Hier sehe ich häufiger mal ein Wildschwein. Sie lieben diesen Ort", flüsterte Lias. Sein Blick schweifte über das Laub am Waldboden. „Spuren sehe ich hier leider keine. Wir legen uns auf die Lauer", fügte er hinzu. Bereits einen Herzschlag später warfen wir uns in ein großes Gebüsch. Mit der schwarzen Erde unter dem Laub rieben wir uns ein.

„Ruhig bleiben", flüsterte Lias, nach einer Weile fügte er hinzu. „Das könnte eins sein." Tatsächlich tauchte zwischen den Sträuchern eine dicke Schnauze auf. Das Wildschwein bewegte sich behutsam aus dem Schutz des dunklen Waldes auf die schimmernde Wiese hinaus. Es war größer als die meisten seiner Art. Aus dem Maul ragten zwei gewaltige Stoßzähne. „Ein großer Keiler", flüsterte Lias. „Du musst ihm das Gestein in die Schädeldecke rammen."

Ich versuchte, gleichmäßig zu atmen, um meine Aufregung im Zaum zu halten. Der Keiler trottete seelenruhig über das Gras. Offenbar suchte er nach etwas Essbarem. Dem Gebüsch, in dem wir lauerten, kam er immer näher. Schließlich machte er bloß wenige Meter davor Halt.

Als der Keiler die Schnauze in das Gras steckte, schoss ich ohne weitere Anweisungen aus dem Gebüsch heraus. Meine Hände umklammerten den Speer fest, alles ringsherum vergaß ich. Nur noch der Keiler war in meinem Blickfeld. Seine Schnauze schnellte blitzschnell nach oben. Doch es war zu spät. Ich hatte ihn bereits erreicht und stieß ihm das spitze Gestein, ohne zu zögern, zwischen die Augen. Er gab ein klägliches Quieken von sich. Das Blut floss aus seiner Schädeldecke auf meine zitternden Hände. Langsam sackte er in sich zusammen, um auf das Gras zu kippen. Allmählich beruhigte ich mich, meine Hände hörten auf, zu zittern. Noch nie zuvor in meinem Leben hatte ich mich so schuldig und zugleich so lebendig gefühlt.

Ich beugte mich, um den Speer mit einem kräftigen Ruck aus der Beute herauszuziehen. Das geschliffene Gestein war blutgetränkt. Die dunkelrote Flüssigkeit tropfte auf meine Füße. Ein erleichterter Seufzer entschlüpfte meiner Kehle. Es fühlte sich so an, als wäre ich am Ende einer beschwerlichen Reise angelangt. Inzwischen standet ihr auch an meiner Seite. Lias legte mir seine Hand auf die Schulter.

„Du hast es geschafft, Bruder. Du hast deine Dämonen bezwungen und ihnen nicht erlaubt, stärker zu sein", raunte er. Dadurch stieg unendlicher Stolz in meinem Inneren auf. So, als erhellten Sonnenstrahlen eine ewige Nacht. Die Worte haben mir einiges bedeutet. In diesem Moment entschloss ich, dass ich euch begleiten werde."

Elio lächelte zufrieden. Jetzt verspürte er auch Stolz, denn er hatte dazu beigetragen, dass sein Freund Selbstvertrauen entwickelt hatte.

„Es ist wahr", sagte er. „Du hast deine Dämonen besiegt."

Eine Weile lang starrten die beiden Freunde noch schweigend auf die Flammen. Dann rappelten sie sich auf, um ihre Zelte aufzusuchen. Schon bald würden sie die Reise in den fernen Süden antreten.

2. KAPITEL

DAS BLUTBAD IM FERNEN SÜDEN

Mit sanften Schritten bewegten sich die drei Jungen auf eine Lichtung zu. Am Himmel strahlte die Mittagssonne mit all ihrer Kraft auf den kahlen Fleck Erde, welcher von einem Waldstück umringt war. In der Nähe vernahm man das klägliche Gezwitscher der Vögel, das dem ohrenbetäubenden Geschrei neugeborener Säuglinge glich. Wahrscheinlich war es nur noch eine Frage der Zeit, bis ihre Art auf ewig verstummen würde. Mittlerweile war jeder Zentimeter des Waldes mutiert. Alle Geräusche, die keine Furcht zum Ausdruck brachten, klangen trotzdem bedrohlich, als müsste man auf der Hut sein. Das schien der Grund für das Leid der verlorenen Wesen an diesem Ort zu sein.

Ein Gemisch aus Zischlauten, einem Knurren und den Quicklauten sterbender Beutetiere schwebte in der Luft. Eine erdrückende Atmosphäre verbreitete sich in der schwülen Hitze, die den Gefährten selbst im Schatten der Bäume Schweißperlen von der Stirn tropfen ließ.

„Hier hatte es seinen Mittagsschlaf gemacht!", flüsterte Lias mit zittriger Stimme. Er war etwas größer und kräftiger gebaut als die anderen. Um seinen Leib trug er eine Ledertasche. Abgesehen davon war sein einziges Kleidungsstück eine halb zerfetzte Stoffhose, die ihm bis zu den Knien reichte. Sein kahlrasierter Kopf drehte sich in die Richtung der beiden anderen. Krampfhaft versuchte er,

sein Grinsen aufrechtzuerhalten, als wollte er ihnen Mut zuspre-
chen. Doch in seinen hellgrünen Augen ließ sich ein Hauch von
Furcht erkennen.

Der Kleinste von ihnen trat behutsam zwei Schritte zurück. Er
trug keine Ledertasche, aber ansonsten glich seine Kleidung der des
größten Jungen. Wie seine Gefährten hatte auch er keine Haare auf
dem Kopf. Seine aufgerissenen Augen strahlten pure Panik aus. Vor
Angst zitterte er am ganzen Körper.

„Willst du es wirklich stören? Noch können wir ins Lager zurückkehren", stammelte er leise und drehte seinen Kopf hektisch
von links nach rechts.

Der dritte von ihnen schlich auf leisen Zehenspitzen auf ihn
zu. Seine hellblauen Augen starrten ins Leere. Von der Brust bis zu
den Schultern zogen sich tiefe Narben über seine Haut. Mit einer
sanften Bewegung legte Elio die linke Hand auf die Schulter seines
Gefährten und schaute diesem tief in die Augen, bevor er begann,
ruhig auf ihn einzureden: „Theo, ich weiß, was für eine Angst du
hast. Ich kenne sie nur zu gut. Dieses Gefühl frisst dich auf, es wirft
tausende Zweifel auf. Es lässt sich nur schwer unterdrücken, aber
du hast dich mit uns hierfür entschieden, somit ist es deine Pflicht,
dich deiner Angst zu stellen. Du musst für uns einstehen, zugleich
kannst du dich darauf verlassen, dass wir hinter dir stehen werden."

Theo stieß einen langen Seufzer aus, sie begannen, sich in der
Hocke immer näher an die Lichtung heranzupirschen. Nun trennte
sie nur noch ein etwa zwei Meter hohes Gebüsch von der unbe-
wachsenen Erde, die im Schein der Sonne glänzte. Durch einzelne
Lücken zwischen den dichten Blättern hatten sie freie Sicht.

Plötzlich verstummten die bedrohlichen Laute. Es schien, als
würde der gesamte Wald den Atem anhalten. Einen Augenblick später erklang aus den gegenüberliegenden Gebüschen ein lautes Knirschen, als würden die am Boden liegenden Äste dort zerstampft
werden. Die Gefährten starrten gebannt auf die Stelle, ohne auch
nur einen Finger zu regen. Die Blätter raschelten, begannen sich
ruckartig zu bewegen, als würden sie von enormen Windstößen
umhergerissen werden. Dieses gewisse Etwas hinter ihnen schien
von einer beängstigenden Kraft geleitet zu werden.

Auf einmal tat sich inmitten des Raschelns ein Loch auf, eine gewaltige Schnauze erschien. Zwischen langen, spitzen Reißzähnen schoss eine gespaltene Zunge hervor, die einer Giftschlange glich. Mit einem scharfen Zischen tauchte sie auf, bevor sie wieder in der Mundhöhle verschwand. Die Bestie bewegte sich immer weiter aus dem Dickicht hervor. Ihr gewaltiger Rumpf drückte alles unter ihr platt.

Der riesige Kopf ähnelte dem einer Raubkatze. Anstelle von Ohren ragten links und rechts zwei lange Fühler heraus, welche durch ihre kreisenden Bewegungen den Anschein erweckten, als würden sie eigenständig die Umgebung untersuchen. Der massive Hals hatte augenscheinlich denselben Umfang wie der Schädel selbst. Sein in etwa zehn Meter langer Rumpf glitt wie der einer Schlange über die Erde. Die dunkelgrüne Haut, die einer felsenfesten Rüstung ähnelte, war mit unzähligen Schuppen bedeckt. Aus ihr ragten sechs behaarte Beine mit Pranken heraus, die den Waldboden nicht berührten, sondern in der Luft baumelten. Bloß diese und der Kopf waren von orangenem Fell umringt. Es waren jene Merkmale, die auf die Abstammung eines Tigers hinwiesen. Nachdem die Bestie sich auf den Mittelpunkt der Lichtung geschlängelt hatte, stieß sie ein erschöpftes Schnaufen aus.

Im Dickicht hielten die drei Gefährten den Atem an, als fürchteten sie, die Bestie könne ihre rasanten Herzschläge wahrnehmen. Lias fand zuerst seine Sprache wieder:

„Wie ich es euch gesagt habe. Ein echter Serpenstigris."

„Jetzt glaube ich dir, Lias. In meinen Vorstellungen war dieses Biest nicht ansatzweise so riesig und kräftig", raunte Elio mit bebender Stimme, als könne er nicht glauben, was er vor sich sah. Allmählich wurde er nervöser. Fassungslos mit aufgerissenen Augen starrte Theo auf den Serpenstigris. Jetzt zitterte er noch stärker als zuvor. Ein Zittern, welches verriet, dass jedes einzelne seiner Glieder sich danach sehnte, sofort aufzuspringen und das Weite zu suchen. Offenbar erkannte er zum ersten Mal, wofür er sich entschieden hatte, als er seinen Gefährten leichtsinnig versprochen hatte, sie in den fernen Süden zu begleiten. In einer ruckartigen Bewegung warf der Serpenstigris sich auf den

Rücken. Die mächtigen Pranken streckte er den Sonnenstrahlen entgegen.

Leise kramte Lias in seiner Ledertasche herum, der einen kleinen Dolch mit einer spitz geschliffenen Klinge herausholte. „Zwischen den Augen ist die Schwachstelle. Wenn wir es dort erwischen, kann es sich erst mal nicht mehr bewegen", flüsterte er energisch. Von Sekunde zu Sekunde schien Theo nervöser zu werden, sein Zittern nahm noch mehr zu. Sogar seine Zähne hörte man leise klappern. „Wir sollten lieber umkehren, bevor es uns bemerkt", zischte er sich aufrappelnd. Auf seinen wackeligen Beinen taumelte er nach hinten, als könne er die angespannte Lage nicht länger aushalten.

„Reiß dich endlich zusammen, Theo. Die anderen im Lager werden staunen, wenn sie davon hören, dass wir einen Serpenstigris erlegt haben. Außerdem bin ich es euch schuldig", erwiderte Lias energisch, bevor er seinen Blick nach oben richtete, wo zwischen den Blättern der Baumkronen der blaue Himmel zu sehen war. Sein Blick war auf einmal verbittert. Keine Sekunde später rannte eine einzelne Träne seine Wange hinunter. Es schien so, als würde er dort oben etwas sehen, das sich nur seinen Augen zeigte.

In diesem Augenblick machte Theo eine hektische Bewegung. Versehentlich trat er auf einen dünnen Ast, der daraufhin mit einem lauten Knacken unter seinem Fuß zerbrach. Mit einem Mal gab keiner von ihnen mehr einen Mucks von sich.

Der Ernst der Lage schien ihnen rasch bewusst zu werden. Langsam drehten sie die Köpfe zurück zur Lichtung. Der Serpenstigris hatte sich wieder auf den Bauch gerollt. Seine gelb-funkelnden Schlitzaugen waren wachsam aufgerissen. Die Fühler kreisten noch schneller als zuvor durch die Luft. Aus seiner Mundhöhle kam nicht nur ein Zischen, sondern auch ein bedrohliches Knurren.

Lias befahl seinen Gefährten mit dem Zeigefinger vor dem Mund, von nun an still zu sein. Sie waren kreidebleich geworden und starrten ihn hilfesuchend an. Durch eine Handbewegung befahl er ihnen, den Rückzug anzutreten. Auf Zehenspitzen begannen sie, sich behutsam von der Lichtung weg zu pirschen. Jedem von ihnen war die blanke Panik ins Gesicht geschrieben. Der Serpenstigris blickte geradewegs in ihre Richtung. Zischend schlängelte er sich über die Erde und kam ihrem Versteck langsam näher. „Verdammt, es hat unsere Witterung aufgenommen", zischte Lias rückwärtstaumelnd. Keine Sekunde später stieß die Bestie ein scharfes Fauchen aus. Blitzschnell schoss sie nach vorne. „Lauft!", schrie Lias. Mit den Händen stieß er seine Gefährten vorwärts. Augenblicklich traten sie kräftig in den Erdboden und rannten so schnell wie möglich. Plötzlich nahmen sie keine Rücksicht mehr darauf, ob ihre Schritte Lärm verursachten, denn der Serpenstigris preschte mit voller Wucht durch das Gebüsch, in dem sie zuvor gekauert hatten. Ohne jeden Zweifel hatte er sie entdeckt. Von der nackten Panik getrieben, rannten die Gefährten weiter. Das beängstigende Fauchen hinter ihnen wurde immer lauter.

„In welcher Richtung liegt das Lager?", keuchte Theo verzweifelt. Seine Beine schienen müde zu werden, er wurde immer langsamer.

„Lauf einfach!", rief ihm Elio zu, der sein Tempo keineswegs verlangsamte, sondern noch schneller wurde. Auch Lias, der dicht neben ihm rannte, schien nicht erschöpfter zu werden. Doch Theo schossen die Tränen in die Augen, da der Abstand zu seinen Gefährten immer größer wurde. Es schien so, als hätte er bereits sein Leben aufgegeben.

„Ich kann nicht mehr!", schrie er keuchend in ihre Richtung. Zu seinem Schreck stolperte er über eine dicke Wurzel. Sein rechtes Knie prallte auf einen Felsbrocken.

Die Bestie war nur noch wenige Meter hinter ihm. Schreiend wälzte er sich über die matschige Erde. Die beiden anderen Jungen wirbelten herum. Elio machte einen Schritt auf ihn zu, aber Lias packte ihn fest am Arm und zog ihn zurück.

„Elio, es ist vorbei", flüsterte er mit bebender Stimme. Elio hielt kurz gegen den Widerstand an, bevor er nachgab, denn er wollte es nicht wahrhaben. Sein rasendes Herz drängte ihn mit allen Kräften dazu, seinem panischen Freund zur Hilfe zu eilen. Doch sein Verstand musste feststellen, dass Lias recht hatte. Es war zu spät.

Mit geweiteten Augen starrte er auf den Serpenstigris, dessen Fühler auf Theos Bauch zuschossen. An ihren Enden saßen glitschige Näpfe, die sich fest an die dünne Haut seines Gefährten saugten. Seine schrillen Schreie machten deutlich, dass er schreckliche Schmerzen erlitt. Furchtbare Schmerzen hatten auch Elio und Lias, während sie mit ansehen mussten, wie sehr er sich quälte. Das trieb ihnen die Tränen in die Augen. Es dauerte nicht lange, da gab er keinen Mucks mehr von sich. Er regte sich nicht mehr. Seine bleiche Haut färbte sich bläulich, unzählige rote Pusteln bildeten sich. Seine Augen waren nach wie vor aufgerissen, aber es schien nicht so, als spürte er noch etwas. Schließlich ließen die Fühler von ihm ab, die gewaltige Schnauze riss einen großen Fetzen Fleisch aus seinem Rücken heraus. Theos Reste lagen in einem riesigen Blutbad verteilt. Die bleichen Gesichter seiner Gefährten waren wie versteinert. Machtlos sahen sie mit an, wie das blutverschmierte Maul der Bestie sein Fleisch mit schmatzenden Geräuschen kaute und herunterwürgte. Das Tränenmeer hatte sich inzwischen auf ihren Wangen ausgebreitet. Wie angewurzelt standen sie dort, als hofften sie darauf, schon bald aus einem schrecklichen Albtraum zu erwachen. Doch es geschah nicht. Das Blutbad ihres Freundes war Teil der grausamen Wirklichkeit, in der sie lebten. Tief im Inneren hatten sie Theo geliebt. Doch nach außen hin hatten sie es nie gezeigt. Sie würden es weiterhin tun, obwohl er von jetzt an nicht mehr unter den Lebenden verweilte.

Lias kam zuerst wieder zu sich. Abermals griff er nach dem Arm seines Gefährten, um diesen zu sich zu ziehen. Kräftig schüttelte er ihn durch. Mit einem leeren Blick sah Elio geradewegs durch ihn hindurch, als könne er ihn nicht sehen oder hören. Er bekam den grausamen Anblick nicht aus seinem Kopf.

„Wir müssen weiter, Bruder! Sein Opfer darf nicht umsonst gewesen sein!", schrie Lias ihm mitten ins Gesicht. Heftig zerrte er ihn mit sich, abermals rannten sie um ihr Leben. Der Wald ringsherum wurde rasch dichter, das Fauchen der Bestie immer gedämpfter, bis es vollkommen verstummt war.

Keuchend machten die Gefährten Halt. Ihre panischen Blicke schweiften herum. Trotz der Abwesenheit des Serpenstigris wirkte der Wald nicht weniger bedrohlich. Die Zischlaute drangen aus jedem Winkel.

„In welcher Richtung liegt das Lager?", krächzte Elio schnaufend.

Unbeholfen taumelte Lias über den Erdboden. Sie beide hatten jeglichen Orientierungssinn verloren. Bevor sie sich sammeln konnten, dröhnte erneut das Fauchen der Bestie durch den Wald. Es schien, aus dem Dickicht hinter ihnen zu kommen, aber im nächsten Augenblick erklang es aus einer anderen Richtung. Die beiden Gefährten drehten sich Rücken an Rücken im Kreis, während sie vergeblich versuchten, die Bestie ausfindig zu machen. Lias zückte seinen Dolch und Elio hielt einen spitzen Stock in den Händen, den er vom Waldboden aufgehoben hatte. Ihnen war klar, dass sie der Bestie nicht mehr entkommen konnten. Beide zitterten am ganzen Leib. Einen Moment lang verstummte das aggressive Fauchen. Eine bedrohliche Stille legte sich über die Gegend.

„Bei mir!", rief Lias panisch. Blitzschnell wirbelte Elio herum. Geradewegs blickte er in die funkelnden Augen des Serpenstigris, der nur noch wenige Schritte von ihnen entfernt war. Doch die Bestie hatte sich verändert, denn sie lag nicht mehr platt auf dem Erdboden, sondern stand auf ihren sechs gewaltigen Beinen. Offenbar standen sie etwas weiter aus dem Rumpf, der nun über ihnen schwebte. Aus ihrem Maul tropfte noch immer Theos Blut.

Lias stieß einen lauten Schrei aus und stapfte einige Schritte in ihre Richtung. Mit seinem Dolch fuchtelte er wild durch die Luft. Das bedrohliche Knurren wurde dadurch nur noch lauter, aber er machte keinen Halt, sondern bewegte sich weiter nach vorne. In einer beängstigenden Geschwindigkeit schnellten die beiden Saugnäpfe auf ihn zu und hefteten sich an seine Brust. Ohne zu zögern, durchtrennte er diese mit seiner scharfen Klinge. Mit einem lauten Zischen lösten sie sich von seiner Haut und fielen auf die Erde. Die Bestie stieß ein schmerzerfülltes Brüllen aus. Die Fühler schienen ihre Schwachstelle zu sein. Lias drehte kurz den Kopf zu seinem Gefährten.

„Wenn es näher kommt, ziele zwischen die Augen!", rief er keuchend. Hastig wandte er seinen Blick wieder der fauchenden Bestie zu. Diese schien sich rasch von den Schmerzen erholt zu haben. Ihre langen Beine beugten sich, als würden sie gleich angreifen. Die beiden Gefährten wichen zurück. Sie schienen nicht den blassesten Schimmer davon zu haben, was der Serpenstigris als nächstes vorhatte. Noch bevor sie darüber nachdenken konnten, machte dieser einen gewaltigen Sprung in die Luft.

„Zurück!", brüllte Lias seinem Gefährten zu. Mit den Handballen verpasste er ihm einen kräftigen Stoß. Elio taumelte einige Meter nach hinten, er musste mit ansehen, wie die Bestie auf Lias zuflog. Ihre beiden vorderen Pranken bohrten sich tief in dessen Schultern und rissen ihn zu Boden. Sein Gefährte brüllte vor Schmerz, die scharfen Krallen nagelten ihn auf der Erde fest. Der Serpenstigris saß auf ihm. Ein lautes Knirschen erweckte den Anschein, als würden seine Knochen von der Last zertrümmert werden.

„Lias!", schrie Elio, der den Stock über seine Schulter hob und auf die Bestie zustürmte.

„Renn weg", krächzte Lias leise, schon bald fielen ihm die Augen zu. Sein Kopf knickte zur Seite. Er schien den Kampf gegen die unnatürliche Kraft aufgegeben zu haben.

Mit einem lauten Schrei rammte Elio die Spitze seines Stocks zwischen die Augen der Bestie, die sich ein kleines Stück in ihren Schädel hineinbohrte. Kurz darauf zog er sie ruckartig heraus. Blut tropfte aus dem haarigen Kopf. Er schien tatsächlich eine weitere Schwachstelle getroffen zu haben, die Bestie riss mit einem kläglichen Jaulen die Schnauze in die Luft. Zu seinem Glück ließ sie von Lias ab. Schnell griff Elio nach seinen Armen, um ihn wegzuziehen, aber der Serpenstigris fletschte die Zähne. Mit einer enormen Wucht biss er in Lias Hüfte. Elio schrie verzweifelt auf, dabei versuchte er, seinen Gefährten aus den tödlichen Reißzähnen zu befreien, aber ihm wurde bewusst, dass es keinen Zweck hatte. Verbittert ließ er los. Unter Tränen sah er mit an, wie die Beine vom blutigen Leib abgerissen und im Maul zerfleischt wurden. Wenige Meter vor seinen Füßen breitete sich das größte Blutbad aus, welches er jemals gesehen hatte. Ein grausamer Anblick.

Er fiel auf die Knie und ließ den Stock fallen. Bis auf das Tränenmeer, das seine Wangen hinunterfloß, war sein Gesicht wie versteinert. In seinen hellblau leuchtenden Augen verbreitete sich eine Leere, die nur in einem Menschen herrschen konnte, der nichts mehr zu verlieren hatte. Er senkte langsam den Kopf, er schien nur noch auf den unvermeidbaren Tod zu warten. Seine Augen fielen zu. Doch plötzlich dröhnte von hinten ein lauter Schrei. Sofort riss er die Augen auf und wirbelte herum.

Zwischen den dichten Bäumen sah er einen Mann, der geradewegs auf die fauchende Bestie zustürmte. Die Spitze eines langen Speeres war auf sie gerichtet. Wie Elio selbst trug er als einziges Kleidungsstück eine kurze Hose. Um seinen Hals hing eine Kette, die mit Steinen, dazu winzigen Knochen bestückt war. Der kräftig gebaute Rumpf unter seinem kahlen Kopf war mit unzähligen Bemalungen in schwarzen und roten Farben verziert, die darauf hinwiesen, dass er ein Krieger aus dem fernen Lager war. Er rannte unfassbar schnell.

Bereits nach wenigen Schritten machte er neben Elio Halt. Ohne ein Wort zu verlieren, packte er ihn unter den Achseln. Mühelos warf er ihn ein Stück nach hinten, sodass er unsanft auf dem Rücken landete, außer Reichweite der Bestie. Die Überreste von Lias beachtete der Krieger nicht. Stattdessen setzte er das rechte Bein rasch hinter das andere und ging leicht in die Knie, mit dem Speer in seiner rechten Hand holte er weit aus. Er zielte geradewegs auf das Maul der fauchenden Bestie. Bis auf die dünne Haut schien sein gesamter Körper bloß aus zäher Muskulatur zu bestehen. In seinem erstarrten Gesichtsausdruck war nicht der geringste Hauch von Emotionen sichtbar. Die leicht zusammengekniffenen, braunen Augen wichen keine Sekunde vom Ziel ab. Er schien nichts anderes in seinem Kopf zu haben.

Der Serpenstigris stieß ein gewaltiges Brüllen aus, bevor er ein kleines Stück nach hinten sprang. Keine Sekunde später warf der Krieger den Speer mit kräftigem Schwung in seine Richtung. Dieser schoss pfeifend wie ein starker Windstoß durch die Luft. Blitzschnell bohrte er sich in die Wunde, die Elio dem Serpenstigris zugefügt hatte. Ein noch größeres Loch zwischen seinen gelb-funkelnden Augen entstand. Das Blut strömte nur so hervor. Der Speer fiel zu Boden.

Die Bestie stieß ein schrilles Kreischen aus. Ihre Schnauze schwenkte panisch umher, sie stampfte wild über den Matsch. Offenbar hatte sie ihren Orientierungssinn verloren. Hastig kramte der Krieger eine Handvoll Sand aus seiner zerfledderten Hosentasche heraus. Im richtigen Moment warf er ihn mitten in ihre dämonischen Augen hinein. Das schmerzerfüllte Kreischen wurde noch lauter. Die Bestie taumelte auf zittrigen Beinen nach hinten. Schreiend kam er bedrohlich auf sie zu. Mit einem leisen Winseln zuckte der Serpenstigris zusammen, der in den Schutz des hohen Dickichts hineinsprang. Sein triefender Schädel hinterließ einen riesigen Blutfluss auf der Erde. Es dauerte bloß einen Wimpernaufschlag, bis er zwischen den Bäumen verschwunden war.

Der Krieger griff nach seinem Speer, regungslos stand er dort. Sein hektischer Atem beruhigte sich wieder. Langsam drehte er sich um und blickte Elio in die tränenden Augen. Schweigend reichte er ihm die Hand, um ihn zurück auf die Beine zu ziehen. Er hatte Lias noch immer keines Blickes gewürdigt und ging an ihm vorbei.

„Schau ihn wenigstens an!", schrie Elio, der auf das Blutbad seines gefallenen Gefährten starrte und am ganzen Leib zitterte. Krampfhaft gelang es ihm, seinen Blick von Lias abschweifen zu lassen. Der Krieger war bereits einige Meter in den dichten Wald hineingelaufen. Dieser machte Halt und warf einen Blick über die Schulter.

„Das hilft ihm auch nicht mehr. Komm jetzt, Jungspund. Es wird schon dunkel", raunte er, bevor er sich umdrehte, um weiterzugehen. Elio setzte sich langsam in Bewegung, um ihm zu folgen. Er blickte nicht mehr zurück, mit der Hand wischte er sich über das verheulte Gesicht. Von jenem Tag an waren seine einzigen Freunde nicht mehr an seiner Seite.

3. KAPITEL

EIN NEUER FREUND UND EIN FEIGLING

Schweißgebadet wachte Elio auf. Er hatte wieder einen dieser Träume gehabt, in denen er an einem Pfahl gefesselt zusehen musste, wie Lias sich schreiend durch eine Blutlache vor seinen Füßen wälzte. Sein Freund blickte ihm jedes Mal tief in die Augen. Vergeblich flehte er um Hilfe, bevor der fauchende Serpenstigris aus der schwarzen Leere herausgeschossen kam und sich auf ihn stürzte. Dies war für gewöhnlich der Moment, in dem Elio aus dem Schlaf gerissen wurde, der keineswegs erholsam, sondern ernüchternd war. Für ihn fühlte es sich an, als verdroschen ihn seine tiefsten Ängste Nacht für Nacht.

Immerhin hatte er im Gegensatz zu anderen Jungen und Mädchen im Lager ein eigenes Zelt. Er wurde nicht von den lästigen Geräuschen der anderen geweckt. Doch dieser kleine Trost verblasste im Angesicht der unangenehmen Lebensbedingungen. Das Lager diente unter anderem als ein Aufenthaltsort für elternlose Kinder, die von Jägern oder anderen Bewohnern in den naheliegenden Wäldern aufgefunden und hergebracht wurden. Immerhin war dieser Ort besser als der Tod, der sie alle früher oder später in der offenen Wildnis einholen würde. Elio selbst konnte sich nicht an seine Eltern erinnern. Auch die Menschen, die ihn einst aufgefunden und ins Lager gebracht hatten, kannte er nicht. Das große Areal voller Zelte, welches ein mit Stacheldraht ummantelter Eisenzaun umringte, war das Einzige, das er jemals seine Heimat genannt hatte. Auch die Kaltblüter des Lagers konnten ihm nichts über seine eigentliche Herkunft verraten. Sie waren Menschen, die sich mehr oder weniger liebevoll um die heranwachsenden Jungen und Mädchen kümmerten. Trotz des ständigen Zuflusses an Neuankömmlingen schien die Auffangkraft der riesigen Gemeinschaft durch das unaufhaltsame Sterben der Bewohner nie überlastet zu werden. Bereits oft hatte Elio sich darüber den Kopf zerbrochen, dass vor ihm unzählige andere Menschen auf der abgenutzten Matratze in seinem Gemach geschlafen haben mussten. Ihre Lebenslichter waren aufgrund von unheilbaren Krankheiten, Vergiftungen oder Angriffen der Bestien auf ewig erloschen.

Die Kaltblüter hier schienen zwar warmherzig zu sein, aber sie legten ihre ernsten Mienen nie ab. Zu viele emotionale Bindungen wurden unter den Bewohnern als ein Indiz für Schwäche angesehen. Jedem musste bewusst sein, dass hier alles vergänglich, vor allem nicht beeinflussbar war. Die Kaltblüter waren demnach damit beauftragt worden, ihre mentalen Fähigkeiten und Überlebenskünste bestmöglich an die Heranwachsenden weiterzugeben, damit diese ihren Nutzen eines Tages selbstständig unter das Volk bringen konnten. Bezüglich der Geschlechter gab es bedeutende Unterschiede zwischen den Kaltblütern. Die Frauen brachten den jungen Mädchen Zubereitung von Nahrung, Näherei, dazu andere Tätigkeiten einer erfahrenen Hausfrau näher, während die Männer hingegen mit ihren Schülern auf die Jagd gingen. Sie brachten ihnen die Grundlagen verschiedener Waffenhaltungen bei, dazu wiesen sie ihnen den Weg zu mentaler Unerschütterlichkeit. Entscheidend war hierbei, seine Emotionen zu jeder Zeit unter Kontrolle zu haben, ohne sich von ihnen leiten zu lassen.

Plötzlich wurde Elio von einem ohrenbetäubenden, tiefen Klang aus seinen Gedanken gerissen. Wie jeden Morgen dröhnte es in seinen Ohren. Spätestens jetzt musste jeder Einzelne innerhalb der Grenzen des Lagers hellwach sein. Das Horn diente dazu, die schlafenden Bewohner zu ihren Pflichten zu rufen. Elio wachte bereits seit Tagen vor dem Weckruf auf. Doch aufgrund der belastenden Albträume wurde er nicht weniger sanft aus dem Schlaf gerissen als die anderen. Nach dem Klang des Horns sollten sie sich so schnell wie möglich für den Tag vorbereiten und anschließend ihre Gemächer verlassen.

Es kam nicht selten vor, dass Jungen, die verschlafen hatten, von den Kaltblütern fest an ihren Ohren gepackt wurden, um aus den Zelten hinausgezerrt zu werden. Im Lager wurde nicht nur viel Wert auf Zusammenhalt, sondern auch auf Durchhaltevermögen und Pflichtbewusstsein gelegt. Bequemlichkeit wurde hier keineswegs geduldet.

Elio rappelte sich also eilig von der Matratze auf. In einem mit Wasser gefüllten Krug, der in der Mitte seines Gemachs im Sand lag, wusch er sich. Er nahm ein kleines Stück Seife aus einem hölzernen Schälchen und begann damit, seine nackte Haut abzureiben. Beim Berühren der zahlreichen blauen Flecken und Kratzer biss er mit einem schmerzerfüllten Gesichtsausdruck die Zähne zusammen, davon abgesehen beachtete er seine Wunden kaum. Mit einem Lappen, der im Krug schwamm, wischte er sich die aufgeschäumte Seife vom Körper. Nachdem er sich die Stoffhose angezogen hatte, öffnete er die Knöpfe, die den dünnen Spalt seines Gemachs geschlossen hielten. Das vertraute Licht der Morgensonne stach in seine Augen.

Blinzelnd drehte er den Kopf. Immer mehr Öffnungen der dicht aneinander stehenden Zelte wurden von innen aufgeknöpft. Nacheinander schlüpften die Bewohner hinaus ins Freie. Sie hielten in die Richtung Ausschau, aus der der Weckruf erklungen war. Wie immer war das ein sonderbarer Anblick, denn sie warfen sich kaum Blicke zu und sprachen nur vereinzelt miteinander. Niemand bewegte sich mehr als ein oder zwei Schritte von seinem Gemach weg. Alle hatten die Blicke Richtung Norden gewandt, sie schienen geduldig auf etwas zu warten. Elio wusste genau, was als nächstes geschehen würde, denn an den Tagesablauf hatte er sich mit den Jahren gewöhnt. Es gab nicht viel Abwechslung im Lager.

Ein zweites Mal erklang das Horn über ihren Köpfen. Es war das Zeichen dafür, dass sie den Weg zu ihren alltäglichen Pflichten antreten sollten. Die Heranwachsenden hingegen mussten sich zu den zugehörigen Kaltblütern begeben. Gleichzeitig setzten sie sich alle in Bewegung, auch Elio schloss sich einer Gruppe Jungen an, die er bereits durch ihr gemeinsames Kaltblut kannte. Sie marschierten Richtung Süden. Aufgrund der klaren Unterscheidungen zwischen den Geschlechtern bildeten sich keine gemischten, sondern ausschließlich Jungen- oder Mädchengruppen.

Im Laufe ihres Lebens wurden die Heranwachsenden ihrer Reifung zufolge verschiedenen Kaltblütern im Lager zugewiesen. Doch diese Zuweisung geschah eher auf Grundlage ihres Aussehens. Sie orientierte sich nicht an ihrem tatsächlichen Lebensalter, was daran lag, dass der Großteil von ihnen das eigene Alter gar nicht kannte.

So war es auch bei Elio. Er kannte weder den Zeitpunkt, an dem er geboren worden war, noch seinen Geburtsort. Tagtäglich grübelte er verbissen über seine Herkunft nach, was die innere Leere vergrößerte. Seitdem er denken konnte, war sie ein Teil von ihm. Ständig suchte er vergeblich nach Antworten, die ihm keiner geben konnte. In seinem Kopf ging er unzählige Ursachen durch, die sein Dasein im Lager begründen könnten. Auch heute rasten ihm diese Gedanken durch den Kopf.

In einer großen Traube aus anderen Jungen marschierte er über den Sand zu dem Ort, an dem das Kaltblut sie erwartete. In seinem Leben hatte er bereits sechs verschiedene Kaltblüter gehabt, die er im Laufe der Jahre durch die Reifung seines Körpers immer wieder gewechselt hatte. Manche von ihnen waren tragischerweise an Altersschwäche gestorben oder in der offenen Wildnis verschollen. Auf alle Fälle war die Art, wie sie ihn behandelten, mit den Jahren kühler geworden. Auf diese Weise war er mit ihren strengen Maßnahmen auf immer härtere Prüfungen seiner mentalen und physischen Verfassung vorbereitet worden.

Dies hatte damals anders ausgesehen, als er noch ein Kleinkind gewesen war. Da hatten sie ihn sanft aus dem Zelt getragen. Mit ihnen oder anderen Jungen hatte er sich durch aufregende Spiele die Zeit vertrieben. Daran konnte er sich kaum noch erinnern. Wahrscheinlich hatten ihn damals weniger Sorgen geplagt, was eine Erkenntnis war, die hier zum Heranwachsen dazu gehörte, denn im Verlauf der Reifung wurde jedem der Ernst des Lebens bewusst.

Mittlerweile war er mit den anderen auf einer weiten und leeren Fläche aus Sand angekommen. Sie befanden sich an einer abgelegenen Stelle des Lagers, außerhalb des Komforts der unzähligen Zeltreihen. Ringsherum erstreckte sich die trockene Wüste. An einzelnen Stellen wurde sie mit den Streifen grüner Wälder umrahmt. In der Ferne waren die Spitzen der Zelte noch zu erkennen, in der anderen Richtung öffnete sich in weiter Ferne ein Spalt in dem Eisenzaun, der das Lager umschloss. An jenem Punkt standen zwei mit Speeren bewaffnete Gestalten, um deren Köpfe Tücher gewickelt waren.

Dies waren zwei der Wächter, die das Lager tagsüber und nachts vor unerwünschten Eindringlingen schützten. Diese Stellung und die eines stattlichen Kriegers waren die höchsten, die man nach Vollendung seiner Reifung erreichen konnte. Früher hatte Elio davon geträumt, einmal Wächter zu werden, um mit Stolz und Ehre für die anderen Bewohner einzustehen, aber heute war er sich nicht mehr sicher, was seine Bestimmung für die Zukunft sein würde.

Als die Jungen auf dem leeren Sandmeer Halt machten, begannen sie schweigend, sich in einer Reihe aufzustellen. Elio stand nun in der Mitte. Vor ihm ragte der Kopf des Kaltbluts in die Luft. Im Lager kannten sie ihn alle unter dem Namen Olaf. Er war ein muskulöser Mann, dessen braune Haut durch bunte Bemalungen herausstach, die jenem Krieger ähnelten, der Elio vor dem Serpenstigris gerettet hatte. Wie jeder der Jungen hier hatte auch Olaf einen haarlosen Kopf, dazu trug er bloß eine kurze Stoffhose. In der rechten Hand hielt er ein scharf geschliffenes Beil.

Mit langsamen Schritten ging er die Reihe entlang. Jeden Einzelnen von ihnen musterte er mit einem grimmigen Blick, als würde er nach ihren Schwächen suchen. Als er vor Elio Halt machte, musterte er ihn von Kopf bis Fuß. Einige Sekunden lang starrte er ihm eindringlich in die Augen. Elio hielt dem eisernen Blick stand, ohne auch nur mit der Wimper zu zucken. Er spürte, wie sein Herz von innen wie ein Hammer gegen seinen Brustkorb schlug. Ihm war bewusst, dass die heutige Prüfung seiner mentalen Stärke bereits begonnen hatte. Doch Olaf ließ schnell wieder von ihm ab. Ohne ein Wort zu sagen, ging er weiter die Reihe entlang. Vor einem Jungen, der etwa einen Kopf kleiner als die meisten anderen war, machte er Halt. Dieser war schmächtig, der eindringliche Blick des stämmigen Mannes schien ihn einzuschüchtern. Keine Sekunde hielt er stand, sondern starrte beschämt auf den Sandboden. Olaf baute sich vor ihm auf. Mit der vernarbten Hand drückte er sein Kinn nach oben, sodass der Junge ihn ansehen musste. „Für dich ist die heutige Maßnahme vorbei. Du bist noch nicht bereit, Kleiner", raunte er leise. Schon begann er, den nächsten in der Reihe zu begutachten. Ohne einen Mucks von sich zu geben, senkte der abgemagerte Junge seinen Blick. Schnell trat er nach hinten, sein Nachbar klopfte ihm aufmunternd auf die Schulter. Beschämt kehrte er ihnen den Rücken zu und trottete zurück in die Richtung der Zeltreihen. Dies war kein Einzelfall. Es geschah in der Regel, wenn die Reifungsmaßnahmen der Kaltblüter ein gewisses Risiko mit sich trugen.

Allen anderen gelang es, dem Starren standzuhalten. So ging es weiter, Olaf forderte sie dazu auf, ihm zu folgen. Er lief in die Richtung der Wächter. Gehorsam hefteten sie sich an seine Fersen, bis sie den Spalt im Zaun erreicht hatten. Durch die roten Tücher, die um die Köpfe der Wächter gewickelt waren, waren ihre Augen nur schwer erkennbar. Eine der vermummten Gestalten nickte Olaf zu und führte sie schweigend zu einer kleinen Holzhütte, die bloß wenige Meter von dem Zaunspalt entfernt war. Der Wächter kramte einen Eisenschlüssel aus der Hosentasche, mit dem er die Tür aufschloss. Das Gehäuse war so klein, dass Olaf sich ducken musste, um hineintreten zu können.

Von diesen Hütten gab es noch viele andere im Lager. Sie wurden hier Arsenale genannt. In ihnen waren alle möglichen Variationen von Waffen und Jagdwerkzeugen gelagert, die von Kriegern, Wächtern, Jägern, aber auch von Kaltblütern gebraucht werden durften. Doch einzig und allein die Wächter hatten Zugriff auf die Arsenale. Keinem Bewohner war es gestattet, diese ohne die Genehmigung eines Wächters zu betreten.

Für eine kurze Zeit verschwand Olaf in der Hütte. Mit zwei weiteren Äxten in den Händen trat er wieder nach draußen.

„Schlange bilden!", rief er den Jungen zu, die sich in einer großen Traube vor dem Arsenal versammelt hatten.

Hastig bildeten sie eine lange Reihe. Olaf reichte die beiden scharfen Äxte an die Ersten von ihnen, bevor er sich wieder in das Arsenal hineinstreckte, um nach Nachschub zu greifen. So bekam nacheinander jeder Junge eine Waffe in die Hand gedrückt. Abgesehen von den Äxten kramte das Kaltblut noch Speere, Macheten, dazu Schwerter heraus. Niemand wagte es, sich darüber zu beschweren. Alle mussten mit der Waffe zurechtkommen, die ihnen zugewiesen wurde.

Als Elio an der Reihe war und Olaf ihm eine Axt in die Hände drückte, bemerkte er sofort, wie schwer sie war. Noch nie zuvor hatte er das Gewicht einer Axt in den Händen gehalten. In den vorherigen Reifungsmaßnahmen waren ihm höchstens Pfeil und Bogen oder ein kleiner Dolch zugewiesen worden. Es würde sicher nicht leicht werden, diese Last die ganze Zeit lang mit sich zu schleppen. Einige Jungen, die größer, dazu kräftiger als er waren, schienen sich darüber keine Sorgen zu machen. Einer von ihnen schwang seine riesige Machete sogar gekonnt über den Kopf. Mit Leichtigkeit fing er sie wieder auf. Elio konnte die Waffe nur mit Mühe aufrecht halten, aber es gab auch Jungen, die nicht einmal dazu die Kraft hatten und die Lasten an ihren schlaffen Armen baumeln ließen.

Nachdem jeder von ihnen bewaffnet worden war, trat Olaf aus dem Türrahmen heraus und gab dem Wächter ein kurzes Handzeichen. Dieser lief zügig zu ihm zurück, der das Arsenal wieder verriegelte. Elio war bewusst, dass es von nun an ernst wurde. Bald würden sie den Schutz des Lagers hinter sich lassen. Sein Herz pochte schneller, aber Olaf machte einen vollkommen ruhigen Eindruck. Gelassen bewegte er sich auf den Spalt im Zaun zu. Mit einem Kopfnicken in beide Richtungen verabschiedete er sich von den Wächtern und forderte die Jungen dazu auf, ihm zu folgen. Nacheinander zwängten sie sich ins Freie.

Es dauerte nicht lange, bis sie alle auf der anderen Seite des Zaunes angelangt waren. Staunend blickten sie in die endlosen Weiten des Sandmeeres. Einige von ihnen flüsterten aufgeregt miteinander. Elio starrte schweigend in die Ferne. Ein etwas größerer, dazu stämmiger Junge, der bereits öfter neben ihm gestanden hatte, wandte sich ihm zu. Dieser hatte einen felsenfesten Blick. Die runden Schultern neben seinem breiten Nacken ähnelten zwei gewaltigen Hügeln.

Er beugte sich etwas zu Elio hinunter und flüsterte leise: „Ich habe von deinen Freunden gehört. Es tut mir leid." Seine Worte klangen aufrichtig und ehrlich. Elio musste feststellen, dass ihn die ruhige Stimme, dazu die physische Verfassung seines Gegenübers, stark an Lias erinnerten. Ihm huschte ein Schmunzeln über die Lippen. Er wusste nicht, was er sagen sollte.

„Sie beide waren gute Menschen. Einen so frühen Tod hat keiner von ihnen verdient.", sagte der Junge.

"Wie ist dein Name? Woher weißt du, was im fernen Süden geschehen ist?", erwiderte Elio verblüfft.

„Mein Name ist Liam. Im Lager reden sie über dich, Elio. Du bist jener, der sich dem Schrecken des Serpenstigris entgegengestellt hat. Die meisten hier wissen davon, auch wenn sie es nicht zugeben", flüsterte der Junge mit einem leichten Grinsen im Gesicht. Hastig drehte er den Kopf zurück in Olafs Richtung.

Kurz fühlte Elio sich geschmeichelt, denn er hatte bisher nicht gewusst, dass die Reise in den Süden sich im Lager rumgesprochen hatte. Dies war ein geringer Trost, wenn er daran dachte, welches tiefe Loch der Verlust seiner Freunde in sein Herz gerissen hatte. Von den Albträumen und Schuldgefühlen, die ihn seitdem quälten, hatte mit Sicherheit keiner gesprochen.

„Reihe nach außen bilden!", rief Olaf energisch, um die Aufmerksamkeit der aufgewühlten Truppe wieder auf sich zu lenken. Sogleich verstummte das Geflüster, alle starrten ihn ehrfürchtig an. Rasch bildeten sie eine lange Zweierreihe. Ihre Blicke richteten sich nach außen, ihre Rücken waren aneinandergepresst. Sie zückten die Waffen, sodass sie sich im Ernstfall verteidigen konnten.

„Ab!", schrie Olaf über die Schulter, der sich in Bewegung setzte. Die seitwärtslaufenden Jungen folgten ihm eilig. Er selbst ging als einziger von ihnen nicht seitwärts, sondern hatte den Brustkorb nach vorne gerichtet, wodurch sie auf unerwartete Angriffe aus den meisten Richtungen vorbereitet waren. Der einzige Schwachpunkt jener Aufstellung war das offene Ende. Es wurde von niemandem geschützt. Die Truppen aus dem Lager reihten sich vor Aufbruch in die Wildnis immer auf diese oder andere Weise auf, damit in möglichst viele Richtungen aufmerksame Augen gerichtet waren. Olafs Trupp bewegte sich zügig über den Sandboden in die Richtung eines dicht bewachsenen Waldstücks. Elio marschierte Rücken an Rücken mit Liam, darum bemüht, das Tempo der anderen aufrechtzuerhalten. Schließlich erreichten sie das Dickicht, welches in den Wald hineinführte. Mit einer Handbewegung forderte Olaf den Stillstand ein. Das Stapfen durch den Sand verstummte. Nur noch die eindringlichen Geräusche des Waldes waren zu hören. Ein buntes Gemisch aus Vogelgezwitscher, scharfem Zischen, schrillen Pfiffen und unzähligen anderen Lauten, die für Elio um einiges aufregender waren als der Klang der Wüste, welcher bloß aus dem Umherziehen einsamer Böen bestand.

Ohne zu zögern, zerhackte Olaf mit seiner Axt ein kleines Gebüsch. Ein Pfad in die Tiefen des Waldes tat sich auf. Er machte einen Schritt in das durchwachsene Dickicht hinein und forderte die Truppe dazu auf, ihm zu folgen. Elio zögerte, in seinem Kopf schwirrten immer noch die grausamen Bilder seiner blutenden Freunde und der furchterregenden Bestie herum. Ihm wurde rasch bewusst, dass er diese Gedanken verdrängen musste, wenn er seine Konzentration während der Reifungsmaßnahme beibehalten wollte. Also atmete er tief ein, gab sich einen letzten Ruck und folgte den anderen in die Schatten des Waldes.

Olaf führte sie an klaren Flüssen vorbei, aber auch durch matschige Sumpfgebiete, in denen aufgeschäumtes Matschwasser brodelte. Stechende Düfte stiegen ihnen in die Nasen. Die sonderbaren Laute, der mutierten Natur dröhnten in ihren Ohren. Die Gefährten ließen sich von nichts ablenken, sie folgten ihrem Kaltblut durch die fremde Umgebung.

Nach einer Weile erreichten sie eine von Baumkronen umringte Lichtung, die in den Strahlen der Mittagssonne badete. Olaf stellte sich in die Mitte der Wiese, dem Trupp gab er den Befehl, näherzutreten. Alle gehorchten ihm und stellten sich erneut in einer dichten Reihe auf.

Elio stand nach wie vor neben Liam, der offenbar während des langen Marsches immer nervöser geworden war. Je tiefer sie in den Wald eingedrungen waren, desto häufiger hatte er den Kopf panisch von links nach rechts gedreht. Das ein oder andere Mal war er sogar unachtsam über kleine Wurzeln gestolpert. Auch jetzt nahm Elio die hastige Atmung seines Gefährten wahr. Er selbst hatte sich bemüht, die ganze Zeit ruhig zu bleiben, seine anfänglichen Sorgen hatte er inzwischen beiseitegelegt. Vor seinem inneren Auge sah er einen schwarzen Tunnel. Von nun an wollte er seine volle Aufmerksamkeit auf Olaf und dessen Anweisungen legen, ohne darüber zu grübeln, welchem Risiko er in der offenen Wildnis ausgesetzt war. Dies war eine mentale Verfassung, die er in brenzlichen Situationen wie dieser nicht meiden durfte.

Olaf machte einen großen Schritt auf sie zu. Abermals musterte er eindringlich ihre Gesichter.

„Ich werde euch jetzt verlassen und einen Tagesmarsch in südlicher Richtung von hier auf euch warten! Ihr werdet wohl alle euren Kompass dabei haben!", verkündete er mit erhobener Stimme und warf ihnen kritische Blicke zu. Elio spürte, wie ein kalter Schrecken durch seine Glieder jagte. In seiner Tasche kramte er herum, bis er neben wenigen Kieseln eine eiserne Fläche spürte.

Heute hatte er den Kompass vollkommen unbewusst mit sich genommen, was ein unachtsamer Fehler gewesen war. Im Lager wurde einem von klein auf eingetrichtert, diesen auf Reisen in die Wildnis immer mit sich zu führen. Nur so war es möglich, im Ernstfall allein in die Heimat zurückzufinden, weil der große Eisenzaun von den südlichen Wäldern aus immer Richtung Norden lag. Elio und seine Freunde hatten vor ihrer Reise in den fernen Süden alle den selben Fehler gemacht und vergessen, ihn mitzunehmen. Dies hätte auf keinen Fall geschehen dürfen, denn das Territorium des Serpenstigris war um einiges tiefer in den Wäldern versteckt als jene Stelle, die Olaf und seine Truppe soeben erreicht hatten. In der Vergangenheit hatte Elio die irreführenden Weiten der Wälder deutlich unterschätzt.

Er warf Liam einen Blick zu, der plötzlich noch blasser geworden war. Wild durchwühlte er seine Taschen. Sofort wusste er, was los war. Einige der anderen Jungen hatten offenbar auch nicht daran gedacht, ihren Kompass einzustecken, denn sie taten dasselbe. Doch Olaf schenkte ihren verzweifelten Gesichtern keine Beachtung. Er führte seine Ansprache fort:

„Bildet Trupps aus zwei bis fünf Gefährten. Versucht, mich so schnell wie möglich einzuholen! Wie ihr das macht, ist mir egal, aber ihr solltet euch beeilen. Wer mich vor Sonnenuntergang nicht erreicht, hat die Reifungsmaßnahme nicht bestanden und wird zurückgelassen!" Bevor einer von ihnen etwas erwidern konnte, war er bereits geräuschlos zwischen den dichten Sträuchern verschwunden.

Nun waren sie alle auf sich allein gestellt. Elio ging auf Liam zu, der immer noch hastig in seinen Taschen wühlte. Beruhigend legte er ihm eine Hand auf die Schulter.

„Komm mit mir, Bruder. Ich habe einen Kompass. Du brauchst dir deswegen keinen Kopf zu machen", raunte er. Etwas Farbe wich in sein Gesicht zurück, ein erleichterter Seufzer entwich Liams Kehle.

Plötzlich spürte Elio, dass von hinten zwei Finger auf seine Schulter tippten. Verblüfft wirbelte er herum. Die weit aufgerissenen Augen eines zitternden Jungen sahen ihn an. Dieser war einen Kopf kleiner als er und so abgemagert, dass jede einzelne Rippe unter seiner dünnen Haut sichtbar war. Er schien der Einzige aus der Truppe zu sein, der sich bisher niemandem angeschlossen hatte. Alle anderen hatten bereits kleine Trupps gebildet, die sich in Bewegung setzten. Wie Olaf verschwanden sie im Dickicht, um tiefer in den Wald einzudringen. Elio, Liam und der fremde Junge waren die Einzigen, die noch auf der hellen Wiese standen.

„Mein Name ist Parkal", stammelte der Junge zögerlich. „Ich habe meinen Kompass vergessen, ich weiß nicht, wohin es Richtung Süden geht. Ihr habt noch einen Platz frei, nicht wahr?" Es war mehr als offensichtlich, dass Parkal große Angst um sein Leben hatte, den Marsch Richtung Süden würde er allein nicht überstehen. Dies löste Mitleid in Elio aus. Er wollte die Bitte nicht zurückweisen, obwohl ihn das Gefühl nicht losließ, dass der schmächtige Junge ihnen alles andere als behilflich sein würde. „Du kannst mit uns kommen, Parkal. Doch du musst unseren Anweisungen folgen. Komm bloß nicht auf dumme Ideen. Bereits der kleinste Fehler wird uns hier das Leben kosten", erwiderte er nach längerem Grübeln. Er wusste noch nicht, was es war, aber irgendetwas störte ihn an dem ängstlichen Jungen. Sein Leben würde er ihm mit Sicherheit nicht anvertrauen. Parkal lächelte erleichtert. Liam nickte ihm nur zu, der sich wie die anderen durch das Dickicht in die Tiefen des Waldes zwängte. Seine beiden Gefährten folgten ihm.

Elio gab seinen Kompass an Liam weiter, denn dieser bahnte sich als Vordermann ihres Trupps durch das Gestrüpp. Die dicken Gewächse aus Ästen und Sträuchern waren so zäh, dass er sich mit der Axt mühsam den Weg frei schlagen musste. In seiner linken Hand hielt er den Kompass, den er immer wieder keuchend anstarrte, um nicht vom Kurs abzuweichen. Elio blieb dicht an seinen Fersen und zückte die Axt. Seinen aufmerksamen Blick ließ er ununterbrochen umherschweifen. Parkal taumelte ihnen unbeholfen hinterher, der bereits schnaufte. Die gewaltige Machete in seiner Hand schleifte er nur noch mühselig hinter sich her, sein Gesicht war vor Anstrengung gerötet. Er schien viel zu sehr mit sich selbst beschäftigt zu sein, um die fremde Umgebung ringsherum zu beachten.

Plötzlich machte Liam halt, wodurch Elio fast gegen seinen Rücken prallte. Energisch forderte er seine Gefährten zum Stillstand auf. Elio warf ihm einen verblüfften Blick zu, Parkal hingegen fiel hechelnd auf die Knie. Offenbar hatte er der Pause sehnlichst entgegengefiebert. Liam gab ihnen mit einer raschen Handbewegung das Signal, näherzutreten. Sie sahen noch nicht, weswegen er Halt gemacht hatte. Sein breiter Rücken, dazu die hohen Sträucher ringsherum, nahmen ihnen die Sicht. Elio nahm bloß wahr, dass die Luft feuchter geworden war. Ein süßlicher Duft stieg in seine Nase.

Neugierig beugte er sich vor, sodass er über Liams Schulter hinüberblicken konnte.

Seine Augen weiteten sich, als er den scheinbar endlos nach rechts und links reichenden Sumpf erspähte, der sich bloß wenige Meter vor ihnen erstreckte. Das gegenüberliegende Ufer lag in weiter Ferne. Parkal schien sich mittlerweile wieder erholt zu haben und betrachtete die treibende Schlammschicht angstvoll.

„Da kommen wir doch niemals hinüber. Es muss noch einen anderen Weg geben", stotterte er. Unzählige Schweißperlen tropften über seine Nase.

„Irgendwie muss es gehen, denn Olaf hat uns sicher nicht in ein Verderben ohne Ausweg gelockt", erwiderte Elio, der sich energisch umschaute, um eine Möglichkeit zu finden, das trübe Wasser zu überqueren.

Abgesehen von den emporsteigenden Dampfwolken regte sich die Oberfläche fast gar nicht. Bloß an einzelnen Stellen tauchte ununterbrochen ein brodelnder Strudel auf, der den Anschein machte, als würde etwas unter der treibenden Schlammschicht lauern, das nur darauf wartete, dass sie hineintraten. Elio beunruhigte es, dass dieser jedes Mal verschwand und einige Meter weiter wieder blitzschnell auftauchte. Falls dort etwas lauerte, musste es sich mit einer enormen Schnelligkeit fortbewegen.

Er hob einen kleinen Stein vom Waldboden auf. Vorsichtig ging er einige Schritte nach vorne.

„Was hast du vor?", zischte Liam, als ihn nur noch etwa ein Meter von dem Sumpf trennte. Doch Elio schwieg. Mit dem Arm holte er weit aus, um den Stein mit kräftigem Schwung auf das brodelnde Wasser zu werfen. Die Stille wurde durch ein ohrenbetäubendes Platschen unterbrochen. Auf der Oberfläche sprudelten wirbelnde Kaskaden auf, die die Sicht auf das, was sie verursachten, bedeckten.

Nur vereinzelte Umrisse des Wesens ließen sich in dem Geplätscher erkennen. Diese glichen Froschschenkeln, die mit Schwimmhäuten versehen waren. Erschrocken taumelte Elio nach hinten. Sein Herz raste. Wie seine Gefährten starrte er gebannt auf das unübersichtliche Geschehen.

„Was zum Teufel versteckt sich dort?", raunte Liam, dem die Furcht ins Gesicht gemeißelt war. Kurz darauf war keine Spur mehr von dem Wesen zu sehen. Der aufgeschäumte Sprudel quoll langsam auseinander, bis die Schlammschicht wieder ruhig war, als wäre sie niemals in Bewegung gewesen. Nicht einmal das Gebrodel war noch zu sehen. Es schien, als hätte die Kreatur sich in Luft aufgelöst.

Die Gefährten wandten gerade ihre Blicke von dem Sumpf ab, als dieser erneut anfing zu brodeln. Es war diesmal stärker, lauter. Es ähnelte einem dumpfen Knurren, welches aus dem Schlund einer hungrigen Bestie dröhnte. Die emporsteigenden Blasen stießen beim Aufplatzen mächtige Schlammwellen in alle Richtungen, die immer gewaltiger wurden. Der Anblick raubte Elio den Atem. Etwas derartiges hatte er nie zuvor gesehen. Im Wasser musste etwas lauern, das von einer beängstigenden Kraft geleitet wurde. Ein kalter Schauder lief seinen Rücken hinunter, als er sich ausmalte, was geschehen wäre, wenn er unachtsam in den Sumpf getreten wäre.

Plötzlich schoss das fremde Wesen aus der Sumpfoberfläche nach oben. Es segelte einfach durch die Luft. Nun sahen die Gefährten deutlich, was die ganze Zeit über auf sie gelauert hatte. Die bleichen Gesichter spiegelten ihre Angst wider, als sie hastig zurücktaumelten. Das hellblau schimmernde Wesen hatte eine Länge von etwa drei Metern. Es sah aus wie eine Kreuzung aus Frosch und Krokodil. Sein Kopf war mit einer robusten, schuppigen Haut umhüllt, vor den gelb-funkelnden Augen ragte eine langgezogene Schnauze nach vorne. Obwohl das Maul der Bestie noch geschlossen war, ragten an den Seiten spitze Reißzähne heraus. An ihrem langen Rumpf hingen glibberige Schenkel, die an ihren Enden mit scharfen Krallen bestückt waren. Sie ermöglichten die enorme Sprungkraft. Die feste Reptilienhaut ummantelte nicht nur die Schnauze, sondern auch den gesamten Rumpf, der an einigen Stellen von großen Flossen umringt war. Diese glichen den Reihen aus aufgespannten Zelten. An seinem Ende hing ein spitzer Schwanz.

Die starrenden Gefährten kamen erst wieder zu sich, nachdem die Bestie mit einem ohrenbetäubenden Platschen in die Oberfläche eingetaucht war und nicht mehr zu sehen war. Fassungslos blinzelten sie einige Male, schweigend starrten sie auf das aufge-schäumte Wasser.

Liam fand zuerst seine Sprache wieder:

„War das ein echter Aquamors oder habe ich nur nicht richtig hingesehen?" Elio nickte ihm zu.

„Du hast recht. Von dieser Bestie erzählen sie sich im Lager viele Geschichten. Einer aus den Reihen der Ältesten hat bei einem An-griff sein Bein verloren. Der Rest von ihm wäre als nächstes dran gewesen, wenn sein Gefährte ihn nicht aus dem Wasser gezogen hätte", raunte er leise. Weiterhin behielt er den Sumpf im Auge. „Ihr müsst auf euch Acht geben, denn er kann durch seine Schen-kel auch an Land jagen. Wir können bloß hoffen, dass er unsere Witterung noch nicht aufgenommen hat." Vorsichtig machte er wieder ein paar Schritte in Richtung des Ufers.

Parkal hatte seine Nerven bereits vollkommen verloren. Noch immer stand er wie angewurzelt auf derselben Stelle wie zuvor. Der Schweiß lief in Massen von seiner Stirn hinab. Auf der trockenen Erde bildeten sich feuchte Abdrücke. Schließlich gelang es ihm, et-was über seine zitternden Lippen zu bringen:

„Dieses Biest bringt uns doch den sicheren Tod! Es wird uns alle nacheinander zerfleischen! Wir sollten lieber umkehren, lasst uns aufgeben. Heute will ich noch nicht sterben!"

Genervt drehte Elio sich um. Er betrachtete seinen feigen Ge-fährten, der rückwärts in den Schutz des Waldes zurücktaumelte.

„Hör doch einmal auf zu jammern, reiß dich zusammen! Wir werden nicht aufgeben und wie Feiglinge den Rückzug antreten. Wenn dies deine Art ist, Probleme zu umgehen, dann ...", er konn-te den Satz nicht zu Ende bringen, weil ihn das Geplätscher hinter seinem Rücken übertönte. Diesmal klang es erschreckend nahe.

„Zur Seite!", schrie Liam. Wie wild fuchtelte er mit den Armen herum. Panisch machte Elio einen großen Sprung seitwärts, wobei er sich zurück in die Richtung des Sumpfes drehte. Aus dem Au-genwinkel erkannte er, wie das aufgerissene Maul der Bestie haar-scharf an seiner Schläfe vorbeiflog. Als diese mit einem dumpfen Aufprall im Matsch landete, ließ sie gewaltige Schlammlawinen in alle Richtungen ausbrechen. Scheinbar hatte der Aquamors geduldig unter der Oberfläche gelauert und einem unachtsamen Moment der Gefährten entgegengefiebert.

Elio wirbelte herum. Gerade wollte er seine Axt anheben, als er auf dem rutschigen Schlammboden ausrutschte. Die Waffe glitt aus seinen Händen. Mit voller Wucht klatschte er auf seinen Rücken, er begann im Matsch zu versinken. Panisch drückte er die rechte Hand in den Schlamm hinein, um wieder auf die Beine zu kommen. Seinen linken Arm streckte er vergeblich nach seiner Axt aus. Sein rasendes Herz hämmerte gegen seinen Brustkorb. Der Aquamors riss das Maul weit auf, stieß ein ohrenbetäubendes Kreischen aus und stampfte auf seinen gewaltigen Schenkeln auf ihn zu. Elio versuchte mit letzter Kraft, sich nach oben zu drücken, aber er rutschte wieder ab. Die wildgewordene Bestie kam ihm immer näher.

Kurz hatte er mit seinem Leben abgeschlossen, aber bevor das schnappende Maul sich in ihm festbeißen konnte, stürmte Liam in sein Blickfeld und schmetterte seine Axt mit voller Wucht auf den Schädel der Bestie. Die scharfe Klinge riss einen enormen Krater in die schuppige Kopfhaut hinein, aus dem dunkles Blut herausströmte. Der Aquamors wandte sich mit einem schmerzerfüllten Kreischen von Elio ab. Wild strampelnd sprang er in die Luft und klatschte unsanft in eine große Schlammpfütze.

Elio nutzte die Gelegenheit, um seine Axt zu ergreifen. Endlich gelang es ihm, sich mühselig aufzurappeln. Liam hatte offenbar einen Schwachpunkt getroffen, denn die Bestie schien durch den blutenden Riss im Schädel blind geworden zu sein. Luft war das Einzige, was ihr Maul in Fetzen riss. Die glibberigen Schenkel verloren im Matsch immer wieder den Halt.

Gerade als sie wieder auf allen vieren stand, stieß Elio einen lauten Schrei aus und schleuderte seine Axt in ihre Richtung. Die Klinge traf den Aquamors von der Seite. Sie riss eine tiefe Wunde in dessen Schläfe. Er winselte laut, torkelte einige Schritte nach hinten, er schüttelte sich kräftig, bevor sich seine dämonischen Augen wieder auf die beiden Gefährten richteten.

Parkal stand nach wie vor auf zittrigen Knien auf demselben Fleck, von dem er sich die ganze Zeit über nicht wegbewegt hatte.

Offenbar war es ihm lieber, den blutigen Kampf aus sicherer Entfernung zu beobachten. Auch nun regte er sich nicht, seine Augen starrten in die Leere.

„Parkal, hilf uns doch!", keuchte Elio erschöpft, der die Axt erneut anhob, um die blutende Bestie abzuschrecken. Innerlich verfluchter er seinen Gefährten, weil dieser nicht einmal versuchte, ihnen zur Hilfe zu eilen. Dies war also der Dank dafür, dass er ihn in den Trupp aufgenommen hatte. Er hoffte, dass der verzweifelte Hilferuf ihn endlich zur Besinnung bringen würde. Doch Parkal hörte nicht auf seine Worte und blieb weiterhin stehen. Verbissen kämpften seine Gefährten um ihr Leben.

Ehe Elio noch etwas rufen konnte, sprang der Aquamors erneut in die Luft, dem es gelungen war, sich aus der rutschigen Schlammschicht herauszuwinden. Im Flug drehte er das aufgerissene Maul voller Blut in Liams Richtung. Dieser hatte den plötzlichen Sprung nicht kommen sehen, denn es gelang ihm nur noch in letzter Sekunde, sich schützend die Axt vor den Kopf zu halten. Die scharfen Reißzähne erwischten zwar bloß die silberne Eisenfläche, aber der Aufprall war dennoch so stark, dass Liam von seinen Füßen gerissen wurde. Einige Meter flog er nach hinten, schließlich landete er auf dem Rücken.

Blitzschnell hechtete der Aquamors ihm hinterher und presste kreischend die Vorderschenkel auf seinen Brustkorb. Er stieß einen schmerzerfüllten Schrei aus. Das Gewicht der Bestie ließ ihn immer tiefer im Schlamm versinken, ihre Krallen bohrten sich in seine Haut. Der Aquamors riss das sabbernde Maul auf, die blutige Schläfe, die zuvor von Elios Klinge aufgeschnitten worden war, baumelte bloß noch seitlich an seinem Schädel hinunter. Er stieß ein scharfes Zischen aus und schnappte mit einer wilden Bewegung nach Liams Kopf. Diesem gelang es knapp, dem tödlichen Biss mit einer Rolle durch den Matsch zu entweichen. Nicht die scharfen Reißzähne, sondern bloß harte Schuppen ratschten über seine Wange, doch dies genügte bereits, um tiefe Kratzer in seine bleiche Haut zu reißen. Laut brüllte er auf, ihm schoss das eigene Blut in die Augen. Vergeblich versuchte er, sich mit ruckartigen Bewegungen aus den Fängen der Bestie zu winden.

Schreiend kam Elio von hinten angerannt, um ihre Aufmerksamkeit auf sich zu lenken. Der Rumpf der Bestie zuckte zusammen, ihre knurrende Schnauze wirbelte herum. Ihre Krallen pressten Liam noch tiefer in den Schlamm. Elio hatte seine Axt angehoben, die er mit einem gewaltigen Schwung auf sie hinabsausen ließ. Mühelos glitt die blutige Klinge durch die rauen Schuppen hindurch, bis sie schließlich den ganzen Hals durchtrennt hatte. Der blutüberströmte Schädel des Aquamors platschte in den Schlamm. Hastig schnappte Liam nach Luft, die Krallen hatten sich von seiner Brust gelöst. Der schlaffe Rumpf kippte langsam zur Seite und landete im Matsch. Es war mehr als deutlich, dass die Lebenslichter der Bestie endgültig erloschen waren. An Elios Axt tropfte ihr dunkles Blut hinunter, er zitterte am ganzen Leib. So gut wie möglich versuchte er, seine Atmung ruhiger werden zu lassen. Soeben hatte er seine erste Bestie erlegt. Nicht bloß sein pochendes Herz spürte er in seinem Inneren, sondern auch eine Ruhe, die von tiefem Stolz geprägt war. Sein Gesicht war verschwitzt.

Schmunzelnd reichte er Liam die Hand, um ihn mit einem kräftigen Ruck aus dem Schlamm zu ziehen. Sein Gefährte stützte sich hechelnd auf die Knie. Das Blut rann seinen zerkratzten Brustkorb hinunter. Die schwere Last der Bestie hatte ihm seine letzten Kräfte geraubt.

Ein erfreuter Ruf von Parkal ließ sie aufblicken:

„Ihr habt es getötet!" Ihr Gefährte hatte sich noch immer nicht von der Stelle gerührt. Es schien so, als schäme sich dieser keineswegs dafür, dass er das Blutbad bloß aus sicherer Entfernung beobachtet hatte und ihnen nicht zur Hilfe geeilt war. Elio warf ihm einen verächtlichen Blick zu. Ihm war bewusst, dass sein schlechtes Bauchgefühl ihn nicht getäuscht hatte. Parkals feiges Verhalten würde ihnen keinen Nutzen bringen, sondern den Marsch Richtung Süden bloß erschweren, denn sein Leben würde er ihm niemals anvertrauen können.

Liams bleiches Gesicht errötete schlagartig, er begann zügig auf Parkal zuzulaufen. Seine zusammengezogenen Augen funkelten. Offenbar war er noch verärgerter als Elio über die Feigheit ihres Gefährten. Dieser taumelte auf zittrigen Beinen nach hinten, stolperte über eine Wurzel am Waldboden und landete auf seinem Hintern. Verunsichert krabbelte er noch ein Stück rückwärts. Mit einem Gesichtsausdruck, der von Hass erfüllt war, beugte Liam sich zu ihm hinunter. Er umklammerte seinen Hals mit beiden Händen und drückte fest zu, sodass Parkal panisch nach Luft schnappte. „Wie kannst du uns nur im Stich lassen?", schrie er ihm ins Gesicht. „Du erbärmlicher Feigling scheinst dich nicht einmal zu schämen! Wir sollten dich den Bestien zum Fraß vorwerfen." Er schimpfte so laut, dass ein Regen aus Spucke auf das bleiche Gesicht seines Gefährten prasselte. Parkal schien den plötzlichen Wutausbruch nicht erwartet zu haben. Tränen flossen seine Wangen hinab, seine Lippen zitterten. Doch er brachte keinen Ton heraus, als befände er sich in einer Schockstarre. Liam stieß einen wutentbrannten Schrei aus. Mit seiner geballten Faust holte er aus. Parkal zuckte ängstlich zusammen, der die Augen verkrampft zudrückte.

Elio rannte von hinten auf sie zu, umklammerte Liams Schultern und zog ihn mit einem kräftigen Ruck weg, wodurch sie zu Boden fielen. Nun lagen alle drei Jungen im Schlamm.

„Spar dir deine Kraft lieber. Er ist es nicht wert", raunte Elio seinem Gefährten, den er noch immer fest umklammert hielt, ins Ohr. Dieser windete sich noch kurz, um sich aus dem Griff zu befreien. Als er aufhörte, Widerstand zu leisten, ließ Elio von ihm ab und sie rappelten sich wieder auf die Beine. Inzwischen waren sie beide von Kopf bis Fuß mit Schlammflecken übersäht.

Parkal war im Matsch liegen geblieben, er atmete schwer. Entsetzt starrte er sie an. Die Tränen flossen noch immer in Strömen auf sein verquollenes Gesicht. Kläglich schluchzte er. Schließlich wurde Elio bewusst, dass er ohne sie nicht in der Wildnis überleben würde, sein ängstliches Wesen war ein gefundenes Fressen für die Bestien. Würden sie ihn zurücklassen, bedeutete dies auch, dass sie ihn seinem Tod überließen.

„Von nun an zögerst du gefälligst nicht mehr, wenn wir in Gefahr schweben. Es geht hier nicht nur um dein erbärmliches Leben. Lässt du uns noch mal im Stich, werden wir keine Gnade mehr walten lassen und dafür sorgen, dass du es nie wieder tun kannst.

Deine Überreste können dann die Bestien fressen", raunte Elio bedrohlich.

Mühsam rappelte Parkal sich auf. Auch Liam musterte ihn mit funkelnden Augen. „Ich werde dich langsam erdrosseln, wenn das noch einmal geschehen sollte", fügte er Elios Worten verächtlich hinzu. Beschämt schaute Parkal auf die Erde. „Es wird nie wieder passieren", schluchzte dieser leise. Forsch wischte er sich die Tränen aus dem Gesicht.

Seine Gefährten kehrten ihm wortlos den Rücken. Wachsam bewegten sie sich auf das Sumpfufer zu. Sonderbarerweise war das Wasser klarer geworden. Das Brodeln war verschwunden. Elio sah Fische in verschiedenen Farben, die dicht unter der Oberfläche ihre Bahnen zogen. Ersichtlich wurde auch, dass der Sumpf nicht sonderlich tief war. Sie begannen also, diesen zu durchqueren. Zögerlich folgte Parkal ihnen. Es dauerte nicht lange, bis sie das gegenüberliegende Ufer erreichten.

4. KAPITEL

DER FLUCH DES SANDMEERS

Elios Kompass führte sie immer tiefer in die Schatten des Waldes hinein. Sicherheitshalber hielt Parkal einige Meter Abstand von seinen Gefährten. Er redete kaum mit ihnen, da sie nicht den Anschein erweckten, als hätten sie den Vorfall am Sumpf bereits vergessen. Nach einer Weile sahen sie in weiter Ferne den grellen Schein der Mittagssonne aus den dichten Baumstämmen hervorsickern. Je näher sie diesem kamen, desto stärker wurden sie von den Lichtstrahlen geblendet. Schließlich tauchte vor ihnen ein funkelndes Sandmeer auf, welches sich hinter dem dichten Wald verborgen hatte.

Auf der gegenüberliegenden Seite der Wüstenlandschaft erstreckte sich der grüne Streifen eines anderen Waldgebiets. Vorsichtig setzte Elio einen Fuß auf den Sand und verlagerte sein Gewicht nach vorne. Verblüfft musste er feststellen, dass er immer tiefer versank. Nur mit Mühe gelang es ihm, seinen Fuß wieder aus der klebrigen Sandmasse zu befreien. Mit einem missmutigen Gesichtsausdruck wandte er sich seinen Gefährten zu.

„Vor uns liegt purer Treibsand, der uns bereits nach wenigen Schritten verschlucken wird", raunte er beunruhigt. Parkal warf ihm einen entgeisterten Blick zu, als könne er nicht glauben, was er soeben gehört hatte. Liam hingegen starrte nachdenklich auf den Wüstenboden, als würde er nach einer Lösung suchen.

„Sieh doch! Die Stelle hier ist etwas heller", murmelte Liam aufgeregt, dabei deutete er auf den Sand. Ohne zu zögern, setzte er sich in Bewegung, stapfte einige Meter in die Wüste hinein und machte wieder Halt. Herumwirbelnd warf er Elio einen triumphierenden Blick zu. Seine Füße versanken nicht, obwohl ihn bloß wenige Schritte von jener Stelle trennten, die seinen Gefährten zuvor nach unten gezogen hatte. Elio kniff angestrengt die Augen zusammen, er erkannte, dass sich eine helle Spur durch das Sandmeer schlängelte.

„Du hast recht, Bruder. Wir müssen uns auf dem hellen Pfad bewegen, um weiter Richtung Süden zu ziehen", erwiderte er und folgte Liam. Seine Füße blieben an der Oberfläche. Langsam folgte Parkal ihnen, aber er schien den hellen Pfad nicht deutlich zu erkennen. Bereits nach zwei Schritten blieb sein Fuß stecken. Mit panischen Bewegungen versuchte er, sich aus den Fesseln des Treibsandes zu befreien, wodurch er nur noch schneller versank. Kläglich schrie er nach Hilfe.

Seine Gefährten wirbelten verblüfft herum, bevor sie laut loslachten und ihn mit Absicht noch einen Moment lang im Treibsand zappeln ließen. Dann griffen sie beide nach einem der wild fuchtelnden Arme und zogen ihn mit einem kräftigen Ruck heraus. Schwer atmend stützte er sich auf die Knie, beschämt schaute er in ihre grinsenden Gesichter.

„War ja klar, dass du keine Sekunde ohne uns hier draußen überlebst", spottete Liam hämisch, der ihm wieder den Rücken kehrte. Er hatte inzwischen den letzten Respekt vor Parkal verloren. Elio schüttelte bloß den Kopf und folgte ihm weiter über die helle Spur im Sand. Parkal blieb diesmal dicht an seinen Fersen.

Immer weiter drangen sie in die Wüste vor. Eine leichte Brise aus Staubwolken wehte ihnen in die verschwitzten Gesichter. Innerlich grübelte Elio darüber nach, wo die anderen Jungen aus Olafs Truppe sich gerade aufhielten. Auf ihrem bisherigen Marsch waren sie auf keinen einzigen von ihnen gestoßen. Womöglich waren sie vom Weg abgekommen, irrten verloren durch die Wälder. Derselbe Gedanke ließ ihn auch darüber zweifeln, ob seine Gefährten und er noch immer den richtigen Kurs einschlugen. Schließlich waren die anderen Jungen bloß wenige Augenblicke vor ihnen Richtung Süden gezogen, wodurch der Abstand zu ihnen nicht allzu groß sein konnte. Ein unwohles Gefühl braute sich in seiner Magengrube zusammen. Plötzlich sah er, dass ein gutes Stück vor ihnen etwas aus dem Sand ragte. Er erkannte bloß eine lange, dünne Silhouette. „Bleibt stehen! Da vorne ist etwas", zischte er und deutete auf das sonderbare Etwas im Sand. Sofort machten sie Halt. Das seltsame Ding wurde in kreisenden Bewegungen immer näher an sie herangetrieben. Als es nur noch wenige Meter von ihnen entfernt war, musste Elio erschrocken feststellen, dass es sich um einen blutigen Arm handelte. Auch seine Gefährten taumelten nervös nach hinten. An einigen Stellen war die bleiche Haut so sehr von etwas abgenagt worden, dass zwischen den Fleischfetzen Knochen zu sehen waren. Allmählich ließ der rieselnde Sand darunter eine zernagte Schulter zum Vorschein kommen. Es war ein abscheulicher Anblick, der Elio fast die Galle hochkommen ließ. Der Treibsand spuckte noch mehr aus. Einen zweiten Arm, darauf folgte ein Kopf.

Ein kalter Schauder lief Elios Rücken hinunter, als ihm auffiel, dass es sich bei dem leblosen Wesen um einen Jungen aus ihrer Truppe handelte. Entsetzt starrten sie ihn an, seine Augen waren geschlossen. Das bleiche Gesicht war von unzähligen Kratzern und aufgerissenen Wunden übersät, als wäre es in einen Krug voller tollwütiger Ratten gesteckt worden. Womöglich hatte der abgemagerte Junge bereits eine ganze Weile lang im Sand festgesteckt, seine Haut war bleich, er war nur noch wenige Meter von den Gefährten entfernt. Die leichte Windbrise schien ihn sanft nach vorne zu tragen. Mittlerweile ragte sein ganzer Rumpf aus der Sandströmung, wodurch ersichtlich wurde, dass auch Brust und Bauch keineswegs unversehrt waren. An einzelnen Stellen hatte seine Haut sich sogar bläulich verfärbt. Ein kleines Stück trieb er noch weiter.

Schlagartig machte er halt. Nur noch seine Füße waren vom Sand bedeckt. Trotzdem stand er aufrecht vor den Gefährten. Elios Herz pochte vor Aufregung. Gleichzeitig war er verblüfft, weil ihm eine solche Erscheinung zuvor noch nie vor die Augen getreten war.

Im Lager hatte er des öfteren belauschen können, wie Bewohner in seiner Nähe über die sogenannten Sandgeister getuschelt hatten. Ihren Erzählungen zufolge waren dies jene Kreaturen, deren Seelen nach ihrem Tod von der unfassbaren Macht des Treibsands eingenommen worden waren. Dieser schoss zunächst gewaltige Sandmassen in das Innere ihrer leblosen Hüllen, um gewaltsam ihre Innereien herauszustoßen. Danach war nichts außer seine finstere Macht in ihnen, welche jetzt endgültig über ihre verlorenen Seelen herrschte. Bisher hatte Elio immer gedacht, es handle sich bei den Erzählungen über die Sandgeister um erfundene Schauermärchen, die im Lager rumerzählt wurden. Doch seine Zweifel lösten sich in Luft auf. Die Füße des Jungen wurden wie von Geisterhand aus dem Sand gezogen. Dieser fing an, vor seinen Augen zu schweben.

Plötzlich breiteten sich die blutigen Arme des Toten weit auseinander. Es schien so, als würden sie von einer unsichtbaren Kraft in die Länge gezogen werden. Eine Kraft, die auferstanden war, um ihre nächsten Opfer ins Verderben zu locken. Eine, die sich danach sehnte, die letzten Lebenslichter aus den Gefährten herauszusaugen. Der schwebende Sandgeist richtete den Blick langsam in ihre Richtung. Abermals zitterte Parkal am ganzen Leib. Obwohl sein angsterfülltes Gesicht immer bleicher wurde, regte er sich nicht von der Stelle. Offenbar fesselte ihn der grausame Anblick. Selbst Liam schien sich zu fürchten, der nach hinten taumelte. Sein hilfloser Blick verriet, dass er nicht den blassesten Schimmer hatte, was sie als nächstes tun sollten. Auch ihm war noch nie zuvor ein Sandgeist vor die Augen getreten. Hektisch blickte er nach unten, um nicht von der hellen Spur abzukommen.

Elio spürte, wie sein Herz von Sekunde zu Sekunde härter gegen seinen Brustkorb hämmerte. Seinen Gefährten warf er panische Blicke zu. Er wollte ihnen Anweisungen geben, aber zugleich hatte er nicht den blassesten Schimmer, wie sie gegen eine solche Bestie ankommen sollten, denn vor wenigen Augenblicken hatte er nicht einmal gewusst, dass sie existierte. Die nackte Angst hatte von ihm Besitz ergriffen, sodass er nicht mehr klar denken konnte. Doch er musste sich schleunigst etwas einfallen lassen, wenn er nicht, wie der abgemagerte Junge, vor seinen Augen enden wollte.

In der Hoffnung, sie auf diese Weise besser einschätzen zu können, beobachtete er angestrengt jede ihrer Bewegungen. Der Sandgeist streckte die Arme nach vorne, Elio sah, dass in dessen zerschrammten Handinnenflächen einige Löcher in der Größe von Augäpfeln waren, in denen schwebende Sandwirbel kreisten. Die Bestie wurde tatsächlich von der Macht des Treibsandes geleitet . Als sie ihre Augen aufriss, sahen die Gefährten bloß Schwärze, in der dieselben Wirbel kreisten. Plötzlich schoss Sand aus den Handflächen heraus. Das geschah so schnell, dass sie nicht ausweichen konnten. In der Luft machte der Sand einen kleinen Bogen, schließlich klatschte er unsanft in Parkals Gesicht. Schlagartig begann er, schmerzerfüllt zu schreien und sich mit den Händen grob das Gesicht zu reiben. Seine Schreie wurden immer lauter, als würde der Sand sich in seine Haut hineinfressen. Elio sah, wie sein Gesicht anschwoll, seine Augen röteten sich. Die fliegenden Wirbel im Inneren der Hülle konnten also keineswegs bloß aus gewöhnlichem Treibsand bestehen, sondern mussten von der Finsternis zu unheilbringenden Waffen geformt worden sein.

Rasch eilte Liam Parkal entgegen, der ihm energisch dabei half, das Gesicht von dem klebrigen Sand zu befreien. Schützend stellte Elio sich vor seine Gefährten, um die Aufmerksamkeit des Sandgeistes auf sich zu lenken. Furchteinflößend riss dieser seinen ausgetrockneten Mund auf. Ein kläglicher Schrei kam aus seiner Kehle. Anstelle von Zähnen oder einer Zunge waren im Inneren dieselben schwebenden Wirbel, welche von schwarzer Leere umringt waren. Elio hatte das Gefühl, geradewegs in sein Verderben hineinzublicken.

Keine Sekunde später schoss bereits Sand heraus, aber Elio hatte ihn diesmal kommen sehen. Hastig rannte er zur Seite, er vergaß, dass er sich vor seine Gefährten gestellt hatte. Der Sand traf weder Liam noch den schreienden Parkal, sondern machte in der Luft Halt. Langsam wandte er sich wieder in Elios Richtung. Dann kam er rasanter als zuvor auf ihn zugeschossen. Die schwebende Kraft musste von der Bestie selbst geleitet werden. Ohne zu zögern, rannte Elio über die helle Spur zurück in die Richtung des

Waldstücks, aus dem sie gekommen waren. Hinter sich hörte er das bedrohliche Rauschen des Sandwirbels. Von der Panik getrieben wurde er immer schneller.

Inzwischen beruhigte Parkal sich wieder, seine ohrenbetäubenden Schmerzensschreie waren verstummt. Die Schwellungen in seinem Gesicht verschwanden allmählich. Offenbar waren die einzelnen Sandgeschosse nicht dazu fähig, bleibende Schäden zu hinterlassen. Liam kehrte ihm den Rücken und wandte sich wieder dem Sandgeist zu. Keuchend hob er seine Axt an. Er sah mehr als erschöpft aus, seine Beine zitterten. Mit einem lauten Schrei wankte er auf die Bestie zu, dabei holte er weit aus. Zu seinem Pech wich diese mit einer raschen Bewegung zur Seite aus. Wirkungslos stieß er die scharfe Klinge in den Sand hinein. Der Sandgeist schwebte neben ihm. Panisch zerrte er am Griff seiner Axt, um diese wieder aus dem Wüstenboden herauszuziehen. Es gelang Liam, die Waffe mit einem letzten Ruck zu befreien. Geradewegs schaute er auf die Wirbel in der schwarzen Leere. Langsam taumelte er nach hinten, die Axt hielt er mit zittrigen Armen vor sein Gesicht. Sein Atem ging schwer. Er schien endgültig am Ende seiner Kräfte angelangt zu sein, denn er sah nur noch keuchend dabei zu, wie die rauschenden Sandwirbel aus den finsteren Augenhöhlen in seine Richtung schwebten.

Inzwischen hatte Elio die trockene Erde des Waldstücks erreicht und rannte in einem großen Bogen am Ufer des Sandmeeres entlang. Schnell stürmte er wieder auf den hellen Pfad zu, um sich seinen Gefährten zu nähern. Der rauschende Wirbel hing ihm noch immer im Nacken. Mittlerweile war ihm bewusst, dass eine Flucht aussichtslos war. Er musste stattdessen die Quelle der lästigen Sandgeschosse zu Fall bringen. Also holte er mit der Axt aus. Schreiend preschte er auf die Bestie zu. Diese starrte noch immer auf Liam, der verzweifelt nach Luft hechelte. Sein verschwitztes Gesicht war gerötet, die Axt konnte er nicht einmal mehr aufrechthalten. Er hatte den Kampf vor Erschöpfung aufgegeben. Der Sandwirbel hatte ihn fast erreicht, seine Augen fielen zu, als wartete er nur noch auf seinen Tod.

Elio spürte, wie ihm das Herz immer härter gegen den Kehlkopf pochte. Voller Angst legte er noch einen Zahn zu, obwohl seine Beine bereits so schwer waren, dass er sie nicht mehr spürte. Er wusste, wie es sich anfühlte, einen Freund vor den eigenen Augen zu verlieren. Lieber würde er selbst sein Leben geben, als das ein weiteres Mal zu spüren. Etwas anderes ging ihm nicht durch den Kopf, während er auf den Sandgeist zuraste. Als er in Reichweite war, riss er die Axt mit kräftigem Schwung nach vorne. Keine Sekunde später köpfte die Klinge mit Leichtigkeit die vom Treibsand besessene Hülle.

Ihr abgetrennter Kopf rollte einige Meter über den Wüstenboden. Ihr Körper hörte auf zu schweben, das Zucken erstarb. Ringsherum bildete sich ein kleiner Teich aus dunkelrotem Blut, der im Sand versickerte. Die finstere Kraft hatte sich aufgelöst. Die letzten Sandkörner, die aus dem hohlen Schädel herausrieselten, bewegten sich nicht. Erleichtert atmete Elio aus. Der bedrohliche Wirbel, der zuvor auf seinen Gefährten zugeschwebt war, fiel auf den Wüstenboden. Liam blinzelte leicht, auch er stieß einen langen Seufzer aus.

Plötzlich kam Parkal, der bisher wieder bloß aus sicherer Entfernung zugesehen hatte, mit erhobener Machete angerannt und stieß ein schrilles Kreischen aus. Bevor seine Gefährten etwas sagen konnten, schlug er mit der scharfen Klinge einige Male auf die kopflose Hülle ein. Er hörte auch nicht auf, diese gewaltsam zu zerhacken, als sie bereits in eine Vielzahl an Stücken zerteilt worden war. Seine Haut wurde mit unzähligen Blutspritzern übersät. Nichts an der Hülle regte sich noch. Der Fluch des Treibsandes hatte ein Ende genommen. Parkal stützte sich auf die Knie und beugte sich hechelnd über das Blutbad.

Elio blickte nachdenklich auf seine Gefährten. Er war mehr als erleichtert darüber, dass sein Freund noch am Leben war, aber für Parkal hatte er keine wohlgesinnten Gefühle übrig. Dieser hatte zwar diesmal nicht ausschließlich zugesehen, aber Elio bezweifelte stark, dass er ihnen auch beigestanden hätte, wenn die Bestie nicht zusammengesackt wäre. Auch Liam musterte ihn misstrauisch, während er sich aufrappelte. Doch Parkal drehte sich mit strahlenden Augen zu ihnen um. Der Stolz in seinem Inneren war nicht zu übersehen. Erwartungsvoll blickte er in ihre Gesichter, als hoffte er auf ein Lob von ihnen. Doch sie kehrten ihm bloß wortlos den Rücken.

„Wir müssen weiter. Die Zeit rennt uns davon, Olaf wird nicht ewig warten", sagte Liam, der den Kompass herauskramte und begann, sich weiter über den hellen Sand Richtung Süden zu bewegen. Schweigend folgte Elio ihm.

Ihr Gefährte hingegen blieb noch stehen. Er starrte auf die Überreste des Sandgeistes, sein breites Grinsen verschwand nicht. Die rechte Hand, welche die blutverschmierte Machete hielt, zitterte. Etwas schien sich im Inneren des schmächtigen Jungen verändert zu haben. Trotz des breiten Grinsens, dazu den weit aufgerissenen Augen, legte sich ein dunkler Schatten über seine Miene. Dieser war zuvor nie dagewesen. Das Grinsen legte sich. Entschlossen hetzte er seinen Gefährten hinterher, die bereits einige Meter durch den Sand gestapft waren.

Die drei Gefährten waren verschwitzt und keuchten erschöpft, als sie die Wüste endlich hinter sich gelassen hatten und auf die Wälder blickten, die sich nur wenige Schritte vor ihnen ausstreckten. Zu ihrem Glück waren sie auf ihrem Marsch über das Sandmeer auf keine weitere besessene Hülle gestoßen.

Elio fragte sich ununterbrochen, was mit dem toten Jungen aus ihrer Truppe passiert war. Ein grausames Geschehen musste sich vor der Entstehung des Sandgeistes ereignet haben. Schließlich konnte der Fluch des Treibsands bloß von leblosen Hüllen Besitz ergreifen. Der Junge musste bereits tot gewesen sein, bevor er zu einem Sandgeist geworden war. Dass dieser bloß vom Treibsand verschluckt worden war, bezweifelte Elio. Die anderen Jungen aus seinem Trupp hätten ihn gewiss befreien können. Womöglich hatten seine Gruppenmitglieder sich dazu entschieden, ihr schwächstes Glied loszuwerden, um schneller Richtung Süden zu kommen. Es war aber auch nicht auszuschließen, dass ihr Gefährte von einer Bestie getötet worden war.

„Den armen Kerl hat wohl der Aquamors erwischt", hatte Liam behauptet. Unbegründet war diese Vorstellung keineswegs, wenn Elio auf den blutigen Überlebenskampf zurückblickte, den ihnen die offene Wildnis bisher geboten hatte. Doch wie hatte der Leichnam des Jungen das Sandmeer erreicht, wenn dieser zuvor von einem Aquamors getötet worden war? Jene Bestie lauerte bloß in Flüssen, die tief im Inneren des Waldes und weit entfernt von der Wüste lagen. Daher glaubte Elio eher, dass seine Gefährten ihn ermordet und anschließend in den Treibsand gelegt hatten. Ein schreckliches Vergehen, welches man ihnen niemals nachweisen könnte, denn es war keine Seltenheit, dass Jungen während der Reifungsmaßnahmen verstarben, und niemand fragte nach Todesursachen. Nicht einmal die Kaltblüter.

Sie standen nur noch wenige Schritte vor dem dicht bewachsenen Gestrüpp. Hier hatten die Klänge des Waldes zu Elios Verblüffung keinen bedrohlichen Unterton, sondern ähnelten vielmehr einer vertrauten, einladenden Melodie. Neben schrillem Vogelgezwitscher und einem ständig wiederkehrenden Rascheln in den Sträuchern, erreichte bloß noch eine idyllische Stille ihre Ohren. In diesem Waldstück schien es nicht von mutierten Bestien zu wimmeln. Elio entspannte sich ein wenig durch die angenehme Atmosphäre. Dennoch behielt er wachsam die Umgebung ringsherum im Auge, denn er konnte nicht ausschließen, dass der freundliche Schein bloß als Fassade diente. Nachdem er sich mehrmals energisch umgeschaut hatte, wandte er sich seinen Gefährten zu.

„Hier scheint es friedlich zu sein. Das Kaltblut muss sich irgendwo dort aufhalten. Es kann nicht mehr weit entfernt sein", raunte er entschlossen. Mit dem Finger deutete er auf die dicht aneinander stehenden Bäume. Zügig ging er auf das Waldstück zu und fing mit der Axt an, sich durch die Äste der Sträucher hindurchzuschlagen. Kleine Kratzer ratschten in seine Arme, denen er keine Beachtung schenkte. Liam heftete sich an seine Fersen, er half ihm dabei, den Pfad durch die Bäume freizumachen.

Hinterhertrottend stieß Parkal ein widerwilliges Stöhnen aus. Womöglich verärgerte ihn die Tatsache, dass seine Gefährten seit dem Fall des Sandgeistes kein Wort mit ihm gesprochen hatten. Elio und Liam hatten seine schlechte Laune entweder nicht bemerkt oder schwiegen diese tot, weil sie nicht das Bedürfnis verspürten, sich mit ihm auseinanderzusetzen.

Als die Gefährten sich bereits eine ganze Weile durch den dichten Wald gebahnt hatten, hielt die Natur ihren sehr friedlichen, lebendigen Anschein noch immer aufrecht. Die meisten Tiere hier schienen von einer wilden Genvermischung verschont worden zu sein. Ihre Laute klangen um einiges natürlicher als jene der mutierten Kreaturen, die in den meisten Wäldern lauerten, die das Lager umkreisten. Dieser Ort war eine solche Seltenheit, dass er Elio einen Augenblick lang alle seine Sorgen vergessen ließ. Er konnte sich nicht daran erinnern, in seinem Leben bereits von einer so belebten und zugleich ruhigen Umgebung berieselt worden zu sein. Auch seine Gefährten schienen erstaunt zu sein, die ihre Blicke nicht von dem bunten Spektakel der Natur abschweifen lassen konnten.

Plötzlich ertönte aus der Ferne ein wildes Gemisch aus aufgeregten Stimmen, das mit jedem ihrer Schritte lauter wurde.

„Das müssen die anderen aus der Truppe sein", zischte Liam, der einen Zahn zulegte. Auch Elio erhöhte sein Schritttempo. Er war zuversichtlich, dass ihr Marsch bald ein Ende nehmen würde. Ein kleines Schmunzeln huschte über seine Lippen. Allmählich fiel ihm ein schwerer Stein vom Herzen. Hingegen schien Parkal die Stimmen gar nicht zu beachten. Zügig stolperte er seinen Gefährten hinterher. Er hatte noch immer seine grimmige Miene aufgesetzt, in der kein einziger Hinweis auf Begeisterung zu sehen war.

Wenig später erreichten sie einen leicht rauschenden Fluss. Eine klare Strömung sprudelte aus einer von zwei Eichen umringten Quelle. Hinter dem Wasser lag eine lange und breite Wiese, die von dem Dämmerlicht der Abendsonne eingebettet war. Sie schimmerte in einem roten Glanz. Auf dem Gras liefen tatsächlich die anderen Jungen aus ihrer Truppe herum, die laut durcheinanderredeten. Wahrscheinlich sprachen sie miteinander über das, was ihnen auf den Märschen Richtung Süden widerfahren war. Elio bemerkte, dass einige Jungen aus der Truppe fehlten. Augenscheinlich war nur etwa die Hälfte von ihnen auf der Wiese zu sehen.

Die Gefährten überquerten den kniehohen Fluss. Sie traten auf das schimmernde Gras, bewegten sich in die Richtung der anderen. Mittlerweile waren sie von diesen bemerkt worden. Innerhalb weniger Sekunden wurden sie von der tuschelnden Schar eingekesselt.

Aus allen Richtungen dröhnte ihnen ein wildes Gemisch aus aufgeregten Stimmen in den Ohren. Plötzlich ließ ein tiefes Murren den unverständlichen Redefluss verstummen.

Verblüfft drehte Elio den Kopf zur Seite, er sah, dass es von einem Jungen gekommen war, dessen stämmige Statur gute zwei Meter in die Höhe ragte. Dieser schien von den anderen ringsherum geachtet zu werden, denn sie alle hielten den Mund. Erwartungsvoll blickten sie zu ihm auf. Der muskulöse Koloss machte einen großen Schritt auf Elio, der neben ihm fast schmächtig erschien, zu. Skeptisch schaute er ihn an. Ohne zu blinzeln, blickte Elio in seine braunen Augen. Schweigend starrten sie sich an. Parkal und Liam traten einige Schritte zurück, als würden sie nervös werden. Einzelne Jungen begannen wieder, leise miteinander zu tuscheln. Doch sie verstummten, als der Koloss die angespannte Stille unterbrach.

„Von euch hat es also jeder geschafft! Anscheinend lechzten die Mäuler der Bestien nicht nach abgemagertem Fleisch! Ihr könnt euch also glücklich schätzen!", stellte er mit erhobener Stimme fest.

Elio zeigte sich äußerlich weiterhin unerschüttert, aber er spürte, wie sein Herzschlag immer schneller wurde. Schließlich konnte er keineswegs einschätzen, wie gewaltbereit sein Gegenüber tatsächlich war. Er wartete ab, bis er dem Koloss in einer ruhigen Stimmlage antwortete:

„Es war knapp, keineswegs leicht. Fast wären wir von dem Maul eines hungrigen Aquamors zerfleischt worden, aber jeder von uns hat überlebt." Er bemühte sich, ruhig zu bleiben und zugleich kein Zeichen von Schwäche zu zeigen.

Die Lippen des Kolosses verzogen sich zu einem gehässigen Grinsen.

„Das habt ihr dann wohl dem tapferen Bezwinger des Serpenstigris zu verdanken! Einen solchen Helden hätte ich auch gerne zu unserem Trupp gezählt!", grölte er mit einem sarkastischen Unterton in die Richtung von Parkal und Liam, die noch immer dicht hinter ihrem Gefährten standen. Liam verzog sein Gesicht zu einer grimmigen Miene und ballte die linke Hand zu einer Faust. Parkal hingegen wich dem Blick des Kolosses aus und musste schwer schlucken.

„Utan, lass sie doch. Wir haben für heute genug gekämpft", murmelte ein dicker Junge hinter dem Koloss. Dieser ging nicht auf die Bemerkung ein, sondern musterte die drei Gefährten weiterhin mit seinem kühlen Blick. Elio spürte nach dem langen Marsch die Erschöpfung in seinen Gliedern. Er wollte sich darum bemühen, einer unnötigen Auseinandersetzung aus dem Weg zu gehen.

„Die anderen haben genauso ihren Teil dazu beigetragen. Ein Schwächling wie ich kann wohl kaum Held genannt werden. Wo ist Olaf?", fragte er in die Runde, ohne weiter auf die hämische Bemerkung einzugehen. Der dicke Junge hinter Utan machte einen Schritt vor, der auf das gegenüberliegende Ende der Wiese deutete.

„Das Kaltblut sitzt dort hinten. Es betet für diejenigen, die von uns gegangen sind. Viel zu viele haben es nicht geschafft, diesen wunderschönen Ort zu erreichen. Jetzt liegen sie neben unseren Ahnen, ruhen auf ewig", raunte er mit einer melancholischen Stimmlage.

Elio blickte an Utan vorbei, woraufhin er in der Ferne eine dunkle Silhouette erblickte, die im Schneidersitz auf dem Gras kauerte. Utan wandte sich von ihm ab und drängelte sich wieder in die Reihen der Truppe, sein trüber Blick war nach unten gesenkt. Die Worte seines dicken Gefährten schienen ihn getroffen zu haben.

Plötzlich raste ein kalter Schreck durch Elios Glieder. Er erinnerte sich blass daran, Utans Trupp bereits zu Beginn der Reifungsmaßnahme gesehen zu haben. Dieser hatte zu jenem Zeitpunkt noch aus vier Gefährten bestanden. Sie waren vor allen anderen Richtung Süden gezogen, sie hatten laut geprahlt, dass sie die Stärksten aus der Truppe wären. Dass sie Olaf am schnellsten erreichen würden. Der Hochmut war ihnen wohl zu Kopf gestiegen. Von den vier Gefährten waren bloß noch drei übrig.

Neben dem Koloss und dem dicken Jungen stand noch ein anderer, der etwa genau so groß wie Utan war. Doch dieser war um einiges schmächtiger, wodurch er kleiner wirkte. Sein leeres Gesicht war auf das Gras gerichtet, es spiegelte den wolkenlosen Abendhimmel wider. Er hatte bereits die ganze Zeit über geschwiegen. Die kleine Auseinandersetzung hatte er kaum beachtet. Nachdem Utan sich zurück zu seinem Trupp begeben hatte, hatte er erstmals seinen Kopf leicht angehoben. Elio sah ihm in die dunkelbraunen Augen, die aufgequollen und wässrig waren. Ihn ließ das Gefühl nicht los, dass er sein Gesicht schon einmal gesehen hatte. Doch ihm fiel nicht ein, wo oder wann. Dem stillen Jungen schien der Verlust ihres Gefährten am nächsten zu gehen.

„Leo, dein Bruder ist an einem besseren Ort. Er würde nicht wollen, dass du um ihn trauerst", raunte Utan mit einer tiefen, aber zugleich bebenden Stimme. Der Junge nickte ihm zu, dabei ließ er die Wiese nicht aus den Augen. Elio musste sich an die Verluste seiner eigenen Freunde erinnern. Er wusste nur zu gut, wie sich Leo fühlen musste.

Plötzlich spürte er einen festen Händedruck auf seiner rechten Schulter. Als er sich umdrehte, sah er Liam hinter sich stehen. Sein Gefährte führte langsam die Lippen an sein Ohr.

„Elio, ich glaube, Leo ist der Bruder des Sandgeistes. Siehst du nicht sein Gesicht. Es hat dieselben Züge wie jenes der Bestie", flüsterte er so leise, dass seine Stimme kaum zu hören war. Trotzdem schlugen die Worte wie ein Blitz in Elios Kopf ein. Ein kalter Schauder zog über seinen Rücken.

Nun erinnerte auch er sich blass daran, dass das leere Gesicht des trauernden Jungen sehr dem der leeren Hülle ähnelte. Deswegen war Leo ihm bekannt vorgekommen. Liams Vermutung würde erklären, wieso der Verlust ihn so hart getroffen hatte. Elio schwieg und nickte bloß energisch. Ihm war bewusst, dass es für seine Gefährten besser wäre, ihren Kampf gegen den Sandgeist vor den anderen geheim zu halten. Schließlich würde Utans Trupp sich nicht darüber freuen, zu erfahren, dass sie ihren Gefährten zerstückelt hatten. Zudem musste er sich an seine Vermutung zurückerinnern, dass die Gefährten des toten Jungen selbst bewirkt hatten, dass dieser zu einem Sandgeist geworden war. Er traute Utans Trupp nicht mehr. Die niedergeschlagenen Gesichter der Jungen könnten eine Fassade sein, die sie aufrechterhielten, um ihre grausame Tat zu verbergen. Elio beschloss, sich von jetzt an von ihnen fernzuhalten.

Die angespannte Atmosphäre, welche in der Luft lag, wurde plötzlich aufgelöst, als die Jungen sahen, wie sich Olafs Silhouette in der Ferne langsam aufrichtete. Das Kaltblut kam mit gesenktem Kopf behutsam auf sie zugelaufen. Rasch wurden die dunklen Umrisse seines Gesichts von den letzten Strahlen der Abendsonne erhellt. Zu Elios Verblüffung erweckten seine müden Augen und die grauen Ringe darunter den Anschein, als wäre er, seitdem er sie vor einigen Stunden verlassen hatte, stark gealtert. Es schien so, als zogen sich seine Falten um einiges tiefer in die trockenen Wangen hinein. Die Verluste aus seiner Truppe mussten ihn ebenfalls mitgenommen haben.

Als er nur noch wenige Schritte von den Überlebenden entfernt war, verstummte auch das letzte Geflüster unter ihnen. Olaf stellte sich aufrecht vor sie. Er machte den Anschein, als versuchte er, sich seine Zerstreutheit und Trauer nicht anmerken zu lassen. Er setzte seine eiserne Miene auf. Alle der Reihe nach musterte er. Offenbar hatte auch er den Weg hierher nicht kampflos überstanden, bis zu seinem Bauchnabel erstreckten sich blutige Kratzspuren über seine Haut.

„Einige unserer Gefährten mussten heute einen hohen Preis zahlen. Sie sind von uns gegangen. Mit Sicherheit sind sie jetzt an einem Ort, an dem sie nicht mehr kämpfen müssen, sondern in Frieden ruhen. Trauern wir ihnen nicht allzu lange nach, wir denken meist nicht an ihren Verlust, sondern in erster Linie an den Unseren. Trotzdem werden wir für sie eine Schweigeminute einlegen, um ihnen den letzten Respekt zu erweisen", raunte Olaf in einer sanften Stimmlage. Alle Jungen seiner Truppe senkten die Köpfe, ohne sich zu regen.

Die Worte hatten Elio gerührt, denn er hatte das abgebrühte, hochentzündliche Kaltblut noch nie auf eine solche Weise sprechen hören. Auf seiner Haut sträubten sich die Haare, ohne dass er etwas dagegen tun konnte. Olafs kühle Hülle hatte im Inneren einen warmen Kern. Das war eine Erkenntnis, die er zum ersten Mal machte.

Nach einer Weile des Schweigens hob das Kaltblut wieder den Kopf. Es kam Elio so vor, als hätten sie weitaus länger als eine Minute geschwiegen. Als Leo die Augen wieder öffnete, strömte ein Meer aus Tränen heraus, die sich offenbar in der Schweigeminute angesammelt hatten. Nach außen hin wirkte es so, als würde der Tod seines Bruders ihn innerlich auffressen. Zügig wischte er sich über das feuchte Gesicht. Unauffällig beobachtete Elio ihn aus dem Augenwinkel, denn er glaubte nicht länger, dass die rührenden Tränen echt waren. Ein kalter Schreck jagte durch seine Glieder. Inmitten des Tränenmeers war plötzlich ein finsteres Schmunzeln aufgetaucht. Blitzschnell verschwand es, doch es genügte, um Elio die letzten Zweifel an seiner Vermutung zu rauben. Leo musste ein gewissenloser Meister der Täuschung sein, der sein wahres Ich hinter einer verletzlichen Fassade verbarg. Womöglich hatte er selbst seinen Bruder getötet.

„Lasst uns keine Zeit mehr verlieren. Wir kehren zum Lager zurück, es ist bereits spät. Wenn wir uns beeilen, erreichen wir es noch, bevor die Nacht angebrochen ist", murmelte Olaf entschieden, der sich durch die Traube aus Überlebenden nach vorne bahnte.

„Reihe nach außen!", rief er laut. Alle stellten sich schweigend auf dieselbe Weise auf, wie sie ihre Reise angetreten hatten. Sie folgten Olaf, nachdem dieser ein ohrenbetäubendes „Ab!" in die Luft geschrien hatte und losmarschiert war. In diesem Moment wusste Elio, dass die Reifungsmaßnahme überstanden war.

5. KAPITEL

TÄNZELNDE FLAMMEN

Als die Überlebenden nach einem langen und ermüdenden Marsch durch die südlichen Wälder wieder den Zaunspalt des Lagers erreichten, wurden sie von demselben Wächter empfangen, der ihnen auch den Zugriff auf das Waffenarsenal gestattet hatte. Mittlerweile hatten sich die letzten Funken der rotleuchtenden Abendsonne verzogen, die Nacht war angebrochen. Der Reihe nach zwängten sich die Jungen durch den Zaun in den Schutz des Lagers. Der Wächter musterte sie.

Als Elio an der Reihe war, blickte er in dessen müde Augen. Der Mann sah so aus, als könne er jederzeit vor Erschöpfung umkippen. Dies verwunderte ihn nicht. Offenbar hatte er bereits den gesamten Tag lang an derselben Stelle gestanden und den Spalt bewacht. Selbst Elio spürte, dass sein Kopf wie leergepustet war. Seine Beine wurden immer schwerer. Er konnte es kaum erwarten, in sein Zelt zu schlüpfen, um den weichen Stoff seiner Matratze zu spüren.

Nachdem auch der letzte Überlebende in das Lager geschlüpft war, forderte Olaf sie alle dazu auf, ihm zu folgen. Elio war verblüfft. In der Regel entließen die Kaltblüter ihre Truppen nach der Ankunft im Lager. Die anderen Jungen schienen ebenfalls verwundert zu sein, aber keiner von ihnen wagte es, zu fragen, was der Grund für die Anweisung war.

„Was hat er wohl jetzt noch vor. Wir haben die Maßnahme doch bestanden", flüsterte Liam, der ihm während der gesamten Rückreise nicht von der Seite gewichen war.

Parkal hingegen hatte sich von ihnen abgewandt. Er hatte Anschluss in Utans Trupp gefunden. Eine Entwicklung, die Elio beunruhigte, weil er dem feigen Jungen nicht über den Weg traute. Vermutlich kannte er auch die Wahrheit über Leos toten Bruder. Mit Sicherheit würde Parkal nicht davor zurückschrecken, diese zu seinen Gunsten zu nutzen.

Auf die Bemerkung seines Freundes zuckte Elio bloß mit den Schultern, bevor er den anderen in das sogenannte Herz des Lagers folgte. Dies war jene weitreichende Fläche aus kaltem Gestein, die von den Zelten der Bewohner umringt war. Elio hielt sich selten hier auf, sein Gemach lag sehr nah am Rand der Zeltreihen, weit weg vom Herzen des Lagers. Es war ein ungewohntes Gefühl, als seine Füße auf das kühle Gestein trafen. Der restliche Teil des Lagers war vom Sandboden der Wüste eingebettet. Das fein geschliffene Gestein konnte keineswegs von der Natur stammen, sondern musste einst in einer fernen Vergangenheit von menschlichen Händen angefertigt worden sein.

Die Überlebenden kamen dem Mittelpunkt der kreisförmigen Fläche immer näher. Olaf hatte keinen Ton mehr von sich gegeben. Ringsherum war alles in Schwärze gehüllt. Alle Feuer im Lager waren wegen der Nachtruhe bereits erloschen. Bis auf das Pfeifen einsamer Böen, die durch die Wüste irrten, waren keine Geräusche in der Dunkelheit zu hören. Elio wunderte sich immer mehr.

Plötzlich ertönten aus verschiedenen Richtungen schrille Schleifgeräusche, die einen kalten Schrecken durch seine Glieder jagten. In einem Kreis um sie herum leuchteten winzige Funken auf. Angestrengt kniff er die Augen zusammen, um zu erkennen, was in der Dunkelheit vor sich ging. Schließlich erkannte er die leichten Umrisse von Gestalten, die von dem schwachen Licht der aufsteigenden Funken beleuchtet wurden.

„Sind das die Mädchen?", fragte Liam. Aufgeregt machte er einen Schritt auf die schwarzen Silhouetten zu. Sein Mund war aufgerissen, er schien seinen Augen nicht zu trauen. Die Funken wurden von Mal zu Mal größer, wodurch Elio die weiblichen Kurven dahinter erkannte. Noch bevor diese deutlicher wurden, blendete ihn ein Meer aus hell leuchtenden Flammen. Schnell kniff er die Augen zu, es dauerte einige Sekunden, bis sie sich an die Helligkeit gewöhnten.

Ein staunendes Raunen flog über die Reihen der Überlebenden. Ringsherum standen tatsächlich die Mädchen aus dem Lager, die sie durch die strenge Trennung der Geschlechter nur selten zu Gesicht bekamen. Der Auslöser für das grelle Licht waren die zahlreichen Fackeln, die Olafs Truppe umringten. Hinter diesen bewegten sich zahlreiche leicht bekleidete Mädchen. Anscheinend hatten sie den Überlebenden in der Mitte des Herzens aufgelauert und Feuersteine aneinandergeschlagen. Nun tanzten sie im Kreis um sie herum.

Gemeinsam summten sie auf einer sehr hohen Stimmlage eine liebliche Melodie. Offenbar hatten sie ihren Tanz bereits einige Male geübt. Ihre Bewegungen waren vollkommen einheitlich. Auf einmal erklang aus der nahen Umgebung auch noch ein dumpfes Trommeln, das von einem Augenblick zum Nächsten lauter wurde. Es folgte einem Rhythmus, der die gekonnten Tanzbewegungen in Elios Augen noch leichter aussehen ließ. Ihm gefiel das melodische Schauspiel. Die vier Mädchen, die große Blechtrommeln an den Schultern trugen, glitten zwischen den Tänzerinnen hindurch. Mit sanften Schritten umkreisten sie die Überlebenden.

Eine von ihnen mit hellgrün schimmernden Augen, dazu langem pechschwarzen Haar stach Elio besonders ins Auge. Sie bewegte die Holzstäbe auf dieselbe Weise wie die drei anderen Trommlerinnen, trotzdem sahen ihre Bewegungen für ihn um einiges schöner aus. Beim Vorbeihüpfen schaute sie ihm jedes Mal aufs Neue tief in die Augen. Ihre prallen Brüste sprangen durch die wilden Bewegungen fast aus dem dünnen Stofftuch heraus, welches sie um ihren zierlichen Rücken gebunden hatte. In seinem Inneren braute sich eine Wärme zusammen, die er zuvor noch nie gespürt hatte.

Plötzlich unterbrachen die Mädchen ihre Vorführung. Alle Fackeln erloschen gleichzeitig mit einem scharfen Zischen. Die Trommlerin mit den hellgrünen Augen lächelte ihm ein letztes Mal zu. Dann verschwand ihr Gesicht in der Dunkelheit.

Ein unruhiges Tuscheln breitete sich unter den Überlebenden

aus. Sie konnten noch immer nicht fassen, was sie gerade zu Gesicht bekommen hatten. Elio hingegen schwieg, er war immer noch in der aufgewühlten Welt seiner Gedanken gefangen, die immer wieder durch das Lächeln der hellgrünen Augen erleuchtet wurden. Doch als Liam ihn kräftig an den Schultern rüttelte, kam er wieder zu sich.

„Du bist ja ganz ruhig, Bruder. Ich glaube, die grünen Augen haben dir den Kopf verdreht", spottete sein Freund mit einem hämischen Grinsen im Gesicht.

„Erzähl doch keinen Mist!", zischte Elio genervt, der sich von ihm losriss. Eigentlich war ihm bewusst, dass Liam nicht unrecht hatte. Noch nie in seinem Leben hatte sich ein Mädchen so rasch in seinen Kopf verirrt. Jenes Gefühl war ihm so fremd, dass es ihm zunächst etwas Angst machte.

„Ich hoffe, ihr habt euch gut amüsiert!", rief Olaf plötzlich aus der Dunkelheit. Durch die blendenden Lichter, die soeben erloschen waren, hatten Elios Augen sich noch nicht an die Finsternis gewöhnt. Zunächst konnte er das Kaltblut nicht erkennen. Das Geflüster verstummte, die Jungen lauschten, um zu hören, was er als nächstes zu sagen hatte. Mit etwas Anstrengung konnte Elio die stämmige Silhouette hinter der rauen Stimme erkennen.

„Die heutige Maßnahme hat eure Erziehung zu einem Ende gebracht. Ihr seid über die Jahre zu wahren Männern herangewachsen, ihr habt eure Reife endgültig bewiesen. Zu diesem Anlass haben die Mädchen einen Herzensempfang vorbereitet, den ihr soeben bewundern konntet!", verkündete Olaf mit einem stolzen Klang in der Stimme. Die Überlebenden klatschten kräftig in die Hände. Ein ohrenbetäubender Beifall zog über das Herz des Lagers.

Es dauerte eine Weile, bis das Kaltblut wieder zu Wort kam.

„Von nun an seid ihr von den Pflichten der Reifung befreit. Ihr seid auf euch allein gestellt. Eure einzige Pflicht wird es fortan sein, eigenständig euren Nutzen unter das Volk zu bringen. Doch seid euch auch bewusst, dass ihr zur Verantwortung gezogen werdet, wenn ihr dieser Pflicht nicht nachkommt und euch wie faule Feiglinge zur Ruhe setzt! Bis zum nächsten Vollmond müsst ihr einen Mentor gefunden haben, der dazu bereit ist, euch ein Handwerk zu lehren, welches in unserer Gemeinschaft vonnöten ist. Wenn jemand unter euch keinen Sinn darin sehen sollte, dieser Forderung nachzukommen, wird dieser ohne weiteres des Lagers verwiesen und eigenständig außerhalb der Grenzen überleben müssen!" Der scharfe Ton seiner Stimme machte deutlich, dass er keineswegs scherzte.

Seine Ansprache war somit zwar vollendet, aber diesmal hatte nach seinem letzten Satz, der Elio wie ein Blitz getroffen hatte, niemand in die Hände geklatscht. Die feierliche Stimmung unter den Überlebenden war verflogen. Von jener Regelung hatte Elio bisher noch nie etwas gehört. Er hatte bloß gewusst, dass die Tötung eines anderen Bewohners zu einem sofortigen Ausschluss aus der Gemeinschaft führte. Die Ungerechtigkeit dieser Bestimmung ließ Wut in ihm aufsteigen, denn er selbst hatte nicht den blassesten Schimmer, wie er an einen Mentor kommen sollte.

Seit seiner Kindheit war er wie viele hier, deren Familien nicht bereits seit Generationen im Lager ansässig waren, ohne Eltern aufgewachsen. Selten geschah es auch, dass Bewohner elternloser Kinder wie ihn in ihre Familien aufnahmen. Jene Kinder wurden oft spöttisch als Kleeblätter bezeichnet, denn die meisten hatten nicht das Glück, eine Familie zu haben. Abgesehen von einem Zeltnachbarn waren sie auf sich allein gestellt.

Schlagartig war Elio klar geworden, dass die elternlosen Kinder von auswärts deutlich benachteiligt wurden. Kleeblätter und die restlichen Heranwachsenden waren von klein auf durch Freunde und Verwandte ihrer Eltern auf mögliche Mentoren gestoßen. Für ihn hingegen waren die einzigen Erwachsenen, mit denen er regelmäßig gesprochen hatte, die Kaltblüter gewesen. Wie die meisten aus den Reihen der Überlebenden, war er sprachlos und brauchte einen Moment, um zu begreifen, was er soeben erfahren hatte.

Liam, der noch immer neben ihm stand, machte nicht den Anschein, als würde er entsetzt über die neue Regelung sein. Vielmehr schien er, sich zu langweilen. Immer wieder schielte er erwartungsvoll in die Richtung, aus der die Mädchen gekommen waren. Olaf verließ die Überlebenden, von denen es noch immer keiner wagte, die harten Bestimmungen laut infrage zu stellen. Lautlos verschwand er in der Dunkelheit. Allmählich verschwanden auch immer mehr Jungen mit gesenkten Köpfen aus der Mitte der riesigen Steinfläche.

Lustlos folgte Elio ihnen. Er machte sich auf den Weg zu seinem Gemach. Die Hälfte der Nacht starrte er in die Dunkelheit. Wenn seine Augen sich endlich geschlossen hatten, wurde er sofort wieder von dem beängstigenden Fauchen des Serpenstigris und den Schreien seiner Freunde aus dem Schlaf gerissen. Ihm war nach der Ansprache von Olaf klar geworden, dass sein Kampf um das Überleben gerade erst begonnen hatte.

Am nächsten Morgen ertönte kein Weckruf, der die Bewohner dazu aufforderte, ihren Pflichten nachzukommen. Das lag daran, dass heute ein Ruhetag war. Der diente innerhalb des Lagers zur Erholung und Schöpfung neuer Kraft. Nach ganzen sieben Arbeitstagen, die alle mit demselben ohrenbetäubenden Lärm eingeleitet wurden, folgte bereits seit Ewigkeiten jener Ruhetag, den viele Menschen hier als etwas Heiliges ansahen.

Doch Elio hatte noch nie große Bewunderung für diesen empfunden, was heute nicht anders war. Langsam rappelte er sich von seiner Matratze auf. Immer wieder schwirrten Olafs Worte durch seinen Kopf. Er wollte den heutigen Tag dazu nutzen, sich im Lager nach einem Mentor umzusehen, der bereit wäre ihm sein Werk beizubringen. Ihm blieb keine andere Wahl. Er hatte bereits seit einer halben Ewigkeit keinen Vollmond mehr am Himmel erblickt. Die Verbannung aus dem Lager würde ihm in jeder Hinsicht das Leben kosten. Für einen Kampf um Leben und Tod in der Wildnis war er einfach noch nicht ausreichend vorbereitet. Das hatte ihm die Begegnung mit dem Serpenstigris mehr als deutlich vor Augen geführt.

Bei dem Gedanken musste er sich an seinen Retter zurückerinnern, ohne den ihn vermutlich dasselbe Schicksal wie seine Freunde erwartet hätte. Noch nie zuvor hatte Elio einen so starken und tapferen Kämpfer gesehen, der seine Bewegungen mit einer solchen Ruhe ausführte. Leider hatte er diesen, seit jenem Tag nicht mehr zu Gesicht bekommen. Der Krieger hatte ihn, ohne viele Worte zu verlieren, über einen Tagesmarsch ins Lager geleitet. Anschließend war er eilig im wilden Trubel der Bewohner verschwunden.

Als Elio seine Haut wie jeden Morgen mit dem Lappen einseifte, wurde ihm bewusst, dass er seinen fremden Retter in Zukunft als Mentor haben wollte. Eines Tages wollte er nämlich dieselbe Tapferkeit und Ruhe in sich tragen. Noch immer konnte er nicht fassen, dass der mysteriöse Krieger der Bestie, die seine Freunde getötet hatte, auf Augenhöhe gegenübergetreten war.

Elio konnte sich durchaus vorstellen, dass es lange dauern würde, bis er endgültig frei von lästigen Ängsten wäre, die seine wahre Stärke bloß im Zaum hielten. Trotzdem hatte er sich dazu entschlossen, diesen harten Weg auf sich zu nehmen. In seinem Herzen hatte sich bereits seit längerem eine tobende Wut entfacht, die ihn Tag für Tag dazu drängte, die Verluste seiner Freunde zu rächen. Doch um dies in die Tat umzusetzen, musste er so schnell wie möglich den Krieger wiederfinden.

Bevor er weiter über seine Zukunft grübeln konnte, hörte er rasche Schritte von draußen, die von Sekunde zu Sekunde näherkamen. Er drehte den Kopf zum geschlossenen Spalt des Zeltes. Die kurze Stoffhose zog er über seine Knie. Die Schritte verstummten, er sah den Schatten einer Person auf der dünnen Stoffwand des Gemachs. Das verwunderte ihn. Bis auf wenige seiner ehemaligen Kaltblüter hatte ihn im Lager noch nie jemand aufgesucht. Schon gar nicht so früh morgens an einem Ruhetag.

„Elio, steh schon auf! Komm raus. Ein Ruhetag sollte nicht verschlafen werden!", erklang Liams laute Stimme. Am Abend zuvor hatte sein neuer Freund ihn nach der erschreckenden Ansprache des Kaltbluts zu seinem Gemach begleitet. Trotzdem überraschte es ihn, dass er noch wusste, wo es lag.

„Warte ich komme sofort!", rief Elio zurück, der zu dem Spalt seines Zeltes huschte. Bereits als er die ersten Knöpfe aus den Löchern im dünnen Stoff gelöst hatte, blickte er geradewegs in Liams strahlendes Gesicht. Dieser schien heute besonders gut gelaunt zu sein.

„Lass uns zum großen Lagerfeuer ziehen, dort sah ich gerade ein paar Mädchen. Sie sehen heute noch schöner als gestern aus.

Wegen der Hitze tragen sie nicht viel am Leib", sagte er energisch. Sein Grinsen breitete sich über das ganze Gesicht aus.

Nun wurde Elio bewusst, wieso er so aufgeregt und euphorisch war. Schon gestern hatte er kein einziges Wort über die Bekanntgabe der neuen Regelungen verloren, sondern bloß pausenlos von den Bewegungen der Tänzerinnen geschwärmt. Elio war von diesen Träumereien mittlerweile genervt. Seit letztem Abend schwirrte ihm deutlich Wichtigeres durch den Kopf.

„Du denkst wirklich an nichts anderes mehr, nicht wahr. Hast du dir auch nur einmal Gedanken darüber gemacht, wer in Zukunft dein Mentor sein wird? Jedenfalls habe ich keine Lust, nach dem nächsten Vollmond ausgewiesen zu werden!", entgegnete er mit erhobener Stimme, sein Freund starrte ihn bloß verblüfft an.

„Ein Freund meines Vaters, der unserem Volk als Jäger seine Dienste erweist, wird mein Mentor sein. Das habe ich mit ihm bereits vor einigen Vollmonden vereinbart. Er ist sogar das oberste Haupt der Gemeinde und sagte mir, ich würde gut in diese hineinpassen. Hast du denn wirklich noch keinen Mentor gefunden, Bruder?", erwiderte Liam, der noch verwunderter aussah.

„Nein Bruder, bisher habe ich nichts in den Händen, aber ich würde alles dafür geben, dass der Kämpfer, der mich einst vor dem Serpenstigris gerettet hatte, zu meinem Mentor wird. Das Problem ist nur, dass ich ihn seit damals nicht mehr zu Gesicht bekommen habe", murmelte Elio niedergeschlagen.

Die Tatsache, dass sein Freund im Gegensatz zu ihm bereits einen zukünftigen Mentor gefunden hatte, ließ ein unangenehmes Gefühl von Scham in ihm hochkommen. Weil er bereits seit seiner Kindheit auf sich allein gestellt war, schlummerte in ihm die Erwartung an sich selbst, jedes Hindernis im Leben eigenständig zu überwinden. Nur selten hatte er einem anderen Menschen seine Sorgen anvertraut.

Liam ließ die Faust auf seine Schulter fallen, mit dem Handrücken der anderen Hand presste er sein Kinn nach oben. Gezwungenermaßen musste Elio den Blick aufrichten, um ihm in die Augen schauen zu können.

„So kenne ich dich nicht. Du solltest dir weniger Gedanken machen, dafür mehr in die Tat umsetzen. Dir wurden bereits viel größere Hürden in den Weg gelegt. Ich helfe dir, den Mann zu finden, aber erst kommst du mit mir zum großen Feuer. Dort ruhen wir uns aus, während du deine Sorgen ziehen lässt", raunte Liam beruhigend.

„Gut, aber wir bleiben nicht allzu lange dort. Wir machen uns danach sofort auf die Suche", erwiderte Elio. Die Worte seines Freundes hatten ihn etwas zuversichtlicher gemacht. Liam nickte lächelnd. Er kehrte ihm den Rücken, um loszulaufen. Elio knöpfte den Spalt seines Gemachs wieder zu und folgte ihm.

Sie mussten eine Weile durch den Sand schlendern, bevor sie über die aneinandergereihten Zeltspitzen endlich graue Rauchwolken zum Himmel aufsteigen sahen. Das große Lagerfeuer brannte heute mittig auf dem Herzen des Lagers. Es war bei allen Bewohnern sehr begehrt und Elio war einmal zu Ohren gekommen, dass die Ältesten mit Absicht an jedem Ruhetag vor Sonnenaufgang aufstanden, um es zu entfachen.

Sie waren die Bewohner, welche dem Lager in ihren jungen Jahren lange genug ihre Dienste erwiesen hatten. Jetzt wurden sie ohne jegliche Pflichten von der Gemeinschaft versorgt. Die Ältesten konnten nicht aus dem Lager verbannt werden, sie galten als Vorbild für die nachfolgenden Generationen. Im Vergleich zu den anderen Bewohnern hier stand ihnen mit Abstand die meiste Zeit zur Verfügung. Für sie gab es keine Arbeitstage mehr. Aus diesem Grund glaubte Elio auch an das Gerücht um den Ursprung des großen Feuers, obwohl er noch nie gesehen hatte, wie es entfacht wurde oder sich mit einem der Ältesten darüber unterhalten hatte.

Heute war augenscheinlich die Hälfte der Bewohner um die brennenden Holzscheite versammelt. Alle redeten mit erhobenen Stimmen ausgelassen aufeinander ein, wodurch sich ringsherum eine warme Atmosphäre ausbreitete. Trotzdem wurde Elio mulmig zumute, während er das Geschehen beobachtete.

Seitdem Theo und Lias nicht mehr da waren, war er nicht mehr hier gewesen, obwohl seitdem bereits unzählige Ruhetage an ihm vorbeigezogen waren. Er hatte befürchtet, der Anblick der großen

Flammen würde in ihm schmerzhafte Erinnerungen hervorrufen. Schließlich hatte er damals mit seinen Freunden jeden Ruhetag hier verbracht. Oft hatten sie sich Geschichten aus ihrem Leben oder schrecklichen Unsinn erzählt, bis die Sonne untergegangen war. Elio spürte durch die Gedanken an jene nie wiederkehrende Zeit einen tiefen Schmerz, den er nicht äußerlich zeigen wollte. Dieser war wie ein brennender Stich in seinem Herzen, der ihn an all das erinnerte, was er auf ewig verloren hatte.

Ein Grund dafür, dass seine Freundschaft mit Theo und Lias so fest und unersetzlich gewesen war, war die Tatsache, dass sie alle dasselbe Schicksal geteilt hatten. Seine Freunde waren ebenfalls Kinder von auswärts gewesen, die über ihre leiblichen Eltern nicht viel gewusst hatten. Elio starrte mit seinem leeren Blick auf den riesigen Kreis aus hölzernen Sitzbänken, die um das Feuer herum aufgebaut worden waren. Unzählige Menschen hatten Platz genommen. Die auf Stöcke gespießten Speisen hielten sie dicht an die Glut.

Plötzlich klatschte ihm eine flache Hand mit Wucht auf den Rücken. Ein roter Abdruck bildete sich auf seiner Haut.

„Hör auf zu träumen, hab mal ein bisschen Spaß! Das schadet dir nicht!", rief Liam.

Ohne es vorhersehen zu können, drehte Elio sich zu ihm um. Mit der geballten Faust versetzte er Liam einen kräftigen Schlag in die Magengrube. Sofort bereute er seine Tat, er war seinen Freunden gegenüber noch nie gewaltbereit gewesen.

„So wollte ich dich mal wieder sehen. Manchmal müssen die Gefühle halt einfach raus. Trübsal blasen machen nur die Feiglinge, nicht wahr?", keuchte Liam schwerfällig mit einem verzerrten Grinsen im Gesicht. Beide Hände presste er sich auf den Bauch. Fassungslos schüttelte Elio den Kopf, woraufhin er in Gelächter ausbrach. Noch nie hatte es jemand geschafft, ihn auf so eine Weise auf andere Gedanken zu bringen.

„Wohin wolltest du denn gehen, Bruder? Noch sehe ich hier keine Mädchen", spottete er und ließ seinen Blick noch einmal umherschweifen. In seinem Blickfeld waren bloß erwachsene Männer und Frauen, die sich mit ihren Kindern um die Flammen versammelt hatten. Jungen oder Mädchen, die seiner Reifung entsprachen, konnte er nicht ausfindig machen.

„Du warst wohl wirklich lange nicht mehr hier. Komm mit mir", erwiderte Liam. Seitlich lief er um die sitzenden Menschen herum. Elio folgte ihm neugierig. Schließlich erblickte er die Stelle, die zuvor hinter den hohen Flammen versteckt gewesen war.

Hier hatten sich alle Jungen und Mädchen versammelt, die entweder noch in ihrer Reifung steckten oder diese vor kurzem vollendet hatten. Vor ihnen waren keine hölzernen Bänke aufgebaut worden, wodurch sie alle auf dem harten Gestein saßen. Keinen von ihnen schien das zu stören. Als Elio genauer hinsah, erkannte er, dass sie sich in mehreren Trauben versammelt hatten. Es musste sich um die verschiedenen Truppen der Kaltblüter handeln. Alle die dicht aneinandergerückt waren, entsprachen derselben Reife. Eine Beobachtung, die ihn etwas verblüffte, denn als er das große Feuer noch mit seinen Freunden besucht hatte, waren hier kaum Heranwachsende gewesen. Womöglich hatte sich dieser Ort erst neulich unter ihnen beliebt gemacht.

Weniger erfreut war er, als sein Blick auf bekannte Gesichter traf. Es waren Parkal, Utan, Leo und ihr dicker Begleiter, die am Rand einer Truppe saßen und laut tratschten. Immer wieder schielten sie viel zu offensichtlich zu einer kleinen Traube aus Mädchen hinüber. Elio spürte, wie sich bei dem Anblick Zorn in seinem Inneren anstaute. Parkal war ihm seit dem Ende der letzten Reifungsmaßnahme aus dem Weg gegangen. Auch Liam hatte er keines Blickes mehr gewürdigt, nachdem er Anschluss in Utans Trupp gefunden hatte. Allein die Tatsache, dass der feige Junge sich nicht einmal für ihren Schutz während des Marsches bedankt hatte, ließ ihn vor Wut kochen.

Abgesehen von Utans Gefährten saßen in jener Truppe die anderen Überlebenden, deren Erziehung vor kurzem ein Ende genommen hatte. Die einzelnen Mädchen, die zwischen ihnen saßen, schienen die Tänzerinnen des Herzensempfangs zu sein. Aber Elio war sich nicht sicher, weil er sie am vorherigen Abend in der Dunkelheit nicht deutlich gesehen hatte. Abgesehen von dem Mädchen mit den hellgrünen Augen hatte er keine von ihnen für eine längere

Zeit beachtet. Leider konnte er sie in der großen Menschenmenge nicht ausfindig machen.

„Beachte diese hängengebliebenen Trottel einfach nicht. Besonders von diesem hinterhältigen Wurm sollten wir uns fernhalten. Er ist nicht mehr als ein undankbarer Parasit, der sich in gemachte Nester legt", murmelte Liam, der in die Richtung von Utans Trupp schielte. Er konnte Parkal noch weniger leiden als Elio selbst. Verächtlich schaute er auf den feigen Jungen, der so tat, als hätte er seine beiden ehemaligen Gefährten übersehen.

„Wie es aussieht, ist der Wurm sogar zu feige, um uns anzuschauen", zischte Elio, der weiter in Parkals Richtung starrte. Der blieb starr sitzen, Utan hingegen hatte ihn und Liam nun bemerkt. Immer wieder beäugte er sie mit einer finsteren Miene. Elio konnte sich durchaus vorstellen, dass Parkal seinen neuen Gefährten unzählige Lügengeschichten, die Liam und ihn in ein schlechtes Licht rückten, aufgetischt hatte. Der Zorn brachte ihn fast dazu loszustürmen, um seinen ehemaligen Gefährten gewaltsam zur Rede zu stellen. Zum Glück gewann die Vernunft die Oberhand über sein Bauchgefühl. So beachtete er den Trupp nicht weiter.

Liam bewegte sich geradewegs auf die Versammlung zu. Elio folgte ihm. Gemeinsam setzten sie sich an den Rand der großen Traube, am weitesten von Utan und seinen Gefährten entfernt. Das Geringste, wonach sie sich sehnten, war ein Streit. Niemand in den Reihen der Jungen und Mädchen ringsherum schien sie zu beachten. Stattdessen redeten diese weiter aufeinander ein, als würde es sie nicht stören, dass die beiden ihnen zuhören konnten. Neugierig belauschte Elio einige ihrer Gespräche. Rasch musste er feststellen, dass sie ihn gar nicht interessierten.

Einer der Jungen erzählte, er hätte einen großen Bären mit Wolfskopf gesehen, während er mit seinem Vater auf der Jagd gewesen war. Ein Mädchen mit einer sehr hohen Stimme hingegen beschwerte sich laut darüber, dass der Herd im Zelt der Köchinnen am Mittag des vorherigen Tages noch heiß gewesen war, wodurch sie sich verbrannt hatte, als sie einen Topf hatte abstellen wollen. Elio spürte mit der Zeit immer mehr, dass er hier fehl am Platz war.

„Bruder, entspann dich mal ein bisschen, verzieh nicht so das

Gesicht. Du musst den Ernst des Lebens doch mal für eine Sekunde aus dem Kopf kriegen", flüsterte Liam, der seine schlechte
Laune bemerkt hatte.

Es fiel Elio sehr schwer sich zu entspannen, weil er durch die
Dinge, die ihm bereits widerfahren waren, kein Vertrauen in die
Menschen in seiner Umgebung setzte. Ständig ging er bei den Absichten der Fremden nur von dem Schlimmsten aus. Das konnte
er nicht ändern. Von denen, die in seinem Dasein nie wirklich eine
große Bedeutung gesehen hatten, war er in der Vergangenheit zu
häufig enttäuscht worden. Ein Grund, aus dem er sich oft fragte,
ob sein Leben verflucht war. Jener Fluch hatte begonnen, nachdem
seine fremden Eltern ihn nach seiner Geburt auf dem Waldboden
zurückgelassen hatten. Natürlich konnte er sich nicht mehr daran
erinnern. Doch allein die Tatsache, dass sie sich nicht einmal die
Mühe gemacht hatten, ihn zu einem sicheren Ort zu bringen, hatte
in seinem Inneren eine tiefe Enttäuschung hinterlassen.

Zudem hatte er ununterbrochen das Gefühl, die meisten Menschen im Lager würden ihn niemals verstehen können. Für den
Großteil seiner Kaltblüter war er mit Sicherheit bloß ein weiteres
Gesicht ohne Züge gewesen. Viele Jungen hingegen schienen in
ihm ein Hindernis auf ihrem Weg zu sehen, das sie ohne Rücksicht
auf Verluste vernichten wollten, um die eigene Stärke zu beweisen.
Elio begann, das Leben immer mehr als einen riesigen Überlebenskampf wahrzunehmen. Bereits früh hatte er gelernt, dass es sinnlos
war, sich auf das eigene Schicksal zu verlassen. Vielmehr musste
er sich das Ansehen und seine Beständigkeit in der Gemeinschaft
durch tapferes Durchhaltevermögen immer wieder aufs Neue ver-
dienen. Doch das war für ihn schon lange keine große Last mehr.
Seit seiner Kindheit hatte er sich daran gewöhnen müssen. Der
Kampf ums Überleben hatte ihm bereits des Öfteren dazu verhol-
fen, einen klaren Kopf zu bewahren. Der ständige Stress, den dieser mit sich brachte, ließ ihn nicht mehr an seine inneren Dämonen
denken, die in dem stürmischen Meer aus seinen Gedanken immer
wieder versuchten, die Oberfläche zu durchbrechen.

Grübelnd starrte Elio in die Leere. Liam hatte begonnen, auf
drei Jungen einzureden, die neben ihnen saßen. Sie waren ebenfalls

Überlebende der letzten Reifungsmaßnahme. Zu Elios Verblüffung sahen sie alle fast identisch aus. Sie waren so abgemagert, dass aus ihrer bräunlichen Haut bereits die Rippen herausragten. Abgesehen von mickrigen Kratzern waren ihre Körper unversehrt. Es fiel ihm schwer, sich auszumalen, wie so schmächtige Gestalten die Maßnahme ohne bedeutende Verletzungen überstanden hatten.

„Hier seht ihr den Bezwinger des Serpenstigris! Er ist bescheiden, aber ein wahrer Held!", grölte Liam plötzlich, der mit dem Zeigefinger auf Elio deutete. Durch den lauten Ausruf zuckte er etwas zusammen. Genervt verdrehte er die Augen. Etwas näher rückte er an seinen Freund und die fremden Jungen heran. Ihm war bewusst, dass Liam nur einen Weg gesucht hatte, ihn den anderen vorzustellen. Aber er konnte es nicht ausstehen, wenn das, was ihm zugestoßen war, so überzogen an die große Glocke gehängt wurde. Schließlich war es nicht einmal sein Verdienst, sondern der des fremden Kriegers gewesen, dass er noch am Leben war.

„Du hattest also den Mut, dich ohne Erlaubnis aus dem Lager zu schleichen", murmelte einer der Jungen ihn neugierig musternd. Elio verwunderte es zunächst, dass dieser auf den belanglosen Teil seiner Geschichte anspielte. Doch es handelte sich dabei bloß um einen Versuch, das Gespräch aufzulockern.

„Entschuldige bitte meine Unhöflichkeit. Mein Name ist Luk", fuhr der Junge fort. Erwartungsvoll streckte er ihm die Hand zu.

Beim Erwidern des Händedrucks spürte Elio Luks dünne Haut, dazu die zierlichen Knochen. Dessen Händedruck war noch schwächer als erwartet. Er fürchtete bereits, er könnte ihm die Knochen zerbrechen, wenn er etwas mehr Druck ausüben würde. Elio begriff immer weniger, wie die fremden Gefährten die Maßnahme überlebt hatten. Luk war auf den ersten Blick ein sehr zuvorkommender Mensch. Nicht selten geschah es in der offenen Wildnis, dass überwiegende Freundlichkeit schnell mit dem Tod bestraft wurde.

„Ich heiße Elio. Es freut mich, dich kennenzulernen", erwiderte er mit einem leichten Schmunzeln auf den Lippen. Rasch entwickelte er das Gefühl, dass vor ihm ein aufrichtiger Junge saß. Schon immer war er gut darin gewesen, die wahren Absichten der Menschen hinter einer aufgesetzten Mimik zu erkennen. Luks freundliche Art schien keine Fassade zu sein. Vielmehr schien dieser tatsächlich Freude daran zu empfinden, ihn kennenzulernen.

„Das sind Milad und Nico, falls du dich fragst, von welchen sonderbaren Geschöpfen ich umgeben bin. Den ganzen Tag lang kleben sie mir wie Kletten an der Haut, obwohl niemand mir Honig in die Seife gemischt hat!", grölte Luk, der auf seine beiden Gefährten deutete. Seine erröteten Wangen bliesen sich prustend auf, er lachte laut los.

Die Jungen neben ihm hatten bis zum jetzigen Zeitpunkt nichts außer wenige leere Blicke zu dem Gespräch beigetragen. Im Gegensatz zu ihrem lachenden Gefährten schienen sie sich nicht sonderlich über den Spruch zu amüsieren. Sie schwiegen weiter, nickten Elio nur zu. Schließlich reichten sie ihm nacheinander die Hand. Sie schienen wie er selbst nicht viel zu reden.

„Mach dir nichts draus. Der Kerl ist immer so", raunte Nico, der rechts neben Luk hockte. Ein leichtes Schmunzeln huschte über seine Lippen. Seine ruhige Stimme hatte einen besänftigenden Klang. Milad hingegen lächelte bloß schüchtern und brachte keinen Ton über die Lippen. Auch im weiteren Verlauf der Unterhaltung blieben die beiden eher im Hintergrund.

Luk hingegen redete wie ein Wasserfall. Scheinbar konnte er nicht genug davon bekommen, Elio und Liam von den nervenaufreibenden Erlebnissen zu erzählen, die ihnen während der Reifungsmaßnahme widerfahren waren. Unter anderem berichtete er davon, wie seine Gefährten und er auf einen Ursuspiscis gestoßen waren.

Seinen Erzählungen zufolge war jene Bestie ein furchteinflößendes Gemisch aus Wels und Bär. Es war vor unzähligen Jahren das erste Mal von Bewohnern in den riesigen Seen, welche an die Wälder im Umkreis des Lagers grenzten, gesichtet worden. Diese Kreatur hatte wohl die Länge eines ausgewachsenen Baumes. Die meiste Zeit lauerte sie dicht unter der Wasseroberfläche. Nur hin und wieder musste sie mit der gewaltigen Bärenschnauze auftauchen, um nach Luft zu schnappen. Ihr behaarter Rumpf war nicht mit Kiemen bestückt, die das Atmen unter Wasser ermöglichten.

Das war glücklicherweise geschehen, nachdem Luk und seine Gefährten einen riesigen See, in den ein rauschender Wasserfall mündete, erreicht hatten.

„Als wir am Ufer standen, sahen wir, wie die aufgerissene Schnauze mit den tausenden Reißzähnen aus dem Wasser geschossen kam. Wir hatten nicht mehr vor, hindurch zuschwimmen! Dies hätte uns mit Sicherheit den Tod gebracht!", erzählte Luk in einer lauten, vor allem dramatisch überzogenen Stimmlage.

Auf einmal bemerkte Elio einige Überkreuzungen mit seinen eigenen Erfahrungen. Der Ursuspiscis unter der Oberfläche des Sees ließ ihn an die riesige Wüste denken. Der Unterschied lag bloß darin, dass seine Gefährten und er trotz des Treibsandes geradewegs hindurchgestapft waren, anstatt ihn zu umlaufen. Darum berichtete Elio auch von ihrer unheimlichen Begegnung mit dem Sandgeist. Bewusst ließ er aber aus, um wen es sich bei der leeren Hülle tatsächlich gehandelt hatte. Er setzte noch zu wenig Vertrauen in die drei Jungen. Ihm war unklar, welches Verhältnis sie zu Utan und seinen Gefährten hatten.

Plötzlich wandte sich Milad, der bisher am wenigsten gesprochen hatte, zu Elio um. Ehrfürchtig starrte er ihn an. Er war etwas kleiner als seine Gefährten.

„Wie hat es sich angefühlt, der Bestie gegenüberzutreten? Noch nie habe ich einen Menschen kennengelernt, der es gesehen hat. Die Erzählungen der Bewohner besagen bloß, dass es ein Anblick ist, der sich einprägt, der nie wieder vergessen wird." Elio hielt inne, denn er wusste, dass Milad von dem Serpenstigris sprach.

Keine andere Bestie war im Lager gefürchteter, wodurch sich im Laufe der vergangenen Jahre unter den Bewohnern die einfache Bezeichnung ‚Es' für das Wesen mit dem Tigerkopf etabliert hatte. Nicht jeder hier abgesehen von den Kriegern, Wächtern, Jägern, männlichen Kaltblütern und einer Handvoll Jungen kannte ihren wirklichen Namen. Elio hatte diesen als Kind von einem älteren Kaltblut gelernt, das leider bereits verstorben war. Eine seiner ersten Reifungsmaßnahmen hatte nämlich daraus bestanden, die wahren Namen verschiedener Bestien zu benennen.

Er erinnerte sich daran, dass er damals mit seinen Freunden

eine ganze Nacht und einen ganzen Morgen lang gewandert war, um den mutierten Wald im fernen Süden zu erreichen. Aus diesem Grund waren sie bereits ausgelaugt gewesen, bevor sie sich der Bestie gegenübergestellt hatten. Tagelang hatten sie geplant, die lange Reise anzutreten.

6. KAPITEL

DER ANFANG VOM ENDE

„Es war anders, als wir gedacht hatten", murmelte Elio. „Ich vermag es nicht, die Grausamkeit dieser Bestie in Worte zu fassen. Auch meine Gefährten und ich hatten zuvor von ihr gehört, aber keine der Erzählungen führte uns ihr dämonisches Wesen wirklich vor Augen. Du solltest beten, dass du es niemals zu Gesicht bekommst, denn danach wird die Welt nicht mehr dieselbe sein."

Milad starrte ihn mit großen Augen an, als wäre Neugier in seinem Inneren erweckt worden. Auch die anderen schienen jetzt an Elios Lippen zu hängen.

„Ich frage mich, wie du und deine Gefährten es geschafft haben, das Lager zu verlassen", sagte Nico. „Schließlich ist es Kindern nicht gestattet, auf eigene Faust in die Wildnis zu ziehen. Erzähl uns von der Reise."

Elio schwieg einen Moment lang. Bloß ein Seufzer entfloh seiner Kehle. Er erinnerte sich nicht gerne an die Ereignisse von damals. Sie führten ihm die Gesichter seiner toten Freunde vor Augen. Doch die erwartungsvollen Blicke der anderen brachten ihn dazu, seine Erzählung zu beginnen:

„Wir hatten bereits am Tag zuvor gewusst, dass es in der Nacht einen Vollmond geben würde. Heimlich hatten wir besprochen, dass wir uns aus den Zelten schleichen würden, wenn der schimmernde Umriss erstmals am Himmel zu sehen wäre. Ich war besonders aufgeregt. Nach der angebrochenen Nachtruhe schaute ich eine ganze Weile lang aus dem Spalt meines Gemachs heraus. Mein Herz machte einen Sprung, als die nahezu durchsichtige Silhouette des Mondes endlich sichtbar war. Leise kroch ich nach draußen. Auf Zehenspitzen schlich ich an den Zeltreihen entlang, um keineswegs zu riskieren, die anderen Bewohner aufzuwecken.

Nach unzähligen panischen Schweißausbrüchen hatte ich das Herz des Lagers erreicht. Hier war ich mit Lias und Theo verabredet, um die Reise anzutreten. Die Zelte von ihnen waren etwas weiter entfernt. Trotzdem wartete ich ungeduldig auf sie. Jederzeit hätte einer der Bewohner aufwachen und mich entdecken können. Plötzlich hörte ich gedämpfte Schritte von hinten, die immer näher kamen. Panisch wirbelte ich herum.

„Erschreckt mich doch nicht so. Von hinten kommen nur Feiglinge", zischte ich in die Richtung meiner beiden Freunde, die soeben zwischen den Zelten aufgetaucht waren. Lias hatte ein breites Grinsen im Gesicht, welches verriet, dass er mir nur allzu gerne einen Schrecken eingejagt hätte.

„Stell dich doch nicht so an, du Angsthase", flüsterte er, sein energischer Blick schweifte in alle Richtungen. Die schlafenden Bewohner bereiteten ihm ebenfalls Sorgen, aber Theo, der ihm dicht gefolgt war, machte den ängstlichsten Eindruck. Trotz der Dunkelheit erkannte ich sein völlig blasses Gesicht. Sein zitternder Leib verriet, dass er der Situation am liebsten entflohen wäre.

„Bald gehören wir zu den Wenigen hier, die es zu Gesicht bekommen haben", flüsterte er leise mit seiner bebenden Stimme.

„Wenn du dir nicht vor Angst in die Hose machst, bevor wir sein Territorium erreichen, hast du recht", raunte Lias hämisch, der ihm spielerisch in die Schulter zwickte. Doch Theo amüsierte sich nicht sonderlich über die Bemerkung, denn er verpasste ihm mit der flachen Hand einen kräftigen Klatscher auf den Nacken. Ein roter Abdruck blieb zurück. „Du weißt, dass ich nichts dafür kann!", brüllte er verärgert, die schlafenden Bewohner hatte er vergessen.

„Mach gefälligst nicht so einen Lärm, Dummkopf!", zischte ich wütend. Mein aufgeschreckter Blick schweifte über die Zeltspitzen. Glücklicherweise blieben diese regungslos.

„Reißt euch mal zusammen! Hört auf, euch wie kleine Kinder zu verhalten. Wir dürfen hier nicht noch mehr Zeit verlieren. Solange sie alle noch schlummern, müssen wir uns schnell verziehen. Kommt mit mir", flüsterte Lias, den Theos Wutausbruch offenbar ruhig gelassen hatte. Hastig lief er zurück in die Richtung der Zelte, hinter denen sich in der Ferne der Eisenzaun erstreckte.

Am Tag zuvor hatten wir unter diesen heimlich eine tiefe Sandgrube gebuddelt. Diese führte sofort vom Lager in die südlichen Wälder, wodurch wir im Dickicht untertauchen konnten, ohne großes Aufsehen zu erregen. Wir hatten viele Stunden damit verbracht, sie zu graben. Einer von uns hatte immer darauf geachtet, dass sich keiner der Bewohner genähert hatte.

Wir zwängten uns der Reihe nach durch die Sandgrube hindurch, hinter den Zaun. Der Sand war dort nicht mehr sehr hoch, wodurch das Laufen einfacher war.

„Wir verschwinden zwischen den Bäumen, bevor uns doch noch einer sieht", flüsterte Lias, der sich auf Zehenspitzen in die Richtung des Waldstücks pirschte. Rasch folgten wir ihm."

Elio unterbrach das Reden, denn er glaubte, genug erzählt zu haben. Doch die anderen starrten ihn weiterhin eindringlich an, als wollten sie mehr erfahren.

„Hör doch nicht an der spannendsten Stelle auf", drängte ihn Luk. „Was ist euch im Wald widerfahren?"

Elio holte tief Luft. Die Erinnerungen brachten sein Herz zum Rasen. Er wollte Liam und seine neuen Freunde nicht enttäuschen. Also fuhr er fort:

„Im Inneren des Waldes war es um einiges dunkler als unter freiem Himmel. Durch das Blätterkleid der Bäume sickerten nur vereinzelte Lichtstrahlen des hellen Vollmonds zu uns hindurch. Lias führte uns nach wie vor an. Wachsam schweiften seine Blicke umher. Je tiefer wir in den Wald eintauchten, desto düsterer wurde auch die Umgebung ringsherum. Die furchterregenden Geräusche aus dem Dunkeln wurden immer lauter.

„Ich kann keine fünf Schritte sehen", flüsterte ich nervös. „Wenn

eines dieser Biester es auf uns abgesehen hat, sind wir verloren."
Unmittelbar blieb Lias stehen, der seinen Dolch aus der Tasche
kramte. Geschickt schnitt er einen großen Fetzen Stoff aus seiner
Hose heraus. Er griff nach einem dicken Ast und zwei spitzen
Steinen. Ich war verblüfft, denn ich konnte mir nicht im Geringsten vorstellen, was mein Gefährte vorhatte. Bevor ich nachfragen
konnte, wickelte er den Stofffetzen um die Spitze des Astes. Noch
nie hatte ich gesehen, wie jemand so etwas getan hatte, aber allmählich leuchtete mir ein, was Lias vorhatte. Auch Theo war fasziniert. Mit weit aufgerissenen Augen starrte er auf die Hände seines
Freundes, die den Stoff festknoteten, sodass dieser sich nicht mehr
vom Ast lösen konnte. Dann ging Lias in die Knie. Hastig klemmte
er sich den Ast zwischen die Beine und begann, die beiden Steine
in seinen Händen kräftig gegeneinander zu schlagen.

Ich traute meinen Augen kaum, als tatsächlich Funken entstanden. Mein Gefährte hielt die Steine sehr dicht an den aufgewickelten
Stoff. Innerhalb weniger Sekunden hatte er Feuer gefangen. Flink
verstaute Lias die Steine und die brennende Fackel umklammerte er
mit beiden Händen. Die Schatten des Waldes waren durch das Flackern verschwunden. Mein Blickfeld erweiterte sich deutlich. Das
Geschick meines Gefährten verschlug mir die Sprache. Auch Theo
gab keinen Mucks von sich, der auf die Flammen starrte, die in der
sanften Windbrise tänzelten.

„Ist es euch jetzt hell genug?", fragte Lias bloß genervt, woraufhin er uns den Rücken kehrte, um weiter in die Tiefen des Waldes
einzudringen. Das entfachte Feuer war für ihn nicht annähernd so
aufregend wie für uns.

Vorsichtig bahnten wir uns durch das zähe Gestrüpp. Die bedrohlichen Geräusche ringsherum wurden durch das helle Licht
nicht weniger.

„Das hat dir wohl der alte Mann beigebracht", flüsterte ich. Lias
blieb stehen und blickte nach oben, wo zwischen den dicht bewachsenen Baumkronen einzelne Abschnitte des Sternenhimmels zu sehen waren.

„Da hat er wohl recht. Johann, du hast mir vieles beigebracht,
was ich niemals vergessen werde. Doch so viel fehlte noch, als du

von uns gegangen bist. Ruhe in Frieden", raunte er. Sein verträumter Blick schweifte über die unzähligen Sterne, anschließend stapfte er weiter, als wäre nichts gewesen.

Nachdem wir eine ganze Weile lang durch den dunklen Wald gelaufen waren, taten meine Füße weh. Einen so langen Marsch war ich nicht gewohnt, denn mit meinen Kaltblütern hatte ich mich bislang nur im näheren Umkreis des Lagers aufgehalten. Es war das erste Mal, dass ich mehrere Stunden lang über Steine und Kastanien wanderte. Das mühselige Laufen belastete Theo noch mehr. Lias hingegen schien unsere Schmerzen nicht zu teilen, denn er verlangsamte sein Tempo nicht. Mit erhobener Fackel ging er weiter vorwärts. Ich musste mich immer mehr darum bemühen, an seinen Fersen zu bleiben.

„Lauf mal ein Stück langsamer! So schnell komme ich nicht hinterher!", keuchte ich, weil der Abstand zu ihm immer größer wurde. Auch Theo konnte das schnelle Tempo nicht mehr aufrechterhalten und war bereits einige Meter von mir entfernt. Lias machte abrupt Halt, um sich zu uns umzudrehen.

Zu unserer Erleichterung erwiderte er:

„Etwas mehr als die Hälfte des Weges sollten wir hinter uns gebracht haben. Das sagt mir mein Gefühl. Doch es ist Zeit, einen Rastplatz zu finden, um neue Kraft zu schöpfen." Sein wacher Blick beobachtete die Umgebung. „Dort vorne sollten wir fündig werden!" Er deutete mit dem Finger nach rechts, wo in weiter Ferne der Schimmer einer Lichtung zu sehen war. Theo stieß einen Seufzer aus, als wäre er genauso erleichtert, wie ich darüber, dass sich unsere müden Glieder in Kürze ausruhen könnten. Lias führte uns zu dem kleinen Fleck Wiese, auf dem das helle Mondlicht schimmerte.

Nach dem stundenlangen Marsch unter den dichten Blättern der Bäume waren wir wieder unter freiem Himmel. Endlich wurden die funkelnden Sterne sichtbar, welche zahlreiche Muster bildeten. Ich hatte ihnen vorher nie Beachtung geschenkt, aber jetzt weckte ihr Licht in mir einen Funken Hoffnung.

Wir entfachten ein Feuer auf dem Gras, das die Lichtung mit einem hellen Schein umhüllte. Lias warf seine Fackel in die Flammen und ließ sich mit einem erleichterten Seufzer auf den Rücken fallen. „Wir werden hier ruhen, bis die Sonne aufgeht. Morgen bringen wir die Reise zu Ende", gähnte er vor Müdigkeit.

Auch ich warf mich auf die Wiese. Meine Gedanken waren einen Moment lang frei von dem bedrohlichen Wald. Einst hatte ich nämlich von einem weisen Mann namens Johann gelernt, dass die meisten Bestien vor dem Feuer das Weite suchten. Ich grübelte darüber nach, ob sich hinter dem schwarzen Nachthimmel noch etwas anderes verbarg. Manchmal träumte ich sogar von einer fernen Welt hinter den Sternen, die frei von Ängsten und Schmerz war. Eine Welt, in der die Menschen nicht ums Überleben kämpften, sondern in Frieden aufeinander Acht gaben. Sie herrschten über alle anderen Wesen der Natur.

„Glaubst du, dass wir das Lager jemals wiedersehen werden?", fragte ich meinen Freund Theo, der neben mir im Gras lag.

„Das will ich hoffen. Ich habe mir nicht vorgenommen, auf unserer Reise zu sterben. Ganz sicher werden wir es wieder sehen. Willst du etwa sterben, Elio?", erwiderte dieser mit zittriger Stimme.

„Vielleicht finden wir uns dann oben in den Sternen wieder und sind von allen Sorgen befreit, Bruder. Womöglich bringt das Sterben auch ewigen Frieden", raunte ich, meine Augenlider wurden schwerer. Meine Glieder sackten aufs Gras, vor Müdigkeit schlummerte ich immer wieder ein.

„Überall wird es besser sein als in der Hölle, die uns Tag für Tag umgibt", murmelte Lias, der ein Stück weiter von uns entfernt lag.

Plötzlich ließ ein schrilles Kreischen aus der Ferne mich aufschrecken. Ich sprang auf meine müden Beine, die mich kaum noch trugen. Auch die anderen rappelten sich rasch auf und blickten angespannt in die Richtung, aus der das Geräusch gekommen war. Für mich hatte es in etwa so geklungen, als hätten unzählige neugeborene Menschenkinder gleichzeitig ihren Hunger zum Ausdruck gebracht. Aus dem Augenwinkel sah ich, dass Theo wieder zitterte.

„Was war das denn?", stotterte dieser, der einige Schritte nach hinten taumelte.

„Halt deinen Mund", zischte Lias, um weiter in die Dunkelheit des Waldes hinein zu lauschen.

Ich legte meinem zitternden Freund sanft die Hand auf die Schulter, um ihn zu beruhigen.

„Fürchte dich nicht zu sehr, Bruder. Ein Teil der Angst ist dir ein wahrer Beschützer. Doch sie kann dir auch in den Rücken fallen, dich Fehler machen lassen", flüsterte ich."

7. KAPITEL

DER WALDBRAND UND DAS
BLUTBAD HINTER GITTERN

Elio wollte weiter reden, aber die Worte waren ihm im Hals stecken geblieben. Ein schmerzhafter Stich zog sich durch sein Herz. Bedrückt senkte er den Blick. Ihm kamen fast die Tränen, als er sich an Theo erinnerte. Er hatte immer versucht, seinem ängstlichen Freund Mut zu machen. Doch im Endeffekt hatte er ihn damit zum Tod geführt. Er fühlte sich schuldig. Nichts könnte dies ändern, denn Theo würde niemals zurückkehren.

„Ich habe noch nie von einer Bestie gehört, die wie ein Kind schreit", bemerkte Liam erstaunt. „Was habt ihr am Lagerfeuer gesehen?" Elio wurde aus seinen Gedanken gerissen. Schwer musste er schlucken. Dann erzählte er weiter:

„Durch meine Worte beruhigte Theo sich wieder ein bisschen. Doch das schrille Kreischen erklang erneut, diesmal um einiges näher als zuvor. Etwas flatterte in den dunklen Baumkronen. Wir lauschten mit angehaltenem Atem in den Wald hinein. Das Kreischen kam näher, schnell warf Lias sich in das Gras und zischte:

„Auf den Boden!"

Schlagartig schoss ein riesiger schwarzer Schatten durch die Baumkronen am Rand der Wiese, der das beängstigende Kreischen ausstieß. Unzählige Äste riss er von den Bäumen, die mit gewaltigem Lärm auf den Waldboden krachten. Zum Auskundschaften hob ich leicht den Kopf an, ich konnte mir nicht erklären, welche fliegende Kreatur dazu im Stande war, einen Baum zu köpfen. „Was auch immer passiert, bleibt unten", zischte Lias beunruhigt. Er wusste bereits, was die Baumkrone zerberstet hatte. Es war wieder still, als wäre der Schatten nie aufgetaucht. Mein verunsicherter Blick schweifte zu dem lichterloh brennenden Feuer hinüber. Plötzlich erklang das Kreischen lauter als je zuvor. Panisch kreiste mein Blick durch die Luft, um den Schatten ausfindig zu machen, aber es war zu dunkel zwischen den Baumkronen, um etwas zu erkennen. Die Finsternis des Waldes gab ein lautes Knirschen von sich. Die Bäume standen nicht mehr regungslos dort, sondern schwankten bedrohlich. Es erweckte den Anschein, als wäre ihnen ein Eigenleben verliehen worden. Doch ich sah den Schatten noch immer nicht.

„Zur Seite!", schrie plötzlich Theo, der hektisch in meine Richtung kroch. Erschrocken zuckte ich zusammen. Einige Meter rollte ich mich über das Gras, die Panik fraß sich durch mein Inneres. Ich spürte Theos zitternden Arm an meiner Schulter. Als mein Blick wieder zu den schwankenden Bäumen hinüber schweifte, musste ich mit Schrecken feststellen, dass einer von ihnen nach vorne kippte. Mein Gefährte hatte mich noch rechtzeitig gewarnt.

Plötzlich erblickte ich wieder den kreischenden Schatten. Dieser flatterte um den fallenden Baum herum, dessen Blätter durch die Luft gewirbelt wurden. Zum ersten Mal erkannte ich, dass die Bestie ein Schwarm aus unzähligen kleinen Kreaturen war. Doch richtig konnte ich sie nicht sehen. Der riesige Stamm stürzte in das Feuer und ging in Flammen auf. Verzweifelt versuchte ich, Lias zu finden, der aus meinem Blickfeld verschwunden war, weil ich nur noch Feuer sah. Es breitete sich blitzschnell in alle Richtungen aus.

„Weg hier!", rief ich panisch zu Theo, der immer noch dicht hinter mir auf der Wiese lag. Gerade wollte ich auf die Beine springen, um meinen Gefährten mit mir zu ziehen, als der flatternde Schwarm haarscharf über unsere Köpfe hinweg zog.

Nun erkannten wir die pechschwarzen Bestien, die den Wald in Flammen gesetzt hatten. Es war ein Meer aus zackigen Flügeln, die so schnell flatterten, dass ich auf der Haut peitschenden Wind spürte. Aus ihren Mäulern, in denen sich funkelnde Reißzähne verbargen, kam das schrille Kreischen. Ihre Hände und Füße waren mit spitzen Krallen bestückt. Es dauerte bloß wenige Augenblicke, bis der Schwarm über uns hergezogen war und wieder im Schatten der Bäume verschwand.

Inzwischen hatte auch das Gras Feuer gefangen, ich sah, wie die tödlichen Flammen immer näher kamen. Mir wurde klar, dass es nur eine Frage der Zeit war, bis die Bestien wieder aus der Dunkelheit schießen würden. Plötzlich spürte ich, wie jemand kräftig an meinem Arm zog. Hektisch wirbelte ich herum. Es war Lias, der mich fest packte und auf die Beine zog.

„Steh auf, renn!", rief dieser zu Theo, der sich daraufhin schlagartig aufrappelte, um loszurennen. Einen Augenblick lang blieb ich wie angewurzelt auf dem Gras stehen. Obwohl mein Herz raste, waren meine Glieder eingefroren. Ich hatte schreckliche Angst. Mit aufgerissenen Augen starrte ich auf das riesige Meer aus Flammen. Das Kreischen der Bestien war weiterhin zu hören.

„Lauf, Elio!", schrie Lias, der bereits einige Meter gerannt war. Endlich befreite ich mich aus der Schockstarre. Dann rannte ich um mein Leben. Mein Herz raste noch schneller. Ich befürchtete, vor Aufregung in Ohnmacht zu fallen. Rasch erreichten wir das Ende der brennenden Wiese, woraufhin wir zügig in den dunklen Tiefen des Waldes verschwanden. Ich spürte meine Beine nicht mehr, aber rannte in dem Tempo weiter, bis das Kreischen in der Ferne verstummt war.

Schließlich kamen wir vor einer Quelle zum Stehen, die in das klare Wasser eines kleinen Teiches hinein sprudelte. Jeder von uns war so außer Atem, dass wir uns einen Moment lang keuchend auf die Knie stützen mussten. Ich wirbelte herum. In der Ferne sah ich noch Rauchwolken in den Himmel steigen. Das Kreischen des Schwarms hallte nur noch in meinem Kopf nach. Mein Herzschlag beruhigte sich wieder. Ohne zu zögern, huschte ich zur Quelle, um meinen ausgetrockneten Mund in das sprudelnde Wasser zu halten. Auch meine Gefährten kippten sich gierig mit ihren Händen das Wasser in den Rachen. Anschließend badeten wir in dem plätschernden Teich. Ich ließ mich auf der Oberfläche treiben und spürte, wie sich allmählich jeder Muskel in meinem Inneren entspannte. Lange hatte ich mich nicht mehr so gefühlt, weil ich immer unter Spannung gewesen war. Endlich kam ich zur Ruhe. Nachdem wir aus dem Gewässer gestiegen waren, beschlossen wir, an jenem Ort die restliche Nacht zu rasten. Doch diesmal entfachte niemand ein Feuer. Nebeneinander lagen wir vor dem Teich und schauten zu den Sternen hinauf.

„Was waren das für Bestien auf der Wiese?", fragte Theo plötzlich, der Lias erwartungsvoll anstarrte.

„Die Menschen im Lager nennen sie Rattusgleiter", raunte dieser leise, dabei schweifte sein Blick auf das Wasser. „Sie sagen, diese Biester wären bereits vor Ewigkeiten in den südlichen Wäldern gesehen worden. Sie sollen wohl eine Kreuzung aus Fledermäusen und gefräßigen Ratten sein. Einzeln sind sie nahezu harmlos, doch ein ganzer Schwarm von ihnen hat die Kraft, Bäume niederzureißen."

Keinem von uns gelang es, in jener Nacht länger als wenige Sekunden die Augen zu schließen. Einer hielt immer Wache, um aufmerksam die Umgebung zu beobachten, während die anderen am Teichufer ruhten. Nach Sonnenaufgang zogen wir weiter Richtung Süden. Zu diesem Zeitpunkt ahnte ich noch nicht, dass das Ende unserer letzten gemeinsamen Reise begonnen hatte."

Elio holte tief Luft. Die anderen starrten ihn mit großen Augen an. Keiner sagte etwas, als hätte die Erzählung ihnen die Sprache verschlagen. Er konnte die Trauer nicht länger zurückhalten. Eine einzelne Träne rann an seiner Wange hinunter. Rasch wischte er mit der Hand über sein Gesicht, denn er wollte keine Schwäche zeigen.

Milad starrte Elio erwartungsvoll an.

„Es war anders, als wir gedacht hatten", murmelte dieser. „Ich vermag es nicht, die Grausamkeit dieser Bestie in Worte zu fassen. Auch meine Gefährten und ich hatten zuvor von ihr gehört, aber keine der Erzählungen führte uns ihr dämonisches Wesen wirklich vor Augen. Du solltest beten, dass du es niemals zu Gesicht bekommst, denn danach wird die Welt nicht mehr dieselbe sein." Mit einem leeren Blick starrte Elio Milad an. Er sah alles wieder vor seinen Augen, als wäre es keinen Tag her gewesen. Es fühlte sich so an, als würde er das Sterben seiner Freunde erneut mitansehen müssen. Sein Herz pochte, er bekam keinen Mucks mehr über die Lippen, obwohl sein Mund leicht geöffnet war. Er sah seine blutenden Freunde im Matsch liegen, ihre verzweifelten Schreie dröhnten durch seinen Kopf. Milad starrte ihn entsetzt an, aber sagte nichts mehr.

„Was ist euer Plan für heute?", fragte Luk, als wollte er die Stimmung wieder etwas auflockern.

„Wir sind auf der Suche nach einem Krieger aus dem Lager", erwiderte Liam. „Dieser schlug die Bestie in die Flucht, bevor sie sich auf Elio stürzen konnte. Es handelt sich um einen Mann, der von allen Ängsten befreit ist, der nicht zögert und ins Gefecht zieht. Seine Tapferkeit sollte jeder anstreben."

Luk nickte nachdenklich.

„Du bist wohl auf der Suche nach einem Mentor", sagte er, dabei blickte er schmunzelnd in Elios Richtung. Dieser erwiderte:

„Ich habe ihm mein Leben zu verdanken. Ich glaube, dass mir niemand besser ..."

Er brachte den Satz nicht zu Ende, weil seine Augen etwas erspähten, das er bereits seit ihrer Ankunft gesucht hatte. Es waren das lange pechschwarze Haar und die hellgrünen Augen, die er seit gestern nicht aus seinem Kopf bekam. Ein freundliches, aber zugleich schüchternes Lächeln kreuzte seinen Blick. Sie setzte sich zu einigen anderen Mädchen, die alle Tänzerinnen waren. Sie kicherte noch und blinzelte zu ihm hinüber, bevor sie sich den anderen zuwandte, um am Gespräch teilzunehmen.

„Ich kann mir gar nicht vorstellen, was dir nun wieder die Sprache verschlagen hat. Es muss wohl an der Luft hier liegen. Sie ist auf einmal wärmer geworden", spottete Liam, der wieder sein breites Grinsen aufgesetzt hatte. Elio spürte tatsächlich, wie sich sein Inneres erwärmte. Es war ihm unangenehm, dass sein Freund vor ihren neuen Bekannten so offensichtliche Anspielungen machte.

„Sie hat dich doch auch angesehen. Wenn du sie magst, geh einfach zu ihr und sag etwas", flüsterte Luk. Elio schaute ihn verblüfft an. Einen solchen Rat hatte er bisher noch nie bekommen, aber Luk machte nicht den Eindruck, als wollte er ihn hinters Licht führen. Vielmehr schien er ihm tatsächlich helfen zu wollen. Liam hingegen hatte in dieser Hinsicht nur unangenehme Bemerkungen, dazu dumme Scherze übrig, die ihn keineswegs weiterbrachten.

Auf einmal meldete sich Nico zu Wort:

„Ich kenne einige Krieger aus dem Lager. Sie halten sich für gewöhnlich am großen Käfig auf. Dort finden wir sicher auch den Mann, den ihr sucht. Wenn ihr wollt, können wir dort hingehen. An Ruhetagen führen sie die berüchtigten Bluttaufen durch. Das solltest du gesehen haben, bevor du dich dafür entscheidest, Krieger zu werden."

Elio wollte so schnell wie möglich aufbrechen, obwohl er nicht den blassesten Schimmer hatte, was eine Bluttaufe war.

„Führ uns sofort zu diesem Ort, Bruder. Ohne einen Mentor ende ich bald als Fraß der Bestien", erwiderte er energisch.

Das Mädchen mit den hellgrünen Augen war wieder aus seinem Kopf verschwunden, denn er dachte nur noch daran, den Krieger zu finden, der ihm einst das Leben gerettet hatte. Liam stieß einen enttäuschten Seufzer aus. Wahrscheinlich hatte er sich vorgestellt, noch etwas länger am großen Lagerfeuer zu bleiben. Trotzdem ließ er sich von den anderen mitziehen.

Es war ein schauriger und trostloser Ort, den die fünf Jungen nach einem Marsch durch das halbe Lager erreichten. Das Territorium der Krieger lag weit hinter den Zeltreihen, die das große Herz umringten. Hier war nichts außer sandige Steppe, die bloß noch durch den in der Ferne liegenden Zaun von der freien Wildnis abgeschnitten wurde. Die Rufe der spielenden Kinder und das Geschreie der hungrigen Säuglinge waren nicht mehr zu hören, sondern bloß noch das Pfeifen einsamer Böen, die durch die Ferne zogen, dazu flinke Schritte, die den Sand aufwirbelten. In der Mitte jener leeren Steppe stand ein großer Käfig aus Eisen. Elio konnte durch die rostigen Gitterstäbe hindurch ins Innere schauen.

Ringsherum hatten sich unzählige Männer versammelt, die wie sein Retter unterschiedliche Bemalungen auf der Haut trugen. Inzwischen war ihm bewusst, dass die schwarzen, roten und blauen Symbole ihr Dasein als Krieger verdeutlichten. Sie redeten kein Wort miteinander, sondern wiederholten entweder immer wieder dieselben verwirrenden Bewegungsmuster oder standen bloß regungslos auf der Stelle. Einige von ihnen hatten die Augen geschlossen. Er konnte die Anspannung in der Luft förmlich riechen, aber noch war der Käfig leer. Enttäuscht musste er feststellen, dass er seinen Retter nirgendwo sehen konnte.

„Hier wird es gleich ernst. Ihre Bluttaufen sind ein grausamer Anblick, aber sie formen zugleich die Stärksten unter ihnen", raunte Nico nervös. Elio wurde das Gefühl nicht los, dass die ruhigen Krieger sich auf etwas Schlimmes vorbereiteten. Inzwischen konnte er sich denken, wofür der Käfig gebraucht wurde.

Einer von ihnen kam auf sie zugelaufen. Er war groß, muskulös und seine Haut war dunkelbraun gebrannt. Er ging geradewegs auf Nico zu. Ein leichtes Schmunzeln zog über sein Gesicht. Es schien so, als kannten die beiden sich.

„Enzo, wie läuft die Aufwärmphase?", fragte Nico, nachdem er dem stämmigen Krieger die Hand gedrückt hatte. Dieser nickte den anderen zu.

Mit erschöpfter Stimme erwiderte er:

„Die Stille, die hier bereits seit Stunden in der Luft liegt, macht mich wirklich fertig, Bruder. Ich will unbedingt, dass die Wahl des großen Kriegers auf mich fällt, doch zugleich fürchte ich mich vor dem Versagen, das mir bevorstehen könnte." Nervös blickte er zu den anderen Kriegern hinüber, die schnelle Bewegungen mit ihren Armen machten. Elio vermutete, dass sie es taten, um ihre Glieder aufzuwärmen. Plötzlich war ein tiefer Klang von hinten zu hören.

Als seine Gefährten und er herumwirbelten, erblickten sie einen prächtig geschmückten Mann, der mit einem Horn in den Händen auf die Versammlung der Krieger zu stolzierte. Die mit Steinen und Knochen versehene Kette, die er um den Hals trug, dazu die schwarz-roten Bemalungen auf seiner Brust hatte Elio schon einmal gesehen. An seinen stämmigen Schultern klebte ein weißes Federkleid, welches über seinem Kopf einen großen Fächer bildete. Es bewegte sich leicht im Wind, wodurch die Erscheinung des Mannes nur noch majestätischer wirkte.

„Unsere Zeit ist gekommen. Der Federschweif hat soeben den Schluss der Aufwärmphase verkündet", raunte Enzo, der dem geschmückten Mann einen ehrfürchtigen Blick zuwarf und sich wieder in die Richtung des großen Käfigs bewegte.

Elio war noch immer vollkommen gefesselt von dem Federschweif, der den Kriegern immer näherkam. Ständig blies er in das Horn. Sie rückten immer näher an das Gitter des Käfigs heran und bildeten einen Kreis. Als der Federschweif die fünf Jungen passierte, blickte Elio in die braunen Augen. Das letzte Mal hatte er diese gesehen, als er bereits mit dem Leben abgeschlossen hatte.

„Das ist er", flüsterte er unbeirrt.

Nico zog die Augenbrauen hoch, während er den stattlichen Krieger musterte. Dieser schenkte ihnen keine große Beachtung. Zügig ging er weiter.

„Ich hatte mir schon gedacht, dass du von dem Federschweif geredet hast", raunte er. „Die Menschen nennen ihn den großen Krieger, denn er ist der stärkste unter ihnen. Nicht nur über sie herrscht er, sondern über unser ganzes Volk. Ihm haben wir alles zu verdanken."

Elio fragte sich, warum der Federschweif damals selbst in den fernen Süden gezogen war, um seine Gefährten und ihn zu retten. Schließlich gab es genug andere Krieger, die dieser hätte schicken können, nachdem ihr Verschwinden den Bewohnern aufgefallen war. Offenbar suchte der Federschweif nach unbezwingbaren Herausforderungen, die seine Fähigkeiten auf die Probe stellten. Damals hatte Elio ihm keine Fragen stellen können, er war nach ihrer Ankunft im Lager zu zügig verschwunden. Auch auf dem Marsch dorthin hatten sie kaum miteinander gesprochen, weil der große Krieger ihm mit einem enormen Tempo vorausgeeilt war. Elio hatte sich bemühen müssen, um an seinen Fersen zu bleiben. Aufgrund des tiefen Schocks, der noch lange nach dem Blutbad in seinen Gliedern gesessen hatte, hatte er erst am nächsten Tag damit begonnen, sich Gedanken über seinen fremden Retter zu machen.

Doch nun machte dieser nicht einmal den Anschein, als würde er ihn wiedererkennen. Stattdessen schritt er weiterhin mit einem starren Blick auf die versammelten Krieger zu. Erst als er unmittelbar vor dem Käfig Halt machte, hörte er auf, in das Horn zu blasen. Sie alle waren still und starrten ihn ehrfürchtig an, er selbst musterte sie eindringlich. Sein Blick war so eisig, wie Elio ihn in Erinnerung hatte. Aus seiner Hosentasche kramte er eine kleine Klinge mit einem Ledergriff. Als nächstes ging er auf Enzo zu. Der junge Krieger wischte sich zielstrebig die Schweißperlen von der Stirn. Offenbar wusste er, was der Federschweif von ihm erwartete. Dieser machte vor ihm Halt, die Klinge führte er dicht an seine Brust heran, wo er einen winzigen Kreis hinein ritzte. Etwas Blut lief Enzos Bauch hinunter. Dann wandte der Federschweif sich wortlos von ihm ab. Er schritt weiter durch die Reihen der stillen Krieger.

„Enzo wurde auserwählt", flüsterte Nico beunruhigt. „Hoffentlich ist er vorbereitet. Das, was ihm bevorsteht, wird alles von ihm abverlangen."

Bevor einer der anderen nachfragen konnte, was damit gemeint war, machte der Federschweif vor einem wahren Koloss Halt. Jener Krieger stach aus der Menge heraus. Er war etwa einen Kopf größer als Enzo, seine Schultern sahen aus wie gewaltige Felsbrocken. Auch der Rest des massiven Körpers war mit harten Muskelbergen bestückt. Der Federschweif ritzte ihm ebenfalls einen Kreis in die Brust. Anschließend kehrte er ihm den Rücken und zwängte sich durch die Reihen der Krieger zum Käfig hindurch. An dessen Außenseite zog er ruckartig ein quietschendes Gitter hoch. Zügig schlüpfte er ins Innere. In der Mitte des Käfigs machte er Halt. Dann führte er das Horn erneut zum Mund, um hineinzublasen.

Wieder spürte Elio das Beben des tiefen Klangs in seinen Ohren. Gleichzeitig setzten sich Enzo und der Koloss in Bewegung. Nacheinander schlüpften sie durch das geöffnete Gitter und traten ebenfalls in die Mitte des Käfigs. Die auserwählten Krieger blickten sich in die leeren Augen. Das Einzige, was sie voneinander trennte, war der Federschweif. Dieser nickte einem Außenstehenden zu, der anschließend zu einem großen Eisenfass hinüber huschte, welches ein kleines Stück abseits des Käfigs im Sand steckte. Energisch wühlte er darin herum. Er zog zwei dicke Holzknüppel heraus, betrat den Käfig und überreichte diese den Kriegern. Kurz darauf schlüpfte er wieder hinaus. Enzo schloss kurz die Augen, seine verschwitzten Hände betasteten hektisch den Knüppel. Er schien nervös zu sein. Der Koloss hingegen blieb ruhig, er umklammerte seine Waffe fester.

„Bereit machen!", rief der Federschweif, der das Horn wieder an seine Lippen führte. Alles war still. Dann blies er kräftiger als je zuvor hinein. Keine Sekunde später huschte er aus dem Käfig und ließ das Gitter hinter sich in den Sand krachen. Die beiden Krieger waren im Inneren gefangen. „Kämpft!", schrie der Federschweif ihnen zu.

Ihre stumpfen Knüppel hoben sie leicht an. Langsam bewegten sie sich im Kreis. Sie warteten auf den ersten Angriff des anderen. Elio war gefesselt von ihren geschmeidigen Bewegungen. Niemand wagte es, einen Mucks von sich zu geben. Plötzlich wirbelte Enzo mit dem Fuß eine große Prise Sand auf, die geradewegs in das Gesicht seines Gegners schoss. Dieser riss schützend die Arme hoch, mit der freien Hand wischte er sich wild über die Augen. Enzo nutzte den schwachen Moment. Er schnellte aus der Deckung heraus und rammte ihm den Knüppel kräftig gegen das Knie. Der Koloss schrie vor Schmerzen auf und taumelte benommen nach hinten. Enzo zückte den Knüppel erneut. Er näherte sich. Sein Gegner hingegen keuchte immer schwerer, dessen Bewegungen wurden langsamer. Er schien so hart getroffen worden zu sein, dass ihn der Kampfgeist verlassen hatte.

Elio war nach wie vor gebannt von dem Geschehen, aber ihn verwunderte, dass Enzo bisher kein bisschen gefordert wurde. Dieser holte erneut aus und schwang den Knüppel durch die Luft. Doch diesmal wich der Koloss blitzschnell nach hinten aus, wodurch der Schlag ins Leere ging. Enzo wurde durch den Schwung, den er geholt hatte, nach vorne gerissen, dadurch verlor er die Deckung. In Windeseile holte der Koloss aus. Hart schlug er Enzo auf die Rippen, dass er laut nach Luft schnappen musste. Heftig stolperte er zurück. Noch bevor er wieder aufrecht stand, stürmte sein Gegner erneut auf ihn zu. Abermals streifte der Knüppel seine Schläfe, er taumelte weiter nach hinten, schaffte es nur knapp, dem darauffolgenden Schlag auszuweichen. Mit schmerzerfülltem Gesicht presste er sich die Hand auf die Schläfe. Zwischen seinen Fingern quoll Blut hervor. Mit der anderen Hand hob er den Knüppel an, den er schützend vor sich hielt. Schnaufend rückte der Koloss näher an ihn heran.

Elio war verblüfft darüber, wie schnell sich das Blatt gewendet hatte. Gerade hatte er noch gedacht, dass Enzo seinen Gegner mühelos zunichtemachen würde, aber jetzt wurde dieser selbst immer näher an den Rand des Käfigs gedrängt. Der Koloss fing an, mit den Füßen Sand nach vorne zu schleudern. Schnell kniff Enzo die Augen zusammen. Die Krieger, die den Käfig eingekreist hatten, jubelten laut und feuerten sie an. Auch Nico klatschte kräftig in die Hände. Seit Beginn des Kampfes stand er unter Spannung, Enzo war sein Freund.

„Weich ihm seitlich aus!", rief er so laut, dass sein Gesicht errötete. „Er darf dich nicht kommen sehen!"

Offenbar hatte Enzo die Rufe gehört, denn er huschte tatsächlich um seinen Gegner herum. Auf diese Weise kam er immer näher an ihn heran. Gekonnt wich er den Knüppelhieben aus. Dies schien den Koloss zu ermüden, denn er bewegte sich immer träger. Immer wieder verpasste Enzo ihm kräftige Hiebe in die Magengrube. Er keuchte hektisch, unter seinen Füßen bildeten sich im Sand feuchte Flecken von seinem Schweiß.

Schließlich schwang der Koloss den Knüppel mit einem solchen Schwung ins Leere, dass er mitgerissen wurde. So konnte er die Deckung nicht aufrechthalten. Dies nutzte Enzo gnadenlos aus, er rammte ihm das dicke Ende des Knüppels mit einer enormen Wucht von unten gegen das Kinn. Der Koloss sackte sofort in sich zusammen. Sein Kopf schoss durch den Aufprall Richtung Himmel. Seine grimmigen Augen fielen zu, er prallte in den Sand.

Alle Krieger ringsherum begannen, wild zu schreien. Kräftig rüttelten sie an den quietschenden Gitterstäben. Nico hingegen stieß einen erleichterten Seufzer aus. Doch Enzo stand bloß regungslos dort, der auf seinen gefallenen Gegner starrte. Sein Gesicht war mit Blut überströmt. Das Einzige, das sich an ihm regte, war die flache Bauchdecke, welche sich durch die hektische Atmung schnell hob und senkte. Er schien dem Ende seiner Kräfte nahe zu sein.

Nachdem der Beifall der Krieger verstummt war, dröhnte abermals der tiefe Klang des Horns über sie hinweg. Der Federschweif wurde durch die Reihen zum Käfig geleitet. Er zog das Gitter hoch. Bedächtig trat er auf den Sand im Inneren, der in Blut getränkt war. Langsam schritt er auf Enzo zu, der seinen Blick ehrfürchtig senkte. Bedächtig kniete er sich neben den gefallenen Koloss, sanft drückte er die Handfläche an dessen Kinn. Dunkles Blut tropfte über seine Hand. Rasch erhob er sich wieder, trat wortlos vor Enzo und drückte ihm die blutdurchtränkte Hand auf die Brust. Mit dem Zeigefinger zog er die Linien des eingeritzten Kreises nach. Elio sah aus der Ferne, wie dieser in den Sonnenstrahlen schimmerte.

„Ein neues Glied im Kreis der Blutkrieger ist geboren worden!", rief der Federschweif in die Menge, der Enzos Hand in die Luft riss. Abermals klatschten die Krieger lauten Beifall. Enzo lächelte bloß verlegen. Sein Blick schweifte immer wieder zu dem gefallenen Koloss. Auch als der Federschweif und er den Käfig verließen, regte dieser nicht einmal eine Zehenspitze.

Nach einer Weile zwängte sich ein einzelner Mann, der offensichtlich nicht zu den Kriegern gehörte, durch die tuschelnde Menge zu dem offenen Gitter hindurch. Um seine Hüfte war eine weiße Schürze aus Stoff gebunden, in der einige Gegenstände klimperten. Elio hatte diese Art von Männern bisher nur selten im Lager gesehen, er wusste nicht, welcher Arbeit sie nachgingen.

„Ein Heiler ist gekommen", raunte Luk angespannt. „Das kann nichts Gutes bedeuten. Vielleicht hat er zu viel abbekommen." Der weiß gekleidete Mann schlüpfte in den Käfig hinein und kniete sich vor den Koloss. Rasch kramte er einen langen silbernen Stab aus der Schürze. Die stumpfe Spitze presste er sanft gegen den Hals des Kriegers, das andere Ende hielt er dicht an sein Ohr. Einige Sekunden lang horchte er, wodurch die Krieger ringsherum noch unruhiger wurden. Schließlich drehte er sich in die Richtung des Federschweifs, um anschließend mit dem Kopf zu schütteln. Geschickt steckte er den Stab wieder ein und verließ den Käfig. Sogar aus der Ferne sah Elio seinen trüben Gesichtsausdruck. Spätestens jetzt war ihm bewusst, dass der Koloss den Kampf nicht überlebt hatte.

Ein aufgewühltes Raunen zog sich durch die Menge, aber der Federschweif legte seine kalte Miene keine Sekunde lang ab. Er nickte bloß in die Richtung zweier Krieger, die dicht neben ihm standen. Diese setzten sich wortlos in Bewegung. Einer von ihnen packte die Beine, der andere griff unter die Achseln des toten Kriegers. Gemeinsam schleppten sie ihn aus dem Käfig heraus. Eine riesige Blutspur blieb im Sand zurück. Hin und wieder legte einer der Krieger seine Hand auf den Leichnam. Elio musste schwer schlucken. An jenem Tag begriff er zum ersten Mal, was es bedeutete, ein Krieger zu sein.

8. KAPITEL

EIN ALPTRAUM VOR DEM WEG DES KRIEGERS

Im Traum sah Elio alles vor sich, er erlebte noch einmal die Grausamkeit am eigenen Leib:

Er rannte, so schnell er konnte durch den dichten Wald. Unter den Füßen spürte er, dass die Erde bebte. Sein Herz schlug so rasant, als würde es gleich durch den Brustkorb springen. Er spürte nichts außer nackte Angst, die sich über alle seine Glieder gezogen hatte. Nach einer Weile drehte er den Kopf über die Schulter, um nach hinten zu blicken. Er sah nichts, obwohl das Beben immer stärker wurde. Seine Beine waren bereits so müde, dass sie ihn kaum noch tragen konnten, aber seine Panik drängte ihn, weiter zu rennen. Immer weiter.

Schließlich erreichte er eine kleine Lichtung, die von den Strahlen der prallen Mittagssonne eingebettet wurde. Er schnappte hektisch nach Luft, wirbelte herum, während er unter seinen Füßen trockene Erde spürte. Das bedrohliche Beben war auf einmal verstummt, er hörte nur noch friedliches Vogelgezwitscher durch die Bäume schwirren. Die Sonnenstrahlen schienen auf sein Gesicht, die seine Haut angenehm erwärmten. Seine verkrampfte Mimik entspannte sich wieder, die Angst sickerte aus seinem Kopf. Die Gedanken entfesselten sich, sie wurden wieder frei. Je mehr er sich umschaute, desto vertrauter kamen ihm die blühenden Baumkronen vor. Ihn ließ das Gefühl nicht los, schon einmal hier gewesen zu sein. Wieder war er gezwungen, sich über die Dinge, die er wahrnehmen konnte, den Kopf zu zerbrechen. Doch je mehr er grübelte, desto rasanter pochte auch sein Herz.

Ehe er sich versehen konnte, war aus dem Vogelgezwitscher ein klägliches

Krächzen geworden. Ein dunkler Schatten legte sich über den Wald. Aus allen Richtungen erklangen plötzlich scharfe Zischlaute, dazu ein bedrohliches Knurren, welches immer näherkam. Die Angst überflutete ihn wie eine giftige Seuche, abermals fesselte sie seine Glieder. Er wollte alles ringsherum wieder vergessen, aber es war zu spät. Die Gedanken strömten in riesigen Wellen durch seinen Kopf hindurch. Sie waren so mächtig geworden, dass er sie nicht mehr bändigen konnte. Mit jeder weiteren Strömung wurde der Wald düsterer, die Angst in seinem Inneren größer. Der Wind, den er zuvor bloß als leichte Brise wahrgenommen hatte, wurde so stark, dass dieser die Äste der Baumkronen verbog und ihm mit einer enormen Wucht ins Gesicht peitschte.

Plötzlich spürte er wieder das dumpfe Beben unter seinen Füßen. Es näherte sich aus der Ferne. Als er panisch herumwirbelte, um wegzurennen, musste er feststellen, dass es nicht bloß aus einer Richtung kam. Blitzschnell drehte er sich im Kreis, um einen Ausweg zu finden. Es kesselte ihn gnadenlos ein. Die Luft wurde kälter, er begann, zu zittern. Seine nackte Panik, dazu das Frösteln, ließen seine Glieder erstarren. Ehe er sich versah, war aus dem peitschenden Wind ein stürmischer Orkan geworden, der dicke Äste aus den Bäumen riss. Krachend fielen sie auf die Erde. Die Sonne hatte sich inzwischen vollkommen verzogen. Graue Gewitterwolken waren das Einzige, was an dem dunklen Himmel zu sehen war. Ein Windstoß mit enormer Kraft stieß ihm unerwartet gegen die Brust, wodurch er unsanft auf die Erde fiel. Ein schmerzvolles Stechen schoss durch seine Glieder. Verzweifelt versuchte er, sich aufzurappeln, aber seine Arme und Beine gehorchten ihm nicht. Es fühlte sich so an, als würde er an der kahlen Erde festkleben.

Plötzlich erblickten seine aufgerissenen Augen einen gewaltigen Baum, der aus dem stürmischen Wald in seine Richtung kippte. Er wollte ausweichen, um nicht zerstampft zu werden, aber seine Glieder regten sich immer noch nicht. Der riesige Stamm raste auf ihn zu, ohne dass er etwas tun konnte. Mit einem lauten Knall krachte er auf seinen linken Arm. Jegliches Gefühl in seinem Arm verschwand. Er wollte nach Luft schnappen, aber konnte es nicht. Er wollte laut losschreien und sich winden, doch jegliche Kontrolle über seinen Körper hatte ihn verlassen. Das Beben hatte ihn fast erreicht. Ringsherum wurden Staubwolken aufgewirbelt, die seine Sicht vernebelten. Als er sein Leben bereits an sich vorbeiziehen sah, geisterten plötzlich vertraute Stimmen durch den tobenden Wald:

„Du kannst nicht mehr weglaufen, Bruder. Unsere Zeit ist gekommen. Wir

106

werden alle sterben, also komm! Komm mit uns oder du wirst auf ewig allein sein!"

Schweißgebadet wachte Elio auf der zerzausten Matratze auf. Kurz darauf dröhnte auch schon der Klang des Horns durchs Lager. Weil er am Tag zuvor den blutigen Kampf am großen Käfig beobachtet hatte, wusste er wenigstens, wer fast jeden Morgen hineinblies. Er war überrascht darüber, dass er so lange geschlafen hatte. Für gewöhnlich ließen ihn seine Albträume viel früher aufschrecken. An den von letzter Nacht konnte er sich kaum erinnern. Nachdem er sich mühsam von der Matratze aufgerappelt hatte, wusch er sich ab. Er bekam den Federschweif und die Krieger nicht mehr aus dem Kopf.

Nico hatte ihm am vorherigen Tag mehr über die sogenannten Bluttaufen im Käfig erzählt. Gestern hatte er jenes Ritual zum ersten Mal beobachten können. Nachdem der Koloss für tot erklärt worden war, hatte der Federschweif seine Krieger zügig verlassen, ohne großes Aufsehen zu erregen.

Als sich die bedrückende Trauer um den gefallenen Koloss allmählich gelegt hatte, war Nico zu Enzo geeilt, der von unzähligen Männern eingekreist gewesen war. Einige von ihnen hatten ihm offenbar Respekt gezollt, aber andere hatten laut darauf geschimpft, er habe einen aus ihren Reihen kaltblütig ermordet. Nico hatte vergeblich versucht, sich durch das aufgewühlte Getümmel hindurchzuzwängen, aber einige der Krieger waren so wütend gewesen, dass sie ihn wieder nach hinten gestoßen hatten, wodurch er nach einer Weile aufgegeben hatte.

Auf dem Rückweg hatte er Elio ausführlich vor Augen geführt, was der Hintergrund der Bluttaufen war.

„Bruder, wenn du deinen Mentor stolz machen willst, wirst du früher oder später in den Käfig steigen müssen. Dort entscheidet bloß fließendes Blut darüber, ob du dem Dasein als Krieger tatsächlich würdig bist", hatte er eindringlich gesagt. Allein durch die Vorstellung, mit einem Krieger in den Käfig zu steigen, wurde Elio mulmig zumute. Doch zugleich war er fest entschlossen, diese Hürde auf sich zu nehmen, um die Fähigkeiten des Federschweifs zu erlernen.

Bluttaufen ereigneten sich ausschließlich an Ruhetagen, damit die Angehörigen der auserwählten Krieger anwesend sein konnten. Obwohl sie verbittert um ihr Leben kämpften, kam es selten zu Todesfällen. Meistens geschah es bloß, dass einer von ihnen durch einen harten Schlag das Bewusstsein verlor, was ebenfalls zu einer Entscheidung des Kampfes führte. Dies war einer der Gründe, weswegen der Tod des Kolosses eine solche Empörung ausgelöst hatte. Jeder Krieger musste von dem Federschweif zunächst zwölf Vollmonde lang vorbereitet werden, um an einer Bluttaufe teilnehmen zu dürfen. In jener Zeit musste er tägliche Torturen überstehen, die ihn über die eigenen Grenzen hinauswachsen ließen. Nur wenn dies vollendet war, ergab sich die Berechtigung, eine Bluttaufe anzutreten. Außerdem war es essenziell, damit zu rechnen, in dem Käfig das eigene Leben zu verlieren, um dem Gegner mit der richtigen geistigen Verfassung entgegenzutreten. Vor Beginn jeder Bluttaufe wurden ohne jegliche Vorwarnung die Krieger auserwählt, die diese bestreiten sollten.

Sie konnten sich geehrt fühlen, denn viele von ihnen wurden nie auserwählt, obwohl sie sich den qualvollen Torturen bereits Jahre lang unterwarfen. Das geschah, wenn der Federschweif kein Vertrauen in ihre Fähigkeiten setzte und sie nicht als würdig ansah.

Im Käfig wurde gekämpft, bis ein Krieger kampfunfähig war. Entweder durch Verlust des Bewusstseins oder durch den Tod. Nico hatte wohl einmal gesehen, wie ein Krieger seinen Kampf aufgegeben hatte. Dies war ihm zwar gestattet worden, aber eine Kapitulation wurde als große Schwäche angesehen, weswegen er nie wieder die Chance bekommen hatte, sich zu beweisen. Doch wer als Sieger hervorging, wurde in den kleinen Kreis der Blutkrieger aufgenommen.

Diese Gemeinschaft bestand aus den stärksten Beschützern des Lagers. Das letzte Ziel eines jeden Kriegers sollte sein, ein Teil von ihr zu werden. Der Federschweif war ihr Gründer, wodurch er sie bereits seit Ewigkeiten anführte. Gerüchten zufolge suchte er bereits nach einem gebührenden Nachfolger. Die Blutkrieger trainierten mit Abstand am härtesten, dazu legten sie die längsten Strecken durch die Wälder zurück, um das Lager zu bewachen. Wenn sich aus der Ferne eine Bedrohung näherte, waren sie demnach die Ersten, die ihre Witterung aufnahmen. Sie waren in sich gekehrt, gnadenlos, aber stellten den Schutz des Volkes, ohne zu zögern, über ihr eigenes Leben. Elio bewunderte ihre selbstlose Hingabe. Er konnte sich vorstellen, Frieden darin zu finden, anderen den Schutz und die Geborgenheit zu bieten, die seine Eltern nie für ihn übrig gehabt hatten.

Heute nahm er sich vor, noch mal den großen Käfig aufzusuchen. Es würde zwar keine Bluttaufe stattfinden, aber er hoffte darauf, den Federschweif anzutreffen. Verschlafen zwängte Elio sich durch den Zeltspalt. Wenige Meter vor seinen Augen bewegte sich eine riesige Traube aus lauten Kindern, die offenbar auf dem Weg zu ihren Kaltblütern waren. Schmunzelnd erinnerte er sich daran, wie sorgenfrei sein Leben noch vor einigen Tagen gewesen war. Nun gab es niemanden mehr, der ihm den Weg leitete. Er war vollkommen auf sich allein gestellt. Nachdenklich bewegte er sich Richtung Norden.

Als er den Käfig erreichte, traf er einen verlassenen Ort an. Kein Krieger war dort. Das Einzige, das sich um das verrostete Gitter herum regte, waren Staubwolken, die vom leichten Wind aufgewirbelt wurden. Elio wollte bereits niedergeschlagen umkehren, doch er sah weit hinter dem Käfig in der Ferne ein schneeweißes Zelt aus dem Sand ragen. Ihm wurde bewusst, dass er es am vorherigen Tag überhaupt nicht wahrgenommen hatte. Entweder hatten die vielen Krieger seine Sicht versperrt oder er war zu sehr von der Bluttaufe abgelenkt gewesen. Langsam passierte er den Käfig. Die Gitter waren noch immer nach oben gezogen. Vorsichtig steckte er den Kopf hindurch, bevor er ins Innere schlüpfte.

Hinter den rostigen Gitterstäben war es viel weitläufiger, als er gedacht hatte. Von außen hatte er zuvor nicht richtig erkennen können, wie viel Raum zur Bewegung die auserwählten Kämpfer tatsächlich hatten. Langsam machte er einige Schritte, dabei spürte er, wie seine Füße im Sand versanken. Als er hinunterschaute, sah er die Blutflecke, die der Koloss hinterlassen hatte. Sie waren bereits verblasst, fast kaum mehr sichtbar. Der leichte Wind hatte sie mit

Sand bedeckt. Elio kniete sich vor die Spuren der Bluttaufe. Immerzu dachte er an den gefallenen Krieger. Bald würden die Spuren vollkommen verwischt sein, trotzdem waren sie das Einzige, das der Koloss hinterlassen hatte. Er fragte sich, ob die Bewohner sich in einigen Jahren noch an ihn erinnern würden. Er wusste keine Antwort auf die Frage. Schließlich grub er eine Prise aus dem Sand, die er über den letzten Spuren des gefallenen Kriegers verschüttete. Anschließend richtete er sich auf. Die Blutflecke waren verschwunden, als hätte es den Kampf um Leben und Tod nie gegeben. Einen Moment lang ging er noch hinter dem Gitter umher. Dann verließ er den Käfig und zog es hinter sich zu.

Das Zelt in der Ferne wurde immer deutlicher. Schon bald konnte er erkennen, dass es mit schneeweißen Federn geschmückt war. Unter diesen sah er weißen Stoff. Aus der Spitze des Zeltes ragte das Skelett eines Hirschkopfs. Das Zelt lag an einem ruhigen Ort. In weiter Ferne sah man nur den verlassenen Käfig. Alles dahinter war so weit weg, dass nur noch verschwommene Umrisse sichtbar waren. Obwohl er im Lager aufwuchs, war er noch nie zuvor hier gewesen. Wenige Meter hinter dem weißen Zelt erstreckte sich der Eisenzaun, hinter dem die Steppe und ihre Wälder lagen. Elio wunderte es, dass nirgendwo ein Wächter zu sehen war, der die Grenze des Lagers bewachte. Schließlich wurde sehr eindringlich darauf geachtet, dass die östliche, südliche und westliche Grenze des Lagers zu jeder Zeit bewacht wurde.

„Die Federn sind von Schneetauben. Die gibt es allerdings nur im fernen Norden. Dort ist es kälter als hier", sagte plötzlich eine tiefe Stimme hinter ihm. Erschrocken zuckte Elio zusammen, wirbelte herum und blickte in die braunen Augen des Federschweifs. Dieser war nicht mehr mit Federn geschmückt. Er sah eher so aus wie an jenem Tag, an dem er den Serpenstigris in die Flucht geschlagen hatte. Der Schock saß Elio immer noch in allen Gliedern, denn er hatte nicht einmal gehört, wie der große Krieger sich genähert hatte.

„Dich habe ich bereits öfter gesehen", fuhr dieser fort, ohne seine Antwort abzuwarten.

Elio starrte ihn mit großen Augen an, gewaltsam versuchte er, sich wieder zu sammeln. Noch immer konnte er nicht fassen, dass der Federschweif vor ihm stand.

„Du hast mir vor einigen Vollmonden das Leben gerettet", erwiderte er. „Dafür wollte ich mich bedanken."

Sein Gegenüber runzelte misstrauisch die Stirn.

„Das hättest du auch gestern am Käfig sagen können. Es fällt mir schwer, zu glauben, dass du nur deswegen den Weg zu diesem einsamen Ort auf dich genommen hast. Etwas anderes muss dich hergeführt haben", raunte er.

Verlegen senkte Elio den Kopf, denn er war durchschaut worden.

„Da gibt es noch etwas, worüber ich mit dir sprechen will", erwiderte er mit bebender Stimme.

Der Federschweif kehrte ihm den Rücken und ging auf das weiße Zelt zu, um es aufzuknöpfen.

„Folge mir. Dann reden wir über alles in Ruhe", erwiderte dieser mit einem leichten Schmunzeln auf den Lippen. Elio war verblüfft darüber, wie freundlich und zuvorkommend er auf einmal wirkte, denn während der Bluttaufe hatte er einen anderen Eindruck hinterlassen. Rasch folgte er ihm ins Innere des Zeltes.

Von innen wirkte es noch größer als von außen. Er konnte aufrecht stehen. Nicht einmal ansatzweise berührte er die dünnen Stoffwände. Unter den Füßen spürte er keinen Sand mehr, sondern einen weichen roten Teppich, der mit schwarzen Kreisen verziert war. Er erstreckte sich über den ganzen Boden. Wenige Meter geradeaus stand ein großes Bett aus feinem Holz, auf dem eine rote Matratze lag. Diese machte einen gemütlichen Eindruck, war aber bei weitem nicht so zerzaust wie die in seinem eigenen Gemach. Gleich daneben standen weitere Skelette verschiedener Beutetiere, dazu eine mit silbernen Schnörkeln verzierte Eisentruhe.

Nun knöpfte der Federschweif den Spalt nach draußen zu. Wortlos war er an ihm vorbeigegangen. Etwa auf der Mitte des Teppichs machte er Halt und nahm im Schneidersitz auf einem der schwarzen Kreise Platz.

„Setz dich ruhig, Jungspund", sagte er einladend und deutete vor sich.

111

Behutsam ging Elio einige Schritte nach vorne. Noch nie hatte er so weichen, unversehrten Stoff gespürt. Dann ließ er sich vor dem Federschweif nieder und blickte ihm in die trüben Augen. Die dunklen Ringe unter ihnen ließen darauf schließen, dass er ziemlich erschöpft war.

„Was ist es, das dich hergeführt hat?", fragte er, nachdem eine Pause entstanden war.

„Ich will ein Krieger werden, um das Volk zu schützen. Deswegen habe ich den Weg auf mich genommen. Ich werde alles dafür geben, mein Schicksal zu erfüllen, doch dafür musst du mein Mentor werden und mir den Weg weisen", erwiderte Elio entschlossen.

Der Federschweif verzog bloß das Gesicht, als er ein gelangweiltes Gähnen ausstieß. Er schien ihn nicht im Geringsten ernst zu nehmen.

„Das willst du mit Gewissheit nicht, Jungspund. Schlag es dir schnell wieder aus dem Kopf", erwiderte er. „Der Weg des Kriegers bringt nichts außer Schmerz und bedingungslose Hingabe mit sich. Dafür sind die wenigsten geschaffen. Ich bin keineswegs darauf aus, dich in dein Verderben zu führen."

In Elio staute sich die Wut an. Wie konnte dieser Mann nur meinen, zu wissen, welches Leben er führen wollte.

„Ich habe mir lange Gedanken gemacht und meine Entscheidung steht fest", erwiderte er energisch. „Für mich ist dies der einzige Weg, auch wenn es kein leichter sein wird. Ich kenne das Risiko. Trotzdem will ich es tragen, um das Volk zu schützen und meinem Namen Ehre zu machen."

Der Federschweif verdrehte die Augen, der in einer ruhigen Stimmlage erwiderte:

„Glaub mir doch, wenn ich dir sage, dass bereits viele junge Männer wie du dasselbe zu mir gesagt haben. Ich weiß, dass du verbittert bist und dich nach Rache sehnst, aber dieser Pfad führt dich in endlose Dunkelheit hinein. Ehe du dich versiehst, wird sie deine Seele rauben."

Elios Herz pochte schneller. Die gehobene Sprache seines Gegenübers machte ihn noch wütender. Er konnte nicht fassen, dass dieser den Tod seiner Freunde für seine Entscheidung verantwortlich machte. Nun hatte er das Gefühl, als wäre in seinem Inneren ein loderndes Feuer entfacht worden, dessen Flammen er nicht mehr lange bändigen konnte.

„Das hat nichts mit ihrem Tod zu tun! Ich will bloß meinen Nutzen erfüllen!", rief er plötzlich. Selbst er war von seiner lauten Stimme schockiert. Der Federschweif hatte einen wunden Punkt getroffen. Das war ihm offenbar bewusst, denn er lächelte hämisch, vor allem schien er ihn noch weniger ernst zu nehmen als zuvor.

„Ich will dir etwas zeigen, Jungspund", raunte er. „Du scheinst tatsächlich entschlossen zu sein, aber es gibt einen Ort, den jeder vor einer solchen Entscheidung sehen sollte." Er rappelte sich auf und ging zu der Truhe neben seinem Bett. Mit beiden Händen öffnete er sie. Dann kramte er einen funkelnden Gegenstand heraus, den er in seiner Hosentasche verstaute. Er ergriff noch einen langen Speer. Elio hatte sich inzwischen wieder beruhigt. Als er genauer hinsah, erkannte er denselben Speer, mit dem der Federschweif auch den Serpenstigris bekämpft hatte. Zum ersten Mal fiel ihm auf, wie prächtig jene Waffe war. Die Spitze bestand aus einem fein geschliffenen Bernstein, der rötlich funkelte und sorgfältig mit einer Lederschnur an den langen Eisenpfahl gebunden worden war. Der große Krieger wirbelte herum. Schnell bewegte er sich auf den Zeltspalt zu. Elio war verwirrt, weil er sich nicht vorstellen konnte, was nun geschehen würde. Doch er folgte ihm nach draußen.

Obwohl sie nicht allzu lange in dem weißen Zelt gewesen waren, war die Dämmerung angebrochen. Der Horizont leuchtete in rötlichen Farben. In der Ferne sah er den Käfig, aber nach wie vor war kein anderer Mensch in Sichtweite. Nachdem er sich umgeschaut hatte, riss die resolute Stimme des Federschweifs ihn aus seinen Gedanken:

„Hör auf, in die Leere zu starren! Folge mir, Jungspund. Hier müssen wir lang." Der große Krieger ging geradewegs auf den riesigen Zaun zu. Elio folgte ihm, obwohl er nicht wusste, was es dort außer der einsamen Steppe zu sehen gab.

Als sie vor dem Stacheldraht angekommen waren, sah er ein winziges Schloss, das um zwei Enden des Zauns geschlossen war. Von weitem hatte er es nicht wahrgenommen. Zu seiner Verblüffung lag an jener Stelle kein Stacheldraht im Sand. Der Federschweif kramte den kleinen silbernen Schlüssel aus seiner Tasche, der zuvor in der Truhe gelegen hatte. Rasch entriegelte er das Schloss, nahm es in die Hand und zog die beiden Zaunenden mühelos auseinander, sodass sich dazwischen ein Spalt öffnete. Er zwängte sich hindurch, dabei forderte er Elio dazu auf, ihm zu folgen. Dieser starrte ihn verwundert an, woraufhin er in die offene Wildnis eintrat. Gewissenhaft verschloss der Federschweif die Öffnung im Zaun wieder. Gemeinsam gingen die beiden durch die Steppe auf das nächstgelegene Waldstück zu und schlüpften unter den Baumkronen in das zähe Dickicht.

Eine Weile lang bahnten sie sich hindurch, bis sie ein kleines Sandmeer erreichten. Elio staunte, denn für gewöhnlich waren der Wald und die Wüste voneinander abgetrennt. Ein solches Gemisch aus beidem hatte er noch nie zuvor gesehen. Der Federschweif machte vor dem Sand Halt und senkte den Blick.

„Hier liegen sie alle, Jungspund", flüsterte er. Neugierig trat Elio neben ihn, um zu begreifen, wovon er sprach. Jetzt sah er, dass in dem Sandmeer unzählige Felsbrocken steckten, auf denen rote Handabdrücke schimmerten.

„Wer liegt hier?", fragte er. Der Federschweif stieß einen langen Seufzer aus:

„Männer, die ihrem Willen nicht gewachsen waren, die auf dem Weg ein Krieger zu werden, ihr Leben ließen. Sie waren alle tapfer, aber ihr Schicksal hat sie dennoch eingeholt." Behutsam trat er auf den Sand, stapfte ein paar Schritte nach vorne, aber Elio blieb wie angewurzelt stehen. Sein Blick schweifte über die unzähligen Gräber.

„Erst gestern ist er von uns gegangen. Du hast zugesehen, wie er im Käfig kämpfte", raunte der Federschweif und deutete auf einen Felsen vor seinen Füßen. Auf diesem war eine Hand abgebildet, die um einiges größer, dazu breiter als die anderen war. Elio musste schlucken, denn er begriff, dass es sich um den Koloss handelte.

„Wir tränken die abgestorbenen Hände in ihr eigenes Blut und pressen sie auf Gestein. Auf diese Weise wacht das Blut über ihre Körper, die in den Tiefen des Sandes ruhen. So halten wir sie in Erinnerung", raunte der Federschweif, bevor er seine Handfläche auf den Felsen des gefallenen Kriegers drückte. Dann drehte er sich um und stapfte zu Elio zurück, der noch immer schweigend auf die Gräber starrte, während er sich den Kopf darüber zerbrach, welche Qualen unter dem Sand verborgen lagen. Mit Sicherheit hatte keiner der gefallenen Krieger diese Welt schmerzlos verlassen. Ein weiteres Mal wurde ihm bewusst, dass er sich großen Hürden stellen müsse und nicht davor zurückschrecken dürfe, dem Tod ins Auge zu blicken, wenn er den Weg des Kriegers beschreiten wollte. Doch jene Vorstellung erschien ihm nicht wie eine aussichtslose Lage, sondern eher wie eine unausweichliche Offenbarung. Sein ganzes Leben lang hatten ihn Ungerechtigkeiten und schwere Schicksale geplagt. Schmerzen waren ihm nicht fremd, aber er hatte auch gelernt, wie er sie aushalten und überwinden konnte.

„Willst du immer noch Krieger werden, Elio?", fragte der Federschweif. „Im schlimmsten Fall wirst du dein Leben opfern müssen, um unser Volk zu schützen. Jetzt hast du auch vor Augen, wie viele dies bereits taten."

Elio blickte ihm tief in die Augen. Kurz glaubte er, einen finsteren Schatten zu sehen, der sich über das Gesicht des großen Kriegers gelegt hatte. Doch er hatte sich längst entschieden.

„Ich will den Weg des Kriegers gehen, auch wenn dieser mir das Leben kostet", erwiderte er entschlossen.

Der Federschweif seufzte, der seinen Blick noch einmal über die Gräber schweifen ließ.

„Dann soll es so sein, Jungspund. Du hast deine Entscheidung getroffen. Bereits morgen wirst du vor dem Klang des Horns vor meinem Zelt erschienen sein. Wenn ich dich dort nicht sehe, kannst du dir den Weg des Kriegers wieder aus dem Kopf schlagen. Du wirst eine Chance bekommen, keine weitere", raunte er in einer ernsten Stimmlage.

„Heißt das, du wirst mein Mentor sein?", fragte Elio. Doch der Federschweif schwieg. Schließlich traten sie den Rückweg an.

9. KAPITEL

EINE LETZTE HÜRDE

Elio hatte sich bereits von dem großen Krieger verabschiedet und war auf dem Weg zu seinem Gemach. Angestrengt dachte er über seine Zukunft als Krieger nach. Ihm wurde bewusst, dass er sich nicht nur danach sehnte, die Bewohner des Lagers zu schützen. Vielmehr wollte er für seine Taten anerkannt werden, ein Vermächtnis hinterlassen. Eines, welches nur er selbst erschaffen konnte, weil nicht jeder so dachte wie er. Sein ganzes Leben hatte ihn, ohne dass er es zuvor gewusst hatte, hierher geleitet. Er hatte bereits Dinge gesehen und durchlebt, die den Vorstellungen der meisten Menschen verborgen blieben. Er war damals als Krieger geboren worden. Von nun an wollte er alles daransetzen, seinem Namen Ehre zu machen.

In seinen wilden Gedanken gefangen erreichte er das Herz des Lagers. Niemand war hier, weil die Nacht bereits angebrochen war. Ringsherum war es dunkel. Plötzlich hörte er ein lautes Knacken, als wäre jemand auf einen Ast getreten. Elio horchte neugierig in die Richtung, aus der das Geräusch gekommen war. Jetzt hörte er auch Schritte, die leise über das Gestein huschten. Er begann, auf sie zuzugehen. Doch erklären konnte er sich nicht, wer sich hier rumtreiben könnte. Zu dieser Zeit hatten sich für gewöhnlich bereits alle Bewohner in ihre Zelte verkrochen. Es war mittlerweile

117

so dunkel, dass er die Hand vor Augen nicht sehen konnte. Auf einmal stolperte er über etwas, das ihn zu Fall brachte. Sein Knie prallte mit einer enormen Wucht auf den Steinboden. Ein Schmerzensschrei kam aus seiner Kehle, mit beiden Händen umklammerte er sein Knie.

Plötzlich spürte er, wie fremde Hände ihn abtasteten. „Ist alles in Ordnung?", fragte aus der Dunkelheit eine sanfte Stimme. „Bist du gestürzt?" Er erkannte, dass sie zu einem Mädchen gehörte. Sie war leise, aber klang zugleich besorgt.

„Die Schmerzen sind nicht so schlimm", erwiderte Elio, aber er spürte, wie aus der aufgeschürften Wunde unter seinen Händen Blut floss. Er merkte auch, dass das Mädchen ihm vorsichtig näherkam.

„Warte, gleich sehen wir etwas", flüsterte sie. Dann hörte er das Aufeinanderschlagen zweier Steine. Dicht vor seinem Gesicht sah er Funken aufblitzen. Schnell schloss er die Augen. Als er sie wieder öffnete, sah er ein brennendes Tuch. Es hing an einem dicken Stock, der von zierlichen Fingern umschlossen war. Je größer die Flammen wurden, desto mehr konnte er sehen. Es dauerte nicht lange, bis der ganze Stoff Feuer gefangen hatte.

Dahinter sah er die hellgrünen Augen, die er überall und zu jeder Zeit wiedererkannt hätte. Sie funkelten im Licht der Flammen. Der Anblick ihres Gesichts schüttete in seinem Inneren eine Wärme aus, die durch alle seine Glieder strömte. Er war ihr näher als je zuvor, ihre Ausstrahlung raubte ihm den Atem.

„Dich habe ich schon einmal gesehen", flüsterte sie. Ihr neugieriger Blick durchbohrte ihn.

„Wir haben uns am Lagerfeuer gesehen", erwiderte Elio etwas schüchtern, er spürte, wie sein Herz schneller pochte. Die fesselnde Anziehung, die er zum ersten Mal in seinem Leben spürte, ließ ihn nervös werden. Sie kam noch näher an sein Gesicht heran und lächelte. Er war noch so verträumt, dass er zurückschreckte. Unter seinem Hintern knackte es. Als er sich umdrehte, sah er einen ganzen Haufen Äste. Über den musste er in der Dunkelheit gestolpert sein, bevor er gestürzt war. Doch daran dachte er nicht mehr, als er wieder in die hellgrünen Augen hinter den Flammen blickte.

„So kommst du mir aber nicht davon. Ich habe doch gesehen, dass du während des Herzensempfangs geguckt hast", erwiderte sie kichernd mit einem spielerischen Klang in der Stimme. Ihm wurde warm um die Ohren, sein Gesicht errötete. Er fühlte sich so, als hätte sie ihn durchschaut.

„Du hast doch auch geschaut", erwiderte er aufgeregt.

„Da hast du auch wieder recht. Mein Blick konnte nicht von dir ablassen. Ich weiß auch nicht, was mich getrieben hat", murmelte sie. Elio löste die Hände von seinem Knie, dann sah er die Wunde. Auch das Mädchen starrte auf das fließende Blut.

„Zeig doch mal her", flüsterte sie bestimmt. Behutsam tastete sie sein Bein ab. „Gehen wir in mein Gemach. Dort kann ich mir alles in Ruhe anschauen. Mit einem solchen Knie solltest du nicht rumlaufen." Sie ließ von ihm ab. Elio war etwas verwirrt über das, was sie gesagt hatte, aber er nickte und rappelte sich mühsam auf.

Der größte Schmerz war bereits abgeklungen, weswegen ihm das Gehen nicht sonderlich schwerfiel, aber trotzdem hatte sie ihren Arm um seinen Rücken geschlungen, als wollte sie ihm die Last nehmen. Das ließ er gerne geschehen, obwohl es keineswegs erforderlich war, denn die zarten Berührungen ihrer weichen Hände sorgten dafür, dass ihm noch wärmer wurde.

„Wie ist eigentlich dein Name?", fragte er, nachdem sie bereits einige Meter gegangen waren.

„Ich heiße Naomi. Du bist Elio, nicht wahr?", erwiderte sie. Abermals war er verblüfft, denn er hatte nicht den blassesten Schimmer, woher sie seinen Namen kannte. „Woher weißt du wer ich bin?", fragte er.

Sie lächelte und strich sich verlegen durchs Haar.

„Sie sprechen doch im ganzen Lager von dir und deinen Gefährten. Du bist einer der wenigen, die es gesehen haben", raunte sie beeindruckt. „Du hast großen Mut bewiesen, Elio."

Er hätte sich denken können, dass sie seine Geschichte kannte. Einen Augenblick lang schwieg er, weil die blutenden Gesichter seiner Freunde wieder durch seinen Kopf schwirrten. Dies geschah immer, wenn ihn jemand an die furchteinflößende Bestie erinnerte.

„Mutig war ich nicht, wohl eher dumm. Keiner von uns war bereit, ich habe nicht einmal versucht, sie aufzuhalten", flüsterte er. „Dafür schäme ich mich."

Naomi sah ihn mit großen Augen an. Es schien so, als hätte sie mit seiner Antwort nicht gerechnet.

„Es war nicht deine Schuld", flüsterte sie kleinlaut. Sie schlichen an den Zeltreihen vorbei, doch Elio sagte nichts mehr. Er wollte nicht mehr über das reden, das ihn sowieso jede Nacht quälte.

„Wir sind da", flüsterte Naomi, als sie vor einem großen Zelt angekommen waren. Elio konnte im Licht der Fackel sehen, dass es nicht nur aus feinem braunem Stoff, sondern auch aus prächtigem Pelz zusammengeflickt worden war. Sanft löste sie den Arm von seinem Rücken und begann, den geschlossenen Spalt aufzuknöpfen.

„Dein Zelt ist schön, Naomi. Meins ist nicht einmal halb so groß", raunte er.

„Meine Eltern haben es mir nach dem Ende der Reifung überlassen. Vor wenigen Vollmonden habe ich noch mit ihnen zusammengelebt. Vater ist Wächter, er besitzt einige leerstehende Zelte", flüsterte sie nachdenklich. Nacheinander schlüpften sie ins Innere.

„Wie kommt es denn, dass du dich während der Nachtruhe noch im Herzen rumtreibst?", fragte Elio, der sich in ihrem Gemach umschaute. Der Innenraum war in etwa so groß wie jener des Federzelts. Vor den seitlichen Stoffwänden waren einige dunkelrote Tonkrüge angereiht worden, in denen blühende Blumen in bunten Farben aus schwarzer Erde ragten. Über dem Sand lag ein weißer Teppich. Elio blickte geradewegs auf ein hölzernes Bett, auf dem nicht nur eine Matratze, sondern auch eine Decke aus rotem Stoff lag.

„Die obersten Hausfrauen haben mich dazu gezwungen, das übrige Holz vom großen Lagerfeuer übereinanderzustapeln", erwiderte sie. „So können es die Handwerker morgen früh leichter vom Gestein schaffen. Schließlich muss dort genug Platz für das große Mahl sein." Sie ging an Elio vorbei und ließ ihren Hintern auf das Bett fallen. Er blieb jedoch wie angewurzelt stehen. Er wusste nicht ganz, wie er sich verhalten sollte, schließlich war er noch nie in dem Gemach eines Mädchens gewesen.

„Setz dich, Elio. Ich will mir dein Knie genauer ansehen", sagte sie erwartungsvoll lächelnd. Langsam ging er auf ihr Bett zu, auf dem er sich niederließ. Naomi hob sein rechtes Bein an, um es sanft auf die weiche Matratze zu legen. Danach wandte sie sich zu einem kleinen Holztisch um, der gleich neben dem Bett stand. Darauf waren zwei brennende Kerzen aus weißem Wachs, ein geöffnetes Eisenfläschchen, dazu eine Rolle aus aufgewickeltem schwarzem Stoff aufgestellt worden. Sie nahm das Fläschchen behutsam in die Hand. Ein paar Tropfen daraus träufelte sie auf das blutende Knie. Elio biss die Zähne zusammen. Die Flüssigkeit brannte auf seiner Wunde. Doch schnell war der stechende Schmerz verflogen.

„Ich frage mich noch immer, wie ihr damals am Ende des Herzensempfangs alle Flammen gleichzeitig erlöschen konntet", sagte er. „Noch nie zuvor habe ich so etwas gesehen."

Naomi schmunzelte, die sich wieder zu dem Tisch hinüberbeugte, um das Fläschchen zurückzustellen und nach dem Stoff zu greifen.

„Es ist kompliziert", erwiderte sie. „In den Wäldern gibt es einen besonderen Honig, der von den Serpensapis erzeugt wird. Er ist sehr selten und schwer zu beschaffen, weil die kleinen Biester ihn nie aus den Augen lassen. Selbst die besten unserer Jäger schaffen es nicht oft, ihn ins Lager zu bringen."

Gespannt hörte Elio zu, denn er hatte bereits vor vielen Jahren einen Schwarm der Serpensapis gesehen, nachdem er sich mit Lias in den Wald geschlichen hatte. Doch damals hatten sie diesen aus gutem Grund bloß versteckt aus der Ferne beobachtet. Schließlich gab es keine andere Bestie, die im näheren Umkreis des Lagers lebte und so tödlich wie ein wildgewordener Schwarm jener Gattung war.

Die Serpensapis waren eine Kreuzung aus Honigbienen und Giftnattern. Sie unterschieden sich von gewöhnlichen Bienen durch ihr dunkelgrünes Fell, welches mit schwarzen Streifen bedeckt war, sowie die beiden langen Giftzähne, die aus ihren winzigen Mäulern hingen. Daraus schnellten ihre dünnen, fast unsichtbaren und zischenden Zungen hervor. Ein einziger Biss hatte Bewohner des Lagers bereits so stark vergiftet, dass sie Atemnöte erlitten hatten, wodurch kurz darauf ihre Herzen stehen geblieben waren. Niemand konnte sagen, wann oder wie diese Bestien entstanden waren. In der Natur kam es für gewöhnlich nie zu Paarungen zwischen Bienen und Schlangen. Sie schienen schon immer dagewesen zu sein, weil es niemanden gab, der sich an eine Zeit vor ihrer Existenz erinnerte.

„Was ist so besonders an dem Honig?", fragte Elio. Noch nie hatte er davon gehört, dass die Serpensapis wie gewöhnliche Bienen Honig erzeugten.

„Darin fließt ein starkes Gift, das die Heiler bereits seit Ewigkeiten erforschen. Würdest du es hinunterschlucken, dann würden deine Lebenslichter nach wenigen Sekunden erloschen sein, aber für die menschliche Haut ist es harmlos", erklärte sie. „Feuer reagiert besonders empfindlich darauf. Sobald es zu einer Berührung kommt, erlischt es sofort."

Elio runzelte verwirrt die Stirn.

„Also habt ihr den Honig über die Fackeln geträufelt", erwiderte er.

Kichernd schüttelte sie den Kopf.

„Nein, unsere Haut haben wir mit ihm eingerieben. Es hat furchtbar geklebt, aber als ich die Flammen an meinen nackten Bauch presste, lösten sie sich sofort in Luft auf. Ich hatte etwas Angst, doch es hat gar nicht wehgetan."

Elio brauchte etwas, um zu fassen, was sie ihm soeben erzählt hatte. Offenbar hatten die Mädchen für den Herzensempfang ihr Leben aufs Spiel gesetzt.

„Das Tuch über deinem Bauch hätte Feuer fangen können", erwiderte er unbeirrt und deutete auf Naomis Brüste. Heute trug sie ein weißes Tuch, welches um ihren Rücken gebunden war und den Großteil ihres Busens überdeckte.

„Das Risiko tragen wir gerne für unsere tapferen Beschützer", erwiderte sie und zuckte mit den Schultern, als wäre es für sie selbstverständlich.

Geschickt wickelte sie den weißen Stoff um sein Knie, das inzwischen nicht mehr blutete. Er spürte, wie die Flüssigkeit sich in die Wunde hineinzog. Er wusste nicht, was sie auf seine aufgeschürfte Haut geträufelt hatte, aber es fühlte sich gut an.

„Wenn du möchtest, kannst du hier bei mir schlafen", sagte sie nach längerem Schweigen. „Dann brauchst du nicht in der Dunkelheit nach deinem Gemach suchen. Gemeinsam schläft man ohnehin viel besser." Abermals spürte Elio, wie seine Ohren wärmer wurden. Doch die Müdigkeit überkam ihn, sodass er nicht lange über das Angebot nachdenken musste. Nickend erwiderte er: „Ich weiß schon gar nicht mehr, wo wir hergelaufen sind." Naomi lächelte ihn an und ließ sich auf die Matratze fallen. Er hob auch sein anderes Bein auf das Bett, seinen Hinterkopf versenkte er im weichen Stoff. Still nebeneinander liegend, starrten sie zur Decke hinauf. Elio wurde schläfrig. Seine Augen waren bereits so schwer geworden, dass sie immer wieder zufielen. Bevor er einnickte, spürte er noch, wie Naomi sich dicht an ihn schmiegte und seine Hand nahm. So geborgen hatte er sich noch nie gefühlt.

Am nächsten Morgen wachte er bereits früh auf. Er hatte nachts nicht sehr tief schlafen können, weil er immer wieder aufgewacht war. Die Worte des Federschweifs hatten seine wilden Gedanken durchkreuzt. Die Ungewissheit darüber, was dieser mit ihm vorhatte, ließ ihn ununterbrochen nervös werden. Behutsam löste er Naomis Hand von seiner. Vorsichtig stieg er aus dem Bett, sie schlief noch tief und fest. Die Schmerzen am Knie hatten sich in Luft aufgelöst. Auf Zehenspitzen schlich er zum Spalt des Gemachs, um ihn aufzuknöpfen. Als er hinausblickte, war die Sonne am Horizont noch nicht vollkommen aufgegangen. Doch er hörte in der Ferne bereits das aufgeregte Gezwitscher der Vögel durch die Wälder ziehen. Noch war der Klang des Horns nicht über das Lager gezogen, aber er durfte keine Zeit verlieren.

Rasch knöpfte er den Spalt von außen zu. Leise huschte er durch die Zeltreihen hindurch. Es war bereits so hell, dass er sich Richtung Norden orientieren konnte. Nachdem er das Herz des Lagers hinter sich gelassen hatte, steuerte er geradewegs auf den großen Käfig zu. Die Sonne war schnell aufgegangen und strahlte in ihrer vollen Pracht am Himmel. Vermutlich dauerte es nicht mehr lange, bis der tiefe Klang des Horns über das Lager ziehen würde. Elio legte einen Zahn zu, um das Federzelt rechtzeitig zu erreichen.

Noch war niemand aus seinem Zelt gekrochen. Das Lager war wie ausgestorben, wodurch er sich frei fühlte. Vor Aufregung wurde er immer schneller, bis er rannte. Er dachte nicht mehr daran, dass er die schlafenden Bewohner aufwecken könnte. Auch sein verletztes Knie und Naomi vergaß er, denn er war fest entschlossen, den Weg des Kriegers anzutreten. Nichts würde ihn davon abbringen können.

Es dauerte nicht lange, bis er den großen Käfig erreicht hatte. Dieser war nach wie vor von jeder Menschenseele verlassen. In der Ferne sah er das Federzelt. Bisher war der große Krieger noch nicht zu sehen. Elio machte Halt. Keuchend stürzte er sich auf die Knie. Dann rannte er weiter. Seine Beine traten so kräftig in den Sand, wie er nur konnte, denn er wollte seinem zukünftigen Mentor zeigen, dass er es ernst meinte. Er schnaufte, die grellen Sonnenstrahlen prallten ihm ins Gesicht, ihm lief der Schweiß von der Stirn.

Als ihn nur noch wenige Meter von dem Zelt trennten, sah er, wie sich der Spalt öffnete. Der Federschweif schlüpfte hindurch, seine rechte Hand hielt das Horn. Langsam führte er es zum Mund und blies kräftig hinein. Der Klang war so laut, dass Elio glaubte, den Sand unter seinen Füßen zittern zu spüren. Plötzlich nahm er alles ringsherum nur noch gedämpft wahr. Mit einem verkrampften Gesichtsausdruck biss er die Zähne zusammen. Abrupt blieb er stehen. Schnell hielt er sich die Ohren zu. Der Federschweif beachtete ihn kaum und blies stattdessen immer stärker in das Mundstück hinein. Er schien sich anzustrengen, denn sein Gesicht errötete. Vermutlich wollte er sichergehen, dass sein Weckruf jeden einzelnen Bewohner erreichte. Schließlich setzte er den Mund vom Horn ab und schlüpfte zurück in sein Zelt, ohne Elio auch nur einen Funken Beachtung zu schenken. Erst als er wieder mit leeren Händen herausgekrochen kam, blickte er ihm in die Augen.

„Wir haben einiges vor, Jungspund", brummte er in einer ernsten Stimmlage. „Heute wird sich zeigen, ob du dem Weg des Kriegers wirklich gewachsen bist." Elio nickte gehorsam. In seinen tauben Ohren hallte noch immer das Horn nach.

„Folge mir", befahl der Federschweif, der in sein Zelt hineinschlüpfte. Im Inneren sah es so aus wie am Tag zuvor. Elio konnte vor lauter Aufregung nicht still stehen, weil er nicht wusste, was ihn erwarten würde. Der große Krieger öffnete wieder die Eisentruhe vor seinem Bett. Danach forderte er ihn mit einer flüchtigen Handbewegung dazu auf, näherzutreten. Rasch trat Elio neben ihn. Der Anblick vor seinen Füßen überraschte ihn nicht sonderlich.

In der Truhe lag eine Sammlung aus unzähligen Waffen. Über scharfen Äxten, Macheten und Schwertern lag auf zwei Nägeln, die in die Innenwand der Truhe gerammt worden waren, der lange Speer des Federschweifs. An einem weiteren Nagel darüber hing der silberne Schlüssel für den Zaun.

„Wähle die Waffe, die deinem Geist die größte Sicherheit bietet", raunte der Federschweif. Hastig griff er nach seinem Speer und verstaute den Schlüssel. Elio kniete sich hin und durchstöberte die klimpernde Truhe. Das brachte ihn durcheinander, denn jede Waffe könnte auf ihre Weise geeignet für das sein, was ihm bevorstand.

„Entscheid dich! Wir haben nicht bis morgen Zeit!", rief der Federschweif ungeduldig über seine Schulter. Elio zuckte erschrocken zusammen. Er griff, ohne sich weitere Gedanken zu machen, nach einer Machete. Diese bestand aus einer gebogenen Silberklinge und einem braunen Ledergriff. Zeit zur genaueren Betrachtung hatte er nicht, denn der Federschweif rief noch lauter als zuvor:

„Steh auf, verlass das Zelt! Wir dürfen keine Zeit verlieren!" Rasch sprang er auf die Beine und schlüpfte nach draußen. Der große Krieger sprach auf einmal in einem schärferen Ton mit ihm. Die freundliche Art war wie vom Erdboden verschluckt, sein Gesicht war wieder durch die kalte Miene gekennzeichnet.

Nachdem der Federschweif den Spalt des Gemachs zugeknöpft hatte, schritt er schweigend auf das Schloss im Zaun zu. Elio folgte ihm, doch vor dem Stacheldraht wirbelte der Krieger noch einmal herum. Eindringlich starrte er Elio in die Augen.

„Es kann sein, dass du heute sterben wirst. Das solltest du noch wissen, bevor wir losziehen", raunte er, um ihm anschließend wieder den Rücken zu kehren.

Elio spürte, wie seine Knie weich wurden. Der große Krieger schloss den Spalt auf. Ihm wurde bewusst, dass er sich von nun an vollkommen auf die Anweisungen konzentrieren musste, seine wilden Gedanken durften ihm dabei nicht in die Quere kommen. Er folgte dem Federschweif, der die quietschenden Zaunenden beiseite geschoben hatte. Bereits nachdem er einen Fuß in die offene Wildnis gesetzt hatte, spürte er sein Herz schneller pochen. Doch er versuchte, ruhiger zu atmen, um seine Aufregung zu unterdrücken.

„Wir müssen weiter", zischte der Federschweif energisch und rannte ohne Vorwarnung in die Richtung des Waldstücks. Es war dasselbe, in dem sie am Tag zuvor die Grabstätte der Krieger aufgesucht hatten. Elio rannte ihm, ohne zu zögern, hinterher. Die Aufregung hatte er vergessen, weil er sich bemühen musste, um an den Fersen des großen Kriegers zu bleiben. Nach wenigen Sekunden hatten sie bereits das Dickicht des Waldes erreicht. Doch der Federschweif machte keinen Halt, sondern flog mit einem gewaltigen Sprung über zwei hohe Dornenbüsche, die aus der Erde ragten, hinweg.

Flink sprang Elio hinterher, aber in der Luft blieb sein rechter Fuß in den Dornen hängen, wodurch sein Gesicht hinter dem Gestrüpp mit enormer Wucht auf die feuchte Erde prallte. Ihm wurde schwarz vor Augen. Nachdem er wieder zu sich gekommen war, riss er sein Bein mit einem kräftigen Ruck aus dem Gebüsch. Die spitzen Dornen hatten tiefe Kratzer in seine Haut gezogen, sein Fuß blutete. Dann fiel ihm auf, dass das Tuch, welches Naomi um sein verletztes Knie gewickelt hatte, in dem zähen Gestrüpp hing. Doch er hatte keine Zeit, um seine Wunden zu versorgen. Der Federschweif preschte noch immer nach vorne, der den Abstand zu ihm immer größer werden ließ. Trotz der Schmerzen rappelte er sich auf und rannte weiter. Der aufgeschürfte Fuß brannte jedes Mal, wenn er sich von der Erde abstieß, aber er dachte nicht einmal daran, stehen zu bleiben.

Nach einer qualvollen Weile kam er seinem Gefährten wieder näher. Dieser hatte sein Tempo verlangsamt. Vor einem dicken Baumstamm, dessen Krone auf einen riesigen Felsen inmitten einer Wiese gestürzt war, machte er Halt. Schnaufend kam Elio hinter ihm zum Stehen. Durch den unerwarteten Sprint war er vollkommen außer Atem. Sein Fuß hatte eine lange Blutspur auf dem Waldboden hinterlassen.

„Gleich kommen sie", raunte der Federschweif. Sein strenger Blick schweifte über die Baumkronen. Elio keuchte immer noch vor Anstrengung und hatte nicht den blassesten Schimmer, wovon er sprach. Doch plötzlich erklang aus der Nähe ein tiefes Summen, das immer lauter wurde. Hin und wieder wurde es von einem scharfen Zischen begleitet. Es kam ihm bekannt vor, aber er war zu aufgeregt, um sich zu erinnern, wann oder wo er es schon einmal gehört haben könnte.

„Sie dürfen uns nicht sehen", zischte der Federschweif und kroch unter den gefallenen Baum, der auf dem Felsen lehnte. Elio huschte hinterher. Er legte sich dicht neben ihm in eine kleine Grube unter dem gewaltigen Stamm.

Ein Stück weit konnte er aus dem Versteck hinausspähen, wenn er den Kopf etwas zur Seite streckte. Das Summen war bereits so laut geworden, dass es ihm auf die Ohren drückte.

„Was macht solche Geräusche?", flüsterte er mit bebender Stimme.

„Wirst du bald sehen, Jungspund", raunte der Federschweif. Elio schaute gebannt zum Blätterzelt der Baumkronen hinauf. Keine Sekunde später schwirrten zwei kleine Insekten durch die Luft. Als er die Augen zusammenkniff, erkannte er auf ihrem grünen Fell schwarze Streifen. Sie summten bloß leise, der ohrenbetäubende Klang aus den Tiefen des Waldes kam immer näher.

Plötzlich waren aus ihnen zehnmal so viele geworden. Sie waren so laut, dass Elio glaubte, die Erde unter seinem Rücken zittern zu spüren. Er traute seinen Augen kaum. Er beobachtete, wie immer mehr von ihnen zwischen den Baumkronen auftauchten und sich wenige Meter über seinem Kopf in einem Schwarm versammelten. Ihm war längst klar geworden, dass es sich hierbei um die Gattung der Serpensapis handelte. Ihr scharfes Zischen sauste durch die Luft. Er wusste, dass es dadurch entstand, dass ihre winzigen Zungen gleichzeitig aus ihren Mäulern hervorschossen.

Es dauerte nicht lange, bis er die Baumkronen und den Wald ringsherum nicht mehr sehen konnte, weil der summende Schwarm ihm die Sicht versperrte. Er sah nichts außer das gestreifte Fell der kleinen Bestien. Vorsichtig spähte er aus dem Versteck. Es war das erste Mal, dass er so viele von ihnen zu Gesicht bekam. Der Schwarm, den er damals mit Lias aus der Ferne beobachtet hatte, war nicht einmal halb so groß gewesen wie dieser, der wenige Meter vor seinen Augen herumschwirrte.

Plötzlich spürte er ein unangenehmes Kratzen in seinem Hals. Es fühlte sich in etwa so an, als wäre etwas in seinem Rachen hängengeblieben. Er musste husten. Panisch versuchte er, es auszuspucken.

„Atme langsamer, weniger", flüsterte ihm der Federschweif ins Ohr. „Ihr Gift liegt in der Luft. Damit versuchen sie, ihre Beute aus dem Versteck zu locken. Sie können bloß sehen, aber nicht riechen oder hören."

Die Worte ließen ihn etwas ruhiger werden. Er atmete tief ein und hielt die Luft an. Mit Erleichterung stellte er fest, dass das Kratzen allmählich abnahm. Bisher hatte er nicht gewusst, dass die Serpensapis ihr tödliches Gift sogar durch die Luft streuten.

Der riesige Schwarm schwirrte noch eine Weile über ihnen, bis ein schrilles Piepsen aus den Tiefen des Waldes schallte.

„Die Königin hat sie gerufen", murmelte der Federschweif leise. Der Schwarm wurde schnell kleiner. „Sie sagt ihnen, dass es Zeit ist, zurückzukehren, um den Honig zu bewachen." Nacheinander verschwanden die Bestien zwischen den Baumkronen, bis Elio wieder gleichmäßig atmen konnte.

„Du musst dich unbemerkt an sie heranschleichen und ihnen etwas von dem Honig stehlen, um es mir zu bringen", flüsterte der Federschweif entschlossen, der ihm einen winzigen Eisenkessel, welcher mit einem Deckel verschlossen war, in die Hand drückte. „Ich werde dich beobachten, Jungspund."

Elios Herz pochte wieder heftiger, jetzt war er auf sich allein gestellt. Über dem Baumstamm schwirrten keine Serpensapis mehr, ihr Summen war nur noch leise in den Weiten des Waldes zu hören. Als er seinen Blick aus dem Versteck hinausschweifen ließ, sah er einen Teil des riesigen Schwarms in weiter Ferne zwischen den Baumwipfeln schweben. Er durfte ihn nicht aus den Augen verlieren. Dies würde bedeuten, dass er ihren Honig niemals zu Gesicht bekäme.

Also griff er nach seiner Machete, die er neben sich abgelegt hatte. Leise kroch er aus der Grube heraus, geradewegs stürmte er in die Richtung des Schwarms, der nur noch verschwommen sichtbar war. Er musste durch zähes Dickicht preschen, das seine verschrammten Beine wieder aufschürfte. Doch er verschwendete keinen Gedanken an die Schmerzen und hatte nur noch Augen für die summenden Bestien, die mit einer rasanten Geschwindigkeit durch die Baumkronen schwirrten. Das Rennen ließ seine Beine schwerer werden, die offenen Wunden auf seiner Haut brannten. Obwohl sein Körper bereits aufgegeben hatte, stürmte er weiter.

Nach einer Weile sah er endlich, wie der ferne Schwarm vor einer riesigen Eiche Halt machte. Er blieb stehen. Keuchend stürzte er sich auf die Knie. Die Verfolgungsjagd durch den Wald war ihm wie eine Ewigkeit vorgekommen. Alle seine Glieder zitterten vor Anstrengung.

Als er wieder zu sich gekommen war und sich umschaute, stellte er fest, dass ihn ein grünes Meer aus dichtem Gestrüpp umgab, welches bis zu seiner Hüfte reichte. Es erstreckte sich bis zu der riesigen Eiche, die von dem summenden Schwarm umringt war. Er entschloss sich dazu, noch ein kleines Stück aufrecht zu gehen. Erst die letzten Meter würde er zu seinem Ziel kriechen. Unter dem Gewächs würden die Serpensapis ihn nicht sehen können. Also schlug er sich mit der Machete durch das Gestrüpp. Des Öfteren trat er auf Steine oder spürte, wie Äste gegen seine Beine peitschten. Der Schwarm kreiste noch immer wild um die Baumkrone des riesigen Stammes herum.

Als ihn nicht mehr viele Meter von der Eiche trennten, erkannte er, dass sich die kleinen Bestien um eine große Kugel, die auf einem dicken Ast lag, versammelt hatten. Nach und nach strömten sie hinein und wieder heraus. Ihm war bewusst, dass dies ihr Nest war, in dem der seltene Honig versteckt war.

Behutsam kniete er sich in das Gestrüpp und begann, über die feuchte Erde zu kriechen. Die Serpensapis durften ihn auf keinen Fall bemerken. Immer wieder zwickten ihn kleine Maden, die über seine Haut krabbelten, aber davon ließ er sich nicht aufhalten. Rasch war er so nah an der Eiche, dass das ohrenbetäubende Summen den Erdboden unter seinem Bauch zittern ließ.

Als er unter der Baumkrone angekommen war, spürte er wieder das Kratzen beim Atmen. Obwohl die Bestien so hoch in der Luft schwirrten, verbreiteten sie ihr Gift bis zum Waldboden. Ihm wurde schnell bewusst, dass er nicht lange unter dem Schwarm ausharren konnte und handeln musste. Vorsichtig lugte er zwischen den Blättern hervor. Er beobachtete, wie die Serpensapis bereits so wild um ihr Nest herumkreisten, dass dieses leicht zur Seite kippte. Doch es schien nicht so, als würde es allein dadurch in absehbarer Zeit hinunterfallen. Er blickte auf die Machete in seiner rechten Hand. Die einzige Chance bestand darin, sie mit all seiner Kraft in die Baumkrone hinaufzuwerfen, um den Ast zu durchtrennen. Kurz kamen ihm Zweifel, weil er noch nie eine Waffe geworfen hatte, aber ihm blieb keine andere Wahl.

Ohne weiter zu zögern, erhob er sich aus dem Dickicht und zielte auf den Ast. Mit der rechten Hand holte er aus, mit voller Wucht schleuderte er die Machete nach oben. Während sie durch die Luft sauste, machte sie unzählige Umdrehungen, schließlich bohrte sich ihre scharfe Klinge tief in das Eichenholz hinein. Allein durch den heftigen Aufprall zersprang das Nest in unzählige Stücke. Eine grüne Flüssigkeit verteilte sich über den ganzen Ast, den die Klinge fast vollkommen vom Stamm abgetrennt hatte, wodurch er nur noch an der Eiche baumelte. Die Überreste des Nestes verloren den Halt und rasten auf den Waldboden zu. Die Machete löste sich langsam. Sie fiel auch hinunter. Elios Herz hämmerte wild gegen seinen Brustkorb. Das laute Piepsen der Königin dröhnte in seinen Ohren. Es konnte nichts Gutes bedeuten, jede Sekunde zählte.

Energisch schraubte er den Kessel des Federschweifs auf, bevor er aus dem Dickicht herauspreschte. Wenige Meter vor ihm prallte das zerstückelte Nest auf die matschige Erde, welches offenbar aus Baumrinde bestand. Es war überall mit dem grünen Honig übersät. Etwas weiter rechts landete die Machete. Elio ergriff sie. Hektisch kniete er sich vor die Trümmer, um Honig in den Kessel laufen zu lassen. Nachdem er diesen bis zum Rand gefüllt hatte, schraubte er ihn wieder zu und verstaute ihn in der Hosentasche. Das Summen des Schwarms kam immer näher. Aber er schaute nicht eine Sekunde nach oben, sondern rannte zurück in das Gestrüpp.

Panisch schlug er sich mit der Machete durch das Dickicht. Hinter ihm erklang wieder das bedrohliche Piepsen der Königin. Von nackter Angst getrieben stürmte er nach vorne. Er spürte im Rücken, dass der Schwarm ihn fast eingeholt hatte. Durch das Gift in der Luft verklebte sein Rachen, wodurch er immer panischer schnaufte. Angestrengt versuchte er, einen klaren Gedanken zu fassen. Lange könnte er nicht mehr vor dem Schwarm fliehen. Die verpestete Luft ringsherum ließ ihn bereits fast ersticken. Es fiel ihm immer schwerer, die Beine anzuheben. Doch plötzlich erspähte er in der Ferne einen Fluss, der sich hinter dem Gestrüpp entlang zog. Dieser war seine einzige Chance, dem Schwarm zu entfliehen. Naomi hatte ihn immer wieder darauf hingewiesen, dass die Serpensapis vor Wasser zurückschreckten.

Sein letzter Überlebenswille ließ ihn weiter rennen. Der Fluss kam immer näher, aber er spürte auf seinem Rücken bereits starke Luftwellen, die von dem ohrenbetäubenden Summen ausgeströmt wurden. Elio biss die Zähne zusammen und lief mit letzter Kraft. Nur noch wenige Meter trennten ihn vom Wasser, die verpestete Luft raubte ihm den Atem. In seinem Kopf drehte sich alles, ihm wurde fast schwarz vor Augen. Endlich erreichte er das sandige Ufer. Kopfüber warf er sich ins Wasser.

Unter der Oberfläche war es still. Er spürte, wie die Strömung ihn sanft mit sich zog. Angestrengt versuchte er, wach zu bleiben. Aus den Wunden an seinen Füßen und Beinen floss noch immer Blut, das langsam an seinen Augen vorbeischwebte.

Er nickte bereits im ruhigen Wellengang ein, als ihm plötzlich eine Floskel des Federschweifs durch den Kopf flitzte:

„Du willst kein Krieger sein. Schlag dir das wieder aus dem Kopf, Jungspund." Angestrengt versuchte er, die Augen offenzuhalten.

„Es kann sein, dass du heute sterben wirst, Jungspund", fuhr der große Krieger in seinem Kopf fort. Blitzschnell waren seine Augen weit aufgerissen. Die Oberfläche des Flusses war seinem Gesicht sehr nah, doch schien zugleich unerreichbar zu sein. Er wollte nicht zulassen, dass alles umsonst gewesen war. Sein ganzes Leben lang hatte er gekämpft. Also würde er nicht aufgeben. Er nahm seine letzten Kräfte zusammen und begann, sich mit Armen und Beinen nach oben zu stoßen.

Endlich durchbrach sein Kopf die schaumige Wasseroberfläche. Er schnappte hastig nach Luft, die offenbar nicht mehr verpestet war, denn er spürte kein Kratzen in der Kehle. Doch als er den Kopf nach hinten drehte, erkannte er mit Entsetzen, dass die Strömung ihn ein großes Stück flussabwärts getragen hatte. Von dem Schwarm war nichts mehr zu sehen. Überrascht stellte er fest, dass seine Machete bloß wenige Meter vor seinen Augen auf dem Flussufer lag. Er erinnerte sich daran, sie nach dem Eintauchen ins Wasser losgelassen zu haben. Die Strömung war mittlerweile nicht mehr sonderlich stark, wodurch es ihm mühsam gelang, sich an Land zu ziehen.

Als er die glänzende Machete im Sand betrachtete, wurde ihm bewusst, dass er den Honig vollkommen außer Acht gelassen hatte. Wild kramte er in seinen Taschen. Ein erleichterter Seufzer kam aus seiner Kehle, als seine Finger den Kessel berührten. Er konnte sich glücklich schätzen, dass dieser nicht ins Wasser gefallen war. Elio ergriff den durchnässten Ledergriff der Machete, während er sich energisch umschaute.

Wahrscheinlich hatte er in der Strömung das Bewusstsein verloren. Eine ganze Weile war er flussabwärts getrieben. Die Umgebung ringsherum war ihm vollkommen fremd. Gleich neben dem Flussufer erstreckte sich der Wald, in dem die Serpensapis ihr Nest bewacht hatten. Er taumelte auf das Dickicht zu. Vergeblich versuchte er, sich zu orientieren. Alles sah gleich aus. Vor Erschöpfung zitterte sein ganzer Leib. Zwischen den Bäumen sah er nichts, außer weitere von ihnen. Schnell wurde ihm bewusst, dass er sich hier niemals zurechtfinden würde, wodurch er unentschlossen zum Ufer zurücktrottete. Ihm blieb keine andere Wahl, außer flussaufwärts zu gehen, um den gefallenen Baumstamm und den Federschweif wiederzufinden, obwohl er nicht den blassesten Schimmer hatte, wie lange dies dauern würde.

Gerade wollte er die ersten Schritte entgegen der Strömung machen, als hinter ihm ein lautes Pfeifen erklang. Verblüfft wirbelte er herum. Er traute seinen Augen nicht, hinter ihm stand tatsächlich der Federschweif.

„Du bist nochmal mit dem Leben davongekommen, Jungspund", raunte dieser. Fragend starrte Elio ihn an. War es möglich, dass er seine Flucht vor dem Schwarm beobachtet hatte?

„Hast du den Honig?", fragte der große Krieger und musterte ihn von Kopf bis Fuß.

„Den habe ich", erwiderte Elio, seine zittrigen Hände drehten den Kessel auf. Dieser war noch immer bis zum Rand mit der grünen Flüssigkeit gefüllt.

Der Federschweif schritt langsam auf ihn zu, der den Honig genauer betrachtete und einen Finger hineintunkte, um ihn anschließend zur Nase zu führen. Er schnüffelte einige Male und ließ den Honig über seinen Unterarm gleiten. Innerhalb weniger Sekunden hatte sich auf diesem eine Gänsehaut gebildet. Der Federschweif schmunzelte und blickte zufrieden auf.

„In der Tat ist es dir gelungen, den Honig der Serpensapis zu stehlen", sagte er. „Du hast Mut bewiesen, denn das ist ein Raubzug, den nur die wenigsten überleben, Jungspund. Unzählige sind zuvor daran gescheitert." Durch die Worte fühlte Elio sich geschmeichelt, aber zugleich ließ ihn das Gefühl nicht los, dass der Federschweif noch etwas mit ihm vorhatte.

„Deinen Willen hast du mir bewiesen. Doch ein Krieger muss auch Stärke aufbringen", fuhr dieser fort und durchbohrte ihn mit einem ernsten Blick. Offenbar hatte ihn sein Gefühl nicht getäuscht. Der Honig allein war noch nicht genug, um die Anerkennung des großen Kriegers zu gewinnen. Ohne ein weiteres Wort kehrte dieser ihm den Rücken, um flussabwärts zu gehen.

„Wie beweise ich dir meine Stärke?", rief Elio ihm hinterher.

„Folge mir, Jungspund. Dann wird sich diese Frage von selbst ergeben", erwiderte der Federschweif.

Widerwillig setzte Elio sich in Bewegung. Es ärgerte ihn, dass er nicht mehr erfuhr. Bei jedem weiteren Schritt schmerzten seine Beine, seine restlichen Glieder fühlten sich keineswegs besser an. Sie gingen immer weiter den Fluss entlang. Es schien so, als würde dieser in unendliche Weiten fließen. Die Mittagssonne hatte Elios durchnässte Hose bereits getrocknet, aber seine Beine waren noch schwerer als zuvor.

Nach einer Weile machte der Federschweif Halt und blickte auf die Strömung. Sie standen bloß wenige Schritte von einem Abhang entfernt, den der Fluss hinabstürzte. Elio hörte ein lautes Rauschen. Er blickte auf die gewaltigen Felsen, an denen die Wellen der Strömung zerbrachen. Langsam bewegte sich der Federschweif auf diese zu. Mit einer Handbewegung forderte er ihn dazu auf, ihm zu folgen. Elio staunte, als er neben ihm stand und nach unten blickte. Hinter den Felsen preschte ein riesiger Wasserfall in die Tiefe, der im aufgeschäumten Wasser eines Sees mündete. Der See erstreckte sich so weit, dass er das Ende nicht sehen konnte. Ringsherum ragten die prächtigen Baumkronen des Waldes in die Luft. Einen so schönen Anblick hatte er selten zu Gesicht bekommen.

„Runter, wir müssen nach unten", murmelte der Federschweif. Bevor Elio etwas erwidern konnte, warf dieser seinen Speer in die Tiefe. Dann nahm er Anlauf und stürmte auf den Abhang zu. Der große Krieger stieß sich kräftig mit beiden Füßen vom Gestein ab und sprang mit weit ausgestreckten Armen und Beinen in den Abgrund. Elio sah mit weit aufgerissenen Augen zu, wie er sich einige Male überschlug. Sein Kopf durchbrach die Wasseroberfläche, er war nicht mehr zu sehen. Bis auf die kleinen Wirbel im Wasser, die er beim Eintauchen hinterlassen hatte, war er spurlos verschwunden.

Plötzlich sprudelten nahe am Seeufer kleine Bläschen auf. Der Kopf des Federschweifs tauchte auf, der auf den langen Speer zu schwamm. Wenige Meter vor ihm trieb dieser durchs Wasser.

„Du bist dran, Jungspund!", rief er den rauschenden Wasserfall hinauf, nachdem er an Land angekommen war.

Elio zögerte, denn gute zwanzig Meter trennten ihn von der Oberfläche des Sees. Seine Beine wurden weich, er blickte in die Tiefe. Er fürchtete sich vor dem Aufprall, denn er war noch nie aus einer solchen Höhe ins Wasser gesprungen. Doch darüber durfte er nicht nachdenken. Er war bereits so weit gekommen, ein Sprung ins Wasser durfte seine Bemühungen nicht zunichtemachen. Zuerst warf er seine Machete in die Tiefe, die mit einem lauten Platschen ins Wasser eintauchte, um wenige Augenblicke später auf der schaumigen Oberfläche zu treiben. Er atmete ruhig, gemächlich ging er einige Schritte zurück. Er wollte möglichst weit nach vorne springen, um nicht vom spitzen Gestein des Abhangs aufgespießt zu werden. Dies wäre das Ende seines Kriegerdaseins.

Ein letztes Mal holte er tief Luft, so schnell wie möglich stürmte er nach vorne. Sein Herz raste, er wusste, dass er nicht mehr anhalten würde. Schnell stieß er sich, wie er es beim Federschweif beobachtet hatte, mit beiden Füßen auf einmal ab. In einem weiten Bogen flog er über den rauschenden Wasserfall hinweg. Kopfüber stürzte er in die Tiefe, dabei streckte er die Arme nach vorne aus. Das Wasser kam immer näher, er bemühte sich, die Augen offen zu halten. Seine Hände tauchten zuerst in den See ein, der restliche Körper folgte mit einem dumpfen Platschen.

Der Aufprall war sanfter als erwartet gewesen. Unter Wasser war die Sicht überraschend klar. Ringsherum schwammen bunte Fischschwärme, seine Beine verfingen sich in weichen Algen, die in geschlängelter Form aus dem Grund des Sees ragten. In der Tiefe konnte er sie bloß verschwommen erkennen. Wild strampelte er mit den Beinen, um sich loszureißen und die Oberfläche zu erreichen.

Als sein Kopf diese durchbrach, sah er geradewegs zum Federschweif, der in weiter Ferne am Ufer stand. Wenige Meter vor ihm trieb die Machete in dem aufgeschäumten Wasser. Der große Krieger fuchtelte hastig mit den Armen herum und rief zu ihm hinüber:

„Komm schnell raus, Jungspund! Du musst raus!" Elio begriff nicht, aus welchem Grund er so sehr gehetzt wurde. Doch er griff, ohne zu zögern, nach seiner Waffe. Zügig schwamm er auf das Ufer zu. Es dauerte nicht lange, bis er stehen konnte und unter den Füßen Kiesel spürte. Diese waren nicht nur auf dem Grund des Sees, sondern über dem ganzen Ufer verstreut.

Als er wieder über trockenes Gestein ging, hörte er hinter sich plötzlich lautes Geplätscher im Wasser. Verblüfft wirbelte er herum, er sah, wie in der Ferne ein wilder und schäumender Strudel die Oberfläche aufwühlte. Keine Sekunde später schoss daraus ein riesiges behaartes Maul mit mörderischen Reißzähnen. Mindestens eine Eichenlänge weiter links tauchte mit einem lauten Platschen die gewaltige Schwanzflosse auf. Gerade war Elio noch dort geschwommen. Der Gedanke daran, dass diese Bestie in der Tiefe gelauert hatte, jagte ihm einen kalten Schauder über den Rücken. Es war ein Trugschluss gewesen, sich nach dem Sprung vom Abhang in Sicherheit zu wiegen. Das hätte ihm das Leben kosten können. Der Ursuspiscis war noch beängstigender als in Luks Erzählungen, aber bevor er mit der Wimper zucken konnte, war dieser wieder abgetaucht, wodurch sich der aufgeschäumte Strudel wieder beruhigte. Er war nicht nur riesig, sondern auch unfassbar schnell.

„Ein wahrer Krieger verschmilzt mit seiner Umwelt, wenn es nötig ist", raunte der Federschweif hinter ihm. Gebannt starrte Elio noch immer auf den See. „Wenn es dir gelingt, diese Bestie zu erlegen, werde ich dein Mentor sein, Jungspund", raunte er.

Schweigend stand Elio dort. Ein Gemisch aus Verzweiflung und Wut braute sich in seinem Inneren zusammen. Das konnte der große Krieger nicht tatsächlich von ihm erwarten, denn trotz seiner Machete würde ihn die Bestie unter Wasser mühelos in Stücke reißen.

„Du verlangst Unmögliches von mir!", rief er zornig. Als er herumwirbelte, sah er, dass der große Krieger spurlos verschwunden war. Vor wenigen Sekunden hatte dieser noch zu ihm gesprochen, aber nun erblickte er nichts, außer den Rest der Kiesellandschaft und den dichten Wald vor seinen Augen.

Hektisch rannte er auf die Bäume zu, welche dicht aneinander aus der Erde ragten. Die Kiesel bohrten sich in seine Füße. Dies störte ihn nicht, denn der Schmerz fütterte bloß den Zorn, der in seinem Inneren brodelte. Schnaufend machte er Halt, als er das Laub unter seinen Füßen spürte, und schrie in den Wald hinein:

„Du willst mich bloß tot sehen! Du hattest nie vor, mein Mentor zu werden! Du bist hier die Bestie!"

Vor lauter Wut holte er mit der Machete aus, er begann, mit voller Wucht auf den gewaltigen Stamm eines Baumes einzuschlagen. Das Echo seiner Schreie hallte in die Tiefen des Waldes hinein. Im Wahn des Zorns musste er feststellen, dass sich das zähe Holz mit unerwarteter Leichtigkeit zerschlagen ließ. Bereits nach zwei Schlägen hatte er es zur Hälfte durchtrennt, wodurch der Baum drohte, nach vorne zu kippen. Elio landete einen letzten Hieb. Flink wich er zur Seite aus und sah zu, wie der Stamm immer schneller kippte. Mit einem lauten Knall krachte er auf die Kiesel, was einige Vögel, die zuvor auf ihm gerastet hatten, mit einem entsetzten Krächzen in die Luft flattern ließ. Die prächtige Baumkrone hingegen landete mit einem ohrenbetäubenden Platschen im See.

Verblüfft starrte er auf das, was er soeben vollbracht hatte. Die Wut war inzwischen verflogen, seine Gedanken wurden wieder klarer. Niemals hätte er sich vorstellen können, dass es so leicht wäre, mit einer Machete den Stamm eines Baumes zu durchtrennen. Etwas musste anders sein an der Waffe, die in der Truhe des Federschweifs gelegen hatte. Vorsichtig wollte er mit dem Daumen über die dünne Klinge streichen, aber bereits, nachdem er diese leicht berührt hatte, rannen winzige Bluttropfen aus seiner Haut. Erschrocken zog er die Hand zurück. Eine so scharfe Klinge hatte er noch nie in seinem Leben gespürt. Der Federschweif hatte sie offenbar nicht ohne Hintergedanken in seinem Gemach verstaut.

Elio blickte wieder auf den gekippten Stamm, während er weiter grübelte. Gleich am Seeufer standen viele weitere Bäume, die nur wenige Schritte vom Wasser entfernt waren. Ihr Aufprall hätte mit Sicherheit die nötige Wucht, um die Lebenslichter des Ursuspiscis auszupusten. Er musste diesen zurück an die Oberfläche locken und einen Baum auf ihn fallen lassen, um das Unmögliche möglich zu machen. Er wusste bloß nicht, wie er die riesige Bestie an einer gezielten Stelle zum Auftauchen bringen konnte. Nach einer Weile müsste sie wieder Luft holen, aber er konnte keineswegs abschätzen, wo das als nächstes geschehen würde. Sie wäre bereits abgetaucht, bevor er einen Baum in ihre Linie geschlagen hätte. Also müsste er bereits dort stehen, um keine Zeit zu verlieren. Doch dafür war es wiederum erforderlich, abzuschätzen, wo sie auftauchen würde. Angesichts der enormen Weite des Sees war dies leichter gesagt als getan. Angestrengt grübelte er über sein Vorhaben nach, um eine Lösung zu finden.

Plötzlich hoppelte vor seinen Füßen ein schwarzer Hase über

die Kiesel. Dieser blieb stehen und schaute sich neugierig um. Elio betrachtete ihn verwundert, denn einen Hasen mit schwarzem Fell hatte er noch nie gesehen. Beim genaueren Hinschauen erkannte er sogar, dass die winzigen, runden Augen in dem flauschigen Fell hellblau schimmerten. Sie sahen aus wie zwei leuchtende Vollmonde, welche die pechschwarzen Pupillen umringten. Das Tier wirkte nicht schreckhaft oder ängstlich, sondern schien geduldig auf etwas zu warten. Auf einmal nahm er ein leises Tippeln hinter sich wahr. Vorsichtig drehte er den Kopf herum, er traute seinen Augen nicht. Aus dem Dickicht des Waldes hoppelte eine ganze Schar aus schwarzen Hasen auf ihn zu. Er konnte nicht zählen, wie viele es waren, aber sie huschten durch seine Beine hindurch. Er spürte, wie das weiche Fell über seine Haut streifte. Sie versammelten sich um den Blauäugigen herum. Sie alle quiekten leise und hatten weiße Augen, die mit einer tragischen Leere gefüllt waren. Nicht einmal Pupillen waren darin zu sehen. Sie schienen blind zu sein, denn sie wuselten orientierungslos durch das schwarze Getümmel, welches sich über den Kieseln gebildet hatte. Ihre Köpfe stießen immer wieder aneinander. Der Hase mit den hellblauen Augen regte sich nach wie vor nicht und stand im Mittelpunkt der Schar. Dieser musterte Elio mit einem eindringlichen Blick. Es schien so, als wolle er ihn zu etwas auffordern.

Plötzlich stupste ihn sanft die Nase eines anderen Hasen an. Dies schien keineswegs beabsichtigt gewesen zu sein, aber er wandte sich in dessen Richtung, schnappte nach ihm und biss sich in dem schwarzen Fell fest. Seine bösartig funkelnden Augen hatten plötzlich etwas Dämonisches an sich. Der blinde Hase quiekte laut, als würde er ihn anflehen, Gnade walten zu lassen. Das tat er auch wenige Sekunden später, aber dabei riss er einen blutigen Fetzen aus dem schwarzen Fell heraus. An jener Stelle war nun ein kahler Fleck mit einer tiefen Fleischwunde. Nachdem der quiekende Hase wieder frei war, verschwand er rasch in dem Gewusel, als wäre nichts geschehen. Keiner der anderen hatte den blutigen Angriff bemerkt. Der Blauäugige schien sich allmählich zu beruhigen, der Elio mit demselben eindringlichen Blick wie zuvor anstarrte und das herausgerissene Fleisch in seinem blutigen Maul zerkaute. Elio sah scharfe Reißzähne, die er an Hasen noch nie zuvor gesehen hatte.

Ihm war bewusst, dass die unschuldige Erscheinung bloß eine Fassade gewesen war. Das Wesen, welches vor ihm auf den Kieseln kauerte, war ohne jeden Zweifel bösartig. Davon wollte er sich nicht ablenken lassen. Er hatte wichtigeres zu tun, als über die kannibalischen Züge jener Kreatur nachzudenken. Gerade wollte er dem blauäugigen Hasen den Rücken kehren, als dieser sich plötzlich mit den Hinterbeinen abstieß, hoch in die Luft sprang und einige Meter hinter dem aufgewühlten Fellhaufen landete. Elio zuckte erschrocken zusammen. Ihn ließ das Gefühl nicht los, dass der blutrünstige Anführer der Schar ihn auf etwas hinweisen wollte, denn auch nach dem Sprung ließ dessen aufdringliches Starren keine Sekunde von ihm ab. Verblüfft fragte er sich, was in dem Kopf des Wesens vor sich ging. Hasen vergriffen sich für gewöhnlich nicht an Ihresgleichen.

Im nächsten Moment schoss ihm ein ausgefallener Gedanke durch den Kopf. Vielleicht könnten die blinden Wesen etwas zu der Lösung seines Problems beitragen. Diese machten nicht den Anschein, als würden sie ihm leicht davon huschen. Ihr Orientierungssinn schien von der Anwesenheit ihres Anführers abhängig zu sein, denn nachdem er aus dem wilden Fellhaufen gesprungen war, gerieten sie viel öfter aneinander als zuvor.

Elio grübelte nicht lange über sein Vorhaben, sondern holte mit der Machete aus und rammte sie durch das Genick des ersten Häschens. Ihm gefiel es keineswegs, die wimmernden Tierchen so kaltblütig abzuschlachten, aber mit jedem weiteren erlegten Hasen schrumpfte sein schlechtes Gewissen. Ihre Kadaver könnten ihm dabei behilflich sein, die Bestie aus den Tiefen des Sees zu locken. Der Blauäugige blieb erstaunlich ruhig stehen. Aus sicherer Entfernung beobachtete er, wie Elio einem Hasen nach dem anderen die Kehle aufschlitzte. Es dauerte nicht lange, bis die Hälfte der Schar in einer riesigen Blutlache lag. Schnaufend senkte er die Klinge, denn er glaubte, genug Köder gesammelt zu haben.

Aufmerksam wandte er sich wieder dem blauäugigen Hasen zu, der augenscheinlich keineswegs schockiert von dem Blutbad war.

Vielmehr kam es ihm so vor, als würde dessen blutiges Maul ein Lächeln zum Ausdruck bringen. Sein Blick schweifte wieder auf die blinden Hasen, die durch das Blut hoppelten und Sprünge über die Kadaver machten. Es war ein verstörender Anblick, aber den Blauäugigen schien das kalt zu lassen.

Keuchend stieß Elio auf seine Knie, ein klagender Laut kam aus seiner Kehle. Keine Sekunde später stürmte die Schar aus dem Blut heraus, um sich wieder bei dem blauäugigen Hasen zu versammeln. Unentschlossen drehte dieser den Kopf hin und her. Als er vollkommen eingekesselt war, machte er einen großen Sprung aus dem Fellhaufen heraus. Alle verschwanden im Dickicht. Elio hörte das Jaulen des Blauäugigen noch eine ganze Weile durch den Wald schwirren, bis es von anderen Lauten verschluckt wurde.

Die Schar ließ ihn mit unzähligen Fragen im Kopf vor der Blutlache stehen, aber über diese würde er ein anderes Mal grübeln müssen, es zählte bloß, was der Federschweif von ihm verlangte.

Kniend packte er zwei der Kadaver am Schopf. Die Augen der Hasen waren geschlossen. Ihre schlaffen Löffel baumelten nach unten. Er hätte sie bemitleidet, wenn seine eigene Lage nicht so aussichtslos gewesen wäre. Von nun an musste er alles daransetzen, das Vorhaben in die Tat umzusetzen. Sein Blick schweifte über einige Bäume, die aus dem Ufer des Sees ragten. Nachdem er überlegt hatte, entschied er sich für vier von ihnen, die etwa dieselbe Höhe hatten, und dem Wasser am nächsten waren. Der Abstand zwischen ihnen war sehr gering, wodurch die Voraussetzungen für den Plan gegeben waren. Würde der erste von ihnen die Bestie verfehlen, bräuchte er nicht lange, um den zweiten, dritten und vierten zu erreichen. Er packte noch zwei weitere Kadaver, bevor er sich in Bewegung setzte.

Als er neben den Bäumen stand, starrte er gebannt auf den See. Abgesehen vom sanften Wellengang, dazu einem leisen Plätschern, welches hin und wieder die Oberfläche erreichte, war dieser ruhig. Es gab keine Anzeichen dafür, dass in seinen Tiefen eine tödliche Bestie lauerte, die länger als ein ausgewachsener Baumstamm war. Er hoffte, dass der Ursuspiscis nicht bereits das Weite gesucht hat-

140

te, um in anderen Teilen des endlosen Gewässers auf die Jagd zu gehen. Die Schlachtung der Hasen wäre dann umsonst gewesen, sein Vorhaben zum Scheitern verurteilt.

Er hielt einen der Kadaver fest in der rechten Hand, holte mit dem Arm aus und warf diesen mit voller Wucht nach vorne. Er flog in einem großen Bogen durch die Luft, in weiter Ferne tauchte er mit einem lauten Platschen ins Wasser ein. Nachdem er wieder aufgetaucht war, wurde er von den Wellen getragen.

Elio schlug auf den ersten Baum ein, seine Machete glitt mit Leichtigkeit durch den zähen Stamm. Nach wenigen Hieben drohte dieser, nach vorne zu kippen. Rasch ließ er von ihm ab, holte tief Luft und begab sich zum zweiten in der Reihe. Er wollte bis zum Auftauchen der Bestie alle vier ausreichend bearbeitet haben, sodass ein einziger Schlag genügen würde, um sie zum Fall zu bringen. Dies erhöhte seine Chance, einen Treffer zu landen.

Um den schwimmenden Kadaver herum hatte sich das Wasser inzwischen rötlich verfärbt, aber mehr tat sich nicht. Elio behielt angestrengt die Oberfläche im Auge, als er bereits auf den dritten Baum einschlug. Er wurde allmählich nervös und begann, an seinem Vorhaben zu zweifeln. Womöglich fraß die Bestie kein Kaninchenfleisch. Wenn er die Zunge über seine Lippen streichen ließ, konnte er den salzigen Schweiß schmecken, der ihm vor lauter Anstrengung von der Stirn tropfte. Doch auch nachdem er den vierten Baum an den Rand des Falls gebracht hatte, regte sich nichts an der Oberfläche. Er wurde immer ungeduldiger. Frustriert warf er die drei anderen Kadaver in den See. Sogar als diese auf den roten Wellen trieben, tauchte der Ursuspiscis nicht auf.

Elio wollte bereits niedergeschlagen den Rückzug antreten, als das Wasser unter ihnen plötzlich begann, leicht zu brodeln. Schnell wurde aus den kleinen Bläschen der schaumige Strudel, den er bereits gesehen hatte. Er war wieder hellwach. Bevor er dem ersten Stamm einen Gnadenstoß versetzen konnte, wurde der aufgewühlte Schaum bereits von dem riesigen Bärenmaul durchbrochen. Der Ursuspiscis schoss in die Luft. Alle vier Kadaver verschlang er mit einem Biss. Mehr als die Hälfte seines gewaltigen grauen Rumpfes ragte aus dem tobenden Wellengang, seine mächtigen Reißzähne zerkauten die Kadaver. An der rauen Haut hingen zwei riesige Flossen, mit denen er sich offenbar unter Wasser fortbewegte.

Ohne zu zögern, rammte Elio die Machete in den ersten Stamm, wodurch dieser nach vorne kippte, immer schneller wurde und das Maul der Bestie haarscharf verfehlte. Die Baumkrone platschte gleich neben ihr in den aufgewühlten Strudel hinein. Der behaarte Bärenkopf stieß ein lautes Brüllen aus. Mit dem Rumpf klatschte er auf das aufgeschäumte Wasser. Der Stamm musste den Ursuspiscis zumindest gestreift haben, er tauchte nicht wieder ab, sondern trieb benommen auf der Oberfläche.

Elio brachte mit einem kräftigen Hieb den zweiten Baum zu Fall. Seine Arme zitterten bereits vor Erschöpfung. Diesmal konnte er sehen, wie der gewaltige Stamm auf die raue Haut prallte und einen riesigen Fetzen herausriss. Die Bestie brüllte noch lauter als zuvor, ihre riesige Schwanzflosse tauchte an der Oberfläche auf. Aus dem rauen Rumpf strömten große Mengen an Blut, die das Wasser ringsherum noch röter verfärbten. Das Einzige, das sich noch regte, war die zerfetzte Flosse, die im Wind flatterte.

Elio war bereits am Ende seiner Kräfte angelangt, aber wollte sichergehen, dass auch der letzte Funke Leben in der Bestie erloschen war. Deshalb schmetterte er die Machete gegen den dritten Stamm, woraufhin dieser zwar etwas stärker schwankte, aber noch nicht nach vorne kippte. Seine Muskeln brannten bereits, als würden sie auseinandergerissen werden, aber er holte ein letztes Mal aus und rammte sie nochmal in den zähen Stamm hinein. Mit rasanter Geschwindigkeit stürzte dieser auf den blutenden Kadaver zu. Vor Erschöpfung ließ er sich auf die Knie fallen, er sah zu, wie der Baumstamm mit voller Wucht auf die Bärenschnauze prallte. Schließlich versank sie im See.

Erleichtert atmete er aus. Nun gab es keinen Zweifel mehr. Die Lebenslichter der Bestie waren endgültig erloschen. Elio fühlte sich wie neugeboren, denn er hatte Unmögliches vollbracht, aber zugleich schmerzten alle seine Glieder.

Inzwischen war der Abend angebrochen. Die Sonne am roten Horizont, der sich über die Weiten des Sees erstreckte, war fast untergegangen. Auf einmal hörte er, dass jemand hinter ihm theatralisch in die Hände klatschte.

„Du bist ja noch am Leben, Jungspund", sagte eine vertraute Stimme. Er wirbelte herum und blickte in die Augen des Federschweifs. Dieser schmunzelte leicht, sein Blick schweifte über die Oberfläche des Sees, wo im Dämmerlicht der riesige Kadaver des Ursuspiscis schimmerte. Der Wald schien eingeschlafen zu sein, denn abgesehen von dem gedämpften Rauschen des Wasserfalls und den Gesängen der Zikaden waren alle Klänge verstummt.

Der Federschweif kramte etwas aus seiner Hosentasche heraus. Es war eine prächtige Steinkette, die seiner eigenen ähnelte. Zwischen den runden Kieseln, welche auf ein dünnes Lederband gefädelt worden waren, funkelten enorme Reißzähne. Er kam näher. Bedächtig legte er sie um Elios Hals.

„Die Zähne eines Ursuspiscis, den ich vor Ewigkeiten erlegt habe. Es war mein Erster. Damals dachte ich, dass mir die Welt zu Füssen liegt, Jungspund", raunte er. Elio spürte, wie sich die Haare auf seiner Haut aufstellten. Die Worte des großen Kriegers erfüllten ihn mit Stolz.

„Wir machen uns auf den Rückweg. Es ist dunkel geworden", fuhr dieser energisch fort und kehrte ihm den Rücken, um in die Richtung des Wasserfalls zu laufen. Elio heftete sich schweigend an seine Fersen.

Die meiste Zeit des Rückweges schwiegen sie, denn wie immer eilte der Federschweif zügig voraus. Wie üblich musste Elio sich bemühen, um ihm hinterherzukommen. Es dauerte eine Weile, bis ihm die Umgebung ringsherum wieder vertrauter vorkam.

Als sie in der Ferne die Feuer des Lagers leuchten sahen, fragte er:

„Wie kommt es, dass der schwarze Hase mit blauen Augen Seinesgleichen ins Verderben lockt?"

Der Federschweif machte Halt.

„Mondhasen nennen wir diese Dämonen", raunte er. „Teuflische Verräter, die das Vertrauen ihrer blinden Untertanen ausnutzen, um die eigene Haut zu retten. Die Bestien unserer Welt verschonen sie nur, wenn sie ihnen genug Opfer bringen. Halt dich von ihren verlogenen Augen fern, Jungspund. Sie bringen nichts außer Unheil mit sich." Offenbar hatte Elio sich in der Aura des Mondhasen nicht getäuscht.

Als sie den Zaun erreichten, war es ruhig. Nach und nach erloschen die letzten Lichter der Fackeln. Es schien so, als hätten sich die meisten Bewohner bereits schlafen gelegt. Der schwarze Nachthimmel wurde nur noch von den winzigen Sternen und der bleichen Mondsichel beleuchtet. Sie schlüpften nacheinander durch den Zaunspalt am Federzelt, wie sie es bereits am Morgen getan hatten.

Der Federschweif blickte Elio noch einmal tief in die Augen. Sein Blick war ernst, aber aufrichtig.

„Ich werde von nun an dein Mentor sein und dir den Weg des Kriegers weisen, Jungspund. Diese hier ist jetzt deine", raunte er, mit dem Finger deutete er auf die Machete. „Deine Reise hat gerade erst begonnen, aber heute hast du bewiesen, dass du ihrer würdig bist." Er drehte sich um und verschwand in seinem Gemach. Elio ging in die Richtung des großen Käfigs. Ein Schmunzeln huschte über seine Lippen.

10. KAPITEL

DIE SCHMIEDE

Schlaftrunken erwachte Elio. Sein Körper lag nur noch zur Hälfte auf der Matratze. Während er sich zurück auf den zerfledderten Stoff hievte, um noch etwas weiter zu schlummern, verkrampften seine erschöpften Muskeln. Seit einigen Vollmonden war der Federschweif bereits sein Mentor, aber er hatte nicht mitgezählt, wie viele es waren. Dafür war sein Kopf nicht frei genug gewesen.

Jeden Tag hatte er sich vor dem Klang des Horns auf den Weg zum Federzelt gemacht. Er traf andere Krieger, die sein Schicksal teilten. Daran war er inzwischen so sehr gewöhnt, dass er immer zur selben Zeit aufwachte. Das sagte zumindest sein Bauchgefühl. Jeden Morgen sah er erneut, wie der Federschweif aus seinem Gemach trat und in das Horn hineinblies, um sein Volk aus dem Schlaf zu reißen. Zu diesem Zeitpunkt hatten sich bereits unzählige Krieger um das Federzelt herum versammelt. Kurz darauf begann bereits die Tortur, welche sich vom frühen Morgen bis zum späten Abend erstreckte.

Der Federschweif bemühte sich nicht um Abwechslung. Das war auch nicht nötig, um die Krieger an die Grenzen ihrer Kräfte zu bringen. Jeden Morgen rannte Elio mit ihnen an der äußeren Seite des langen Zauns entlang. Wenn sie bereits einige Runden um das Lager zurückgelegt hatten und ihre Augen durch den salzigen Schweiß zu brennen begannen, blies der Federschweif erneut in sein Horn, um die Qual zu unterbrechen. Die ersten Male hatte Elio nicht mit den zähen Kriegern mithalten können, aber dies hatte ihn niemals dazu gebracht, den Mut zu verlieren. Mittlerweile spürte er das lästige Stechen in der Brust, welches ihm den Atem raubte, nicht mehr, sondern klebte wie eine Klette an den schnellen Fersen der anderen.

Doch der ermüdende Lauf diente bloß dazu, ihnen einen Vorgeschmack auf den Rest des Tages zu geben. Es folgten harte Schlagübungen mit denselben Holzknüppeln, die für die Bluttaufen gebraucht wurden. Dafür musste sich jeder Krieger mit einem anderen zusammentun, wobei Elio fast immer an Enzo geriet, weil dieser der einzige war, mit dem er sich gut verstand. Grundsätzlich waren Krieger nämlich ein sehr einfach gestricktes und zugleich kaltes Volk. Mit den meisten von ihnen hatte er noch nie ein Wort gewechselt. Für gewöhnlich grüßten sie sich untereinander bloß mit einem Kopfnicken. Es schien kein großes Interesse an tiefgründigen Gesprächen zu geben.

Enzo war anders. Er sprach oft über die Dinge, die ihm gerade durch den Kopf schwirrten. Einst hatte er offen gestanden, dass der Tod des Kolosses ihn noch immer mit Schuldgefühlen plagte, die ihn nachts nicht einschlafen ließen. Er schien es zu schätzen, dass Elio gesprächiger als die anderen war. Oft schlug er vor, die Schlagübungen gemeinsam durchzuführen. Trotzdem zeigte er nie Gnade und schmetterte seinen Knüppel so hart wie möglich gegen die Deckung. Wenn Elio an der Reihe war, riet er ihm, dasselbe zu tun.

„Nur so wirst du irgendwann bereit für einen Kampf sein!", hatte er immer wieder geschrien, während Elio vergeblich versucht hatte, einen Treffer zu landen. Enzo schien ein gutherziger Mensch zu sein. Das hatte er aus den unzähligen Einheiten mitgenommen und bisher nicht überdacht.

Nach den Übungen wurden sie alle nacheinander vom Federschweif in kleine Trupps aufgeteilt, um anschließend in die Wildnis aufzubrechen. Dort sollten sie Ausschau nach Bestien halten, die eine Bedrohung für die Bewohner waren. Dies war der Fall, wenn eine von ihnen im näheren Umkreis des Lagers gesichtet wurde.

Dafür hatte der Federschweif jeden Trupp mit einem Horn ausgestattet, welches dazu diente, alle Krieger in der Nähe herbeizurufen. So konnten sie dabei helfen, die Bedrohung zu beseitigen. Entscheidend war bloß, dass die Bestie aus der Nähe des Lagers getrieben wurde, aber sie musste nicht zwingend getötet werden. Darauf hatte der Federschweif ausdrücklich hingewiesen, weil ihm nach eigenen Aussagen viel daran lag, das Sterben seiner Krieger so gering wie möglich zu halten.

Elio glaubte ihm. Er selbst hatte noch nicht oft eine Bestie in die Flucht schlagen müssen. Hin und wieder geschah es, dass sich ein Aquamors, der von seinem Fluss getrennt worden war, an den Rand der südlichen oder nördlichen Wälder verirrte. Doch beim Kampf gegen solche Kaliber hatte er noch nicht mitbekommen, dass einer der anderen sich schwer verletzt hatte. Bis auf wenige Schürfwunden hatte auch er selbst nie Schaden davongetragen. Allein durch die Überzahl an Kriegern und ihr ohrenbetäubendes Geschrei waren die Bestien in der Regel so eingeschüchtert, dass sie flüchteten.

Nach einer Weile schallte wieder das Horn des Federschweifs durch die Wälder, welches ihnen signalisierte, den Rückzug anzutreten. Sie erreichten das Lager zwar nicht rechtzeitig zum großen Mahl, aber es genügte noch, um wenige Überreste abzubekommen.

Liam wartete tagtäglich an der letzten Tafel auf ihn. Er ließ absichtlich etwas Fleisch übrig, versteckte es, um sicherzustellen, dass sein ermüdeter und ausgehungerter Freund noch etwas abbekam. Luk, Nico und Milad saßen des Öfteren neben ihm. Somit war das große Mahl am späten Abend der einzige Moment des Tages, an dem Elio seine Freunde zu Gesicht bekam.

Liam war inzwischen ein stolzer Jäger geworden, der seinen Teil dazu beitrug, genug Wild für die Bewohner zu erlegen. Luk hingegen war wie Nico und Milad Schmied geworden. Gemeinsam mit ihnen half er seinem Vater dabei, in dessen Schmiede Werkzeuge und Waffen für die Gemeinschaft anzufertigen. Ihren Erzählungen zufolge machten sie sich des Öfteren einen Spaß daraus, neue Variationen an Waffen zu schmieden, die in den Arsenalen des Lagers nicht zu finden waren.

Nachdem sie Elio und Liam davon erzählt hatten, hatten die beiden beschlossen, einmal die Schmiede zu besuchen, um sich einen eigenen Eindruck von ihrer Arbeit zu machen. Auch Enzo, der oft mit ihnen an der Tafel saß, wollte mehr über die geheimnisvollen Erfindungen, die bisher so gut wie niemand zu Gesicht bekommen hatte, erfahren.

Luk betonte immer wieder, dass sie das Wissen von jenen Anfertigungen geheim halten mussten. Es war Gesetz, dass alle Waffen im Lager zunächst vom Federschweif höchstpersönlich begutachtet und genehmigt werden mussten. Doch weder Luk noch Nico oder Milad hatten diesem etwas von ihrem Vorhaben berichtet, wodurch sie ihn hinters Licht führten. Obwohl der Federschweif ihr Mentor war, hatten Elio und Enzo geschworen, vor ihm kein Wort über die Geschehnisse in der Schmiede zu verlieren. Auch Liam versicherte immer wieder, dass er das Geheimnis nicht ausplaudern würde.

Ein langersehnter Ruhetag war angebrochen. Elio hatte sich vorgenommen, heute die Schmiede von Luks Vater zu besuchen. Enzo und Liam wollten ihn dorthin begleiten. Nach einer Ewigkeit hatten sie endlich einen ganzen Tag lang Zeit dafür, denn sie mussten nicht wie gewohnt ihren Pflichten nachkommen. Für gewöhnlich trainierten die Krieger sogar an Ruhetagen, aber diesmal hatte der Federschweif bereits einige Nächte zuvor angekündigt, sie sollten den heutigen Tag ausnahmsweise zur Erholung nutzen. Dies war Elio auch recht, er konnte sich nicht daran erinnern, schon einmal so ausgelaugt gewesen zu sein. Nach dem großen Mahl war er bisher jeden Abend hundemüde auf die Matratze gefallen. Dann war er schnell eingenickt, um irgendwie den nächsten Tag zu überstehen. Doch heute würde er von der Tortur des Federschweifs verschont bleiben.

Er hatte genug geschlummert, so rappelte er sich schwerfällig auf, um sich zu waschen. Das Wasser in der Schale war bereits vollkommen verschmutzt. Durch den Stress der vergangenen Wochen hatte er nicht daran gedacht, es regelmäßig zu wechseln. Das musste er unbedingt heute erledigen, denn bereits morgen würde er wieder unter dem Kommando seines gnadenlosen Mentors stehen. Bevor er sich mit dem streng riechenden Lappen zu Ende abschrubben konnte, peitschte von draußen etwas gegen sein Zelt. Es klang wie ein starker Windstoß.

„Du hast genug geschlafen!", rief eine ungeduldige Stimme. Es war Liam, der wieder einmal früh auf den Beinen war. Offenbar war er bei weitem aufgeregter als er selbst darüber, die geheimnisvollen Waffen endlich begutachten zu können.

„Ich komme sofort!", erwiderte Elio genervt, der sich zügig abtrocknete. Von draußen hörte er laute Schreie und wildes Getrampel. Er hatte anscheinend länger als gedacht geschlafen. Die meisten Bewohner schienen bereits aus ihren Gemächern gekrochen zu sein. Diese Vermutung bestätigte sich, als er den Kopf aus dem Zeltspalt streckte. Hinter seinem Freund sah er ein riesiges Getümmel aus Menschen. Die Mittagssonne prallte auf sein Gesicht, er musste die Augen zusammenkneifen.

Nachdem er sich mühselig aus dem Zelt geschleppt hatte, bahnte er sich gemeinsam mit Liam durch den Trubel hindurch, um das Herz des Lagers zu erreichen. Dort wollten sie sich wie besprochen mit Luk und Enzo treffen, um anschließend zu der mysteriösen Schmiede geführt zu werden. Elio konnte es kaum erwarten, zu betrachten, woran seine Freunde die ganze Zeit über gewerkelt hatten. Schließlich würde er etwas sehen, das den anderen Bewohnern absichtlich vorenthalten wurde.

Der Marsch zu dem Herzen war mühsam, die vielen Menschen ringsherum schienen dasselbe Ziel zu haben. Es war laut und unübersichtlich zwischen den Zeltreihen.

Wahrscheinlich wollten sie alle den Ruhetag am großen Lagerfeuer verbringen, um das harte Schuften einen Augenblick lang zu vergessen. Seitdem er zu einem Krieger geworden war, konnte Elio es nachvollziehen. Doch der Drang, zu erfahren, wie es zukünftig noch leichter werden könnte, Bestien zu erlegen, überragte seine Müdigkeit. Die meisten anderen Dinge hatte er in seinem Leben mittlerweile verdrängt. Bequemlichkeiten durfte er sich als Krieger nicht erlauben. Es ging bloß darum, Durchhaltevermögen zu erlangen und niemals aufzugeben, auch wenn er bereits am Ende seiner Kräfte war. Der Federschweif hatte ihn gelehrt, dass der Geist eines Kriegers dessen Stärke festigte. Emotionen waren eine der

Schwächen, die dazu verleiteten, sich auszuruhen, obwohl die Kraft den Körper noch nicht verlassen hatte. Elio hatte erkennen müssen, dass er viel leistungsfähiger war, als er zu Beginn gedacht hatte. Nachdem Liam und er im Herzen angekommen waren, konnten sie ihre Freunde zunächst nicht sehen. Es hatten sich viel zu viele Bewohner um das riesige Feuer auf dem Gestein versammelt. Angestrengt versuchte er, sie in dem Trubel ausfindig zu machen.

Sein Herz machte einen Sprung, als er plötzlich Naomi sah. Sie zog eine quietschende Schubkarre, in der Holzscheite lagen, hinter sich her. Ihr Blick war nach unten gesenkt. Hin und wieder blieb sie stehen, um einige der Scheite in die Flammen zu werfen. Nach einer Weile hob sie den Kopf und blickte in seine Richtung. Er konnte Enttäuschung in ihren trüben Augen sehen, obwohl sie sich bloß einen Herzschlag lang anstarrten. Schnell tat sie so, als wäre nichts gewesen und machte sich wieder an die Arbeit. Er dachte darüber nach, zu ihr zu gehen, aber ihm fiel nichts ein, was er ihr sagen könnte.

Plötzlich klatschte von hinten eine flache Hand auf seinen Rücken. Bevor er sich umgedreht hatte, wusste er bereits, zu wem sie gehörte. Schließlich kannte er nur einen Menschen, dessen raue Pranke ein solches Brennen hinterließ. Er wirbelte herum und sah Enzos Grinsen. Diesem gelang es immer wieder, ihm einen Schrecken einzujagen, obwohl er sich mittlerweile an dessen Grobheit gewöhnt hatte. Bereits seit Jahren ließ Enzo jeden Tag die Tortur des Federschweifs über sich ergehen. Das war einer der Gründe dafür, dass er im Umgang mit anderen Menschen eine gewisse Härte pflegte. Doch Elio störte dies keineswegs. Vielmehr nahm er sich den älteren Krieger als Vorbild. Irgendwann wollte er einmal so zäh sein wie er.

„Ich kann es kaum erwarten, dich mit den Waffen aus der Schmiede zu verhauen!", grölte Enzo lachend.

„Nicht so laut", zischte Luk energisch, der sich durch die Menschenmenge zu ihnen hindurchzwängte. „Ich habe doch gesagt, dass keiner davon erfahren darf."

Elio schmunzelte. Mit der Faust klopfte er gegen Enzos harte Stirn.

„Unser Hohlkopf hier redet gerne, ohne nachzudenken!", rief er mit einem hämischen Grinsen im Gesicht. Enzo riss gerade den Mund auf, um etwas zu erwidern, als Luk ihm ins Wort fiel: „Spart euch das für später. Wir dürfen hier nicht so herumtrödeln, die anderen warten bereits auf uns." Zügig wandte er sich von seinen Freunden ab. Hastig bahnte er sich seinen Weg durch die laufenden Bewohner, um das Herz hinter sich zu lassen. Heute schien er nervöser als sonst zu sein.

„Er hat recht", murmelte Liam, der ihm folgte.

„Glaub ja nicht, dass ich mit dir schon fertig bin", sagte Enzo lachend, der sich in Bewegung setzte.

Elio regte sich als letzter von ihnen. Er warf noch einen Blick über die Schulter, um Naomi zu sehen. Doch sie war bereits im Trubel verschwunden. Er fühlte sich schlecht. Das letzte Mal hatte er sie gesehen, als sie sich um sein verletztes Knie gekümmert hatte. Damals war er spurlos verschwunden, ohne sich von ihr zu verabschieden. Die Wochen darauf hatte der anstrengende Alltag als Krieger sie aus seinem Kopf gepustet. Er hatte nicht einmal mehr versucht, sie ausfindig zu machen und er hatte längst vergessen, wo ihr Gemach lag.

Luk führte sie durch die belebten Zeltreihen hindurch an einen Ort, den Elio noch nie zuvor gesehen hatte. Die Schmiede seines Vaters befand sich vom Herzen aus ein ganzes Stück Richtung Westen. Sie lag weit hinter den Gemächern der Bewohner und war von zwei Arsenalen umringt. Ihre äußere Fassade unterschied sich nicht sonderlich von diesen. Sie war eine Hütte aus feinem Holz und über ihrer breiten Tür hing ein silbernes Schwert, dessen Klinge so scharf geschliffen worden war, dass die Spitze nicht mehr zu sehen war. Darunter hing ein breiter Türklopfer aus goldenem Stahl, der zu einem Tigerkopf geformt worden war.

„Den hat der Federschweif meinem Vater überreicht, weil er fast alle seine Waffen geschmiedet hat", verkündete Luk mit erhobener Stimme. „Es gibt keinen Schmied, der besser ist als er."

Beeindruckt starrte Elio auf die verzierte Schmiede. Im Gegensatz zu den meisten verwesenden Holzhütten, die im Lager herumstanden, sah diese so aus, als hätte ein wahrer Meister sie gebaut.

Die langen Scheite an ihren Seiten waren alle haargenau aneinander gehämmert worden, ohne dass einer von ihnen auch nur ein winziges Stück aus der Reihe ragte. Auch die Schrauben, mit denen sie befestigt worden waren, steckten alle bis zum Anschlag im feinen Holz. Er hörte, wie im Inneren Eisen klirrte, als würde jemand tüchtig an etwas arbeiten.

Langsam ging Luk auf die Tür zu, der in das Maul des goldenen Tigers griff, um einige Male kräftig zu klopfen. Auf einmal verstummte das Klirren. Stattdessen erklangen dumpfe Schritte, die immer näherkamen. Ein dürrer Mann mit einem zerzausten schwarzen Bart öffnete die Tür. Er war ungefähr einen Kopf kleiner als Luk und hielt einen dicken Eisenhammer in der Hand.

„Junge, du hast mir nicht erzählt, dass du so viel Besuch mitbringst. Du schleppst eine halbe Meute an", sagte er und grinste Elio an. „Steht da doch nicht so verloren rum, kommt endlich rein!"

Elio lächelte ihn freundlich an, als er nach seinen Freunden ins Innere trat. Das Auftreten des Mannes erinnerte ihn an Luk selbst. Der Schmied zog die quietschende Holztür hinter ihnen zu und verriegelte sie mit einem Schlüssel, der zuvor an einem Nagel in der Wand gebaumelt hatte.

Neugierig schaute Elio sich um, als er verblüfft feststellte, dass sie sich in einem Vorraum der eigentlichen Schmiede befinden mussten, denn ringsherum sah er keine Möglichkeit, um etwas anzufertigen. Doch an den glatten Wänden hingen alle möglichen Variationen an Waffen, welche den Anschein machten, als wären sie sowohl für die Jagd als auch für den Kampf geeignet. Von spitzen Sicheln, Äxten und Schwertern bis hin zu den verschiedensten Bögen war alles zu sehen. Auf dem Boden hingegen waren einige Holzstühle, die um zwei kleine Tische herum aufgestellt worden waren. Auf diesen wiederum stand jeweils eine Porzellanvase mit verschnörkelten Verzierungen, aus der ein prächtiger Blumenstrauß in einer blühenden Vielfalt an Farben ragte. Unter seinen Füßen spürte Elio einen Teppich aus weichem Fell, der die Hälfte des hölzernen Bodens bedeckte. An dessen Ende ragte das Geweih eines gewaltigen Hirschkopfes zur Decke hinauf. Er fühlte sich wohl in dem überschaubaren Raum, obwohl dieser offensichtlich nicht zu der berüchtigten Schmiede gehörte. Als er seinen Blick über die gegenüberliegende Wand schweifen ließ, sah er eine zweite eingerahmte Tür. Hinter ihr musste sich der mysteriöse Kern der Waffen verstecken, davon war er fest überzeugt.

Luks Vater ging geradewegs auf sie zu, als er plötzlich theatralisch herumwirbelte und sie alle mit weit aufgerissenen Augen anstarrte.

„Wie unhöflich, ich habe vergessen, mich vorzustellen. Mein Name ist Gerald", sagte er und drückte ihnen nachträglich die Hände. Auch sie stellten sich vor. Elios erster Eindruck war, dass er ein sehr verwirrter Mensch war, aber davon abgesehen schien er vor allem gutmütig und seinem Sohn sehr ähnlich zu sein. Luk hatte seine zuvorkommende und etwas überspitzte Art mit Sicherheit von ihm geerbt.

Plötzlich erklang erneut das schrille Klirren, welches nicht mehr gedämpft, sondern um einiges lauter als zuvor war. Es kam so unerwartet, dass Elio erschrocken zusammenzuckte. Wer außer Gerald könnte diese Geräusche verursachen? Für ihn war es unvorstellbar, dass sich andere Menschen unbeaufsichtigt in dessen Schmiede aufhalten durften.

Doch er täuschte sich, denn als Gerald die Tür öffnete und sie in den nächsten Raum traten, sah er Nico und Milad, die nebeneinander an einer langgezogenen Tafel, die von einem großen Eisenblech bedeckt war, standen. Auf ihrer Arbeitsplatte waren noch ein kochender Kessel, aus dem Dampfwolken zur Decke hinaufstiegen, dazu ein rundes Holzfass aufgestellt worden. Dieser Raum erweckte schon eher den Eindruck einer Schmiede. An der gegenüberliegenden Wand lehnten zwei große Eiseneimer, die dieselben waren, die auch während des großen Mahls an die Tafeln gestellt wurden. Der eine war mit unzähligen Werkzeugen aus glänzendem Silber gefüllt, in dem anderen waren bis zum Rand unterschiedlich große Eisenbrocken übereinandergestapelt worden. Ein solcher Brocken lag auch auf der großen Arbeitsplatte. Milad presste diesen mit einer rostigen Zange an das Blech und Nico schlug mit einem dicken Hammer auf ihn ein. Die beiden waren sehr vertieft in ihre Arbeit, sie blickten kaum auf, nachdem Gerald mit ihren Freunden

den Raum betreten hatte. Nico hämmerte immer wieder kräftig auf eine Kante des bereits stark verformten Eisens. Sein Freund drehte es immer in eine andere Position. Das Klirren dröhnte so schrill durch Elios Ohren, dass er sie zuhalten wollte. Wie aus dem Nichts verstummte der Lärm plötzlich, bloß das Echo des letzten Schlags hallte noch durch die Schmiede. Dann war es still.

Nico hatte seine Arbeit unterbrochen, der sie skeptisch beäugte. „Ihr habt euch Zeit gelassen", sagte er stirnrunzelnd. „Wir haben hier bereits den halben Tag lang geschuftet." Milad stand bloß schweigend neben ihm und starrte Löcher in die Luft. Elio war bereits aufgefallen, dass dieser für gewöhnlich in sich gekehrt war. Vor allem wählte er seine Worte mit Bedacht. Luk ging auf sie zu, woraufhin er die Zange ruckartig aus Milads Händen riss.

„Das kannst du doch nicht schuften nennen!", rief er entsetzt, als er mit der Zange das deformierte Eisen ergriff und es in den dampfenden Kessel auf der Arbeitsplatte hielt.

„Wie willst du bitte kaltes Eisen vernünftig formen?" Als er das Eisen nach längerem Warten herauszog, glühte es bereits in einem rötlichen Farbton. Elio erkannte nun, dass der Kessel auf einer kleinen Herdplatte stand.

Als er sich näherte und vorsichtig über den Rand spähte, musste er feststellen, dass dieser keinen Boden hatte. Die zischende Flamme, welche aus dem Herd ragte, tänzelte somit im Inneren des Kessels. Auf diese Weise wurde also Eisen erhitzt, um daraus Waffen zu formen. Er hatte das noch nie zuvor beobachtet, aber die Vorstellung, selbst eine Waffe zu schmieden, reizte ihn auf Anhieb. Auch die anderen hatten sich inzwischen um den Tisch herum versammelt. Gebannt starrten sie in den Kessel hinein. Das große Fass daneben war bis zum Rand mit Wasser gefüllt.

„Ich lasse euch allein. An den anderen Tagen habe ich bereits genug mit dem Eisen zu tun", sagte Gerald, der noch immer im Türrahmen stand. „Bringt mir hier nur nichts durcheinander! Ich bin drüben, falls ihr mich sucht." Er kehrte ihnen den Rücken, die Tür fiel hinter ihm zu. Nun waren sie allein. Der Schmied schien großes Vertrauen in seinen Sohn zu haben, wenn man bedachte, was hier versteckt sein sollte.

Luk hielt nach wie vor die Zange fest, als er den Hammer aus Nicos Hand riss, um sanft gegen das glühende Eisen zu klopfen. Obwohl die Schläge keineswegs hart waren, begann es, sich in flüssigen Bewegungen zu verformen. Es dauerte nicht lange, bis er daraus eine feine Spitze geschmiedet hatte, die so aussah, als würde sie zu einem Speer oder einem tödlichen Morgenstern gehören.

„Spann uns doch nicht länger auf die Folter, zeig uns endlich das, weswegen wir gekommen sind", murmelte Enzo ungeduldig. Sein Blick schweifte durch den Raum.

„Mir kommt es allmählich so vor, als hättest du bloß leere Worte von dir gegeben", fügte er hinzu. Luk hörte auf, an dem Eisen zu werkeln. Fassungslos starrte er ihn an. Elio musste sich das Grinsen verkneifen. Er kannte Enzo inzwischen gut genug, um zu wissen, dass dieser die Existenz der verbotenen Waffen nicht wirklich anzweifelte, sondern lediglich bewirken wollte, dass sie ihm schneller gezeigt wurden.

„Leere Worte?", erwiderte Luk in einer gereizten Stimmlage. „Ich zeige dir mal, wo du leere Worte findest, mein Lieber!" Er legte den Hammer beiseite und ließ die Eisenspitze in das Fass fallen. Beim Eintauchen gab sie ein scharfes Zischen von sich. Das Wasser brodelte. Die Zange ließ er unsanft auf die Arbeitsplatte krachen. Rasch bewegte er sich auf die gegenüberliegende Wand zu. Nico und Milad warfen sich gegenseitig ein erwartungsvolles Grinsen zu, aber die anderen starrten ihn verblüfft an.

Er machte vor den angelehnten Eimern Halt, die er an den Rändern packte und kräftig in seine Richtung zog. Dabei ging er nach hinten. Bei jedem seiner Schritte gab der glatte Holzboden ein schrilles Quietschen von sich. Nachdem er sie etwa einen Meter von der Wand weggezerrt hatte, ließ er keuchend los. Eilig trat er an die Stelle, welche zuvor von ihnen bedeckt gewesen war. Die anderen versammelten sich voller Erwartung um ihn. Sie starrten mit fragenden Blicken auf das, was sich hinter den Eimern verborgen hatte. Elio war verwirrt. Das Holz unterschied sich kein bisschen vom Rest der Wand.

„Wofür hast du dir die Mühe gemacht?", fragte Enzo. „Ich sehe hier nichts, das zum Töten von Bestien taugt."

Luk erwiderte nichts, sondern schmunzelte bloß leicht, als er sich hinkniete. Abgesehen von Nico und Milad ahnte keiner von ihnen, was als nächstes geschehen würde. Er tastete das Holz vorsichtig mit den Händen ab. Plötzlich machten seine Finger Halt. Behutsam drückte er gegen die Wand, wodurch ein viereckiger Klotz in ihrem Inneren immer weiter nach hinten rückte. Er schob weiter, bis dieser an Halt verlor und in einen Hohlraum stürzte. Aus dem entstandenen Loch erklang ein lautes Scheppern, als wäre er auf etwas gefallen. Luk richtete sich wieder auf, der seinen Freunden triumphierende Blicke zuwarf.

Mit einer äußerst misstrauischen Miene ging Enzo als erster von ihnen auf das Loch zu, welches so groß war, dass gerade einmal sein Kopf hindurchpasste. Er lugte hinein, schweigend stand er dort.

„Lass mich auch mal sehen, was dir die Sprache verschlagen hat", zischte Elio aufgeregt, während er ihn beiseite drängelte. Anschließend zwängte er selbst den Kopf hindurch, um zu sehen, was sich in der Wand verbarg.

Im Inneren war es sehr eng, so düster, dass sich seine Augen zunächst an die Finsternis gewöhnen mussten. Doch nachdem seine Sicht klarer geworden war, sah er, wie der Grund des Hohlraums funkelte. Schließlich erkannte er die zahlreichen Waffen, welche etwa einen halben Meter unter seinem Kopf in einem ungeordneten Haufen übereinanderlagen. Wie paralysiert konnte er seinen starren Blick nicht mehr von dem glänzenden Silber und Eisen abschweifen lassen. Solche Waffen hatte er tatsächlich noch nie zuvor gesehen. In dem Versteck lagen zwei Meter lange Silberschwerter, deren Klingen mit dicht aneinandergereihten Zacken umringt waren. Unter anderem gab es noch Säbel, die am Ende ihrer fein geschliffenen Klingen keine Spitzen hatten, sondern kleine Rädchen, die mit scharfen Rasierklingen umringt waren. Die vielen gewöhnlichen Waffen waren offenbar durch minimale Veränderungen tödlicher gemacht worden, was im Kampf gegen wildgewordene Bestien entscheidend sein könnte, um mit dem Leben davonzukommen. Als er genug gestaunt hatte, zog er seinen Kopf wieder aus dem Versteck heraus.

„Wer hat diese Wunderwerke geschmiedet?", fragte er, als letztes späte Liam in das Versteck hinein. „Mein Vater hat sie alle erschaffen", verkündete Luk in einer stolzen Stimmlage. „Das Werk meiner unerfahrenen Hände reicht bei weitem noch nicht für solche Glanzleistungen aus. Deswegen werde ich ihm immer über die Schulter schauen, bis ich eines Tages bereit bin, sein Vermächtnis fortzuführen. Mein größter Traum ist es, einmal ein so begabter Schmied wie er zu sein." Er klang vollkommen überzeugt.

Schließlich zog auch Liam den Kopf heraus. Seine Augen waren geweitet, er schien mindestens so beeindruckt wie Elio zu sein.

„Das soll fürs erste reichen", murmelte Luk nervös, der seine Arme durch das Loch streckte. Er hob den Holzklotz aus dem Waffenhaufen, um ihn zurück in die Wand zu stecken.

„Ihr dürft wirklich keinem hiervon erzählen. Das meine ich ernst. Sie würden meinen Vater sofort verbannen", fuhr er energisch fort. Sie alle nickten ihm zu. Die Wand sah wieder aus wie zuvor. Jedes Anzeichen eines Verstecks war verschwunden, nachdem er noch die Eimer vor das Versteck gehievt hatte. Erleichtert atmete er aus, dabei wischte er sich den Schweiß von der Stirn.

Plötzlich hörten sie, wie von draußen heftig gegen die Tür des Vorraumes gehämmert wurde. Luk zuckte erschrocken zusammen. Panisch schielte er zu den Eimern hinüber. „Wer ist das?", fragte Elio verblüfft.

Luk musste schlucken, seine Lippen zitterten. Es schien so, als wollte er etwas sagen, aber er brachte keinen Ton raus. Stattdessen starrte er wie versteinert auf die Tür, welche in den Vorraum der Schmiede hineinführte. Nach einigen Augenblicken der Stille, erklang das Hämmern noch lauter als zuvor. Der unerwartete Gast schien nicht sonderlich geduldig zu sein.

„Geduld bitte, ich komme doch schon!", rief Gerald genervt aus dem Vorraum. Elio hörte, wie dieser sich von einem quietschenden Stuhl erhob. Mit langsamen Schritten schlenderte er zur Tür. Dann erklang das Klimpern des Schlüssels. Luks Gesicht war inzwischen käsebleich geworden. Etwas machte ihm eine furchtbare Angst.

„Was erteilt mir denn diese Ehre?", hörten sie Gerald in einer leicht sarkastischen Stimmlage sagen. „Dann auch noch an einem Ruhetag. Es muss wohl sehr dringend sein."

Eine gedämpfte Stimme von draußen erwiderte:

„Meine Absicht war es bloß, einen alten Freund zu besuchen. Ein Ruhetag ist dafür doch die beste Gelegenheit. Willst du mich denn überhaupt nicht hineinbitten?" Auch wenn die Stimme nur schwer zu verstehen war, wusste Elio, zu wem sie gehörte.

„Was führt ihn denn hierher?", flüsterte Enzo verwirrt, der näher an die Tür des Vorraums trat, um das Gespräch zu belauschen.

„In letzter Zeit sucht er die Schmiede immer öfter auf", stotterte Luk. „Er lässt es sich nicht anmerken, aber bestimmt hat er Verdacht geschöpft." Elio spürte, wie seine Knie weicher wurden, denn Luk hatte zuvor nie erwähnt, dass die Schmiede in letzter Zeit vom Federschweif besucht wurde. Seine Tage als Krieger wären wahrscheinlich gezählt, wenn dieser ihn mit den verbotenen Waffen in Verbindung bringen würde.

„Komm schon herein, Lorenz. Vor einem alten Freund habe ich nichts zu verbergen", erwiderte Gerald. Die Tür zum Vorraum quietschte laut. Elio hörte langsame Schritte auf dem Holzboden, die Tür fiel wieder zu. Der Federschweif musste im Inneren sein. Es war also nur noch eine Frage der Zeit, bis die Tür vor ihnen geöffnet werden würde. Elio zweifelte nicht mehr daran, dass er sie entdecken würde, aber er betete innerlich, dass das Versteck in der Wand ausreichend verborgen war.

„Schön hast du es hier eingerichtet, mein Freund", raunte der Federschweif. „So viel neuer Schmuck, obwohl mein letzter Besuch bloß eine Woche her ist. Du musst wohl ohne Pause arbeiten. Ein tüchtiger Schmied, wie du es schon immer warst." Aus dem Vorraum erklangen sanfte Schritte, die gemächlich an den Wänden entlangstolzierten. Vermutlich redete der große Krieger von der riesigen Waffensammlung.

„Ich lebe für meine Arbeit, Lorenz. Das müsstest du wohl am besten wissen, wenn ich mich daran erinnere, welche Dienste ich dir bereits erwiesen habe. Auch mein Sohn schmiedet hier oft mit seinen Freunden. Sie sind mir eine große Hilfe. Allein würde ich mit Sicherheit nicht so schnell vorankommen", erwiderte Gerald trotz der bedrohlichen Lage ohne einen Hauch von Verunsicherung in der Stimme. Elio hörte, wie die Schritte an den Wänden plötzlich Halt machten.

„Den Großteil meiner Sammlung habe ich tatsächlich nur dir zu verdanken, Bruder", murmelte der Federschweif. „Ich würde mir natürlich gerne ansehen, was sich in der kleinen Schmiede seit meinem letzten Besuch getan hat." Luk holte tief Luft und verzog das Gesicht, seine Augen waren zusammengekniffen. Inzwischen war er so bleich geworden, dass Elio fürchtete, er könnte in Ohnmacht fallen.

„Reiß dich mal zusammen", zischte er seinem ängstlichen Freund zu. „Durch dein bleiches Gesicht wird er sofort Verdacht schöpfen." Es war still, dann hörte er zügige Schritte näherkommen.

„Das Beste will ich dir nicht vorenthalten, Bruder", sagte Gerald, der die rostige Klinke nach unten drückte. „Bitte wundere dich nicht über meinen Besuch. Wie ich es dir bereits sagte, kann ich hier jede Hilfe gut gebrauchen."

Keiner von ihnen regte sich. Die quietschende Tür zum Vorraum öffnete sich. Auch Elio war inzwischen nervös geworden, in wenigen Sekunden würde sein Mentor ihn erblicken. Als Gerald die Tür vollkommen aufgezogen hatte, schweifte sein nervöser Blick zu den angelehnten Eimern. Äußerlich machte er zwar immer noch einen recht ruhigen Eindruck, aber innerlich musste er mindestens so zerstreut wie sein Sohn sein. Schließlich würde seine Zeit im Lager sich dem Ende zuneigen, wenn der Federschweif seinem Verdacht an der richtigen Stelle nachginge.

„Ich bin gespannt, wem die Ehre zukommt, dich bei deinem Werk zu unterstützen", erwiderte der große Krieger, der durch den Türrahmen ins Innere der Schmiede blickte. „Dich habe ich hier nicht erwartet, Jungspund! Und noch ein tapferer Krieger in der Schmiede meines alten Freundes!" Sein erstaunter Blick traf zuerst Elio, anschließend schweifte er zu Enzo hinüber.

„Einen freien Tag muss man doch gebührend ausklingen lassen, Mentor. Woher soll ich wissen, wann du uns das nächste Mal deine Folter ersparst", erwiderte Enzo in einem lässigen Ton. „Vielleicht werde ich bald Schmied und hänge mein elendes Kriegerdasein an den Nagel." Es war nicht zu überhören, dass er nur scherzte, aber der Federschweif schien sich keineswegs darüber zu amüsieren. Elio konnte nicht fassen, wie er es wagen konnte, in einem solchen Ton mit ihrem Mentor zu sprechen. Was hatte er sich bloß dabei gedacht, diesen in einer solch brenzligen Lage zu verspotten?

„Deine kläglichen Scherze kannst du dir sparen, Junge!", rief der Federschweif plötzlich. Er war nicht länger erfreut, sondern zornig. „Du solltest stattdessen daran denken, welche Opfer nötig waren, um zu einem starken Mann zu werden, wer dir diesen Weg geleitet hat. Vergiss niemals deine verdammten Wurzeln!" Enzo schwieg, er senkte beschämt seinen Blick. Die Worte seines Mentors schienen ihn getroffen zu haben. Der Federschweif wandte sich zu Luk und musterte ihn misstrauisch.

„Was hat dir denn die Sprache verschlagen?", fragte er mit erhobener Stimme. „Junge, du siehst aus, als wäre dir gerade ein Geist erschienen." Luk schluckte schwer, als er dem eindringlichen Blick des großen Kriegers auswich.

„Großer Federschweif, ich muss gestehen, allein ihre Anwesenheit bereitet mir Unbehagen", stotterte er mit zittriger Stimme. „Ich hätte die Schmiede selbstverständlich aufgeräumt, wenn ich von ihrem hohen Besuch im Vorhinein gewusst hätte."

Die grimmige Miene des Federschweifs legte sich wieder. Luks ehrfürchtige Worte schienen ihn zu schmeicheln, denn ein leichtes Schmunzeln huschte über seine starren Lippen.

„Du brauchst dich nicht vor mir zu fürchten, Luk. Wir beide kennen uns doch schon lange. Auf den Sohn eines Bruders werde ich immer gut zu sprechen sein", erwiderte er, woraufhin er zu Gerald hinüberschielte. Der Schmied stand immer noch neben ihm und starrte mit einem leeren Blick in die Schmiede.

„Außerdem würde ich sehr wohl behaupten, dass die Dinge hier ihre Ordnung haben", fügte der Federschweif hinzu. Sein aufmerksamer Blick suchte die Wände ab. Er blieb an den Eimern haften. Anschließend trat der große Krieger aus dem engen Türrahmen in den Raum hinein.

Überrascht stellte Elio fest, dass er diesmal keinen langen Speer

160

mit sich trug. Stattdessen waren seine Hände leer. Er begann, gemächlich über das knarzende Holz zu schreiten, ließ es sich aber nicht nehmen, einen Blick zu Liam zu werfen, den er die ganze Zeit über kaum beachtet hatte.

Vor der großen Arbeitsplatte machte er Halt, seine zusammengekniffenen Augen musterten sorgfältig alle ihre Bestandteile. Schnell lugte er in den Kessel hinein, in dem die Flamme zu ersticken drohte. Nur noch ein leises Summen war zu hören. Dann tauchte er die Hand in das Fass, um die Eisenspitze, welche zuvor von Luk geschmiedet worden war, aus dem Wasser zu fischen. Sie schien bereits abgekühlt zu sein, denn er ließ sie über die Hände gleiten, bevor er sie wieder hineinfallen ließ. Nacheinander stellte er das Fass und alle anderen Gegenstände, die auf der Arbeitsplatte standen, auf dem Boden ab. Danach hob er auch das große Eisenblech behutsam an und senkte den Kopf, sodass er sehen konnte, ob darunter etwas versteckt war. Elio hielt den Atem an, denn er wusste nicht, ob dort etwas verborgen war, das Gerald zum Verhängnis werden konnte. Doch der Federschweif legte die Platte sanft auf dem Tisch ab. Die Gegenstände auf dem Boden ließ er einfach stehen, ohne sich weiter um sie zu scheren.

Langsam schritt er weiter durch den Raum, seine Hand ließ er an den hölzernen Wänden entlangstreichen.

„Was hast du vor, Lorenz?", fragte Gerald, der offenbar mittlerweile etwas gereizt war. Der Federschweif tat so, als hätte er die Bemerkung nicht gehört. Vor den beiden Eimern, die an die Wand gelehnt waren, blieb er stehen. Er kniete sich direkt davor, seine Finger tasteten die glänzenden Eisenklumpen ab.

„So viel Eisen, das hier rumsteht. Doch ich sehe kaum Waffen", raunte er mit einer finsteren Stimme. Elio spürte, wie sich sein Magen verkrampfte, er vergaß weiter zu atmen. Er wollte sich nicht ausmalen, was geschehen würde, wenn der Federschweif herausfände, warum die Eimer ausgerechnet dort an der Wand lehnten. Nun beugte dieser sich sogar über sie, um zu sehen, was sich dahinter verbarg. Elio wurde immer panischer. Nervös blickte er zu Enzo hinüber, der seine ruhige Miene nicht ablegte, während er seinen Mentor beobachtete. Auch er müsste mit schweren Folgen rechnen, falls das Versteck auffliegen würde. Womöglich hatte er sogar mehr zu verlieren als Elio selbst.

Der Federschweif starrte auf das Holz hinter den Eimern. Langsam richtete er sich auf. In seinen Augen sah Elio finstere Funken aufblitzen, die er nicht zum ersten Mal sah. Abermals schien der große Krieger zornig zu sein.

„Wunderschön hast du es hier eingerichtet", brummte dieser mürrisch in Geralds Richtung. „Anderes hätte ich von einem Meisterschmied auch nicht erwartet." Danach sagte er kein Wort mehr. Zügig ging er an Elio und den anderen vorbei in den Vorraum. Die Tür nach draußen wurde aufgerissen. Der Federschweif blieb im Rahmen stehen, aber er drehte sich nicht mehr um. Schließlich trat er nach draußen und ließ sie die Tür mit einem ohrenbetäubenden Krachen hinter sich zufallen.

Luk atmete erleichtert aus, in seinem Gesicht sammelte sich wieder Farbe an. Auch Elio spürte, wie ihm nach dem Abgang seines Mentors ein schwerer Stein vom Herzen fiel. Gleichzeitig konnte er nicht aufhören, an dessen finstere Miene zu denken. Verbissen hatte der Federschweif versucht, Gerald zur Rechenschaft zu ziehen. In seinem Kopf musste viel mehr als nur ein Verdacht sein.

„Es scheint mir fast so, als wüsste er von den Waffen", raunte Enzo, der zuerst die Sprache wiederfand. Er sprach genau das aus, was Elio sich gedacht hatte. Gerald stieß einen langen Seufzer aus.

„Damit wirst du recht haben, Junge. Ich spüre bereits seit geraumer Zeit, dass er mir an den Kragen will, aber er darf es nicht merken. Es gibt wohl einiges, was ihr nicht wisst über diesen Mann, den sie hier den großen Krieger nennen."

Nachdenklich runzelte Elio die Stirn. Für ihn war sein Mentor bislang ein wahrer Held gewesen. Ein unerschütterlicher, tapferer Krieger, dessen ehrenvolle Absichten nur dem Wohl des Volkes dienten. Er schaute bedingungslos zu ihm auf, etwas anderes war ihm nie in den Sinn gekommen. Doch war es möglich, dass ihn eine trügerische Fassade geblendet hatte?

„Was kannst du uns über ihn erzählen, Gerald?", fragte er zögerlich. Die Vorstellung, hinter der Fassade seines Mentors einen finsteren Kern zu entdecken, machte ihm Angst. Schließlich hatte

162

er ihm vertraut. Doch er wollte nicht in Ungewissheit schweben. Dies hatte er bereits sein ganzes Leben lang getan.

„Junge, ich müsste weit ausholen, wenn du das erfahren willst", murmelte Gerald unentschlossen. „Es wäre besser für euch, den heutigen Tag zu vergessen und den Heimweg anzutreten. Es war nie meine Absicht, einen von euch in Gefahr zu bringen." Er trat aus dem Türrahmen, bevor er begann, im Vorraum umherzulaufen. Auch Luk, dessen Gesicht noch immer bleich war, verließ die Schmiede und setzte sich auf einen der Holzstühle. Die anderen folgten ihm schweigend und ließen sich auf den restlichen Plätzen nieder.

„Gerald, erzähl uns von der Vergangenheit meines Mentors", raunte Enzo entschlossen. „Nichts ist schlimmer als von Lügen umringt zu sein. Ich habe immer zu diesem Mann aufgesehen. Wenn er nicht der ist, für den ich ihn gehalten habe, will ich dies ohne jeden Zweifel sofort wissen." Elio nickte zustimmend. Ein weiteres Mal hatte Enzo ihm aus der Seele gesprochen.

Gerald zupfte nervös an seinem zerzausten Bart. Er ging weiter auf und ab. Er schien heftig über das zu grübeln, was er als nächstes tun sollte. Schließlich ließ er sich auf den letzten freien Stuhl fallen. Nacheinander starrte er eindringlich in ihre Augen.

„Ihr dürft mit niemandem darüber sprechen. Egal wie groß euer Vertrauen ist. Behaltet das, was ich euch erzählen werde für euch", flüsterte er mit bebender Stimme. Eindringlich schaute er zu Luk hinüber. „Ich habe bisher nur meinem Sohn von den Schatten der Vergangenheit erzählt. Nicht nur für meinen eigenen Schutz, sondern auch für den meiner Familie."

Elio spürte eine Gänsehaut, die langsam über seine Glieder wanderte. Gerald stand noch ein letztes Mal auf, öffnete die Tür und spähte hinaus. In weiter Ferne erklang bloß das Kreischen der Kinder, die am großen Lagerfeuer spielten. Gewissenhaft verriegelte er die Tür, setzte sich wieder und begann seine Erzählung.

11. KAPITEL

DER FEDERSCHWEIF

Als Gerald die Geschichte des Federschweifs zum Besten gab, wie es damals gekommen war, dass Lorenz zum Anführer der Gemeinde wurde, hing der Federschweif selbst seinen Gedanken nach. Es war so lange her, trotzdem sah er jene Zeit noch einmal vor seinen Augen ablaufen.

„Lorenz rannte keuchend über den Sand, wo später einmal das Herz liegen sollte. Doch zu jener Zeit hatte noch kein Bewohner von dem Lagerfeuer oder dem großen Mahl gehört. Stattdessen wurde die leere Fläche von den Jungen und Mädchen gerne für ihre Spielereien genutzt. Lorenz spürte den scharfen Gegenwind in seiner Lunge, seine Beine wurden allmählich schwerer. Doch er durfte auf keinen Fall langsamer werden. Im Nacken spürte er bereits das hastige Keuchen seines Verfolgers. Es war zu spät.

Als er die raue Fingerkuppe auf seinem Schulterblatt spürte, blieb er stehen und stützte sich keuchend auf die Knie. Eine bedrückende Enttäuschung überfiel ihn, aber das wollte er sich nicht anmerken lassen. Sein Bruder Elios war bereits seit ihrer Kindheit schneller als er gewesen. Es gab nichts, was er jemals dagegen hätte tun können.

„Hab dich, Bruder!", rief dieser lachend, der hinter ihm Halt machte. Er schien nicht einmal angestrengt zu sein. Lorenz hingegen schnappte wild nach Luft.

Sie waren die einzigen Söhne des großen Federkönigs, der seit geraumer Zeit über das Lager herrschte. Mittlerweile war ihr Vater ein sehr alter, gebrechlicher Mann geworden. Keiner der Bewohner wusste, wie lange er tatsächlich die entscheidenden Beschlüsse zog oder wann seine Herrschaft begonnen hatte. Nicht einmal seine Söhne wussten dies, dafür sprachen sie nicht oft genug mit ihm. Sie lebten nicht in dem prächtig geschmückten Federzelt ihres Vaters, sondern schliefen gemeinsam in einem der gewöhnlichen Gemächer.

Damals war die riesige Sandlandschaft, die einmal zum steinigen Herzen des Lagers werden sollte, bereits von Zelten eingekesselt. Es waren nicht allzu viele, denn die Anzahl der Bewohner hielt sich noch stark in Grenzen. Nicht zuletzt, weil der Federkönig eines Tages die Regel aufgestellt hatte, dass sein Volk keine Menschen von außerhalb mehr aufnehmen würde. Wer im Lager lebte, musste also auch in dessen Grenzen geboren worden sein. Auf diesem Wege sollten nach seinen Aussagen eine Übervölkerung und der Kampf um Nahrung verhindert werden.

Lorenz hielt diese Entscheidung insgeheim für einen gewaltigen Fehler seines Vaters. Doch nicht, weil ihm die ausgehungerten Gestalten, welche sich von Zeit zu Zeit am Stacheldrahtzaun versammelten und den König auf Knien anflehten, leid taten. Vielmehr sah er in ihnen die Chance, eine stärkere Gemeinschaft zu erschaffen, denn ein Zuwachs an Bewohnern würde gleichzeitig eine tüchtigere Arbeitskraft mit sich bringen. Außerdem könnte auf diese Weise ein Heer errichtet werden, welches das Volk vor ungewollten Eindringlingen schützen würde. Bisher gab es nämlich bis auf die einzelnen Wächter am Zaun, die mit Sicherheit nicht ausreichen würden, um den Zorn mehrerer Bestien abzuwehren, keine Streitkräfte, die dem Schutz des Lagers dienten. Daher hielt Lorenz es für ein großes Glück, dass das umzäunte Gebiet in der Vergangenheit noch nicht überrannt worden war.

Doch der König schien diesbezüglich noch nie besorgt gewesen zu sein. Zu jedem Vollmond rief er das ganze Volk zu einer großen Versammlung auf der leeren Sandfläche innerhalb der Zeltreihen zusammen. Diese wurde von den Bewohnern Vollmondtaufe genannt. Er nutzte sie, um neue Gesetze zu verkünden, die nach seinen Aussagen dazu dienten, ihr Leben erträglicher zu machen. Nach seinen Verkündigungen, denen niemand widersprechen durfte, hörte er noch seine Untertanen an, die in der Regel über Nahrungsknappheit oder anderes Leid klagten. Noch nie hatte Lorenz mitbekommen, dass ein Bewohner die Lebensumstände im Lager gelobt hatte. Schließlich erlegten die wenigen Jäger selten genug, um den Hunger von allen zu stillen. Oft kam es sogar vor, dass sie mit so wenig Beute zurückkehrten, dass einige von ihnen vollkommen leer ausgingen.

Der Federkönig selbst musste nie hungern, die ersten Rationen wurden von den Jägern mit erhobenen Häuptern zu seinem Gemach getragen. Er hatte es schon immer als selbstverständlich angesehen, an erster Stelle versorgt zu werden. Ständig klagte er darüber, dass ihm die Bürde aufgelegt worden war, das kleine Volk des Lagers pflichtgetreu durch schwierige Zeiten zu führen. Lorenz konnte nicht fassen, dass die Bewohner sich von seinen Lügen blenden ließen, weil er fest davon überzeugt war, dass die endlose Gier seines Vaters ihren Hunger zu verantworten hatte.

Er und sein Bruder hingegen wurden keineswegs bevorzugt, obwohl sie die Königssöhne waren. Unzählige Male hatten sie am eigenen Leibe erfahren müssen, was es für ein Gefühl war, die letzten verwahrlosten Überreste der Beute abzukriegen. Dies waren oft mickrige Mäuse, die zwar rasch gehäutet waren, auch über dem Feuer nicht allzu lange gegart werden mussten, aber geschmacklich nicht im Geringsten an ein frisch erlegtes Reh oder ein Kaninchen herankamen. Daran dachten sie selten. Abends waren sie in der Regel so hungrig, dass sie sich wahrscheinlich auch mit vertrockneten Blättern und einer Hand voller Würmer zufriedengegeben hätten. Zu diesem Zeitpunkt hatte sich ihr Vater bereits mit dem vierten braungebrutzelten Kaninchen den Magen vollschlagen und schlummerte zufrieden in dem gemütlichen Bett, welches nur ein kleiner Bestandteil der prächtig geschmückten Inneneinrichtung des Federzelts war. Lorenz und Elios hingegen schliefen bereits seit ihrer Geburt auf abgenutzten Matratzen mit schwarzen Flecken, die in einer Zeit vor ihnen einmal schneeweiß gewesen sein mussten.

Sie waren keine gewöhnlichen Brüder, sondern Zwillinge, die von ihrem Vater dafür beschuldigt wurden, dass ihre Mutter nach der Geburt durch schwere Blutungen ums Leben gekommen war. Aus diesem Grund verabscheute der König seine Söhne, er hatte sie aus seinem Leben verbannt. Er redete nicht mit ihnen, schenkte ihnen nicht einmal Beachtung, wenn er sie zufällig im Lager antraf. Trotzdem hatte er auf einer der Vollmondtaufen widerwillig verkündet, dass einer von ihnen nach seinem Tod die Herrschaft über das Lager übernehmen sollte.

Lorenz verspürte tiefen Hass für seinen Vater. Für ihn stand fest, dass dieser nicht dem Wohl seines Volkes zuliebe handelte, sondern ausschließlich der eigenen Gier hinterherdurstete. Deswegen fühlte er sich bereits seit Langem dazu verpflichtet, die Fehler seines Vaters zu berichtigen. Doch dafür müsste er nach dessen Tod zum König ernannt werden, was ihm Sorgen bereitete. Das lag keineswegs daran, dass er glaubte, den Verantwortungen eines wahren Königs nicht gewachsen zu sein. Vielmehr befürchtete er, der Federkönig würde seinen Bruder aufgrund dessen körperlicher Überlegenheit bevorzugen. Schließlich konnte er an einer Hand abzählen, wie viele Worte sein Vater jemals mit ihnen gewechselt hatte. Aus diesem Grund musste körperliche Stärke sein einziger Maßstab für die Ernennung eines Nachfolgers sein. Von der geistigen Beschaffenheit seiner Söhne hatte er nicht den blassesten Schimmer.

Inzwischen sah Lorenz in dem faltigen Gesicht, wie sein Zerfall bereits begonnen hatte. Im Angesicht des Volkes sprach er immer wirrer, des Öfteren verlor er sich sogar inmitten seiner furchtbar langgezogenen Ausschweifungen. Bei der letzten Vollmondtaufe hatte er stolz verkündet, dass er auf dem Sterbebett vor den letzten Atemzügen entscheiden würde, welcher seiner Söhne der neue Federkönig sein sollte. Eine weitere Entscheidung von ihm, die Lorenz sehr leichtsinnig und dickköpfig fand, denn sie zog einen unerwarteten Tod nicht in Betracht. Innerlich amüsierte er sich darüber, wie sehr der alte Mann sich in seinen Augen überschätzte, aber er schwieg sich aus. Es war nur eine Frage der Zeit, bis die trüben Augenlichter seines Vaters für immer erlöschen würden. Er wartete noch geduldig, obwohl er sich jenen Tag mehr als alles andere herbeisehnte.

Heute dachte er ausnahmsweise weniger daran. Stattdessen hatte ihn der Ehrgeiz gepackt, seinen Bruder im Fangen spielen zu besiegen. Elios hatte ihn soeben bereits zum zehnten Mal eingeholt. Dieser schien sich immer noch am Spiel zu erfreuen. Lorenz hingegen tropfte bereits vor Anstrengung der Schweiß aus allen Poren.

„Du bist dran, Lorenz!", rief Elios, der sich umdrehte und bereits ein paar Schritte nach hinten ging. So konnte sein Bruder nicht sofort nach ihm schnappen. Den ganzen Tag lang war dieser vergeblich vor ihm weggerannt, jetzt war er an der Reihe, ihn zu jagen. Lorenz schluckte den angestauten Frust hinunter und begann, ruhig zu atmen. Das Stechen in seiner Brust musste aufhören, wenn er auch nur den Hauch einer Chance haben wollte.

„Diesmal krieg ich dich, Bruder", murmelte er leise und richtete sich auf. Die Stiche in seiner Brust drückten ihm noch immer auf die Atmung, aber sein eiserner Wille ließ den Schmerz ersticken.

Ohne Vorwarnung stürmte er auf Elios zu. Dieser musste ihn kommen gesehen haben, denn er ließ ihn durch eine geschmeidige Bewegung zur Seite ins Leere laufen.

„Streng dich doch mal an!", rief er provokant. Lorenz taumelte orientierungslos durch die Gegend, er stolperte, konnte sich nur mühevoll davor retten, in den Sand zu stürzen. Sein Kopf errötete. Der spielerische Ansporn seines Bruders ließ ihn nur noch wütender werden. Er holte noch einmal tief Luft, mit ausgestreckten Armen rannte er so schnell wie möglich in seine Richtung. Fast hätte er ihn erwischt, aber in letzter Sekunde setzte Elios sich in Bewegung und wich seinen Händen aus. Doch Lorenz ließ sich nicht abschütteln. Eine Weile lang hetzte er seinem Bruder in geschlängelten Linien über den Sand hinterher, er hing dicht an dessen Fersen. Nicht nur er selbst schien mittlerweile müde zu sein, auch Elios war nicht mehr so schnell wie vorher. Er kam immer näher und streckte die Hand nach ihm aus. Weniger als ein Meter trennte ihn noch von seinem Ziel, aber seine Beine waren durch das Rennen bereits so weich geworden, dass jeder weitere Schritt seine Gelenke und Knochen schmerzen ließ. Noch nie war er seinem Ziel so nah gewesen.

Fast hatte er ihn erreicht, aber plötzlich schlug Elios einen anderen Kurs ein. Er rannte nicht mehr in Kreislinien durch den Sand, sondern steuerte geradewegs auf die Zeltreihen der Bewohner zu. Er nahm gewaltig an Fahrt auf, aber trotzdem gelang es Lorenz noch, an seinen Fersen zu bleiben. Mit der letzten übriggebliebenen Willenskraft liefen seine müden Beine durch den Sand. Alles ließ er außer Acht. Er dachte nicht daran, dass die Abenddämmerung angebrochen war und die meisten Bewohner bereits den Schutz ihrer Gemächer aufgesucht hatten.

Innerhalb weniger Sekunden waren die Brüder an den Zeltreihen angekommen. Furchtbar schnell und unachtsam waren sie durch diese hindurchgestürmt. Lorenz beugte seinen Rumpf leicht nach vorne. Er war bereit, alles in der Welt über sich ergehen zu lassen, um seinen Bruder zu erreichen. Aber er spürte kaum noch, wie seine Arme und Beine immer wieder unsanft gegen die Zelte stießen. Auch die aufgeschreckten Rufe der Bewohner, die aus dem Inneren erklangen, nahm er nicht wahr. Alles kam ihm wie ein schwarzer Tunnel vor, an dessen Ende ein großer Preis auf ihn wartete. Elios hingegen bahnte sich mit einer unfassbaren Geschicklichkeit zwischen den Zelten hindurch. Er bewegte sich so geschmeidig, dass er kein einziges Mal mit ihnen in Berührung kam. Doch Lorenz gab nicht auf. Endlich kam er dem Rücken seines Bruders näher.

„Nur noch etwas durchhalten ... ein bisschen noch", flüsterte eine Stimme in seinem Kopf.

Plötzlich wurde sein Bruder schlagartig langsamer, wodurch dieser ihm näher als je zuvor war. Nur noch seinen Arm musste er ausstrecken, um den schweißgebadeten Rücken zu berühren. Schlagartig wurde ihm bewusst, dass seine Bemühungen nicht umsonst gewesen waren, nichts könnte noch dazu führen, dass er sein Ziel verfehlte. Kräftig stieß er sich mit dem rechten Bein vom aufgewühlten Sandboden ab, doch als er gerade die Arme ausstreckte, machte Elios eine unerwartete Bewegung zur Seite.

Wieder einmal griff Lorenz ins Leere. Vor seinen Augen tauchte der rote Stoff eines großen Zeltes auf, welches er zum ersten Mal sah, weil der breite Rücken von Elios seine Sicht verdeckt hatte. Es war zu spät, um noch Halt zu machen. Geradewegs flog er in die aufgestellten Holzstäbe hinein, welche den aufgespannten Stoff zusammenhielten. Das Zelt krachte mit einem lauten Scheppern in sich zusammen. Lorenz spürte, wie sein Bauch auf etwas Steinhartes prallte. Es grub sich so tief in seine Magengrube, dass er keine Luft mehr bekam. Ein wütender Schrei schoss durch seine Ohren.

„Wie kannst du es nur wagen!", rief die laute Stimme, welche seine Trommelfelder zittern ließ. Im nächsten Augenblick wurde er von zwei dicken Armen, die aus dem Stoff herausragten, gepackt und mit einem kraftvollen Schwung in den Sand geschleudert. Er klatschte mit einer enormen Wucht auf den Rücken, ihm wurde schwarz vor Augen.

Als er diese benommen öffnete, sah er die schummrigen Umrisse seines Bruders auf sich zu rennen.

„Bruder, bleib wach!", hörte er dessen gedämpfte Stimme an sich vorbeirauschen. Eine Sekunde später sah er, dass Elios sich neben ihn in den Sand gehockt hatte und besorgt seinen Kopf abtastete. Er spürte die rauen Hände auf der Haut. Neben den Qualen der Enttäuschung breitete sich auch ein Hauch des Friedens in seinem Inneren aus. Etwa ein Meter hinter seinem Bruder erhob sich eine riesige, stämmige Gestalt aus den Trümmern. Als seine Sicht klarer wurde, konnte er erkennen, in wessen Zelt er hineingepresht war.

Es war der oberste der wenigen Wächter, die dem Zweck dienten, die Grenzen des Lagers tagsüber und nachts vor Bestien oder anderen Eindringlingen zu schützen. Sie nannten ihn Leonidas. Seine Schultern sahen aus wie zwei gewaltige Felsen, sein breiter Nacken ähnelte dem eines Stiers. Auch über seinem restlichen Körper erstreckte sich ein gewaltiges Gebirge aus Muskelbergen. Nicht ohne Grund war er vom Federkönig dazu beauftragt worden, die meiste Zeit über vor dem Stacheldraht zu stehen. Mit seinem Speer bewaffnet hielt er entweder an einem Spalt des Zauns oder in der Nähe des Federzeltes Wache. Wenn er von einem anderen Wächter abgelöst wurde, verkroch er sich sofort in seinem Gemach, um sich von den langen Schichten auszuruhen, wodurch er nur an den Grenzen des Lagers zu sehen war.

Es war also kein Wunder, dass einige Bewohner die Nasen aus ihren Zelten streckten, um das Geschehen zu beobachten. Sein lauter Schrei und das Zusammenkrachen des Zeltes hatten ihre Aufmerksamkeit geweckt. Er stapfte geradewegs auf die Brüder zu. Sein Kopf war knallrot, in seinen Augen funkelte der Zorn. „Was habt ihr kleinen Mistkäfer euch nur gedacht!", brüllte er, der Elios mit dem Knie kräftig zur Seite stieß. So hatte er nur noch Lorenz im Blickfeld, der noch immer benommen im Sand lag.

„Glaub mir, Junge. Du wirst dir bald wünschen, deinen nutzlosen Hintern niemals in meine Nähe geschleppt zu haben", brummte er wütend.

Bevor Lorenz auch nur daran denken konnte, etwas zu erwidern, beugte der Wächter sich zu ihm und umklammerte mit den riesigen Pranken seinen Hals. Der Griff war so fest, dass ihm erneut schummrig vor den Augen wurde. Doch Leonidas packte noch fester zu, als er ihn ruckartig aus dem Sand hob. Lorenz musste kläglich nach Luft hecheln. Panisch versuchte er, sich mit Armen und Beinen aus dem eisernen Griff zu befreien, aber es war vergeblich.

„Lass ihn los!", schrie Elios, der mit den Fäusten auf den massiven Rücken des Wächters einschlug. „Es ist alles meine Schuld! Bestrafe mich und nicht ihn!" Doch Leonidas schien die Schläge nicht einmal wahrzunehmen.

„Dein Vater wird dich umbringen, wenn er hiervon erfährt!", brüllte der Wächter Lorenz ins Gesicht. Er presste ihm den Hals so fest zusammen, dass Lorenz keine Luft mehr bekam. Ihm wurde schwindelig, er spürte, wie die Spucktropfen aus dem sabbernden Mund auf sein Gesicht flogen. Mittlerweile hatten sich einige Bewohner um die beiden herum versammelt, aber keiner von ihnen wagte es, einzuschreiten. Sie alle sahen nur mit erschrockenen Blicken zu, wie die Kehle des Königssohns zerquetscht wurde.

„Tut doch was. Er bringt meinen Bruder noch um!", rief Elios ihnen zu, der immer noch vergeblich versuchte, den Wächter mit seinen Fäusten von ihm abzubringen.

Plötzlich erklang eine vertraute Stimme aus den Reihen der tuschelnden Menschen:

„Es ist genug, Leonidas. Lass ihn los!" Sofort lösten sich die gewaltigen Pranken von Lorenz Hals, der zurück in den Sand sackte. Hastig schnappte er nach Luft. Es dauerte, bis seine Sicht wieder klar war. Obwohl seine Sinne in dem mächtigen Würgegriff benebelt gewesen waren, wusste er genau, zu wem die Stimme gehörte, die Leonidas dazu veranlasst hatte, von ihm abzulassen. Es war die seines Vaters. Als er wieder aufschaute, sah er, wie sich der Federkönig seinen Weg durch die starrenden Menschen bahnte, diese wichen ehrfürchtig zur Seite. Heute war er mit weißen Federn geschmückt, die Brust, Arme und Schultern waren bedeckt. Auf dem kahlen Kopf trug er einen zackigen Kranz aus Eichenholz, der vermutlich eine Krone sein sollte. Die schwarzen und roten Kreise auf seinem Bauch glänzten im trüben Licht der Abendsonne. Lorenz wollte nur noch im Erdboden versinken. Er schämte sich für das, was geschehen war, jetzt musste er noch im Angesicht fast aller Bewohner seinem Vater gegenübertreten. Er hasste diesen Mann abgrundtief, aber zugleich hing seine Zukunft von ihm ab.

„Vater, es war meine Schuld. Wir haben fangen ...", Elios brachte den Satz nicht zu Ende, weil der König ihn keines Blickes würdigte. Geradewegs stolzierte er auf Lorenz zu. Dieser hatte den Blick noch immer gesenkt, er wollte seinem Vater nicht in die Augen schauen. Doch es rührte ihn, wie sehr sich sein Bruder darum bemühte, die Schuld auf sich zu nehmen.

„Schau mich an, Junge", murmelte der Federkönig in einer finsteren Stimmlage. Langsam hob er den Kopf, der seinem Vater in die trüben Augen blickte. In ihnen leuchtete nur noch ein schwaches Licht, welches nicht mehr lange flackern konnte. Ohne etwas Weiteres zu sagen, holte dieser aus und ließ die flache Hand mit kräftigem Schwung auf seine Wange klatschen. Einen Augenblick lang hörte Lorenz nichts außer ein dumpfes Piepsen, das ihm in den Ohren dröhnte. Der Federkönig hatte so hart zugeschlagen, dass aus seiner Schläfe Blut tropfte. Mit einem schmerzerfüllten Gesichtsausdruck hielt er sich schützend die Hände vor den Kopf, sein Vater beugte sich noch ein Stück weiter nach vorne, um ihm etwas ins Ohr zu flüstern.

„Es wäre besser für diese Welt und ihre Bewohnern, wenn du nutzloser Misthaufen nie geboren worden wärst", raunte er bedrohlich. „Du wirst dich bei Leonidas entschuldigen und sein Gemach wieder aufbauen, bis es mindestens so makellos wie zuvor im Sand steckt. In der Zwischenzeit werde ich deinem Bruder beibringen, was es heißt, über die Bewohner des Lagers zu herrschen. Mir ist klar geworden, dass du niemals würdig sein wirst, an meine Stelle zu treten. Du bist eine Schande für unser Blut."

Seine Worte waren so leise gewesen, dass niemand außer Lorenz selbst sie zu hören bekommen hatte. Auf dem faltigen Gesicht des alten Mannes breitete sich ein finsteres und gehässiges Grinsen aus. Die Schadenfreude war nicht zu übersehen. Offenbar war er sich im Klaren darüber, wie sehr sein Sohn daraufhin gefiebert hatte, König zu werden. Die Worte trafen Lorenz härter als ein Faustschlag in die Magengrube. Noch nie hatte er sich so leer und niedergeschlagen gefühlt, er schluckte. Verkrampft versuchte er, die Tränen zu unterdrücken, welche sich vor lauter Wut in seinen Augenhöhlen angestaut hatten. Der Federkönig warf ihm noch einen letzten angewiderten Blick zu. Schließlich wandte er sich von ihm ab.

„Du kommst mit mir!", rief er und packte Elios grob am Arm. „Mit dem jämmerlichen Schandfleck dort hast du nichts mehr zu tun." Der junge Mann wehrte sich. Verunsichert blickte er zu seinem Bruder hinüber. Lorenz sah, dass auch er Tränen in den Augen hatte. Schließlich gab er nach und ließ sich von seinem Vater mitzerren. Dieser machte nur noch einmal vor Leonidas Halt, um ihm etwas ins Ohr zu flüstern. Danach verschwand er gemeinsam mit Elios zwischen den Bewohnern, die mittlerweile einen großen Kreis um die Trümmer gebildet hatten. Im Mittelpunkt standen nur noch Lorenz und Leonidas. Der große Wächter grinste hämisch.

„Ich mache mich nun auf den Weg zum Gemach des Königs, um dort zu wachen", raunte er. „Morgen früh, wenn ich zurückkehre, wirst du gefälligst hier auf mich warten. In der Zwischenzeit musst du mein Zelt repariert haben, damit ich wieder ruhen kann. Sollte dir das nicht gelingen, wird dein Vater mich nicht mehr daran hindern, dich zu erdrosseln." Verachtend spuckte er seinem Gegenüber vor die Füße und drängelte sich durch die gaffenden Bewohner hindurch, um den Kreis zu verlassen.

Lorenz blieb wie angewurzelt dort stehen, der seinen Blick senkte, damit niemand seine Tränen sehen konnte. Eine bedrückende Stille lag in der Luft. Er fühlte sich so, als hätte er alles verloren. Es gab niemanden mehr, der an seiner Seite stand. Aus allen Richtungen wurde er von entsetzten Blicken angestarrt. Er wollte sie alle vor lauter Wut anschreien, aber dazu fehlte ihm die Kraft. Nach und nach zogen sie sich zurück. Offenbar hatten sie genug gesehen, interessierten sich nicht länger für sein Dasein. In verschiedene Richtungen gingen sie ihre Wege, aber keiner von ihnen redete auch nur ein Wort mit ihm. Nach wenigen Augenblicken stand er fast allein vor den Trümmern.

Nur ein kleiner, schmaler Junge war stehengeblieben, der ihn mit großen Augen anstarrte. Lorenz hatte ihn schon einmal gesehen, aber noch nie hatte er mit ihm gesprochen. Nachdem sie eine Weile geschwiegen hatten, bewegte sich der fremde Junge auf das zusammengefallene Zelt zu und kniete sich davor. Er griff nach einem der Holzstäbe, die zuvor das Gerüst gebildet hatten. Diesen steckte er aufrecht in den Sand. Anschließend kroch er wenige Meter weiter, dort tat er dasselbe mit einem anderen, der etwas länger war als der Vorherige. Lorenz sah verblüfft zu. Offenbar wusste der Junge, wie ein Zelt aufgebaut werden musste.

„Die gegenüberliegenden Stäbe müssen die gleiche Länge haben. So können wir später den Stoff darüber spannen", murmelte dieser plötzlich leise und rammte einen längeren Holzstab kräftig in den Sandboden.

Langsam ging Lorenz auf den Haufen aus Trümmern zu, um ihn genauer zu betrachten. Im Sand lagen nicht nur die übrigen Holzstäbe und der dicke rote Stoff, welcher vor dem heftigen Zusammenprall aufgespannt gewesen war, sondern auch die Scherben von zerbrochenen Vasen, die in verschiedenen Farben glänzten. Dicht neben ihnen lagen die dazugehörigen Blumen, die bereits vollkommen verwelkt waren. Auch das große Holzbett des Wächters war in Stücke zerbrochen. An dieser Stelle musste Leonidas geruht haben, bevor er unsanft aus dem Schlaf gerissen worden war. Lorenz verlor den Überblick und hatte nicht den blassesten Schimmer, wo er mit dem Wiederaufbau beginnen sollte. Schließlich hatte er noch nie in seinem Leben die Trümmer eines Zeltes gesehen.

„Mach dir keine Sorgen, Bruder. Es ist nicht so schlimm, wie es aussieht", sagte der Junge, der bereits den dritten Stab in den

Sand steckte. „Mach einfach das, was ich dir sage. Dann wird es bald standfester sein als jemals zuvor." Lorenz kniete sich hin, um nach weiteren Holzstäben zu suchen. Nachdem er fündig geworden war, steckte er diese nacheinander in den Sand. Währenddessen orientierte er sich an der Reihe, die bereits gebildet worden war. Gewissenhaft achtete er darauf, dass die gegenüberliegenden Stäbe ungefähr dieselbe Höhe hatten.

„Wo hast du gelernt, wie man ein Zelt aufbaut?", fragte er verwundert. Der Junge hob den Kopf und unterbrach seine Arbeit.

„Mein Vater war Handwerker. Er baute die Zelte der Bewohner", erwiderte dieser. „Seitdem ich ein kleiner Junge war, hat er mich zu seiner Arbeit mitgenommen." Seine Stimme hatte schlagartig zu beben begonnen, als er seinen Vater erwähnt hatte. Nun senkte er bedrückt den Kopf.

„Dann hast du mit deinem Vater mehr Glück gehabt als ich", brummte Lorenz verächtlich, der mit enormer Wucht den nächsten Holzstab in den Sand stieß.

Der Junge schmunzelte leicht.

„Ja, vielleicht. Leider ist er bereits von uns gegangen", sagte er nachdenklich und ließ seinen Blick über den Trümmerhaufen schweifen. Dann griff er nach dem letzten Stab, welcher unter dem Stoff im Sand versteckt war, um ihn geschmeidig in den Sand zu bohren. Jetzt standen sich die beiden Reihen aus vier Stäben gegenüber. Das Gerüst des Zeltes schien somit fertig zu sein.

„Dabei belassen wir es erstmal", sagte der Junge zufrieden. „Als nächstes müssen wir den Stoff hinüberspannen."

Trotz der Wut, die sich immer noch nicht ganz gelegt hatte, spürte Lorenz auch einen Funken der Erleichterung in seinem Inneren. Ohne den fremden Jungen, der offenbar eine gewisse Ordnung in dem Chaos aus Trümmern sah, hätte er nicht den Hauch einer Chance, den Wiederaufbau des Gemachs zeitnah abzuschließen. Anscheinend gab es hier doch noch Menschen, die ihr Herz am rechten Fleck hatten.

„Wie ist dein Name, Bruder?", fragte er. Der Junge schaute ihn überrascht an. Verlegen lächelte er.

„Verzeih mir, dass ich nicht daran gedacht habe, mich vorzustel-

176

len, Lorenz", erwiderte er kleinlaut. „Ich konnte nicht einschätzen, ob es dir wichtig ist, meine Bekanntschaft zu machen. Meine Eltern gaben mir den Namen Gerardus, aber hier nennen sie mich alle Gerald." Lorenz streckte seinen Arm aus, um ihm die Hand zu drücken.

„Deine Bekanntschaft zu machen ist bei weitem das größte Glück, das mir seit einer langen Zeit zugekommen ist, Gerald. Das kann ich dir ohne jeden Zweifel sagen", murmelte er. „Ich kenne dich nicht lange, aber weiß bereits, dass ein guter Mensch vor mir steht. Es gibt nicht viele, von denen ich dies behaupten kann." Er sah ein Schmunzeln über Geralds Lippen huschen. Dieser sagte nichts mehr, aber seine Wangen erröteten. Dann begannen sie, den Stoff über die angereihten Holzstäbe zu spannen.

Die Zeit verging schnell. Bereits nach einem Tag war das Gemach des obersten Wächters wieder aufgebaut. Leonidas konnte nach seinen langen Schichten ruhen und schien rasch vergessen zu haben, was geschehen war. Trotzdem machte Lorenz fortan einen großen Bogen um dessen Zelt. Mit Gerald hatte er einen neuen Freund gewonnen, aber seinen Bruder sah er kaum noch.

Lorenz rappelte sich schwerfällig von den beiden Matratzen auf, die am Boden seines Gemachs lagen. Im Inneren drückte ein stechender Schmerz gegen seine Schädeldecke, in seinen Ohren dröhnte ein nervenaufreibendes Summen. Er hatte schlecht geschlafen. Seitdem der Federkönig seinen Bruder mit sich genommen hatte, lebte er allein in ihrem Zelt.

Gelegentlich sah er Elios noch im Lager umherlaufen, aber dieser verhielt sich ihm gegenüber distanziert, gar abweisend, weswegen sie nicht mehr miteinander sprachen. Er vermutete demnach, dass der Federkönig seinem Bruder verboten hatte, den Kontakt mit ihm zu suchen. Was sein selbstsüchtiger Vater mit dem einst liebevollen und fröhlichen Jungen angerichtet hatte, wollte er sich nicht einmal ausmalen. Abgesehen von einem Nicken aus der Ferne beachtete Elios ihn nicht mehr. Seit dem Tag ihrer erzwungenen Trennung vor ein paar Vollmonden hatten sie kein einziges Wort miteinander gewechselt. Doch Lorenz war ihm nicht böse. Der Federkönig allein trug in seinen Augen die Schuld dafür, dass er seinen Bruder verloren hatte. Das quälte ihn tagtäglich und ließ den Zorn, welchen er für seinen Vater empfand, nur noch mehr wachsen. Doch er musste weiterhin geduldig abwarten.

Er gähnte noch einmal schlaftrunken. Mühsam richtete er sich auf. Die Decke des Gemachs war gerade so hoch, dass er aufrecht stehen konnte, ohne sie zu berühren. Mit der einen Hand griff er nach einem Lappen, der in einem Krug mit Wasser schwamm, den er sich an den brummenden Schädel presste. Er rieb seine Haut von oben bis unten ab.

Angestrengt versuchte er, sich an seinen Traum zu erinnern. Es war vergeblich. Ihm sausten bloß noch einzelne Bilder durch den Kopf, die wieder verblassten. Es waren Traumabschnitte, die so schmerzhaft waren, dass sie ihm einen kalten Schauder über den Rücken laufen ließen. Es musste ein Albtraum gewesen sein, denn an alle anderen konnte er sich für gewöhnlich erinnern, was daran lag, dass sein Unterbewusstsein diese nicht verdrängen wollte. Er griff nach einem abgenutzten Handtuch, welches auf einer der Matratzen lag, und trocknete sich ab. Am liebsten hätte er sich wieder hingelegt, um weiterzuschlafen, aber er hatte Gerald versprochen, ihn heute auf der Jagd zu begleiten. Dieser war als Handwerker zwar mehr als begabt, doch dies half ihm nicht dabei, einen Bogen auf Spannung zu halten. Lorenz hingegen war ein guter Jäger. Gemeinsam mit seinem Bruder war er bereits regelmäßig in die Wildnis gezogen, seitdem er ein kleiner Junge war.

Nachdem er sich abgetrocknet hatte, ging er auf eine der vier Ecken seines Gemachs zu, wo im Sand alle Waffen lagen, die Elios und er zum Jagen genutzt hatten. Sie hatten sich nie auf die geringe Ausbeute der Jäger verlassen wollen. Stets hatten sie versucht, ihr eigenes Wild zu erlegen. Doch nun war er der Einzige, der von den selbstgebastelten Bögen, Wurfmessern und Äxten Gebrauch machen konnte. Es würde ihm nicht schaden, Gerald einen kleinen Bestandteil der Sammlung zu überlassen. Er wollte seinen Dank zum Ausdruck bringen, nachdem dieser ihm geholfen hatte, das Gemach des großen Wächters aufzubauen.

„Aufstehen, Bruder! Die Sonne ist aufgegangen und wartet auf dein schönes Gesicht!", rief einer laut von draußen. Sofort erkannte er Geralds Stimme. Offenbar fieberte der Handwerker so sehr auf die gemeinsame Jagd hin, dass er noch früher als er selbst auf den Beinen war. Lorenz hob zwei Bögen, einen mit Eisenpfeilen gefüllten Köcher, dazu zwei Wurfmesser aus dem Sand. Rasch huschte er zum geschlossenen Spalt seines Zeltes, um es aufzuknöpfen. Draußen wartete sein Freund bereits ungeduldig auf ihn.

„Was hast du mir denn Schönes mitgebracht?", fragte dieser. Mit geweiteten Augen starrte er auf die Waffen, die Lorenz sich unter den Arm geklemmt hatte. Lorenz gähnte noch einmal vor Erschöpfung und grinste ihn an.

„Nicht so voreilig, mein Lieber. Ich muss dir erst zeigen, wie man diese Schätze hier richtig führt, nicht dass du dich diesmal wirklich selbst erschießt", scherzte er, seine freie Hand deutete auf den Bogen. Gerald biss verlegen die Zähne zusammen.

Vor wenigen Tagen hatte Lorenz bereits versucht, ihm näherzubringen, wie ein Bogen auf Spannung gehalten wurde. Doch es war ihm so schwergefallen, sich auf die gespannte Sehne zu konzentrieren, dass er vollkommen die Kontrolle verloren hatte. Bevor Lorenz das bemerkt hatte, war der spitze Eisenpfeil bereits in den Himmel geschossen und innerhalb weniger Sekunden nicht mehr zu sehen gewesen. Mit derselben Schnelligkeit war dieser auch auf die Erde herabgestürzt. Die beiden Gefährten hatten ihm nicht einmal ausweichen können. Zu ihrem Glück hatte sich die Spitze bloß wenige Schritte vor ihnen in den Waldboden hineingebohrt. Danach war Gerald so geschockt gewesen, dass er von den Übungen erstmal genug gehabt hatte. Einer von ihnen hätte an jenem Tag durch sein Ungeschick sterben können.

Jetzt war es ihm umso wichtiger, endlich zu lernen, einen Bogen zu führen. Lorenz hoffte darauf, ihr Vorhaben würde diesmal gelingen, denn er wollte nicht, dass sein Freund ein hoffnungsloser Fall blieb. Schließlich setzten sie sich in Bewegung, um die Grenzen des Lagers durch den Zaunspalt, der heute wie gewöhnlich von

Leonidas bewacht wurde, hinter sich zu lassen. Der Wächter warf ihnen beim Vorbeigehen einen finsteren Blick zu, aber er wandte sich wieder ab und spähte eindringlich in die Weiten der Wüste. Sie wechselten kein Wort mit ihm.

In der freien Wildnis durchstreiften sie die naheliegenden Wälder, um eine geeignete Stelle für die Schießversuche zu finden. Einen solchen Ort zu entdecken war schwieriger als Lorenz erwartet hatte, denn dieser musste eine weitreichende Ebene bieten, aus der keine Bäume ragten. Die Sicht zum Zielen musste vollkommen frei sein. Auch hohe Gewächse inmitten der Schusslinie könnten Gerald leicht ablenken. Er sollte sich vollkommen auf den Bogen konzentrieren und nicht auf die Umgebung ringsherum.

Nach einer halben Ewigkeit des Suchens stießen sie auf eine riesige Wiese, die von den Bäumen des Waldes eingekreist war. Bis auf verwelkte Blumen und zerzaustes Unkraut an wenigen Stellen war sie leer. Lorenz ging nicht davon aus, dass sie am heutigen Tage noch einen Ort finden würden, der besser für das, was sie vorhatten, geeignet wäre. Schließlich stand die grelle Mittagssonne bereits am höchsten Punkt des Himmels. Die ersten Anzeichen ihres Untergangs würden mit Sicherheit nicht mehr lange auf sich warten lassen.

„Hier und heute wirst du endlich zu einem wahren Schützen werden, mein Bruder", sagte er zuversichtlich. Gerald schaute sich mit einem verunsicherten Gesichtsausdruck in der Gegend um. Nickend setzte er einen Fuß auf das Gras. Lorenz folgte ihm einige Meter.

Als sie etwa auf dem Mittelpunkt der Wiese angekommen waren, drückte er ihm einen der beiden Bögen in die Hände. Danach ließ er alle Waffen unter seinem Arm, bis auf den anderen Bogen, dazu einen Köcher hinunterfallen.

„Schau erst zu, wie ich es mache", raunte er. Einen der Pfeile legte er auf die Sehne, um sie anschließend behutsam nach hinten zu ziehen. Lorenz hielt den Bogen auf Spannung und zielte in die Ferne, sein Gefährte sah staunend zu. Er war zwar körperlich noch anwesend, aber es schien so, als wäre sein Geist an einen anderen Ort gewandert. Er war so ruhig und in sich gekehrt, dass keines seiner Glieder sich noch regte. Auch die gespannte Sehne rührte sich nicht. Ringsherum war es still. Kein einziges Tierchen war auf der weiten Wiese zu sehen. Plötzlich raschelte es in einem kleinen Gebüsch, das nicht weit von ihnen entfernt war.

Ein schwarzer Hase schlüpfte aus dem dichten Gestrüpp, der langsam über das Gras pirschte. Er bewegte sich nicht geradewegs auf etwas zu, sondern taumelte orientierungslos in Schlangenlinien um die verwelkten Blumen herum. Zwischendurch sah es so aus, als würde er hinfallen. Das Gras war so hoch, dass das kleine Tierchen fast vollkommen bedeckt wurde, wodurch Lorenz nur noch einen kleinen Teil der Schädeldecke und die flauschigen Löffel über die Wiese wandern sah. Plötzlich machten diese vor einem Strauch aus Unkraut Halt, der Hase tauchte etwas tiefer in das Gras ab. Nun konnte Lorenz nur noch die Hälfte der schwarzen Löffel sehen. Anscheinend hatte der Hase etwas zu fressen gefunden.

„Dich kriege ich", flüsterte er, als er die Sehne noch etwas weiter nach hinten zog und losließ. Der Eisenpfeil sauste durch die Luft. Ein leises Pfeifen erklang. Der Hase konnte nicht mehr reagieren. Der Pfeil bohrte sich in den zierlichen Schädel hinein. Lorenz sah, wie Blut auf die Grashalme spritzte. Die Löffel sackten in sich zusammen, sie verschwanden in der Wiese.

Die Gefährten rannten dorthin. Der Hase lag regungslos auf dem Rücken, der Pfeil steckte in seinem winzigen Schädel, aus dem Blut herausströmte. Die Augen waren immer noch aufgerissen. Nun sahen sie, dass er überhaupt keine Pupillen hatte. Die Bindehaut war bloß schneeweiß, als hätte er überhaupt kein Augenlicht. Einen solchen Hasen hatte Lorenz noch nie gesehen, obwohl er bereits ein erfahrener Jäger war. Er zog den blutverschmierten Pfeil aus dem Kadaver heraus und blickte zu seinem Gefährten hinüber, der noch immer fassungslos auf das Gras starrte.

„Jetzt bist du an der Reihe, Bruder", sagte er, woraufhin er auf den Bogen deutete, den Gerald noch immer in den Händen hielt. „Von einem mickrigen Häschen wird niemand satt." Kaum hatte er den Satz beendet, erklang wieder ein Rascheln in den Gebüschen, aber diesmal war es um einiges lauter.

Lorenz traute seinen Augen kaum, als er sah, wie mindestens

ein Dutzend weitere schwarze Häschen auf die Wiese hoppelten. Sie waren dicht aneinandergerückt und bildeten einen schwarzen Fellklumpen.

„Mach schon", zischte er ungeduldig. „Eine bessere Chance wird es nicht geben."

Gerald stand immer noch wie angewurzelt auf der Wiese. Langsam hob er den Bogen an, sein Blick war auf die umher taumelnden Hasen gerichtet. Lorenz zog einen weiteren Pfeil aus seinem Köcher heraus und reichte ihn an seinen Gefährten weiter. Dieser griff hektisch zu, er versuchte, ihn auf die Sehne zu legen, aber seine Hände zitterten zu sehr. Immer wieder rutschte er ab. Als Lorenz erkannte, wie nervös sein Gefährte war, packte er diesen sanft am Arm und führte die zerzauste Feder des Pfeils mit ihm gemeinsam zur Sehne.

„Bleib ruhig, denk nicht so viel nach. Du musst gleichmäßig atmen", flüsterte er mit einer beruhigenden Stimme. „Entspann dich, lass die Gedanken fliegen." Er konnte gut nachvollziehen, wie Gerald sich fühlte, denn er hatte sich keineswegs besser angestellt, als sein Bruder ihm die ersten Male einen Bogen in die Hand gedrückt hatte.

Das Ende des Pfeils lag sicher auf der gespannten Sehne, Gerald hatte begonnen, kontrollierter zu atmen. Lorenz spürte, dass er ruhiger wurde. Seine Hände zitterten nicht mehr, sondern hatten Bogen und Pfeil fest umklammert.

„Das machst du gut, Bruder", raunte Lorenz, der die Hände langsam von ihm löste. „Du musst dein Ziel finden. Schau es dir genau an, lass es nicht mehr aus den Augen."

Gerald hielt den Bogen allein, er zielte auf das schwarze Getümmel. Inzwischen hatten die Hasen die Stängel der verwelkten Blumen eingekreist. Sie bewegten sich immer langsamer. Schließlich blieben sie stehen, um zwischen dem Gewächs nach Nahrung zu suchen. Eine bessere Gelegenheit für einen tödlichen Treffer würde Gerald wohl kaum kriegen. Lorenz schwieg, denn er wollte, dass sein Gefährte den Rest selbst erledigte. Dieser ließ die Pfeilspitze ruhig durch die Luft kreisen, seine Arme waren noch immer wie versteinert. Nach wenigen Augenblicken unterbrach er die Bewegung. Es schien so, als hätte er sein Ziel ausfindig gemacht. Er stand ruhig dort. Weder der Bogen in seinen Händen noch seine Glieder regten sich, er ließ los.

Der Pfeil sauste geradewegs auf den schwarzen Fellhaufen zu, um sich durch den Schenkel eines Hasen zu bohren. Dieser stieß ein schmerzerfülltes Quicken aus und glitt langsam zu Boden. Aus seinem Schenkel floss Blut, welches sich über den winzigen Pfoten der anderen Hasen verteilte, die sich offenbar nicht um sein Leid scherten. Sie schauten bloß auf und taumelten wieder um das verwelkte Gewächs herum, als wäre nichts geschehen. Vielleicht ahnten sie aufgrund ihrer Blindheit gar nicht, dass es sich um das Blut ihres quiekenden Artgenossen handelte. Anders konnte Lorenz sich ihr Verhalten nicht erklären. Er nickte seinem Gefährten zufrieden zu, immerhin hatte dieser das Ziel nicht verfehlt.

„Es lebt ja noch", stotterte dieser verunsichert. „Was werden wir jetzt tun?" Wortlos packte Lorenz den blutigen Kadaver, der noch immer vor ihren Füßen lag, an den Löffeln. Einige Schritte ging er zurück und hob zwei der Wurfmesser auf. Eines drückte er in Geralds zitternde Hand. Leise pirschten sie sich an das schwarze Getümmel heran.

Nachdem sie einige Meter näher gerückt waren, traute er seinen Augen nicht. Alle Hasen waren stehen geblieben und senkten die Schnauzen. Was als nächstes geschah, ließ ihm einen kalten Schauder über den Rücken laufen. Sie alle streckten ihre dünnen roten Zungen heraus, um das Blut aus dem Gras zu lecken. Gerald taumelte einige Schritte nach hinten. Das Entsetzen in seinen weit aufgerissenen Augen war nicht zu übersehen. Sein Gesicht wurde immer bleicher.

„Ich kann das nicht mitansehen", flüsterte er mit bebender Stimme. Schnell drehte er sich um, um den Anblick nicht länger ertragen zu müssen.

„Bleib hier", zischte Lorenz und pirschte sich langsam näher. Er war zwar angewidert von den sonderbaren Geschöpfen, aber zugleich faszinierte ihn das, was sich vor seinen Augen ereignete.

Jetzt stand er vor dem Hasen, den Gerald am Schenkel getroffen hatte. Dieser hatte bereits Unmengen an Blut verloren. Das klägliche Quieken wurde immer leiser. Lorenz kniete sich hin, sein Messer hielt er an die kleine Kehle. Ohne zu zögern, schnitt er sie durch. Das Quieken verstummte, der Kopf des toten Hasen sackte zur Seite. Er hatte ihn von seinem Leiden erlöst, aber zu seiner Verwunderung ließ die restliche Schar sich nicht davon stören. Sie schienen ihn nicht einmal bemerkt zu haben. Weiterhin schlürften sie gierig das Blut. Ohne zu zögern, griff er nach dem Kadaver und richtete sich auf.

Plötzlich erklang ein lautes Jaulen aus einem der naheliegenden Gebüsche. Sofort erhoben sich die blutigen Schnauzen aller schwarzen Hasen aus dem Gras. Sie blickten gleichzeitig zu den Gebüschen, aus denen es gekommen war, hinüber. Bevor Lorenz einen klaren Gedanken fassen konnte, hoppelten sie bereits los. Er sah zu, wie ein schwarzes Fell nach dem anderen im Wald verschwand. Kurz glaubte er, zu sehen, dass im dichten Gestrüpp ein hellblauer Schimmer aufleuchtete. Angestrengt kniff er die Augen zusammen, um genauer hinzuschauen, aber der Schimmer war verschwunden, sowie die letzten Anhänger der Schar.

Mit seinen Jagdwaffen unter dem einen, den Kadavern unter dem anderen Arm drehte er sich wieder zu seinem Gefährten um. Gerald hatte inzwischen etwas mehr Farbe im Gesicht.

„Ich will diese blutrünstigen Dämonen so schnell wie möglich vergessen", raunte dieser. Mittlerweile war die Dämmerung angebrochen, der bunte Wald ringsherum wurde immer dunkler. So beschlossen sie, den Rückweg anzutreten. Als sie aufbrachen, schaute Lorenz noch einmal zu den Gebüschen hinüber. Das hellblaue Schimmern würde er nie wieder vergessen, auch wenn er nicht wusste, ob es wirklich dagewesen war.

Als sie wieder am Zaunspalt angekommen waren, lag etwas Ungewöhnliches in der Luft. Es war bereits dunkel geworden, am Himmel stand der bläulich leuchtende Halbmond. Weit und breit gab es keine Spur von Leonidas. Eine triste Stimmung, die von einer bedrohlichen Stille genährt wurde, lag über dem Lager. Es war wie ausgestorben. Sie gingen über den Sand auf die Zeltreihen zu, aber auch nachdem sie das zukünftige Herz erreicht hatten, sahen sie keinen einzigen Menschen.

„Etwas stimmt hier nicht, Bruder", flüsterte Gerald. „Sieh doch. Sie haben ihre Gemächer verlassen." Lorenz ließ seinen Blick durch die Zeltreihen schweifen. Sein Freund hatte recht. Die Öffnungen aller Zelte waren aufgerissen, aber im Inneren waren keine Menschen zu sehen.

„Als wären sie vor etwas geflüchtet", raunte er beunruhigt. So einsam hatte er das Lager noch nie aufgefunden. Etwas musste hier geschehen sein.

Plötzlich schallte ein tiefer Klang in seine Ohren. Erschrocken zuckte er zusammen. Sein Blick traf Gerald, der mindestens so aufgeschreckt aussah wie er selbst. Das ohrenbetäubende Dröhnen hielt noch einige Sekunden lang an. Es kam aus nördlicher Richtung, in der Ferne lag das Federzelt. Jemand musste in das Horn geblasen haben. Verwunderlich war bloß, dass es jener Weckruf war, welcher für gewöhnlich morgens erklang. Auch vor Vollmondtaufen wurde der Klang des Horns durch das Lager gepustet, aber dies geschah nie, wenn bloß ein Halbmond am Nachthimmel schimmerte.

„Sie müssen am Zelt sein, Bruder", zischte Lorenz nervös, der zügig Richtung Norden lief.

„Diese Nacht wird eine lange sein", murmelte Gerald und heftete sich an seine Fersen.

Auf dem Weg kamen sie zufällig an dem Gemach von Lorenz vorbei. Rasch schlüpften sie hinein und verstauten die Kadaver unter den beiden Matratzen. Es kam hier nicht selten vor, dass hungernde Bewohner sich aus ihrer Verzweiflung heraus heimlich in fremde Gemächer schlichen, um dort nach herumliegenden Essensresten zu suchen. Die Jagdwaffen ließen sie bloß in den Sand fallen, denn diese wären kein großer Verlust. Mit Sicherheit würde kein Dieb das Risiko eingehen, nur für sie in ein fremdes Zelt zu schlüpfen. Schnell huschten sie hinaus.

Je weiter sie in den Norden kamen, desto deutlicher hörten sie die gedämpften Stimmen der Bewohner. Lorenz konnte noch nicht verstehen, worüber sie sprachen, aber sie machten einen nervösen und aufgewühlten Eindruck. Zügig bahnten sich die beiden Freunde durch die letzten Zeltreihen. In der Ferne sahen sie bereits unzählige Menschen vor dem Federzelt versammelt stehen. Ihre Stimmen waren noch immer schwer zu verstehen, sie liefen aufgeregt umher. Je näher sie kamen, desto ohrenbetäubender wurde auch der Lärm ringsherum.

„Schau, dort kommt der andere Sohn!", hörte Lorenz eine tiefe Männerstimme aus dem Gewühl rufen. Die Bewohner waren so dicht aneinandergerückt, dass nur noch die Spitze des Federzeltes sichtbar war. Mühsam drängte er sich durch die Menschenmenge nach vorne, um zu sehen, was der Grund für die unerwartete Versammlung war. Gerald blieb dicht hinter ihm. Immer wieder trafen ihn verächtliche Blicke. Sie alle erkannten, wer er war.

Schließlich hatte er endlich freie Sicht auf das Gemach seines Vaters, dessen Spalt weit aufgerissen war, sodass er hineinschauen konnte. Plötzlich spürte er, dass vereinzelte Wassertropfen auf seiner Stirn zerplatzten. Es regnete, er begann, zu frieren. Im Inneren des Federzeltes war nichts, außer schwarze Dunkelheit zu sehen, wodurch er bloß darüber rätseln konnte, was sich im Inneren verbarg. Gerald zwängte sich hinter ihm durch das dichte Gewühl aus Menschen, um sich an seine Schulter zu stellen.

„Glaubst du, dein Vater ist noch dort?", fragte er.

„Da bin ich mir sicher", raunte Lorenz. „Die Frage ist nur, ob er bereits gegangen ist oder noch unter den Lebenden verweilt."

In der Dunkelheit wurde ein kleines Feuer entfacht, welches das Innere des Zeltes erhellen ließ. Die Fackel wurde von einer kräftigen und breiten Pranke getragen. Es war Leonidas, der die Versammlung der Bewohner mit einer grimmigen Miene musterte. Der große Wächter stampfte unruhig mit den Füßen auf dem Teppich herum und schien selbst nervös zu sein. Der Regen wurde immer stärker. Lorenz hatte das Gefühl, als würden harte Kieselsteine auf seine Haut prasseln. Durch den starken Schauer wurde seine Sicht benebelter, die Silhouette von Leonidas verblasste. Die Bewohner wurden immer unruhiger. Ständig wurde er unsanft von ihnen zur Seite gerammt.

Plötzlich trat aus der Dunkelheit eine weitere Gestalt neben den großen Wächter. Durch die verschwommene Sicht konnte er zunächst nicht erkennen, wer noch im Gemach des Königs stand. Es war ein kräftig gebauter, aber gleichzeitig schmaler Mann, der einen

Kopf kleiner als der Wächter war. Auch er hielt einen Gegenstand in der Hand. Es dauerte nicht lange, bis er diesen an den Mund führte.

Abermals dröhnte der tiefe Klang des Horns in Lorenz Ohren. Er fürchtete, seine Trommelfelder würden platzen. Schmerzerfüllt kniff Gerald die Augen zusammen, der sich die Ohren zuhielt. Die Bewohner verstummten, wodurch nur noch das Niederprasseln des Regens und das Nachhallen des Horns zu hören waren.

Die Gestalt kam langsam nach vorne. Leonidas blieb regungslos hinter ihr stehen. Seine brennende Fackel warf einen hellen Lichtschein. Endlich konnte Lorenz erkennen, wer in das Horn geblasen hatte. Es war sein Bruder. Elios hatte die Bewohner des Lagers zu einer Versammlung gerufen.

„Das ist doch dein Bruder, der dort steht und das Horn hält", flüsterte Gerald ihm ehrfürchtig ins Ohr.

Er spürte, wie sich seine Magengrube schmerzvoll zusammenzog. Sein Bruder hatte sich soeben vor den großen Wächter, einen der wichtigsten Männer des Lagers, gestellt. Es schien so, als wollte er eine Ansprache halten. Lorenz konnte den Zorn in seinem Inneren kaum noch bändigen, denn er selbst und kein anderer sollte dort stehen. Er sollte das Volk in eine neue Ära führen, nicht sein Bruder. Elios war immer der körperlich Überlegene gewesen, aber er hatte noch nie begriffen, was das Beste für das Volk wäre.

Nachdem der letzte Schall des Horns im prasselnden Regen verstummt war, erhob Elios seine Stimme:

„Meine tapferen Brüder und treuen Schwestern, in der heutigen Nacht habe ich euch zu einem dringenden und zugleich furchtbaren Anlass zusammengerufen. Es fällt mir sehr schwer, dies zu verkünden, doch es ist wohl unausweichlich. Unser geliebter König ist soeben von uns gegangen."

Ein erschrockenes Raunen zog sich durch die Reihen der Bewohner. Sie wurden wieder unruhig. Lorenz hingegen ließen die Worte kalt, denn er hatte ohnehin nichts anderes erwartet. Der Tod seines Vaters kümmerte ihn nicht. Die Stimme seines Bruders klang anders als er sie in Erinnerung hatte. Sie war aufgesetzt. Er sah nicht mehr Elios vor sich stehen, sondern bloß einen ergebenen Diener ihres toten Vaters.

„Nun stehen wir vor einer neuen Hürde, mein wunderbares Volk. Eine Hürde, welche so mächtig ist, dass wir alle unser Bestes daransetzen müssen, sie zu überwinden", fuhr Elios fort, nachdem sich die Bewohner wieder etwas beruhigt hatten. „Mein Vater, der große Federkönig hat dieses Volk über Generationen hinweg durch Hunger, Elend und Angst geleitet. Er hat immer dort Licht gesehen, wo jeder andere es bereits lange für erloschen hielt. Auf diese Weise ist er auch von uns gegangen. Der grelle Schein unserer Ahnen hat dich entgegengenommen, Vater. Dieser hat entschieden, dass die Zeit gekommen ist, einen Nachfolger zu finden."

Der aufbrausende Jubel der Bewohner sorgte dafür, dass Elios seine Ansprache unterbrechen musste. Lorenz schüttelte nur den Kopf, während er seinem Bruder einen hasserfüllten Blick zuwarf. Er konnte nicht begreifen, wieso alle so begeistert von der verlogenen Ansprache waren. Schließlich war die selbstsüchtige Herrschaft des Königs doch erst der Grund für ihr Leid gewesen. Niemand hier schien diese Ansicht zu teilen. Somit fühlte er sich, als stände er auf einer Heide inmitten einer Herde aus abgemagerten und blinden Schafen, die ihre Köpfe Richtung Himmel streckten, die voller Hoffnung blökten, um nachts von einem Rudel hungriger Wölfe heimgesucht zu werden. Selbst Gerald schien in den falschen Worten seines Bruders Überzeugung gefunden zu haben. Dieser klatschte wie die anderen kräftig in die Hände. Lorenz konnte es nicht fassen. Am liebsten hätte er seinem Bruder und allen anderen den Rücken gekehrt, denn er wollte die manipulativen Lügen, dazu die Dummheit der Menschen nicht länger ertragen müssen. Doch zugleich verspürte er den Drang, zu erfahren, welche Absicht Elios mit seinem trügerischen Geschwätz verfolgte.

Nachdem der Beifall sich wieder gelegt hatte, setzte dieser seine Ansprache fort:

„Dieser neue Nachfolger wurde, wie ihr es euch sicher vorzustellen vermögt, bereits auserwählt. Niemals hätte unser König den Fehler begangen, die Welt der Sterblichen zu verlassen, ohne dafür zu sorgen, dass sein Volk in feste und vertrauenswürdige Hände überreicht wird. Diese Entscheidung hat er in einem engen Kreis bereits Wochen vor seinem Tod getroffen. Keiner braucht von großer Weisheit erfüllt zu sein, um zu begreifen, welcher seiner beiden Söhne der wahre Auserwählte ist."

Er hielt inne. Lorenz spürte, wie der Zorn in seinem Inneren immer größer wurde. Ihm war längst bewusst, wer der neue König werden sollte. Es gab nichts in seiner Macht Stehende, was er dagegen tun konnte. Er hörte ein aufgeregtes Tuscheln durch die Reihen der Bewohner ziehen. Anscheinend waren sie nicht ansatzweise pfiffig genug, um sich zu erschließen, was Elios als nächstes verkünden würde.

„Es tut mir leid, Bruder", flüsterte Gerald und legte tröstend die Hand auf seine nasse Schulter. Er hatte seinem Freund bereits erzählt, wie dringend er König werden wollte. Der Regen prasselte noch stärker vom Himmel herab. In der Ferne erklang ein dumpfes Donnergrollen.

„Ich bin derjenige, der vom Federkönig ernannt worden ist, mein Volk!", rief Elios in die Menschenmenge hinein. „Ich werde euch durch gute, sowie schlechte Zeiten geleiten! Ich werde der neue Federkönig sein, dem Erbe meines Vaters die größte Ehre erweisen!" Nachdem er den Satz zu Ende gebracht hatte, grollte der Donner erneut. Im schwarzen Nachthimmel leuchtete ein greller Blitz unter dem Halbmond auf.

Die Bewohner schrien vor Begeisterung, klatschten in die Hände und streckten ihre Arme in die Luft. Die Kinder kreischten voller Freude und rannten durch den Regen. Elios hatte ein letztes Wort gesprochen, mit dem zugleich der neue König geboren worden war. Lorenz blieb stehen und starrte ihn an, aber sein Bruder erwiderte seinen Blick nicht. Womöglich hatte dieser ihn nicht einmal bemerkt. Der Donner zog schnell weiter, woraufhin der stürmische Regen sich legte.

Ein kleiner Dachs krabbelte aus dem blühenden Gebüsch, welches eine gewisse Zeit lang sein Unterschlupf gewesen sein musste. Dieser hob neugierig die schwarze Nase, welche auf einer schneeweißen Schnauze lag, in die Luft. Neugierig schnupperte er. Er schien Gefallen an den verschiedenen Düften zu finden, er blieb ganz ruhig auf den orange-rötlich gefärbten Laubblättern sitzen. Gebannt starrte er in die Ferne. Im Wald schwirrte ein lebendiges Vogelgezwitscher.

Durch die dichtbewachsenen Baumkronen bahnten sich einzelne Strahlen der hellen Mittagssonne ihren Weg zur feuchten Erde. Der Dachs streckte sich, verschlafen schüttelte er den Kopf. Danach schlich er behutsam ein winziges Stück nach vorne, um mit der Nase einen bunten Blätterhaufen zu durchstöbern. Als er die Schnauze wieder herauszog, hing ein sich windender und verschmutzter Regenwurm in seinem Maul. Er kaute einige Male, bevor er diesen hinunterschluckte.

Plötzlich erklang aus der näheren Umgebung ein leises Pfeifen. Es wurde immer lauter. Er hob den Kopf und blickte verwirrt in die Richtung, aus der es kam, aber es war längst zu spät für ihn.

Der Eisenpfeil rammte sich mit einer enormen Wucht durch die weiße Stirn im pechschwarzen Fell. Der Dachs flog ein kleines Stück durch die Luft, woraufhin er auf dem Rücken landete. Regungslos blieb er in dem Blätterhaufen liegen. Seine Augen waren geschlossen. Aus dem blutenden Kopf ragte der Pfeil heraus.

Sofort verstummte das Vogelgezwitscher. Stattdessen ertönte aus dem Laub ein dumpfes Getrampel, welches immer näherkam. Nun stand Lorenz vor dem Kadaver und kniete sich nieder. Er zog den blutigen Pfeil heraus, den er zurück in seinen Köcher steckte. Lieblos packte er den leblosen Dachs, warf ihn sich über die Schulter und stapfte aus dem Laubhaufen.

Durch die dicht aneinander stehenden Bäume drang er auf schnellem Schritt immer tiefer in den Schlund des Waldes hinein. Seine Sicht war benebelt, in seinem Kopf drehte sich alles vor Wut. Noch mehr Tieren musste er den Tod bringen, denn seine Augen wollten mehr Blut sehen. An nichts anderes konnte er denken. Unzählige Male rannte er los. Auf einmal machte er ruckartig Halt, um den tropfenden Kadaver, der an seiner Schulter baumelte, mit aufgerissenen Augen anzustarren. Jetzt hatte er endgültig die Kontrolle über seine wirren Sinne verloren. Er wusste nicht mehr, was er tat oder warum er es tat, aber die Wut in seinem Inneren wuchs weiter.

Plötzlich erklang eine dumpfe Stimme in seinem Kopf, die ihm zuflüsterte, dass er ins Lager zurückkehren sollte. Dort gäbe es noch etwas zu erledigen. Er konnte sich nicht ausmalen, wovon sie sprach, aber sie klang vertraulich. Etwas musste dort auf ihn warten. Daran gab es keinen Zweifel. Ohne weiter zu überlegen, ließ er sich von der inneren Stimme leiten. So lange, bis die letzten Baumkronen des Waldes hinter ihm waren und er wieder den heißen Sand der Wüsten unter den Füßen spürte.

In der Ferne sah er bereits den Zaunspalt, vor dem Leonidas stand, der seine linke Hand an die Stirn hob, um Ausschau zu halten. In der Rechten hielt er wie gewöhnlich einen Speer, dessen Spitze über seinen Kopf ragte. Er musste Lorenz, der ihm und dem Zaunspalt immer näherkam, bereits gesehen haben. Als dieser nur noch wenige Meter entfernt war, sah er das hämische Grinsen im Gesicht des Wächters, welches ihm nur allzu bekannt vorkam. Seit dem Tag, an dem er seinen Bruder verloren hatte, konnte Leonidas ihn nicht leiden. Der Zorn in seinem Inneren brodelte, er würde ihn nicht mehr lange bändigen können.

„Ein Wunder, dass mir diese Ehre zuteil wird. Der zweite Sohn des Königs!", rief Leonidas. Wortlos ging Lorenz an ihm vorbei, damit er sich durch den Zaunspalt zwängen konnte. „Wie ich sehe, hat eure Hoheit einen süßen Dachs erlegt!" Er hörte das laute Gelächter des Wächters noch lange hinter seinem Rücken herziehen. Zügig bewegte er sich auf die Gemächer der Bewohner zu. Er ignorierte Leonidas, aber dessen verächtliche Worte bohrten sich wie ein brennender Pfeil in sein Herz hinein. Er spürte noch mehr Wut in sich aufsteigen. Alles, was er sah, zog nur noch in einer wilden Strömung an ihm vorbei. Eine Flut aus hasserfüllten Gedanken ließ seinen Atem schwerer werden. Vor den Augen tauchten ununterbrochen Bilder auf, die sich blitzschnell wieder auflösten.

Er hatte das zukünftige Herz des Lagers erreicht und ließ seinen benommenen Blick herumschweifen. Der Kadaver hatte im Sand eine Blutspur hinterlassen, aber darauf achtete er nicht. Aufgeregte Bewohner, die an ihm vorbeizogen, redeten laut miteinander, aber er konnte kein einziges Wort verstehen. Die Stimmen kreisten ihn ein. Er begann, am ganzen Leib zu zittern. Von seiner Stirn tropfte der Angstschweiß, der laute Trubel stresste ihn bloß. Abermals erklang die Stimme in seinem Inneren, welche ihn dazu drängte, sich von den Menschen fernzuhalten. Sie würden ihm in dieser Verfassung nicht guttun. Benommen taumelte er also weiter. Aus allen Richtungen trafen ihn schockierte und verständnislose Blicke.

Er ließ das Herz hinter sich. Zügig wankte er den Pfad zwischen den Zeltreihen entlang, um sein Gemach zu erreichen.

„Dort wirst du dich wieder beruhigen, mein Junge. Vertraue mir", flüsterte die dämonische Stimme in seinem Inneren. Nach wenigen Augenblicken, die ihm wie eine Ewigkeit vorgekommen waren, erreichte er es. Der Spalt ins Innere war aufgeknöpft, aber er konnte sich nicht im Geringsten daran erinnern, diesen offen gelassen zu haben.

Plötzlich bemerkte er auch, sich nicht einmal daran erinnern zu können, sein Gemach verlassen zu haben. Die Panik traf ihn wie ein Schlag ins Gesicht. Warum war er weggegangen? Wo war er gewesen, bevor er den großen Wächter gesehen hatte? Was zum Teufel hatte er vor? Unzählige Fragen strömten durch seinen Kopf, aber er war nicht dazu fähig, auch nur eine von ihnen zu beantworten, denn er wusste rein gar nichts mehr. Langsam senkte er den Blick. Mit aufgerissenen Augen starrte er den blutigen Kadaver an. Ein kalter Schrecken sauste über seine Glieder. Mit einem lauten Aufschrei ließ er ihn fallen. Auf allen vieren flüchtete er ins Innere seines Zeltes. Panisch knöpfte er den Spalt zu.

Ein Moment der Stille folgte. Keine Bilder mehr. Keine Gedanken mehr. Nur einzelne Lichtstrahlen der Sonne, die durch kleine Löcher in dem modrigen Stoff strahlten. Er kauerte sich in den Sand, die Arme verschränkte er vor seinem Gesicht, um nichts mehr sehen zu müssen. Er wollte niemanden sehen, nichts hören. Dann wurde er schläfrig. Die Hoffnung auf Erlösung schien auf einmal näher als je zuvor zu sein. Er wollte einschlafen, um alles zu vergessen und Frieden zu finden. Einen Frieden, den er sich bereits lange ersehnte.

Plötzlich stieß von draußen ein starker Windstoß gegen das Zelt. Der euphorische Schrei eines Kindes folgte. Lorenz riss die Augen auf. Er war wieder hellwach. Wieder zitterte er. Die Stimme suchte ihn heim. Sie dröhnte, wie das Geschrei eines weinenden Kindes in seine Ohren:

„Tu was ich dir sage, verschwende nicht deine Zeit! Nur ich weiß, wonach deine tiefsten Gelüste sich wirklich sehnen, Junge!" Lorenz hielt sich die Ohren zu, er wälzte sich durch den Sand.

„Lass mich in Ruhe! Geh weg von mir!", schrie er immer wieder verzweifelt, aber es half nichts. Die Stimme wurde nur noch lauter und bedrohlicher. Auf einmal traf sein panischer Blick auf die Waffen, die nicht einmal einen Meter von ihm entfernt lagen. Er begann, sich mit beiden Armen durch den Sand zu ziehen, bis sie zum Greifen nahe waren. Seine Hand packte die mächtige Axt, welche ganz oben auf dem Haufen lag.

Mittlerweile hatte er das Gefühl, er könne wieder aufstehen. Mühsam stützte er sich auf dem linken Arm ab, seine rechte Hand umklammerte die Axt fester. Plötzlich war das Zittern abgeklungen, alle Bewegungen fielen ihm leichter, aber die Stimme drängte ihn weiter.

„Du musst es vollbringen. Du wurdest auserwählt, Junge", summte sie. „Du musst es vollbringen. Du wurdest auserwählt." Er spürte nichts außer Kälte in seinem Inneren, aber ihr Klang erwärmte ihn immer wieder aufs Neue. Er vertraute ihr, wodurch sie auf einmal nicht mehr furchteinflößend, sondern besänftigend war. Trotzdem tobte die Wut noch in seinem Inneren. Sie drückte kräftig gegen seine Bauchdecke, als wollte sie ins Freie ausbrechen. Abermals tropfte ihm der Angstschweiß die Stirn herab. Er musste rasch nach draußen, bevor es zu spät war. Die Stimme führte ihn zum Spalt. Er zögerte, aber dann knöpfte er diesen auf.

Im Lager war es dunkler geworden. Die Dämmerung hatte sich ausgebreitet, die Strahlen der Abendsonne waren am Horizont fast verschwunden. Er traute seinen Augen nicht. Wie lange war er nur in seinem Gemach gewesen? Das, was ihm wie ein kurzer Augenblick vorkam, hatte sich anscheinend über einen halben Tag gezogen. Gerade war es doch noch hell gewesen. Verblüfft blickte er hinunter in den Sand. Von dem toten Dachs fehlte jede Spur. Allmählich begann er, an seinem Verstand zu zweifeln. Hatte er sich den Kadaver nur eingebildet oder war dieser von einem der hungernden Bewohner gestohlen worden? Das war unwichtig geworden.

„Du musst weiter, mein Junge", flüsterte ihm die Stimme zu. Er schaute in die Ferne und setzte sich in Bewegung. Die schwere Axt in seiner Hand hatte er vollkommen vergessen. Nur noch die Stimme leitete ihn über den Sand. Zwischen den Zeltreihen lungerten nur noch einzelne Menschen, die ihm irritierte Blicke zuwarfen. Offenbar hatten sich die meisten von ihnen bereits verkrochen, was ein Trost für ihn war, denn er konnte sie nicht leiden. Seitdem sein Bruder sich selbst zum König ernannt und ihn in ein schlechtes Licht gerückt hatte, war er für sie alle nur noch bedeutungsloser Abschaum. In ihren Augen war er die zweite Wahl des Königs, die nicht einmal dazu fähig war, den großen Wächter in Ruhe schlafen zu lassen. Ein lästiger Schandfleck, der ausgemerzt werden sollte. Dies sagten zumindest ihre vorwurfsvollen Blicke.

Nach einem langen Marsch, der wie das Zucken einer Wimper an ihm vorbeigerauscht war, erreichte er das Ende der Zeltreihen. Gehorsam befolgte er den Wunsch der inneren Stimme, denn sie erfüllte ihn mit Stolz. Doch jener Stolz untermauerte auch seinen Zorn, der ihm in Erinnerung rief, dass ihm alles, worin er je Bedeutung gesehen hatte, genommen worden war.

Vor seinen Augen erstreckte sich die umzäunte Steppe. Es war das gleiche Bild, welches er bereits unzählige Male gesehen hatte und ihn an den Tag seiner Demütigung zurückwarf. Noch nie in seinem Leben hatte er sich so nackt gefühlt, wie damals, als sein Bruder ihn vor dem Volk verpönt hatte. Plötzlich glaubte er, hinter sich sanfte Schritte zu hören. Ruckartig wirbelte er herum, aber der schmale Pfad zwischen den Zelten war leer. Erneut mussten seine Sinne ihm einen Streich gespielt haben. Alles, was für ihn zählte, war die Stimme.

Er wandte sich wieder zur Steppe um, sein Blick schweifte in

194

die Ferne. Am Horizont sah er das prächtige Federzelt, welches er abgrundtief verabscheute. Seit dem Tag seiner Bloßstellung hatte er es nicht mehr gesehen. Obwohl das Licht der Sonne bereits verschwunden war und Kälte über das Land zog, war ihm warm. Dies schien mit seiner glühenden Wut einherzugehen. Er begann wieder, zu laufen, die Stimme leitete ihn. Plötzlich legte er einen Zahn zu. Das Gemach seines Bruders kam ihm immer näher.

„Schon bald hast du es geschafft. Schon bald bist du dort, wohin dein Schicksal dich ruft", raunte die dumpfe Stimme.

Als ihn nur noch wenige Meter von dem Federzelt trennten, verlangsamte er das Tempo. Der Spalt stand wie am Tag seiner Demütigung offen, abermals konnte er nichts außer Dunkelheit im Inneren sehen. Er musste leise und unbemerkt bleiben. Behutsam ging er in die Hocke. Langsam pirschte er sich an den Spalt heran. Sein Herz raste. Den Griff der Axt umklammerte er mit beiden Händen fester. Windstöße peitschten in sein Gesicht.

Als er genau vor dem mit zarten Federn bestückten Stoff hockte, konnte er endlich etwas im Inneren erkennen. Wenige Meter vor ihm war der Rücken seines Bruders. Elios kniete im Schneidersitz auf einem mit edlen Mustern verzierten Stoffteppich. Sein Blick war geradewegs auf das große Holzbett gerichtet, welches ihm gegenüberstand. An den inneren Stoffwänden waren mit dicken Seilen unzählige Schädel erlegter Beutetiere festgebunden worden. Über dem Bett des Königs baumelte ein gewaltiges Hirschgeweih.

„Du musst es tun, Junge", flüsterte die innere Stimme. „Es ist zu spät, um umzukehren." Lorenz schlich vorsichtig in die Dunkelheit hinein. Elios schien ihn nicht bemerkt zu haben, denn er blickte nicht auf. Er spürte sein Herz inzwischen so wild gegen den Brustkorb hämmern, dass er fürchtete, sein Bruder könne es durch die Bauchdecke hindurch hören. Doch dieser schien so sehr von der Außenwelt abgeschottet zu sein, dass er nichts wahrnahm. Lorenz pirschte sich von hinten immer näher an ihn heran. Die Axt hob er an. Sein Bruder regte sich noch immer nicht, obwohl sie nicht einmal mehr eine Armlänge voneinander trennte.

„Tu es, Junge", flüsterte die Stimme. „Bring es schon zu Ende." Er spürte, wie ihm schummrig vor Augen wurde. Plötzlich wurden seine Glieder schwach, er wusste nicht, was er tun sollte. Was tat er hier nur? Warum war er hergekommen, warum richtete er eine Waffe auf seinen Bruder?

Er zögerte, denn er begann allmählich, zu begreifen, wozu die Stimme ihn drängte. Das hatte er nicht kommen sehen, obwohl es so offensichtlich gewesen war. Er zitterte, die Axt schwebte noch in der Luft. Er hasste seinen Bruder für das, was er ihm angetan hatte, aber zugleich wurde ihm bewusst, dass er ihn schon immer geliebt hatte. Elios war der einzige Mensch, den er jemals geliebt hatte. Tränen rannen seine Wangen hinab, die dem tiefsten Schmerz seines Herzens entflohen. Wie war es nur so weit gekommen? Wie konnte er bloß daran gedacht haben, ihn umzubringen. Er wollte die Axt wieder senken, aber er konnte es nicht. Er wollte gehen, das Geschehene vergessen, aber er konnte es nicht. Lorenz war gefesselt.

„Sei kein Narr, bring es endlich zu Ende!", dröhnte die Stimme durch alle seine Glieder. „Du kannst nicht mehr umkehren!" Sie war so laut und bedrohlich, dass er zusammenzuckte.

„Nein!", schrie er, da er vollkommen vergaß, dass er sich an seinen Bruder herangepirscht hatte.

Er wollte sich nur noch von den Qualen losreißen, aber Elios wirbelte ruckartig herum, der ihm mit einem verstörten Blick in die tränenden Augen starrte. Lorenz konnte die Axt nicht mehr länger halten, obwohl es nichts gab, dass er mehr wollte. Elios warf seinen Kopf nach hinten, doch es war zu spät. Die scharfe Klinge prallte auf ihn herab, rammte sich in seine Schädeldecke hinein. Seine Augen waren aufgerissen. Den rechten Arm hob er leicht an, woraufhin dieser schlaff nach unten sackte. Der letzte Funken Leben hatte ihn verlassen, sein Leib prallte auf den Teppich hinab.

Lorenz weinte. Er schrie lauter und verzweifelter als er es jemals getan hatte:

„Bruder, es tut mir leid! Ich wollte das nicht! Bruder, verzeih mir! Was habe ich nur getan!" Er kniete vor Elios, den er immer wieder kräftig rüttelte. Die innere Stimme und sein Zorn waren verschwunden. Schmerz und Trauer waren das Einzige, was ihm geblieben war. Seine Tränen kullerten auf den Leib seines Bruders, aber sie machten ihn nicht wieder lebendig. Der neue Federkönig war tot, er würde nie wieder zurückkehren.

Plötzlich hörte er, dass sich hinter ihm etwas regte, sein Herz fühlte sich an, als würde es in Stücke gerissen. Ruckartig wirbelte er herum, um zu sehen, woher das Geräusch gekommen war. Erschrocken musste er zusehen, wie eine Hand den Stoff am Zeltspalt beiseiteschob. Aus der Dunkelheit trat eine Gestalt hervor. Es war Gerald, der ihn verfolgt haben musste. Er kniete noch immer auf dem Teppich und hatte das Blut seines Bruders an den Händen. Sein Freund starrte ihn mit offenem Mund an. Er war vor Schreck erstarrt, denn er regte sich nicht. Kurz darauf gelang es ihm, langsam nach hinten zu taumeln, wodurch er fast über etwas im Sand stolperte. Lorenz wollte mit ihm reden, aber er bekam kein Wort über die Lippen. Ihm war bewusst, dass es nicht möglich war, das grausame Schaubild zu erklären.

„Was ist nur aus dir geworden!", rief Gerald verängstigt, der sich hastig umdrehte und wegrannte. Lorenz blieb allein zurück.

Die halbe Nacht lang kniete er noch vor dem Leichnam seines Bruders. Allmählich trockneten seine durchnässten Wangen. Alle seine Tränen waren aufgebraucht, sein Kopf wurde wieder klarer. Er dachte daran, dass sie ihn aus dem Lager verbannen oder umbringen würden, wenn herauskäme, dass er der Mörder des Königs war. Das durfte nicht geschehen, denn dann wäre der Tod seines Bruders umsonst gewesen. Schließlich zog er die Axt aus dessen Schädel heraus, um keine Spur zu hinterlassen, und verließ das Gemach. In jener Nacht starb nicht nur Elios, sondern auch er selbst.

Das Lager war in Aufruhr. Die Bewohner strömten in Massen aus ihren Zelten heraus, denn jemand hatte bereits zum vierten Mal in das Horn geblasen. Der gewöhnliche Weckruf, welcher jeden Morgen in ihre Ohren dröhnte, erfolgte in der Regel nur einmalig. Eine derartige Wiederholung konnte nur auf eine Bedrohung hinweisen.

Keiner von ihnen hatte die geringste Ahnung, was der Auslöser für den Ausruf war, aber Lorenz wusste es. Er hatte die ganze Nacht lang nicht schlafen können, weil ihn schreckliche Angst und Schuldgefühle plagten. Die Axt hatte er nach dem Mord an Elios in der Nähe des Federzeltes vergraben. Nichts durfte darauf hinweisen, dass er ihn ermordet hatte.

Der Schall des Horns dröhnte erneut in seine Ohren. Das aufgeregte Getuschel der Bewohner, die sich draußen vor ihren Gemächern versammelt hatten, wurde unterbrochen. Unter seinen müden Augen hatten sich graue Ringe gebildet. Wenn er endlich eingenickt war, hatten ihn wenige Sekunden später wieder die weitaufgerissenen Augen seines sterbenden Bruders aus dem Schlaf gerissen.

Er glaubte nicht länger, dass er es verdiente zu leben. In seinen Augen war er ein abscheuliches Monster geworden, das hinter Gittern verhungern sollte. Der einzige Anreiz dafür, sich nicht selbst die Kehle aufzuschlitzen, lag für ihn in der Vorstellung, dem Volk des Lagers das eigene Leben zu opfern. Doch dies sollte nicht zu seinem Tod führen, sondern zu einer bedingungslosen und lebenslänglichen Hingabe. Er wollte die Bewohner über längere Sicht aus ihrem Elend befreien, um ihr Leben zum Guten zu wenden. Das hatte er sich in der letzten Nacht geschworen. Es war für ihn Grund genug, um sich von der Matratze aufzurappeln.

Er knöpfte den Spalt seines Gemachs auf. Von der prallen Morgensonne wurde er geblendet. Er musste die Hand über die Augen heben, um etwas zu erkennen. Zwischen den Zeltreihen hatten sich inzwischen unzählige Menschen angesammelt, die aufgeregt umherliefen, laut miteinander sprachen und immer wieder Richtung Norden blickten. Ein weiteres Mal zog das ohrenbetäubende Dröhnen des Horns über ihre Köpfe hinweg.

Lorenz tauchte unauffällig in einer großen Traube aus Bewohnern unter. Hier waren seine Schmerzen und er unsichtbar. Keiner von ihnen schenkte ihm auch nur einen Wimpernschlag lang Beachtung. Sie waren alle viel zu sehr mit sich selbst beschäftigt.

Das Horn erklang bereits zum sechsten Mal. Allmählich wurde er von dem Schwarm aus Bewohnern in die Richtung des Federzeltes gedrängt. Die Menschen ringsherum wurden immer schneller. Der Druck gegen seinen Rücken gewann an Stärke. Es dauerte nicht lange, bis er nicht mehr gemächlich ging, sondern zügig über den Sand hetzte und sich durch die Zeltreihen schlängelte.

Als er deren Ende und den Beginn der umzäunten Steppe erreicht hatte, rannten seine Füße bereits. Der riesige Schwarm strömte aus dem engen Pfad in das riesige Sandmeer hinaus. Es wurde bereits zum siebten Mal in das Horn geblasen. Unglaublich schnell raste die Menschenmasse auf das Gemach des Königs zu und mittendrin war Lorenz. Er sah bloß noch die nackten Rücken der Bewohner vor seinen Augen. Die pralle Sonne blendete ihn so stark, dass er nicht über ihre Köpfe hinweg spähen konnte. Noch konnte er nicht erkennen, was vor dem Gemach seines toten Bruders geschah. Als der Schwarm aus Bewohnern das Ziel fast erreicht hatte, rückten sie alle näher beisammen.

Sie wurden langsamer, bildeten einen großen Halbkreis, um den Spalt des Federzeltes einzukesseln. Er war außer Atem und stütze sich keuchend auf die Knie. Als er aufblickte, versperrten die Bewohner ihm noch immer das Blickfeld, er konnte nicht sehen, wer in das Horn geblasen hatte. Mühselig quetschte er sich nach vorne, um freie Sicht auf das Federzelt zu erlangen. Er ließ die verächtlichen Blicke der kräftig gebauten Männer ringsherum außer Acht. Unbedingt wollte er wissen, welche Auswirkungen der Tod seines Bruders haben sollte.

Endlich sah er, dass es der große Wächter war, der vor dem aufgeknöpften Spalt stand. Leonidas hielt das Horn in der einen, seinen Speer in der anderen Hand. Seine Augen flackerten nervös, sein Blick schweifte über die Versammlung der Bewohner. Kurz sah er zu Lorenz, der in den vordersten Reihen stand. Tief luftholend senkte er seinen Blick wieder. Selbst der stärkste Mann des Lagers schien sich zu fürchten. Das leise Gemurmel der unruhigen Bewohner wurde immer lauter. Inzwischen hatten sie alle ihren Platz in dem Halbkreis eingenommen. Leonidas hob das Horn, bevor er zum achten Mal kräftig hineinblies. Das Gemurmel verstummte, alle starrten ihn gebannt an. Der tiefe Klang verlor sich in den Weiten der Wüste.

Mit erhobener Stimme ergriff er das Wort:

„Meine Untertanen, unser Lager hat ein großes Unheil erreicht. Ich will euch diese Grausamkeit nicht länger vorenthalten oder sie gar schönreden. Unter uns wandelt ein blutrünstiger Mörder!"

Er unterbrach die Ansprache, um Luft zu holen. Die Menschen wurden noch viel unruhiger als zuvor. Wild redeten sie auf ihn ein:

„Ist unser König das Opfer dieses Monsters? Wurde der Mörder bereits gefunden? Er wird sich noch an den Kindern vergreifen!" Lorenz verstand aus dem aufgewühlten Redeschwarm nur einzelne Sätze.

„Beruhigt euch wieder!", rief Leonidas über das Meer aus Stimmen hinweg, aus dem wieder ein leises Geflüster wurde. „In der Tat handelt es sich bei dem Opfer um unseren König. Kaltblütig wurde er in seinem Gemach ermordet."

Ein aufgeschrecktes Raunen wanderte über die Reihen der Bewohner. Lorenz schluckte den angesammelten Haufen Spucke auf seiner Zunge hinunter, aber es fühlte sich so an, als müsste er diesen wieder hochwürgen. Ihm wurde auf einmal noch mulmiger zumute, seine Knie waren inzwischen weich geworden.

„Doch fürchtet euch nicht, mein tapferes Volk!", rief der große Wächter in die aufgebrachte Menge hinein. „Die Wächter des Lagers werden dieses Monstrum schnell ausfindig machen und auf ewig auslöschen. Wir werden unser Leben dafür geben, dem ruhenden König seinen letzten Frieden zu erweisen." Die Bewohner begannen, in die Hände zu klatschen und jubelten ihm laut zu. Es schien fast so, als hätten sie bereits vergessen, dass ihr König ermordet worden war.

Lorenz stand nach wie vor still auf der Stelle und rührte nicht einen Finger. Er konnte nicht fassen, wie leichtsinnig sie waren. Blind vertrauten sie auf das, was ihnen versprochen wurde, ohne die Worte des Wächters auch nur anzuzweifeln. Er hatte das Gefühl, von Marionetten der Befehlsgewalt umgeben zu sein.

„Ich weiß, dass ich immer auf den Beistand des tapferen Volkes vor meinen Augen zählen kann!", rief Leonidas, nachdem der Beifall sich gelegt hatte. „Doch ein wichtiges Glied in der Kette fehlt uns noch. Jemand muss an die Stelle des gefallenen Königs treten, um die starke Vollkommenheit unserer Gemeinschaft wieder ins Leben zu rufen." Lorenz spürte, wie sein Herz einen Sprung machte. Würde ihm endlich das zukommen, was er sich schon immer

200

gewünscht hatte, oder stand ihm wieder bloß eine gewaltige Enttäuschung bevor?

Leonidas richtete seinen entschlossenen Blick auf ihn, woraufhin er nach einer kurzen Redepause die Stimme erhob:

„Der letzte hinterbliebene Königssohn wird sich im Namen des Volkes dieser Aufgabe stellen, um den Mörder seines Bruders in die Schranken zu weisen. Trete aus den Reihen hervor, zeige dich deinen Untertanen, Lorenz!" Wie versteinert starrte Lorenz ihn an, er konnte nicht fassen, was ihm soeben zu Ohren gekommen war. Jener Mann, der ihn am wenigsten leiden konnte, wollte ihn tatsächlich zum König ernennen. Zunächst ließ er seinen Blick zögerlich durch die Reihen der Bewohner schweifen. Sie alle schauten ihn ehrfürchtig und erwartungsvoll an.

Schließlich gab er sich einen Ruck. Er trat aus dem Halbkreis heraus. Langsam ging er auf Leonidas zu, der jetzt ehrfürchtig seinen Blick senkte.

Plötzlich fühlte er sich nicht mehr klein und schwach, sondern bedeutend. Die Reue für seine Tat war fast vollkommen verblasst, die so lange ersehnte Macht schien zum Greifen nahe zu sein. Das Licht am Ende des dunklen Tunnels war dicht vor seinen Augen. Nachdem er den großen Wächter erreicht hatte, verbeugte dieser sich vor ihm. Die Geste erfüllte ihn mit unendlichem Stolz, den er bereits sein Leben lang gesucht hatte.

Ringsherum war es still geworden. Keiner der Bewohner gab auch nur einen Mucks von sich, aber ihre eindringlichen Blicke bohrten sich in sein Fleisch. Er hatte nicht den blassesten Schimmer, was sie von ihm erwarteten. Leonidas rückte etwas näher an ihn heran, der ihm ins Ohr flüsterte:

„Mein König, sprich zu deinem Volk. Lass es deine Anwesenheit spüren. Sie alle brauchen Sicherheit. Das ist das Einzige, was zählt." Lorenz musste schlucken. Noch nie hatte er vor so vielen Menschen gesprochen. In der Vergangenheit hatte er häufig die manipulativen Ansprachen seines verstorbenen Vaters belauscht, aber deswegen war er noch lange nicht davon überzeugt, diese selbst halten zu können. Konnte er laut genug sprechen, um sich bei allen von ihnen Gehör zu verschaffen? Würde das Volk auch seinen Worten Glauben schenken? Diese Gedanken brachten bloß Zweifel mit sich, weswegen er sich von ihnen losreißen musste, um seinen Mann zu stehen.

Ein letztes Mal holte er tief Luft. Zu seinen Untertanen sprach er:

„Tapfere Brüder und Schwestern des Volkes, ich fühle mich geehrt, als neuer König zu euch sprechen zu dürfen. Allerdings wird meine Herrschaft einen neuen Kurs einleiten. Ich bedauere den Mord an meinem Bruder zutiefst. Nichts würde mir in dieser einsamen Stunde mehr Genugtuung bringen, als ihm die letzte Gerechtigkeit zu erweisen." Plötzlich spürte er, wie seine Stimmbänder nachgaben, weil ihm die Luft knapp wurde. Er musste seine Ansprache unterbrechen, um einzuatmen.

Hastig wollte er sie fortführen, aber auf einmal klatschte ein Bewohner in der vordersten Reihe in die Hände. Ein zweiter folgte. Innerhalb weniger Sekunden hatte sich der Beifall wie ein Lauffeuer über den ganzen Halbkreis verbreitet. Er schluckte seine Worte überrascht hinunter. Genüsslich ließ er die Zustimmung des Volkes auf sich wirken, welche sich anfühlte wie ein wärmender Regen, der auf ihn einprasselte. Noch nie hatte er sich so verstanden gefühlt. Dabei hatte er nicht einmal ansatzweise jedes Wort über die Lippen gebracht. Leonidas beugte sich wieder zu ihm hinüber und raunte:

„So ist es gut, mein Junge. Du gibst ihnen das, was sie von dir hören wollen."

Als der Beifall sich langsam legte, löste sich auch sein letzter Zweifel in Luft auf. Er fühlte sich selbstsicher und stärker als je zuvor.

„Ich werde alles in meiner Macht Stehende tun, um unseren König zu rächen!", rief Lorenz, der bemerkte, dass seine Stimme fester geworden war. „Doch dazu brauche ich den Beistand meines Volkes. Ihr müsst härter an dem Wohl unserer Gemeinschaft arbeiten als je zuvor, denn auch ich werde dies tun. Eure Kinder sollen später einmal sagen können, dass sie in einer Welt aufgewachsen sind, in der jeder auf jeden und nicht nur auf sich selbst blickt. Nur wenn wir alle gemeinsam an einem Strang ziehen, kann unsere Gemeinschaft wahre Stärke erlangen. Es soll von nun an mehr Wächter geben, die ihr Leben für das Lager geben würden."

Er unterbrach das Reden, weil er gemerkt hatte, dass sich ein aufgeregtes Gemurmel anbahnte, das immer lauter wurde. Er ließ den tobenden Beifall der Bewohner erneut über sich herziehen. Mit einer ausschweifenden Bewegung riss er den Arm des großen Wächters in die Luft. Leonidas schaute ihn bloß verblüfft an. Dieser schien nicht zu begreifen, wo der plötzliche Hochmut des neuen Königs herkam, aber trotzdem ließ er sich von dem Volk bejubeln.

„Es soll mehr Jäger geben, die mehr als genug Beute für uns alle beschaffen!", fuhr Lorenz mit erhobener Stimme fort. „Auf diese Weise werden wir den plagenden Hunger auf ewig bewältigen. Obwohl ich jetzt König bin, sehe ich mich als einen einfachen Mann des Volkes, der bloß in eurem Interesse handelt. Somit will ich euch in jedem Moment meines Daseins auf Augenhöhe begegnen. Der Titel eines Königs würde in dieser Hinsicht gegen meine Absichten wirken." Ein Raunen bahnte sich durch die Reihen der Bewohner. Sie schienen nicht zu ahnen, worauf er hinauswollte. Dann schrie Lorenz in die Menge hinein:

„Ich bin kein König wie mein Bruder oder mein Vater! Ich bin einer von euch! Also nennt mich fortan Federschweif!"

Kaum hatte er den letzten Satz ausgerufen, erntete er wieder ohrenbetäubenden Beifall. Sein zufriedener Blick schweifte über die strahlenden Gesichter der jubelnden Bewohner, aber währenddessen erkannte er, dass nicht jeder von ihnen begeistert war.

Aus den hintersten Reihen stach eine leere Miene heraus. Als er genauer hinsah, erkannte er seinen längst vergessenen Freund. Gerald war vollkommen bleich im Gesicht. Er starrte ihn mit aufgerissenen Augen an. Nach wenigen Sekunden drehte er sich langsam um und verließ den Halbkreis. Lorenz schaute ihm hinterher, doch es dauerte nicht lange, bis er seine Anwesenheit wieder verdrängt hatte. Von jenem Tag an herrschte der Federschweif über die Bewohner des Lagers."

12. KAPITEL

VERLETZTE SCHMETTERLINGE

Nach den letzten Sätzen erhob Gerald sich seufzend von seinem Stuhl, um zur Tür hinüber zu gehen. Vorsichtig öffnete er sie und streckte den Kopf hinaus. Anscheinend wollte er sich vergewissern, dass niemand seine Erzählung belauscht hatte. Nachdem er sich sorgfältig umgeschaut hatte, zog er die knarzende Tür wieder zu.

Elio hatte, seitdem er zu reden begonnen hatte, keinen Mucks von sich gegeben. Wie seine Freunde hatte er bloß still auf seinem Stuhl gesessen. Er regte sich noch immer nicht. Eine nicht zu bändigende Gedankenflut strömte durch seinen Kopf. Wenn er der Erzählung des Schmieds Glauben schenken sollte, wäre sein Mentor nicht länger der ehrenwerte Krieger, für den er ihn bisher gehalten hatte. Doch er sträubte sich dagegen, dies für wahr zu halten. Niemals hatte er auch nur eine Sekunde daran gedacht, dass der Federschweif ein kaltblütiges Monstrum war, das vor seiner Zeit Brudermord begangen hatte, um das eigene Verlangen nach Macht zu besänftigen. Die anderen vier Jungen waren wie er selbst erstarrt. Ihre bleichen Gesichter verrieten, dass sie auch nicht mit Geralds schrecklicher Offenbarung gerechnet hatten. Dieser ging noch einige hastige Schritte durch den Raum. Tief ausatmend ließ er sich wieder auf den Stuhl fallen.

Enzo fand zuerst seine Sprache wieder:

„Mein Mentor ist also ein Mörder. Ein gefühlloser Mann, der sich bloß nach Macht sehnt und dafür über Leichen geht. Der große Krieger scheint nichts außer eine Fassade zu sein." Er sprach das aus, was Elio sich gedacht hatte. Die Wahrheit war so erdrückend, dass er ihr nicht ins Auge blicken wollte. Doch Gerald hatte keinen Grund, ihnen Lügen aufzutischen.

„Ich weiß, dass es nicht leicht ist zu erfahren, so lange betrogen worden zu sein", erwiderte dieser schwerfällig. „Auf diese Weise musste ich einst meinen einzigen Freund verlieren, der danach alles tat, um mir das Leben zur Hölle zu machen. Wie ihr soeben sehen konntet, hat das bis heute kein Ende genommen. Falls es jemals eines nehmen sollte, wird dieses mit Sicherheit nicht zu meinen Gunsten sein." Luk senkte seinen Blick auf den Boden, denn er wollte nicht, dass seine Freunde die Tränen sehen konnten.

„Wieso bist du hiergeblieben?", wollte Elio wissen. Gerald musste schlucken, der die Hände vor die Augen hielt. Als er sie wieder herabnahm, wurde ersichtlich, dass auch er weinte.

„Mein Mädchen war damals bereits schwanger. Es gab keinen anderen Ort für uns. Eine lange Reise hätte sie nicht überlebt", schluchzte er kläglich, als er sich über die Wangen wischte. Er blickte zu Luk hinüber, seine Mundwinkel zogen sich zu einem Lächeln hoch. „Ich bin wegen dem einzigen Wunder geblieben, welches mich jeden Morgen aufstehen und weiter atmen lässt. Mein Sohn verdient ein sicheres Leben, aber das hätte ich ihm außerhalb des Lagers niemals bieten können. Der Federschweif ist zwar in der Tat ein kaltblütiges Monster, aber eines, das durchaus Wert auf das Wohlergehen des Volkes legt. Vieles hier hat sich durch seine Taten zum Guten gewendet. Dafür verehren sie ihn, aber sein wahres Gesicht zeigt er keinem. Immer wenn ich ihn sehe, sehe ich auch das Blut von Elios an seinen Händen. Das wird sich niemals ändern."

Elio verstand, was er sagen wollte. Ein Leben in der freien Wildnis wäre in der Tat schwieriger zu bewältigen als eines hinter dem großen Stacheldrahtzaun. Doch er würde seinem Mentor nicht mehr aufrichtig in die Augen blicken können, ohne dabei an dessen dunkle Vergangenheit denken zu müssen. Plötzlich wusste er nicht mehr, ob der Pfad des Kriegers wirklich das Richtige für ihn war.

„Ihr solltet wirklich gehen", fuhr Gerald schniefend fort. „Ich will euch keineswegs vergraulen. Doch es ist bereits spät, es erweckt Aufsehen, wenn ihr so lange in meiner Schmiede bleibt. Lorenz hat ohnehin Verdacht geschöpft."

Fast zeitgleich standen sie von ihren Stühlen auf. Offenbar hatte keiner von ihnen die Absicht, dem Schmied noch länger zur Last zu fallen. Nur Luk blieb sitzen, der weiterhin bedrückt auf den Boden starrte. Gerald begleitete sie nach draußen.

„Passt auf euch auf, haltet euch bedeckt", zischte dieser ihnen hinterher, bevor er die Tür zufallen ließ.

Die Freunde blieben vor der Schmiede stehen. Milad und Nico hatten immer noch kein einziges Wort gesagt, was sich auch nicht änderte. Ihre bleichen Gesichter nickten Elio und Enzo bloß zu, woraufhin sie sich umdrehten und fortgingen.

„Behaltet es für euch, denkt nicht zu viel nach", zischte Enzo ihnen hinterher, der sich gemeinsam mit Elio in Bewegung setzte.

Das große Lagerfeuer brannte lichterloh. Obwohl sich bereits einige Menschen versammelt hatten, die Mittagssonne am hellblauen Himmel strahlte, war es still an diesem Ruhetag. Die Bewohner saßen zufrieden auf den Holzbänken, blickten in die Ferne und hielten das aufgespießte Fleisch über die tänzelnden Flammen. Elio stand allein ein kleines Stück abseits des Feuers. Die Stille tat seinem Geist gut, sie ermöglichte ihm, reichlich über die Umstände im Lager nachzudenken.

Bereits seit Tagen kannte er das wahre Gesicht hinter der Fassade seines Mentors. Seitdem war er nicht mehr am Federzelt aufgetaucht, um sich der täglichen Tortur zu unterziehen. Er brachte es nicht mehr zustande, weil er den Glauben in den Federschweif, dazu den Pfad des Kriegers, endgültig verloren hatte. Die ehrenvolle Mission der Elite des Lagers war ein riesiges Gemisch aus Täuschungen. Seitdem er dies in der Schmiede erfahren hatte, grübelte er darüber nach, was er als nächstes tun sollte. Er hatte noch keinen

Entschluss gefasst, aber die Schlinge um seinen Hals wurde immer enger und ließ ihn kaum noch atmen. Seine Gedanken zerfraßen ihn innerlich. Der Sinn, den er einmal in seiner Existenz gesehen hatte, war verblasst, was ihn tagtäglich quälte.

Plötzlich wurde er durch eine bekannte Silhouette, die zwischen den Zeltreihen hinter dem qualmenden Feuer auftauchte, aus seiner Gedankenflut gerissen. Er hatte Enzo nicht mehr gesehen, seitdem sie die Schmiede verlassen und sich an der Kreuzung ihrer Heimwege verabschiedet hatten. Elio wusste nicht, wo sein Freund sich in der Zwischenzeit rumgetrieben hatte. Als Enzo ihn aus der Ferne erblickte, verschnellerte er sein Tempo.

„Wo bist du gewesen, Bruder?", fragte er entsetzt, als er nur noch wenige Meter von ihm entfernt war. „Der große Krieger hat bereits nach dir gefragt. Er ist verärgert, es kann nur noch eine Frage der Zeit sein, bis er deine Abwesenheit mit unserem Besuch in der Schmiede verknüpft. Dann sind wir alle geliefert. Wahrscheinlich hat er bereits Verdacht geschöpft."

Unglaubwürdig schaute Elio ihn an, denn er konnte nicht fassen, was sein Freund ihm vor den Kopf warf.

„Wie kannst du diesen Mann noch den großen Krieger nennen?", erwiderte er mit erhobener Stimme. „Bei all dem, was Gerald uns vor Augen geführt hat, sollte es dich zum Würgen bringen, ihm noch immer als Untergebener die Füße zu lecken. Lieber sterbe ich, als mich weiterhin schweigend seinen Lügen zu unterwerfen."

Enzo ging zügig auf ihn zu und packte seine Schultern, um ihn kräftig zu rütteln.

„Der Wahnsinn muss von dir Besitz ergriffen haben!", rief er so laut, dass Elio die Tropfen seiner Spucke auf dem Gesicht spürte. „Das ist lebensmüde, du bringst nicht nur dich in Gefahr, sondern jeden anderen, der an jenem Tag die Schmiede betreten hat! Du glaubst doch nicht im Ernst, dass wir irgendetwas daran ändern können. Bruder, vergiss es einfach. Mach so weiter wie bisher!"

Elio riss sich ruckartig los und stieß Enzo mit den Handballen so kräftig gegen die Brust, dass dieser ein paar Schritte nach hinten taumelte. Sofort brodelte purer Zorn in seinem rasenden Herzen.

„Wenn du wirklich so denkst, habe ich mich wohl in dir getäuscht", erwiderte er wutentbrannt. „Ich dachte einmal, du bist stark und ehrenvoll, aber wie ich sehe, ist deine erbärmliche Welt nicht eigenbestimmt, sondern wird von trügerischen Schwätzern im Zaum gehalten. Du brauchst mich nicht länger deinen Bruder nennen."

Fassungslos starrte Enzo ihn an, der sich auf ihn zubewegte. Mit der flachen Hand klatschte er ihm gegen die linke Wange. Er traf ihn so hart, dass es einen lauten Knall gab, der einige Bewohner am Feuer erschrocken zu ihnen hinüberschauen ließ. Doch als diese sahen, was geschehen war, blickten sie eilig wieder weg. Elio wankte benommen nach hinten, während er seine Hand an die Wange hielt. Ihm wurde schwarz vor Augen, er fürchtete, in Ohnmacht zu fallen.

„Ich habe mich auch in dir getäuscht. Dein Hochmut ist wahnsinnig. Er hat nichts mit Stärke zu tun!", rief Enzo zornig. „Du wirst dir noch wünschen, auf meinen Rat gehört zu haben. Spätestens dann, wenn der Federschweif dir seinen Speer durchs Herz rammt. Halt dich von jetzt an fern! Ich will mit deinem Leichtsinn nichts zu tun haben!" Enzo kehrte ihm den Rücken und ging fort, ohne zurückzublicken.

Elios Sicht wurde wieder klarer. Er wandte den Blick nicht von seinem ehemaligen Freund ab, bis dessen Kopf zwischen den Zelten untertauchte. Seine Wange war inzwischen rot angeschwollen und pochte schneller als sein rasendes Herz. Er begriff noch nicht ganz, was soeben geschehen war und fragte sich zugleich, wie er sich bloß so sehr in Enzo getäuscht haben konnte. Der tapfere Krieger, den er seinen Bruder genannt hatte, war im Inneren nur ein jämmerlicher Feigling.

Als er sich die Handfläche erneut an die kribbelnde Wange hielt, spürte er, dass sie nicht nur wild pochte, sondern auch glühte. Selten hatte er solche Schmerzen gespürt. Während er seinen Kopf drehte, bemerkte er, dass die Geräusche ringsherum in seinem linken Ohr gedämpfter waren. Verzweifelt taumelte Elio umher. Seine Gedanken waren vollkommen zerstreut, er wusste nun noch weniger, was er als nächstes tun sollte. So verloren hatte er sich lange nicht mehr gefühlt.

Plötzlich erblickte er am Rande des großen Feuers ein liebliches Gesicht. Sein Herz begann, noch schneller zu pochen, denn Naomi stand dort neben ihrer beladenen Schubkarre. Nacheinander warf sie ihre Holzscheite in die Flammen. Jedes Mal, wenn sie einen weiteren hineinwarf, knisterte es in der Luft. Das Feuer entfachte sich etwas mehr, woraufhin sie die Ladung ein kleines Stück weiterzog, um dasselbe an einer anderen Stelle zu wiederholen. Sie schien vollkommen vertieft in ihre Arbeit zu sein. Die Menschen nahm sie nicht wahr. Als sie ihren Kopf etwas drehte, sah Elio, dass ihre Mundwinkel nach unten gezogen waren. Ihre hellgrünen Augen leuchteten nicht mehr so, wie er sie in Erinnerung hatte und wurden von grauen Ringen untermalt. Naomi sah furchtbar erschöpft aus. Auf einmal drehte sie den Kopf noch ein kleines Stück weiter und schaute ihn an. Er konnte seinen Blick nicht von ihr abwenden. Nicht einmal dann, wenn er es gewollt hätte. Nun sah er, dass aus ihren trüben Augen Tränen flossen. Verlegen wandte sie ihren Blick von ihm ab. Mit ihren zarten Handflächen wischte sie sich übers Gesicht. Scheinbar wollte sie nicht, dass er sie weinen sah, aber es war längst geschehen.

Elio betrachtete sie, wodurch er zum ersten Mal erkannte, dass hinter der umwerfenden Schönheit ein zerbrechliches Wesen schlummerte. Sie war ein Mensch wie er selbst. Ein unangenehmes Stechen schnürte seine Kehle zu. Es zog sich durch seine Brust, denn er wusste ohne jeden Zweifel, dass sie wegen ihm weinte. Selbstlos hatte sie ihn umsorgt, ihm ihre Welt offenbart, ohne etwas im Gegenzug zu verlangen. Daraufhin war er herzlos fortgegangen, um einem trügerischen Mörder zu dienen. Nicht einmal bemüht hatte er sich darum, ihre Nähe ein weiteres Mal zu spüren. Ihm wurde bewusst, dass dies die falsche Entscheidung gewesen war. Naomi blickte zu ihm hinüber. Dadurch, dass sie die Tränen mit den Händen verwischt hatte, sah ihr Gesicht verheulter aus als zuvor. Bevor sie wieder wegschauen konnte, ging Elio auf sie zu. Lange genug hatte er sie leiden lassen, er konnte es nicht mehr.

Jetzt stand er direkt vor ihr. Ungeniert schaute er auf die Tränen in ihren aufgerissenen Augen. Ihre Lippen zitterten, aber sie sagte nichts. Sie blickte bloß zu ihm auf, ihre Wangen erröteten. Er spürte die Wärme der nahen Flammen auf seiner Haut, es wurde aber viel wärmer in seinem Inneren als sie es hätten auslösen können. Sein Herz glühte wie die brennenden Holzscheite im Feuer, diese hellgrünen Augen sprachen zu ihm, ohne dass Naomi auch nur ein Wort über die Lippen bringen musste. Sie musste ihn schon immer geliebt haben, und zwar noch stärker als er sie liebte. Er spürte, wie auch auf seiner Wange eine kleine Träne hinunterrann. Er nahm ihre Hände. Ihre weiche, unversehrte Haut traf auf seine rauen Handflächen.

„Ich werde dich nicht mehr verlassen", flüsterte er, dabei schaute er ihr tief in die Augen. Naomi schluchzte, während sie seine Hände kräftiger drückte.

„Was ist mit deiner Wange passiert?", fragte sie besorgt. Behutsam strich ihre Hand über die pochende Beule, die Enzos Schlag hinterlassen hatte. Elio blickte verlegen zur Seite, denn er wollte vor ihr keine Schwäche zeigen.

„Ach das ist nichts", murmelte er. „Es gab einen Streit mit einem der anderen Krieger. Das ist alles."

Etwas fester drückte sie mit den Fingern auf seine Wange, woraufhin er schmerzerfüllt die Zähne zusammenbiss. Unglaubwürdig zog sie die Augenbrauen hoch, mit ihrer zarten Stimme erwiderte sie:

„Das sieht mir aber nicht nach nichts aus. Schmerzen hast du auch noch." Sie ließ von seiner Wange ab, um seine Hand wieder zu nehmen. Sanft zog sie ihn mit sich.

„Komm, wir gehen zu meinem Gemach, Elio. Dort kann ich deine Wunden behandeln. Dir wird es schon bald besser gehen." Etwas kräftiger zog sie ihn auf die Zeltreihen zu. Elio hätte sich dem zarten Widerstand mühelos widersetzen können, aber er ließ sich gerne von ihr mitreißen. Seinen Blick ließ er aufmerksam herumschweifen. Kurz bevor sie den Pfad zwischen den Zelten erreichten, sah er etwas, das Unruhe in seinem Inneren ansteigen ließ. Etwas, das er bereits lange vergessen hatte.

In der Ferne tauchten drei bekannte Gestalten auf, die über das Gestein am flackernden Feuer gingen. Sie hatten ihn bereits entdeckt und warfen ihm verächtliche Blicke zu. Elio hatte Utan,

Parkal und Leo bereits seit unzähligen Vollmonden nicht mehr zu Gesicht bekommen. Der dicke Junge aus ihrem Trupp war nicht bei ihnen. Ihm wurde wieder bewusst, weswegen er ihren Anblick keineswegs vermisst hatte.

Gezwungenermaßen musste er sich daran zurückerinnern, wie kümmerlich Parkal sich nach der letzten Reifungsmaßnahme von Liam und ihm abgewandt hatte. Der schmächtige Junge war eine hinterlistige Schlange, die sich wie ein Parasit an die Menschen klammerte, die sie zu ihrem Vorteil ausnutzen konnte. Offenbar war Utan noch immer nicht schlau genug geworden, um sein wahres Gesicht zu erkennen. Er erwiderte ihre grimmigen Blicke, aber er spürte, wie sich sein Magen unangenehm verkrampfte. Er fühlte sich verletzlicher als je zuvor. An seiner Wange pochte noch immer die Schwellung, dabei wurde er noch von der Hand eines Mädchens mit sich gezogen. In der Ferne erkannte er, wie Parkal sich zu den anderen hinüberbeugte, um ihnen etwas zuzuflüstern. Utans hämisches Grinsen war das Letzte, was er sah. Naomi und er verschwanden zwischen den Zeltreihen.

In ihrem Gemach sah es noch fast so aus, wie in der Nacht, als er das letzte Mal hier gewesen war. An den Stoffwänden standen immer noch die dunkelroten Tonkrüge, aber die Blumen waren inzwischen verwelkt, ihre zerknitterten Blüten hingen zum weißen Teppich hinunter. Ein trübseliger Anblick, der Elio vor Augen führte, wie lange er fortgewesen war. Anscheinend hatte Naomi sich nicht die Mühe gemacht, die leblosen Pflanzen zu entsorgen.

„Wieso hast du sie sterben lassen?", fragte Elio, der mit der Hand auf die Reihe aus Tonkrügen deutete.

„Das habe ich nicht", erwiderte sie in einer trotzigen Stimmlage. „Ich habe alles in meiner Macht Stehende für sie getan. Doch sie haben mich verlassen, ich habe mich daran gewöhnt, sie so zu sehen." Sie ließ seine Hand los, ging auf einen der verwelkten Sträucher zu, bückte sich und zupfte mit den Fingern die zerknitterten Blätter von einer dunkelgelben Blüte ab. Diese waren bereits so vertrocknet, dass sie in ihrer Hand zerbröselten. Der feine Staub rieselte auf den Teppich.

Sie stand auf und bewegte sich auf ihr großes Bett zu. Rückwärts ließ sie sich fallen. Sanft wurde sie von dem roten Stoff aufgefangen. Erleichtert atmete sie aus, hob wieder den Kopf und schaute zu ihm hinüber. Regungslos stand er immer noch auf derselben Stelle. Genervt verdrehte sie die Augen.

„Nun beweg dich schon, Junge", sagte sie energisch. „Du weißt doch, dass ich nicht beiße." Elio zuckte verwirrt mit den Augenbrauen, denn auf diese Weise hatte er sie noch nie reden hören. Ohne etwas zu erwidern, näherte er sich langsam.

Als er vor ihr stand, setzte er sich zögerlich auf die Bettkante. Sie lag immer noch auf dem Rücken, ihre hellgrünen Augen durchlöcherten ihn. Er versuchte, ihrem eindringlichen Blick standzuhalten, aber es fiel ihm immer schwerer. Die Tatsache, dass er nach so langer Zeit wieder gemeinsam mit ihr in einem Bett lag, ließ ihn erröten. Im Licht der weißen Kerzen flackerten Naomis Augen auf, ihre zarten Wangen schimmerten in einem rosigen Ton. Schweigend starrten sie sich an.

Schließlich wandte sie sich von ihm ab und streckte sich zu ihrem Nachttisch, um nach dem offenen Fläschchen zu greifen, welches gleich neben den brennenden Kerzen stand. Auf dem Tisch lagen noch eine zerzauste Bürste, dazu ein gebrochener Handspiegel. Sie drehte das Fläschchen kopfüber. Die durchsichtige Flüssigkeit träufelte sie auf ihre Handfläche, um Elios angeschwollene Wange behutsam abzutupfen. Bei der ersten Berührung brannte seine Haut noch, aber er gewöhnte sich schnell daran. Aus dem unangenehmen Stechen war ein leichtes Kribbeln geworden. Darüber spürte er die zarte Haut über seine Wange streichen. Nichts hätte sich gerade besser anfühlen können. Aus den leichten Schmerzen wurde ein zärtliches Gefühl von Geborgenheit.

„Tut es weh oder ist es so gut?", fragte Naomi zögerlich. Er blickte in ihre hellgrünen Augen. Darin sah er eine endlose Waldwiese, die von den ersten Strahlen der rötlichen Morgensonne eingebettet wurde. Ein vertrauter Ort, der frei von jeglichen Sorgen und Pflichten war. Hier fühlte er sich wohl. Hier wollte er bleiben.

„Nein, es geht schon", murmelte er verträumt, seinen Blick konnte er nicht von ihren Augen abwenden. Sie lächelte ihn an. Die Morgensonne glänzte in ihrer vollen Pracht über der Wiese.

Plötzlich hörte sie auf, seine Wange abzutupfen. Ihre Hand glitt zu seinem Kinn hinunter. Die warmen Sonnenstrahlen strichen sanft über seine Haut und sollten nie wieder damit aufhören. Elio wagte es nun, die Hand zu heben. Behutsam strich er mit dem Daumen über ihre Wange, seine restlichen Finger berührten ihr Kinn. Ihr Gesicht näherte sich langsam. Auf einmal geschah es, er spürte seine Lippen auf ihren. Sie waren noch zarter als ihre Haut. Es fühlte sich so an, als würde er schreiend voller Lebensfreude über die Wiese in den Schein der Sonne rennen.

Er war überwältigt, seine Lippen konnten nicht mehr von ihr ablassen. Dieses Gefühl wollte er nie wieder gehen lassen. Die Küsse wurden schneller und stärker, er wollte mehr spüren. Zwischen seinen Beinen kribbelte es, sein innerer Trieb drang immer mehr in die Welt seiner Sinne ein. Nur noch das Mädchen, das er liebte, wollte er spüren, nichts anderes. Naomi nahm die Hände von seinem Gesicht, die sie langsam über seine Brust nach unten gleiten ließ. Rasch waren sie an seiner Hose angekommen, die sie langsam hinunterzog. Er berührte ihre Brüste, die immer noch in der weißen Stoffschürze lagen. Sie waren weich, aber zugleich fest. Noch nie hatte er etwas Vergleichbares an seinen Handflächen gefühlt. Er konnte sich nicht mehr beherrschen. Mit einem kräftigen Ruck zog er die Schürze hinunter, seine Lippen ließen von ihr ab.

Das erste Mal in seinem Leben sah er die nackten Brüste einer Frau. Kein anderer Anblick könnte diesen übertreffen, er war wie versteinert. Bloß sein Herz raste. Dann drückte er den Kopf zwischen ihre Brüste, die er wild küsste. Inzwischen hatte Naomi ihn vollkommen entblößt. Zärtlich streichelte sie ihn. Er spürte, wie sich das warme Kribbeln in seinem Unterleib in all seinen Gliedern ausbreitete. Seine Hände glitten an ihrer schmalen Taille hinunter, bevor sie nach ihrer knappen Hose griffen. Er konnte sie deutlich leichter als die Schürze hinunterreißen.

Nun war auch sie frei von ihren Kleidungsstücken, was dafür sorgte, dass er keinen klaren Gedanken mehr fassen konnte. Die Kraft seines Triebes hatte vollkommen von ihm Besitz ergriffen. Er beugte sich wieder zu ihr hinüber, küsste ihre Lippen und legte sich auf sie. Naomi ließ sich fallen, ihr Rücken landete sanft auf der Matratze. Seine Brust war fest an ihre gepresst, er rückte noch etwas weiter an ihr hoch und drang in sie ein. Sein Inneres füllte sich mit Wärme. Für den Rest der Nacht hatte er das Gefühl, auf der weichen Feder einer Schneetaube in die Weiten des schwarzen Himmels getragen zu werden.

Am nächsten Morgen wurde Elio von dem Schall des Horns geweckt. Er gähnte. Verschlafen schaute er zu seiner rechten Schulter hinüber. Die letzte Nacht war kein Traum gewesen, Naomi lag noch immer in seinem Arm. Ihre Augen waren geschlossen. Er merkte, wie ihm ein kleines Schmunzeln über die Lippen huschte. Obwohl sie noch schlief, überwältigte ihn ihre Schönheit. Nachdem der Weckruf noch ein weiteres Mal durch das Lager gefegt war, begann sie, sich zu regen und zu strecken. Sie blinzelte, bevor sich ihre Augen ganz öffneten. Vermutlich war sie von den dünnen Lichtstrahlen der Morgensonne, die sich ihren Weg durch die winzigen Schlitze im Stoff bahnten, geblendet worden. Verträumt starrten ihn die hellgrünen Augen an, dann zuckte sie erschrocken zusammen.

„Das ist doch das Horn", murmelte sie schlaftrunken. Elio nickte nur, der ihr Gesicht weiterhin benommen anstarrte. Doch Naomi sprang aus dem Bett, wodurch er erschrocken zusammenzuckte.

„Wie konnte ich das nur vergessen", zischte sie, ihr energischer Blick suchte den Boden ab. Sie bückte sich hastig, um ihre Hose aufzuheben. Er schaute verblüfft dabei zu, wie sie sich zügig anzog.

„Was hast du vergessen?", fragte er. Sie schaute ihn nicht an, sondern suchte weiter den Boden nach ihrer Stoffschürze ab. Diese band sie um ihre nackten Brüste.

„Ich sollte bereits vor dem Klang des Horns bei den Hausfrauen sein", erwiderte sie. „In den Küchen gibt es viel zu tun, seit dem letzten Vollmond haben das Lager viele Neuankömmlinge erreicht." Sie stieß einen Seufzer aus. „Wir müssen immer mehr für das große Mahl vorbereiten, denn so viele wie möglich von ihnen müssen versorgt werden. Dies ist ein Befehl des Federschweifs. Ich muss gehen."

Elio war enttäuscht. Gerne hätte er noch mehr Zeit mit ihr verbracht, für ihn gab es ohnehin nichts zu tun. Bei den Kriegern würde er sich sicher nicht mehr blicken lassen. Erst recht nicht, nachdem sie mit der Tortur bereits begonnen hatten.

„Wann sehen wir uns wieder?", fragte er leise. Bereits jetzt spürte er Funken der Sehnsucht, die sich in ihm ausbreiten würde, wenn Naomi nicht mehr bei ihm wäre. Hektisch kämmte sie sich mit der Bürste, die auf dem Nachttisch gelegen hatte, die Haare. Ihr gestresster Blick wanderte immer wieder zu dem geschlossenen Spalt des Zeltes. Als sie fertig war, griff sie nach dem Spiegel auf dem Nachttisch, hielt ihn vor das Gesicht und betrachtete sich.

„Bestimmt sehen wir uns die Tage", murmelte sie leise. „Ich weiß bloß, dass ich keine Zeit mehr zu verlieren habe. Bitte knöpfe den Spalt wieder zu, wenn du gehst." Schließlich ließ sie Spiegel und Bürste gleichzeitig fallen. Ohne ihn weiter zu beachten, huschte sie zum Spalt hinüber. Zügig knöpfte sie diesen auf, zwängte sich nach draußen und verschwand aus seinem Blickfeld. Das ging so schnell, dass er ihr nicht einmal etwas hinterherrufen konnte.

Verblüfft kratzte er sich am Kopf. Anschließend griff er nach seiner Hose, die er sich über die Schenkel zog. Durch den kleinen Spalt, den Naomi geöffnet hatte, konnte er die Füße der Bewohner sehen, die sich über den Sand bewegten, um ihren alltäglichen Pflichten nachzukommen. Er sah immer mehr von ihnen vorbeihuschen. Der Lärm draußen wurde immer lauter. Das Horn hatte das Lager aufgeweckt. Mühsam rappelte Elio sich auf. Mit gestreckten Armen hievte er sich vom Bett, dann ließ er seinen Blick durch das Gemach schweifen. Die verwelkten Blumen hingen immer noch aus den Tontöpfen. Auf dem Teppich lagen die Bürste und der zerbrochene Handspiegel.

Er griff nach dem Spiegel, um ihn vor sein Gesicht zu halten. Es war abgemagert und bleich. Ihm fiel auf, dass er seit Tagen nichts mehr gegessen hatte. Vorher hatte er nicht daran gedacht, weil sein Hunger vollkommen verschwunden war. Seitdem Gerald ihm die Wahrheit über den Federschweif offenbart hatte, war er auch nicht mehr beim großen Mahl erschienen. Bis auf Enzo hatte er seitdem keinen seiner Freunde gesehen. Unter seinen müden Augen waren wieder die grauen Ringe, die Mundwinkel hingen an den ausgetrockneten Lippen herab. Sein Gesichtsausdruck war trüb und leer. So fühlte er sich auch. In seinem Kopf schwammen unzählige Luftblasen, die vergeblich nach einem Sinn des Lebens suchten. Er schämte sich für das, was er vor seinen Augen sah. Langsam lösten sich seine Hände von dem Griff. Schließlich ließ er den Spiegel fallen, der ein weiteres Mal unsanft auf den Teppich krachte. Diesmal prallte das Glas gegen ein Bein des Bettes. Es zersprang in zahlreiche Scherben.

Elio stieß einen trostlosen Seufzer aus. Mit einem großen Schritt überquerte er den Scherbenhaufen. Sein leerer Blick traf wieder auf den Zeltspalt, der vom Wind abwechselnd auf und zu geweht wurde. Der Lärm war abgeklungen. Nur noch einzelne Füße huschten vorbei. Inzwischen mussten die meisten Bewohner ihre Arbeit begonnen haben. Er selbst hingegen stand bloß ohne jegliches Ziel auf der Stelle und starrte Löcher in die Luft. Diesen Punkt hatte er niemals erreichen wollen. Schließlich gab er sich einen Ruck und schlüpfte durch den Spalt nach draußen.

Erst sah er nichts, weil die Sonne ihn zu sehr blendete, aber allmählich gewöhnte er sich an das grelle Licht. Seine Sicht wurde klarer. Die Stimmen der Bewohner waren weit weg. Ringsherum sah er die verlassenen Zelte, zwischen denen er in der Ferne das Gestein des Herzens erkennen konnte. Von dort aus war er gestern mit Naomi losgezogen, aber dies kam ihm bereits wie eine Ewigkeit vor. Von dem großen Lagerfeuer waren nur noch ein Haufen abgebrannter Holzscheite, dazu schwarze Rauchschwaden, die den Himmel emporstiegen, übriggeblieben. Es musste erst vor kurzem gelöscht worden sein. Elio spürte, wie die innere Leere sich auch in seinen letzten Gliedern ausbreitete. Er wollte ihr so schnell wie möglich entfliehen, sie erdrückte ihn.

Nach längerem Grübeln kam er zu dem Entschluss, dass er eine Ablenkung brauchte, denn das sinnlose Rumstehen musste der Auslöser für sein Gefühlsgewirr sein. Er musste mit jemandem reden, dem er vertrauen konnte. Wo Liam sich aufhielt, wusste er nicht, weil die Strecken der Jäger durch die offene Wildnis von Tag zu Tag unterschiedlich waren. Das hatte ihm sein Freund einmal am großen Mahl erzählt. Doch er wusste nur allzu gut, wo Luk sich gerade aufhielt, denn die Schmiede hatte sich mit Sicherheit nicht in Luft aufgelöst. Über den Pfad zwischen den Zelten begann er, auf das Herz zuzulaufen. Von dort aus würde er den Weg dorthin wiederfinden.

Während Elio sich der prächtigen Holzhütte, die er in der Ferne sah, näherte, hörte er bereits das klirrende Eisen. Nachdem er die geschmückte Tür erreicht hatte, griff er, ohne zu zögern, in das Maul des goldenen Tigers. Einige Male klopfte er kräftig an. Innerhalb weniger Sekunden verstummte der Lärm aus dem Inneren. Erst hörte er das Quietschen einer Tür, anschließend träge Schritte, die sich näherten. Das Schloss klackte, ein schmaler Spalt tat sich auf. Vorsichtig lugten zwei aufgerissene braune Augen nach draußen. Elio sah sofort, dass sie von Luk waren. Als dieser ihn erkannte, seufzte er erleichtert, sein Gesicht war bleich. Er erweckte den Anschein, als hätte er Tage lang kein Auge zudrücken können, wodurch Elio sich an das eigene Spiegelbild zurückerinnern musste.

„Du hast mir einen Schrecken eingejagt, Bruder", flüsterte er erleichtert, obwohl seine Stimme zitterte. „Komm rein, setz dich." Bevor Elio etwas erwidern konnte, ging Luk einen Schritt auf ihn zu und umarmte ihn. Er war zunächst irritiert, aber dann schloss er auch die Arme um den mageren Rücken seines Freundes.

„Ich bin ja so froh dich zu sehen, Bruder", nuschelte dieser unverständlich, der die Nase gegen seine Brust presste. Nun spürte er etwas Feuchtes auf der Haut. Als Luk wieder von ihm abließ und zu ihm hochschaute, sah er in dessen aufgequollene Augen. Erneut schossen aus ihnen Tränen heraus, dazu schluchzte er kläglich. Elio wusste, dass etwas nicht stimmte. Schweigend bewegte er sich an seinem Freund vorbei in den Vorraum der Schmiede.

Dieser sah bei Weitem nicht mehr so aus, wie er ihn in Erinnerung hatte. Einige der Waffen, welche zuvor an den Wänden gehangen hatten, waren auf dem Boden verteilt. Die beiden Holztische waren in Stücke zerberstet worden, welche gleich neben den Scherben der zerbrochenen Blumenvasen lagen. Auch die Stühle standen nicht mehr, sondern waren in unterschiedliche Richtungen umgekippt worden. Der einst so fein verzierte, ordentliche Raum ähnelte einem verwüsteten Schlachtfeld. Elio wirbelte herum, der

Luk fassungslos anstarrte. Als dieser den schockierten Gesichtsausdruck sah, schossen ihm noch mehr Tränen in die Augen.

„Was ist hier geschehen, Bruder?", fragte Elio besorgt, sein Blick schweifte erneut über das Chaos am Boden.

„Sie waren so schnell da", schluchzte Luk, während er sich über das verweinte Gesicht wischte. „Ich habe noch in der Werkstatt gearbeitet. Es ging alles so schnell. Ich habe sie kaum gesehen." Elio packte seine Schultern und rüttelte ihn einige Male kräftig.

„Komm zu dir, Bruder. Du musst mir sagen, wer hier war!", rief er energisch. „Wer sind sie?"

Erschrocken zuckte Luk zusammen, bevor er tief Luft holte und erzählte:

„Es waren die Krieger des Federschweifs. Ich habe bloß laute Schreie und Gepolter gehört, aber als ich die Tür zum Vorraum öffnete, war es bereits zu spät. Sie haben ihn zu dritt an den Armen hinausgezerrt, während er um Hilfe gerufen hat." Elio zog verwirrt die Augenbrauen zusammen.

„Wen haben sie hinausgezerrt?", fragte er entgeistert, obwohl er es sich bereits denken konnte. Luk richtete einen der liegenden Stühle wieder auf, auf den er sich sacken ließ.

„Bruder, sie haben mir meinen Vater genommen", erwiderte er. Verzweifelt presste er die Handflächen gegen die Stirn. „Ich habe geahnt, dass sie ihn holen würden, aber nicht, dass es so schnell geschieht. Zwei Tage ist es her, ich sehe es noch immer vor mir." Elio setzte sich auch auf einen der Holzstühle.

„Wo ist er nun?", fragte er. Luk zog den Schnodder in seiner Nase hoch, dann zuckte er mit den Schultern.

„Seit jenem Tag habe ich diesen Ort nicht mehr verlassen. Ich habe versucht, mich mit Arbeit abzulenken", wimmerte er. „Was könnte ein schmächtiger Junge wie ich schon gegen die stärksten Krieger des Lagers ausrichten? Mehr als hier sitzen und darauf hoffen, dass sie irgendwann mit ihm zurückkehren, kann ich nicht." Elio warf ihm einen leeren Blick zurück, denn er konnte nicht begreifen, wie ein gutmütiger Mensch zugleich so feige sein konnte.

„Wie kannst du hier sitzen, wenn das Leben deines Vaters gefährdet sein könnte", erwiderte er mit erhobener Stimme. „Er könnte bereits tot sein. Du als sein Sohn solltest alles daransetzen, ihm zur Hilfe zu eilen." Die Schwäche seines Freundes ließ ihn allmählich zornig werden. Luk schaute ihn bloß mit großen Augen an. Er schluchzte weiter.

„Meine Stärke ist nicht so groß wie deine, Bruder. Sie würden mich töten, genauso wie ihn. Du hast ihre kalten Gesichter nicht gesehen. Es ist nicht im Sinne meines Vaters, dass ich mich für ihn opfere", erwiderte er und senkte den Kopf.

Elio spürte, wie sein Herz zu rasen begann. Er wollte sich beherrschen, aber in seinem Inneren brodelte die Wut. Die Worte sprudelten, wie ein Wasserfall aus ihm heraus:

„Nach allem, was er für dich getan hat, willst du ihn doch nicht einfach seinem Schicksal überlassen! Er hat bereits sein Leben für dich gegeben und er würde noch viel mehr tun! Du denkst nur an deine eigene Haut, aber nicht daran, dass er für dich geblutet hat! Ich habe mich wohl gewaltig in dir geirrt!" Wutentbrannt stand er auf. Den Holzstuhl, auf dem er gesessen hatte, fegte er mit der Faust um. Sein Schlag war so hart, dass das Holz mit einem mächtigen Krachen am Boden zerbrach.

„Hör doch auf", jammerte Luk, der durch den Lärm erschrocken zusammengezuckt war. „Hier wurde bereits genug zerstört. Vater wird sich ärgern, wenn er zurückkehrt."

Elio stampfte auf ihn zu und holte aus. Fast hätte er Luk geschlagen, aber als er sah, wie dieser sich verzweifelt die zittrigen Hände vors Gesicht hielt, ließ er von ihm ab. Er wollte keinen wehrlosen Feigling verprügeln, so tief war er noch nicht gesunken. Also kehrte er ihm den Rücken. Langsam bewegte er sich auf die Tür zu. Sein Herz schlug wieder langsamer, hinter sich hörte er das erbärmliche Schluchzen. Bevor er die Tür aufzog, drehte er sich ein letztes Mal um.

„Gib den Glauben, dass er zurückkehren wird, auf. Du betrügst dich bloß selbst", raunte er. „Du weißt so wie ich, welches Monstrum hinter der Fassade von Lorenz steckt." Luk zuckte ein weiteres Mal zusammen, als er den wahren Namen des Federschweifs hörte. „Ich werde nach ihm suchen, denn mein Kopf muss frei werden.

Im Gegensatz zu dir habe ich nie vergessen, was er für uns getan hat." Elio ließ die Tür hinter sich zufallen. Luk folgte ihm nicht.

Elio drückte seine Brust an einen großen Felsbrocken, der am Anfang der Wüstenlandschaft aus dem Sand ragte. Nach einem Marsch über den Pfad zwischen den Zelten Richtung Norden, hatte er die Übungsstätte der Krieger erreicht. Sie alle waren in der Ferne um den riesigen Käfig herum versammelt. Zu zweit führten sie ihre Schlagübungen aus. Vorsichtig lugte Elio aus seinem Versteck hervor, um sie aus sicherer Entfernung zu beobachten. Die Sonne stand am höchsten Punkt des Himmels, weswegen ihm klar war, dass es nur noch eine Frage der Zeit sein könnte, bis sie ihre Übungen unterbrechen und in die Wildnis ziehen würden. Der Anbruch der Dunkelheit sorgte dafür, dass sich die lauernden Bestien aus ihren Verstecken trauten. Er musste die Augen zusammenkneifen, um die Krieger deutlicher zu erkennen.

Durch ihre Reihen schritt gemächlich der Federschweif. Sogar aus weiter Entfernung sah Elio seine bunten Bemalungen in der Sonne glänzen. Heute hatte er sich wieder mit dem prächtigen Federkleid geschmückt, wodurch er aus der Masse herausstach. Sein aufrechter Gang und der Schmuck an seiner Haut strahlten ehrenwerte Stärke aus. Elio lief ein kalter Schauder über den Rücken. Ihm kam in den Sinn, dass sich eine gewissenlose Bestie in dem großen Krieger verbarg.

Als er den Blick vorsichtig weiter schweifen ließ, erblickte er Enzo in dem Getümmel. Dessen kräftige Arme wirbelten ein Eisenbeil durch die Luft, das mit einer enormen Wucht auf die Klinge des Gegners krachte. Diesem fiel der silberne Säbel aus der Hand, er taumelte orientierungslos nach hinten. Enzo nutzte den schwachen Moment aus und stürmte auf ihn zu, woraufhin er ihm einen kräftigen Tritt in die Magengrube versetzte. Dies gab dem benommenen Krieger den letzten Rest, wodurch er mit dem Rücken unsanft auf den Sandboden prallte. Keine Sekunde später hielt Enzo ihm die Klinge seines Beils an die Kehle. Innerhalb weniger Augenblicke hatte er ihn mühelos außer Gefecht gesetzt. Elio staunte, denn selbst er hatte Enzo selten so verbissen kämpfen sehen.

Der tiefe Klang des Horns schallte über die Weiten der Wüste. Der Federschweif hielt es an seine Lippen, bis sein Kopf errötete. Schließlich legte er es nieder, seine Hand machte einen Schwenk Richtung Norden. Zügig bewegte er sich auf den Zaun zu. Enzo hingegen streckte dem liegenden Krieger die Hand zu, um ihm auf die Beine zu helfen. Auch die restlichen von ihnen unterbrachen ihre Übungen und folgten dem Federschweif. Elio beobachtete, wie der riesige Schwarm aus Kriegern den Käfig hinter sich ließ. Dann strömten sie in die Weiten der Sandsteppe. Schon bald waren ihre stämmigen Umrisse nur noch winzige Punkte in der Ferne.

Jetzt würde ihn niemand mehr sehen können. Vorsichtig pirschte er sich aus seinem Versteck hervor. Die Horde des Federschweifs hatte den Zaun erreicht und drängte sich in die freie Wildnis. Von nun an hatte er ausreichend Zeit, um sich in Ruhe im Territorium der Krieger umzuschauen.

Dieses erstreckte sich weit. Es war im Gegensatz zu anderen Gebieten innerhalb des Lagers nicht großflächig bebaut worden. Geradeaus im fernen Norden stand bloß das prächtig geschmückte Federzelt. In westlicher Richtung hingegen reihten sich in der leeren Steppe drei kleine Arsenale auf, die gleich vor dem Stacheldraht aufgebaut worden waren. Im Osten ragte bloß eine kleine heruntergekommene Holzhütte aus dem Sand.

Elio stand vor den Gittern des Käfigs. Ein verlassener, trostloser Ort, der sich nicht wirklich verändert hatte, seitdem er das letzte Mal dort gewesen war. Er blickte hinein und musste feststellen, dass der Sand an einigen Stellen noch aufgewirbelt war. Vor nicht allzu langer Zeit musste es hier einen Kampf gegeben haben. Wieder sah er das Blut des gefallenen Kolosses vor seinen Augen.

Rasch wandte er sich von den Gittern ab und blickte nach Osten. Ihm wurde bewusst, dass ihm die kleine Holzhütte noch nie ins Auge gefallen war, obwohl er das Territorium der Krieger bereits unzählige Male durchstreift hatte. Diese war weit und breit das einzige Bauwerk, welches in dieser Richtung der umzäunten Steppe lag, aber zugleich war sie so unscheinbar, dass sie in dem riesigen Sandmeer unterging. Sie war schon immer dagewesen, ohne dass er sich jemals gefragt hatte, welchen Nutzen sie erzeugte. Seine Neugier war geweckt. Zügig lief er in ihre Richtung.

Aus der Nähe sah sie noch zerfallener aus, er erkannte, dass sie aus morschen Holzscheiten bestand, die grob aneinander befestigt worden waren. So grob, dass sie immer wieder durch kleine Löcher voneinander getrennt wurden. Wer auch immer die Hütte gebaut hatte, hatte sich nicht besonders viel Mühe gegeben. Als er sich näherte, musste er angewidert feststellen, dass sich auf den morschen Wänden bereits weiße Schimmelflecke gebildet hatten. Ein fauliger Geruch zog ihm in die Nase. Das Verlangen, umzukehren, wuchs immer mehr. Die modrige Tür war nicht verriegelt, sondern ragte ein kleines Stück nach draußen. Ein schrilles Quietschen erklang. Die Tür wurde von der leichten Brise im Sekundentakt zugeschlagen.

Widerwillig ging Elio weiter. Mit dem Fuß schob er sie ein Stück in seine Richtung. Eine scharfe Duftwolke, die seine Augen tränen ließ, schoss ihm entgegen. Ein stechendes Kratzen breitete sich in seinem Hals aus, er musste husten. Um Luft zu holen, musste er seinen Kopf nach draußen strecken, obwohl seine Augen das Innere der Hütte noch nicht erblickt hatten. Einen solch ätzenden Geruch nahm er zum ersten Mal wahr. Ein letztes Mal atmete er die frische Brise der Wüste ein, bevor er sich mit den Fingern die Nase zudrückte. Wieder streckte er seinen Kopf ins Innere. Dort erwartete ihn einer der widerlichsten Anblicke, die er jemals zu Gesicht bekommen hatte.

Die Wände waren so sehr vom Schimmel bewachsen, dass das Holz dahinter kaum noch sichtbar war. Über den Boden zog sich eine dunkelrote Blutlache, die etwa einen Meter vor seinen Füßen Halt machte. Als er diese sah, wich er erschrocken zurück. Aus der gegenüberliegenden Wand ragten dicke Eisenketten heraus, die ins Blut eintauchten. Aus der Decke hing ein Strick, an dessen Ende eine Schlaufe gebunden worden war, die dicht über dem Boden baumelte. Mehr gab es nicht in dem kleinen Innenraum.

Gebannt starrte Elio auf die riesige Blutlache, die noch frisch zu sein schien. Demnach konnte derjenige, der sie verursacht hatte, noch nicht lange fort sein. Er spürte, wie es ihm eiskalt den Rücken herunterlief. Was, wenn es Geralds Blut war? Das würde ihn aufgrund der letzten Geschehnisse nicht verwundern. Spätestens jetzt hegte er keinen Zweifel mehr daran, dass das Lager grausame Geheimnisse verbarg, die den meisten Bewohnern verschwiegen wurden. Rückwärts taumelte er aus dem morschen Türrahmen heraus. Gerald war nicht hier, er hatte genug gesehen.

Als nächstes musste er die Arsenale, welche im Westen lagen, aufsuchen. Jede Sekunde zählte, denn das Blut in der Hütte hatte in seinem Inneren die Angst um das Leben des verschollenen Schmieds erweckt. Er rannte über den Sand, der Schreck saß ihm immer noch tief in den Knochen. Mittlerweile war die Sonne am Horizont verschwunden. Die leere Steppe wurde von Dunkelheit umhüllt.

Nachdem er die lange Strecke über die Wüstenlandschaft zurückgelegt hatte, erreichte er die drei Bauwerke. Elio war so schnell gerannt, dass er sich schwer atmend auf die Knie stützen musste. Vor ihm befand sich das erste Arsenal, das links von den anderen aufgebaut worden war. Sie alle sahen beinahe identisch aus und waren viel edler als die Holzhütte in der entgegengesetzten Richtung. Ihre Außenfassaden waren aus glänzendem Eisen geformt. Die Dächer hingegen waren riesige Würfel, die aus übereinandergestapelten Baumstämmen gebildet worden waren. Die großen Türen waren mit eisernen Schlössern versehen. Dem Federschweif schien es ein großes Anliegen zu sein, die Waffen der Krieger in sicherer Obhut aufzubewahren.

Er rüttelte kräftig an der Klinke der ersten Tür. Es war vergeblich, sie war verriegelt. Also ließ er von ihr ab, um zur nächsten hinüberzugehen. Auch hier konnte er so stark rütteln, wie er wollte, ohne dass diese sich auch nur einen Spalt weit öffnete. Verzweifelt hämmerte er mit der Faust gegen das Eisen und rief laut:

„Gerald, wenn du hier bist, sag etwas!" Keine Antwort. Missmutig schlenderte er zu der letzten Tür in der Reihe der Arsenale. Seine trüben Augen wurden hellwach, als er die Klinke nach unten drückte. Sie ließ sich tatsächlich öffnen. Jemand musste vergessen haben, abzuschließen. Ein lautes Knarzen dröhnte in Elios Ohren. Er blickte in einen schwarzen Hohlraum.

In dem Arsenal war es noch finsterer als draußen. Vorsichtig setzte er einen Fuß in die Dunkelheit. Angestrengt kniff er die Augen zusammen, um etwas zu erkennen. Behutsam tastete er die glatte Wand neben sich ab. Als er seine Hände ein Stück weiter nach unten gleiten ließ, spürte er einen langen Stab, der aus ihr herausragte. Er ertastete, dass dieser zur Decke gerichtet und an seinem Ende mit einer harten Kugel bestückt war. Elio umklammerte diese mit einem festen Griff, er wollte prüfen, ob sie sich bewegen ließ. Doch zunächst geschah rein gar nichts, so zog er noch kräftiger. Es regte sich etwas. Je kräftiger er zog, desto weiter beugte sich der Stab mit der Kugel nach unten. Er musste so viel Anstrengung aufbringen, dass sich auf seiner Stirn bereits Schweißperlen bildeten. Seinen Fuß hob er an, den er mit aller Kraft gegen die Wand presste, um mehr Druck auszuüben. Als nächstes geschah etwas, mit dem er nicht gerechnet hatte. Der Stab gab plötzlich nach, die Kugel krachte blitzschnell nach unten. Dies geschah so unerwartet, dass es ihm nicht gelang, rechtzeitig auszuweichen, wodurch das harte Eisen mit enormer Wucht auf seinen Oberschenkel prallte. Schmerzerfüllt schrie er auf. Hastig wich er zurück, um die Hände auf die getroffene Stelle zu pressen. Die Kugel schepperte mit einem gewaltigen Krachen gegen die Eisenwand.

Es schossen grelle Lichter von der Decke herab, die ihn so sehr blendeten, dass er zunächst bloß leicht blinzeln konnte. Das Echo des lauten Aufpralls ließ ihn beinahe taub werden. Allmählich gewöhnte er sich an das helle Licht. Es strahlte aus unzähligen Glaskugeln, welche über ihm an der Decke befestigt waren. Staunend starrte er nach oben.

Bis zu diesem Zeitpunkt hatte er bloß Feuer oder die Sonne so hell leuchten sehen. Nun konnte er auch den aus der Wand ragenden Stab erkennen, dessen silberne Kugel nicht mehr zur Decke, sondern zum Boden gerichtet war. Dieser schien ein Hebel zu sein, der die Lichter hinter dem Glas hervorgebracht hatte.

Aus den Wänden ringsherum ragten Haken heraus, an denen

die Waffen der Krieger baumelten. Die meisten von ihnen hatte Elio bereits mit sich geführt. Ihre scharfen Klingen schimmerten im Licht. Automatisch hielt er den Atem an, sein Blick schweifte über sie. An der gegenüberliegenden Wand des Raumes lehnte einer der Eimer, die für das große Mahl gebraucht wurden. Neugierig runzelte er die Stirn, langsam bewegte er sich auf diesen zu.

Behutsam setzte er einen Fuß vor den anderen. Sein Blick schweifte immer wieder zu den Glaskugeln hinauf. Nach wie vor hatte er nicht den blassesten Schimmer, woher das Licht kam, aber er begriff noch weniger, wieso eine solche Erfindung vor den Bewohnern des Lagers versteckt wurde. Nur dem Federschweif und den Anhängern der tapferen Krieger war es gestattet, dieses Arsenal zu betreten. Auch er selbst war noch nie zuvor hier gewesen, weshalb es ihn umso mehr verwunderte, dass die Tür nicht verschlossen gewesen war.

Jetzt stand er vor dem Eiseneimer, der ihm etwa bis zur Brust reichte. Ein flüchtiger Blick hinein reichte aus, um alle Haare auf seiner Haut aufstehen zu lassen. Ein kalter Schrecken jagte durch seine Glieder. Im Inneren lagen die Waffen aus der Schmiede, deren Existenz Gerald vor dem Federschweif geheim gehalten hatte. Es bestand keinerlei Zweifel mehr daran, dass dieser sie ausfindig gemacht und das Geheimnis gelüftet hatte. Elio wagte nicht einmal, sich auszumalen, wie der große Krieger den Schmied dafür zur Rechenschaft ziehen wollte. Luk irrte sich gewaltig, wenn er noch immer daran glaubte, dass sein Vater bald zurückkehren würde.

In der Ferne hörte er den Klang des Horns. Sein Herz raste noch schneller. Es war nur noch eine Frage der Zeit, bis die Krieger wieder in die umzäunte Steppe schwärmen würden. Jede Sekunde zählte. Er stürmte aus dem Arsenal, aber er machte abrupt Halt. Er musste alles so hinterlassen, wie er es vorgefunden hatte, um zu verhindern, dass der Federschweif und seine Anhänger Verdacht schöpften.

Also huschte er erneut ins Innere. Den heruntergezogenen Hebel drückte er mit aller Kraft nach oben, was nicht weniger anstrengend war als diesen nach unten zu ziehen. Rasch spürte er, wie seine Muskeln ermüdeten. Doch die Kugel bewegte sich nicht.

Verzweifelt presste er den Rücken gegen sie, seine Füße traten mit letzter Kraft in den Boden. Die Kugel grub sich so tief in sein Rückenfleisch, dass es sich so anfühlte, als würden sich die Knochen darunter verbiegen. Er musste die Zähne zusammenbeißen, um nicht vor Schmerzen aufzuschreien.

Plötzlich erklang das Horn ein weiteres Mal. Es war viel näher als zuvor. Die Krieger mussten fast das Lager erreicht haben. Wenn auch nur einer von ihnen aus der Ferne das Licht im Arsenal erspähen würde, wäre er ihnen ausgeliefert. Verzweifelt presste er weiter, obwohl er seine Beine bereits nicht mehr spürte. Endlich glitt der Hebel langsam in die Höhe. Ein letztes Mal traten seine Füße mit aller Kraft in den Boden. Der Hebel sauste nach oben, mit einem ohrenbetäubenden Krachen traf er auf die Wand. Die Lichter waren erloschen.

Anstatt erleichtert aufzuatmen, raste Elio aus dem Arsenal hinaus und ließ die schwere Tür hinter sich zufallen. Als er in die Ferne blickte, konnte er bereits die Lichter der brennenden Fackeln sehen. Die Krieger hatten den Zaun erreicht und strömten ins Lager hinein. Er konnte bloß hoffen, dass keiner von ihnen das Licht gesichtet oder das Krachen gehört hatte. Ohne weiter zu grübeln, drehte er sich um und rannte so schnell wie ihn seine schweren Beine noch tragen konnten. Keine Sekunde blickte er zurück.

Als er auf dem Pfad zwischen den Zeltreihen angekommen war, blieb er stehen, um Luft zu holen. Sein Herz pochte inzwischen so wild, dass es ihm auf die Schädeldecke drückte.

Es hörte auch nicht auf, nachdem er sich bereits in seinem Gemach verkrochen hatte. Immer dann, wenn er die Augen geschlossen hatte, sah er Gerald am Boden der verschimmelten Hütte liegen. Die Sorgen strömten aus allen Richtungen auf ihn ein, sie raubten ihm den Schlaf.

13. KAPITEL

BLUTIGE AUGEN

Das Horn riss Elio aus dem Schlaf. Offenbar hatte er es doch geschafft, für wenige Stunden einzunicken, aber sein Schädel dröhnte nach wie vor. Der Schweiß troff aus all seinen Poren. Schwerfällig rappelte er sich von der durchnässten Matratze auf. Seine Handballen presste er sich auf die Stirn, seine Augen waren zusammengekniffen. Wieder fühlte er, wie die innere Leere ihn zerfraß. Wie sollte er weitermachen? Gerald war spurlos verschwunden, Luk war ein jämmerlicher Feigling und Enzo wollte nichts mehr von ihm wissen. Er fühlte sich machtlos.

Bevor er vollkommen in Selbstmitleid versunken war, kam ihm ein entfesselnder Gedanke. Es gab noch einen Menschen, auf dessen Beistand er sich immer verlassen konnte. Noch waren die Jäger nicht in die Wildnis gezogen, aber Liam würde nicht mehr lange innerhalb der Grenzen des Lagers sein. Elio musste sich also beeilen. Er sprang auf und hechtete auf den Zeltspalt zu. Er musste seinem Freund anvertrauen, was er am Abend zuvor im Territorium der Krieger vorgefunden hatte. Es fühlte sich an wie ein Stein, der auf seinem Herzen lag und immer schwerer wurde.

Nach einem kurzen Marsch durch das Lager sah er in der Ferne den Stützpunkt der Jäger. Dieser war nichts weiter als eine Überdachung aus Holz, die von vier langen Beinen getragen wurde. Darunter war ein langer Tisch aufgestellt worden, in den die Jäger mit angeschliffenen Steinen ihre Routen durch die Wälder einritzten. An diesen waren sämtliche Eimer angelehnt, die mit Pfeilen und Bögen vollgestopft worden waren. Das waren die Waffen, von denen sie am meisten Gebrauch machten.

Im Gegensatz zu einem Krieger zeichnete sich ein Jäger nicht bloß durch körperliche Robustheit und mentale Stärke aus, sondern vor allem durch innere Ruhe, welche zur Zielgenauigkeit führte. Eine Tatsache, die ihm bereits unzählige Male von Liam eingetrichtert worden war.

Er blickte auf die Vielzahl an Jägern, die sich unter der Überdachung angesammelt hatten, um sich für den Aufbruch in die Wildnis auszurüsten. Ein Glück, dass sie noch nicht losgezogen waren. Er legte einen Zahn zu.

Als er nah genug war, um ihre Gesichter zu erkennen, sah er Liams Kopf aus der Menge ragen. Dieser trug bereits einen vollen Köcher am Rücken, dazu hielt er einen Bogen in der linken Hand. In der Rechten hingegen hatte er einen spitzen Stein, mit dem er etwas in den Tisch hineinritzte.

„Liam!", rief Elio laut, um ihn auf sich aufmerksam zu machen. Sein Freund riss verwirrt den Kopf hoch und blickte in seine Richtung. Als er ihn erkannte, zog sich ein breites Grinsen über sein Gesicht. Er legte den Stein beiseite. Grinsend drängelte er sich durch das Gewühl aus Jägern zu ihm hindurch.

„Hat dich der Sand verschluckt oder wo bist du so lange gewesen?", scherzte er. Lachend fiel er ihm um den Hals. „Du bist dünner geworden, Bruder. Anscheinend kriegst du nicht genug zu essen." Liam musterte ihn besorgt. Tatsächlich hatte Elio die letzten Tage rein gar nichts gegessen.

„Ich bin auch froh, dich zu sehen, Bruder", erwiderte er. „Ich trainiere nicht mehr mit den Kriegern. Seitdem spüre ich keinen Hunger, aber die Sorgen zerfressen mich." Liam ließ seinen nervösen Blick in der Umgebung herumschweifen. Sie waren noch immer viel zu dicht an den Jägern, um über das Geheimnis zu sprechen.

„Ich nehme dich mit auf die Jagd, Bruder", flüsterte er entschlossen. „So kriegst du deinen Kopf frei, wir reden in Ruhe über

das, was uns beiden auf dem Herzen liegt. Warte hier auf mich."
Kaum hatte er den Satz zu Ende gesprochen, drängelte er sich zurück in das aufgewühlte Getümmel.

Elio blieb stehen und beobachtete, wie er vor einem großen Mann mit einer dicken Plauze unter der Brust Halt machte. Dieser war der einzige Jäger, der eine spitze Ledermütze in dunkelgrünen Farben auf dem kahlen Kopf trug. Auch seine kurze Hose, die ihm gerade so über die Knie reichte, war aus Leder und nicht aus dem gewöhnlichen Stoff, welchen die meisten Bewohner an sich trugen. Sein speckiges Gesicht ähnelte dem eines Ferkels. Er starrte Liam mit einer grimmigen Miene an, während dieser energisch auf ihn einredete. Elio spürte, wie ihm durch den eisigen Blick des Mannes mulmig zumute wurde, aber schließlich klopfte dieser seinem Freund mit einem wohlwollenden Lächeln auf die Schulter. Liam wirbelte herum und setzte sich mit einem zufriedenen Gesichtsausdruck in Bewegung.

„Wer ist dieser Kerl?", fragte Elio, als er wieder vor ihm stand. Sein Freund zog verblüfft die Augenbrauen hoch.

„Das fragst du noch", erwiderte Liam fassungslos. „Julian ist nicht nur mein Mentor, sondern auch oberster Jäger. Sein Wort ist in unserer Gemeinde Gesetz. Du solltest wenigstens schonmal seinen Namen gehört haben." Elio zuckte bloß mit den Schultern. „Na ja, nun kennst du seinen Namen. Wegen der Dienste, die ich ihm bereits erwiesen habe, hat er mir gestattet, dich auf die Jagd mitzunehmen." Er begann, Richtung Norden zu laufen, ohne auf die Antwort seines Freundes zu warten. Diese kam auch nicht. Zügig huschte Elio ihm hinterher. Gemeinsam verließen sie das Areal der Jäger.

Sie mussten das Territorium der Krieger durchqueren, um durch den Zaunspalt in die Wildnis zu gelangen. Während sie durch den Sand schlenderten, blickte Elio nervös zu der verschimmelten Holzhütte hinüber. Auch der Blick auf die drei Arsenale im Westen ließ das Blut in seinen Adern gefrieren. Er fühlte sich beschattet und deplatziert, obwohl die Krieger ihr Territorium bereits verlassen hatten. Nicht einmal hinter dem Stacheldraht war einer von ihnen zu sehen. Vermutlich rannten sie noch immer an der südlichen

Seite des Zauns entlang. Liam schien zu bemerken, dass mit ihm etwas nicht stimmte.

„Warum starrst du immer so nervös dorthin, Bruder?", fragte dieser, der auf die Holzhütte in der Ferne deutete. Elio drückte seinen Arm ruckartig hinunter.

„Nicht hier", zischte er energisch. „Wenn wir in sicherer Entfernung sind, erzähle ich dir alles." Liam wirkte verblüfft, aber er schwieg.

Als sie den verschlossenen Spalt des Zaunes erreichten, kramte er einen eisernen Schlüssel aus seiner Hosentasche heraus, der so ähnlich aussah wie der des Federschweifs. Tatsächlich passte er in das Schloss. Liam drehte ihn ein kleines Stück zur Seite, es sprang auf und sie traten nacheinander in die offene Wildnis. Gewissenhaft verriegelte er den Spalt wieder.

Auf einmal erklang das Horn aus der Ferne. Erschrocken wirbelten sie herum. Elio erblickte die Krieger an der westlichen Außenseite des Zauns. Sie rannten so schnell, dass der Sand unter ihnen aufgewirbelt wurde und ihre Beine in eine riesige Staubwolke einhüllte. Nervös trat er von einem Fuß auf den anderen. Mit Sicherheit hatten sie Liam und ihn bereits gesichtet.

Ein stämmiger Krieger stürmte an vorderster Front, der noch einige Sekunden lang ins Horn hineinblies. Es schien so, als täte er dies ohne die geringste Anstrengung. Mit einer enormen Geschwindigkeit näherte er sich. Innerhalb weniger Sekunden hatten er und die anderen den Spalt fast erreicht. Elio sah, dass ihre Gesichter vor lauter Anstrengung errötet, dazu nassgeschwitzt waren. Zu seiner Verwunderung fehlte von dem Federschweif jede Spur.

Zu genau erinnerte er sich daran, wie er den anderen keuchend hinterhergehetzt war, bevor er sich an die Tortur am frühen Morgen gewöhnt hatte. Nun würde er vermutlich wieder zu den hintersten Läufern der Kette gehören. Sein beschämter Blick senkte sich, denn er wollte nicht, dass sie ihn erkannten, obwohl dies nicht mehr zu verhindern war.

Die meisten Krieger würdigten ihn keines Blickes. Sie schienen ausreichend damit beschäftigt zu sein, an den Fersen ihres Vorläufers zu bleiben. Nur ein einziger Blick traf ihn wie ein Stich ins

Herz. Es war der seines ehemaligen Bruders. Der Schweiß, der aus Enzos Stirn tropfte, verdunstete in dessen wutentbrannten Augen.

„Du gibst dich also noch mit diesem Versager ab!", schrie er in Liams Richtung, woraufhin er wieder nach vorne blickte, um den Vorsprung zu seinen Vorläufern aufzuholen. Elio biss verärgert die Zähne zusammen, die Hand ballte er zu einer Faust zusammen. Liam schaute der Schar bloß verblüfft hinterher.

„Wieso bist du nicht mehr unter ihnen?", fragte er, als sie außer Reichweite waren. Offenbar wusste er nicht, dass sein Freund sich von dem Weg des Kriegers abgewandt hatte.

„Nie wieder will ich dem Federschweif als Untergebener dienen", raunte dieser wütend. „Du hast doch selbst Geralds Geschichten hören müssen. Schlimm genug ist es, dass Enzo nichts begreifen will." Er kochte immer noch vor Wut. Gezwungenermaßen musste er sich an den Streit zurückerinnern und abermals den Abdruck der gewaltigen Pranke auf seiner Wange spüren.

„Bruder, sag mir, könntest du an meiner Stelle einfach so weitermachen wie zuvor?", fuhr Elio entschieden fort. Liam starrte ihn mit einem leeren Blick an, dann schüttelte er den Kopf.

„Mir lässt die Sache auch keine Ruhe", erwiderte er nach längerem Schweigen. „Die Jagd bringt mich auf andere Gedanken, doch in der Nacht holt es mich wieder ein und raubt mir den Schlaf."

Elio gab einen erleichterten Seufzer von sich, sein Herzschlag wurde allmählich ruhiger. Endlich hatte er jemanden gefunden, der seine Sorgen teilte.

„Wir sollten losziehen, Bruder. Die Jagd hat schon begonnen", raunte Liam, während er sich auf die Wälder zubewegte.

Elio hielt den Bogen im festen Griff. Als nächstes zog er den Pfeil auf der schmalen Sehne nach hinten. Er musste ruhig bleiben, denn die Spannung war nicht leicht zu bändigen. Sein rechtes Auge war zugekniffen, das Linke auf ein gewaltiges Hirschgeweih gerichtet, welches etwa eine Eichenlänge entfernt aus dem Dickicht ragte.

„Je länger du wartest, desto schwerer wird es, die Spannung zu halten", flüsterte Liam. „Eine zu hohe Spannung verringert deine Zielgenauigkeit. Lass los." Elio hörte auf die Worte seines Gefährten und ließ den Pfeil aus seinen Fingern gleiten, nachdem er den Hirschkopf ein letztes Mal anvisiert hatte. Doch dieser duckte sich ins Dickicht, wodurch der Pfeil mit einem schrillen Pfeifen über ihn hinweg sauste. Daraufhin schreckte das Tier auf und rannte blitzschnell Richtung Norden, bis es zwischen den Bäumen verschwunden war.

„Mist!", zischte Elio verärgert. Liam klopfte ihm auf die Schulter.

„Das war schon viel besser, Bruder. Deine Haltung ist nicht mehr so angespannt", sagte er. „Den nächsten triffst du mit Sicherheit."

Sie gingen immer tiefer in den Wald hinein. Elio hatte bereits keinen Orientierungssinn mehr, weil er selbst noch nie so tief in diesen eingedrungen war. Sein Gefährte hingegen war hier bereits einige Male gewesen. Plötzlich blieb dieser stehen und setzte sich auf einen umgekippten Baumstamm, der vor ihnen im Dickicht lag. Elio schaute ihn verblüfft an.

„Setz dich", sagte Liam lächelnd. „Wir sind so tief in den Wäldern, dass uns niemand mehr belauschen kann. Auch nicht der Federschweif. Ich sehe die Sorgen in deinen müden Augen. Manchmal ist ein guter Freund zum Reden genug, um die trübe Welt wieder heller werden zu lassen."

Elio stieß einen Seufzer aus, sein energischer Blick schweifte ein letztes Mal durch die Umgebung, anschließend setzte er sich neben ihn.

„Ich weiß nicht mehr, in welcher Welt wir leben, Bruder", erwiderte er erschöpft und ließ seine Stirn auf die Handballen fallen. „Ich glaubte vor kurzem noch, sie zu kennen und zu wissen, wie ein gutes Leben aussieht, doch nun glaube ich nur noch, dass sie aus Lügen errichtet wurde." Liams Mundwinkel zogen sich nach unten, bevor er ihm aufmunternd auf den Rücken klopfte.

„Ich verstehe dich. Wir alle sind einst behütet aufgewachsen. Die einen mehr, die anderen weniger, aber je älter wir wurden, desto finsterer wurde es ringsherum. Jetzt ist nichts mehr, wie es einmal schien", erwiderte er. Dann schwiegen sie, gemeinsam starrten sie in die endlosen Weiten des schattigen Waldes.

Plötzlich bahnten sich die Strahlen der Mittagssonne durch die dichten Baumkronen hindurch, die auf ihre Gesichter schienen. Elio spürte die Wärme erst durch seinen Kopf gleiten, bevor sie sich in seinem ganzen Inneren ausbreitete.

„Sie haben Gerald entführt", raunte er, seine Augen schlossen sich, sein Gesicht badete in den Sonnenstrahlen. „Die Krieger des Federschweifs haben ihn mitgenommen, Bruder." Mit aufgerissenen Augen starrte Liam ihn an. Den Mund hatte er ebenfalls geöffnet, aber dieser brauchte einige Augenblicke, um einen Ton hervorzubringen.

„Wohin haben sie ihn verschleppt?", fragte er mit einer bebenden Stimme.

„Ich weiß es nicht", murmelte Elio, „Ich habe das ganze Territorium der Krieger durchkämmt, aber es war vergeblich. Sein eigener Sohn war zu feige, um mich zu begleiten." Liam schien hellhöriger zu werden.

„Ihr Territorium also …", raunte er nachdenklich. „Was war in der Holzhütte?" Elio schluckte, denn er erinnerte sich nicht gerne an den scheußlichen Anblick.

„Nichts bis auf schimmelige Wände, Fesseln, die aus den Wänden ragen, einen Strick, der von der Decke herabbaumelt, und dunkles Blut, das über den Boden fließt", flüsterte er verstört. „Bestimmt haben sie ihn dort gefoltert oder bereits getötet."

Mit jedem weiteren Wort war Liams Gesicht etwas bleicher geworden. Es ähnelte bereits dem leuchtenden Vollmond.

„Wie kannst du so sicher sein, dass es sein Blut war?", stammelte er. „Vielleicht war es bloß das einer Bestie, die sie dort zerfleischt haben." Elio setzte eine ernste Miene auf, als er ihm eindringlich in die Augen starrte.

„Nein, ich habe auch etwas in einem ihrer Arsenale gefunden. Es stand offen", raunte er tief Luft holend.

„Was hast du gefunden?", erwiderte Liam energisch.

„Seine Waffen", flüsterte Elio. Die Augen seines Gefährten wurden noch ein Stück größer.

„Seine Waffen?", fragte dieser entsetzt.

„Die Waffen, von denen der Federschweif nie etwas erfahren durfte", erwiderte er. Liam rieb sich kräftig mit den Handflächen über sein bleiches Gesicht.

„Der große Krieger ist kein Narr. Auch uns wird er verdächtigen, Bruder", murmelte er. „Es ist nur eine Frage der Zeit, bis er auch uns holen wird. Wir sind dort nicht mehr sicher." Der Schein der Mittagssonne wurde etwas heller. Elio legte den Kopf in den Nacken und ließ sein Gesicht in ihren Strahlen baden. Die angenehme Stille des Waldes ließ seine Gedanken klarer werden.

Als er die Augen wieder öffnete, blickte er zu seinem Gefährten hinüber. Entschlossen sagte er:

„Lass uns fortgehen. Bevor wir die Grenzen des Lagers auf ewig hinter uns lassen, müssen wir Gerald finden, das sind wir ihm schuldig. Danach wird es nichts mehr geben, dass uns an diesem verlogenen Ort festhält." Ein starker Windstoß stieß das Blätterzelt der Baumkronen beiseite. Die Sicht auf die grelle Sonne wurde frei. Die Gefährten wurden so sehr von ihrem Schein geblendet, dass sie nur noch leicht blinzeln konnten. Einen Wimpernschlag später war der Wind bereits vorbeigezogen, die Blätter bedeckten sie wieder.

„Morgen früh werden wir ihn suchen gehen, Bruder", erwiderte Liam. „So lange, bis wir ihn tot oder lebendig vor uns sehen. Danach ziehen wir für immer fort, wie du es sagst." Elio nickte seinem Freund zu, dann starrte er wieder in die Ferne.

Seine Augen wurden wacher, als er sah, dass sich zwischen den Bäumen etwas regte. Als nächstes erhob sich ein prächtiges Geweih aus dem Dickicht. Langsam rutschte er von dem Baumstamm herunter, er ging in die Hocke. Einen Pfeil kramte er aus seinem Köcher. Behutsam pirschte er sich an das weitreichende Gestrüpp heran. Der Hirsch schien ihn noch nicht bemerkt zu haben, denn er blieb gelassen stehen. Also legte Elio den Pfeil auf die Sehne, die er langsam nach hinten zog. Sein ganzer Körper war durch das Dickicht verdeckt, bloß die Pfeilspitze ragte aus den Blättern heraus. Die Sorgen plagten ihn nun nicht mehr, er war ruhiger als je zuvor. Sein linkes Auge sah nur noch den Hirschkopf, seine Glieder waren wie versteinert. Nicht einmal eine Fingerspitze regte sich. Er atmete aus und ließ los.

Der Pfeil sauste durch die Luft und machte keinen Bogen, sondern flog in einer geraden Linie auf das Ziel zu. Bevor der Hirsch durch das schrille Pfeifen aufschrecken konnte, hatte sich das Geschoss bereits zwischen seine Augen gebohrt. Leblos sackte er in sich zusammen.

„Wie ich es dir gesagt habe", zischte Liam, der dicht hinter seinem Gefährten kniete. Sie bahnten sich mühsam durch das Gestrüpp, bis sie den Kadaver erreichten. Elio zog zufrieden seinen Pfeil heraus. Seit langer Zeit huschte mal wieder ein kleines Lächeln über seine Lippen, denn noch nie in seinem Leben hatte er einen Hirsch erlegt.

Als sie das Lager erreichten, war die Nacht bereits angebrochen. Bis auf ein paar winzige Fackeln, die noch in weiter Ferne brannten, war es finster. Sie standen vor dem schmalen Pfad, der hinter dem Territorium der Krieger lag und in die Zeltreihen hineinführte.

„Morgen früh treffen wir uns hier, Bruder. Noch bevor das Horn erklingt", flüsterte Liam. Ihre Wege trennten sich, er trug den erlegten Hirsch auf seinem stämmigen Rücken, um diesen noch am Stützpunkt der Jäger abzuliefern, wo Julian bis tief in die Nacht auf die Rückkehr der Jäger wartete. Dort nahm er ihre Beute gebührend in Empfang.

Elio hatte seinem Freund zugestanden, dem obersten Jäger zu verschweigen, dass er die Beute erlegt hatte. Schließlich hatte er andere Pläne als dessen Beachtung zu erlangen. Morgen würde er die Grenzen des Lagers auf ewig hinter sich lassen. Heute wollte er dem Mädchen, das er liebte, einen letzten Besuch abstatten. Vielleicht wollte Naomi ihn gar nicht sehen, denn sie hatte sich seit ihrem letzten Treffen nicht besonders darum bemüht, seine Nähe zu suchen, aber er wollte unter keinen Umständen fortziehen, ohne sie ein letztes Mal gesehen zu haben. Also folgte er dem Pfad Richtung Westen, obwohl er nicht mehr wusste, wo genau ihr Zelt lag.

Bereits nach einem kurzen Marsch über den Sand, kam ihm die Umgebung vertraut vor. Hier war er entlang gegangen, als er das letzte Mal in der Schmiede gewesen war. Bis zu ihrem Gemach konnte es also nicht mehr weit sein. Schon erblickte er dieses.

Verwunderlich war bloß, dass es das einzige Zelt war, in dem noch Licht brannte. Nicht einmal der Spalt war zugeknöpft, obwohl die Nachtruhe im Lager längst begonnen hatte. Elio runzelte verblüfft die Stirn, während er sich auf Zehenspitzen heranpirschte. Er spürte mehr und mehr, wie sich etwas in seiner Magengrube zusammenbraute. Es war eine tiefe Unruhe, die immer größer wurde. Womöglich kämmte sie sich noch die Haare oder entsorgte ihre verwelkten Blumen. Das redete er sich zumindest ein, um sich zu beruhigen, aber als ihn nur noch wenige Schritte von dem Spalt trennten, vernahmen seine Ohren ein gedämpftes Wimmern.

Sein Herz pochte schneller. Etwas stimmte hier nicht, denn die kläglichen Geräusche erklangen aus dem Inneren ihres Gemachs.

„Sei still, dreckiges Miststück", zischte eine tiefe Stimme. Das Wimmern verstummte. Elios Herz raste. Die Haare auf seiner Haut stellten sich auf, denn er kannte die Stimme. Der Zorn in seinem Inneren wuchs. Er wollte das, was er sich ausmalte, nicht wahrhaben.

Doch als er den Kopf durch den Spalt steckte, sah er den Teufel vor seinen Augen. Naomis nackter Körper lag ausgestreckt auf ihrem Bett, ihr Gesicht versank in der Matratze. Immer wieder versuchte sie, sich zur Seite zu winden, aber es gelang ihr nicht, weil Utan auf ihrem Rücken saß und ihre Arme festhielt. Auch er war entblößt. Elio wollte sich bewegen, aber der Anblick ließ ihn erstarren.

„Nun kriegst du, was du verdienst", flüsterte Utan hechelnd, der sie am Schopf packte, um ihr Gesicht noch tiefer in den Stoff zu pressen. Dann schlug er mit der freien Hand kräftig auf ihren Hintern. Sie strampelte panisch mit den Beinen, um sich zu befreien, aber es war vergeblich. Aus der Matratze erklang wieder das Wimmern, welches so leise wurde, dass Elio es kaum hören konnte.

„Ich werde dich leiden lassen", schnaufte Utan, der ein weiteres Mal ausholte. Diesmal traf er sie so hart, dass alle ihre Glieder zusammenzuckten.

Elio konnte sich immer noch nicht bewegen. Er wollte laut losschreien, aber seine Kehle war zugeschnürt. Unbeirrt ließ er den Blick über den Sandboden schweifen, da sah er einen spitzen Stein, der gleich vor seinen Knien lag. Sein Herz raste inzwischen so sehr, dass es ihm gegen den Kehlkopf hämmerte. Er spürte tiefen Hass, der stärker war als alles andere, was er jemals gefühlt hatte. Seine Augen starrten auf den Stein. Das abscheuliche Schnaufen aus dem Inneren des Gemachs drang immer wieder in seine Ohren.

Plötzlich griff er nach dem Stein. Es geschah, ohne dass er sich bewusst dazu entschieden hatte. Seine Sicht war verschwommen, doch schnell war sie wieder klarer als je zuvor. Seine Hand hatte das Gestein so fest umschlossen, dass die scharfen Kanten sich in sein Fleisch bohrten. Er wusste nicht mehr, wieso er ihn aufgehoben hatte. Doch er wollte Blut sehen. Dunkles Blut, das den Hass in seinem Magen besänftigen würde. Er war bereits nassgeschwitzt, aber er griff noch fester zu. So fest, dass seine Handfläche zu bluten begann. Utan hatte begonnen, sich an Naomi zu reiben, er leckte ihre Haut ab. Elios Sicht wurde wieder schummriger, sein Herz raste mittlerweile so sehr, ihm wurde schwindelig.

Vollkommen benebelt schlüpfte er in das Gemach hinein, seine Füße stießen sich kräftig vom Teppich ab. Ohne zu zögern, stürmte er auf Utans Rücken zu, mit dem Stein holte er zum Schlag aus. Als er die Bettkante erreichte, drehte Utan ruckartig den Kopf über die Schulter, aber es war längst zu spät für ihn. Ein letztes Mal blickte er in Elios leere Augen.

Die scharfe Steinkante traf mit enormer Wucht auf seinen Schädel. Fassungslos kniete er noch weiter auf Naomi, sein Mund war aufgerissen, aber abgesehen von einem angestrengten Krächzen brachte dieser keinen Ton heraus. Aus seinem Kopf strömte dunkelrotes Blut, welches sich über den geweiteten Augen und dem ganzen Gesicht verbreitete. Schließlich sackte er in sich zusammen. Unvermeidlich stürzte er von der Bettkante. Elio sah dabei zu, wie er mit einem gewaltigen Krachen vor seinen Füßen auf den Teppich prallte. Utan lag regungslos auf dem Bauch. Das Blut quoll nach wie vor aus seinem Schädel heraus. Es ließ ringsherum eine riesige Pfütze entstehen.

Elio taumelte einen Schritt zurück. Als er den Blick senkte, sah er, wie seine blutigen Hände zitterten. Der Stein war ebenfalls in Blut getränkt.

Naomi zog ihr Gesicht aus dem Stoff und stützte sich mühsam auf die Arme. Hechelnd rang sie nach Luft. Langsam drehte sie den Kopf in Elios Richtung. Unter ihrem linken Auge pochte eine bläuliche Schwellung. Auf der Wange darunter schimmerte der rote Abdruck einer Hand. Utan musste ihr einige Male ins Gesicht geschlagen haben. Sie starrte ihn entsetzt an, zu seiner Verwunderung brachte ihr Blick keine Erleichterung oder gar Dankbarkeit zum Ausdruck, sondern vielmehr vorwurfsvolle Panik. Schließlich ließ er den Stein fallen. Dieser landete mit einem leisen Platschen in Utans Blut, das inzwischen seine Füße erreicht hatte.

„Was hat er dir nur angetan?", flüsterte er mit einer zittrigen Stimme. Naomi starrte ihn weiterhin an.

„Frag dich lieber, was du getan hast", zischte sie schnippisch. Mühsam rappelte sie sich auf, um über die Bettkante zu schielen. „Er bewegt sich nicht mehr, Elio!" Sofort sprang sie vom Bett auf.

„Er hätte dich umbringen können!", rief Elio, der einen Schritt nach hinten machte, damit seine Füße nicht länger im Blut badeten. Er konnte nicht fassen, auf welche Weise sie zu ihm sprach. Zugleich spürte er, dass das viele Blut keineswegs dafür sorgte, dass er sich besser fühlte, denn um sein rasendes Herz herum war es nur noch kälter geworden.

„Du hast ihn umgebracht!", erwiderte sie mit einer weinerlichen, schrillen Stimme. Auch sie taumelte nach hinten. Ihr starrer Blick schweifte keine Sekunde von der Blutlache ab. „Wenn sie davon erfahren, werden sie uns verbannen. Du musst etwas tun, Elio." Sie wimmerte verzweifelt und ließ sich zurück auf das Bett fallen. Mit den Handflächen bedeckte sie ihre tränenden Augen.

„Kümmere dich darum. Ich will nicht fortgehen", fügte sie hinzu.

Elio sagte nichts mehr, der rückwärts auf den offenen Spalt zu taumelte. Sein verstörter Blick wanderte immer wieder von Naomi zu seinen blutverschmierten Händen. Noch immer hämmerte ihm sein Herz gegen den Kehlkopf. Er wollte ihr etwas sagen, doch seine Kehle war zugeschnürt. Er brachte keinen einzigen Mucks heraus. Schließlich gab er es auf und wirbelte herum durch den Spalt ins Freie.

Draußen war es noch immer finster. Bloß der Vollmond warf einen leichten Schein über die Zeltspitzen. Einen Moment lang schloss er ruhig atmend die Augen. Die Luft war angenehm kühl und ließ ihn sich wieder etwas lebendiger fühlen, aber zugleich war er sich nicht darüber im Klaren, ob sein Leben noch einen Sinn hatte. Plötzlich begannen seine Beine, ihn Richtung Norden zu tragen. Sie wurden immer schneller, bis er rannte.

„Komm auf der Stelle zurück, Elio! Du darfst mich hier nicht allein lassen!", schrie ihm Naomis gedämpfte Stimme hinterher. Doch er blickte keine Sekunde zurück. Sein Kopf war leerer als je zuvor, weil jegliche Gedanken nur noch an ihm nagten. Er wusste nicht, wohin er getragen wurde. Die Nacht war still, aber in seinen Ohren dröhnte es so sehr, dass er sich diese vom Kopf reißen wollte. Die leichte Brise wehte ihm ins Gesicht, er spürte, wie seine Augen wässrig wurden. Tränen flossen seine kalten Wangen hinab. Noch nie hatte er einem anderen Menschen das Leben genommen. Seine Beine wurden nicht müde, sondern trugen ihn immer weiter.

Als er inne hielt, um Luft zu holen und die Umgebung genauer zu betrachten, fiel ihm auf, dass er wieder im Territorium der Krieger war. Er wollte nur noch Gerald finden, um anschließend so schnell wie möglich zu verschwinden. An die Abmachung mit Liam dachte er nicht mehr.

In weiter Ferne sah er die Holzhütte. Er traute seinen Augen nicht, denn in ihrem Inneren brannte Licht. Die Neugier zog ihn in ihre Richtung, obwohl er die heruntergekommene Fassade und den abscheulichen Geruch keineswegs vermisste. Er konnte sich nicht vorstellen, wer zu so später Stunde noch dort sein könnte. Während Elio sich mit zügigen Schritten Richtung Osten bewegte, flackerte das Licht immer wieder auf, bevor es von umhertänzelnden Schatten wieder gedimmt wurde. Jemand musste sich im Inneren aufhalten.

Als er bereits die Hälfte der sandigen Strecke zurückgelegt hatte, nahm er leise Stimmen wahr. Augenblicklich begann er, noch schneller zu laufen. Mit jedem Schritt wurden diese lauter, aber er konnte nicht verstehen, was sie sagten. Er hörte bloß, dass sie zu mehr als einem Menschen gehörten. Abermals stieg ihm der modrige Geruch in die Nase, ihm wurde immer mulmiger zumute. Es trennten ihn nur noch wenige Schritte von der morschen Holztür, durch dessen Spalt das Licht nach draußen flackerte. Alle seine Glieder waren angespannt, seine müden Beine schmerzten.

„So wolltest du mir also für alles danken, was ich für dich getan habe!", hörte er plötzlich die zornige Stimme des Federschweifs wettern. „Ich war derjenige, der dafür gesorgt hat, dass dein langersehnter Wunsch nach einer eigenen Schmiede erfüllt wird! Ich hätte noch so viel mehr für dich getan, doch du musstest mich hintergehen!" Elios Herz raste, während er den Atem anhielt. Vorsichtig lehnte er sich an die Tür, um zu lauschen. Aus Angst darum, gesehen zu werden, hielt er sich von dem Spalt fern.

„Sag schon, was du mit ihnen vorhattest", zischte der Federschweif. „Einen Aufstand gegen mich? Wolltest du deinem treuen Bruder eine von ihnen in den Rücken rammen? Wenn du nicht bald mit der Sprache rausrückst, wirst du nicht mehr lange in der Lage sein, dein erbärmliches Maul aufzureißen. Du bist der Einzige, der weiß, wozu ich fähig bin. Sprich zu mir, Gerald!" Als nächstes hörte Elio einen dumpfen Schlag aus dem Inneren. Ein schmerzerfülltes Jaulen folgte. Sofort erkannte er Geralds Stimme, sein Herz machte vor Aufregung einen Sprung. Dann war es still in der Hütte, bloß noch das Sausen des Windes hörte er an seinen Ohren vorbeirauschen.

„Ich habe dir nichts mehr zu sagen, Lorenz", krächzte Gerald. „Wenn du mir das Leben nehmen musst, dann bring es endlich hinter dich. Hör auf, deine Zeit zu verschwenden."

Elio hielt es nicht mehr aus. Der Schweiß strömte wie ein Wasserfall seine Stirn hinunter. Vorsichtig beugte er sich nach vorne, um einen Blick ins Innere zu erhaschen. Erneut flog ihm eine schimmelige Duftwolke in die Nase. Vor seinen Augen war der bemalte Rücken des großen Kriegers. Die dünne Haut über den gewaltigen Muskelbergen glänzte im Schein der Fackel, die dieser in der rechten Hand trug. In der anderen hielt er seinen Speer, dessen Spitze fast die Decke berührte und in Blut getränkt war. Elio konnte die gegenüberliegende Wand nicht sehen, weil der gewaltige Rücken ihm die Sicht versperrte. Doch die seitlichen Wände waren nach wie vor mit den streng riechenden Schimmelsporen versehen. Über den Boden sickerte noch immer die dunkelrote Blutlache. Inzwischen war sie um einiges größer geworden. Fast hatte sie den Türrahmen erreicht. Der Federschweif machte einen Schritt zur Seite, woraufhin er die Fackel mit einer wilden Bewegung umherschwenkte. Seine Füße tauchten mit einem lauten Platschen in das Blut ein. Elio bekam freie Sicht nach vorne.

Vor Schreck musste er den Atem anhalten, denn Gerald war kaum wiederzuerkennen. Um dessen bleichen Hals war der Strick, welcher aus der Decke hing, geschnürt. Seine Augen waren nur noch zwei zusammengezogene Schlitze, die hin und wieder mühsam blinzelten. Das Gesicht war vollkommen blass wie der Rest seiner Haut, sein schlaffer Leib baumelte nur noch träge an der festgeschnürten Schlaufe. Auseinandergespreizt lagen seine regungslosen Beine im Blut. Der abgemagerte Bauch war mit unzähligen winzigen Einstichen versehen, aus denen Blut strömte.

Im nächsten Moment riss der Federschweif seinen Speer in die Luft, woraufhin er ihm diesen mit gewaltigem Schwung in den Brustkorb stieß. Der Schmied gab einen schmerzerfüllten Schrei von sich, die Augen riss er weit auf. Elio konnte die nackte Panik in seinem Inneren sehen. Ruckartig zog der Federschweif die Spitze heraus. Blut schoss aus Geralds Brust. Die Blutlache am Boden schwappte dadurch über die Türschwelle und über Elios Füße.

Der Schreck raste so unerwartet durch dessen Glieder, dass er unbeholfen zurückwich. Ungewollt stieß sein Kopf gegen die morsche Tür. Mit einem ohrenbetäubenden Knarzen löste diese sich von ihren Angeln, wodurch sie in den Innenraum kippte und in das Blut platschte. Hektisch wirbelte der Federschweif herum. Elio blickte in seine finsteren Augen, die denen einer blutrünstigen Bestie ähnelten. Geralds Kopfs war nach unten gesenkt und regte sich kein bisschen mehr. Das Blut strömte weiterhin aus ihm heraus. Abermals war Elio wie gefesselt. Sein Kopf riet ihm energisch, auf der Stelle fortzurennen, aber seine Glieder leisteten Widerstand.

„Ich dachte mir bereits, dass auch du mich hintergangen hast!

Jetzt wirst du dran glauben müssen, Jungspund!", schrie der Feder-schweif wutentbrannt, der erneut ausholte. „Das passiert nämlich mit Verrätern!"

Mit gewaltigem Schwung warf er den blutigen Speer in Elios Richtung. Bevor dieser sich durch dessen Herz rammen konnte, gelang es ihm, sich von der Schockstarre loszureißen. Benommen taumelte er zur Seite. Um eine Haaresbreite flog das Geschoss an seiner Schulter vorbei. Wenige Meter hinter ihm bohrte es sich in den Sand. Der Federschweif stieß einen wilden Schrei aus und stürmte mit erhobener Fackel auf ihn zu.

Ohne zu zögern, rannte Elio zu dem Speer, griff diesen mit bei-den Händen und riss ihn aus dem Sand. Blitzschnell wirbelte er herum, um ihn auf den rennenden Krieger zu richten, der nur noch wenige Schritte von ihm entfernt war. Dieser schwang hektisch die Fackel umher, sodass er ihn hinter der tänzelnden Flamme nicht mehr deutlich erkennen konnte. Trotz der verwischten Sicht holte Elio aus, dann stieß er den Speer mit aller Kraft nach vorne. Ein schmerzerfüllter Schrei dröhnte in seine Ohren. Die Fackel fiel zu Boden, die vom Sand erstickt wurde. Gleich dahinter stürzte der Federschweif auf die Knie.

Mit erhobenem Speer stand Elio vor ihm. Im Mondlicht sah er, dass die rechte Schulter des großen Kriegers stark blutete. Die Spit-ze des Speers musste ihn getroffen haben. Der Schmerzensschrei war wieder verstummt, der Federschweif gab nur noch ein schwer-fälliges Hecheln von sich, als er im Sand kniete. Seine linke Hand presste er auf die blutende Schulter. Langsam hob er den Kopf. Elio blickte in seine hasserfüllten Augen, unter denen noch immer dunkle Schatten waren. Endlich erkannte er das wahre Wesen hinter der geschmückten Fassade. Es war ein Anblick, der noch abscheu-licher als die zerfallene Holzhütte war. Niemals würde er selbst so enden wollen. Langsam senkte er den Speer. Er wandte sich ab, um so schnell wie möglich Richtung Norden zu rennen.

Seine Sicht war wie ein langer Tunnel, an dessen Ende der Zaun war. Sein Herz raste so schnell, dass sein Verstand diesem nicht mehr hinterherkam, seine Füße traten so fest in den Sand, dass sich die winzigen Körner unter ihnen wie harte Kiesel anfühlten.

Er blickte keine Sekunde über die Schulter. Immer weiter rannte er, obwohl der scharfe Wind ihm den Atem raubte. Den Speer des Federschweifs hielt er immer noch fest umklammert. Nach wenigen Augenblicken, die ihm wie eine halbe Ewigkeit vorkamen, erreichte er das Gemach des großen Kriegers. Das prächtige Federkleid und der gewaltige Hirschkopf auf dessen Spitze waren für ihn einmal Zeichen der Ehre und des Stolzes gewesen, aber er sah nur noch einen dreckigen Schandfleck, den er für alle Zeiten hinter sich lassen wollte.

Rasch sputete er die letzten Meter zum Zaun. Dann musste er feststellen, dass dessen Spalt verschlossen war. Verzweifelt rüttelte er an den beiden Zaunenden, sie lösten sich nicht voneinander. Panisch blickte er nach oben. Hinüberzuklettern war seine einzige Chance, aus dem Lager zu entkommen. Also warf er noch einen letzten Blick über die Schulter und sah in leere Dunkelheit.

In einem großen Bogen warf er den Speer über den Zaun. Das rechte Bein hob er hastig über den Stacheldraht, seinen Fuß presste er gegen das eiserne Gitter. Mit den Händen hielt er sich daran fest. Als er das linke Bein nachzog, verfing sich der andere Fuß im Stacheldraht. Vor Aufregung spürte er dies kaum. Ruckartig zog er sich am Gitter hoch, wodurch der Stacheldraht einen Fetzen Haut aus seinem Knöchel riss. Vor Schmerzen biss Elio sich auf die Zunge. Aus seinem Fuß tropfte Blut, aber er zog sich weiter den Zaun hinauf. Die dünnen Gitterstäbe zerdrückten die Knochen unter seinen Fingern, seine Unterarme wurden taub. Mit einem letzten mühevollen Ruck hievte er sich über die Spitze. Jetzt hing er an der entgegengesetzten Seite des Gitters. Etwa vier Meter unter seinen Füßen lag der äußere Stacheldraht. Er holte noch einmal tief Luft, bevor er sich mit aller Kraft vom Gitter abstieß. Bloß eine Haaresbreite hinter den spitzen Drähten tauchten seine Füße in den Sand ein. Der Aufprall erschütterte seine müden Beine, er knickte ein. Einige Meter rollte er über den Wüstenboden. Die Sandkörner brannten in seinen Augen.

Nachdem er sich wieder aufgerappelt hatte, blickte er noch einmal zum Zaun zurück. Er sah, dass er auf dem Stacheldraht eine Blutspur hinterlassen hatte, die sich über den Sand bis zu seinen

Füßen erstreckte. Doch das war ihm egal, er wirbelte herum, um nach seinem Speer Ausschau zu halten, der gleich neben ihm im Sand steckte. Ruckartig zog er ihn heraus, um weiter Richtung Norden zu laufen. Der Zaun und das Leben im Lager waren von nun an ein Teil seiner Vergangenheit.

14. KAPITEL

EIN TÖDLICHER ALBTRAUM

Allmählich wurde es düster in den Wäldern. Das Gezwitscher der Vögel wurde leiser. Die lieblichen Gesänge der Zikaden überschwemmten es. Eine leichte Brise ließ die Blätter an den Bäumen und Gebüschen tanzen. Ganz in der Nähe stieg eine Rauchwolke in die Luft, die sich sanft über die Baumkronen legte und zum Himmel emporstieg. Darunter brannte ein Feuer. Es lag inmitten einer Lichtung, welche im trüben Mondlicht glänzte. Die hellen Flammen über dem Haufen aus Ästen knisterten und erwärmten die feuchte Erde.

Gleich davor saß im Schatten eine abgemagerte Gestalt, die einen langen dünnen Stock über die Funken hielt. Auf der Spitze war ein gehäuteter Kadaver aufgespießt, der vermutlich einmal ein Hase oder ein kleiner Dachs gewesen war. Das rötliche Fleisch brutzelte über den knisternden Flammen, färbte sich schnell bräunlich. Die Gestalt drehte den Stock noch einige Male, um es von allen Seiten gar werden zu lassen. Um es aus der Hitze zu ziehen, beugte sie sich nach vorne. Ihr Gesicht wurde von den Flammen erhellt, bevor es wieder im Schatten untertauchte.

Elio war kaum wiederzuerkennen. Die Haut an seinen Wangen war dünn geworden, die Knochen darunter stachen hervor. Auch aus seinem mit tiefen Kratzern übersäten Leib ragten die Rippen heraus, seine einst kräftigen Arme waren dürr geworden. Unter den hellblauen Augen hatten sich schwarze Ringe gebildet, die sich fast bis zum Ende der Nase hinunterzogen.

Er selbst wusste schon gar nicht mehr, vor wie vielen Tagen oder Vollmonden er das Lager hinter sich gelassen hatte. Dafür hatte ihm der Überlebenskampf in der Wildnis zu viel abverlangt. Selten hatte er etwas zum Essen, die ständige Furcht vor den Bestien raubte ihm den Schlaf. Heute hatte das Glück ihn ausnahmsweise nicht im Stich gelassen, denn der aufgespießte Hase war ihm ohne weiteres vor die Füße gelaufen. Ein müheloser Hieb mit dem Speer hatte genügt, um diesen zu erlegen. Der Ort, an dem er rastete, schien friedlich zu sein. Aus dem Dickicht ringsherum erklang kein bedrohliches Knurren oder Fauchen, sondern lediglich der Zikaden Gesang. Zum ersten Mal seit einer Ewigkeit wiegte er sich in Sicherheit. Das Herz hämmerte ihm nicht mehr gegen den Brustkorb.

Seine verschmutzten Hände zogen langsam das Fleisch von der Speerspitze, um dieses in kleine Stücke zu reißen. Die knochigen Finger zitterten. Gierig stopfte er sich die Fetzen der Reihe nach in den Mund. Sein Magen stieß ein dumpfes Knurren aus, der Speichel tropfte ihm von der Zunge. Seine Zähne glitten mühelos durch das zarte Fleisch hindurch, gierig zerkaute er es. Als er es hinunterschluckte, breitete sich Wärme in seinem Magen aus und er spürte, wie seine müden Glieder neue Kraft schöpften.

Zufrieden ließ Elio sich auf den Rücken fallen, um in den schwarzen Nachthimmel zu blicken. Neben dem Vollmond funkelten winzige Sterne. Endlich konnte er seine Aufmerksamkeit vom Wald abschweifen lassen und diese auf jenes richten, was in ihm eine friedliche Bewunderung hochkommen ließ. Die Sterne waren seinem Verstand schon immer fern gewesen. Niemand hatte ihm je sagen können, was sich hinter ihnen verbarg oder weshalb sich ihr Licht dem menschlichen Auge offenbarte. Es schien so, als könne bloß er selbst nach Antworten auf diese Fragen suchen. Er wollte wissen, ob es irgendwo in den Sternen andere Menschen gab, die aus weiter Ferne auf seine Welt blickten, während sie sich dasselbe fragten wie er. Zugleich fürchtete er, dies bis zu seinem Lebensende nicht herausfinden zu können.

Seine Augen wurden schwerer, die Erde unter seinem Rücken

weicher. Seine letzten Gedanken strömten in die Luft, die inmitten der knisternden Funken verblassten, wodurch seine Glieder sich federleicht anfühlten. Die leisen Geräusche der Zikaden kribbelten angenehm in seinen Ohren, ihm fielen die Augenlider zu und er schlief ein.

Am nächsten Morgen wurde er von den grellen Strahlen der Mittagssonne, dazu den aufgeregten Gesängen der Vögel geweckt. Er erinnerte sich nicht daran, etwas geträumt zu haben, denn die Nacht war wie ein Wimpernzucken an ihm vorbeigezogen. Gähnend hob er den Rücken von der Erde, um die Gliedmaßen auszustrecken. So gestärkt hatte er sich schon lange nicht mehr gefühlt.

Das Lagerfeuer knisterte noch immer vor sich hin. Vor seinen Beinen lag der lange Stock, auf dessen Spitze noch immer ein mickriger Rest des Kadavers aufgespießt war, den er am gestrigen Abend nicht ganz aufgegessen hatte. Er zog diesen hinunter und steckte ihn in den Mund. Das Fleisch war bereits krustig, dazu etwas ausgetrocknet, aber er zerkaute es dennoch genussvoll. Nachdem er es hinuntergeschluckt hatte, griff er nach dem Speer und rappelte sich auf. Dann verließ er den Schutz des Feuers, um den Marsch Richtung Norden fortzuführen.

Seine größte Hoffnung lag in der Vorstellung, weitere Gemeinschaften wie das Lager zu finden. Auf der Reise in das Territorium des Serpenstigris hatte er damals feststellen müssen, dass es in südlicher Richtung kein einziges Lebenszeichen anderer Menschen gab. Wahrscheinlich hatte die Bestie die letzten von ihnen ausgerottet. Ihm war bewusst, dass es nur eine Frage der Zeit war, bis er auf die Hilfe Seinesgleichen angewiesen sein würde, denn er könnte sich nicht ewig halb ausgehungert von einem einsamen Rastplatz zum nächsten schlagen. Die geschöpfte Kraft musste er nutzen, um tiefer in die nördlichen Wälder einzudringen als es jemals einem anderen Bewohner des Lagers gelungen war. Sonst gab es für ihn keine Chance, auf menschliche Siedlungen zu treffen.

Mühsam kämpfte er sich mit gezücktem Speer durch das Dickicht. Plötzlich erspähte er einen riesigen gelben Fleck, der sich in weiter Ferne hinter den Bäumen erstreckte. Zunächst konnte er nichts Weiteres sehen, weil die grellen Strahlen der Sonne ihn blendeten, aber nachdem seine Augen sich an den Schein gewöhnt hatten, erkannte er die Wüste. Ihr Anblick ließ ihn staunen.

Seit unzähligen Tagen hatte er nichts außer das dichte Gestrüpp der Wälder gesehen. Seine Füße hatten in der Nacht, in der er aus dem Lager geflüchtet war, das letzte Mal Sand gespürt. Die Neugier ließ ihn einen Zahn zulegen. Äste peitschten gegen die aufgeschürften Schienbeine, doch er spürte die Schmerzen kaum. Sein Blick war nur noch auf den goldenen Fleck hinter dem Wald gerichtet. Vielleicht war dieser sogar ein Anzeichen dafür, dass sich in der Nähe andere Menschen aufhielten, denn auch das Lager war einst abseits der Wälder errichtet worden.

Als Elio das Ende des Waldstücks erreicht hatte, blickte er staunend in die Weiten der Wüste, welche sich so weit erstreckte, dass nicht einmal am hell erleuchteten Horizont ihr Ende sichtbar war. Ringsherum gab es keine Wälder, die an ihr entlangführten. Er würde sie also geradewegs durchqueren müssen, um weiter Richtung Norden zu gehen. Aber er spürte bereits, wie die erdrückende Hitze seinen Atem schwerer werden ließ. Zögerlich trat er aus dem Dickicht. Unter den Körnern spürte er harten Untergrund. Hier war kein Treibsand.

Erleichtert begann er, zu laufen. Doch nachdem er den Schatten der Bäume hinter sich gelassen hatte, wurde der Sand heißer. Seine Füße brannten bereits so sehr, dass er die Zähne zusammenbeißen und schneller hetzen musste. Die Sonne am Horizont prallte gnadenlos auf sein Gesicht, weswegen er sich schützend die Hände über seine blinzelnden Augen hielt, um etwas sehen zu können. Kurz dachte er daran umzukehren, um die Wüste erst nach Anbruch der Nacht zu durchqueren, aber als er einen Blick über die Schulter warf, sah er, dass das Waldstück nur noch ein winziger Fleck in der Ferne war. Ihm wurde bewusst, dass die Rückkehr bloß zu einem unnötigen Verlust seiner Kräfte führen würde. Also wandte er den Blick wieder nach vorne. Schnaufend stapfte er weiter. Ihn ließ das Gefühl nicht los, dass der Sand mit jedem Schritt etwas tiefer wurde. Tatsächlich hatte sich das Brennen bald schon von seinen Knöcheln bis zu den Waden hinaufgezogen. Der Sand reiche ihm bis an die Schienbeine. Mit jedem weiteren Schritt wurde es mühsamer, sich zu bewegen.

Plötzlich spürte er, dass seine Füße den Halt verloren. Diese versanken langsam. Ein kräftiger Sog erfasste sie. Die Schweißperlen tropften an seiner Stirn hinunter. Panik ergriff ihn. Mit hastigen Bewegungen versuchte er, sich zu befreien. Dadurch wurde er nur noch schneller nach unten gezogen. Das Herz pochte ihm gegen die Schläfe, aber er begann, ruhiger zu atmen, um einen klaren Gedanken zu fassen.

Als er an sich hinunterblickte, fiel ihm der Speer ins Auge, den er in der rechten Hand hielt. Ohne zu zögern, schloss er auch die andere um diesen. Mit voller Wucht stieß er ihn nach unten. Die Spitze bohrte sich tief in den Sand. Hastig ließ er sich auf den Bauch fallen und zog sich mit den Armen kräftig nach vorne. Sein Plan schien aufzugehen, denn er spürte, wie sich seine Beine allmählich aus dem Sog lösten. Stück für Stück kamen sie der Oberfläche des Treibsandes näher.

Elio hechelte bereits vor Anstrengung. Auf seinen Lippen schmeckte er den salzigen Schweiß, der ihm aus allen Poren tropfte. Er hatte das Gefühl, die Muskeln an seinen Armen würden zerreißen, aber er hörte nicht auf, zu ziehen. Als er über die Schulter blickte, sah er, dass nur noch seine Füße im Sand feststeckten. Ein letztes Mal zog er mit aller Kraft am Speer. Endlich spürte er, wie seine Zehen die Oberfläche erreichten. Hektisch riss er die Beine nach vorne. Keuchend rollte er sich auf den Rücken. Die Sonne prallte auf seine durchnässte Haut.

Schweißgebadet wie er war, blieben die Sandkörner an ihm kleben. Regungslos blieb er liegen, er versuchte, seine hastige Atmung in den Griff zu bekommen. Die Arme waren so schwer geworden, dass er sie kaum anheben konnte. Er ließ die Augen zufallen und lauschte nur noch der leisen Brise, die in Wellen über das weitreichende Sandmeer zog. Das unscheinbare Wehen löste ein friedliches Gefühl in ihm aus, das er lange nicht mehr gespürt hatte.

Plötzlich wurde es stärker und lauter. Aus dem leisen Summen war ein schrilles Pfeifen geworden. Als nächstes peitschte ihm ein gewaltiger Windstoß gegen die Schläfe. Erschrocken blickte er zu dem Treibsand hinüber, dem er nur mit Mühe entflohen war. Die stürmischen Böen sorgten dafür, dass dieser aufgewirbelt wurde. Elio richtete sich auf und griff nach dem Speer. Von hinten kam ein Windstoß mit einer solchen Wucht, dass er einige Schritte nach vorne taumeln musste. Aus dem aufgewirbelten Sand bildete sich allmählich ein kreisförmiger Strudel, der von Sekunde zu Sekunde an Größe gewann. Elio spürte, wie der Rückenwind stärker wurde und ihn in dessen Richtung schob. Abermals stieß er die Speerspitze in den Sand, lehnte sich dagegen, um nicht davongeweht zu werden. Der wirbelnde Sandsturm war bereits zweimal so groß wie er selbst und pfiff so laut in seine Ohren, dass er fürchtete, taub zu werden.

Allmählich bildete sich hinter dem fliegenden Staub eine dunkle Silhouette, welche gute fünf Meter lang war, dazu auf vier Beinen stand. Mehr konnte er noch nicht erkennen. Elio blinzelte verblüfft, denn er konnte seinen Augen kaum trauen. Keine Sekunde später stieß eine mit krummen Reißzähnen bestückte Schnauze aus dem tobenden Wirbel hervor. Diese schnappte einige Male ins Leere.

Fassungslos blickte Elio mitten in einen zweiten Sandstrudel hinein, der wild in dem aufgerissenen Maul kreiste. Inzwischen war der Wind wieder leiser geworden, der aufgewirbelte Sand legte sich, wodurch die Bestie sichtbar wurde.

Die mit Krallen bestückten Froschschenkel, welche aus dem langen, hellblauen und schuppigen Rumpf ragten, waren Elio keineswegs fremd. Der Treibsand hatte tatsächlich einen Aquamors ausgespuckt. Wieder spürte er, wie ihm sein Herz gegen die Brust schlug. Auf sanften Fersen ging er rückwärts mit gezücktem Speer. Die Bestie schien ihn noch nicht bemerkt zu haben, ihre Augen waren von schwebenden Staubwirbeln umringt. Bisher hatte er nicht geahnt, dass nicht nur Menschen, sondern auch Bestien zu Sandgeistern werden konnten.

Allmählich verblassten die tobenden Wirbel vor dem Kopf des Aquamors. Dessen Augen waren noch geschlossen, aber sein langgezogenes Maul schnappte nach wie vor blitzschnell in alle Richtungen. Es schien so, als würde er noch in einem Traum gefangen sein, aber plötzlich ließ er ein ohrenbetäubendes Kreischen durch die Wüste wehen. Es riss die Augen auf. Geradewegs blickte Elio in diese hinein. Es überraschte ihn nicht, dass in ihnen bloß weitere kreisende Sandwirbel schwebten.

Die Bestie schien ihn erblickt zu haben, ihre gewaltige Schnauze wandte sich zu ihm hin. Langsam kroch sie in seine Richtung, woraufhin er etwas zügiger zurückwich, denn er wollte so weit wie möglich von dem Treibsand entfernt sein. Aber der Aquamors wurde immer schneller. Als nur noch wenige Meter zwischen ihnen waren, winkelte dieser die Schenkel an. Bevor Elio auch nur einen klaren Gedanken fassen konnte, war er bereits hoch in die Luft gesprungen. Das schrille Kreischen dröhnte aus seinem Maul.

Panisch riss Elio seinen Speer über den Kopf und blickte zum Himmel hinauf. Die grellen Strahlen der Sonne blendeten ihn, bevor sie auf einmal von dem Schatten des riesigen Mauls bedeckt wurden. Funkelnde Reißzähne kamen auf ihn zugeschossen. Geistesgegenwärtig warf er sich zur Seite. Einige Meter rollte er über den Wüstenboden. Keine Sekunde später bohrte sich das gewaltige Maul neben ihn in den Sand hinein. Rasch rappelte er sich wieder auf und sah den Aquamors kopfüber im Wüstenboden stecken. Nur noch dessen Rumpf, dazu die wild strampelnden Schenkel ragten hinaus. Seine Hände hatten den Speer noch immer fest umklammert. Ohne zu zögern, rammte er diesen mit voller Wucht in die schuppige Haut hinein. Die Spitze riss ein riesiges Loch in den Rumpf, aus dem gewaltige Sandmassen strömten. Das klägliche Jaulen der Bestie war zu hören, die Erde unter seinen Füßen bebte, riesige Staubwolken wirbelten durch die Luft. Elio riss den Speer wieder heraus und taumelte nach hinten. Hektisch rieb er sich den Sand aus den brennenden Augen, wodurch der Aquamors aus seinem verschwommenen Sichtfeld verschwand.

Als er wieder klarer sehen konnte, sah er, dass die Bestie ihren Kopf aus dem Sand befreit und sich wieder auf alle viere geworfen hatte. Benommen visierte er sie mit der Speerspitze an. Auf einmal begann sie, mit rasanter Geschwindigkeit im Kreis um ihn herum zu kriechen. Pfeifende Sandströme schossen aus dem Loch in ihrer Hüfte auf ihn zu. Der gewaltige Rumpf wirbelte über die Wüste. Der Sand peitschte mit einer solchen Wucht gegen seinen

Leib, dass er ins Schwanken geriet. Fast wäre ihm der Speer aus den Händen gefallen, aber er schaffte es noch, diesen in der Luft abzufangen.

Energisch versuchte er, die krabbelnde Bestie zwischen den Staubwolken im Auge zu behalten und die Speerspitze auf sie zu richten. Seine Atmung wurde allmählich ruhiger. Er musste ihren Kopf treffen, wenn er eine Chance haben wollte, sie zu erlegen. Noch bevor er zustechen konnte, riss sie unerwartet das Maul herum, ihre gefletschten Zähne preschten in seine Richtung. Diesmal wich er zu spät nach rechts aus, sie streifte seine Schulter. Blut spritzte hervor. Ein lauter Schmerzensschrei kam aus seiner Kehle.

Hastig wirbelte er herum. Die Bestie glitt noch einige Meter über den Sand, bevor ihre gespreizten Krallen sie zum Stehen brachten. Unsagbar schnell drehte sie sich in seine Richtung, um ein ohrenbetäubendes Kreischen auszustoßen, welches die Erde zittern ließ. Keine Sekunde später preschte sie wieder auf ihn zu.

Weil Elio die eine Hand auf die Blutung drückte, konnte er den Speer nur noch mit der anderen festhalten. Diesmal gelang es ihm, dem schnappenden Maul rechtzeitig auszuweichen. Den Speer stieß er kräftig in eines der Vorderbeine. Der Aquamors jaulte auf, als sich das spitze Gestein durch seinen Schenkel bohrte. Ein zweiter Krater wurde in die schuppige Haut gerissen, aus dem Sandmassen strömten.

Als Elio herumwirbelte, erkannte er, dass die Bestie nicht mehr so schnell wie zuvor über den Wüstenboden kroch. Mühsam zerrte sie das schlaffe rechte Vorderbein, welches Unmengen an Sand verlor, hinter sich her. Träge lenkte sie das hechelnde Maul zurück in seine Richtung. Elio ließ mit der Hand von seiner rechten Schulter ab. Allmählich hatte er sich an den stechenden Schmerz gewöhnt, die Blutung ließ nach. Nun hielt er den Speer wieder fest in beiden Händen. Vor Anstrengung waren sie so verschwitzt, dass er mit aller Kraft zugreifen musste. Der geschwächte Aquamors kam weiter auf ihn zugekrochen. Er war vollkommen erschöpft und mit jedem weiteren Atemzug spürte er, wie sich noch mehr Staub in seiner trockenen Kehle anhäufte, doch er hatte nur noch die Bestie im Blickfeld.

Als nur noch wenige Meter zwischen ihnen lagen, beugten sich ihre drei unversehrten Beine. Ihm war bewusst, was als nächstes geschehen würde. Also riss er die Speerspitze über die Schultern zum Himmel hinauf. Mit ihren Beinen stieß die Bestie sich kräftig vom Wüstenboden ab. Ein weiteres Mal flog sie hoch in die Luft, ihr aufgerissenes Maul lenkte sich in seine Richtung. Er blieb ruhig stehen, obwohl sein Herz ihm gegen den Kehlkopf pochte. Ohne auch nur mit einer Wimper zu zucken, zielte er auf das schnappende Maul, welches auf ihn zugeschossen kam. Bevor dieses ihn in Stücke reißen konnte, rammte er das spitze Gestein mit letzter Kraft zwischen die scharfen Reißzähne, woraufhin es sich in den Schlund der Bestie bohrte. Die Speerspitze ragte aus ihrer Schädeldecke, der Rumpf prallte leblos auf den Wüstenboden. Ihr aufgerissenes Maul war noch zum Himmel gerichtet. Mit einem Ruck riss Elio den Speer heraus. Ringsherum rieselten Sandströme aus dem toten Körper.

Erleichtert atmete er aus und wischte sich die Schweißperlen von der Stirn. Ein blutiger Riss zog sich mitten durch seine linke Handfläche. Dieser begann, zu schmerzen. Verblüfft musterte er ihn. Einer der Reißzähne musste ihn verletzt haben. Im Eifer des Gefechts hatte er das nicht einmal gespürt. Erst jetzt brannte seine Haut. Es quoll so viel Blut heraus, dass er die andere Hand darauf pressen musste, auf der noch eine feine Sandschicht lag. Dadurch wurde das Brennen nur noch schlimmer. Benommen taumelte er nach vorne. Beinahe wäre er über den Kadaver des Aquamors gestolpert. Der Kampf hatte ihm die letzten Kräfte geraubt. Der pochende Riss in seiner Hand hinterließ eine Spur aus Blut.

Die Sonne am Horizont hatte sich mittlerweile gesenkt, wodurch es in der Wüste kühler geworden war. Trotzdem hechelte Elio, der mühsam durch den Sand stapfte. Nach wenigen Schritten erreichte er die Stelle, an der er zuvor vom Treibsand verschluckt worden war, aber als er diese vorsichtig mit den Zehen abtastete, spürte er, dass sich darunter fester Boden gebildet hatte. Tatsächlich konnte er sich mit beiden Füßen draufstellen, ohne zu versinken. Der Treibsand hatte sich in Luft aufgelöst. Elio warf dem Aquamors einen letzten verblüfften Blick zu und torkelte weiter. Aus seiner verletzten Schulter rann wieder Blut. Es floss über seinen schweiß-gebadeten Rücken und tropfte auf den Sand. Immer wieder fielen ihm die Augen zu. Aus seiner Kehle floss der Speichel in seinen knurrenden Magen. Taumelnd schleppte er sich über die endlos scheinende Wüste, immer wieder drohte er, nach vorne zu kippen.

Nach einer Weile wollte er gerade aufgeben, seine müden Glieder zusammensacken lassen, als plötzlich eine Reihe aus grünen Baum-wipfeln am rötlichen Horizont auftauchte. Elio riss die Augen auf, denn er konnte es nicht fassen. Nachdem er sich fast einen ganzen Tag lang durch die Weiten der Steppe gequält hatte, sah er endlich wieder die Wälder. Seine Füße wurden schneller, die schmerzen-den Wunden hatte er vergessen. Noch vor Anbruch der Dunkelheit wollte er den Schutz der Bäume erreichen.

Als ihn nur noch wenige Meter von dem Dickicht trennten, war die Sonne bereits untergegangen. Über den Baumkronen schim-merte der bleiche Halbmond, der einen leichten Schein vom Him-mel herabwarf, sodass es in dem Waldstück nicht vollkommen fins-ter war. Um dieses zu betreten, schob er mit dem Speer das dichte Gestrüpp beiseite.

Als er unter den Baumkronen stand, spürte er endlich wieder, wie feuchte Luft durch seine Nase zog. In der Nähe musste eine Quelle oder Ähnliches sein. Zügig ging er weiter über die feuchte Erde, seine Füße wurden nicht länger durch den Sand beschwert. Seitdem er seinen letzten Rastplatz verlassen hatte, war kein Trop-fen Wasser in sein Inneres gelangt. Es gab nichts, nach dem sich seine ausgetrocknete Kehle mehr sehnte. Ringsherum erklangen wieder die Gesänge der Zikaden, die er auf seinem Marsch durch die Wüste vermisst hatte. Plötzlich nahm er auch ein leises Plät-schern aus der Ferne wahr. Er legte einen Zahn zu, es wurde immer lauter, bis es die Zikaden übertönte.

Schließlich trat er auf eine kleine Lichtung zwischen den Baum-stämmen. An ihrem gegenüberliegenden Ende brodelte aus einem Felsbrocken klares Wasser heraus, welches im Mondlicht glänzte. Es plätscherte über einen kurzen Pfad aus Kieselsteinen in einen win-zigen Teich. Ohne zu zögern, schlüpfte er aus seiner verschwitzten Stoffhose und rannte auf ihn zu, woraufhin er sich hineinfallen ließ.

Einen Moment trieb er mit dem Rücken an der Oberfläche. Als er seine Augen schloss, spürte er, wie das kühle Wasser in seine Haut hineinzog. Seine Wunden brannten, aber schließlich gewöhnte er sich daran. Mit einem Fuß berührte er den matschigen Grund und spürte, dass er im Wasser stehen konnte. Mit großen Schritten bewegte er sich auf das naheliegende Ufer zu, wo der Strom der Quelle in einen kleinen Strudel aus Blubberbläschen plätscherte, der sich auf der sonst ruhigen Oberfläche gebildet hatte. Gierig riss er den Mund auf. Endlich schmeckte seine sandige Kehle wieder Wasser, was angenehm kühl war. Das Knurren in seinem Magen wurde etwas besänftigt. In diesem Moment vergaß Elio alle seine Sorgen, er war zu müde, um sich den Kopf zu zerbrechen.

Mit Mühe hievte er sich aus dem Teich, als ihm etwas Kleines mit gespreizten Beinen entgegensprang. Nachdem er sich auf den feuchten Rand des Ufers gesetzt hatte, konnte er im Schein des Mondlichts erkennen, dass es ein Frosch gewesen war. Jetzt hockte er auf einem runden Blatt, das auf der Oberfläche trieb. Neugierig musterte er ihn. Dessen gelbe Haut war mit unzähligen schwarzen Punkten versehen. Schließlich gab er ein leises Quaken von sich, sprang in die Luft und tauchte kopfüber mit einem dumpfen Platschen in das Wasser ein.

Elio zog die Beine aus dem Teich, dann ließ er sich erleichtert auf den Rücken fallen. Neben ihm lag der lange Speer des Federschweifs. Seine Wunden schmerzten nicht mehr so sehr wie zuvor, da sie vom Wasser gereinigt worden waren. Ein letztes Mal richtete er sich auf, um nach seiner Hose, welche am Ufer lag, zu greifen. Er zog sie an und legte sich danach wieder hin. Seine Augen wurden immer schwerer, aber sie erhaschten noch einen letzten Blick auf den leuchtenden Sternhimmel. Die Müdigkeit überwältigte ihn, sanft schlief er ein.

Es war dunkel und kalt in der endlosen Leere. Er zitterte, sein Blick schweifte hastig umher. Plötzlich dröhnte ihm ein tiefer Klang so laut in den Ohren, dass er sie zuhalten musste. Es dauerte eine Weile, bis das Echo in den Weiten der schwarzen Leere verklungen war. Es kam ihm vertraut vor. Jemand musste in das Horn geblasen haben. Verwirrt und ziellos taumelte Elio geradeaus. Weil alles ringsherum in Dunkelheit gehüllt war, konnte er nicht wissen, ob er sich nach vorne oder nach hinten bewegte. Der schwarze Boden unter seinen Füßen war noch kälter als die eisige Luft. Bei jedem Atemzug hatte er das Gefühl, seine Kehle würde von Glassplittern zerkratzt werden.

Bald schon begann er, zu rennen, weil er fürchtete ansonsten zu erfrieren. Ihm peitschte heftiger Gegenwind ins Gesicht, der ihn nur noch mehr frösteln ließ. Vor lauter Panik wollte er aufschreien, aber als er den Mund aufriss, kam nichts außer leere Luft heraus. Trotzdem rannte er weiter in die eisige Leere hinein. Unerwartet tauchte auf dem Boden ein kleines Hindernis auf, das wie ein Stein oder Ähnliches aussah. Doch er erkannte es zu spät. Mit dem linken Fuß blieb er daran hängen. Unsanft stürzte er auf seine Arme.

Nachdem er sich mühsam aufgerappelt hatte, sah er in der Ferne ein verschwommenes Flackern, aus dessen Richtung ihm auch ein angenehmer Schwall aus Wärme entgegenflog. Rasch setzte er sich in Bewegung. Je näher er dem rötlichen Flackern kam, desto klarer wurde es. Seine Glieder hatten durch die schützende Wärme aufgehört, zu frieren. Elio erkannte die tänzelnden Flammen, den Rauch, dazu die zahlreichen Köpfe, die sich drumherum versammelt hatten. Diese gehörten zu Menschen, die einen Halbkreis um das Feuer gebildet hatten. Mit dem Rücken standen sie zu ihm, ihre Gesichter konnte er nicht sehen.

Ihn trennten nur noch wenige Meter von ihnen und den Flammen, als der ohrenbetäubende Klang des Horns um einiges lauter als zuvor über ihre Köpfe zog. Elio zuckte zusammen, woraufhin er sich die Handflächen auf die Ohren pressen musste. Die Menschen hingegen regten sich nicht.

„Ein Anlass voller Schande fügt uns an diesem Ort zusammen", rief eine Stimme aus der Richtung des Feuers. „Ein schamloser Verräter trägt die alleinige Schuld daran." Die laute Stimme kam ihm bekannt vor. Als ihm klar wurde, dass sie aus dem Mund des Federschweifs kommen musste, ließ trotz der Wärme ein kalter Schauder seine Glieder zittern. „Ihr alle wisst, was in unserer Gemeinschaft mit Betrügern passiert."

Er bahnte sich durch die Reihen des Halbkreises seinen Weg nach vorne, denn er wollte mit eigenen Augen sehen, was vor den Flammen geschah. Die Menschen ringsherum ließen sich ohne jeglichen Widerstand beiseitedrängen. Der helle Schein der Flammen blendete ihn, er blinzelte. Heiße Funken kamen auf ihn zugeflogen, die mit einem leisen Zischen auf seiner nackten Haut verdampften. Die Hitze in der Luft brachte seinen Kopf zum Glühen.

Nachdem sich seine Augen an das helle Leuchten gewöhnt hatten, sah er ein vertrautes Gesicht. Vor dem lodernden Feuer kniete Gerald. Um dessen Mund war ein schwarzes Stofftuch gebunden. Die Hände waren mit dicken Eisenketten gefesselt worden. Er starrte mit aufgerissenen Augen ins Leere, aber sein Körper, der von Kopf bis Fuß mit blutigen Wunden versehen war, machte keine Anstalten, auch nur die geringste Gegenwehr zu leisten. Neben ihm stand der Mann, den Elio von allen am meisten fürchtete.

Der Federschweif riss mit einer theatralischen Bewegung seinen Speer in die Luft, um diesen mit gewaltigem Schwung in Geralds Brustkorb zu rammen. Elio musste mitansehen, wie eine riesige Blutwelle aus dem Schmied schwappte, die winzige Tropfen auf seine Haut regnen ließ. Nachdem der Federschweif die Spitze wieder herausgezogen hatte, kippte Gerald wie ein gefällter Baum in die eigene Blutlache hinein. Elio spürte einen schmerzvollen Stich im Herzen. Er wollte nicht mehr hinschauen, aber sein Blick war wie gefesselt. Langsam wandte sich der große Krieger von dem Leichnam ab, um wieder die Reihen der Menschen zu betrachten. Über seine Lippen zog sich ein breites Lächeln.

Jetzt konnte Elio sehen, dass sich in seinem aufgerissenen Mund blutige und spitze Zähne verbargen. Plötzlich schaute er ihn an, woraufhin sein teuflisches Grinsen noch ein Stück breiter wurde. Es war das wahre Gesicht des großen Kriegers, welches den tiefen Abgrund hinter seiner trügerischen Fassade offenbarte. Abermals spürte Elio, wie seine Glieder vereisten. Trotz des warmen Feuers zitterte er.

„Du trägst auch Schuld an all dem, Jungspund", flüsterte der Federschweif bedrohlich, der gemächlich auf ihn zuging. „Nicht nur mein alter Freund muss an diesem Tag für seinen Verrat büßen." Dann zückte er wieder den Speer. Es gelang Elio, sich aus der Schockstarre zu befreien. Er wirbelte herum.

Der nächste Schrecken raste durch seine Glieder. Zum ersten Mal sah er die Gesichter der Menschen im Halbkreis, die keine Augen und keine Nasen hatten. Die einzigen Merkmale auf ihrer bleichen Haut waren lange Münder, deren verkrustete Lippen mit schwarzen Fäden zugenäht worden waren. Sein Herz hämmerte wie wild, er hörte hinter sich die Schritte des Federschweifs. Er wollte an den entstellten Gestalten vorbeistürmen, aber sie setzten sich in Bewegung, rückten immer weiter nach vorn. Angsterfüllt versuchte er, sich an ihren dürren Körpern vorbeizudrängeln. Auf einmal waren diese so widerstandsfähig wie eine Stahlwand geworden. Verzweifelt brüllte er sie an. Mit all seinen Kräften schlug er auf sie ein, bis die Knöchel an seinen Fäusten wund waren. Es war vergeblich.

Verzweifelt wandte er sich von ihnen ab. Wieder erschien das dämonische Grinsen des Federschweifs vor seinen Augen.

„Du entkommst mir nicht, Jungspund. Dafür habe ich bereits gesorgt", raunte dieser, der in schrilles Gelächter ausbrach. Sein Mund war so weit aufgerissen, dass Elio bis in den blutigen Rachen hineinblicken konnte. Hinter sich spürte er den Druck der Menschen ohne Gesichter, die ihn immer weiter in die Richtung des Feuers schoben. Sie hatten ihn vollkommen eingekesselt. Es waren so viele, dass er nicht einmal an einen Fluchtversuch zu denken brauchte.

Der große Krieger holte weit aus, die blutige Speerspitze kam auf Elios Gesicht zugeschossen. Er konnte nicht zur Seite weichen, dort standen die abscheulichen Gestalten. Also würde sein Leben jetzt ein Ende nehmen. Geistesgegenwärtig hob er schützend die Hände über seinen Kopf. Dann spürte er, wie sich der Speer blitzschnell durch seinen Unterarm bohrte, was sich so anfühlte, als würden die Knochen unter der dünnen Haut in unzählige Splitter zerberstet werden.

Mit einem lauten Schmerzensschrei riss Elio die Augen auf. Das Feuer und der Federschweif waren verschwunden, er lag wieder neben der plätschernden Quelle, die noch immer im Mondlicht funkelte. Die Schmerzen waren nicht bloß Teil des Traums gewesen, es brannte so sehr auf seiner Haut, dass seine Sicht verschwommen war. Nur mit Mühe gelang es ihm, den Kopf anzuheben. Erschrocken musste er feststellen, dass sein Unterarm in einem Maul steckte.

Die beiden langen Fangzähne hatten sich tief in sein Fleisch gebissen, die schleimige Zunge der Bestie schleckte mit kreisenden Bewegungen das Blut heraus. Seine Augen wurden wieder schwerer. Von Sekunde zu Sekunde verließ ihn immer mehr die Kraft.

Trotz der schummrigen Sicht erkannte er, dass die Bestie auf vier Beinen stand. Sie hatte graues Fell, aus ihrem Kopf ragten zwei lange Spitzohren heraus, die denen einer Fledermaus ähnelten. Sein schwerer Kopf kippte nach hinten, seine Nackenmuskeln konnten ihn nicht länger halten. Die Umgebung ringsherum drehte sich. Die Baumkronen flossen wild ineinander, der Halbmond zog mit kreisenden Bewegungen durch den Himmel, wodurch dieser abwechselnd wuchs und wieder schrumpfte. Einen Moment lang vergaß er vollkommen, wo er war, was mit ihm geschah. Seine Augenlider fielen zu. Wieder blickte er in schwarze Leere.

Ein ohrenbetäubendes Heulen riss ihn aus dem Halbschlaf. Nachdem er den Kopf wieder hochgerissen hatte, leckte die Kreatur noch immer das rinnende Blut aus seinem Arm, aber sie war nicht mehr allein. Vor dem Dickicht, welches wenige Meter hinter ihr in den dunklen Wald führte, standen fünf ihresgleichen. Sie alle hatten ihre Schnauzen in die Höhe gerichtet, die den Mond anheulten. Dies war so laut, dass die Erde leicht bebte.

Auf einmal war Elio hellwach. Panisch schaute er sich um, sein rechter Arm war bereits so leergesaugt, dass er nicht mehr genug Kraft aufbringen konnte, um diesen aus dem Maul zu reißen. Links neben ihm lag nach wie vor der Speer des Federschweifs. Ohne zu zögern, griff er nach dessen Spitze. Mit letzter Kraft rammte er sie in das schwarze Auge der Bestie.

Sofort ließ sie von ihm ab. Das Blut schoss in Strömen aus ihrer Augenhöhle. Sie stieß ein klägliches Jaulen aus, machte einen Sprung nach hinten, sodass sie neben ihren Artgenossen stand. Elios Sicht war noch immer leicht schummrig. Rasch stützte er sich auf den Speer, um auf die Beine zu kommen. Der blutende Arm baumelte schlaff an seiner Schulter. Dann richtete er die Speerspitze auf die sechs Bestien und taumelte langsam nach hinten.

Die Vorderste von ihnen stieß ein scharfes Fauchen aus, woraufhin sie sich auf den Boden kauerte. Im Schein des Mondes sah er, dass sich eine Blutlache unter ihrem Kopf ausbreitete. Es war jene, dessen Auge er zerstochen hatte. Auf einmal stieß sie sich mit den Hinterbeinen vom Erdboden ab. Mit enormer Geschwindigkeit hechtete sie auf ihn zu. Ihr sabberndes Maul war weit aufgerissen.

Elio stach im richtigen Augenblick zu. Die Speerspitze rammte sich mit Leichtigkeit durch die behaarte Schädeldecke des Hinterkopfes. Hastig zog er sie mit einem kräftigen Ruck heraus. In der Stirn der Bestie war ein tiefes Loch, aus dem Unmengen an Blut strömten. Ein letztes Mal heulte sie leise auf. Auf zitternden Beinen taumelte sie nach hinten, um auf die Erde zu sacken. Regungslos blieb sie liegen. Ihr plötzlicher Tod schien die fünf Artgenossen ängstlich zu machen, denn diese stießen ebenfalls ein klägliches

Heulen aus. Mit gesenkten Köpfen traten sie den Rückzug ins Dickicht an.

Ohne lange zu überlegen, wirbelte Elio herum und machte einen Hechtsprung in die Gebüsche, die sich am Rande der Lichtung erstreckten. Mit großen Schritten rannte er in den Wald hinein. Unter seinen wunden Füßen spürte er Baumwurzeln, Kastanien, dazu spitze Steinbrocken, aber sein rasendes Herz ließ ihn keine Schmerzen spüren. Aus der Ferne erklang noch das dumpfe Geheule der Bestien, doch er blickte keine Sekunde über die Schulter. Die Baumstämme ringsherum wurden immer dichter, die Äste des Dickichts peitschten immer härter gegen seine aufgeschürften Schienbeine. Er rannte so lange, bis der Himmel über den Baumkronen wieder heller wurde.

Als er schnaufend Halt machte und sich auf die Knie stützte, schienen bereits die ersten Strahlen der Morgensonne auf seinen nassgeschwitzten Rücken. Auf seinem rechten Unterarm hatte sich inzwischen eine gelbe Eiterkruste gebildet, die seine Haut fürchterlich brennen ließ. Zudem war die Hand darüber bläulich angeschwollen, das Gefühl in dieser hatte ihn verlassen, wodurch er die Finger kaum bewegen konnte. Aus der Wunde an seiner Schulter tropfte noch immer Blut, obwohl das Wasser der Quelle sie gereinigt hatte. Als er sich aufrichtete, gab sein Kreislauf nach. Die Sicht wurde wieder verschwommener, seine Beine waren so schwach, dass er einige Male fast über die Wurzeln am Waldboden stolperte.

Nach vielen qualvollen Stunden legte sich wieder die Dämmerung über den Wald. Elio hatte keinen blassen Schimmer, ob er sich immer noch Richtung Norden bewegte. Durch die Schmerzen und die verschwommene Sicht hatte er jeglichen Orientierungssinn verloren. Allmählich spürte er auch, dass sein Kopf begann, zu glühen.

Der Rastplatz für die Nacht sollte eine kleine Wiese werden, die sich unter den Baumkronen entlangzog. Er hatte bereits einen großen Haufen Äste in ihre Mitte gelegt und warf noch etwas Laub darüber, um das Feuer zu entfachen. Es dauerte nicht lange, bis sein Gesicht von den ersten Flammen erwärmt wurde.

Erschöpft ließ er seinen Rücken auf das Gras fallen. Inständig hoffte er, weit genug vom Territorium des heulenden Rudels entfernt zu sein. Noch ein Angriff dieser Bestien würde ihm gewiss das Leben kosten. Sein Herz raste noch immer, aber die Müdigkeit war so erdrückend, dass er nur mit Mühe die Augen offenhalten konnte.

Das Blätterzelt in den Baumkronen schwebte hoch über seinem Kopf. Es wurde von der sanften Brise immer wieder beiseitegeschoben, jetzt konnte er den Sternenhimmel betrachten. Obwohl die leuchtenden Flecke in weiter Ferne aufgrund seiner unklaren Sicht ziemlich verquollen aussahen, beruhigten sie ihn etwas. Er versuchte angestrengt, wach zu bleiben, aber seine Augen fielen von allein zu. Mühselig gelang es ihm, diese einen winzigen Spalt weit zu öffnen.

Plötzlich schien einer der Schimmer im schwarzen Nachthimmel sich zu bewegen. Elio glaubte sofort, dass ihm seine Augen einen Streich spielten. Energisch blinzelte er in die Ferne, aber er hatte sich nicht getäuscht. Der Stern schien nicht bloß in der endlosen Leere zu kreisen, sondern sogar zu wachsen. Seine Neugier war geweckt. Trotz der stechenden Schmerzen an Arm und Schulter, rappelte er sich auf. Als er den Kopf in den Nacken legte, um seine Beobachtung fortzuführen, war der kreisende Schimmer verschwunden. Verblüfft drehte er sich einige Male im Kreis, aber keiner der Sterne rührte sich von der Stelle. Vielleicht hatten seine Augen ihn tatsächlich getäuscht.

Gerade wollte er sich wieder zur Ruhe legen, als plötzlich ein leises Summen aus den Baumkronen hinter ihm erklang, welches ihn an das eines Bienenschwarms erinnerte. Ein heller Lichtschein zog über seinen Rücken. Panisch wirbelte er herum. Ein grelles Leuchten blendete ihn. Als seine Augen sich allmählich daran gewöhnten, war es schon wieder verschwunden. Das Summen schwirrte aber noch immer um ihn herum. Nervös drehte er sich im Kreis, seinen Blick ließ er angestrengt durch die Baumkronen schweifen. Etwas derartiges hatte er noch nie zuvor gesehen.

Wieder erschien das Leuchten zwischen den Blättern. Es ließ seine Pupillen wachsen, wodurch er endlich das schwebende Etwas erkannte, welches eine runde, zugleich glänzende Scheibe war, auf dessen Oberfläche eine silberne Kugel befestigt war, die den grellen Lichtschein zum Waldboden warf. Es schimmerte im Mondlicht, es machte den Anschein, als würde es aus festem Stahl bestehen. Elio bezweifelte stark, dass es von Menschenhand erschaffen worden war, denn das, was er vor sich sah, ging weit über das hinaus, was er damals im Territorium der Krieger gesehen hatte.

Ruhig blieb er stehen und starrte in die leuchtende Kugel hinein. Diese hatte sich zuvor gedreht, aber nun tat sie es nicht mehr. Auch die glänzende Scheibe darunter regte sich nicht. Das Summen wurde immer leiser, das Licht verlor an Helligkeit. Elio hatte die Luft angehalten, sanft stieß er sie wieder aus. Schlagartig wurde das Summen lauter, das Licht greller als je zuvor, als die Scheibe sich wieder in Bewegung setzte. Verunsichert machte er einen Schritt zurück, denn diese steuerte geradewegs auf ihn zu. Das schwebende Etwas verließ den Schutz der Baumkronen. Langsam näherte es sich dem Erdboden, er erkannte, dass unter der silbernen Scheibe ein Rad befestigt war, das sich mit einer enormen Geschwindigkeit drehte. Womöglich war es der Grund dafür, dass das Etwas durch die Luft schweben konnte und verursachte das unangenehme Summen.

Die leuchtende Kugel hatte seine Kopfhöhe erreicht. Nur noch etwa zwei Meter war sie von ihm entfernt. Immer wieder musste er sich die Hand vors Gesicht halten, weil das grelle Leuchten ihn blendete. Das Etwas kam immer näher, bis nur noch eine Armlänge zwischen ihnen war. Das Summen dröhnte in seinen Ohren, angestrengt blinzelte er. Wahrscheinlich würde er kein weiteres Mal so nah an das schwebende Etwas herankommen, er wollte es unbedingt genauer betrachten.

Blitzschnell griff er mit der linken Hand nach dem Lichtschein, wodurch er spürte, wie die Wunde auf seiner Schulter wieder aufriss. Mit einem Schmerzensschrei biss er sich auf die Zunge. Das Etwas wich mühelos aus, als hätte es die Hand bereits eine ganze Weile vorher kommen sehen. Nun musste er sie auf die blutende Schulter pressen. Allmählich wurde Elio wütend, während er dem

Summen hinterherhetzte. Seine linke Hand schnellte ein weiteres Mal darauf zu, wodurch er den harten Stahl unter der Kugel bloß mit den Fingerspitzen streifte. Es schien so, als würde das Etwas ihm einen Streich spielen, denn es begann wie wild, um seinen glühenden Kopf herum zu schwirren. Seine Glieder waren erschöpft. Angestrengt versuchte er, die Augen auf das wirbelnde Leuchten zu richten, wodurch ihm so schwindelig wurde, dass er taumelte und fast stürzte. Abermals griff seine Hand ins Leere. Es war vergeblich.

Nachdem er sich eine Weile lang um die eigene Achse gedreht hatte, gab er auf. Keuchend ging er in die Knie. Obwohl er sich nicht viel bewegt hatte, fühlten sich seine müden Glieder so schwach an, wie lange nicht mehr. Die Haut darüber begann, zu frieren. Sein glühender Kopf wurde noch heißer. Die Erde unter seinen Füßen drehte sich, er konnte den Blick nicht mehr anheben. Der Speichel wanderte seine Kehle hinauf. Es war nur noch eine Frage der Zeit, bis ihm die Galle hochkommen würde. Das Summen in seinen Ohren nahm er bereits gar nicht mehr wahr, seine weichgewordenen Beine ließen ihn auf die Knie fallen. Schließlich erbrach er sich. Der matschige Brei aus seinem Rachen verbreitete sich vor ihm auf der Wiese. Endlich war die Übelkeit verschwunden. Schwitzen tat er auch nicht mehr so sehr.

Ruckartig riss er den Kopf hoch, um nach dem schwebenden Etwas Ausschau zu halten. Das Einzige, was er noch sah, war ein blasses Leuchten über den Baumkronen, das immer kleiner wurde. Es war ihm entwischt, doch zugleich war er so geschwächt, dass ihn dies nicht einmal ärgerte. Elio sackte auf die Wiese. Weniger als eine Armlänge lag er von der Galle entfernt. Der strenge Duft brannte in seiner Nase. Er beobachtete noch eine Weile lang, wie der blasse Schimmer den Nachthimmel emporstieg. Seine Augen wurden träge und er nickte ein.

15. KAPITEL

DER SANDTÜMPEL

„Nicht so schnell!", rief Aaron, der seinem Gefährten keuchend hinterherrannte. Daniel war schon immer schneller als er gewesen, aber heute schien der flinke Späher es besonders eilig zu haben. Der dicke Junge machte Halt und stützte sich auf die Oberschenkel, denn er war vollkommen außer Atem.

„Beweg dich gefälligst, Dickerchen!", rief Daniel genervt. „Nicht einmal ein Häschen haben wir erlegt, du machst schon wieder schlapp!" Aaron musste noch einige Male nach Luft schnappen, um zu erwidern:

„Warte, Bruder. Meine Beine sind zu schlapp."

Sein Gefährte verdrehte die Augen. Dieser wirbelte herum. Gemächlich ging er auf ihn zu. Seine linke Hand hielt einen Bogen aus geschliffenem Holz. Um den Rücken trug er einen festen Ledergurt, an den ein Köcher, aus dem unzählige Pfeilfedern hinausragten, gebunden war. Als er vor seinem Gefährten stand, holte er mit seinem Bogen aus. Kräftig schlug er auf dessen verschwitzten Rücken ein. Aaron jaulte schmerzerfüllt und schoss wieder in die Höhe.

„Trieze mich doch nicht immer so!", rief er seinem Gefährten zu, der ihm bereits den Rücken gekehrt hatte. Er selbst hielt bis auf ein kleines Steinmesser nichts in den Händen. Er war noch nicht zum Späher ernannt worden, weswegen es ihm nicht gestattet war, Bogen und Köcher mit sich zu tragen.

„Ist es noch weit?", fragte er schnaufend, seine Schritte wurden wieder träge.

„Hör auf zu jammern, beweg dich schneller", zischte Daniel verärgert über die Schulter. „Ausruhen kannst du dich genug, wenn wir am Sandtümpel sind."

Der Sandtümpel war ihre Heimat. Eine Wohngemeinschaft inmitten der Wüste, die abseits der nördlichen Wälder lag. Ihre Benennung war dem kleinen Tümpel geschuldet, um welchen die ersten Bewohner vor Ewigkeiten ihre Zelte aufgeschlagen hatten. Dieser war trotz der trockenen Sandlandschaft ringsherum bis zum Rand gefüllt und schien irgendwo eine Quelle zu haben, die niemand je ausfindig gemacht hatte, denn er wurde nie leerer, wenn die Bewohner das Wasser aus seinem Inneren in ihre Holzkrüge füllten. Demnach glaubten viele von ihnen daran, ein mächtiges Wesen wachte über dem Tümpel, das dafür sorgte, dass sie nicht verdursteten. Jene wohlmeinende Gottheit nannten sie Ataraxie.

„Meine Beine tun so weh. Gönn mir nur eine kleine Pause", jammerte Aaron, der ihm hinterherhinkte. Plötzlich machte Daniel Halt. Rasch kniete er sich hinter einen der dicht bewachsenen Büsche. Nervös blickte er nach hinten und forderte Aaron mit einer hektischen Handbewegung dazu auf, sich ebenfalls zu ducken. Dieser warf ihm einen verblüfften Blick zu, aber er ging der Aufforderung nach. Auf Zehenspitzen pirschte er sich an das Dickicht heran.

„Was hast du gesehen?", flüsterte er. Angestrengt versuchte er, durch die Blätter etwas zu erkennen. Daniel antwortete nicht, sondern hob vorsichtig den Kopf an, um über das Gestrüpp hinüberzuschauen.

Wenige Meter vor ihnen lag eine grüne Wiese, die von Baumkronen bedeckt wurde. Im Gras lag ein Haufen verkokelter Äste, aus dem noch graue Rauchwolken in die Luft stiegen. Dort musste noch vor kurzem ein Feuer gebrannt haben. Auch Aaron hob seine Stirn über das Dickicht und riss die Augen auf.

„Da liegt ja einer im Gras", zischte er. Daniel stieß ihm den Ellenbogen in die Rippe, woraufhin er mit einem schmerzerfüllten Gesichtsausdruck zurück in die Hocke sank.

„Mach nicht so viel Lärm", flüsterte sein Gefährte bestimmt. Tatsächlich lag wenige Meter neben den verbrannten Ästen ein regungsloser Mensch, dessen Arme und Beine ausgestreckt waren. Vorsichtig bahnte Daniel sich durch das Dickicht einen Weg. Sein Kopf blieb weiterhin gesenkt, damit er von der Wiese aus nicht sichtbar war. Aaron krabbelte ihm ungeschickt hinterher. Als nur noch wenige Schritte die Gefährten von dem Gras trennten, hob Daniel wieder den Kopf über das Dickicht.

„Er scheint, bewusstlos zu sein", murmelte er und richtete sich auf. Langsam griff er über seine Schulter, um einen Pfeil aus dem Köcher zu ziehen. Diesen legte er behutsam auf die Sehne seines Bogens. Die letzten Äste schob er mit dem Bein beiseite, um auf die Wiese zu gelangen. Leise pirschte er sich voran, wobei er mit der Pfeilspitze auf den Körper im Gras zielte.

Als er vor den mit Ruß übersäten Füßen Halt machte, sah er, dass die Augen des Mannes geschlossen waren. Ein strenger Duft zog durch seine Nase. An den Mundwinkeln hingen noch schaumige gelbe Überreste und gleich neben dem regungslosen Leib lag der Rest des erbrochenen Mageninhalts, über dem inzwischen ein summender Fliegenschwarm schwirrte. Mit einem angewiderten Gesichtsausdruck senkte Daniel den Bogen. Die Haut des liegenden Mannes war kreidebleich. Auch die Eiterkruste auf dem rechten Unterarm stach ihm ins Auge. Diese glänzte gelblich im Licht der Mittagssonne. Auf ihrer Oberfläche hatten sich abscheuliche Pusteln gebildet. Er wandte seinen Blick ab, um über die Schulter zu schauen.

„Wo bleibst du, Dickerchen?", zischte er in Aarons Richtung, dessen Hose sich in einem Ast des Dickichts verfangen hatte. „Das solltest du dir unbedingt anschauen." Schließlich gelang es Aaron, sich loszureißen, woraufhin er zu seinem Gefährten hinüberwatschelte.

„Er bewegt sich ja gar nicht mehr", murmelte er nachdenklich, „Meinst du, er ist noch am Leben?" Daniel zuckte bloß mit den Schultern, als er den Pfeil zurück in den Köcher steckte und sich den Bogen unter seinen Arm klemmte. Dann ging er in die Hocke, um den Mann eindringlich zu mustern. Fragend starrte Aaron ihn an. Schließlich legte Daniel sich mit dem Bauch auf das Gras, um sein linkes Ohr auf den mageren Brustkorb zu pressen.

„Sein Herz schlägt noch", raunte er und rappelte sich auf. „Wir müssen ihn sofort zum Sandtümpel bringen, lange wird er nicht mehr durchhalten." Ohne auf die Antwort seines Gefährten zu warten, griff er nach den ausgestreckten Armen. „Nimm du die Beine." Daniel richtete den schlaffen Oberkörper auf. Aaron warf ihm einen nervösen Blick zu. Fahrig packte er die Knöchel, um die Beine hochzuziehen.

„Der ist ja federleicht", murmelte er überrascht. Zügig trugen sie den Bewusstlosen in die Tiefen des Waldes hinein.

Nach einem langen Marsch durch die nördlichen Wälder erreichten die Gefährten den Wüstenfleck, auf dem der berüchtigte Tümpel ihrer Heimat lag. Aaron keuchte, der Schweiß floss ihm aus allen Poren. Immer wieder drohten ihm die Knöchel aus seinen nassen Händen zu rutschen. Auch Daniel begann allmählich, zu hecheln.

„Halt durch, Bruder", schnaufte er. „Nur noch ein kleines Stück und wir haben es geschafft." Sie konnten bereits die Spitzen der Zelte, die um den Tümpel herum aufgebaut worden waren, sehen. Die Sonne am Horizont prallte auf ihre Gesichter.

Erneut rutschten Aarons durchnässte Hände an den harten Knöcheln hinunter. Inzwischen zitterten alle seine Glieder.

„Ich halte das nicht mehr aus", wimmerte er kläglich. Langsam glitten die Beine des Mannes aus seinem Griff. Diese landeten mit einem dumpfen Aufprall im Sand, bevor er selbst auf die Knie sackte.

„Steh wieder auf, Dickerchen", schnaufte Daniel verärgert, der die Arme immer noch fest umklammert hatte. „Nur noch wenige Meter." Es schien so, als wäre Aaron tatsächlich am Ende seiner Kräfte angelangt, denn er hatte sein triefendes Gesicht in den Sand gesteckt und blickte nicht mehr auf. Daniel stieß einen genervten Seufzer aus, während er kräftig in den Wüstenboden trat, um den

Bewusstlosen allein hinter sich herzuziehen. Die Sonne blendete ihn so sehr, dass er die Augen zusammenkneifen musste. Trotzdem ließ er die Arme nicht los, sondern biss die Zähne zusammen und zog immer weiter, obwohl der tiefe Sand dies erschwerte. Plötzlich tauchte vor den Zeltspitzen am Horizont eine Vielzahl an Silhouetten auf.

„Beeilt euch, wir brauchen Hilfe!", rief Daniel in ihre Richtung. Die Gestalten wurden immer größer. Er zerrte die Arme des Mannes noch ein kleines Stück nach vorne. Auch er fiel vor Erschöpfung auf seine Knie. Die Menschen im grellen Schein der Sonne kamen schnell näher. Hechelnd hob er den nassgeschwitzten Kopf.

„Haltet durch!", rief eine tiefe Männerstimme.

Drei von ihnen waren muskulöse, kahlköpfige Männer. Die restlichen drei waren schlanke Frauen mit langen Haaren, die in der sanften Wüstenbrise wehten. Sie bildeten einen Kreis um Daniel und den Bewusstlosen. Keiner von ihnen gab einen Mucks von sich. Eindringlich beäugten sie den abgemagerten Körper im Sand.

„Ist er noch am Leben?", fragte der Mann resolut und wandte sich Daniel zu. Von allen drei Männern hatte er mit Abstand die breitesten Glieder, sein massiver Rücken ähnelte einer prächtigen Baumkrone. Um den Hals trug er eine dünne Kette, die mit funkelnden Kristallen in verschiedenen Farben bestückt war. An seinem Kinn hing ein langer Bart aus grauem Haar, dessen Spitze mit einem feinen Stofffaden zusammengebunden war. Augenscheinlich schien er der Älteste aus der Gruppe zu sein.

Daniel lenkte den Kopf in seine Richtung, der ihm mit einer ernsten Miene in die dunkelbraunen Augen starrte.

„Ich glaube schon, Ezechiel", erwiderte er. „Das letzte Mal, als ich gehorcht habe, hat sein Herz noch geschlagen." Ezechiel ging in die Knie, woraufhin er sein Ohr auf den Brustkorb des Mannes legte. Eine der Frauen trat aus der Reihe. Ihr hellblondes Haar glänzte im Schein der Sonne, ihre Haut war fast so blass wie die des Bewusstlosen. An den Handgelenken trug sie zwei hölzerne Armreifen.

„Wo habt ihr ihn gefunden?", fragte sie Daniel neugierig.

„Er lag einen halben Tagesmarsch in südlicher Richtung", erwiderte er. „Wir mussten ihn den ganzen Weg hierher schleppen."

Hinter ihm erklang ein dumpfes Stampfen im Sand, das von hektischen Schnappatmungen begleitet wurde. Er wirbelte herum und sah Aaron, der sich mittlerweile wieder auf den Beinen halten konnte. Schwankend bewegte er sich auf die kleine Versammlung zu. Überall an seiner verschwitzten Haut klebten Sandkörner.

„Er lag neben einem erloschenen Feuer, Alexandria", schnaufte er. „Vielleicht gehört er zu einer anderen Siedlung in der Nähe." Ezechiel richtete sich wieder auf, der den bleichen Körper im Sand mit einem besorgten Blick musterte.

„Er muss sofort zu den Heilern gebracht werden", raunte er beunruhigt. „Sein Herzschlag ist zu schwach, ich kann ihn kaum hören."

Kaum hatte er zu Ende gesprochen, setzten sich die beiden anderen Männer in Bewegung. Der Kleinere griff nach den Armen, der andere die Knöchel. Vorsichtig hoben sie den Bewusstlosen aus dem Sand, um ihn auf dieselbe Weise zu tragen, wie Daniel und Aaron es getan hatten.

„Geht langsam", fuhr Ezechiel fort. „Er ist so geschwächt, dass selbst die kleinste Erschütterung sein Ende bedeuten könnte." Der Größere der Männer nickte, sie trugen den Bewusstlosen in die Richtung der Zeltspitzen. Ezechiel stapfte dicht hinter ihnen durch den Sand. Daniel, Aaron und die Frauen folgten ihm zügig.

„Wisst ihr, woher die Wunde an seinem Arm kommt?", fragte eine der Frauen, die neben Alexandria ging. „Auf den ersten Blick scheint sie der Biss eines Microchilupus zu sein." Sie hatte pechschwarze Haare, trug eine braune Lederschürze und um ihren Hals hing eine Kette mit spitzen Zähnen, die von verschiedenen Bestien zu stammen schienen. Aaron starrte sie verblüfft an.

„Was zum Teufel ist das?", erwiderte er. Die Frau kicherte, während sie mit zwei ihrer Fingerspitzen nach einem der Fangzähne an ihrer Kette griff. Dieser war zwar genauso spitz wie die anderen, aber dafür leicht nach innen gebogen, dazu etwas länger.

„Dieser stammt von einem der Biester", summte sie. „Sie beißen sich erst tief in dein Fleisch hinein, bevor sie mit ihren roten

Zungen das süße Blut herausschlürfen. Daraus schöpfen sie neue Kraft." Sie gab einen verträumten Seufzer von sich. Aaron verzog angewidert das Gesicht.

„Jage dem Jungen doch nicht eine solche Angst ein, Nora", erwiderte Alexandria und warf ihr ein verschmitztes Lächeln zu. Nora ließ den Zahn aus ihren Fingern gleiten, ihren Kopf legte sie in den Nacken. Sehnsüchtig schaute sie zum Himmel hinauf.

„Sie jagen meistens in Rudeln", raunte Daniel. „Ich habe noch nie eines der Biester allein gesehen."

„Sie sind ganz schön pfiffig, aber auch feige", erwiderte Nora kichernd. Ihre Handfläche streifte über die Kette.

Bevor Daniel oder die anderen etwas hätten erwidern können, wurde es ringsherum lauter. Inzwischen hatten sie die ersten Zelte erreicht, um die unzählige Menschenscharen kreisten. Einige von ihnen blieben stehen, um neugierig den Bewusstlosen zu betrachten. Andere wiederum beachteten die kleine Gruppe gar nicht, sie gingen unbeeindruckt ihres Weges.

„Macht Platz!", rief Ezechiel in die dichte Menge hinein, die seinen Vorläufern den Weg versperrte. „Der Verwundete muss schleunigst die Heiler erreichen!" Die gaffenden Menschen schienen seine Worte ernst zu nehmen, denn sie rückten beiseite. Ihre lauten Ausrufe wurden zu einem aufgeregten Getuschel, welches über Ezechiel und die anderen hinwegzog, während sie weiter vorwärts gingen.

„Gleich haben wir es geschafft", flüsterte die Frau, die ganz außen neben Aaron über den Wüstenboden stapfte. Sie hatte sich bisher noch nicht zu Wort gemeldet. Ihr langes rotes Haar flatterte im Wind, sie trug ein weißes Kleid aus feinem Stoff, welches fast den Sand berührte. „Da vorne ist es." Über die Köpfe der aufgeregten Menschen hinweg deutete sie auf ein großes Zelt, das deutlich aus den anderen hervorstach. Es war um einiges breiter, dazu größer als die gewöhnlichen Gemächer der Bewohner ringsherum. Die Außenfassade bestand aus schneeweißer Seide, auf der kein einziger Schmutzfleck zu sehen war. Das Dach hingegen war nicht spitz, sondern bildete eine Halbkugel, die in den Himmel ragte.

Die beiden Männer, die den Bewusstlosen trugen, drängelten

sich weiter zum Gemach der Heiler hindurch. Aus der hellen Seide quollen winzige Dampfwolken heraus, die in der Luft verpufften und einen süßen Duft verbreiteten. An der schneeweißen Außenfassade zog sich ein langer zugeknöpfter Spalt entlang. Die Frau mit dem roten Haar drängelte sich an Ezechiel und den beiden anderen Männern vorbei. Leicht beugte sie sich nach vorne, um das Gemach der Heiler aufzuknöpfen. Als ihre zierlichen Hände die Seide beiseiteschoben, flog eine riesige Nebelwolke aus dem Zelt heraus, welche zunächst die Sicht ins Innere versperrte.

Nachdem diese sich verzogen hatte, tauchten dahinter einige Männer und Frauen auf, die jeweils zu zweit an hohen Holztischen standen, auf denen lange Glasrohre aufgestellt worden waren. Auffällig war, dass sich um die Tische herum ausschließlich Paare aus Mann und Frau versammelt hatten. Jene Rohre waren mit aufschäumenden Gemischen gefüllt, die in unterschiedlichen Farben leuchteten. Die Männer hielten ein kleines Gläschen, das mit einer durchsichtigen Flüssigkeit gefüllt war, über den Rand der Rohre. In regelmäßigen Abständen kullerte ein winziger Tropfen daraus in den Schaum. Mit wachen Augen beobachteten die Frauen das Geschehen. Sie waren sehr vertieft in ihre Arbeit. Keiner von ihnen blickte auch nur eine Sekunde auf, obwohl die rothaarige Frau den Spalt des Gemachs geöffnet hatte.

Erst als sie eintrat, blickte einer der Heiler auf, woraufhin dieser sie anlächelte. Er trug einen weißen Umhang, der augenscheinlich aus derselben Seide wie das Zelt genäht worden war, an seinem Kinn baumelte ein borstiger schwarzer Bart.

„Was führt dich denn schon wieder her, Sandra?", fragte er überrascht, woraufhin er einen Tropfen aus dem Glas in seiner Hand in einen roten Strudel fallen ließ. „Ich habe dir bereits gesagt, dass du deine heutigen Pflichten erfüllt hast." Sandra forderte die Träger des Bewusstlosen mit einer energischen Handbewegung dazu auf, in das Zelt zu treten. Mittlerweile waren die meisten Schaulustigen ringsherum abgezogen.

Rasch traten sie ins Innere, auch die letzten Heiler wandten ihre Blicke von den Gläsern ab, um verblüfft auf das Geschehen zu starren. Im Inneren des Zeltes waren nicht bloß die Holztische aufgebaut worden, denn dicht an den weißen Wänden standen auch Betten, auf denen Matratzen aus rotem Stoff lagen.

„Wie du siehst, hat es ein Unglück gegeben, Rafael", erwiderte Sandra mit bebender Stimme. „Sie haben ihn völlig ausgehungert in den Wäldern gefunden." Sie deutete auf den Bewusstlosen, den die beiden Männer vorsichtig auf eines der Betten gleiten ließen.

„Ein Microchilupus hat ihn am Unterarm erwischt", fügte Nora hinzu, die wieder ihre Kette betastete. Rafael warf dem roten Schaum einen letzten hastigen Blick zu, wandte sich ab und ging geradewegs auf das Bett zu.

Wortlos beugte er sich hinüber, um den kranken Mann eindringlich zu mustern. Sein suchender Blick machte auf dem eitrigen Unterarm Halt. Mit zwei Fingerspitzen tastete er die Schläfe ab. Erleichtert stieß er einen Seufzer aus.

„Er lebt noch", raunte er. „Doch wir müssen ihm schnell das Gegengift einverleiben, sein Herzschlag wird schwächer."

Zwei Heiler, die an einem Tisch in der Mitte des Zeltes gestanden hatten, huschten zum Bett hinüber. Der große Mann im weißen Gewand und die füllige Frau neben ihm trugen gemeinsam eines der Glasrohre, in dem ein schaumiges Gemisch hellgrün leuchtete. Aaron hatte den Mund aufgerissen. Es schien so, als käme er gar nicht mehr aus dem Staunen heraus.

„Was haben die denn damit vor?", fragte er beeindruckt.

„Die Lösung in dem Gehäuse haben sie aus Heilkräutern und dem Blut der Microchilupus gebraut", flüsterte Sandra, die gebannt beobachtete, wie die Heiler das Rohr über den Bewusstlosen hoben. „Die Mischung wirkt als ein Gegengift. Es dämmt die tödliche Verwesung ein, die ihre Bisse verursacht haben."

Inzwischen hatte Rafael eine winzige Pinzette aus der Hosentasche gekramt. Mit dieser kratzte er behutsam die vertrockneten Eiterreste vom Unterarm.

„Ihr könnt anfangen", murmelte er, bevor er die abgestorbenen Hautfetzen auseinanderzog und somit einen kleinen Spalt in der Wunde öffnete. Die Heiler nickten. Langsam kippten sie das Gehäuse darüber. Wenige Tropfen des Gemischs träufelten sie auf den verkrusteten Eiter. Wie von Geisterhand floss das hellgrüne

Gemisch mitten in den Spalt der Wunde hinein, wo es spurlos verschwand.

Behutsam richteten die Heiler das Rohr wieder auf. Trotz der Schweißperlen auf ihren Gesichtern war ihnen die Erleichterung anzusehen. Sie trugen das Gegengift vorsichtig zu ihrem Tisch zurück, Sandra und ihre Begleiter rückten näher an das Bett heran.

Was als nächstes geschah, kam einem Wunder erschreckend nahe, der feine Spalt inmitten des grünen Eiters begann langsam, sich von selbst zu schließen. Erleichtert stieß Rafael einen Seufzer aus.

„Es ist vollbracht", verkündete er lächelnd. „Es war eine Dosis des Lebens und keine des Todes, die diesen Mann retten wird." Aaron zog verwirrt die Augenbrauen zusammen, auch Daniel warf fragende Blicke in die Runde. Über Sandras Lippen hingegen huschte ein unauffälliges Schmunzeln. Sie sah die Verwunderung in ihren Gesichtern.

„Mit den entgiftenden Substanzen in unserer Heilkunst verhält es sich so, dass zwischen Über- und Unterdosierung ein sehr schmaler Grat herrscht. Beides verschlimmert die Wirkung des Giftes bloß und führt demnach zum Tode", flüsterte sie. „Als eine Dosis des Lebens bezeichnen wir das, was zwischen ihnen liegt. Sie mildert die Vergiftung und lässt Wunden verheilen."

Tatsächlich wurde der Eiter um die unscheinbare Narbe herum immer blasser. Die bleiche Haut des Mannes gewann an Farbe.

„Nicht zu glauben", murmelte Ezechiel gebannt. „Die Heiler haben ein Wunder vollbracht. Offenbar hat die heilige Ataraxie unsere Gebete erhört." Die Heiler, die das Gegengift in die Wunde geträufelt hatten, machten an ihrem Tisch gleichzeitig Freudensprünge in die Luft, während sie sich gegenseitig um den Hals fielen. Der Eiter am Unterarm war fast verschwunden, alle Glieder des Bewusstlosen wirkten allmählich lebendiger als zuvor.

„Er wird noch eine Weile ruhen müssen", sagte Rafael zu den anderen. „Doch es besteht kein Zweifel mehr daran, dass er wieder auf die Beine kommt. Ihr könnt heute mit erhobenen Häuptern nach Hause gehen, ohne euch hätte sein Leben bald ein Ende gehabt." Daniel klopfte Aaron aufmunternd auf die Schulter, Ezechi-

276

el atmete erleichtert aus. Auch ihre Begleiter lächelten sich gegenseitig an. Die letzten Sorgen um den Fremden hatten sich in Luft aufgelöst.

Am Horizont, wo Himmel und Wüste ineinander versanken, tauchte gerade die Morgensonne auf, als sich ihre ersten Strahlen auf dem ruhigen Wasser des Sandtümpels spiegelten. Ringsherum war alles still. Bloß schwache Böen pfiffen über die bunten Zelte und ließen ihren Stoff leicht flattern. Hunderte von ihnen waren bereits um den kleinen Tümpel herum aufgestellt worden, aber die Menschen hier hatten sich bis zu dem heutigen Tage noch nie vor Angriffen der Bestien aus den Wäldern fürchten müssen. Darum hatte keiner von ihnen es je in Betracht gezogen, die vielen Gemächer zu bewachen oder einzuzäunen. Es gab schlichtweg keinen Grund dafür, sich am Sandtümpel unsicher zu fühlen.

An diesem Morgen schien noch keiner der Bewohner wach zu sein. Plötzlich erklangen sanfte Schritte zwischen den Zeltreihen. So leise, dass sie kaum zu hören waren. Sie kamen von Ezechiel, der sich behutsam zu dem Sandfleck schlich, der von den Zelten eingekreist war. Offenbar wollte er niemanden aus dem Schlaf reißen. Der Tümpel war nur noch wenige Schritte von ihm entfernt, als er im Angesicht der ruhigen Wasseroberfläche Halt machte.

Einen Moment lang blickte er in den Himmel, seine Arme streckten sich weit aus. Dann ging er in die Hocke. Eindringlich musterte er den Tümpel. Ein leichtes Schmunzeln zog über seine Lippen, seine Hände formte er zu einer Schale, um sie in das Wasser einzutauchen. Rasch zog er sie wieder heraus, drückte die Augen zu und riss sie in die Luft. Das kühle Wasser floss über sein Gesicht. In den Sonnenstrahlen glänzte es. Er senkte den Blick wieder, seine Augen blieben geschlossen. Als nächstes setzte Ezechiel sich in den Schneidersitz, die Hände legte er auf seine Knie. Von nun an geschah gar nichts mehr, denn er rührte sich nicht. Seine ruhige Atmung war gleichmäßig.

Erst nach einer halben Ewigkeit öffnete er die Augen wieder. Inzwischen war die Sonne am Horizont aufgegangen. Einige Bewohner lugten bereits schlaftrunken aus ihren Gemächern heraus. Er rappelte sich auf die Beine und blieb vor dem Tümpel stehen. Schließlich verbeugte er sich, drehte sich um, um wieder zwischen den Zeltreihen zu verschwinden. Die Stimmen ringsherum wurden immer lauter.

Die Bewohner krochen aus ihren Gemächern, sprachen aufgeregt miteinander und es schien so, als würde der Sandtümpel allmählich erwachen. Ezechiel war offenbar der Einzige, der bereits zu so früher Stunde hellwach gewesen war. In einem schnellen Tempo stapfte er durch den Sand Richtung Norden. Sein eiserner Blick war nach vorne gerichtet, als er an den Zeltreihen vorbeiging und einige Menschen aufgeregt seinen Namen riefen. Er nickte ihnen bloß beim Vorbeigehen zu, was den Anschein erweckte, als hätte er es besonders eilig.

Schon bald hatte er das Zelt der Heiler erreicht, welches an einem der nördlichsten Punkte des Sandtümpels lag. Dahinter ragten nur noch wenige Zeltspitzen in die Luft, hinter denen sich die scheinbar endlose Wüste ausbreitete. Die Strahlen der prallen Morgensonne schienen Ezechiel ins Gesicht, weswegen er mit den Handflächen ein Dach über seinen Augen formte. Gemächlich setzte er sich in Bewegung und ließ die große Halbkugel aus Seide hinter sich. Sie war nicht das Ziel gewesen, nachdem sich seine wachen Augen sehnten. Er stapfte weiter geradeaus, die Gemächer ringsherum wurden immer weniger.

Die Stimmen der Bewohner waren nur noch gedämpft aus der Ferne zu hören, als seine Schritte langsamer wurden und er immer wieder einen flüchtigen Blick über die Schulter warf. Es schien so, als würde er befürchten, verfolgt zu werden. Die Zelte an diesem Ort waren vor langer Zeit verlassen worden. Ihre Spalten waren aufgeknöpft und wehten im Wind. In ihrem Inneren war nichts, außer gähnende Leere zu sehen. Ein trostloser Anblick. Ezechiel ließ die letzten von ihnen hinter sich. Sein kahler Kopf war nassgeschwitzt und glänzte im Schein der Sonne. Die Schweißperlen rannen seine gebräunten Wangen hinunter.

„Du hast aber länger als sonst gebraucht", rief eine Männerstimme aus der Nähe. „Wir werden wohl nie begreifen, was dich so lange am Tümpel hält." Das letzte der nördlichen Zelte hatte dieselbe Form wie jenes der Heiler. Der Unterschied lag bloß darin, dass die Außenfassade der Halbkugel, hinter der sich die weitreichende Wüstenlandschaft erstreckte, nicht aus Seide bestand, sondern aus braunem Fell zusammengeflickt worden war. Der Spalt war noch zugeknöpft, sodass das Innere von draußen nicht zu sehen war. Links und rechts daneben standen zwei Männer, die jeweils einen stählernen Speer in der Hand hielten. Es waren diejenigen, die vor einigen Tagen den bewusstlosen Mann zu den Heilern getragen hatten.

Sie waren Ezechiels Leibwächter und hüteten sein Gemach in der Regel, wenn er gerade nicht dort war. Der Kleinere von ihnen musste gerufen haben, denn er blickte erwartungsvoll in Ezechiels Richtung. Der Größere hingegen stand, wie angewurzelt im Sand, sein nichtssagender Blick verlor sich in der Leere.

„Die Ruhe ist das, was mich dort festhält, Alexander", erwiderte Ezechiel, der die letzten Schritte in seine Richtung machte. „Doch die heilige Ataraxie bewegt mich zum Tümpel, mein Bruder." Jetzt schaute ihn auch der andere von ihnen an. In dessen trüben Augen war die Müdigkeit zu sehen, er hielt sich die freie Hand vor den Mund. Ein langes Gähnen entfloh ihm. Er hieß Noel und war Alexanders jüngerer Bruder.

Die Beiden nahmen ihre Aufgabe sehr ernst, weil sie als elternlose Kinder von Ezechiel in die Gemeinschaft des Sandtümpels aufgenommen worden waren. Ihre Schlafplätze waren zwei der Zelte, die nur wenige Meter von dem Gemach des alten Mannes entfernt lagen. Sie waren die einzigen Menschen hier, die das prächtige Zelt ihres Häuptlings bereits von innen gesehen hatten. Ohnehin hatten die wenigsten Bewohner auch nur die Außenfassade erspäht, denn keiner von ihnen sah einen Sinn darin, einen so weiten Marsch Richtung Norden zurückzulegen, um dort auf dieselbe Leere zu treffen, die sie bereits in der Nähe des Tümpels erblickten.

Plötzlich zuckten Noels Augenlider. Er blickte streng auf die Zeltreihen hinter Ezechiel.

„Wenn mich meine Augen nicht täuschen, wurdest du verfolgt, Bruder", raunte er beunruhigt. Ezechiel wirbelte verblüfft herum, auch er starrte auf die verlassenen Zelte. Tatsächlich lugten hinter dem zerzausten Stoff zwei Fingerspitzen hervor.

„Komm aus deinem Versteck!", rief er verärgert. „Ich sehe dich doch!" Sofort verschwanden die Finger. Es rührte sich nichts, bis zwei fleischige Beine aus dem Schatten des Zeltes traten. Die drei Männer bekamen große Augen, als sie sahen, um wen es sich bei dem heimlichen Beobachter handelte.

„Was hast du hier zu suchen, Aaron?", fragte Ezechiel verblüfft. Nervös trat der dicke Junge von einem Fuß auf den anderen. Beschämt starrte er auf den Sand.

„Es tut mir leid, Ezechiel", stammelte Aaron. „Ich weiß nicht, wo mein Verstand geblieben ist. Ich bin dir gefolgt, um zu sehen, wohin sich der tapfere Häuptling des Sandtümpels nach seinem morgendlichen Rundgang zurückzieht." Ezechiels Augen funkelten plötzlich.

„Du hast mich also schon den ganzen Morgen lang verfolgt", zischte dieser mit einer bedrohlichen Stimme. Erschrocken zuckte Aaron zusammen, als hätte er sich zuvor verhaspelt. Im nächsten Augenblick begann Ezechiel, zügig auf ihn zuzulaufen. Auf zitternden Knien taumelte er nach hinten.

Als nur wenige Meter zwischen ihnen waren, machte der Häuptling Halt und durchbohrte ihn mit einem eindringlichen Blick. Doch kurz darauf verzog die strenge Miene sich zu einem Lächeln.

„In deinem Alter hatte ich auch viele Dummheiten im Kopf, Junge", sagte er lachend, woraufhin er Aaron mit dem Handballen einen leichten Klaps gegen die Stirn gab. „Ich begleite dich zurück zum Tümpel. Hier gibt es ohnehin nicht viel zu sehen." Aaron nickte, bevor er sich umdrehte, um den Rückweg anzutreten. Ezechiel warf seinen Leibwächtern einen letzten Blick zu und folgte ihm. Während des Marsches schwiegen sie. Es schien so, als wäre Aaron noch immer verlegen.

Als sie wieder von lauten Stimmen und aufgeregten Menschen umringt waren, klopfte Ezechiel ihm auf die Schulter, dann wandte er sich ab, um wieder Richtung Norden zu gehen.

„Dein Gemach sieht wirklich prächtig aus, Ezechiel", rief Aaron ihm noch hinterher. „Im Inneren ist sicher genügend Platz!" Ezechiel wirbelte noch einmal herum, um ihm einen verwunderten Blick zuzuwerfen.

„Du erkennst wahre Schönheit, Aaron!", rief er über den Lärm der Menschenmenge hinweg. „Das Fell stammt von zwei Hirschen, die ich einst in den Wäldern erlegt habe!"

16. KAPITEL

AARON

Der junge Mann konnte ihm nicht mehr antworten, denn der Häuptling war bereits zwischen den Bewohnern untergetaucht. Mit einer nachdenklichen Miene drängelte er sich nach vorne, um zum Tümpel zu gelangen. Es war inzwischen Mittag geworden. Bald würden die Bewohner sich dort für den Tümpelschmaus versammeln.

In der Regel wurde dieser, wie der Name bereits sagt, um den Tümpel herum verrichtet. Die Bewohner bildeten einen großen Kreis und setzten sich in den Sand, um die heilige Ataraxie gebührend zu ehren. Wegen der großen Anzahl an Menschen, die hier lebten, bestand jener Sitzkreis aus mehreren Reihen, deren vorderste Köpfe geradewegs auf das stille Wasser blickten.

Im Anschluss wurde noch ein Gebet an die Gottheit des Tümpels ausgesprochen, anschließend traten die Köchinnen auf den Sandfleck inmitten der Zeltreihen, um die dampfenden Speisen zu verteilen, welche in der Regel auf dicken Brettern aus Baumholz angerichtet waren. Doch es gab viele unter ihnen, die dies für überflüssig hielten und sich der Tradition nur widerwillig hingaben. Es waren jene, die nicht an die Ataraxie glaubten.

Aaron war einer von ihnen. Zwar war er am Sandtümpel aufgewachsen und hatte die Geschichten über den geheimnisvollen Wassergott bereits von klein auf eingeflößt bekommen, aber den-

noch kam ihm das blinde Vertrauen der Gläubigen äußerst frag-
würdig vor. Schon immer hatte seine Neugier ihn dazu angeregt,
allen möglichen Beobachtungen auf den Grund zu gehen, denn
für ihn waren Beweise vertrauenswürdiger als der bloße Glaube an
eine Sache.

Es trennten ihn nur noch wenige Zeltreihen von dem Tümpel,
wodurch der ohrenbetäubende Lärm der Menschen ringsherum
immer lauter wurde. Sie schienen es kaum erwarten zu können, ihre
erste und einzige Mahlzeit des Tages aufgetischt zu bekommen.

Plötzlich tippte ihm eine raue Handfläche auf die Schulter. Erschrocken wirbelte er herum und schaute in Daniels hellgrüne Augen.

„Na, schon hungrig, Dickerchen?", scherzte dieser. Aaron schüttelte bloß genervt den Kopf, um sich wieder umzudrehen. Weiter
lief er geradeaus. „Jetzt hab dich doch nicht so", fuhr Daniel fort,
der ein Stück nach vorne gerannt war, um ihn wieder einzuholen.
„Gönn mir doch auch mal etwas Spaß." Er musterte Aaron mit ge-
runzelter Stirn und stieß einen langen Seufzer aus. „Du siehst wirklich aus, als hätte dich der Hunger Tage lang erdrückt. Sag mir bitte
nicht, dass sie dich am Gemach des alten Mannes gesehen haben",
zischte er ihm verärgert ins Ohr.

Mittlerweile hatten sie den Sandfleck erreicht. Hinter den Zelten
strömten immer mehr Bewohner hervor.

„Nicht so laut", flüsterte Aaron nervös. „Seine Leibwächter haben mich entdeckt, als er gerade dort ankam." Mit einem verärger-
ten Gesichtsausdruck klatschte Daniel sich die Handflächen auf die
Stirn. Gleichzeitig machten die beiden Halt, nur noch wenige Meter
trennten sie von dem klaren Wasser, auf dem sich der Glanz der
Mittagssonne spiegelte.

„Nun werden sie nur noch mehr achtgeben", zischte Daniel. Sie
setzten sich in den Sand. „Wahrscheinlich werden wir nie erfahren,
was sie dort bewachen." Aaron warf ihm einen grimmigen Blick zu.

„Spiel du doch nächstes Mal den Spion", zischte er beleidigt zurück. „Dann sehen wir, ob du dich besser anstellst." Abermals verdrehte Daniel genervt die Augen, als er auf den Tümpel starrte.

„Das hätte ich wohl von Anfang an tun sollen. Die Frage ist, ob es ein nächstes Mal geben wird", murmelte er. Inzwischen hatte sich auf dem Sand der Kreis aus vier Reihen gebildet. Die beiden saßen Schulter an Schulter in der vordersten Reihe.

Bevor Aaron etwas erwidern konnte, dröhnte ein tiefer Klang in ihre Ohren, der dem eines Horns ähnelte. Dieser war so laut, dass er die Stimmen der Bewohner mit Leichtigkeit überschwemmte. Alle verstummten, der Hall verlor sich allmählich in den Weiten der Wüste. Es war still. Doch es erklangen leise Schritte, die sich langsam aus den Zeltreihen näherten.

Daniel und Aaron drehten die Köpfe nach hinten, auch alle anderen Bewohner beobachteten gebannt, wie Ezechiel gemächlich über den Sand schritt. Er hielt ein langes Rohr aus Holz in den Händen, auf dem sich eine gerade Linie aus runden Löchern entlang zog. Es musste den ohrenbetäubenden Klang verursacht haben. Nacheinander stieg der Häuptling über die Reihen der sitzenden Menschen hinüber, um sich anschließend zum Ufer des Tümpels zu bewegen. Jeder hielt den Atem an. Er ließ seinen Blick über die Gesichter der Bewohner schweifen. Sie alle erweckten den Anschein, als würden sie eine tiefe innere Ehrfurcht spüren, was womöglich daran lag, dass ihnen bewusst war, welche bedingungslose Hingabe Ezechiel für die Ataraxie empfand. Er ließ das Rohr in den Sand fallen, ging langsam in die Hocke, um sich in den Schneidersitz gleiten zu lassen.

„Am heutigen Tage wollen wir die heilige Ataraxie im Namen unserer Ahnen ehren", verkündete er mit erhobener Stimme. „Du schenkst uns die Pracht unseres Lebens und dafür wollen wir dir unsere Ergebung zukommen lassen." Ezechiel blickte in den Himmel, anschließend schloss er seine Augen. Dann streckte er die Arme weit auseinander und stieß einen lauten Schrei aus der Kehle heraus, dessen Echo durch die Wüste schallte und sich in den endlosen Weiten verlor.

Wieder war es still. Der alte Mann hatte die Augen noch immer geschlossen, seine Hände formten einen Kreis. Alle anderen, die im Kreis saßen, taten dasselbe. Ihr leises Atmen war das einzige Geräusch, welches ringsherum zu hören war. Offenbar wagte es keiner von ihnen, die Stille zu durchbrechen.

Nach einer Weile öffnete Ezechiel wieder die Augen, seine Lippen bildeten ein zufriedenes Lächeln. Er blickte ein weiteres Mal zum Himmel hinauf. „Ich danke dir für die Stärke, die du jeden Tag durch meine Adern fließen lässt", raunte er. Nach und nach machten die Bewohner ihre Augen auf. „Ich werde sie nutzen, um mein Volk in hellen sowie dunklen Zeiten zu schützen", fuhr er fort. „So wie du es vorgesehen hast. Dein prächtiger Schutz wird auf ewig über uns ruhen, komme, was wolle." Anschließend ließ er seinen Blick mit gesenktem Kopf über die Gesichter des Volkes schweifen. Kurz blieb dieser an Aaron haften. Doch dann griff seine Hand nach dem Rohr im Sand und stützte ihn auf die Beine. Das hölzerne Mundstück führte er erneut zu seinen Lippen.

Ein weiteres Mal sauste der tiefe Klang über die Zeltspitzen des Sandtümpels hinweg. Daniel verzog das Gesicht und presste sich die Handballen gegen die Ohren.

„Er muss wirklich immer übertreiben", zischte er. Aaron hingegen nahm das laute Geräusch gar nicht wahr.

„Wenigstens gibt es endlich Essen für uns. Ich kann es kaum erwarten", erwiderte er. Der Sabber troff schon von seinen Lippen herab.

Nachdem der Hall des Rohrs verklungen war, traten fünfzehn Frauen auf den Sandfleck. Diese trugen Schürzen aus blauem Stoff. Etwas mehr als die Hälfte von ihnen hielten lange Holzbretter, die mit unzähligen kleinen Tellern bedeckt waren, in den Händen. Auf jedem von ihnen lag dasselbe. Ein rotes Stück Fleisch neben grünem Gemüse. Aaron starrte auf die Speisen.

„Es scheint mir so, als haben die Köchinnen sich heute besonders viel Mühe gegeben", raunte er gierig.

„Du hast wirklich nichts außer Fressen im Kopf", brummte Daniel, der einen langen Seufzer ausstieß.

Mittlerweile hatten die Menschen ihr Schweigen unterbrochen, wodurch es wieder lauter geworden war. Ezechiel verließ das Ufer des Tümpels, um sich zu einer kleinen Gruppe aus älteren Männern zu gesellen, die in einer der hintersten Reihen Platz genommen hatten. Sie alle tratschten ausgelassen miteinander. Zügig verteilten die Köchinnen die Speisen.

Kaum hatte Aaron seinen Teller in den Händen, begann er, das Fleisch gierig in sich hineinzuschlingen. Daniel warf ihm bloß einen angewiderten Blick zu, während er eine dampfende Mohrrübe an seinen Mund führte.

„Stopf dich nicht so voll, wenn du nachher wieder auf die Jagd mitkommen willst. Sonst bist du wieder außer Puste, bevor wir aufgebrochen sind", murmelte er kauend. Aaron hörte ihn nicht, denn er stopfte sich weiterhin gierig den Magen voll. Es schien so, als hätte er vor unzähligen Vollmonden das letzte Mal etwas gegessen.

17. KAPITEL

DAS ERWACHEN

Elio riss die Augen auf. Heftig schnappte er nach Luft. Sein Herz raste wild, seine Glieder zitterten. Vorerst sah er bloß verschwommene Umrisse, aber die Sicht wurde schnell klarer. Unter seinem Rücken spürte er weichen Stoff, in dem er offenbar etwas versunken war. Über ihm erstreckte sich eine schneeweiße Decke, seine Ohren nahmen ein leises Brodeln wahr, das sich wie die Strömung eines Flusses anhörte. Vorsichtig drehte er den Kopf zur Seite. Mit Entsetzen musste er feststellen, dass ihm bereits die kleinste Bewegung eine enorme Anstrengung abverlangte.

Dann blickte er in den weitreichenden Innenraum des Zeltes hinein. Die Tische waren noch immer in derselben Ordnung wie zuvor aufgestellt. Ringsherum standen die in weiß gekleideten Menschen, welche nach wie vor damit beschäftigt waren, ihre Dosierungen in die schäumenden Glasrohre zu träufeln. Mit fragenden Augen starrte er sie an, aber sie waren so vertieft in ihre Arbeit, dass sie ihn nicht bemerkten. Verblüfft blickte er an seinem rechten Arm hinunter, dort sah er, dass der Biss der Microchilupus nahezu vollständig verschwunden war. Der klebrige Eiter hatte sich in Luft aufgelöst. Das Einzige, was der Angriff hinterließ, war eine winzige Einkerbung auf der Haut, die er gebannt anstarrte. Er hatte nicht den blassesten Schimmer, wie er hierher gekommen war oder wieso er nicht längst tot war.

„Beweg dich nicht zu viel", zischte plötzlich die tiefe Stimme eines Mannes hinter ihm. „Deine müden Glieder müssen sich noch an die Entgiftung gewöhnen." Elio wollte sich nach hinten drehen, um zu sehen, wer zu ihm sprach, aber sein verkrampfter Nacken war so schwach, dass er es nicht konnte. Erschöpft ließ er den Kopf wieder auf die Matratze fallen, seine Ohren nahmen gemächliche Schritte wahr.

In sein Blickfeld trat ein Mann, der dieselbe Kleidung wie die anderen Menschen in dem Raum am Leib trug. Seine Miene strahlte eine vertrauliche Ruhe aus, seine Lippen formten ein leichtes Schmunzeln. Es war Rafael. Der oberste Heiler am Sandtümpel.

„Was für ein Gift?", nuschelte Elio, der sich darum bemühen musste, die Augen offen zu halten. Es kam ihm so vor, als hätte sich ein dichter Nebel über die meisten seiner Erinnerungen gezogen. Er wusste, dass er dem wilden Bestienrudel haarscharf entkommen war, aber alles danach war schummrig. Der Versuch, es wieder aufleuchten zu lassen, bereitete ihm bloß Kopfschmerzen.

„Die Fangzähne der Microchilupus haben dich erwischt", erwiderte Rafael. „Eine Bestie in den Wäldern, die einst ihr Maul von den Vampirfledermäusen, dazu ihre Gangart von den Wölfen geerbt hat. Zu deinem Glück hat sie bloß einmal zugebissen. Zwei unserer Leute haben dich bewusstlos an einer Feuerstelle im Wald gefunden und hergebracht." Elio zog die Augenbrauen zusammen. Er erinnerte sich nicht im Geringsten daran, ein Feuer entfacht zu haben. „Wie ist dein Name, woher kommst du?", fragte Rafael neugierig. Elio musste nachdenken, um einen klaren Kopf zu bewahren.

„Mein Name ist Elio", murmelte er zögernd. „Ich komme aus dem Süden. Weit hinter den Wäldern liegt dort meine Heimat auf einem leeren Wüstenfleck." Er wollte nicht zu viel verraten, denn er war sich noch nicht vollkommen sicher, ob er dem fremden Mann vor sich vertrauen konnte.

„Es ist mir eine Ehre dich kennenzulernen, Elio", erwiderte dieser. „Es kommt selten vor, dass sich ein Fremder zum Sandtümpel verirrt. Sie nennen mich hier Rafael. Ich bin der oberste Heiler an

290

diesem Ort und kümmere mich um die gesundheitliche Verfassung des Volkes."

Langsam begann Elio, zu begreifen, dass er nicht wie des Öfteren träumte. Offenbar hatte es ihn tatsächlich in die Obhut anderer Menschen verschlagen, aber er konnte nicht weiter grübeln, seine Augenlider wurden schwerer. So schwer, dass sie zufielen. Er riss sie noch einmal auf, doch die Müdigkeit überschwemmte ihn.

„Du musst noch ruhen, Elio", hörte er Rafaels gedämpfte Stimme murmeln. „Deine Glieder sind noch zu schwach, aber schon bald wirst du deine verlorenen Kräfte wiederfinden." Er spürte noch, wie die weiche Handfläche des Heilers sanft seine Stirn berührte.

„Wer hat mich gefunden?", stammelte er mit zittriger Stimme. Rafael sagte etwas, doch er konnte die Antwort nicht mehr hören. Das Zelt der Heiler verschwand. Alles ringsherum wurde in schwarze Leere gehüllt.

Er konnte sich nicht bewegen, sondern bloß gebannt auf das Nichts ringsherum starren. Dann spürte er, dass seine Füße an Halt verloren. Der Boden schien sich aufzulösen, aber er konnte nicht nach unten blicken, weil sein Kopf erstarrt war.

Plötzlich fiel er die endlose Leere hinunter. Elio wollte schreien, doch aus seinem aufgerissenen Mund kam kein Ton heraus. Er wollte mit den Armen nach Halt greifen, aber sie waren an seine Hüften gefesselt. Immer schneller fiel er den leeren Abgrund hinunter. So schnell, dass scharfer Wind in sein Gesicht peitschte. Verzweifelt presste er die Augen zu, denn er wollte den unvermeidbaren Aufprall, der sein Ende bedeuten würde, nicht kommen sehen. Doch dieser kam nicht. Stattdessen hörte der Wind plötzlich auf, ihm ins Gesicht zu peitschen, er spürte wieder festen Boden unter den Füßen. Zögerlich blinzelte er.

Staunend riss er die Augen auf. Die schwarze Leere war verschwunden. Auf einmal stand er inmitten einer riesigen Wüste. Er drehte sich einmal um die eigene Achse, um ihre Grenzen zu sehen, aber der funkelnde Sand schien sich in endlose Weiten zu erstrecken. Die Sonne stand am höchsten Punkt des Horizonts, ihre grellen Strahlen prallten auf seine Stirn. Vorsichtig machte Elio einen Schritt nach vorne. Er spürte, wie der warme Sand zwischen seine Zehen hindurchrieselte. Sein Fuß kam auf festem Untergrund auf. Augenblicklich machte er einen weiteren Schritt und noch einen. Ihm gefiel das Ge-

fühl, durch den Sand zu laufen, denn er hatte es seit einer Ewigkeit nicht mehr gespürt.

Bald schon begann er, schneller zu laufen. Es dauerte nicht lange, bis er rannte. Ihm peitschte der Wind ins Gesicht, doch diesmal verspürte er keine Todesangst, sondern ein Gefühl von Freiheit. So, als würde er schon bald vom Wüstenboden abheben, um wie ein Vogel durch die Luft getragen zu werden. Sein Herz raste vor Freude, er vergaß alle Sorgen.

Plötzlich blieb sein rechter Fuß an etwas hängen. Elio stolperte, sein Gesicht landete mit einer enormen Wucht im Sand. Die winzigen Körner bohrten sich wie Dornen in seine Haut. Mühsam richtete er den Kopf auf und versuchte, seinen Fuß aus dem Sand zu ziehen, aber es gelang ihm nicht. Es fühlte sich so an, als wäre dieser in Gestein eingemeißelt worden, wodurch er panisch wurde und wild mit dem linken Bein strampelte, um sich zu befreien. Auf einmal spürte er, wie er nach unten gezogen wurde. Sein Fuß versank immer tiefer im Wüstenboden. Die Erkenntnis traf ihn wie ein Schlag ins Gesicht.

Abermals war er Gefangener des Treibsandes geworden. Doch dieses Mal hatte er keinen Speer oder Ähnliches, um der brenzlichen Lage zu entfliehen. Seine Hände gruben sich tief in den Wüstenboden, aber sie fanden keinen Halt. Er atmete ruhiger, der Angstschweiß tropfte von seiner Stirn. Inzwischen hatte der Sand bereits sein ganzes Schienbein verschlungen.

Plötzlich flog ihm aus dem Nichts eine Priese ins Gesicht, woraufhin er sich die brennenden Augen rieb. Ringsherum wurde es stürmischer. Aus der leichten Brise, welche hin und wieder an seinen Ohren vorbeigefegt war, wurden starke Windstöße, die mit einer solchen Wucht gegen seine Rippen preschten, dass dies ihn ruckartig zur Seite stieß. Sein Bein im Sand verbog sich so sehr, dass es ein knirschendes Knacken von sich gab. Elio biss die Zähne zusammen, sein Gesicht verkrampfte sich. Der stechende Schmerz schoss durch seine Glieder, er spürte sein rechtes Bein nicht mehr. Es war taub, er konnte es nicht mehr bewegen.

Verzweifelt drehte er den Kopf umher. Der Sturm wirbelte gewaltige Sandmassen in die Luft, wodurch er in alle Richtungen nur noch wenige Meter geradeaus blicken konnte. Das schrille Pfeifen des Windes dröhnte in seinen Ohren. Er traute seinen Augen kaum, als die aufgewirbelten Sandmassen vor ihm einen riesigen Tornado bildeten. Der Treibsand hatte auch sein anderes Bein verschlungen, wodurch er noch schneller versank. Vor seinen Augen sah er nur noch gewaltige Staubwolken, die aus dem riesigen Sandwirbel hervor-

quollen, der ihn vollkommen eingekesselt hatte, sodass er nicht einmal mehr seine Arme sehen konnte.

Seine Magengrube wurde immer mehr zusammengepresst, denn er war bereits bis zur Hüfte versunken. Beim hektischen Einatmen flog immer wieder trockener Staub in seinen Mund hinein, der so sehr in seinem Rachen kratzte, dass er laut Husten musste. Den Kampf gegen den Treibsand hatte er längst aufgegeben, weil die letzten Kräfte seinen Körper verließen. Der Sturm wurde stärker, der Wind stieß ihm mit einer solchen Wucht gegen die Wangenknochen, dass sein Kiefer verkrampfte.

Plötzlich nahm er in den tobenden Sandwirbeln ein dumpfes Fauchen wahr. Er dachte, er hätte es sich bloß eingebildet, aber keine Sekunde später nahmen seine Ohren es erneut wahr. Diesmal klang es aggressiver, schärfer, dazu noch viel näher als zuvor. Vor Schreck erstarrte er, denn das Geräusch war ihm nicht fremd. Innerlich betete er, dass seine Sinne ihm einen Streich spielten. Niemand schien seine Gebete anzuhören, wieder erklang das Fauchen. Panisch wirbelte er den Kopf herum, um es zu sehen, aber er blickte bloß in die monströsen Sandwirbel hinein. Sein Herz raste so schnell, dass es ihm den Atem raubte. Panisch schnappte er nach Luft, nur noch mehr trockener Staub flog in seine Kehle.

Wieder fielen ihm die Augen zu. Alles war still, abermals umgab ihn die schwarze Leere.

Als er wieder zu sich kam, musste er mit Entsetzen feststellen, dass nur noch sein Kopf aus dem Sand ragte. Bald würde auch der letzte Rest seines Körpers verschluckt werden. Er sah nichts mehr, der Sturm wirbelte den Sand pausenlos in sein Gesicht. Wieder erklang das Fauchen der Bestie, das irgendwo weit weg durch die Sturmböen schwirrte. Dann hörte er verzweifelte Schreie. Diese kamen rasch näher, schon bald dröhnten sie noch lauter als das Pfeifen des Sturms in seinen Ohren. Er riss den Mund auf. Endlich gelang es ihm, zu schreien. Er schrie lauter als je zuvor, aber es war längst zu spät, sein Kopf ging im Sand unter. Mit ihm versanken auch die kläglichen Hilferufe.

„Beruhige dich, Bruder!", rief Ezechiel, nachdem er durch den offenen Spalt des Zeltes geschlüpft war. „Was auch immer du siehst, ist nicht Teil der echten Welt!" Elio schnappte angsterfüllt nach Luft. Er lag auf einer weichen Matratze im Inneren des leergeräumten Gemachs. Sein nassgeschwitzter Leib zitterte noch, es dauerte, bis sich seine Atmung wieder beruhigte.

„Wo bin ich?", fragte er nervös, sein angstverzerrter Blick kreiste durch das Innere des Gemachs.

„Die Heiler haben dich in eines der unbewohnten Gemächer getragen", raunte Ezechiel, der beruhigend seine Hände in die Luft hob. „Einige Bewohner in der Nähe haben gehört, wie du geschrien hast. Aus Sorge haben sie mich gerufen."

Verwirrt rappelte Elio sich von der Matratze auf. Seine Glieder schmerzten nicht mehr. Als er die Innenseite seines Unterarms betrachtete, fiel ihm auf, dass die aus der Bisswunde entstandene Narbe kaum noch zu sehen war. Dann blickte er wieder zu Ezechiel auf. Er hatte ihn noch nie zuvor gesehen, aber hatte dennoch das Gefühl, er könne ihm trauen.

„Ich muss lange geschlafen haben", murmelte er. Vorsichtig fasste er sich an den Kopf, der sich schwer und zugleich leer anfühlte.

„So ist es", erwiderte Ezechiel. „Zehn Nächte hast du hier gelegen. Die Heiler sagen, dass die letzten Giftspuren deinen Adern entrinnen konnten. Du wärst wohl nicht mehr unter uns, hätten sie das Gegengift auch nur wenige Sekunden später auf den Biss geträufelt." Elio streckte die Arme auseinander und erhob sich von der Matratze. Langsam ging er in dem Zelt umher. Tatsächlich konnte er sich wieder ohne Schmerzen bewegen. Bloß seine Muskeln und Gelenke waren etwas müde, was daran lag, dass er so lange kein Wasser und keine Nahrung mehr zu sich genommen hatte.

„Zuerst muss ich mein Leben wohl denen verdanken, die mich hierher gebracht haben", sagte er, schließlich wandte er sich zu Ezechiel um. Seine Lippen bildeten ein leichtes Schmunzeln. „Bruder, hast du mir das Leben gerettet?" Auch der Häuptling musste lächeln.

„Das lässt sich so sagen, Elio", erwiderte er. „Doch ich war bei weitem nicht der Einzige. Zwei tapfere Jungen haben dich in den Wäldern gefunden, sie trugen dich den ganzen Weg zu unserem Sandtümpel. Als sie am Ende ihrer Kräfte waren, haben meine treuen Leibwächter dich zu den Heilern gebracht."

Elio schloss, ohne etwas zu erwidern, seine Arme um Ezechiel und presste ihn fest an sich. Dieser schien zunächst überrascht zu sein, aber dann erwiderte er die Umarmung. Seine Hand klopfte ihm beruhigend auf den Rücken.

„Es gibt wohl doch noch Gutes in dieser Welt. Ich muss auch meine anderen Retter kennenlernen. Doch verrate mir erst deinen Namen", sagte Elio, nachdem er ihn losgelassen hatte.

„Sie nennen mich hier Ezechiel. Ich bin der Häuptling des Sandtümpels", erwiderte er. „Wenn du dich stark genug fühlst, werde ich dich draußen herumführen. Du sollst wissen, an welchem Ort du dich aufhältst." Elio nickte, dann folgte er ihm nach draußen.

Er fühlte sich gleich etwas lebendiger, als die kühle Luft seine Atemwege streifte. Der Himmel schimmerte rötlich, die Sonne war fast untergegangen.

„Folge mir, Bruder", sagte Ezechiel und begann, durch den schmalen Pfad zwischen den Zeltreihen zu laufen. In einigen der Gemächer brannte noch Licht. Elio musterte diese neugierig beim Vorbeigehen, denn sie sahen anders aus als die Zelte in seiner Heimat. Der bunte Stoff an ihren Außenfassaden war weniger abgenutzt und glänzte im Licht der Abenddämmerung.

Plötzlich rannte ein laut lachendes Kind hinter einem von ihnen hervor. Kurz zuckte er zusammen, denn er hatte es nicht kommen sehen. Beim Vorbeirennen streifte es mit dem Kopf seine Hüfte. Keine Sekunde später tauchte ein zweites auf, welches dem anderen kreischend hinterherrannte. Sie spielten Fangen. Elio wirbelte herum und blickte ihnen nachdenklich hinterher, bis sie nicht mehr zu sehen waren.

Ezechiel führte ihn immer weiter in die Zeltreihen hinein. Der Pfad zwischen diesen wurde stetig enger. Sie begegneten einigen Menschen, die den Häuptling grüßten, bevor sie weiter ihrer Wege gingen. Fast jeder von ihnen hatte ein breites Lächeln auf den Lippen und schien über etwas erfreut zu sein, was Elio verblüffte. Ihn hatte nie besonders viel zum Lächeln bringen können, denn er sah keinen Nutzen darin, Gefühle vorzutäuschen, die er nicht tatsächlich spürte. Doch die Bewohner hier schienen ihr Lächeln nicht vorzutäuschen. Es sah nämlich nicht verkrampft oder aufgezwungen, sondern vollkommen natürlich aus. Ihm kam es so vor, als wären sie tatsächlich glücklich mit ihrem Leben.

Nachdem sie bereits einen weiten Marsch zurückgelegt hatten, blieb Ezechiel stehen. Am Himmel leuchtete der Vollmond. Elio blickte an seinem breiten Rücken vorbei, der das funkelnde Wasser verdeckte. Auf der Oberfläche spiegelte sich der Mond, in dessen Schein auch die winzigen Sandkörner glitzerten. Sie hatten den Tümpel erreicht. Er staunte, denn noch nie zuvor hatte er eine Wasserstelle in der Wüste gesehen. Langsam bewegten sie sich auf das Ufer zu. In den Gemächern der Bewohner erloschen die letzten Lichter. Die leuchtenden Sterne am Nachthimmel wurden klar und deutlich sichtbar.

„Wo liegt seine Quelle?", fragte Elio, der gebannt auf den Tümpel starrte. Ezechiel lächelte.

„Sie ist nicht sichtbar für uns", sagte er nach kurzem Schweigen. „Niemand hat sie je zu Gesicht bekommen, doch der heilige Sandtümpel ist bereits immer hier gewesen." Elio kniff verwirrt die Augen zusammen.

„Wieso ist er heilig?", fragte er, denn dieses Wort hatte er noch nie zuvor gehört.

„Wir nennen ihn heilig, weil er ein göttliches Geschenk ist", erwiderte der Häuptling. „Die große Ataraxie hat uns nicht nur das Leben selbst, sondern auch dessen Quelle überreicht."

Nachdenklich blickte Elio auf das Wasser, Ezechiels Worte hallten in seinem Kopf nach. Ein göttliches Wesen also sorgte dafür, dass er das stille Gewässer sehen konnte.

„Hast du sie schon einmal gesehen?", fragte er. „Ich meine die Ataraxie." Ezechiel schaute ihn verständnislos an.

„Natürlich nicht, Bruder", erwiderte er. „Sie offenbart uns nicht ihre Gestalt. Das braucht sie auch nicht, denn sie spricht jeden Tag zu mir. Auch in diesem Moment." Nun war Elio noch verwirrter als zuvor.

„Wie kann sie zu dir sprechen, wenn ich ihre Stimme nicht höre?", fragte er. Ezechiel schmunzelte, der verträumt zum Sternenhimmel hinaufblickte.

„Ich brauche ihre Stimme nicht zu hören", raunte der alte Mann. „Sie durchfließt jedes Glied meines Körpers und leitet meine Handlungen zum Guten. Ohne sie hätte ich nicht die Kraft, die nötig ist, um mein Volk anzuführen." Elio starrte ihn mit großen Augen an, denn er konnte seine Worte noch immer nicht richtig begreifen.

„Bruder, wie kannst du dir denn so sicher sein, dass es die Ataraxie wirklich gibt, wenn du weder ihre Gestalt sehen noch ihre Stimme hören kannst?", fragte er. Ezechiel drehte den Kopf wieder zum Wasser.

„Das ist ganz einfach", sagte er. „In dieser Welt kannst du dich nicht vollkommen auf deine Sinne verlassen, denn deine Augen, sowie deine Ohren sind dazu im Stande, dich zu täuschen." Elio spürte, wie seine Gedanken sich im Kreis drehten. Er kam nicht darauf, wie er von seinen Sinnen getäuscht werden könnte.

„Denk zum Beispiel an einen Wald, den du aus der Ferne siehst", fuhr der alte Mann fort, ohne ihn zu Wort kommen zu lassen. „Seine Bäume erscheinen dir ganz winzig, aber wenn du näher kommst, sind sie so hoch, dass dein Auge sie nicht einmal mehr in ihrer ganzen Pracht erfassen kann. So ähnlich ist es auch, wenn du einen Schrei hörst und plötzlich aus einem Traum erwachst, denn dieser ist nicht wirklich dagewesen, deine Ohren haben ihn keineswegs gehört." Elio musste grübeln, wodurch er begriff, dass die Worte des alten Mannes Sinn machten.

„Doch was haben meine Augen und Ohren mit der Ataraxie zu tun?", fragte er.

„Nichts, Bruder", erwiderte Ezechiel. „Deswegen ist es auch nicht wichtig, ob ich sie sehen oder hören kann oder nicht. Der Glaube an sie ist das Einzige, was fest und unerschütterlich ist, denn er kann mich nicht so täuschen wie die Sinne." Elio begriff allmählich, weswegen Ezechiel von der Existenz des göttlichen Wesens so überzeugt war, aber das brachte ihn noch lange nicht dazu, selbst gläubig zu werden.

„Ich verstehe nun, was du meinst, Bruder", sagte er. „Doch es fällt mir schwer, deinen Glauben zu teilen, denn ich habe bereits Orte gesehen, die meine Sicht auf diese Welt verdunkelt und mir die geringste Hoffnung auf Gutes geraubt haben." Ezechiel stieß einen Seufzer aus.

„Es gibt in der Tat Dunkelheit auf dieser Welt. Ich sehe in deinen Augen, dass du durch die Hölle gegangen bist, Bruder. Doch deswegen ist es umso wichtiger für dich, an das Licht zu glauben. Dies ist der einzige Weg, die Dunkelheit zu bezwingen", raunte er.

„Ich will daran glauben", erwiderte Elio.

„Du scheinst mir ein erfahrener Kämpfer zu sein", fuhr der alte Mann fort. „Die meisten Menschen hier haben nie eine Bestie zu Gesicht bekommen. Das ist auch gut so, denn meine Mission als ihr Häuptling ist es, sie von dem Dunklen fernzuhalten und sie so nah wie möglich an das Licht zu führen. Bruder, ich verspreche dir nun, dass du eines Tages auch das Licht sehen wirst, wenn du dich dafür entscheidest, nicht weiterzuziehen, sondern hierzubleiben, um an meiner Seite zu stehen, wenn wir das Volk gemeinsam schützen." Ezechiel streckte erwartungsvoll seine Hand aus.

Seit langem fühlte Elio wieder Hoffnung in seinem Herzen aufsteigen. Durch die Bitte des alten Mannes schien seinem Dasein plötzlich wieder ein höherer Sinn zugekommen zu sein. So wollte er alles in seiner Macht Stehende tun, um diesem gerecht zu werden. Er zögerte keinen Augenblick, kräftig drückte er die Hand des Häuptlings.

„Ich werde hier bleiben, an deiner Seite kämpfen, wenn es nötig ist, Bruder", erwiderte er mit erhobener Stimme. Ezechiel lächelte ihn erleichtert an.

„Ich bin dir zu Dank verpflichtet", raunte er. „Doch ich sollte dich zu deinem Gemach zurückführen, es ist spät geworden. Morgen werde ich dich unseren Spähern vorstellen." Die beiden Männer rappelten sich vom Ufer auf, bevor sie den Tümpel verließen, um wieder zwischen den Zelten zu verschwinden. In jener Nacht plagten Elio keine Albträume.

Am nächsten Morgen wurde er durch ein dumpfes Klopfen gegen die Außenfassade seines Gemachs geweckt.

„Bist du schon wach?", zischte Ezechiels Stimme von draußen.

„Jetzt schon", gähnte Elio. Kaum hatte er einen Ton ausgespuckt, sah er auch schon, wie die Umrisse des alten Mannes zügig den Zeltspalt aufknöpften. Die Strahlen der Morgensonne blendeten ihn. Er hörte das aufgeregte Treiben der Bewohner, die Schreie ihrer Kinder. Der Schatten des Häuptlings trat in das Licht. Elio erkannte beim Blinzeln, dass er einen langen Gegenstand in der Hand hielt. Nachdem seine Augen sich allmählich an den hellen Schein gewöhnt hatten, sah er, dass es ein Speer war. Mühselig rappelte er sich von der Matratze auf.

„Der hier lag neben dir, als meine Späher dich im Wald gefunden haben", sagte Ezechiel. „Ich dachte mir, dass du ihn vermissen könntest."

Elio schaute genauer hin und staunte. Tatsächlich hielt der Häuptling den Speer des Federschweifs in der Hand. Lächelnd streckte er den Arm aus, nahm ihn entgegen, um ihn über seine Handflächen kreisen zu lassen. Bis auf winzige Kratzspuren, welche dem glänzenden Gestein an der Spitze einen etwas abgenutzten Anschein verliehen, sah er aus wie zuvor. Er hatte ihn bereits vollkommen vergessen.

„Wir müssen losgehen", drängte Ezechiel. „Die Späher werden sich bald an ihrem Stützpunkt versammelt haben. Wir müssen dort sein, bevor sie aufbrechen." Elio folgte ihm zügig durch den geöffneten Spalt nach draußen.

Der Sandtümpel sah ganz anders aus. Zumindest nahmen seine Augen es so wahr, denn letzte Nacht war dieser ihm noch wie ein ausgestorbenes Stück Land im Nirgendwo vorgekommen. Wegen dem lauten Trubel aus Menschen zwischen den Zelten konnte er kaum noch nach vorne schauen.

„Hier lang", zischte Ezechiel, der in dem Getümmel verschwand. Elio folgte ihm, während er sich mühsam an den Bewohnern vorbeidrängeln musste. Sie quetschten sich eine ganze Weile lang durch den schmalen Pfad zwischen den Zeltreihen, wodurch er immer wieder mit fremden Gesichtern zusammenstieß, die anschließend hastig an ihm vorbeieilten. Er bemühte sich, den Speer des Federschweifs dicht an seinem Körper zu halten, um niemanden versehentlich zu verletzen. Offenbar hatten die Bewohner hier ebenfalls Pflichten, denen sie gerecht werden mussten. Ansonsten fiel ihm kein Grund ein, weswegen diese sich so sehr hetzen könnten. Einzelne von ihnen gingen wiederum in gemächlichen Schritten über den Sand und zogen eine entspannte Miene.

Elio kam nicht dazu, sich darüber weitere Gedanken zu machen, denn Ezechiel war ihm schon wieder weit vorausgeeilt. Er musste sich bemühen, um ihn nicht aus den Augen zu verlieren, der alte Mann war um einiges geübter darin, sich durch die laufenden Menschen zu winden. Endlich wurde dieser langsamer, wodurch er ihn einholte. Keuchend stützte er sich auf die Knie. Der zügige Marsch durch den Sandtümpel hatte ihm den Atem geraubt.

„Wir sind noch zur rechten Zeit angekommen", raunte Ezechiel. Eilig begab Elio sich an dessen Seite, um zu sehen, wovon die Rede war. Auch er schaute auf den großen Sandfleck, welcher vollkommen frei von Zelten war. In der Mitte stand eine kleine Holzhütte, um die sich einige junge Männer versammelt hatten. Diese mussten die Späher sein, von denen Ezechiel gesprochen hatte. Die meisten von ihnen hatten muskulöse Oberkörper und hielten verschiedene Waffen in den Händen. Elio konnte beobachten, wie diejenigen von ihnen, welche noch leere Hände hatten, nacheinander in der Hütte verschwanden, um wenige Sekunden später bewaffnet herauszutreten. Auch hier am Sandtümpel gab es also ein Arsenal.

Ezechiel begann nun, langsam auf die zahlreichen Späher zuzugehen. Einige von ihnen bemerkten seine Anwesenheit, denn sie unterbrachen ihr Tun. Auf der Stelle blieben sie stehen. Andere waren hingegen so in ihre Gespräche vertieft, dass sie ringsherum nichts wahrnahmen. Elio folgte dem alten Mann, er spürte, wie er teils von skeptischen teils von neugierigen Augen gemustert wurde.

„Zähmt eure lauten Stimmen ein wenig!", rief Ezechiel, als ihn nur noch wenige Schritte von den Spähern trennten. Auch die letzten von ihnen unterbrachen das Getuschel, die gebannt in seine Richtung starrten. Inzwischen hatten sie alle sich von den Waffen im Arsenal bedient. Verschiedene Variationen an Äxten, Schwertern, Säbeln, dazu Speeren lagen in ihren Händen, die den Waffen ähnelten, die von den Kriegern des Lagers gebraucht wurden.

„Der Tag hat erst begonnen. Doch trotzdem müsst ihr so wachsam wie immer sein", verkündete Ezechiel mit erhobener Stimme, nachdem auch das letzte Geflüster in den Reihen verstummt war. „Redet nicht zu viel, denn es lenkt euch von dem Feind ab. Ich habe euch bereits oft gesagt, dass das Böse in unserer Welt nicht schläft, sondern bloß auf einen schwachen Augenblick eurerseits wartet, auch wenn ihr dies nicht seht."

Ein leises Raunen zog über die Köpfe der Späher hinweg. „Deswegen müsst ihr so schnell wie möglich in die Wälder ziehen, um Ausschau zu halten. Doch eines noch. Wie ihr seht, habe ich einen kräftigen Kämpfer an meiner Seite", fuhr er fort, dabei deutete er auf Elio. „Er kann nur hier neben mir stehen, weil zwei tapfere Männer unter euch ihn halbtot aufgefunden und zu uns getragen haben." Wieder tuschelten die Späher unruhig miteinander. „Ruhe!", rief Ezechiel, wodurch er sie wieder zum Schweigen brachte. „Es mögen bitte diejenigen aus euren Reihen hervortreten, die dafür verantwortlich sind, dass dieser junge Mann noch am Leben ist."

Wieder entstand ein Gemurmel zwischen ihnen, aber einige von ihnen traten zur Seite, um den Weg freizumachen. Aus den hintersten Reihen pirschten sich zögerlich zwei Gestalten nach vorne. Einer war etwas kleiner, dazu schmaler als der andere, aber zugleich kräftig gebaut. Er hielt einen Bogen in den Händen. Auf dem Rücken trug er einen Köcher. Die Hände seines Begleiters hingegen waren leer. Dieser war einen guten Kopf größer, dazu hatte er einen kugelförmigen Bauch. Es waren Daniel und Aaron, die vor ihrem Häuptling zum Stehen kamen. Sie schwiegen. Ehrfürchtig starrten sie ihn an, doch hin und wieder schwankte einer ihrer nervösen Blicke zu Elio hinüber.

„Ihr habt großen Mut bewiesen", raunte Ezechiel. „Ohne euch wäre Elio heute nicht mehr unter uns und könnte auch nicht das Leben der Menschen am Sandtümpel durch seine Dienste bereichern. Ihr habt Großes vollbracht. Aaron, von dem heutigen Tage an werden sie auch dich einen wahrhaftigen Späher nennen, denn du hast bewiesen, dass dein Wille dich über die Grenzen deiner Kräfte hinauswachsen lässt." Kaum hatte der alte Mann zu Ende gesprochen, begannen die Späher, laut zu jubeln. Aarons Gesicht errötete leicht, er verbeugte sich vor Ezechiel. Auch Elio klatschte kräftig in die Hände, bis der Beifall verstummte.

„Von nun an ist es dir gestattet, eigenständig mit unseren Waffen in die Wildnis zu ziehen", fuhr der Häuptling fort, der sich an Daniel wandte. „Auch du sollst Ruhm für deine Tapferkeit erlangen. Bisher warst du bloß ein gewöhnlicher Späher, der mit einem verlässlichen Gefährten in die Wildnis gezogen ist. Doch wie du es mir vor Augen geführt hast, kannst du sowohl Willensstärke, als auch körperliche Kraft auf Menschen übertragen. Bald schon sollst du Legionen bestehend aus dutzenden unserer Männer auf Tagesmärschen durch die Wildnis anführen. Von nun an wirst du einer der obersten Späher in unseren Reihen sein. Doch zunächst wird deine Verantwortung darin liegen, Elio gemeinsam mit deinem treuen Gefährten in das Dasein eines Spähers einzuweisen."

Seine Worte sorgten dafür, dass lauter Beifall über die Menge zog. Daniel schmunzelte leicht, auch er verbeugte sich vor ihm. Elio schüttelte nacheinander die Hände der beiden, um seine Dankbarkeit zum Ausdruck zu bringen. Diesmal hielt der Lärm um einiges länger an als zuvor. Aaron rannte zu dem offenstehenden Arsenal hinüber, um im Inneren zu verschwinden. Als er nach wenigen Sekunden mit einem großen Beil in den Händen herausflitze, fegte der Beifall noch lauter als zuvor über ihn hinweg. Erhobenen Hauptes stellte er sich vor die jubelnde Menge und riss das Beil in die Luft.

18. KAPITEL

LICHTER IN DER DUNKELHEIT

„Es hat unsere Witterung noch nicht aufgenommen", zischte Elio leise, der seinen Kopf aus dem Dickicht hob, um einen Blick auf die glänzende Lichtung zu erhaschen. Die Sonnenstrahlen beleuchteten die hellgrüne Wiese, auf der ein einziger Keiler graste. Das massiv gebaute Tier hatte einen breiten Kiefer, aus dem vier gewaltige Eckzähne herausstanden.

„Jetzt kannst du uns beweisen, aus welchem Holz du geschnitzt bist", murmelte Daniel, dem ein breites Grinsen durchs Gesicht zog. Er schien Elios Fähigkeiten gegenüber noch misstrauisch zu sein.

Die drei Gefährten hockten dicht aneinander in einem der Gebüsche, die einen großen Kreis um die Wiese bildeten. Aaron umklammerte sein Beil fest mit beiden Händen, sein fleischiger Leib zitterte. Er schien allmählich nervös zu werden, was auch sein Gefährte bemerkte.

„Stell dich nicht so an, Dickerchen", zischte Daniel, der ihm einen leichten Klaps auf den Hinterkopf gab. „Wahre Späher fürchten sich nicht vor Schweinchen."

Elio ließ seine Gefährten vollkommen außer Acht, denn er hatte nur noch den Keiler im Blickfeld. Sein Herz begann, etwas schneller zu pochen. Nicht weil ihm das Maul mit den breiten Eckzähnen Angst einjagte, sondern weil er nicht versagen wollte. Ihm war bewusst, dass Daniel alle seine Bewegungen beobachtete, was Unsicherheit in ihm auslöste. Doch er verdrängte diesen Gedanken schnell, als er nach seinem Speer griff. Langsam erhob er sich aus dem Dickicht. Angestrengt kniff er die Augen zusammen, sein Arm holte weit aus. Der Keiler hatte ihn immer noch nicht bemerkt, obwohl sein ganzer Leib aus den Blättern ragte. Elio atmete ein letztes Mal tief ein, als er den Arm mit voller Wucht nach vorne riss. Der Speer glitt aus seinen Händen.

Die Spitze flog auf den Kopf des Keilers zu. Bevor sie ihr Ziel erreichte, schaute dieser mit einem trüben Blick in Elios Richtung. Die leeren schwarzen Augen erweckten den Anschein, als wüsste er bereits, dass er seinem Ende nicht mehr entfliehen konnte. Dann rammte sich das Gestein durch seinen dicken Schädel. Mit einem kläglichen Grunzen sackte er in sich zusammen.

Leicht schmunzelnd wandte Elio sich seinen Gefährten zu. Aarons Kinnlade war heruntergefallen, auch Daniels hochgezogenen Augenbrauen erweckten den Anschein, als hätte dieser den raschen Tod des Keilers nicht kommen sehen. Sie erhoben sich aus dem Gebüsch. Alle traten nacheinander auf die Lichtung, um auf den Kadaver zuzugehen. Elio erreichte ihn zuerst. Mit einem Ruck zog er seinen Speer heraus. Zufrieden musterte er die Spitze, welche in dunkelrotes Blut getränkt war.

„Wo hast du das Jagen gelernt?", fragte Daniel, der dicht hinter ihm war.

„Ich hatte mal einen Jäger als Freund", murmelte Elio nachdenklich, der mühsam versuchte, den leblosen Keiler anzuheben.

„Warte ich helfe dir", fuhr Daniel tatkräftig fort, der die hinteren Hufe packte. Gemeinsam trugen sie die Beute über die Wiese, Aaron folgte ihnen. „Das fette Vieh müssen wir erstmal in die Heimat schleppen. Die Köchinnen werden sicher große Freude daran haben, seinen Wanst aufzuschlitzen", sagte Daniel keuchend mit einem Grinsen im Gesicht. „Danach ziehen wir wieder zurück in die Wälder."

Elio nickte, während er sich weiter durch das Gestrüpp aus Dornenranken bahnte, welches seine Beine aufschürfte. Der schwere

Kopf des Keilers, den er an den Eckzähnen festhielt, zog ihn nach unten, aber er bemühte sich, dem Gewicht standzuhalten, um einen aufrechten Gang beizubehalten. Auf keinen Fall wollte er vor seinen Gefährten auch nur die geringste Schwäche zeigen, diese sollten sehen, dass sie ihm nicht umsonst das Leben gerettet hatten.

„Wie kam es, dass du dein ehemaliges Volk verlassen und dich in unsere Wälder verirrt hast, Elio?", fragte Daniel, nachdem sie bereits eine Weile lang über die feuchte Erde gestapft waren, „Es wird wohl einen Grund dafür geben, dass du fortgegangen bist." Elio schwieg. Ein unwohles Gefühl braute sich in seiner Magengrube zusammen. Zunächst sollten die Bewohner des Sandtümpels nicht davon erfahren, dass er einen Menschen auf dem Gewissen hatte. Sie sollten ihm vertrauen und sehen, dass er gute Absichten hatte.

„Unser Häuptling war ein falscher Tyrann", erwiderte er. „Er hatte nicht das Wohl des Volkes, sondern bloß sein eigenes im Sinne. Es hat eine Weile gedauert, bis ich das wahre Gesicht hinter der Fassade erkannte. Doch als ich dabei zusehen musste, wie er einem Freund von mir kaltherzig das Leben nahm, konnte ich nicht länger dort bleiben." Schweigend schleppten sie den Keiler noch einige Meter weiter.

„Das tut mir leid", murmelte Daniel, der Halt machte. Auch Elio blieb stehen. „Ezechiel ist anders. Er stellt unser Wohl über sein eigenes. Das hat er mir bereits unzählige Male bewiesen. Ich glaube an ihn und daran, dass er ein warmes Herz in sich trägt. Du kannst ihm gewiss vertrauen, Bruder. Doch ich verstehe auch, dass deine Vergangenheit dir das erschweren wird."

Elios Eindruck von dem Häuptling war bislang ausschließlich von Gutem geprägt. Er hatte keinen Grund dafür, zu glauben, dass dieser Böses im Sinn hatte oder bloß den eigenen Begierden hinterherrannte. Doch Daniel täuschte sich nicht in seiner Annahme, denn er kannte ihn noch nicht lange genug, um ihm vollkommen zu vertrauen. Schließlich wäre es möglich, dass er wie der Federschweif ein Meister der Täuschung war.

„Er scheint mir in der Tat ein anständiger Mann zu sein", erwiderte Elio, der den Kopf nach hinten gedreht hatte. Daniel wandte sich zu Aaron, der ebenfalls stehengeblieben war. Seinen leeren Blick ließ er über die Baumkronen schweifen.

„Dickerchen, nimm du dir mal den Kopf vom Vieh", zischte er. Eindringlich nickte er mit dem Kinn in Elios Richtung. „Unser neuer Gefährte soll sich nicht jetzt schon den Rücken zermürben."

Aaron ließ sich das nicht zweimal sagen und hetzte zum Kopf des Keilers, um diesen entgegenzunehmen. Elio atmete erleichtert aus, denn viel länger hätte er das Gewicht der schweren Beute nicht mehr tragen können. Dankbar nickte er Daniel zu. „Freu dich bloß nicht zu früh", sagte dieser mit einem hämischen Grinsen im Gesicht. „Wenn du dich erholt hast, wirst du mit mir wechseln müssen."

Nach einem langen Marsch durch den Wald erreichten sie die Wüste. Inzwischen hielt wieder Elio den Kopf des Keilers. Aus allen Poren tropfte ihm Schweiß heraus. Seine Beine waren so schwer geworden, dass er das Gefühl hatte, sie könnten bei jedem weiteren Schritt zusammenbrechen. Innerlich stieß er einen Freudenschrei aus, als er in der Ferne die ersten Zeltspitzen erblickte. Jeder Meter war eine Qual, aber sie kamen dem Sandtümpel immer näher.

„Wir müssen nach Osten", sagte Daniel schnaufend, nachdem sie endlich die ersten Zelte erreicht hatten. „Dort liegen die großen Kessel." Elio hatte nicht den blassesten Schimmer, wovon sein Gefährte sprach, aber er war zu erschöpft, um eine Frage zu stellen. Mühselig drehte er sich herum und begann, Richtung Osten zu stapfen.

Schwitzend schleppten sie sich durch den Sand, sie begegneten einigen Bewohnern, die orientierungslos in der Gegend herumwanderten. Verblüfft starrten sie auf den gewaltigen Keiler. Leise tuschelten sie miteinander. Elio wunderte sich immer mehr über ihr Verhalten, denn es schien fast so, als hätten sie noch nie zuvor einen Kadaver gesehen.

Nachdem sie eine ganze Weile gelaufen waren und die Aufmerksamkeit unzähliger neugieriger Menschen erregt hatten, sah er hinter den Zeltreihen große Dampfwolken aufsteigen. „Wir sind fast da. Halte durch, Bruder", keuchte Daniel, sein Kopf errötete vor Anstrengung.

„Ich übernehme für dich, wenn du nicht mehr kannst", erwiderte Aaron und trat etwas näher an ihn heran. Doch Daniel drängte ihn wieder von sich weg.

„Das hätte dir mal früher einfallen können", brummte er. „Die letzten Meter halte ich wohl noch aus, Dickerchen."

Elio kam aus dem Staunen nicht mehr heraus. Als sie an den letzten Zelten vorbeigingen, sah er, was die Ursache der riesigen Dampfwolken war. Wenige Meter vor ihnen erstreckte sich über dem Wüstenboden eine weitreichende Steinfläche. Auf dieser standen einige Holztische, an ihrem Rand waren dutzende Schalen aus glänzendem Eisen aneinandergereiht, in denen rohes Fleisch schimmerte. Vor ihr waren zwei Holzpfähle tief in den Sand gesteckt worden, zwischen denen ein dickes Seil aufgespannt war, an dem leblose Hasen, Waschbären und andere Beutetiere baumelten. Mittig auf dem Gestein ragten zwei gewaltige Kessel in die Luft, auf deren silbernen und glatten Flächen sich das grelle Licht der Sonne spiegelte. Elio konnte noch nicht sehen, was sich im Inneren befand, aber aus ihnen stiegen die dichten Dampfwolken empor. Ein köstlicher Duft flog in seine Nase.

Ringsherum waren die Köchinnen des Sandtümpels versammelt, die wie gewöhnlich einheitlich in ihren blauen Schürzen gekleidet waren. Einige von ihnen huschten aufgeregt zwischen den großen Kesseln herum und warfen hektische Blicke hinein, die anderen, die an den Holztischen standen, zerhackten mit scharfgeschliffenen Messern das rohe Fleisch in Stücke.

„Das Vieh muss aufs Gestein", hechelte Daniel. „Sie werden es später an der Leine aufhängen." Sie taumelten die letzten Meter nach vorne. Mit einem mühsamen Ruck hievten sie den Keiler auf die Steinfläche.

Eine der Frauen schien sie bemerkt zu haben, denn sie sputete zu ihnen. Ihr langes graues Haar und die faltige Haut erweckten den Anschein, als wäre sie um einiges älter als die anderen. Nachdem sie vor ihnen zum Stehen gekommen war, blickte sie mit großen Augen auf die Beute herab.

„Das Vieh wird einige Menschen satt kriegen, die euch dafür dankbar sein werden", raunte sie und wandte sich zu Daniel. „Sag mal Daniel, wo habt ihr diesem großen Schweinchen die Birne weg-gepustet?" Er nickte grinsend in Elios Richtung.

„Unser neuer Gefährte hier hat es erlegt, Martha", erwiderte er triumphierend. „Er führt den Speer besser als jeder andere, den ich bisher sah." Martha blickte nochmal auf den Keiler herab, dann musterte sie Elio. Dieser lächelte sie an, auf Anhieb gefiel ihm ihr trockenes und zuvorkommendes Auftreten. „Hut ab, junger Jäger. Ich glaube, du hast den größten Keiler hergeschleppt, den meine alten Augen jemals gesehen haben."

Bevor er etwas erwidern konnte, hörte er hinter sich schnelle Schritte näherkommen. Als er sich umdrehte, sah er Ezechiel, der mit einer unglaublichen Schnelligkeit über den Sand in ihre Rich-tung rannte.

„Der Häuptling hat es aber eilig", murmelte Aaron verblüfft.

„Wahrscheinlich muss er sich wieder über etwas beklagen", murmelte Daniel leise, der einen langen Seufzer ausstieß. Wenige Sekunden später hatte Ezechiel sie bereits erreicht. Sein Gesicht errötete immer mehr. Vor Anstrengung schnaufte er und stützte sich auf die Knie.

„Wie oft muss ich noch erwähnen, dass ihr die Beute nicht quer durch die Gemächer tragen sollt!", rief er vollkommen aufgelöst. „Ich musste mir soeben von einigen verstörten Bewohnern an-hören, dass an ihren Augen ein totes Wildschwein vorbeigetragen wurde! Sogar Kinder waren unter ihnen! Deswegen sollt ihr die Ka-daver an den Grenzen des Sandtümpels entlangtragen. Nicht um-sonst liegt der große Kessel abseits der Zeltreihen!" Der Häuptling hatte so hastig gesprochen, dass er vollkommen außer Atem war. Wild schnappte er nach Luft, aber Martha und die Gefährten starr-ten ihn nur mit leeren Blicken an. Zunächst brachte keiner den Mut auf, etwas auf die Anschuldigung zu erwidern.

Durch einen Blick zur Seite erspähte Elio, dass Daniel die Hände zu Fäusten geballt hatte und den alten Mann mit einem grimmigen Blick anstarrte. Die harschen Worte schienen ihn zornig gemacht zu haben.

„Das ist also alles, was du uns zu sagen hast", brummte er mür-risch. „Wir haben das fette Vieh den ganzen Weg durch die weiten

Wälder geschleppt, uns dabei die Füße wund getreten. Du beklagst dich darüber, dass ein paar der faulen Bewohner unseren Verdienst zu Gesicht bekommen haben."

Aaron warf ihm einen entsetzten Blick zu. Auch Elio hatte nicht mit dem scharfen Tonfall seines Gefährten gerechnet.

„Benimm dich, Junge. Du sprichst immer noch mit dem Häuptling", zischte Martha in Daniels Richtung. Ezechiel starrte ihn sprachlos an. Seine grimmigen Augen zogen sich noch mehr zusammen.

„Wage es nicht, in dem Ton über meine Untertanen herzuziehen", erwiderte er in einer bedrohlichen Stimmlage. „Niemand hat dich gezwungen, sondern du hast dich einst aus freien Stücken dazu entschieden, dem Sandtümpel als Späher zu dienen. Unsere Gemeinschaft soll von jeglichen Qualen und Zwängen befreit sein. Dazu gehört auch, dass die Menschen, die sich der Jagd und dem Blutvergießen entziehen wollen, das Recht haben, genau dies zu tun und nicht den Anblick scheußlicher Kadaver ertragen müssen." Daniel schlug sich mit der geballten Faust kräftig auf den Oberschenkel.

„Wenn ihnen das Töten so großes Unbehagen bereitet, sollen sie sich gefälligst nicht die Mägen mit unserer Beute vollstopfen!", rief er wutentbrannt. „Das gegarte Fleisch auf ihren Tellern war einmal ein lebendes Tier, wenn sie dies nicht verkraften, sollten sie sich lieber bis ans Ende ihrer Tage mit Unkraut vollstopfen! Anstatt uns zu maßregeln, solltest du Elio dafür loben, dass es ihm an seinem ersten Tag gelungen ist, einen so prächtigen Keiler zu erlegen!"

Eine angespannte Stille legte sich über die kleine Runde. Alle starrten erwartungsvoll den Häuptling an. Elio konnte sich keineswegs vorstellen, dass dieser das Gesagte einfach auf sich sitzen lassen würde. Doch der alte Mann brachte keinen Ton heraus, sein hastiger Blick wanderte immer wieder von Daniel zu dem Kadaver am Boden, als wüsste er nicht, was als nächstes getan werden sollte. Durch sein gerötetes Gesicht machte er nach wie vor den Anschein, als wäre er wütend, aber zugleich war die Nervosität in seinen Augen mehr als deutlich sichtbar. Der Schweiß rann über sein Kinn und tropfte in den Sand.

„Versucht einfach, nächstes Mal die Zeltreihen zu meiden, nachdem ihr auf der Jagd gewesen seid. Ich will doch bloß für das Wohlbefinden meines Volkes sorgen", raunte Ezechiel erschöpft, schließlich wandte er sich Elio zu. „Das ist wahrhaftig ein prächtiger Keiler, Bruder. Du kannst stolz auf dich sein." Elio nickte ihm dankend zu, aber zugleich verwirrte ihn der plötzliche Sinneswandel des Häuptlings. Es kam ihm so vor, als wollte er den aufgebrachten Späher schnellstmöglich besänftigen, um längere Streitigkeiten zu vermeiden. Tatsächlich schien Daniel sich zu beruhigen, denn er erwiderte nichts mehr auf die Worte des alten Mannes.

„Ich muss weiter, um mich anderen Angelegenheiten zu widmen, aber es freut mich, dass wir das klären konnten", fuhr Ezechiel fort. Rasch kehrte er ihnen den Rücken, um sich zurück in die Richtung der Zelte zu bewegen. Doch nach einigen Schritten wirbelte er noch einmal herum. „Ach eines noch!", rief er. „Haltet heute beim Spähen in der östlichen Wüste Ausschau!" Elio blickte ihm verwundert hinterher, bis er zwischen den Zeltreihen verschwunden war.

„Ihr solltet euch wirklich auf den Weg machen", drängte Martha bestimmt, die sich bückte, um den Keiler abzutasten. „Wir werden uns hier schon darum kümmern, dass das Vieh bald auf euren Tellern liegt." Inzwischen hatten auch die anderen Köchinnen an den großen Kesseln den Kadaver erblickt. Einige von ihnen kamen neugierig näher.

„Wir brechen auf", sagte Daniel, der zügig durch den Sand stapfte. Aaron heftete sich an seine Fersen, aber Elio brauchte noch Zeit. Er starrte nachdenklich auf die Zeltreihen, anschließend folgte er ihnen.

Er konnte noch immer nicht fassen, wie Ezechiel sich verhalten hatte. Zuvor hatte er den Häuptling für einen gefestigten und starken Mann gehalten, zu dem die Bewohner des Sandtümpels aufblickten. Ein Mann, der eine klare Vorstellung davon hatte, wie die Zukunft seines Volkes aussah und was dafür getan werden musste. Doch seit der Auseinandersetzung, die er soeben miterlebt hatte, bröckelte jene Sichtweise. Es bereitete ihm Unbehagen, in jenem Mann einen gebührenden Häuptling zu sehen, der nicht einmal beständig für seine eigenen Überzeugungen einstehen konnte.

Nach einem ermüdenden Marsch über die Wüstenlandschaft hatten die Gefährten wieder die Wälder erreicht. Inzwischen war die Dämmerung angebrochen. Es war nur noch eine Frage der Zeit, bis sich Dunkelheit über dem stillen Land verbreiten würde.

„Wir bewegen uns Richtung Osten", murrte Daniel missmutig, der offenbar noch immer etwas Wut im Magen hatte. „Wenn es zu düster wird, kehren wir wieder um. Ihr wollt sicher genauso wenig wie ich als Fraß der Bestien enden", spottete er, woraufhin er sich in das dichte Gestrüpp zwängte. Seine Gefährten folgten ihm.

Während sie die ersten Meter durch den schattigen Wald schlichen, hielt Elio nervös die Speerspitze vor sich, denn er konnte nicht erkennen, ob etwas in den dunklen Gebüschen lauerte. Doch seine angespannte Haltung lockerte sich, als er die lieblichen Gesänge der Zikaden wahrnahm. Trotz der anbrechenden Dunkelheit hörte er keine bedrohlichen Geräusche, die darauf hinwiesen, dass in der nahen Umgebung hungrige Bestien lauerten. Die Wälder am Sandtümpel waren anders als jene, die seine Heimat umkreisten. Hier schien es, um einiges weniger Gefahren der mutierten Natur zu geben. Das war einer der Gründe dafür, dass die Bewohner selbst entscheiden durften, ob sie in die Wildnis zogen oder im Umkreis ihrer Gemächer blieben.

Es herrschte kein Mangel an Spähern, weil diese nicht in der Überzahl benötigt wurden, um den Sandtümpel zu schützen. Nicht einmal Wächter wurden am Tage oder in der Nacht an die Grenzen gesetzt. Die Errichtung eines Zaunes um die Zeltreihen wäre wohl eine große Verschwendung an Ressourcen gewesen. Allmählich wurde Elio bewusst, dass die Menschen hier von ganz anderen Begebenheiten betroffen waren, die sie wiederum zu anderen Lebensweisen und Glaubenssätzen führten.

„Trödelt nicht so", zischte Daniel, der ihnen durch die raschen Schritte bereits vorausgeeilt war. Durch seinen Ton wurde Elio aus dem Grübeln gerissen. Er legte einen Zahn zu, um den Vorsprung aufzuholen. Ein schweres Schnaufen von Aaron war hinter ihm zu hören. Es ähnelte dem eines Schweins. Er begriff immer weniger, wieso Ezechiel den langsamen Jungen zu einem Späher ernannt hatte.

„Hier scheint keine Gefahr zu lauern", raunte er, nachdem er seinen Gefährten eingeholt hatte.

„Der Schein trügt dich nicht", murmelte Daniel leise. „Der Fleck hier ist überwiegend friedlich. Erst weiter im Süden verbreitet sich das Rudel der Microchilupus." Inzwischen war die Sonne untergegangen. Schwarze Finsternis hatte sich über den Wald gelegt.

„Willst du damit sagen, dass sie die einzigen Bestien in euren Wäldern sind?", fragte Elio verblüfft. Daniel nickte.

„Sie sind das Einzige, das die Menschen am Sandtümpel fürchten. Es gibt keine anderen Kreaturen, von denen sie ihren Kindern Schauergeschichten erzählen. Es gibt noch Legenden über einen riesigen Bären, der einen Wolfskopf über seinen Schultern trägt und sich in ihrem Territorium aufhält. Sie nennen ihn Ursuslupus, aber bisher habe ich niemanden getroffen, der ihn wirklich gesehen hat." Elio konnte kaum fassen, was sein Gefährte ihm sagte. Die Sorgen der Bewohner schienen nicht vielmehr als leere Luft zu sein.

„Heißt das, du hast noch nie von dem Aquamors oder den Sandgeistern gehört?", fragte er verwundert.

„Doch, Bruder! Ich sah einst die Bestie, die unter dem stillen Wasser lauert, um herauszuspringen, wenn ihre Beute die Achtsamkeit verliert. Doch zu jener Zeit lebte ich im fernen Osten, wo sich riesige Gewässer ausbreiten. In den Wäldern hier gibt es keine Flüsse", erwiderte Daniel. „Die Legenden von versunkenen Leichnamen, die der Sand wieder ins Leben ruft, habe ich bloß zu hören bekommen. Davon berichteten mir Menschen, die einen weiten Weg hergekommen sind, bevor sie sich am Sandtümpel niederließen, aber nicht die Eingeborenen, denn diese wurden hier bereits ihr Leben lang behütet."

In der Dunkelheit tauchten plötzlich hellblaue Lichtschimmer auf, die vom Vollmond kamen, der allmählich durch die Blätter der Baumkronen zum Vorschein kam. In seiner ganzen Pracht sah Elio diesen vor sich, als sie das Ende des Waldstückes erreichten. Vor ihnen lag eine riesige Wüste, die sich in östliche Weiten erstreckte.

„Das heißt du bist kein Eingeborener", murmelte Elio und starrte fasziniert auf die unzähligen Sandkörner, die im Mondschein funkelten. Hinter ihm erklang wieder das gequälte Schnaufen von

312

Aaron. Dieser bahnte sich noch immer mühevoll seinen Weg durch das Gestrüpp des Waldes, doch als er wenige Sekunden später neben seinen Gefährten zum Stehen kam, weiteten sich auch seine Augen.

„Ich komme von dort", raunte Daniel, der mit dem Finger in die Ferne deutete. „Im fernen Osten liegen andere Wälder. Hinter diesen befindet sich ein Ort, den ich wohl Heimat nennen sollte. Dort lauern angsteinflößende Kreaturen, von deren Existenz die Menschen hier nicht den blassesten Schimmer haben. Wir errichteten sogar eine Steinmauer, um uns vor ihnen zu schützen, aber auch dies konnte uns nicht retten." Elio hörte, dass seine Stimme bebte. Die Erinnerung an seine Heimat bereitete ihm Unbehagen.

„Wovor musstet ihr gerettet werden?", fragte er.

„Es war ein Monstrum, das genug Kraft hatte, um unsere Mauer niederzureißen. Es hat unser ganzes Volk abgeschlachtet. Keiner sah es kommen, ich konnte nur mit Glück entfliehen. Wäre ich nicht um mein Leben gerannt, hätte ich auch nur eine Sekunde zurückgeschaut, hätte es nicht bloß meinen Brüdern und Schwestern, sondern auch mir das Leben genommen", erwiderte Daniel. „Ich musste sie alle zurücklassen."

Elio sah eine einzige Träne seine Wange hinunterfließen. Fahrig wischte Daniel sich über das Gesicht und drehte den Kopf zur Seite, was den Anschein erweckte, als schäme er sich dafür, seine Trauer zu zeigen. Doch Elio sah den tiefen Schmerz in seinen Augen, den er selbst nur allzu gut kannte.

Schweigend blickten sie in die Ferne. Eine leichte Brise wehte ihnen in die Gesichter.

„Ich verstehe nicht, wieso der Häuptling uns hierherschickt", bemerkte Aaron stirnrunzelnd. „Hier ist trockener Sand, aber sonst nichts. Wieder nichts, nach dem wir Ausschau halten können."

Kaum hatte er das letzte Wort ausgesprochen, begann die Erde unter ihren Füßen leicht zu beben.

„Spürt ihr das?", fragte Elio verblüfft. Seine Gefährten nickten ihm zu, die gebannt nach unten starrten. Das Beben wurde stärker. An einigen Stellen auf dem riesigen Wüstenfleck stiegen winzige Staubwolken aus dem Sand. Elios Ohren hörten, wie das leise Wehen der Brise zu einem lauten Pfeifen wurde. Aber das verstummte wieder. Die Wolken über der Wüstenlandschaft legten sich, das Beben flachte ab. Plötzlich schwirrte ihm ein verschwommenes Bild durch den Kopf, aber dieses war noch schneller verschwunden als es gekommen war. Die Wüste sah so aus wie vorher, als wäre nichts geschehen.

„Ein Erdbeben", murmelte Daniel, der gleichgültig mit den Schultern zuckte. „Wir sollten umkehren. Bestimmt sind wir die einzigen Späher, die so spät noch durch die Wälder ziehen. Hier gibt es in der Tat nicht viel zu sehen." Er wandte sich von der Wüste ab und tauchte dicht gefolgt von Aaron in den Schatten der Baumkronen zurück. Elio blickte nachdenklich in die Wüste, bevor er sich umdrehte, um ihnen nachzugehen.

Als sie den Sandtümpel wieder erreichten, war es so finster geworden, dass sie kaum noch die Hand vor Augen sehen konnten. Kein einziger Bewohner trieb sich noch draußen herum. Über den Gemächern lag eine idyllische Stille.

Elio verabschiedete sich von seinen Gefährten. Müde trottete er zu seinem Zelt, der Tagesmarsch hatte ihn vollkommen ausgelaugt. Er ließ sich auf die Matratze fallen und schloss die Augen. Der weiche Stoff an seinem Rücken fühlte sich so herrlich an, dass er bereits nach wenigen Sekunden einnickte.

Am nächsten Morgen wurde er nicht geweckt. Nach einem tiefen Schlaf öffneten sich seine Augen. Durch den dünnen Stoff seines Zeltes erblickte er die grellen Sonnenstrahlen. Daniel hatte ihm bereits am Tag zuvor mitgeteilt, dass die Späher heute nicht durch die Wildnis streifen würden, weil zwischen jedem ihrer Tagesmärsche ein freier Tag zur Erholung lag. Also würde er heute reichlich Zeit dafür haben, den Sandtümpel zu erkunden. Seit seiner Ankunft fragte er sich bereits, welchen Beschäftigungen die wild umherlaufenden Bewohner hier nachgingen, um die Zeit totzuschlagen.

Nun konnte er draußen ihre lauten Stimmen hören. Mühsam rappelte er sich von der Matratze auf und ließ seinen Blick durch den kleinen Innenraum seines Gemachs schweifen. Bis auf eine kleine Schale, die hinter ihm in einer der vier Ecken im Sand lag, war dieser leer. Er sah sie zum ersten Mal. Gähnend taumelte er in ihre Richtung, um festzustellen, dass ein dünner Lappen aus braunem Stoff über ihrem Rand hing. Etwa bis zur Hälfte war sie mit klarem Wasser gefüllt. Offenbar legten auch hier die Menschen Wert darauf, sich zu reinigen.

Er tunkte den Lappen tief in die Schale hinein, zog die zerfledderte Hose aus und begann, seine verschmutzte Haut gründlich abzureiben. Diese war das letzte Mal mit Wasser in Berührung gekommen, als er sich vor dem Angriff der Microchilupus im Teich gebadet hatte.

Nachdem er sich abgewaschen hatte, zog er die Hose wieder an und schlüpfte durch den Spalt nach draußen. Eine Schar schreiender Kinder stürmte an ihm vorbei. Eines von ihnen taumelte benommen gegen seine Brust, weil es von den anderen beiseitegedrängt wurde. Mit einem frechen Grinsen im Gesicht blickte der winzige Junge zu ihm auf, der laut lachte, woraufhin er weiterrannte. Mittlerweile kam es ihm so vor, als gäbe es hier keine Kaltblüter, die den Kindern Benehmen und Disziplin beibrachten. Offenbar mussten sie keine Regeln befolgen, sondern konnten den ganzen Tag lang ihrem Vergnügen nachgehen.

Elio schüttelte bloß den Kopf, bevor er sich Richtung Norden bewegte. Er wollte sich an der Grenze des Sandtümpels umschauen, welche abseits des aufgewühlten Trubels lag. Je weiter er ging, desto leiser wurden die Stimmen, dazu das ohrenbetäubende Kreischen der Kinder.

Hier hielten sich nicht viele Menschen auf. Eine angenehme Stille lag in der Luft und er vergaß alles ringsherum, nur noch das sanfte Brausen des Windes nahm er wahr. Plötzlich wurde dieses von einer lieblichen Melodie übertönt.

Verblüfft ließ er den Blick über die Zeltreihen schweifen, um nach ihrem Ursprung zu suchen, aber er konnte diesen nirgendwo sehen. Sie musste noch etwas weiter aus dem Norden kommen. Ihr Klang war hoch und spitz, aber zugleich fein. Sie war keineswegs aufdringlich oder störend. Sie gab ihm das Gefühl, zu einem erfreulichen Anlass gerufen zu werden. Unbedingt wollte er herausfinden, wer der Schöpfer jenes besinnlichen Liedes war. Also folgte er ihr, bis sie so laut war, dass er nichts anderes mehr hörte.

Dennoch konnte er noch immer nicht sehen, was sie auslöste. Ihn trennten nur noch wenige Zelte von den endlosen Weiten der Wüste. Aus einem von ihnen musste sie kommen. Langsam schlich Elio durch den Sand, während er immer wieder vorsichtig in die offenstehenden Gemächer hineinspähte. Doch keine Menschenseele saß in ihnen.

Plötzlich verstummte der liebliche Klang. Trotzdem ging er weiter. Außer dem abgenutzten Stoff der Zelte, der leicht im Wind flatterte, regte sich nichts. Vermutlich hatten vor Ewigkeiten das letzte Mal Menschen in den Gemächern gelebt, denn sie waren vollkommen leergefegt und boten einen trostlosen Anblick. An diesem einsamen Ort war abgesehen von gähnender Leere gar nichts zu sehen. Erst recht nichts, was der Auslöser für die Melodie gewesen sein könnte.

Die Suche schien vergeblich zu sein, er wollte bereits umdrehen, um in das belebte Zentrum des Sandtümpels zurückzukehren, als die bezaubernden Klänge erneut in seine Ohren summten. Diesmal waren sie lauter, wodurch er fest davon überzeugt war, dass sie aus einem der letzten beiden Zelte kamen, die ihn noch von der leeren Wüstenlandschaft trennten.

Auf Zehenspitzen bahnte er sich an das erste von ihnen heran. Die Melodie wurde immer lauter. Als er seinen Kopf durch den aufgeknöpften Spalt steckte, sah er bloß Sand im Inneren. Demnach musste sie aus dem zweiten von ihnen erklingen. Elio holte tief Luft und begann, sich heranzupirschen. Sein Herz raste, er konnte es kaum erwarten, herauszufinden, wer oder was die Klänge durch die Luft sausen ließ. Doch zu seiner Enttäuschung musste er feststellen, dass auch in dem letzten Zelt gähnende Leere war. Verblüfft starrte er in die Weiten der Wüste, die sich vor seinen Augen erstreckten. Die Melodie wurde etwas leiser, bevor sie wieder verstummte.

„Nicht viele von euch verlaufen sich hierher", flüsterte eine verträumte Stimme gleich hinter ihm. Vor Schreck zuckte Elio zusammen, der herumwirbelte. Erst jetzt fiel ihm auf, dass er nur in das Gemach rechts neben ihm, nicht aber in jenes zu seiner linken Seite geschaut hatte. Dieses hatte er nicht einmal gesehen.

Im Inneren saß eine nackte Frau im Sand. Ihre bleichen Beine formten einen Schneidersitz, ihre Hände hielten eine kleine Holzflöte fest. Das pechschwarze Haar bedeckte ihre Brüste. Es war Nora. Um den Hals trug sie nach wie vor die sonderbare Reißzahnkette. Elio blieb mit offenem Mund stehen, denn er begriff noch nicht ganz, was seine Augen erblickten. Immerhin hatte er die Ursache der Melodie gefunden.

„Sei doch nicht schüchtern, mein Schöner", summte Nora, die ihn mit einem verträumten Blick anstarrte. „Setz dich ruhig, genieß mit mir die Stille. Ich habe nichts gegen etwas Gesellschaft. Vor allem nicht, wenn es sich um die einer so reizenden Versuchung handelt." Elio kam etwas näher an das Zelt heran und setzte sich in den Sand. Er sah der Jägerin tief in ihre hellbraunen Augen. „Ich habe dich gesehen, als sie dich hergeschleppt haben", sagte sie. „Die Biester hätten dich fast getötet. Damals sahst du noch viel bleicher aus."

Auf einmal begann sie, leise zu kichern. Elio zog verblüfft die Augenbrauen zusammen, er begriff nicht, was sie lustig fand. „Beinahe hätten sie dich mit ihren Beißerchen ganz ausgesaugt. Dann wärst du nicht mehr aufgewacht." Ihre Fingerspitzen griffen nach dem gekrümmten Zahn an ihrer Kette.

„Ist das einer von ihnen?", fragte Elio. Er konnte sich nur noch schummrig an das Rudel der Microchilupus erinnern, aber den Schmerz, den er durch den giftigen Biss verspürt hatte, würde er mit Sicherheit niemals vergessen. Sie schaute ihn überrascht an.

„Du hast richtig gesehen", raunte sie, während sie den Zahn zwischen ihren Fingern kreisen ließ. „Er steckte einst in deiner zarten Haut, mein Schöner."

Plötzlich begann sie, hastig in der Luft herumzuschnuppern. „Ich rieche sie sogar noch an dir", flüsterte Nora aufgeregt, die ihre Flöte behutsam in den Sand legte. Auf allen vieren kam sie auf ihn zugekrochen. Er musste schlucken. Allmählich machte ihr sonderbares Verhalten ihn nervös. Nachdem sie ihn erreicht hatte, wanderte ihre schnüffelnde Nase über seine Haut. An seinem rechten Unterarm machte sie Halt. Die kleine Narbe stupste sie sanft an, danach zog sie ihren Kopf zurück. „In der Tat haben sie ihren

Geruch hinterlassen", summte sie lächelnd. „Nun werden sie für immer ein Teil von dir sein."

Sie kroch in das Zelt zurück, um wieder nach der Flöte zu greifen, die sie zum Mund führte. Sie blies hinein. Die friedliche Melodie durchströmte wieder seine Ohren. Elio schloss die Augen und ließ sie auf sich wirken. All seine Sorgen schwammen an ihm vorbei. Als Nora die Flöte wieder aus ihren Lippen gleiten ließ, öffnete er sie wieder, was sich so anfühlte, als würde er aus einem bunten Traum erwachen.

„Wo hast du gelernt, so schön zu spielen?", fragte er neugierig. Nora ließ das hölzerne Rohr über ihre Handflächen gleiten. Nachdenklich betrachtete sie es, dann richtete ihr Blick sich wieder auf ihn. Ein freches Grinsen zog über ihre Lippen.

„In meiner Heimat lernen sie die Kunst des Flötenspielens von klein auf, mein Schöner", raunte sie. „Mein Stamm nutzt die wunderbaren Klänge, um die Geister der Toten sanft in den Himmel aufsteigen zu lassen." Elio warf ihr einen überraschten Blick zu, denn keineswegs hätte er erwartet, dass eine solch liebliche Melodie eine bedrückende Trauerfeier untermalte. „Versteh mich nicht falsch", fuhr sie fort. „Die Menschen meines Volkes sehen in dem Tod nichts Schlimmes, sondern schätzen und empfangen ihn mit offenen Armen, denn er ist nicht nur das Ende des Lebens, sondern auch ein Erwachen. Darum wachen die Geister der Ahnen über uns, so wie die heilige Ataraxie."

Als Elio den Mund öffnete, um etwas zu erwidern, schallte ein tiefes Summen in seinen Ohren, welches aus der Richtung des Tümpels erklang. Bisher hatte er Ezechiels Ausruf zum großen Mahl noch nicht zu hören bekommen, weil er am Tag zuvor damit beschäftigt gewesen war, durch die Wälder zu streifen. Seitdem er sich am Sandtümpel aufhielt, hatte er bloß von den Heilern etwas Nahrung bekommen. Wasser trank er von einem winzigen Steinbrunnen, der ein kleines Stück abseits des Tümpels lag. Auf dem gestrigen Marsch hatte er kaum Hunger verspürt, aber jetzt knurrte sein leerer Magen. Er richtete sich auf und sah, wie in weiter Ferne unzählige Menschen aus ihren Gemächern strömten.

„Du solltest dich auf den Weg machen", flüsterte Nora. „Ein

Mahl gibt es für die Menschen hier nur einmal am Tag. Du wirst sicher hungrig sein, nachdem sie dich ausgesaugt haben." Abermals gab sie ein schrilles Kichern von sich, während sie den Microchilupus Zahn an ihrer Kette berührte. Sie irrte sich keineswegs, denn Elio spürte, wie ihm bereits der Gedanke an etwas Essbares das Wasser im Mund zusammenlaufen ließ.

„Und du willst nichts essen?", fragte er verblüfft. Sein Blick schweifte über die bleiche Haut an ihrer mageren Taille. Sie schüttelte den Kopf.

„Ich esse nur selten, mein Schöner. Außerdem halte ich den Trubel der Menschen nicht lange aus", erwiderte sie. „Ich schätze die Ruhe hier, wenn ich doch mal hungrig bin, gehe ich selbst auf die Jagd. Geh nur, mein Schöner, aber besuche mich bald wieder. Deine Gesellschaft ist mir angenehmer als die der meisten Menschen."

Elio verabschiedete sich lächelnd mit einem Kopfnicken. Auf dem Rückweg ins Zentrum zerbrach er sich noch lange den Kopf über die sonderbare Begegnung mit der Jägerin. Sie hatte etwas an sich, das ihm einen kalten Schauder über den Rücken laufen ließ, doch zugleich reizte es ihn, herauszufinden, wieso ihn das Gefühl nicht losließ, dass sie anders war als alle anderen Menschen, die er zuvor getroffen hatte.

Nach dem Essen hatte Elio das Gefühl, er würde platzen, denn er hatte sich vor Hunger so sehr vollgestopft, dass er dies bitter bereute. Bei jedem weiteren Schritt durch den Sand spürte er, wie sich der zerkaute Fleischberg in seinem Magen mehrfach drehte und gegen seine Bauchdecke drückte. Plötzlich klatschte ihm mit gewaltigem Nachdruck eine Handfläche auf den Rücken.

„Rennt, ihr Kinder! Elio ist der Microchilupus!", rief Daniel laut, der an ihm vorbeistürmte. Bevor er überhaupt begriff, was geschah, rannten auch Aaron und eine Schar aus kleinen Knirpsen, die soeben noch gemächlich neben ihm gegangen waren, in alle Richtungen davon. So begann also das Fangspiel, das er bereits einige Male beobachtet hatte.

Er begann, etwas schneller zu laufen, denn Daniel, Aaron und die rennenden Kinder verschwanden lautlachend zwischen den Zeltreihen. Je schneller er wurde, desto mehr spürte er das Essen in seinem Leib hochkommen. Trotzdem legte er noch einen Zahn zu, bis er rannte.

Jetzt ergab es einen Sinn, dass Daniel ihm während des großen Mahls grinsend die Hälfte seiner Portion überlassen hatte.

„Überfresse dich bloß nicht, Bruder. Zuviel Fleisch macht dich schwerer", hatte dieser geflüstert, aber Elio war so ausgehungert gewesen, er hatte keine Sekunde lang über die Worte nachgedacht. Der Ehrgeiz nahm Besitz von ihm. Auf keinen Fall wollte er dem obersten Späher die Genugtuung geben, ihn wie ein hirnloses Schwein ausgetrickst zu haben.

Also beachtete er das tobende Gebräu in seinem Magen nicht weiter, sondern preschte so schnell wie möglich über den Sand Richtung Norden. Immer wieder rempelte er Bewohner an, die ihm mit entsetzten Blicken hinterherstarrten. Es dauerte nicht lange, bis er einige der schreienden Kinder eingeholt hatte, aber diese waren ihm egal, denn er wollte die Rolle des Microchilupus unbedingt an einen seiner Gefährten weitergeben.

Blitzschnell ließ er die Knirpse hinter sich und erspähte, wie in der Ferne ein breiter, schwabbeliger Rumpf zwischen den Zelten entlangtorkelte. Endlich war Aaron, der mit Sicherheit auch in Daniels hinterlistigen Plan eingeweiht gewesen war, wieder in Sichtweite. Elio legte noch einen Zahn zu. Nichts wollte er lieber, als sich mit voller Wucht von hinten auf den schwankenden Schwabbelberg zu stürzen. Er musste mittlerweile immer wieder aufstoßen, weil es in seinem Unterleib so sehr brodelte, aber dies hinderte ihn nicht daran, seine Gefährten einzuholen. Nur noch wenige Meter trennten ihn von diesem, als seine Ohren sogar ein freches Kichern wahrnahmen. Mit all seiner Kraft stieß Elio sich vom Sand ab, wodurch er mit ausgestreckten Armen auf den fleischigen Rücken zuflog.

Er wollte gerade zupacken, als ihm etwas die Sicht versperrte.

Wie aus dem nichts war Ezechiel aus den Zeltreihen hervorgetreten. Es war längst zu spät, um noch Halt zu machen. Also prallte Elio mit enormer Wucht in diesen hinein, wodurch er ihn mit sich zu Boden riss. Beim unsanften Aufprall in den Sand gruben sich die Arme des Häuptlings tief in seine Magengrube hinein. Das gab ihm den letzten Rest. In Strömen erbrach er auf dessen Brust.

Ezechiel starrte ihn fassungslos an, wütend brüllte er: „Was ist bloß in dich gefahren, Elio!" Im nächsten Augenblick erklang hämisches Gelächter. Auch Daniel war aus dem Schutz der Zelte hervorgetreten und hielt sich den Bauch vor Lachen. Elio spürte, wie ihm vor Scharm wärmer wurde. Er war noch etwas benommen durch den heftigen Zusammenstoß, aber nachdem er wieder zu sich gekommen war, rappelte er sich auf und reichte Ezechiel die Hand. Dieser griff widerwillig zu, um sich von ihm hochhieven zu lassen. Etwas schwankte er, als er wieder auf den Beinen war. Offenbar hatte der Zusammenstoß auch ihm zugesetzt.

Nun floss die schaumige Galle aus strengriechenden Fleischbröckchen seinen Leib hinunter in den Sand. Angewidert blickte Ezechiel an sich hinunter. Grimmig warf er Elio einen Blick zu.

„Deine stinkende Brühe muss ich mir wohl vom Leib schrubben gehen", brummte er. „Stopf dich nächstes Mal gefälligst nicht so voll. Ein guter Späher braucht schließlich einen leeren Magen." Dann wandte er ihm den Rücken zu. Seine vorwurfsvollen Blicke trafen auch Daniel und Aaron. Fluchend taumelte er hinter die Gemächer.

Elio war kreidebleich im Gesicht, aber zumindest fühlte sein Magen sich nicht mehr so schwer an. Er brauchte einen Moment, um wieder zu sich zu kommen.

„Es tut mir leid!", rief er, obwohl der alte Mann bereits außer Sichtweite war und er nicht wusste, ob dieser ihn noch hörte. Er schnaufte angestrengt.

Wie gewöhnlich starrte Aaron mit großen Augen ins Leere, er schien noch gar nicht zu begreifen, was soeben geschehen war. Daniels Gesicht hingegen errötete immer mehr, er versuchte krampfhaft, sich das Lachen zu verkneifen.

„Das wollte ich wirklich nicht, Bruder", sagte er in einer ernsten Stimmlage, aber er konnte sich nicht mehr beherrschen, wieder brach er in lautes Gelächter aus. Aus irgendeinem Grund konnte Elio ihm nicht böse sein. Als er an Ezechiels fassungslosen Gesichtsausdruck denken musste, ließ er sich von dem Gelächter anstecken. Seit Ewigkeiten hatte er nicht mehr gelacht, jetzt konnte er gar nicht mehr aufhören.

„Ein Glück, dass mein Magen nicht mehr so schwer ist", prustete er, seine Augen wurden bereits wässrig.

„Hör auf!", schrie Daniel, der sich japsend in den Sand warf. Auch Aaron begann, loszulachen. Bald schon war dieser noch lauter als seine Gefährten. Alle drei lachten so laut, ihnen kamen die Tränen. Sie lagen nebeneinander im Sand und heulten schon, wodurch Elios Magen sich verkrampfte.

An diesem Abend schlief er mit einem Lächeln auf den Lippen ein. Er konnte sich nicht daran erinnern, bereits so ausgiebig und herzhaft über etwas gelacht zu haben.

19. KAPITEL

AUF DEN SPUREN DER MICROCHILUPUS

In dieser Nacht träumte Elio davon, wie er seinen ersten Freund Lias kennengelernt hatte. Ein Lächeln zog über sein Gesicht. Es fühlte sich so an, als würde er die damalige Zeit erneut durchleben.

Als kleine Kinder begannen Elio und Lias mit demselben Kaltblut ihre Reifung. Es war ein gutmütiger alter Mann mit einem langen grauen Bart, den alle Menschen im Lager Johann nannten. Die Freundschaft zwischen Elio und Lias kam zustande, weil sie schon immer ziemliche Außenseiter gewesen waren. Die meisten Kinder, die ebenfalls ihre Reifung antraten, kannten sich bereits. Elio und Lias waren die meiste Zeit in ihren Gemächern geblieben. Diese hatten sie bloß verlassen, um an Nahrung zu gelangen. Somit kannten sie niemanden. In Johanns Zelt hatten sich bereits Gruppen gebildet. Einzelne Jungen, die ebenfalls zu den Außenseitern zählten, bemühten sich besonders darum, Anschluss zu finden, aber wurden nur widerwillig von den anderen aufgenommen. Elio und Lias hingegen strengten sich nie besonders an, sie waren so zerstreut, dass in ihren Augen das Ansehen in der Gruppe keine große Rolle spielte.

Elio grübelte zu jener Zeit andauernd darüber nach, woher er eigentlich gekommen war, weswegen seine Eltern ihn bereits so früh verlassen hatten. Jeden Tag spürte er einen brennenden Stich in seinem Herzen, als er sah, wie einzelne Jungen in Johanns Zelt von ihren Eltern abgeholt wurden. Die Mütter und Väter umarmten diese dann liebevoll, sie gaben ihnen sanfte Küsse auf die Stirn. Scheinbar war für sie alles, was für ihn fern und unerreichbar war, vollkommen selbstverständlich. Jenes Gefühl tat ihm am meisten weh, aber trotz des Schmerzes wollte er seinen größten und schönsten Traum immer wieder vor Augen sehen. Darum verließ er das große Zelt meistens als letzter.

Offenbar spürte Johann bereits früh, was in seinem Inneren vorging. So versuchte er, ihn zwischendurch aufzumuntern. Dasselbe tat der alte Mann auch bei Lias, der oft bloß stundenlang ins Leere starrte. Die Tränen seiner Mutter gingen ihm nicht aus dem Kopf. Wie Elio zeigte auch er kein Interesse an den anderen Jungen. Oft blieb er noch lange im Zelt des Kaltbluts sitzen, nachdem sich die anderen darüber gefreut hatten, endlich von ihrer Pflicht befreit zu sein. Schließlich gab es niemanden mehr, der an seinem Schlafplatz auf ihn wartete. Johann kannte die Vergangenheit der beiden, es sprach sich im Lager alles sehr schnell rum. Sie wuchsen ihm wohl mit den Jahren ans Herz, denn oft saß er noch mehrere Stunden an ihrer Seite, nachdem er sich von den anderen Jungen verabschiedet hatte. Elio und Lias lernten sich mit der Zeit immer besser kennen, weil er sie einst dazu überredet hatte, sich gegenseitig die Schatten ihrer Vergangenheit anzuvertrauen.

„Ihr seid anders als die kleinen unwissenden Schäfchen. Ihr wisst bereits, dass hinter dem Zaun hungrige Wölfe lauern, also nutzt dieses Wissen", sagte der alte Mann einmal, nachdem er ihnen seine verschiedenen Werkzeuge und Waffen für die Jagd vorgestellt hatte, welche die anderen Kinder nie zu Gesicht bekamen. Der Satz blieb Elio für immer im Gedächtnis, denn durch diesen begann er, zu verstehen, dass seine Vergangenheit nicht bloß ein schrecklicher Fluch war, der ausgerechnet ihn getroffen hatte. Vielmehr wurde ihm bewusst, dass er seine nackte und verdorbene Sicht auf die Welt zu seinen Gunsten nutzen könnte.

Als die beiden den alten Mann fragten, wieso sie die einzigen Kinder waren, denen er die Sammlung seiner Jagdwaffen gezeigt hatte, antwortete er: „Lasst die anderen ruhig weiter hinter dem Schleier der Welt spielen. Sie sind noch nicht bereit dafür."

Des Weiteren erzählte Johann ihnen die vagen Legenden von der Entstehung der Bestien. Die Menschen hatten nicht die geringste Ahnung, wodurch oder wann die furchteinflößenden Kreaturen erstmals ihre Welt besiedelt hatten. Eine Theorie war, dass die Natur selbst diese einst erschaffen hatte, um eine Überbevölkerung verschiedener Arten zu vermeiden. Andere behaupteten hingegen, die Mutationen der Lebensräume wären einst durch menschliche Einflüs-

se verursacht worden. Elio überzeugte die zweite Vermutung. Seiner Meinung nach bewirkten die meisten Menschen mehr Schlechtes als Gutes.

Auch Lias entfachte durch Johann eine zuvor nicht dagewesene Kraft. Mit der Zeit fühlte er sich nicht mehr niedergeschlagen und leer. Stattdessen häufte er immer mehr Tatendrang, dazu Konzentration an. Er entwickelte sogar eine noch stärkere Bindung als Elio zu dem Kaltblut, weil er das Zelt sogar an Ruhetagen aufsuchte. Oft blieb er dort, nachdem sein Freund bereits gegangen war. Von den Weisheiten war er besessen, aber auch von den Fähigkeiten des alten Mannes. Er wollte alles darüber wissen, wie es möglich war, in der freien Wildnis zu überleben. Dies bewirkte, dass Johann oft gemeinsam mit ihm lange Strecken durch die am Lager grenzenden Wälder zurücklegte. Elio hingegen wies in seinen jungen Jahren noch nicht den Mut auf, sie auf einem solchen Marsch zu begleiten. Damals verstand er noch nicht, wieso sie es auf sich nahmen, ohne triftigen Grund in Gefahr zu schweben.

Leider starb Johann bereits wenige Jahre, nachdem Elio und Lias das erste Mal in sein gemütliches Zelt geschlüpft waren. Viele Bewohner des Lagers vermuteten, dass es sich bei seinem Tod um Altersschwäche und Überanstrengung gehandelt hatte, aber niemand wusste sicher, weswegen der alte Mann eines Morgens nicht mehr aufgewacht war. Elio kannte keinen Menschen, der jemals seinen Leichnam gesehen hatte. Er hatte erst Jahre nach Johanns Tod gemerkt, wie sehr dieser sein Leben verändert hatte. Obwohl er im Großen und Ganzen nicht äußerst viel Zeit mit dem alten Mann verbracht hatte, hatte er viel von seiner bedachten Lebensweise lernen können.

Erst jetzt schaffte Lias es, ihn dazu zu überreden, öfter in die Wildnis zu ziehen. Während den gemeinsamen Ausbrüchen aus dem Lager, führte dieser seinem Freund einige Fertigkeiten vor, die Johann zuvor ihm beigebracht hatte. Zu ihrem Glück wurden sie dabei nie erwischt, den Jungen und Mädchen, die in ihrer Reifung steckten, war es nämlich nicht gestattet, den Schutz des Lagers auf eigene Faust zu verlassen.

Nachdem sie bereits älter geworden waren, vertraute Lias seinem Freund an, dass er sich vorgenommen hatte, eines Tages in den fernen Süden zu ziehen, um sich an der Bestie, die seine Familie getötet hatte, zu rächen. Dadurch verstand Elio seine Besessenheit von der offenen Wildnis und der Jagd besser als je zuvor. Sein Freund hatte die tiefe Trauer, dazu den Zorn, in den vorherigen Jahren genutzt, um sich auf ein Blutbad vorzubereiten. Damals gab er ihm das Versprechen, ihn auf dem Rachefeldzug zu begleiten.

Obwohl er sanft eingeschlummert war, wurde er wenige Stunden später von einer lauten Stimme aus dem Schlaf gerissen: „Wach schon auf, Elio!" Einen Augenblick später spürte er kalte Hände an seinen Schultern, die ihn leicht rüttelten. Als er gähnend die Augen öffnete, blickte er in Ezechiels aufgeschrecktes Gesicht. Er sah Furcht in dessen Augen. Es schien, als hätte der Häuptling längst vergessen, dass er ihm vor nicht allzu langer Zeit auf die Brust gereihert hatte.

„Sie ist weg, Bruder", stotterte dieser. „Die Microchilupus haben mir meine Tochter genommen." Elio war sofort hellwach. Fassungslos starrte er ihn an.

„Wohin haben sie sie mitgenommen?", fragte er, sein Herz begann, schneller zu schlagen. Die Lage schien ernst zu sein. Nun schossen dem Häuptling sogar Tränen in die müden Augen.

„Ich habe wie jeden Abend das Gemach meiner lieben Alexandria aufgesucht, um ihr eine gute Nacht zu wünschen", schluchzte er. „Doch diesmal war es leer. Ich habe in der Ferne nur noch ihre Hilferufe und das grässliche Geheule dieser Bestien gehört. Sie haben sie in die südlichen Wälder verschleppt."

Ezechiel rüttelte ihn noch stärker an den Schultern. Offenbar hatte die Verzweiflung von ihm Besitz ergriffen. „Bei der heiligen Ataraxie, Elio. Du musst mir meine Alexandria zurückbringen", jammerte er kläglich. „Den anderen Spähern habe ich schon Bericht erstattet, sie sind bereit, loszuziehen." Elio legte dem Häuptling beruhigend eine Hand auf die Schulter.

„Atme ruhiger, Bruder", flüsterte er leise. „Bring mich zu den Spähern. Ich werde alles in meiner Macht Stehende tun, um deine Tochter aus den Fängen der Biester zu befreien. Du wirst sie wieder in deine Arme schließen. Das verspreche ich dir." Ezechiel wurde wieder etwas ruhiger und rappelte sich auf. Eilig hob Elio seinen Speer aus dem Sand. Nacheinander schlüpften sie aus dem Gemach heraus.

Der Sandtümpel war immer noch düster, die Zeltspitzen ringsherum schimmerten im blassen Mondlicht.

„Beweg dich leise, Bruder", flüsterte der Häuptling. „Ich will nicht, dass die Schlafenden geweckt werden. Sie sollen von der Angelegenheit möglichst wenig mitkriegen." Elio nickte ihm zu. Sanft schlichen sie auf Zehenspitzen zum Stützpunkt der Späher.

Bereits aus der Ferne sahen sie die große Menschenmenge, die sich vor dem Arsenal versammelt hatte. Einige der Späher hielten brennende Fackeln in den Händen, deren Flammen vor ihren besorgten Gesichtern flackerten. Ihr aufgewühltes Gemurmel verstummte, als Ezechiel vor ihnen Halt machte.

„Nora wird dich und deine Gefährten begleiten", flüsterte er, dabei deutete er auf die erste Reihe der Versammlung, woraufhin auch Elio seine Gefährten erblickte. Daniel hielt als Einziger von ihnen eine Fackel in der Hand. In ihrem Schein war erkennbar, dass er eine bedrückte, zugleich ernste Miene aufgesetzt hatte. Neben ihm stand Aaron, der in der rechten Hand sein Beil hielt. Nervös trat er von einem Bein auf das andere. Nora war nur wenige Schritte von ihnen entfernt. Diesmal war sie nicht nackt, sondern trug ihre braune Lederschürze. Das lange schwarze Haar war zu einem Zopf gebunden. So wie Daniel hielt auch sie einen Bogen in ihren zierlichen Händen und trug einen Köcher am Rücken, der mit Pfeilen gefüllt war. Wie des Öfteren starrte sie mit einem verträumten Gesichtsausdruck in die Ferne. Als sie Elio bemerkte, huschte ein Schmunzeln über ihre Lippen.

„Geh zu ihnen, zieht so schnell wie möglich los", raunte Ezechiel energisch. „Ich habe ihnen bereits gesagt, welchen Kurs ihr einschlagen solltet. Nora ist eine hervorragende Jägerin und kennt die Wälder hier so gut wie ihr eigenes Gemach. Mit ihrem Scharfsinn und Daniels Zielstrebigkeit werdet ihr euch nicht verlaufen." Er ließ seinen Blick über die Menschenmenge schweifen, ein aufgeregtes Gemurmel braute sich zusammen.

„Nimm das an dich", zischte er und drückte Elio ein winziges hölzernes Rohr in die Hand. „Jeder Trupp erhält ein Rohr. Wenn meine Tochter wieder in euren Händen ist, müsst ihr mehrere Male kräftig hineinblasen, damit die anderen Späher in eurem Umkreis wissen, dass die Mission geglückt ist. Ich muss den Unerfahrenen unter ihnen Anweisungen geben. Viele von ihnen brauchen Mut, denn sie werden erstmals auf unbestimmte Zeit in die Wildnis ziehen. Wir befinden uns in einem Ausnahmezustand." Rasch wandte der Häuptling sich von ihm ab, um in der Menge zu verschwinden.

Elio betrachtete das Rohr in seiner Hand, als er zügig auf seine Gefährten zuging.

„Welch ein Vergnügen, dass du uns begleiten wirst, mein Schöner", summte Nora verträumt, die mit der Handfläche über seine Wange strich. „Jetzt kannst du den Biestern ihr damaliges Vergehen heimzahlen." Abermals begann sie, leise zu kichern. Daniel schenkte ihr keine Beachtung und drängte sich zielbewusst nach vorne.

„Wir dürfen keine Zeit verlieren", brummte er und warf Elio einen fragenden Blick zu. „Hat der alte Mann dir das Rohr gegeben?" Elio hob die rechte Hand, woraufhin Daniel ihm zufrieden zunickte. Eilig bewegte er sich vom Stützpunkt fort. Die anderen Späher blieben noch auf der Stelle stehen. Aufgeregt tuschelten sie miteinander. Er schien den Ernst der Lage erkannt zu haben. Aaron huschte ihm hinterher.

„Hoffentlich haben sie das arme Töchterchen noch nicht ausgesaugt", murmelte Nora leise, die ihnen folgte.

Elio blieb noch stehen, um den aufgewühlten Trubel zu betrachten. Nachdenklich sah er zu, wie der Häuptling panisch durch die Reihen der Späher hetzte. Dieser schien vollkommen aus der Fassung gebracht worden zu sein. Schlussendlich wandte er sich ab, um seinen Gefährten hinterherzueilen.

Es dauerte nicht lange, bis sie den Wüstenfleck zum größten Teil überquert hatten und die Wälder im Mondlicht schimmern sahen. Sie waren die ersten Späher, die sie erreichten. Daniel, der voranging, wirbelte herum. Eindringlich musterte er Nora.

„Hast du bereits ihre Fährte aufgenommen?", fragte er. Die Jägerin ging schweigend in die Hocke, grub eine Handvoll Sand aus dem Wüstenboden und schnupperte einige Male daran. Elio und Aaron warfen ihr verblüffte Blicke zu. Ungeduldig trat Daniel von einem Bein auf das andere. Schnell zog sich wieder ein Lächeln über ihre Lippen. Die Sandkörner rieselten aus ihrer Hand.

„In der Tat rieche ich sie, mein Lieber", raunte sie. „Ihre Fährte ist vermischt mit dem süßen Duft des schönen Töchterchens." Daniel gab einen erleichterten Seufzer von sich.

„Also muss sie noch am Leben sein", erwiderte er.

„Das hoffe ich sehr wohl", flüsterte Nora. „Weil der Sand hier keineswegs in Blut getränkt ist, bezweifle ich, dass sie bloß das tote Fleisch der lieben Alexandria mit sich gezerrt haben."

Elio starrte sie entsetzt an. Immer wieder überraschte ihn, mit welcher Gleichgültigkeit die Jägerin von den scheußlichsten Dingen dieser Welt sprach. Auch den anderen schien es die Sprache verschlagen zu haben.

„In welche Richtung sind sie gegangen?", fragte Daniel, ohne auf die Bemerkung einzugehen.

„Nach Süden", erwiderte sie. „Sie sind geradeaus gegangen, aber sie müssen bereits tief in den Wäldern sein, denn die Fährte ist fast verblasst." Daniel wandte sich wieder von ihr ab. Er bewegte sich geradewegs auf die dichten Bäume zu. Schweigend folgten Elio und Aaron ihm.

„Wartet", zischte Nora von hinten. Elio warf einen Blick über die Schulter und sah, wie sie mit ihren zierlichen Fingern einen Pfeil Richtung Norden in den Sand malte. „Damit die anderen Späher wissen, wohin das Töchterchen verschleppt wurde", murmelte sie, stand auf und heftete sich wieder an die Fersen ihrer Gefährten.

Wenige Augenblicke später waren sie alle von den dunklen Schatten des Waldes verschluckt worden, wodurch nur noch der leichte Schein von Daniels Fackel zwischen den Baumstämmen zu sehen war. Der oberste Späher ging mit zügigen Schritten voran. Es dauerte nicht lange, bis Elio die Wüstenlandschaft, aus der sie gekommen waren, mit einem Blick über die Schulter nicht mehr sehen konnte. Die Blätter in den Baumkronen wurden von Sekunde zu Sekunde dichter. Immer weniger Mondlicht sickerte durch sie hindurch.

Der Wald ringsherum war düster. Aus der Dunkelheit ertönten bösartige Laute, die er keineswegs zuordnen konnte, seine Ohren hatten diese noch nie gehört. Allmählich spürte er, wie sein Herz schneller schlug. Ihm lief der Schweiß von der Stirn. Angespannt hielt er die Speerspitze vor seine Brust. Er musste sich wieder an die Zeit nach seiner Flucht aus dem Lager zurückerinnern. Damals war er ausgehungert, ziellos und voller Furcht durch die Wälder geirrt.

„Beruhig dich, mein Schöner", flüsterte Nora ihm beruhigend ins Ohr. „Ich spüre es, wenn in der Nähe Gefahren lauern. Noch musst du dir gewiss keine Sorgen machen." Plötzlich fühlte er nicht nur noch eiserne Furcht in seinem Inneren, sondern auch einen Funken Wärme, als hätte die Jägerin ihm Sonnenstrahlen ins Ohr gepustet. Er ließ den Speer langsam sacken, seine angespannte Haltung löste sich. Verblüfft drehte er den Kopf in Noras Richtung und erkannte trotz der Dunkelheit das warme Lächeln auf ihren Lippen. Sein Gefühl sagte ihm, dass er ihren Worten Glauben schenken konnte.

Die Gefährten verlangsamten ihr Tempo nicht, obwohl sie immer tiefer in die Schatten des Waldes eindrangen. Abseits des gedimmten Lichts der brennenden Fackel blickte Elio bloß in schwarze Leere. Aus unzähligen Richtungen zischte oder raschelte es, wodurch sich in seiner Magengrube wieder ein mulmiges Gefühl zusammenbraute.

Plötzlich hielt Daniel inne. Tollpatschig rempelte Aaron ihn von hinten an. Er stieß diesen mit dem Ellenbogen zurück und wandte sich an Elio und Nora.

„Hört ihr das auch?", flüsterte er beunruhigt. Seine geweiteten Augen schimmerten im Licht der Flammen. Elio blieb stehen, der nervös in die Dunkelheit hineinlauschte.

„Sie kommen immer näher", raunte Nora, die gebannt in die schwarze Leere starrte.

Nun nahm auch er, im Hintergrund der anderen Klänge des Waldes, leise Schreie wahr. Irgendwie kamen sie ihm bekannt vor, aber er hatte vergessen woher. Die sonderbaren Geräusche glichen dem unzufriedenen Geschrei hungriger Säuglinge. Von Sekunde zu Sekunde kamen sie näher. Es schien so, als würde das, was sie von sich gaben, mit einer unheimlichen Schnelligkeit auf sie zu preschen. Hastig zückte er seinen Speer. Das schrille Kreischen dröhnte in seine Ohren, es ließ ihm einen kalten Schauder über den Rücken laufen. Plötzlich konnte er sich an das Geräusch aus der Dunkelheit erinnern.

„Duckt euch!", zischte Nora vehement. Sie alle schafften es noch, die Köpfe runterzuziehen, bevor ein gewaltiger Schatten über sie hinwegflatterte. Im Licht der Fackel sah Elio die spitzen Krallen und zackigen Flügel der Biester aufblitzen.

„Rattusgleiter", raunte er. Der Großteil seiner Sicht war durch Aaron bedeckt, der am ganzen Leib zitterte. Sofort musste er sich an Theo zurückerinnern und legte ihm sanft eine Hand auf die Schulter. „Beruhige dich, Bruder", flüsterte er ihm ins Ohr. Die letzten Gleiter des kreischenden Schwarms zogen über sie hinweg. „Die Angst ist dein Feind und lässt dich Fehler machen."

Rasant schossen die Biester in die Baumkronen hinein. Aus der Luft erklang ein dröhnendes Knacken. Als die Gefährten ihre Köpfe nach hinten drehten, sahen sie, wie unzählige Äste auf den Waldboden prasselten.

„Lauft so schnell ihr könnt!", rief Daniel, der in den Schatten des Waldes hineinrannte. Das Kreischen der Rattusgleiter kam wieder bedrohlich nahe.

Nora hingegen kramte hektisch einen kleinen zugeschnürten Beutel aus ihrer Schürze heraus und sprang auf, um diesen über ihre Schulter zu werfen. Mit einem lauten Knall zerplatzte er auf der Erde. Elio wirbelte erschrocken herum, er sah rot leuchtende Rauchwolken, die vom Waldboden aus in die Luft stiegen. Der kreischende Schwarm schwebte über ihnen. Die flatternden Bestien bewegten sich nicht mehr von der Stelle. Es schien so, als würden sie in der Luft festgehalten werden. Einige von ihnen stürzten mit einem kläglichen Krächzen auf die Erde herab, wo sie regungslos liegen blieben. Er war wie gefesselt von dem Anblick und traute seinen Augen kaum.

„Renn schon weg, mein Schöner!", rief Nora, die kräftig an seinem Arm zog. „Das wird sie nicht ewig aufhalten!" Schnell fand er seine Sinne wieder und ließ sich von ihr mitreißen. Daniel und Aaron waren bereits fortgerannt, aber das blasse Leuchten der Fackel war in weiter Ferne noch zu sehen. Dicht gefolgt von Nora rannte Elio um sein Leben. Hinter sich hörte er noch lange die Schreie der

Rattusgleiter. Doch er blickte nicht zurück, sondern preschte weiter nach vorne, bis diese verstummt waren. Endlich hatten sie ihre Gefährten eingeholt.

„Renn nächstes Mal ruhig noch schneller weg, lass uns hinter dir verrecken", schnaufte Elio verärgert in Daniels Richtung.

„Bleib beim nächsten Mal nicht stehen, als hättest du einen Geist gesehen", erwiderte dieser mürrisch. Elio spürte, wie sich in seinem Magen Wut zusammenbraute, aber er schluckte diese herunter. Weiter stürmten sie über die feuchte Erde. Wie lange sie bereits rannten, wusste er nicht. Inzwischen hatte er bei jedem weiteren Schritt das Gefühl, an seinen Beinen würden gewaltige Felsbrocken kleben.

„Wir haben sie abgehängt", keuchte Nora hinter ihnen, als sie anhielt. Schwer atmend stürzten alle auf die Knie. Die Jägerin rang am heftigsten nach Luft, denn sie war bloß mit Mühe an den Fersen der anderen geblieben. Offenbar war sie es nicht gewohnt, eine längere Zeit lang durch den Wald zu rennen.

Daniel fand zuerst die Sprache wieder: „Diese lästigen Biester sah ich einige Male in meiner Heimat", schnaufte er. „Für gewöhnlich halten sie sich nicht in den südlichen Wäldern auf." Elio runzelte die Stirn.

„Doch wie kommt es dann, dass sie uns hier fast die Köpfe vom Leib reißen", raunte er. „Auch ich sah sie einst in den Wäldern, die an meiner Heimat grenzen, aber dies liegt so weit in der Vergangenheit, dass ich mich kaum erinnere."

Daraufhin gab Nora wie des Öfteren einen verträumten Seufzer von sich.

„Es muss daran liegen, dass der Sturm der Bestien aufzieht", wimmerte sie. „Nur die heilige Ataraxie kann uns davor noch bewahren." Elio starrte sie verblüfft an. Er wusste nicht, wovon sie sprach, aber zum ersten Mal glaubte er, Furcht in ihren braunen Augen zu sehen. Auch Aaron warf ihr einen entsetzten Blick zu.

„Fliegen sie alle bald in einem großen Unwetter über uns hinweg? Ich meine die Bestien", wollte er wissen. Nora schüttelte den Kopf.

„Mach dich nicht lächerlich, Dummerchen", sagte sie und kicherte. „Ich rede von den Legenden, die besagen, dass die furchtbarsten Kreaturen aus dem Süden auf unerklärliche Weise zu uns in den Norden getrieben werden. Die einen sagen, dass die kalten Böen der Grund sind. Andere wiederum behaupten der mächtige Treibsand verschluckt sie, um sie woanders wieder auszuspucken." Elio spürte, wie sich auf seinem Körper eine Gänsehaut ausbreitete, denn er fürchtete sich vor den Sandgeistern und wollte sich gar nicht vorstellen, was passieren würde, wenn die grausamste aller Bestien zu einem werden würde.

„Ach, das alles sind bloß Schauermärchen", spottete Daniel. „Die lästigen Schreier haben sich mit Sicherheit nur zufällig in unsere Wälder verirrt." Nora erwiderte nichts auf seine Bemerkung, sondern starrte besorgt zu den Baumwipfeln hinauf, durch die sich inzwischen wieder einige Lichtstrahlen bahnten.

Eine halbe Nacht lang waren sie durch die südlichen Wälder gezogen. Die Morgensonne ging bereits auf. Aaron gab ein langes Gähnen von sich. Auch Elio spürte allmählich, wie die Müdigkeit auf seine Glieder drückte. Er wandte sich an Nora.

Verblüfft fragte er: „Was hast du vorhin auf die Biester geworfen? Sie konnten sich nicht mehr bewegen. Einige hat es sogar umgebracht." Sie lächelte ihn an. Ihre Schürze zog sie ein Stück höher. Darunter war um ihre nackte Haut ein festgezogener Ledergurt gebunden, an dem noch einige weitere kleine Stoffbeutel baumelten.

„Es ist ein scharfes Gebräu aus Froschgift, dazu dichten Dämpfen, welches jeder Kreatur, die mir bekannt ist, für eine gewisse Zeit den Atem raubt", murmelte sie. „Die Heiler brauen es in ihrem Zelt, ich trage es immer bei mir. Für die Bestien ist es entweder lähmend oder tödlich, aber leider verpufft es nach einer Weile in der Luft. Darum sagte ich dir auch, dass es sie nicht ewig aufhalten wird." Sie riss eines der Beutelchen von dem Gürtel und streckte die Hand aus. Elio zögerte, es an sich zu nehmen. Unter dem sanften Stoff fühlte er etwas Flüssiges, das sich leicht zusammendrücken ließ. Rasch verstaute er den Beutel in seiner Hosentasche.

„Witterst du noch die Fährte der Microchilupus?", fragte Daniel die Jägerin. Nora stieß einen tiefen Seufzer aus und kniete sich hin. Konzentriert buddelte sie einen pechschwarzen Haufen Erde aus dem Waldboden, an dem sie massiv schnupperte. Kurz darauf ließ sie diesen fallen und schüttelte den Kopf.

„Ich habe sie wohl verloren", erwiderte sie missmutig, auch Daniel gab einen langgezogenen Seufzer von sich.

„Meine Füße schmerzen schon von dem ganzen Laufen", brummte er mürrisch. „Wir suchen uns einen Rastplatz. Dort ruhen wir eine Weile. Es bringt nichts, die Suche bloß mit halben Kräften fortzuführen." Seine Worte sorgten bei Elio für Erleichterung, auch ihn quälte die Vorstellung, sich weiterhin mühsam durch das Gestrüpp zu hieven. Die unzähligen Baumstämme und blühenden Büsche waren inzwischen wieder vom Licht erhellt. Der Morgen brach an. Schrilles Vogelgezwitscher drang ihm in die Ohren. Elio erspähte in der Ferne einen Fleck, der von Bäumen frei zu sein schien und von den hellen Sonnenstrahlen beleuchtet wurde.

„Dort scheint es gemütlich zu sein", sagte er und deutete in die Richtung, woraufhin die Gefährten sich träge in Bewegung setzten.

Als sie den Ort erreichten, sahen sie, dass es eine kleine Wiese inmitten des Dickichts war. Endlich versperrten keine Baumkronen mehr die Sicht auf den Himmel, sie erblickten zum ersten Mal an diesem Morgen die volle Pracht der Sonne, ihr grelles Licht küsste die hellgrünen Grashalme. Aaron wagte sich als erster auf die Wiese, um gemächlich einige Meter hinüberzulaufen. Danach ließ er sich auf den Rücken fallen. Mit einem zufriedenen Schmunzeln auf den Lippen schloss er die Augen. Plötzlich begann Daniel, laut zu lachen. Blitzschnell stürmte er ihm hinterher.

„Das gefällt unserem dicken Faulpelz!", rief er. Bevor Aaron reagieren konnte, sprang er bereits in die Luft. Keine Sekunde später landete sein Hintern mitten auf dem runden Bauch seines Gefährten, woraufhin dieser erschrocken aufschrie. Mit voller Wucht schubste Aaron ihn auf die Wiese. Daniel bekam sich gar nicht mehr ein vor Lachen, während er noch einige Meter über das Gras rollte.

„Das wird dir noch leidtun", keuchte Aaron. Nun hörte Elio hinter sich schnelle Schritte, aber bevor er herumwirbeln konnte, hatte Nora ihm bereits einen heftigen Stoß gegen den Rücken verpasst. Dieser kam so unerwartet, dass er das Gleichgewicht verlor, über die Wiese purzelte und lachend auf seinem Bauch landete. Die Jägerin rannte zuletzt auf das Gras, kichernd ließ sie sich neben ihren Gefährten fallen. Sie alle hielten sich die Bäuche vor Lachen. Doch ihr Gelächter wurde zu einem ausgiebigen Schnarchen. Vor Müdigkeit waren sie alle gleichzeitig eingenickt.

Elio spürte ein leichtes Kribbeln auf seiner Nasenspitze, ein grün schimmernder Grashüpfer tänzelte auf ihr herum. Er musste stark niesen, wodurch das grüne Insekt in einem großen Bogen durch die Luft flog, es landete im tiefen Gras. Verblüfft drehte er den Kopf herum. Seine Gefährten schliefen noch, am lautesten schnarchte Aaron. Behutsam rappelte Elio sich auf, bevor er auf Zehenspitzen in die Richtung des Waldes schlich.

Er wollte die anderen nicht aufwecken, aber sein knurrender Magen regte ihn dazu an, sich auf die Suche nach etwas Essbarem zu machen. Sie hatten seit ihrem Aufbruch nichts mehr gegessen, er war sich sicher, dass sie durch etwas Nahrung neue Kräfte schöpfen würden. Also bahnte er sich seinen Weg durch das Gestrüpp, welches an der großen Wiese grenzte. Inzwischen war bereits der Nachmittag angebrochen, wodurch sich die Sonne am Himmel allmählich zurückzog.

Nach einer Weile erreichte Elio eine kleine Lichtung, die von dichten Dornengebüschen umringt war. Geschickt tauchte er in dem Dickicht unter, als er einen kleinen weißen Hasen über die Erde huschen sah. Dieser machte auf einem kahlen Fleck Halt, streckte das Näschen in die Luft und schnupperte neugierig. Langsam pirschte Elio sich an die Lichtung heran, er zückte seinen Speer. Trotz des leisen Raschelns seiner Schritte, schien das flauschige Tierchen ihn noch nicht bemerkt zu haben. Geräuschlos richtete er sich auf und holte zum Wurf aus. Die Beute regte sich noch immer nicht. Ihm war bewusst, dass er treffen würde, obwohl der Speer noch in seiner Hand lag.

Gerade wollte er diesen werfen, als ihn plötzlich ein schrilles Pfeifen aus dem gegenüberliegenden Gebüsch zusammenzucken ließ. Hastig senkte er den Speer und duckte sich zurück in das Dickicht. Als er behutsam zwischen den Blättern hervorlugte, sah er den weißen Hasen wieder, aber dieser lag regungslos in dunklem

Blut, welches aus seinem flauschigen Kopf floss, in den sich ein Holzpfeil gebohrt hatte. Bevor Elio einen klaren Gedanken fassen konnte, hörte er ein lautes Rascheln aus dem gegenüberliegenden Dickicht.

Die Äste bogen sich knarzend beiseite. Zwischen ihnen tauchte ein alter Mann auf, der lange graue Haare hatte, ebenso einen langen zerzausten Bart, der unbeholfen an seinem Kinn baumelte. Sein Leib war abgemagert, die Haut darüber sah verschrumpelt aus. Er saß in der Hocke. Leise pirschte er auf die Lichtung zu. In der rechten Hand hielt er einen Bogen, aber er trug keinen Köcher an sich. Elio beobachtete aus seinem Versteck, wie er vor dem Hasen Halt machte und behutsam den Pfeil herauszog. Doch plötzlich richtete er sich hastig auf.

„Ich habe dich längst bemerkt, Fremder", krächzte er mit einer gebrechlichen Stimme, sein Blick schweifte in Elios Richtung. „Zeig dich schon. Ich bin keiner, der den Streit sucht." Sofort pochte Elios Herz schneller. Er begriff nicht, wie es dem fremden Mann gelungen war, ihn aufzuspüren, aber sein Gefühl sagte ihm, dass es zu spät war, um den Rückzug anzutreten. Also erhob er sich langsam aus dem Dickicht. Den Speer hielt er schützend vor sich. Dann blickte er geradewegs in die müden Augen des Fremden, den es offenbar keineswegs beunruhigte, dass er die Waffe auf ihn richtete. Langsam näherte er sich, woraufhin Elio nervös ein Stück zurückwich. Die Gelassenheit seines Gegenübers verunsicherte ihn. Plötzlich weiteten sich die müden Augen des alten Mannes. Elio sah, dass diese wie seine eigenen hellblau leuchteten. In seinem Leben hatte er äußerst wenige Menschen gesehen, die seine Augenfarbe teilten.

„Bist du es, Elio?", raunte der Fremde erstaunt. Sein Herz raste noch schneller, denn er hatte nicht den blassesten Schimmer, woher er seinen Namen kannte. Bedrohlich hob er den Speer über seine Schulter, aber der alte Mann zog nach wie vor eine unerschütterte Miene.

„Wer bist du, wieso ist dir mein Name bekannt?", stotterte Elio. „Wenn du noch näherkommst, jage ich dir meinen Speer ins Herz." Der Fremde hob bloß lächelnd die Arme in die Luft.

„Du warst damals noch sehr klein, Elio", raunte er. „Doch aus dem kleinen Knirps ist ein starker junger Mann geworden. Ich sehe, dass du kein unwissendes Schäfchen mehr, sondern selbst einer der hungrigen Wölfe bist." Schlagartig musste Elio sich an seine Kindheit erinnern. Es gab nur einen einzigen Mann, der ihm je von unwissenden Schäfchen und hungrigen Wölfen erzählt hatte. Verblüfft senkte er den Speer, die Kälte verzog sich in seinem Inneren.

„Bist du es wirklich, Johann?", erwiderte er verblüfft. „Das ist unmöglich. Sie haben mir alle gesagt, du wärst tot." Der alte Mann gab einen nachdenklichen Seufzer von sich, während er die Arme wieder senkte.

„Ich glaube dir, dass sie das gesagt haben. Anders hätten sie es wohl kaum erklären können", raunte er.

„Was meinst du?", fragte Elio. Johann schmunzelte wieder.

„Davon will ich dir gerne erzählen, aber lass uns erst zu meinem Lager gehen", erwiderte er und beugte sich vor, um nach dem erlegten Hasen zu greifen. Dann drehte er sich um und ging auf das Dickicht zu. Sprachlos stolperte Elio hinter ihm her. Als sie durch den Wald streiften, schwiegen sie eine ganze Weile lang.

Wie weit ist es noch?", fragte Elio genervt. In diesem Augenblick wurde ihm bewusst, dass er noch immer keine Beute für seine Gefährten erlegt hatte.

„Gleich da vorne ist es!", rief Johann und deutete zwischen zwei dicke Eichen, die in die Höhe stiegen. Als Elio genauer hinsah, erkannte er, dass dort einige Stöcke im Laub steckten, über die ein zerfleddertes Stofftuch ausgebreitet worden war, das dazu diente, den Regen aufzufangen. Gleich darunter lag ein weiteres über dem Laub. Bei dem sonderbaren Unterschlupf musste es sich um das handeln, was Johann zuvor sein Lager genannt hatte.

Als sie den zwei Eichen noch etwas näherkamen, sah er, dass daneben unzählige Äste übereinandergestapelt worden waren. Offenbar hatte der alte Mann sich bereits vor seinem Aufbruch eine Feuerstelle zurechtgelegt. Elio staunte, als er auf die unzähligen erlegten Beutetiere blickte, die ringsherum im Laub lagen. Hasen, Dachse, sogar die seltenen Eichhörnchen bewahrte Johann hier in der Überzahl auf.

„Mit einem solchen Vorrat hast du es doch nicht nötig, auf die Jagd zu gehen", murmelte er verwundert, woraufhin Johann laut lachte.

„Ich breche jeden Tag auf, um neue Beute zu erlegen. Auf diese Weise bleibe ich in Bewegung und mein Vorrat schwindet nie", erwiderte der alte Mann, während er sich an die Feuerstelle kniete und einen scharfen Stein aus dem Laub wühlte. Als nächstes begann er, dem toten Hasen, den er noch immer an den Löffeln hielt, das Fell abzuziehen.

„Setz dich ruhig", murmelte er, ohne aufzublicken. Elio setzte sich ins Laub und sah gebannt zu, wie Johann die Beute häutete. „Da wo du sitzt, müssten im Laub einige Steine liegen", fuhr dieser fort. „Entfache doch schon mal das Feuer, damit ich den Leckerbissen hier gleich durchgaren kann." Tatsächlich stachen Elio einige schwarze Steine ins Auge. Er nahm zwei von diesen und stieß sie einige Male kräftig gegeneinander, bis Funken vor seinen Augen aufblitzten, woraufhin er die Hände dichter an die Äste hielt. Es dauerte nicht lange, bis sie Feuer fingen. Dann warf er noch etwas Laub hinein, um die Flammen zu füttern.

Inzwischen hatte Johann den ganzen Hasen gehäutet und spießte das Fleisch auf einen spitzen Stock, den er zuvor aus dem Laub gegraben hatte. Er hielt ihn über das Feuer. Abermals schwiegen die beiden, die dem Knistern der Flammen zuhörten.

„Ich bin damals fortgegangen", raunte Johann. „Wohl eher geflüchtet wie ein Feigling. Das konnten sie nicht anders als mit meinem Tod erklären, Elio. Gewiss wollten sie ihre Fassade für den Haufen unwissender Menschen aufrechterhalten." Elio spürte einen kalten Schauder über seine Haut gleiten. Es schien so, als hätte der alte Mann das Lager aus demselben Grund wie er selbst verlassen.

„Also hast auch du sein wahres Gesicht gesehen?", fragte er.

„Bis zu jenem Tag dachte ich immer, unser Anführer wäre ein starker Mann von Ehre und Stolz", erwiderte Johann. „Ein tapferer Krieger, der sein Wort hält, für sein Volk nur das Beste will." Er seufzte.

„Das dachte ich einst auch", murmelte Elio nachdenklich.

„An jenem Tag hatte ich mich auf den Weg zu seinem Zelt gemacht", fuhr Johann fort. „Ich war müde von der Arbeit und wollte mich über die ungerechte Verteilung der Nahrung beklagen. Du musst wissen, dass sie uns Kaltblütern während des großen Mahls immer nur die letzten Reste gegeben haben. Die Krieger, die Jäger, die Handwerker, aber auch ihre Frauen und Kinder hatten Vorrang, Elio. Wenn die Beute der Jäger nur gering war, kam es also nicht selten vor, dass ich und meinesgleichen leer ausgingen. Wenn du mich fragst, sah der große Krieger in uns keinen Nutzen, obwohl wir mit Leib und Seele für euch Kinder sorgten." Johann hielt inne und atmete tief ein. Elio sah eine Träne seine faltige Wange hinunterlaufen.

Jener Mann, zu dem er einst aufgeblickt hatte, wirkte plötzlich ganz klein und verletzlich.

„Du warst damals einer der ersten, die mir das Gefühl gegeben haben, dazuzugehören. Erst viele Jahre nachdem du verschwunden warst, wurde mir das klar. Ich wusste zwar damals, dass ich anders als die meisten Kinder war, aber du hast mich trotzdem verstanden, ohne mich verändern zu wollen", sagte Elio. Es war ein gutes Gefühl, dem alten Mann endlich das zu sagen, was er als kleines Kind nicht vermocht hatte, auszusprechen. Johann lächelte ihn an. Er wischte sich mit dem Handballen über die feuchte Wange.

„Was ist aus Lias geworden?", fragte er. Elio wollte etwas sagen, doch es fühlte sich so an, als würde ihm etwas die Kehle schnüren, wodurch er keinen Ton herausbrachte und bloß mit dem Kopf schüttelte. Johanns Augen wurden wieder wässrig, er schniefte und rieb sich das Gesicht. „Er war so ein guter Junge", krächzte er leise. Elio nickte, weiterhin starrte er mit seinem kalten Blick in die Leere. Der alte Mann wimmerte vor sich hin. Er wusste gar nicht mehr, wann er selbst das letzte Mal geweint hatte. Auch jetzt vergoss er keine Träne, obwohl der Schmerz wie ein schwerer Felsen auf seinem Herzen lag.

„Jedenfalls war jener Tag schon der dritte in Folge, an dem sie mir keine Mahlzeit gegeben hatten", fuhr Johann fort. „Ich war so ausgehungert, dass ich es nicht mehr ertragen konnte. Ich wollte dem großen Krieger bloß vor Augen führen, dass auch wir Kaltblüter ein Anrecht darauf hatten, für unsere Arbeit versorgt zu werden. Doch als mich nur noch wenige Meter von seinem prächtig geschmückten Zelt trennten, spürte ich bereits, dass etwas nicht stimmte, Elio. Ich hörte ein leises Wimmern, welches dem eines verletzten Rehs glich. Ein lautes Klatschen kam dazu. Immer wieder. Ich erstarrte vor Ekel und Schrecken, als ich den offenen Spalt seines Gemachs erreichte." Elio spürte eine kalte Gänsehaut, denn die Erzählung erinnerte ihn an seine letzte Begegnung mit dem Federschweif.

„Was hast du in seinem Gemach gesehen, Johann?", fragte er fordernd.

„Ich habe das Werk des Teufels gesehen, Elio", stammelte Johann. „Eine entblößte Frau, die vor dem großen Krieger kniete. Ihre nackte Haut war von blutigen Narben und Prellungen übersät. Es war jene Frau, die im Lager bereits seit Wochen als verschollen galt, Elio. Ich sah, wie er auf sie einschlug und sie zum Akt zwang." Verzweifelt ließ er den Kopf auf seine Handflächen fallen.

Fast wäre Elio die Galle hochgekommen, denn er glaubte ihm auf Anhieb. Der Federschweif war genauso ein feiges Mistschwein wie Utan. Ein Mann, der seine Stärke nicht nutzte, um das Volk zu beschützen, sondern um wehrlose Frauen zu missbrauchen. Jetzt bereute er es, dass er ihm vor seiner Flucht aus dem Lager nicht den Gnadenstoß versetzt hatte.

„Was hast du getan, als du jene Schandtat ansehen musstest?", wollte er wissen. Johann schaute ihn mit großen Augen an, aus denen immer mehr Tränen herausliefen.

„Ich war ein Feigling", schluchzte er. „Tatenlos drehte ich mich um und rannte fort, über den Zaun hinweg in den Wald hinein. Die Schreie der armen Frau hörte ich noch lange hinter mir, doch ich hatte nicht den Mut, ihr zur Hilfe zu eilen. Nie wieder war ich in jenes Lager zurückgekehrt, dessen Anführer ein grausamer Tyrann ist, doch muss ich Tag für Tag mit meinem Versagen leben. Glaube mir, wenn ich dir sage, dass es mich zutiefst quält, Elio." Johann schluchzte weiter. Er rieb sich die Tränen von den geröteten Wangen.

Elio sah seinen Schmerz, aber er sah zugleich, dass der alte Mann tatsächlich ein Feigling war. Einer, der es vorzog, seine eigene Haut zu retten, anstatt im Sinne der Gerechtigkeit zu handeln. So wie Luk, der nicht den Mut dazu hatte, seinen eigenen Vater aus den Fängen des Federschweifs zu befreien. Johanns wahres Gesicht enttäuschte ihn.

„Auch ich musste mit eigenen Augen sehen, was sich hinter seiner trügerischen Fassade verbirgt", raunte Elio. „Damals schlitzte er meinem Freund kaltblütig die Kehle auf. Danach konnte ich ihm nur knapp entkommen und flüchtete aus dem Lager. Den hier habe ich ihm genommen." Er deutete auf den Speer, den er neben sich in das Laub gelegt hatte. Johann wischte sich die letzten Tränen aus dem Gesicht, woraufhin er ihn beeindruckt anstarrte.

„Nach einem Angriff der Bestien war ich dem Tode nahe. Doch Menschen aus einer anderen Gemeinschaft fanden und pflegten mich, bis ich wieder bei Kräften war", fuhr er fort. „Am Sandtümpel haben sie warme Herzen. Das spüre ich, Johann, denn sie nahmen mich auf, ohne etwas dafür zu verlangen. Doch dieselben Bestien, die mich an den Rand des Todes gebracht hatten, haben die Tochter unseres Häuptlings entführt. Komm mit mir, verlasse diesen einsamen Ort. Sonst bekommst du niemals die Chance, dein Versagen von damals wiedergutzumachen."

Johann sah ihn mit einem leeren Blick an, als verstünde er nicht, was er sagte. Dann schüttelte er missmutig den Kopf.

„Ich begreife nicht, wie du unseresgleichen noch vertrauen kannst, Elio", murmelte er. „Sie haben dich doch alle nur enttäuscht. An jenem Tag verlor ich meine Hoffnung in die Menschen, Elio. Ich bin ihre Lügen und falsche Gier auf ewig satt. Ein Zusammenleben zwischen ihnen führt bloß zu Chaos und Verwüstung. Ich werde nicht mit dir kommen. Es tut mir leid." Er zog den Stock aus dem Feuer. Das nackte Häschen war mittlerweile braungebrannt. Der alte Mann riss mit den Fingern einen Fetzen heraus, den er sich in den Mund stopfte. Ausgiebig schmatzte er.

„Wir dürfen die Hoffnung nicht verlieren, denn sie ist das, was uns am Leben hält. Ohne sie sind wir nicht besser als jene, die sie zunichtemachen", raunte Elio, der nach seinem Speer griff und sich aufrappelte. „Ich muss aufbrechen, Johann. Meine Gefährten machen sich sicher bereits Sorgen. Es hat mich gefreut, dich wiederzusehen." Er wandte sich von dem knisternden Feuer ab, um zu gehen.

„Warte", hörte er den alten Mann hinter sich krächzen. „Ich will dir etwas auf den Weg mitgeben." Er drehte sich um und sah, dass Johann ihm einen der erlegten Hasen aus dem Laub entgegenstreckte. Er nahm diesen gerne an. Dankend nickte er ihm zu, als er die Feuerstelle verließ.

„Du bist weise geworden, Elio!", rief Johann ihm hinterher. „Mutig bist du auch! Mutiger als ich es jemals sein werde!" Die Worte des alten Mannes gingen ihm noch eine Weile lang durch den Kopf.

Als er die große Lichtung, von der er gekommen war, in der Ferne sehen konnte, hörte er bereits Daniels aufgeregte Stimme:

„Er kann sich doch nicht einfach so aus dem Staub machen!" Hastig legte er einen Zahn zu, denn er wollte nicht, dass dieser sich noch weiter über sein Verschwinden ärgerte.

Als er auf die große Wiese trat, sah er seine Gefährten. Daniel war der Einzige von ihnen, der bereits auf den Beinen war. Wütend stampfte er über die Wiese. Die anderen hingegen lagen noch im Gras. Verblüfft drehten sie die Köpfe in alle Richtungen. Scheinbar waren sie noch nicht lange wach.

„Da ist er doch!", rief Aaron, der mit dem Finger in seine Richtung deutete.

„Ich habe was zum Beißen mitgebracht!", erwiderte Elio mit erhobener Stimme, während er auf sie zuging. Stolz streckte er den erlegten Hasen in die Luft.

„Verschwinde nicht einfach, ohne etwas zu sagen. Fast hätte ich nach dir gesucht", zischte Daniel verärgert, als Elio vor ihnen zum Stehen kam.

„Ich wollte euch nicht aufwecken", erwiderte dieser mit einem frechen Grinsen im Gesicht. „Ihr habt alle noch so tief und fest wie kleine Schäfchen geschlafen." Während er sprach, musste er an Johann denken. Nun konnte auch Daniel sich das Grinsen nicht mehr verkneifen. Spielerisch gab er ihm einen leichten Schlag gegen die Hüfte, um ihm den Hasen aus der Hand zu reißen.

„Da hast du uns aber was Schönes erlegt", murmelte er. „Doch dieses Häschen wird nicht für uns alle reichen. Ich werde also bis zum Anbruch der Dämmerung auf die Jagd gehen, um noch mehr Beute zu erlegen. Währenddessen wirst du mit Aaron nach Brennholz suchen. Verteile es hier auf dem Gras." Elio nickte, als der oberste Späher sich Nora zuwandte, die abwesend wirkte und verträumt in den blauen Himmel starrte. „Spüre du in der Zwischenzeit die Fährte der Microchilupus auf. Wenn es dir gelingt, können wir nach unserer Rast sofort aufbrechen."

Lächelnd schaute Nora ihn an und flüsterte: „Ich werde sie schon wieder finden." Offenbar hatte Daniel vor, die Wälder wieder nach Anbruch der Dunkelheit zu durchstreifen. Eilig teilten sich die Gefährten auf, um den bevorstehenden Marsch durch die Nacht vorzubereiten. Elio verlor kein einziges Wort über seine Begegnung mit Johann.

„Wir dürfen keine Zeit mehr verlieren", zischte Daniel nervös, der das aufgespießte Kaninchen über den Flammen brutzeln ließ. „Mit jeder weiteren Sekunde, die wir verschwenden, schwindet auch unsere Chance, die Tochter des Häuptlings lebend zu finden. Wir waren die ersten Späher, die aufbrachen und somit liegt die Verantwortung allein bei uns."

Elio bewunderte, wie sehr dem Anführer ihres Trupps die Mission am Herzen lag. Ezechiel hatte diesen offenbar zurecht für den Posten eines oberen Spähers auserwählt. Er hielt seinen Speer über die Flammen, auf dem ein gehäutetes Eichhörnchen aufgespießt war, welches Daniel vor Anbruch der Dämmerung in den Wäldern erlegt hatte.

Mittlerweile hatte sich der leuchtende Schein der Sonne am Himmel zurückgezogen. Ringsherum wurde es immer düsterer.

„Wir haben noch etwas Zeit", murmelte Nora, die in die Flammen starrte. „Die kleinen Biester ernähren sich bloß von den Lebenden. Blut aus totem Fleisch ist für sie unbrauchbares Gift. Deshalb werden sie die Kleine in ihren Höhlen festhalten und sich an ihrem Leib nähren, bis sie schließlich so ausgesaugt ist, dass ihre Lebenslichter von selbst erlöschen. Ein qualvolles Sterben." Wie des Öfteren warf Elio ihr einen entsetzten Blick zu. Sie schien die grausame Natur der blutsaugenden Bestien genaustens zu kennen. Ihm wurde bewusst, wie es ihm ergangen wäre, wenn es ihm nicht gelungen wäre, vor den Microchilupus zu fliehen. Aaron verzog angewidert das Gesicht. Gierig starrte er wieder auf das brutzelnde Fleisch.

„Hast du die Witterung ihrer Fährte wieder aufgenommen?", fragte Daniel, der das braungebrannte Kaninchen aus dem Feuer zog. Auch der Kadaver auf Elios Speer schien durchgegart zu sein.

„Das habe ich in der Tat", raunte die Jägerin, die auf die Baumkronen am Ende der Wiese deutete. „Sie liegt ein ganzes Stück weiter südlich. Doch etwas beunruhigt mich." Daniel runzelte die Stirn und warf ihr einen fragenden Blick zu. „Es war nicht nur ihre Fährte, die ich dort witterte", fuhr sie fort. „Der Geruch vermischte sich mit etwas Größerem. Ich nehme an, dass es ein Bär oder Ähnliches war." Der oberste Späher riss einen Fetzen aus dem gegarten Kaninchen heraus, bevor er diesen an Aaron weiterreichte. Gierig schlang er alles in sich hinein. Den Worten der Jägerin schenkte er keine Beachtung, aber Daniel zog eine besorgte Miene.

„Wir können nur beten, dass diese Bestie Alexandria unversehrt gelassen hat", raunte er. Mittlerweile waren die blassen Umrisse des Mondes zu sehen.

Auch Elio sorgte sich um Ezechiels Tochter, aber vielmehr zerbrach er sich den Kopf darüber, wie seine Gefährten und er sie aus den Fängen einer solchen Vielzahl an Bestien befreien sollten. Schließlich zog er seinen Speer aus dem Feuer, um einen Fetzen der aufgespießten Beute an Nora weiterzureichen. Trotz der Dunkelheit konnte er im Schein der Flammen ihr Lächeln sehen.

„Es wird alles gut. Wir werden sie befreien und lebend zum Sandtümpel zurückbringen. So hat es die heilige Ataraxie vorgesehen. So wird es geschehen", flüsterte er, obwohl er selbst nicht vollkommen überzeugt von seinen Worten war.

344

20. KAPITEL

DIE HÖHLE

„Hier beginnt die Fährte. Sie führt noch ein ganzes Stück weiter nach Süden", flüsterte Nora aufgeregt in der Dunkelheit. „Auch der Bärengeruch liegt mir noch in der Nase." Die Nacht war angebrochen, schwarze Finsternis hatte sich über die Wälder gelegt, aber dieses Mal hatten sich alle vier Gefährten mit brennenden Fackeln bewaffnet. Dicht gefolgt von Daniel schritt die Jägerin voran. Immer wieder machte sie Halt, um die Fährte nicht zu verlieren. Elio ging ganz hinten als letztes Glied des Trupps. Regelmäßig warf er einen Blick über die Schulter, um die Umgebung hinter sich im Schein der Flammen zu kontrollieren. Damit wollte er sichergehen, dass sie nicht verfolgt wurden.

Ringsherum war alles ruhig. Keine Zischlaute, kein Flattern und kein Rascheln waren in den Gebüschen zu hören, als wären sie in einer ausgestorbenen Leere gefangen. Es war so still, dass er glaubte, das eigene Herz gegen seinen Brustkorb pochen zu hören. Er kannte diese Art von Stille, welche sich nur dann über den Wald legte, wenn in der Nähe eine große Gefahr lauerte. Plötzlich wurde sie von einem durchdringenden Heulen unterbrochen.

„Löscht sofort das Feuer", zischte Nora. „Sie sind ganz in der Nähe." Sofort pressten sie die Köpfe ihrer Fackeln in die matschige Erde hinein. Es wurde wieder stockfinster, bloß das leichte Schimmern des Mondes sickerte noch durch die Baumkronen hindurch.

„Wir pirschen uns langsam an sie heran", flüsterte Nora. Elio konnte nur noch die schwachen Umrisse ihrer Gestalt sehen. Trotzdem erkannte er sehr deutlich, dass Aaron am ganzen Leib zitterte. Die Gefährten schlichen auf leisen Zehenspitzen noch einige Schritte weiter Richtung Süden. Keiner von ihnen gab einen Mucks von sich.

Wenige Augenblicke später erreichten sie eine Reihe aus dichten Gebüschen, die auf einen Felsvorsprung führten. Über diese erhob sich der schwarze Sternenhimmel und dazu der hell leuchtende Vollmond. Elio sah noch nicht, was sich dahinter verbarg. Vorsichtig bahnten sie sich durch das Dickicht. Versehentlich trat Aaron auf einen Ast. Ein dumpfes Knacken durchbrach die Stille. Keine Sekunde später zog das Heulen erneut durch den Wald. Es klang so, als käme es bloß wenige Meter aus südlicher Richtung.

„Legt euch hin", zischte Daniel, nachdem sie das Dickicht hinter sich gelassen und den Felsvorsprung erreicht hatten. Sie alle warfen sich auf die Bäuche, krochen nach vorne, bis sie die Kante des Gesteins erreichten. Nacheinander streckten sie die Köpfe hinüber. Die Gefährten blickten geradewegs in eine riesige Schlucht hinein.

Unter ihren Köpfen erstreckte sich eine steile Steinwand, die mindestens zehn Meter in die Tiefe reichte. Der Boden war von unzähligen kleinen Kieseln übersät, die leicht im Mondlicht schimmerten und sich in alle Richtungen ausbreiteten. Als Elio genauer hinsah, erkannte er die Umrisse von sechs vierbeinigen Gestalten mit geduckten Köpfen, die auf leisen Pfoten über die Kiesellandschaft schlichen. Plötzlich rissen sie gleichzeitig ihre Schnauzen in die Luft, als würden sie den Mond bewundern. Dies hatte er schon einmal gesehen. Abermals stießen die Microchilupus ihr schrilles Heulen aus, welches so laut war, dass alle Gefährten außer Nora sich die Ohren zuhielten. Die Jägerin schmunzelte bloß und schien Freude an dem Lärm zu empfinden.

„Die kleinen Biester bewachen etwas. Das sehe ich an ihrem angespannten Gang", flüsterte sie, nachdem das Heulen wieder verstummt war. „Ihre Höhle muss ganz in der Nähe sein." Angestrengt kniff Elio die Augen zusammen, um etwas in der Dunkelheit zu erkennen.

346

„Das muss sie sein", zischte er, dabei deutete er auf den gegenüberliegenden Abhang in der Schlucht, der etwas höher war als der, auf dem sie lagen.

Von seiner Kante stürzte eine gewaltige Felswand herab. Ein schwarzes Loch tat sich vor den Kieseln auf, das in ihr Inneres hineinführte. Tatsächlich hatten sich die sechs Bestien bloß wenige Meter davor versammelt. Behutsam schlichen sie im Kreis. Ihre Schnauzen fuhren immer wieder in die Richtung der schwarzen Leere. Was auch immer sie bewachten, musste sich tief im Inneren der Felswand verbergen.

„Dort muss in der Tat ihre Höhle sein. Wie es zu erwarten war, bewachen sie den Eingang, wenn sie nicht gerade auf der Jagd sind", raunte Nora. „Wenn Ezechiels Alexandria noch am Leben ist, dann ist sie gewiss im Inneren. Wir müssen einen Weg finden, die Biester zu überlisten, um hineinzugelangen."

Daniel ließ seinen nachdenklichen Blick über die steilen Felswände schweifen. Sie boten keinen Pfad ins Innere der Schlucht, aber links und rechts von ihnen erschreckten sich weniger steile Abhänge nach unten, die von Gras und zahlreichen hohen Sträuchern bewachsen waren. Über sie wäre es möglich, unentdeckt hinabzusteigen.

„Wir müssen sie von beiden Seiten ablenken", zischte er willensstark, als er auf die beiden Abhänge deutete. „Zwei ködern sie von rechts, einer von links. So sind sie gezwungen, sich aufzuteilen. Dann locken wir sie tief in die Wälder hinein, sodass die Höhle nicht mehr bewacht wird. Aber einer von uns muss hierbleiben und in dem Loch verschwinden, sobald die Biester den anderen hinterherjagen. Nur so überlisten wir sie."

Die Gefährten schwiegen. Offenbar wollte sich keiner von ihnen auf Anhieb dazu bereit erklären, allein das finstere Loch zu betreten, was nicht verwunderlich war, denn sie hatten nicht den blassesten Schimmer, was sich in der Dunkelheit verbarg. Elios Herz raste wieder. Sein Gefühl sagte ihm, dass das auch niemand tun würde, doch jede weitere verschwendete Sekunde könnte Alexandria den Tod bringen. Aaron starrte ihn ängstlich an, alle seine Glieder zitterten. Sogar Daniel warf ihm nervöse Blicke zu, bloß Nora starrte verträumt zu den Sternen hinauf. Aufgrund ihres Geschicks war sie ohnehin am besten dazu geeignet, die Microchilupus in den Wald zu locken.

„Ich werde in die Höhle gehen", brachte Elio mit bebender Stimme hervor, woraufhin Aaron einen erleichterten Seufzer von sich gab. Daniel nickte ihm achtungsvoll zu.

„Du brauchst noch Licht, damit du in dem dunklen Schlund etwas sehen kannst", flüsterte der oberste Späher, der zwei kleine Feuersteine aus der Hosentasche kramte, die er Elio in die Hand drückte. Anschließend huschte dieser durch das Dickicht, aus dem sie gekommen waren, und hob eine der erloschenen Fackeln von der Erde auf. „Zünde sie erst an, wenn wir die Biester weggelockt haben. Dann renne so schnell wie möglich zur Höhle. Bemühe dich, Alexandria zu finden", flüsterte er. Elio nickte und zwang sich, gleichmäßig zu atmen, um seinen Herzschlag zu beruhigen.

„Nora, du begibst dich den linken Abhang hinunter", fuhr Daniel fort. „Aaron und ich werden währenddessen von rechts die Schlucht herabsteigen. Die Kiesel, welche dort liegen, können wir gebrauchen, um die Biester wegzulocken, wenn wir unten sind. Wir werden sie zuerst nach ihnen werfen, um ein lautes Prasseln zu erzeugen. Wenn du dies hörst, warte nicht lange, sondern wirf sofort deine Ladung in ihre Richtung. So werden die meisten von ihnen nach rechts ziehen, der Rest zu dir." Nora nickte mit einer ernsten Miene, die sie nur selten zog. Spätestens jetzt schien auch ihr der Ernst der Lage bewusst zu werden. „Wir haben bereits zu viel Zeit verloren", raunte Daniel, der sich ein letztes Mal an Elio und Nora wandte. „Passt auf euch auf." Dann verschwand er gemeinsam mit Aaron in den hohen Sträuchern.

Nun war Elio mit der Jägerin allein. „So trennen sich also unsere Wege, mein Schöner", flüsterte sie. Zügig kam sie ein Stück näher an ihn heran. Im Schein des Mondes sah er, dass sie ihr Lächeln wieder aufgesetzt hatte. Bevor er etwas erwidern konnte, legte sie die Hände auf seine Schultern, stellte sich auf die Zehenspitzen und drückte ihre Lippen sanft gegen seine. Als sie ihn küsste, schmiegte sich ihre zierliche Haut an seine Brust. Über ihren Köpfen leuchtete der Vollmond in seiner ganzen Pracht. Elio spürte, wie es in seinem

Inneren wärmer wurde. Nachdem sie von ihm abgelassen hatte, blickte sie ihm noch einige Sekunden lang verträumt in die Augen. Kichernd huschte sie lautlos in die Richtung des linken Abhangs. Elio schaute ihr verblüfft hinterher, bis sie im Dickicht verschwunden war. Ein Lächeln zog sich auch über seine Lippen.

Kurz darauf kauerte er auf der Kante des Felsvorsprungs, sein nervöser Blick schweifte umher, seine Gefährten pirschten sich behutsam die Abhänge hinunter. Bloß die Spitzen ihrer Köpfe sah er aus dem Dickicht herausragen. Daniel und Aaron waren an der Hälfte des Weges angelangt. Nora hingegen hatte fast den Boden der Schlucht erreicht, obwohl sie etwas später losgezogen war. Die sechs Bestien zogen nach wie vor ihre Runden vor der dunklen Höhle. Elios Herz raste, er hoffte, dass Daniels Plan aufgehen würde. In den Händen hielt er die Feuersteine bereit, die Fackel klemmte zwischen seinen Oberschenkeln. Den Speer des Federschweifs hatte er auf das Gestein neben sich gelegt. So verweilte er dort, mit jeder weiteren Sekunde pochte sein Herz schneller.

Nora erreichte die Kiesellandschaft, indem sie sich aus den Gebüschen in eine enge Felsspalte fallen ließ. Er beobachtete aus der Ferne, wie sie sich langsam heranpirschte und ihren Rücken an das Gestein presste. Bloß etwa zwanzig Meter trennten sie noch von den blutsaugenden Bestien. Als sie das Ende der Felsspalte erreichte, duckte sie sich. Hastig grub sie ihre Hand in die Kiesel hinein.

Endlich waren auch Daniel und Aaron unten angekommen. Sie befanden sich auf einem schmalen Waldpfad, der durch eine noch engere Felsspalte in die Schlucht führte. Behutsam zwängte Daniel sich durch diese hindurch und schlich weiter nach vorne, woraufhin auch er Kiesel in seine Hand nahm. Elio sah, wie Aaron versuchte, ihm zu folgen, aber dessen runder Bauch blieb in der Verengung stecken, sodass er gezwungen war, vor der Felsspalte stehenzubleiben. Bloß hindurchsehen konnte er.

Elios Kopf ratterte vor Aufregung. Als er wieder einen klaren Gedanken fassen konnte, beschloss er, über den rechten Abhang in die Schlucht hinabzusteigen, falls es seinen Gefährten gelingen würde, die Microchilupus von der Höhle wegzulocken. Er hielt sich beide Feuersteine vor die Augen, es war nur noch eine Frage von Sekunden, bis das Täuschungsmanöver seinen Lauf nehmen würde.

Nun sah er, wie Daniel mit dem Arm ausholte. Blitzschnell riss er ihn nach vorne, dabei taumelte er ein kleines Stück vor. Keine Sekunde später hallte das laute Prasseln der Kiesel durch die ganze Schlucht. Die Bestien rissen ihre Köpfe in die Luft, ihr grelles Geheul jagte Elio einen Schock durch die Glieder. Daniel zwängte sich durch die Felsspalte aus der Schlucht, Aaron wartete auf dem Waldboden. Nervös blickte Elio nach links.

Die Microchilupus hatten sich noch nicht von der Stelle bewegt. Als auch Nora ihren Arm nach vorne riss, prasselte ein lauter Kieselregen vor ihren Schnauzen auf die Erde. Er spürte, wie sein rasendes Herz ihm bereits gegen die Schläfen hämmerte. Die sechs Bestien standen noch immer vor der Höhle und heulten den Mond an.

Plötzlich rissen drei von ihnen die Schnauzen nach links. Langsam schlichen sie in Noras Richtung. Eilig kletterte die Jägerin an dem Gestein hoch und verschwand im Dickicht. Die restlichen drei Bestien pirschten sich an die verengte Felsspalte heran, vor der Daniel und Aaron kauerten. Die beiden Späher huschten leise über den Waldpfad. Nacheinander schlüpften sie in die dichten Gebüsche, sodass Elio sie aus dem Blickfeld verlor.

Die Bestien auf der linken Seite der Schlucht waren inzwischen dort angekommen, wo die Jägerin sich zuvor auf die Lauer gelegt hatte. Aufgeregt beschnupperten sie die Kiesel. Ihre Schnauzen rissen sie nach oben und machten einen gewaltigen Sprung, wodurch sie nacheinander auf dem kleinen Felsvorsprung landeten. Sie schienen die Fährte der Jägerin zu wittern, auch sie tauchten im Dickicht unter.

Wachsam drehte Elio den Kopf wieder nach rechts, wo er sah, dass die Microchilupus, die Daniel angelockt hatte, bereits mit geduckten Schnauzen über den Waldpfad schlichen. Auch sie hatten den Köder geschluckt, denn sie verschwanden im dunklen Gestrüpp. Daniels Plan war tatsächlich aufgegangen.

Elio wartete noch, um sicherzugehen, dass die Bestien außer Reichweite waren. Die Feuersteine hielt er dicht an das Ende seiner

Fackel. Kräftig schlug er sie gegeneinander, was er noch einige Male wiederholen musste, bis Funken aufblitzten. Sein Gesicht wurde von den Flammen erhellt, woraufhin er die Fackel in die rechte Hand nahm, mit der linken griff er nach seinem Speer.

Ohne weiter über sein Vorhaben nachzudenken, rannte er den Abhang zur Schlucht hinunter. Das zähe Dickicht streifte seine Schienbeine. Vor lauter Aufregung spürte er keine Schmerzen. Innerhalb weniger Augenblicke war er auf dem kühlen Waldboden vor der Schlucht angelangt und preschte auf die Felsspalte zu, um sich eilig durch diese hindurchzuzwängen.

Zum ersten Mal spürte Elio die rauen Kieselsteine unter seinen Füßen. Energisch schwenkte er die Fackel durch die Dunkelheit. Vorsichtig spähte er in die Schlucht, in die er hineinschlich. Ringsherum sprangen die gewaltigen Felswände in die Höhe. Er stand genau dort, wo die Microchilupus zuvor ihre Runden gezogen hatten. Doch ihr Geheul war längst verstummt, eine bedrohliche Stille hatte sich über die Kiesellandschaft gelegt. Er blickte geradewegs in das finstere Loch hinein, welches die Bestien bewacht hatten. Langsam näherte er sich. Die brennende Fackel hielt er schützend vor sich. Bloß wenige Schritte trennten ihn noch von der scheinbar endlosen Finsternis. Behutsam streckte er den Arm nach vorne, um hineinzuleuchten. Raues Gestein, welches mit tiefen Kratern versehen war, führte in die Höhle. Er horchte in die Dunkelheit hinein und glaubte, in weiter Ferne ein dumpfes Rauschen wahrzunehmen. Ein mulmiges Gefühl braute sich in seiner Magengrube zusammen, denn all seine Glieder scheuten sich davor, die Höhle zu betreten. Gleichzeitig dachte er daran, dass seine Gefährten auf ihn zählten. Ein letztes Mal holte er tief Luft, ging hinein und wurde von der Dunkelheit verschluckt.

Unter den Füßen spürte er keine Kiesel mehr, sondern bloß kühles, glattes Gestein. Er hielt die Fackel vor sich und den Speer über der linken Schulter. Er ging immer weiter in die Höhle hinein, doch es schien fast so, als würde der dunkle Pfad aus Gestein niemals ein Ende nehmen. Als er einen Blick über die Schulter warf, sah er weit hinter sich bloß noch einen winzigen bläulichen Schimmer des Vollmondes, der auf das Loch in der Felswand leuchtete. Je tiefer er in die Höhle eindrang, desto kälter wurde es. Inzwischen hatte sich über seinen ganzen Leib eine Gänsehaut gelegt. Zudem war das dumpfe Rauschen aus der Dunkelheit um einiges lauter geworden. Was auch immer es verursachte, konnte nicht mehr allzu weit entfernt sein.

Plötzlich tauchte wenige Meter vor ihm aus der Finsternis eine Felswand auf, die sich bis an die Höhlendecke erstreckte und den Weg nach vorne versperrte. Als er die Fackel an dieser entlangschweifen ließ, erkannte er, dass der Steinpfad unter seinen Füßen sich scharf nach rechts bog. Wieder zückte er seinen Speer. Langsam ging er weiter. Der Pfad zog sich hinter der Einbiegung noch weiter, aber in der Ferne schimmerte das Mondlicht. Elio schlich weiter vorwärts, sein Herz raste. Er konnte sich nicht im Geringsten vorstellen, was ihn am Ende des finsteren Tunnels erwarten würde, aber mit jedem weiteren Schritt dröhnte das Rauschen stärker in seinen Ohren. Um es schneller zu erreichen, legte er einen Zahn zu, bis er das Leuchten des Mondlichts fast erreicht hatte.

Den Tunnel ließ er hinter sich und trat auf einen breiten Felsen, in einen riesigen Hohlraum hinein. Endlich sah er, woher das Rauschen kam. Ein gewaltiger Wasserfall prasselte die gegenüberliegende Felswand hinunter, um in ein kleines Becken am Höhlenboden zu münden. Dieser strömte aus einem großen Riss in der Höhlendecke heraus, der auch das Mondlicht hineinstrahlen ließ, welches das sprudelnde Wasser bläulich aufleuchten ließ. Behutsam stieg er über den Felsen herab, auf den kalten Höhlenboden. Der Hohlraum war so riesig, dass dessen Grenzen nicht von dem Schein seiner Fackel erfasst wurden. Schützend hielt er diese vor sich. Vorsichtig näherte er sich dem schäumenden Wasserbecken.

Als er sich ein kleines Stück nach rechts drehte, blieb ihm vor Schreck fast das Herz stehen, bloß wenige Meter vor dem rauschenden Wasserfall lag regungslos eine zierliche Gestalt im weißen Gewand auf dem Boden. Ihr hellblondes Haar lag auf dem grauen Gestein.

21. KAPITEL

DANIEL

„Renn weiter, Bruder", zischte Daniel, der hastig einen Blick über die Schulter warf. „Die Biester haben uns gewittert und werden nicht auf sich warten lassen." Aaron taumelte ihm keuchend hinterher. Er schien so sehr von der Anstrengung überwältigt zu sein, dass er nichts erwidern konnte, ihm tropfte der Schweiß in Strömen von der Stirn. Der junge Späher gab nicht auf und kämpfte sich mit seinem Beil weiter durch das dichte Gestrüpp. „Halte noch etwas durch. Ein kleines Stück noch und wir haben sie abgehängt", drängte Daniel, aber das schrille Geheule erklang aus dem Dickicht hinter ihnen.

Die Microchilupus schienen näher als erwartet zu sein. Aaron schnappte panisch nach Luft. Er wurde immer langsamer, aber das Geheule immer lauter. Sie hechteten durch das zähe Dickicht unter den Baumkronen auf eine kleine Lichtung, die vom Mondlicht beschienen wurde. Ihre Schienbeine waren durch die Flucht bereits aufgeschürft und blutig.

Aaron blieb stehen, der sich schnaufend auf die Knie stützte. Das Beil ließ er fallen. Er war mittlerweile am Ende seiner Kräfte angelangt.

„Wir müssen weiter!", rief Daniel verzweifelt, der heftig den Kopf in alle Richtungen drehte. Ruhig zog er einen Pfeil aus seinem Köcher, diesen legte er mit einer sanften Bewegung auf die Sehne seines Bogens. Ihm war bewusst geworden, dass die Flucht vor den Microchilupus hier und jetzt ein Ende nehmen würde.

„Ich kann nicht mehr", keuchte Aaron, der würgte und etwas auf den trockenen Waldboden spuckte.

„Stell dich hinter mich", zischte Daniel nervös. Der junge Späher atmete ein letztes Mal tief ein, griff nach seinem Beil und presste seinen verschwitzten Rücken an den seines Gefährten. Die Beiden standen im Mittelpunkt der Lichtung. Das lautstarke Geheule der Bestien zog noch immer über ihre Köpfe hinweg.

Plötzlich verstummte es schlagartig. Mit langsamen Schritten bewegten sie sich im Kreis, ihre Blicke schweiften nicht von den raschelnden Gebüschen ab. Womöglich kesselten die drei Blutsauger sie gerade ein und warteten nur auf eine Gelegenheit, anzugreifen.

Die ersten Regentropfen fielen auf ihre Gesichter, das Mondlicht schimmerte auf Aarons bleich gewordene Haut. Seine Augen waren aufgerissen, er zitterte wieder am ganzen Leib. Daniel hingegen war die Furcht nicht ins Gesicht geschrieben. Abgesehen von den Beinen regte sich nichts an ihm, als wäre er zu einem Felsen geworden. Sein eiserner Blick zielte über die Pfeilspitze hinaus auf die zahlreichen Blätter, zwischen denen die blutrünstigen Bestien lauerten. Bereits im nächsten Augenblick prasselte der Regen in Strömen auf den Wald herab. „Versuche, ruhiger zu atmen", flüsterte Daniel über die Schulter. „Sie dürfen deine Angst nicht spüren."

Keine Sekunde später schoss eine aufgerissene Schnauze mit zwei gefletschten Fangzähnen aus dem Dickicht auf ihn zu. Der oberste Späher zuckte nicht einmal mit der Wimper, der die Sehne des Bogens noch ein Stück weiter nach hinten zog. Diese ließ er los. Bevor der Blutsauger zubeißen konnte, schoss die Pfeilspitze in das aufgerissene Maul hinein und bohrte sich durch den Hinterkopf, wodurch der Microchilupus nur noch ein leises Winseln von sich gab. Nicht einmal einen Meter vor Daniels Füßen sackte er in sich zusammen. Aus seinem Schädel tropfte dunkles Blut auf die Erde, er regte sich nicht mehr. Innerhalb eines Wimpernaufschlags waren aus den drei Bestien zwei geworden.

Hinter Daniel raschelte es erneut. Der Blutsauger machte einen gewaltigen Sprung aus dem Dickicht und flog auf Aaron zu. Dieser riss hektisch sein Beil über den Kopf, aber trotzdem bohrten sich die ausgefahrenen Krallen in seine Schultern hinein. Hart stieß er auf die Erde, schmerzerfüllt schrie er auf. Daniel verlor durch den Stoß von hinten das Gleichgewicht. Benommen taumelte er nach vorne, drehte den Kopf herum und sah, dass die Bestie seinen Gefährten in den Matsch genagelt hatte. Dieser hielt sich verzweifelt an seinem Beil fest, welches zwischen den Zähnen des wild schnappenden Mauls steckte.

Daniel rannte in seine Richtung, aber ihm sprang von der Seite der dritte Microchilupus in die Hüfte. Auch er wurde zu Boden gerissen. Die scharfen Fangzähne bissen sich in seinem rechten Arm fest. Ein lauter Schmerzensschrei kam aus seiner Kehle, er biss die Zähne zusammen.

„Halte durch!", rief er Aaron zu, aus dessen zerquetschten Schultern immer mehr Blut strömte. Die Fangzähne kamen seinem bleichen Gesicht gefährlich nahe. Es schien so, als könne er das Beil nicht mehr lange halten. Daniels Gesicht verkrampfte sich immer mehr, als er den linken Arm mühsam über die Schulter in die Richtung seines Köchers bewegte. Der Microchilupus stand mit den Vorderbeinen auf ihm und verbiss sich mit ruckartigen Bewegungen immer tiefer in den blutenden Arm, wodurch sich die Krallen in seinen Bauch hineinbohrten. Endlich gelang es ihm, einen Pfeil zu ergreifen, den er aus dem Köcher riss. Mit voller Wucht rammte er ihn in das rechte Auge der Bestie. Sie ließ von ihm ab, Blut spritzte in sein Gesicht. Hastig griff er nach einem weiteren Pfeil, mit dem er das andere Auge zerstach, wodurch sich auch die scharfen Krallen von seinem Bauch lösten. Die blutende Bestie heulte noch ein letztes Mal kläglich auf, bevor sie leblos zur Seite kippte.

Daniel atmete schwer und rappelte sich mühsam auf. Nachdem er wieder auf die Beine gekommen war, schwankte er einige Male zur Seite. Fasst fiel er erneut in den Matsch, irgendwie konnte er sich wieder fangen.

In diesem Moment konnte Aaron das Beil nicht länger halten. Es wurde ihm aus den Händen gerissen und landete mit einem lauten Platschen vor Daniels Füßen. Dieser ergriff es, ohne zu zögern und wankte auf den Blutsauger zu, aber Aaron stieß einen lauten

Schmerzensschrei aus. Der Microchilupus hatte tief in seinen Hals hineingebissen, um einen blutigen Hautfetzen herauszureißen. Der Schrei war verstummt, als Daniel ihn erreichte. Das Blut seines Gefährten lief ihm über die Füße. Mühsam hob er das Beil in die Luft. Mit gewaltigem Schwung stieß er in die Schädeldecke des Blutsaugers, woraufhin sich dessen Fangzähne lösten. Winselnd sackte er auf den regungslosen Späher.

Daniel stützte sich auf die Knie, um nach Luft zu schnappen, dann hievte er die erschlagene Bestie mit seinem unversehrten Arm vom Leib seines Gefährten. Aarons Augen waren geschlossen, sein blutiger Hals aufgerissen. Daniel fiel vor ihm auf die Knie.

„Wach auf, Bruder!", schrie er verzweifelt durch den Wald. Er presste ihm die Handflächen auf die Schläfen. Der stürmische Regen prasselte in Aarons Gesicht. Einige Male schlug Daniel ihm kräftig gegen die bleichen Wangen.

„Wach auf, Bruder!", rief er immer lauter, aber die Augen seines Gefährten öffneten sich nicht mehr. Der Späher nahm den Kopf hoch, schaute zum Mond hinauf und stieß einen verzweifelten Schrei aus, der das laute Prasseln übertönte. Nicht nur die Regentropfen, sondern auch Tränen liefen über sein Gesicht, während er in der Blutlache seines gefallenen Freundes kniete.

22. KAPITEL

NORA

Nora huschte auf lautlosen Schritten durch das Dickicht. Bis auf das leichte Schimmern des Mondes, das durch die dichten Baumkronen hindurch auf den Waldboden sickerte, war sie von Dunkelheit umhüllt. Hinter sich hörte sie weiterhin das Heulen ihrer Verfolger.

„Kommt, holt mich, ihr kleinen Biester", summte sie leise vor sich hin. Die flinke Jägerin schien sich nicht einmal zu bemühen, ihnen zu entfliehen.

Auf einmal musste sie abrupt Halt machen. Nicht einmal einen Schritt vor ihren zierlichen Füßen erstreckte sich ein gewaltiger Graben in die Erde hinein. Fast hätte sie ihn nicht bemerkt. Nun blickte sie in die schwarze Leere hinunter. Der Graben war so tief, dass sein Grund vom Waldboden aus nicht sichtbar war. Nora schien nachzudenken. Zielsicher ließ sie ihren Blick über die naheliegenden Bäume schweifen. Behutsam tastete sie sich mit den Zehen an den Abgrund heran. Langsam pirschte sie sich am Rand entlang, bis sie auf der gegenüberliegenden Seite angelangt war.

Es schallte wieder. Das Geheule aus dem Dickicht war bereits viel näher als zuvor. Sie schaute sich hastig um. Ihr Blick blieb an einer riesigen Eiche haften, die bloß wenige Meter vor ihr in den Himmel ragte. Ohne zu zögern, huschte Nora los, bevor sie sich an den festen Ästen hochzog. Leiser und schneller als ein Kätzchen kletterte sie den dicken Stamm hinauf. Innerhalb weniger Sekunden hatte sie bereits dessen Hälfte erreicht. Sie machte Halt. Langsam balancierte sie über einen breiten Ast, der in etwa fünfzehn Meter Höhe über dem Waldboden hing. Langsam ging die Jägerin in die Knie. So hatte sie eine weitreichende Sicht auf den schwarzen Graben und das hohe Dickicht dahinter. Das laute Heulen war verstummt. Stattdessen hörte sie ein leises Rascheln, das aus dem zähen Gestrüpp erklang.

Zahlreiche Blätter und Äste wurden etwas zur Seite gebogen. Zwischen ihnen kam eine schwarze Schnauze zum Vorschein, die ausgiebig den Waldboden beschnupperte. Wenige Schritte vor dem Abgrund machte die Bestie Halt, ihr Kopf blieb gesenkt. Nora steckte sich zwei Finger in den Mund, um ein schrilles Pfeifen auszustoßen. Augenblicklich riss der Microchilupus seine Schnauze in die Luft.

„Nur noch ein kleines Stück weiter, Liebes", flüsterte sie lächelnd. Tatsächlich senkte er den Kopf wieder, schlich weiter, bis die schwarze Schnauze über dem Abgrund war und ein klägliches Jaulen ausstieß. Die Bestie versuchte vergeblich, ihre Vorderbeine nach hinten zu reißen, aber diese waren bereits über den Rand des schwarzen Grabens gerutscht, wodurch sie den Halt verlor. Kopfüber stürzte sie in die dunkle Leere hinein. Von ihrem Versteck aus hörte die Jägerin noch einige Sekunden lang das sterbensbange Geheule, bis dieses schließlich nach einem dumpfen Aufprall verstummte.

Kurz darauf tauchte eine weitere Schnauze im Dickicht auf. Der nächste Microchilupus schlich sich etwas schneller nach vorne, woraufhin er vor dem Abgrund Halt machte, in die Tiefe blickte, ohne dass er das Gleichgewicht verlor. Rasant stieß er den Kopf in die Luft, um den Mond anzuheulen. Er schien begriffen zu haben, was mit seinem Artgenossen geschehen war.

„Bei dir muss ich wohl noch etwas nachhelfen, Kleines", flüsterte Nora kichernd. Flink zog sie ihre Lederschürze hoch, unter welcher der Gurt mit den Stoffbeuteln um ihre Hüfte gebunden war. Hastig ergriff sie einen von ihnen, holte mit der Hand aus und zielte auf die heulende Bestie. Einzelne Regentropfen fielen vom dichten Blätterzelt der Baumkronen herab. Zwei von ihnen landeten auf ihrer Nase. Verblüfft schaute sie nach oben, anschließend wieder auf den Microchilupus, der sich inzwischen vom Graben abgewandt hatte, um sich wieder dem Schutz des Dickichts zu nähern. Sie warf das Beutelchen mit dem Froschgift in einem hohen Bogen durch die Luft, wodurch es über den Graben flog. Es zerplatzte vor dem Gestrüpp.

Blitzschnell quollen die roten Rauchwolken heraus und breiteten sich über dem Erdboden aus. Direkt blieb der Microchilupus stehen, denn er war von diesen umhüllt. Aus dem bedrohlichen Heulen war ein angsterfülltes Winseln geworden. Die Bestie hechelte vehement nach Luft. Rückwärts näherte sie sich dem Rand des schwarzen Lochs, als wollte sie den giftigen Dämpfen entfliehen, die sich aber bereits über dem gesamten Graben ausgebreitet hatten.

„Nur noch ein kleines Stück, dann hast du es geschafft, Liebes", murmelte Nora. Der Microchilupus wich winselnd weiter nach hinten, bis seine Hinterbeine am Rand des Abgrunds den Halt verloren und abrutschten. Gnadenlos glitten sie in den Abgrund hinein. Vergeblich versuchte er, seine vorderen Krallen in die Erde zu graben, um sich zu retten, aber dafür schien er nicht mehr genügend Kraft zu haben. Noch ein letztes Mal stieß er ein leises Winseln aus. Dann stürzte er hinab.

Nora hörte, wie stürmischer Regen auf die Baumkronen prasselte. Es dauerte bloß wenige Sekunden, bis ihr schwarzes Haar durchnässt war. Inzwischen war der tiefe Graben vollkommen von der roten Rauchwolke bedeckt. Angestrengt kniff sie die Augen zusammen und ließ ihren Blick über das Gestrüpp schweifen. Irgendwo zwischen den Blättern musste sich die letzte Bestie verstecken. Behutsam nahm sie den Bogen von der Schulter und kramte einen Pfeil aus ihrem Köcher, um diesen auf die Sehne zu legen. Ihr Atem blieb ruhig, während sie auf das Dickicht zielte.

„Wo versteckst du dich nur", murmelte sie. Wieder erklang ein leises Rascheln. Wenige Meter von der Rauchwolke entfernt standen zwei spitze Fledermausohren aus den Blättern hervor, doch der Rest der Bestie blieb verborgen. Nora zielte ein kleines Stück unter die Spitzohren, wo der Kopf sein musste. Dann ließ sie den Pfeil aus ihren Fingerspitzen gleiten, dieser schoss in das Dickicht. Ein schmerzerfülltes Jaulen erklang, die Ohren wurden von den Blättern verschluckt.

Die Jägerin schmunzelte, der Regen prasselte in Strömen auf ihr Gesicht. Der rote Rauch verzog sich allmählich in die Tiefen des Waldes, sodass die Sicht auf den Graben wieder frei wurde. Sie drehte sich in die Richtung des Baumstamms. Es schien so, als wollte sie die Eiche hinabklettern, aber in diesem Moment erklang ein lauter Schrei aus östlicher Richtung. Sie wirbelte herum, gebannt starrte sie in die Ferne. Ihre Augen waren aufgerissen, ihre Haut wurde etwas bleicher.

23. KAPITEL

DER URSUSLUPUS

„Alexandria, bist du es?", zischte Elio durch die Dunkelheit, der sich hektisch auf die Gestalt am Boden zubewegte. Als er vor ihr stand, erkannte er, dass ihre Handgelenke von hölzernen Armreifen umringt waren, die ihm bekannt vorkamen. Das Gesicht der Frau lag auf dem Höhlenboden. Sie antwortete ihm nicht. Er kniete sich hin und legte den Speer neben sich auf das Gestein. Behutsam griff er nach ihrer zierlichen Schulter, um sie auf den Rücken zu drehen. Nachdem er dies getan hatte, konnte er ihr bleiches Gesicht sehen.

Ihre Augen waren geschlossen, doch er erkannte, dass sie die Tochter des Häuptlings war. Ihr weißes Gewand war an einigen Stellen zerfetzt worden und mit schwarzem Ruß bedeckt. Ihre schmalen Arme hingegen waren mit tiefen Bisswunden übersät. An einigen Stellen hatten sich bereits die Eiter-Sporen gebildet. Er packte sie an den Schultern, leicht rüttelte er sie.

„Wach auf, Alexandria", zischte er nervös. „Wir müssen schnell weg von hier." Sein Herz raste. Innerlich hoffte er, dass es für Ezechiels Tochter noch nicht zu spät war. Energisch rüttelte er sie noch etwas stärker.

Plötzlich blinzelte sie leicht, öffnete einen Spalt weit ihre Augen und er sah, dass sie wie seine eigenen hellblau schimmerten. Vor Erleichterung gab er einen Seufzer von sich. Doch Alexandrias

Lippen zitterten. Leise stammelte sie etwas. Er duckte den Kopf etwas tiefer und hielt sein Ohr an ihren Mund heran, um etwas zu verstehen.

„Monster…", hörte er immer wieder aus dem unverständlichen Nuscheln heraus, aber er begriff nicht, was sie ihm sagen wollte.

Ein lärmendes Brüllen schallte aus der Dunkelheit. Elio griff nach seinem Speer, bevor er auf die Beine sprang. Über dem Gestein hörte er ein dumpfes Stapfen, das sich näherte. Sein Herz raste immer schneller. Die Fackel richtete er nach vorne. Sein Atem stockte.

Ein gewaltiger Schatten bewegte sich langsam aus dem Dunkeln in seine Richtung. Dieser wurde von Sekunde zu Sekunde mehr vom Schein des lodernden Feuers erfasst. Elios Augen weiteten sich, er spürte, wie seine Beine weicher wurden. Die Bestie stapfte auf allen vieren, ihr gewaltiger Körper ragte mindestens drei Meter über seinen Kopf. Während er in der linken Hand noch immer die Fackel hielt, zückte er mit der rechten seinen Speer. Die dunklen Umrisse ähnelten denen eines Bären.

Nun fiel das Licht auf das leicht geöffnete Maul. Wie er sah, hatte die Bestie einen behaarten Kopf mit abstehenden Spitzohren, einer langgezogenen Schnauze, dazu scharfen Reißzähnen, die dem eines Wolfes glichen. In den dämonischen gelben Augen spiegelten sich die tänzelnden Flammen, aber die monströsen Pranken auf dem Gestein waren zu groß für die eines Wolfes. Diese waren mit braunem Fell übersät, aus ihnen stießen spitze Krallen heraus, die bei jedem weiteren Schritt mit einem schrillen Schleifen über den Höhlenboden scharrten. Die Bestie war nur noch wenige Meter von ihm entfernt. Sie fletschte ihre Zähne, den Kopf hob sie etwas höher.

Plötzlich stießen ihre Vorderpranken sich vom Gestein ab, woraufhin sie auf den beiden Hinterbeinen stand. Nervös wich Elio einen Schritt nach hinten, denn die Augen der Bestie schwebten mindestens sechs Meter über seinem Kopf. Sie hob ihre gewaltigen Vorderpranken in die Luft und riss das Maul weit auf. Erneut dröhnte das dröhnende Brüllen durch die Höhle. Zwischen den scharfen Reißzähnen bildete sich schäumender Sabber, der aus dem

Maul troff. Es bildeten sich Pfützen auf dem Gestein. Elio versuchte, seine hastige Atmung ruhiger werden zu lassen und ging noch einen Schritt zurück. Keineswegs wollte er mit dem Speichel in Berührung kommen.

Mit der rechten Pranke holte die brüllende Bestie aus, die langsam einen Schritt in seine Richtung stampfte. Die ausgefahrenen Krallen kamen auf seinen Kopf zugeschossen. Mit einem Sprung nach hinten gelang es ihm, ihnen haarscharf auszuweichen, woraufhin er mit flinken Schritten im Kreis um die Bestie herumlief. Er wollte ihre Aufmerksamkeit in eine andere Richtung lenken, um sie so weit wie möglich von Alexandria wegzulocken, die noch immer geschwächt am Höhlenboden lag. Sein Vorhaben schien zu gelingen, denn sie drehte sich hechelnd mit ihm. Die funkelnden gelben Augen ließen nicht von ihm ab. Elio spürte, dass ihr Schlag sie ermüdet hatte. Doch ihm war zugleich bewusst, dass er weiterhin auf der Hut bleiben musste, denn es würde bereits ein Treffer der gewaltigen Bärenpranken genügen, um alle seine Lebenslichter auszupusten. Der Gedanke daran jagte einen kalten Schauder durch seine Glieder.

Nachdem die Bestie Alexandria den Rücken gekehrt hatte, tänzelte er weiter nach hinten. Sie knurrte bedrohlich, als sie etwas schneller als zuvor auf ihn zustampfte. Plötzlich stoppte sie abrupt und riss die Schnauze zur Höhlendecke hinauf, sie stieß ein schrilles Geheul aus. Elio konnte kaum fassen, was er hörte, denn es klang genau wie jenes der Microchilupus. Nur war es lauter und furchteinflößender.

Bevor er weiter nachdenken konnte, richtete ihr dämonischer Blick sich wieder auf ihn und mit erhobenen Pranken stapfte sie noch schneller als zuvor nach vorne. Ihre Zähne waren gefletscht, während sie die scharfen Krallen mit einer enormen Geschwindigkeit durch die Luft wirbelte, wodurch ihm nichts anderes übrigblieb, außer weiter nach hinten zu weichen, um nicht von den tödlichen Prankenhieben erwischt zu werden.

Plötzlich zeigte die wildgewordene Bestie kein Anzeichen von Erschöpfung mehr und es schien so, als hätte es in ihrem Inneren eine Verwandlung gegeben. Durch einen ungezügelten Blick über die Schulter erkannte er, dass ihm die Felswand immer näherkam. Also drehte er sich ein Stück nach rechts, um nicht in wenigen Sekunden an das Gestein genagelt zu werden, während seine Aufmerksamkeit kurz von der Bestie abschweifte.

Augenblicklich wurde ihm dies zum Verhängnis, denn die gewaltige Pranke schlug ihm den Speer aus der Hand, bevor dieser mit einem lauten Scheppern auf dem Höhlenboden landete und mitten zwischen die dicken Hinterbeine rollte, während erneut ein ohrenbetäubendes Brüllen aus dem sabbernden Maul dröhnte. Elio erkannte im Schein der Fackel, dass nun Blut aus dem Fell über der rechten Pranke tropfte. Diese musste also die Speerspitze gestreift haben. Nun musste er einen Weg finden, um wieder an seine Waffe heranzukommen, doch der dämonische Blick der Bestie ließ nicht von ihm ab, sie blieb auf der Stelle stehen, als wüsste sie genau, dass es ihm schwerfallen würde, zwischen die Hinterbeine zu gelangen. Elio trat einen Schritt nach vorne, seine Fackel schwenkte er wild durch die Luft. Er hoffte, die Bestie auf diese Weise ein Stück nach hinten drängen zu können, um leichter zu seinem Speer zu gelangen, aber er bewirkte das genaue Gegenteil, denn sie zeigte keine Furcht vor den Flammen und beugte sich sogar etwas nach vorne. Wieder holte sie mit der blutigen Pranke aus.

Der Schlag kam unerwartet. Elio wich etwas zu spät nach hinten aus, wodurch die scharfen Krallen seinen Arm erwischten. Obwohl sie seine Haut bloß knapp streiften, schoss augenblicklich Blut heraus, woraufhin er schmerzerfüllt aufschrie und benommen zurücktaumelte.

Die Bestie streckte ihren Kopf nach oben, um durch das Geheule aus ihrer Schnauze den Höhlenboden beben zu lassen. Als sie wieder auf ihn herabblickte, sah er die Mordlust in ihren funkelnden Augen, das Blut lief aus der tiefen Fleischwunde in seinem Arm und seine Knie zitterten. Ihm war bewusst, dass er nun handeln müsste, wenn er noch länger am Leben bleiben und Alexandria retten wollte.

Ohne zu zögern, holte er also mit der brennenden Fackel aus, bevor er diese mit kräftigem Schwung auf das Fell über dem runden Bauch warf. Keine Sekunde später begann es, Feuer zu fangen, das sich rasch ausbreitete. Kläglich jaulte die Bestie auf, ihre Pranken wirbelten wild in der Luft herum, als wollte sie gegen die Flammen ankämpfen. Elio stürmte augenblicklich auf die Hinterbeine zu, aber auf halbem Wege musste er sich ducken, um nicht von den Krallen erwischt zu werden, wodurch er ausrutschte und über den Höhlenboden rollte.

Über seinem Kopf ragte die lodernde Bestie in die Höhe und ihm war schwindelig, weil er unsanft gegen eines ihrer Hinterbeine geprallt war. Bloß eine Armlänge trennte ihn noch vom Speer des Federschweifs, aber bevor er diesen ergreifen konnte, stampften die gewaltigen Tatzen wild auf dem Höhlenboden herum und traten ihn weg. Er rutschte über das Gestein, bevor er einige Meter abseits der Hinterbeine stoppte. Elio musste sich hin und her winden, um nicht zerstampft zu werden. Blitzschnell rappelte er sich auf, um zu seinem Speer zu rennen. Er machte einen Hechtsprung und ergriff diesen.

Nachdem er wieder auf die Beine gekommen war, wandte er sich der Bestie zu, diese fiel mit einem kläglichen Geheul zurück auf alle viere. Er sah ihren gewaltigen Leib lichterloh vor sich brennen, aber der Kopf hatte noch kein Feuer gefangen. Sie hatte ihre Reißzähne zusammengebissen, die funkelnden Augen weit aufgerissen. Er sah nun nichts außer Schmerz und Furcht in ihrem Blick, seine beiden Hände stießen den Speer in die Luft. Ein weiteres Mal riss sie ihr Maul auf, wodurch er mitten in den vollgesabberten Schlund hineinblickte. Das letzte Brüllen dröhnte hinaus, woraufhin sie auf ihn zustürmte.

Elio holte noch etwas weiter aus. Inzwischen hatten auch die behaarten Spitzohren Feuer gefangen. Er war sich sicher, dass die Verbrennungen die Bestie nicht mehr lange leben ließen, aber sie rannte dennoch blitzschnell, als wäre es ihr letztes Verlangen, ihn mit in den Tod zu reißen. Kurz bevor die gefletschten Zähne ihn erreichten, warf er seinen Speer zwischen die gelben Augen, dieser bohrte sich tief in den Schädel hinein.

Er sah noch, wie Blut aus dem Fell spritzte, bevor er zur Seite sprang und über das harte Gestein rollte. Die Bestie schnappte ins Leere. Er landete auf dem Rücken und sah, wie sie sich träge in seine Richtung drehte. Der lange Speer hing aus ihrer Stirn, sie taumelte ein paar Schritte auf ihn zu, als wollte sie ein letztes Mal angreifen. Doch schließlich sackte sie kläglich winselnd in sich zusammen. Ihr ganzer Kopf ging in Flammen auf.

Elio schnappte hastig nach Luft und blickte zur Höhlendecke hinauf, die verschwommen war. Die letzten Kräfte hatten ihn verlassen. Als seine Atmung wieder ruhiger wurde, rappelte er sich auf und taumelte benommen auf die lodernde Bestie zu. Ruckartig zog er die Speerspitze aus ihrem Schädel, von der dunkles Blut tropfte.

In diesem Augenblick wurde ihm bewusst, dass er Alexandria im Eifer des Gefechts vollkommen aus den Augen verloren hatte. Schnell wirbelte er herum, um sie ausfindig zu machen. Erleichterung breitete sich in seinem Inneren aus, als er wenige Meter abseits des lodernden Fellhaufens das weiße Gewand in der Dunkelheit schimmern sah. Er taumelte auf Alexandria zu, die rechte Hand presste er auf die blutende Fleischwunde an seinem linken Arm.

Nachdem er sie erreicht hatte, sah er, dass sie unversehrt geblieben war. Ein Stein fiel von seinem Herzen, er kniete sich auf den Höhlenboden. Ihre Augen waren wieder geschlossen. Sanft berührte er ihre weiche Wange und beugte seinen Kopf an ihren heran.

„Alexandria, wach auf", flüsterte er ihr ins Ohr, „Das Monster ist tot. Wir können nun nach Hause zurückkehren." Er blickte in ihr bleiches Gesicht, während seine Handfläche weiter über ihre Wange strich. Auf einmal zitterten ihre Wimpern leicht. Keine Sekunde später zog sie ihre Augenlider ein kleines Stück hoch. Elio hatte das Gefühl, er könne durch die hellblau schimmernden Augen in ihre Seele hineinblicken. Ein schwaches Lächeln huschte über ihre zarten Lippen, bevor sie wieder leise etwas Unverständliches stammelte. Er hielt sein Ohr an ihren Mund, um zu verstehen, was sie ihm sagen wollte.

„Bring mich nach Hause", hörte er aus dem schwachen Krächzen ihrer lieblichen Stimme heraus. Während er sich aufrichtete, fielen ihre Augen wieder zu. Er überlegte kurz, legte den Speer auf das Gestein und griff unter ihre Achseln, um sie mit einem kräftigen Ruck über die rechte Schulter zu legen. Anschließend ergriff seine Hand wieder den Speer, auf zittrigen Beinen drückte er sich nach oben. Obwohl Alexandria federleicht war, brauchte er einen Moment, um sein Gleichgewicht wiederzufinden. Sein linker Arm hatte sie fest umklammert und das Blut aus der Fleischwunde sickerte in den dünnen Stoff ihres Gewands hinein. Ein letztes Mal blickte er den rauschenden Wasserfall hinauf. Wenige Meter daneben brannte der gewaltige Kadaver der Bestie lichterloh. Er sah einzelne Sonnenstrahlen durch den Spalt im Gestein auf das schäumende Wasser herabfallen. Der Morgen musste angebrochen sein. Schließlich wandte er sich ab, um die Höhle zu verlassen.

Am Ende des finsteren Tunnels, durch den er ins Innere der Höhle gelangt war, sah er helles Licht. Als er nach einer gefühlten Ewigkeit wieder ins Freie trat, wurde er von der prallen Sonne geblendet. Seine Augen brauchten eine Weile, bis sie sich an das Licht gewöhnten. Nachdem seine Sicht klarer geworden war, schweifte sein Blick zuerst über die glänzenden Felswände, die ringsherum in die Höhe ragten. Im Schein des Tageslichts sahen diese noch majestätischer aus als bei Nacht. Er blickte nach links und blinzelte in die Richtung des engen Felsspalts, durch den er zuvor in die Schlucht gelangt war.

Kurz glaubte er, seine Augen würden ihm einen Streich spielen, aber als er genauer hinsah, erkannte er, dass sich tatsächlich zwei Gestalten hindurchzwängten. Sie traten auf das Kieselmeer und gingen gemächlich auf ihn zu. Sein Herz machte einen Freudensprung, als er erkannte, dass es Daniel und Nora waren. Rasch ging er in die Knie, um Alexandria sanft in die Kiesel zu legen.

Als seine Gefährten nur noch wenige Meter von ihm entfernt waren, blickte er in trübe Gesichter. Irgendetwas stimmte nicht mit ihnen. Er sah, dass Daniels Arm mit Bisswunden übersät war, aus denen noch immer Blut lief. Nora hingegen war unversehrt, aber ihr Gesicht war kreidebleich und ihre leeren Augen schienen sich immer wieder zu verlieren. Erst als sie Elio ansah, huschte ein verkrampftes Lächeln über ihre Lippen.

„Wo ist Aaron?", fragte er verblüfft, nachdem sie schließlich vor ihm stehengeblieben waren. Doch sie schwiegen. Es schien so, als wäre keiner von ihnen in der Lage, einen Ton über die Lippen zu bringen. Daniel schaute ihm kurz in die Augen, während an seiner Wange eine Träne hinunterrann. Er schüttelte bloß seufzend den Kopf und senkte seinen Blick wieder.

Nun begriff Elio, aus welchem Grund sie so niedergeschlagen waren. Einen Augenblick lang starrte er nachdenklich in die Ferne. Er hatte Aaron nicht lange gekannt und besonders ans Herz gewachsen war er ihm auch nicht, aber niemand verdiente es, so früh zu sterben. Er ging noch einen Schritt auf seine Gefährten zu, bevor er sie nacheinander umarmte.

„Er hatte doch noch sein ganzes Leben vor sich. Ich hätte mich öfter um ihn kümmern müssen.", schniefte Daniel, der sich fest an ihn drückte. Elio legte ihm beruhigend eine Hand auf den Kopf.

„Ich kenne deinen Schmerz, Bruder", raunte er leise. „Doch mit der Zeit wird er ertragbar. Glaub mir. Er hätte nicht gewollt, dass du dir die Schuld dafür gibst." Dann ließ er von ihm ab. Daniel atmete tief aus, bevor er sich mit den Handballen die Tränen von den Wangen wischte.

„Wenigstens ist er für einen guten Grund gestorben.", murmelte Nora und deutete auf Alexandria, die mit geschlossenen Augen auf den Kieseln lag.

Elio nickte ihr zu, während sie nachdenklich seinen blutenden Arm musterte. „Welche Bestie hat dich so bluten lassen?", fragte sie.

„Deine Nase hat dich damals nicht getäuscht", erwiderte er schmunzelnd. „Ein riesiger Bär mit dem Kopf eines Wolfes bewachte die Tochter des Häuptlings. Eine Bestie, die das Blut in meinen Adern gefrieren ließ." Nora schaute ihn erstaunt an, bevor sie lächelte.

„Die Legenden des Ursuslupus sind also wahr. Eine Bestie, die in der Finsternis ruht, um die Opfer der Microchilupus zu bewachen. Welch eine Schönheit", raunte sie und starrte in das schwarze Loch hinein.

„Hast du das Rohr des Häuptlings noch, Bruder?", fragte Daniel. In diesem Moment wurde Elio bewusst, dass er es vollkommen vergessen hatte. Augenblicklich ließ er seinen Speer fallen und kramte mit beiden Händen in seinen Taschen. Als er in der rechten die glatte Form des hölzernen Röhrchens spürte, stieß er einen erleichterten Seufzer aus. Rasch zog er es heraus. „Blas schon hinein", drängte ihn Daniel. Also setzte er die Lippen an das Mundstück und blies so kräftig wie möglich hinein, wodurch ein schrilles Pfeifen durch die Schlucht zog, das noch einige Sekunden lang an den prächtigen Felswänden nachhallte.

„Wie konntest du dieser furchtbaren Bestie gemeinsam mit ihr entfliehen?", fragte Nora, als es wieder still war. Elio schaute sie verblüfft an, denn er verstand nicht, was sie ihm sagen wollte.

„Ich habe meine Fackel auf das brüllende Biest geworfen", murmelte er. „Jetzt schmort es in lodernden Flammen am Höhlenboden." Nora starrte ihn einen Moment lang mit großen Augen an, bevor sie wieder verträumt lächelte.

Das schrille Pfeifen sauste erneut durch die Schlucht, doch diesmal hatte nicht Elio in das Rohr geblasen. Verblüfft ließen die Gefährten ihre Blicke über die Felswände schweifen.

„Sie müssen ganz in der Nähe sein", raunte Daniel. Keine Sekunde später traten unzählige Gestalten an die Ränder der hohen Klippen. Aus der Ferne erkannte Elio, dass diese mit Bögen, Äxten und verschiedenen Schwertern bewaffnet waren. Die anderen Späher mussten sich in ihrer Nähe aufgehalten haben und kamen von allen Seiten angeströmt, der dumpfe Klang des Horns hallte noch eine Weile nach.

Nachdem sie alle sich auf den Klippen versammelt hatten, legte sich eine Stille über die Schlucht, die kurz darauf von der lauten und tiefen Stimme eines Spähers unterbrochen wurde.

„Ist die Tochter des Häuptlings noch am Leben?", rief dieser die Schlucht herab, er deutete auf Alexandria, die noch immer mit geschlossenen Augen auf den Kieseln lag. Elio legte den Kopf in den Nacken.

„Sie ist geschwächt, doch sie wird gewiss überleben, wenn wir sie auf schnellstem Wege zum Sandtümpel bringen!", erwiderte er mit erhobener Stimme. Der Späher auf dem Felsvorsprung hielt feierlich seine Axt zum Himmel hinauf.

„Ein Hoch auf Alexandrias Retter!", rief er laut, woraufhin

auch die anderen Späher ihre Waffen erhoben und jubelten. Sie alle schienen von Freude und Erleichterung erfüllt zu sein.

Der tosende Beifall hielt noch einen Moment lang an, schweigend blickten die Gefährten die Felswände hinauf. Keiner von ihnen war in Feierstimmung.

„Es ist Zeit, aufzubrechen", murmelte Elio, bevor er Alexandria erneut behutsam auf seine Schulter hievte. Danach ließen sie die Schlucht hinter sich, um gemeinsam mit den anderen Spähern den Marsch Richtung Norden anzutreten.

24. KAPITEL

HOFFNUNGSSCHIMMER

Die Dämmerung war bereits angebrochen, als sie die Wüste hinter den südlichen Wäldern erreichten. Endlich sah Elio in der Ferne die Spitzen der Zelte. Alexandria lag immer noch über seiner Schulter. Inzwischen floss ihm der Schweiß aus allen Poren. Trotz seiner müden Beine stapfte er immer weiter durch den tiefen Sand, Nora und Daniel blieben dicht an seinen Fersen.

„Rennt so schnell ihr könnt und sagt schon mal den Heilern Bescheid!", rief ein älterer Mann hinter ihnen. Drei junge Späher stürmten nach vorne und überholten sie. Innerhalb weniger Sekunden waren sie nur noch kleine Silhouetten in der Ferne.

„Ich kann sie dir abnehmen, wenn du es nicht mehr aushältst", sagte Daniel.

„Ich danke dir, aber es geht schon", keuchte Elio, der sich weiter nach vorne schleppte. Er hatte Alexandria auf ihrem Marsch die meiste Zeit lang getragen und wollte sie nun persönlich in die Arme ihres Vaters überreichen. Sie kamen dem Sandtümpel immer näher, wodurch bereits die blassen Umrisse der Zelte sichtbar wurden.

Elio sah auf einmal, wie aus der Ferne eine Gestalt zwischen ihnen auftauchte, aber sie war noch so winzig, dass sie nicht deutlich sichtbar war. Mit rasantem Tempo rannte sie auf den riesigen Trupp aus Spähern zu, endlich konnte er die breiten Schultern Ezechiels erkennen. Die Augen des Häuptlings waren inhaltslos, die Ringe darunter noch grauer als sein Haar. Er sah so aus, als hätte er nicht mehr geschlafen, seitdem seine Tochter verschwunden war. Als er Elio erblickte, formten seine Lippen ein Lächeln. Die müden Augen wurden wässrig.

„Meine Alexandria!", rief er voller Freude. „Du hast sie mir zurückgebracht, mein Bruder!" Er machte keuchend vor ihm Halt. Seine faltigen Wangen waren von Tränen durchnässt, er stand bloß schweigend dort. Der Anblick seiner Tochter verschlug ihm die Sprache.

Die Späher blieben ebenfalls stehen, woraufhin sie einen schützenden Kreis um die drei bildeten. Vorsichtig hob Elio Alexandria von seiner Schulter, um sie auf beiden Händen weiterzutragen. Er spürte leichte Schmerzen am linken Arm, weil ihr zierlicher Rücken auf die Fleischwunde drückte, doch dies war ihm egal.

„Du wirst sie wieder in deine Arme schließen. Wie ich es dir versprochen habe", raunte er und ging noch einen Schritt auf den Häuptling zu. Dieser streckte die Arme aus, um seine Tochter behutsam entgegenzunehmen.

Nun hielt Ezechiel Alexandria in seinen Armen, der auf sie herabblickte. Ihre Augen waren noch immer geschlossen. Er senkte den Kopf, um ihr einen sanften Kuss auf die Stirn zu geben, wobei einige seiner Tränen auf ihr bleiches Gesicht tropften. Als seine Lippen von ihrer Haut abließen, blinzelte sie wieder schwach. Ihre Augenlider zogen sich ein Stück nach oben. Ein schwacher Seufzer stieß aus ihrem Mund. „Vater", flüsterte sie mit ihrer zittrigen Stimme.

„Es wird alles gut, mein Kind", schluchzte Ezechiel. „Schon bald wird es dir besser gehen." Einige der Späher traten zur Seite, um drei Männern in weißen Gewändern den Weg freizumachen.

„Die Heiler sind da!", rief einer aus den hinteren Reihen. Auf dem Absatz wirbelte Ezechiel herum. Vor ihm stand Rafael, der Alexandria mit einem besorgten Blick anstarrte.

„Wir dürfen keine Zeit verlieren, Ezechiel", drängte dieser entschlossen. „Sie ist sehr schwach und muss auf der Stelle in unser Gemach gebracht werden. Dies ist ihre einzige Chance. Du musst sie vorerst gehen lassen." Ezechiel zögerte, doch dann überreichte er Alexandria behutsam in die Arme des Heilers.

„Wird sie überleben?", fragte er mit bebender Stimme.

„Ich kann dir keine Versprechungen machen", erwiderte Rafael leise. „Doch ich gebe dir mein Wort darauf, dass wir alles in unserer Macht Stehende tun werden, um sie zu retten."

Der Häuptling wandte sich erst von seiner Tochter ab, nachdem Rafael den beiden anderen Heilern mit Bestimmtheit etwas zugeflüstert hatte und gemeinsam mit ihnen in den Reihen der Späher verschwand. Sie blieben alle im Sand stehen, bis die Männer in den weißen Gewändern in die Richtung der Zeltreihen eilten. Elio sah dem Häuptling tief in die braunen Augen. Große Angst und tiefer Schmerz waren in seinem verweinten Gesicht zu sehen. Noch bevor er etwas sagen konnte, ging Ezechiel einen Schritt nach vorne und umarmte ihn.

„Du hast sie mir zurückgebracht und dein Wort gehalten. Dafür werde ich auf ewig in deiner Schuld stehen", flüsterte dieser, der ihn fest an sich drückte. Elio spürte die Tränen des alten Mannes auf seine Schultern tropfen.

„Du kannst mir dann danken, wenn sie wieder unter den Lebenden ist. Ich werde für sie beten. Jeden Tag", erwiderte er leise. Seine Worte waren von Überzeugung. Ihm war bewusst, dass er nichts anderes mehr für Alexandria tun konnte.

Schweißgebadet wachte Elio auf. Sein Herz raste. Wie des Öfteren hatte er schlecht geschlafen, aber er erinnerte sich nicht an das, wovon er geträumt hatte. Seit seiner Rückkehr zum Sandtümpel war bereits eine ganze Woche vergangen. Obwohl er wieder die weiche Matratze unter seinem Rücken spürte, plagten ihn Albträume. Jeden Morgen hatte er im Zelt der Heiler nach Alexandria gesehen und jeden Abend hatte er vor dem heiligen Tümpel für sie gebetet. Doch ihre Augen hatten sich seit ihrer Ankunft nicht mehr geöffnet. Von Rafael wusste er bloß, dass die Heiler es inzwischen geschafft hatten, die Vergiftung aufzuhalten, aber ihr Körper war zu jenem Zeitpunkt bereits so geschwächt gewesen, dass sie nicht aufgewacht war. Ihr Schicksal schien also in göttlichen Händen zu liegen.

Mühsam bewegte er sich von der Matratze, sein Schädel dröhnte. Seit seiner Rückkehr war kein Trupp aus Spähern mehr in die Wildnis gezogen, was daran lag, dass Ezechiel nach dem Vorfall mit seiner Tochter deutlich mehr Wert auf die Bewachung des Sandtümpels legte. Er wollte vorerst sichergehen, dass anderen Bewohnern nicht dasselbe Übel drohte. Rasch wusch Elio seine Haut, bevor er durch die Öffnung seines Zeltes nach draußen spähte. Es schien noch früh zu sein, denn die Sonne ging gerade erst am Horizont auf. Bewohner tummelten sich auch noch keine auf dem Sand.

Plötzlich sah er in nördlicher Richtung eine verschwommene Gestalt, die sich zwischen den Zeltreihen auf ihn zubewegte. Nachdem er sich die Augen gerieben und schlaftrunken gegähnt hatte, erkannte er den Häuptling. Ezechiel schien von Sekunde zu Sekunde schneller zu laufen. Nachdem er gesehen hatte, dass Elios Kopf aus dem Gemach schaute, begann er, wild mit den Armen zu fuchteln, als wollte er ihm etwas Wichtiges sagen.

Als nur noch wenige Zelte zwischen ihnen lagen, sah Elio das breite Grinsen in seinem Gesicht.

„Alexandria ist aufgewacht", zischte er voller Freude. Offenbar wollte er nicht laut aufschreien, um die Bewohner weiter schlafen zu lassen. Elio spürte, wie sein Herz einen Freudensprung machte, während er sich eilig nach draußen zwängte. „Ich war bereits vor Sonnenaufgang im Zelt der Heiler, um bei ihr zu sein. Gerade nickte ich vor Müdigkeit ein, als ich plötzlich das blaue Schimmern unter ihren Augenlidern sah", flüsterte Ezechiel. „Unsere Gebete wurden erhört, Elio. Ich habe mich sofort auf den Weg gemacht, um dir Bericht zu erstatten, denn ihr Retter sollte zuerst von ihrem Erwachen erfahren." Elio lächelte ihn erleichtert an.

„Lass uns keine Zeit verlieren", erwiderte er leise. „Ich will das Wunder mit meinen eigenen Augen sehen." Zügig wirbelte der Häuptling herum, woraufhin er leise durch den Sand huschte. Elio folgte ihm, da er es kaum erwarten konnte, Alexandria wiederzusehen.

Das schneeweiße Zelt der Heiler stand offen, als sie dieses erreichten. Elio blickte hinein, aber im Inneren war es noch so dunkel, dass er nichts erkennen konnte. Er warf Ezechiel einen fragenden Blick zu.

„Geh ruhig allein", flüsterte dieser. „Gewiss will meine Tochter genaueres über denjenigen erfahren, der sie aus den Fängen des Ursuslupus befreit hat. Ich gehe davon aus, dass ihr noch nicht viel Zeit hattet, um in Ruhe miteinander zu reden."

Elio nickte ihm zu, dann schlüpfte er in das Gemach. Seine Augen mussten sich zunächst an die Dunkelheit gewöhnen, denn bloß durch den aufgeknöpften Spalt hinter ihm und den dünnen Stoff an der runden Decke sickerten Sonnenstrahlen ins Innere. In der Mitte des düsteren Innenraumes erkannte er die Umrisse der hohen Tische, an denen für gewöhnlich die Heiler standen, um ihr Gebräu in den langen Glasröhren zu vermischen. Zu so früher Stunde war keiner von ihnen hier. Er ließ seinen Blick nach rechts schweifen, wo noch immer die Holzbetten dicht an die Wände gereiht waren. Das erste von ihnen war jenes, auf dem er selbst damals gelegen hatte.

Vorsichtig ging er ein Stück näher heran. Auf der roten Matratze lag jemand. Es war Alexandria. Einzelne Strähnen ihres hellblonden Haares baumelten unter der Bettkante. Abermals begann sein Herz, schneller zu schlagen, denn er wurde etwas nervös. Auf seinen Handflächen sammelte sich der Schweiß, in seiner Magengrube kribbelte es leicht. Er ging noch näher an das Bett heran, bis er auf sie herabblicken konnte. Im leichten Schimmer der Sonnenstrahlen sah er, dass ihr Gesicht noch immer bleich war. Sie sah immer noch geschwächt aus, als würde ihr das Ende bevorstehen. Elio spürte, wie etwas auf sein rasendes Herz drückte und er den Tränen immer näherkam. Ein Gefühl, das sich die letzte Woche über Tag für Tag in seinem Inneren zusammengebraut hatte. Eines, welches er unbedingt vermeiden wollte, aber aufgrund ihres wundersamen Anblicks schaffte er es nicht. Immer wieder trat er vor ihr Bett, er konnte nicht davon ablassen, jeden Tag erneut das Übel zu betrachten, das die Blutsauger angerichtet hatten.

Auf einmal zitterten ihre langen Wimpern, endlich öffnete sie die Augen. Elio spürte, wie er ruhiger wurde. Das helle Blau unter ihren Augenlidern sah für ihn aus wie ein wilder Fluss, über dem die pralle Sonne strahlte, während in dem prächtigen Wald ringsherum Vögel zwitscherten.

„Elio. Bist du es?", flüsterte eine schwache Stimme, die ihn mit einer fesselnden Wärme berieselte, sodass er sie nicht mehr aus dem Kopf kriegen wollte. Er zuckte zusammen. Dann legte er seine Hand auf ihre Wange.

„Du wirst leben, Alexandria", erwiderte er mit zitternder Stimme. Ein leichtes Schmunzeln zog über ihre vertrockneten Lippen.

„Du hast dieselben Augen wie meine Mutter, Elio", flüsterte sie. „Sie ist von uns gegangen, als ich noch ein kleines Mädchen war." Seine Hand strich sanft über ihre glatte und zugleich weiche Haut.

„Warum ist sie fortgegangen?", fragte er verwirrt.

„Wohl eher wurde sie uns von den abscheulichen Biestern genommen", fuhr sie leise fort. „Die Microchilupus machen bereits seit Generationen Jagd auf die Frauen, die ihre Blutlinie teilen. Ich schätze, deswegen hatten sie es auch auf mich abgesehen. Mein Vater vermutet, dass unser Blut ihnen eine Kraft gibt, die sie durch kein anderes Wesen schöpfen können."

Elio hörte ihrer zierlichen Stimme gebannt zu. Es fühlte sich so an, als würde diese sanft seine Kopfhaut massieren.

„Meinst du, dass sie von ihnen getötet wurde?", fragte er.

„So muss es gewesen sein", flüsterte sie traurig, „Damals zogen alle Späher des Sandtümpels in die Wälder, um sie zu retten. Tagelang streiften sie durch die Wildnis, aber keiner von ihnen hat sie jemals gefunden. Als sie mit leeren Händen zurückkehrten, waren Vater und ich am Boden zerstört. Er fand erst wieder Freude am Leben, als er sich der Ataraxie zuwandte. Dies hat ihn verändert. Vorher war er nie gläubig gewesen."

Elio konnte sich kaum vorstellen, dass Ezechiel die heilige Gottheit des Tümpels nicht immer angebetet hatte. Für ihn klang es

376

so, als wäre dieser gläubig geworden, um den Tod seiner Frau zu verdrängen.

„Dein Vater lächelt wieder, seitdem du erwacht bist. Er hatte furchtbare Angst um dich. So wie ich auch. Ich habe für dich gebetet, Alexandria", erwiderte er. „Eine gewaltige Last fiel von meinem Herzen, als ich hörte, dass du wieder unter den Lebenden bist." Sie lächelte ihn verträumt an, weiterhin streichelte seine Hand über ihre zarte Wange und er sah, wie sie etwas errötete.

„Du hast mich aus den Fängen dieser Bestien befreit. Nur durch deine Stärke und deinen Mut verweile ich noch unter den Lebenden. Ohne dich hätte mich das Schicksal meiner Mutter eingeholt. Du bist mein Retter, Elio", erwiderte sie.

Elio hatte das Gefühl, er würde sich in ihrem Blick verirren, denn ringsherum wurde alles schummrig und bedeutungslos. Sein Gesicht kam ihrem immer näher, alles andere vergaß er, als würde er aus einem dunklen Wald auf eine blühende Wiese laufen. Sie schloss ihre Augen. Sanft legte er seine Lippen auf ihre. Während er sie küsste, schlossen sich seine Augen. Er verlor sich in dem Kuss, als läge er lächelnd auf der Wiese. Die pralle Sonne strahlte in sein Gesicht. Er war an einem Ort voller Geborgenheit und Freiheit angekommen, den er nie wieder verlassen wollte.

Nach wenigen Augenblicken, die ihm wie eine Ewigkeit vorkamen, ließ er langsam von ihren Lippen ab. Ihre glänzenden Augen öffneten sich wieder, die ihn noch verträumter als zuvor ansahen.

„Ich sollte gehen", flüsterte Elio. „Dein Vater wartet draußen auf mich, du musst dich noch weiter ausruhen." Alexandria gab ein schwaches Kichern von sich.

„Komm mich bald wieder besuchen", flüsterte sie. Er beugte sich ein letztes Mal über die Bettkante, um ihr einen sanften Kuss auf die Stirn zu geben. Eilig drehte er sich um und verließ das Zelt der Heiler.

25. KAPITEL

BLICKE IN DIE STERNE

„Er war ein guter Junge", murmelte Daniel nachdenklich, der in die Weiten der Wüste starrte. Elio nickte, ohne etwas zu erwidern. Ezechiel hatte die beiden Späher an einen der südlichsten Posten des Sandtümpels stationiert. Ringsherum war es ruhig, denn es gab kaum Menschen, die in den äußeren Zelten lebten. Sie sollten von hier aus nach unerwünschten Eindringlingen Ausschau halten, um die Grenzen zu schützen. Eine mühselige Mission, durch die Elio bereits seit Tagen eine gähnende Langeweile in seinem Inneren verspürte.

Obwohl bereits mehr als eine Woche seit Alexandrias Erwachen vergangen war, konnte der Häuptling offenbar nicht den Mut fassen, seine Späher zurück in die Wälder zu schicken. Elio konnte seine Angst nicht nachvollziehen, denn er selbst war fest davon überzeugt, dass auch in den nächsten Wochen keine unaufhaltsame Bedrohung am Horizont auftauchen würde. Das Gefühl, nutzlos zu sein, quälte ihn, er wollte endlich wieder losziehen, um die Wildnis zu durchstreifen und auf die Jagd zu gehen.

Plötzlich sauste ihnen ein bekannter Klang durch die Ohren, welcher aus der Richtung des Tümpels kam. Elio zuckte erschrocken zusammen und öffnete die Augen. Fast wäre er im Stehen eingenickt.

„Für das große Mahl ist es doch noch etwas zu früh", brummte

Daniel mürrisch und drehte den Kopf. Elio zuckte bloß gleichgültig mit den Schultern. Beide verließen ihren Posten, um zwischen den Zelten zu verschwinden.

Mühselig stapften sie durch den Sand, der Trubel wurde immer größer. Nun waren sie inmitten einer riesigen Traube von Menschen, die gemächlich zum Tümpel trotteten. Als sie diesen erreichten, löste sich das Gedränge auf. Die Bewohner verteilten sich im Sand.

Elio musste überrascht feststellen, dass Ezechiel bereits am Ufer stand. Das riesige Rohr hatte er neben sich gelegt. Er warf Daniel einen verwirrten Blick zu, woraufhin dieser bloß ahnungslos mit den Schultern zuckte, als er sich hinsetzte. Es schien so, als wäre der Großteil der Bewohner im Zentrum des Sandtümpels angelangt. Nur noch wenige von ihnen trudelten ein, um sich unter die Menge zu mischen. Sie tuschelten aufgeregt miteinander. Das Gemurmel wurde immer leiser, bis es vollkommen verstummt war. Alle lauschten gebannt, um das zu hören, was Ezechiel zu verkünden hatte.

„Mein geliebtes Volk!", rief dieser und hielt feierlich die Hände in die Luft. „Vor nicht allzu langer Zeit ist ein dunkler Schatten über unseren Sandtümpel gezogen, welcher so mächtig und heimtückisch war, dass nicht einmal die heilige Ataraxie vermochte, ihn aufzuhalten. Er nahm mir meine Tochter, die von ihm in die südlichen Wälder verschleppt wurde."

Ein unruhiges Raunen zog sich über die Köpfe der Bewohner. Elio wusste, dass viele von ihnen bisher noch nichts von Alexandrias Verschwinden gewusst hatten. Es verwunderte ihn, dass Ezechiel so offenkundig darüber sprach, obwohl er zuvor mit allen Mitteln versucht hatte, den Vorfall vor ihnen geheim zu halten.

„Ich war am Boden zerstört, obwohl ich mein Bestes tat, um das Ereignis so gut wie möglich vor euch zu verbergen. Trotz des tiefen Schmerzes musste ich für mein Volk stark bleiben", fuhr der Häuptling mit erhobener Stimme fort. „Ich sah bloß noch einen winzigen Funken Licht am Ende eines Tunnels voller Finsternis und fürchtete mich davor, dass auch dieser erlöschen könnte. Doch es gab mutige Helden in unseren Reihen, die auf der Stelle loszogen, um meine Alexandria aus den Fängen dieser Bestien zu befreien." Der Häuptling holte tief Luft. Ein aufgeregtes Getuschel flog über die Menge. „Drei tapfere Späher und eine Jägerin schafften es, diesen blutrünstigen Kreaturen den Gar auszumachen und mir meine Tochter zurückzubringen. Dafür sollen sie am heutigen Tag geehrt werden. Daniel, Elio und Nora, erhebt euch!"

Elio spürte, wie seine Wangen schlagartig wärmer wurden. Sein Gesicht errötete, denn er hatte keineswegs damit gerechnet, bei der Versammlung aufgerufen zu werden. Auch Daniel machte den Anschein, als könne er nicht recht begreifen, was geschah. Die beiden warfen sich verblüffte Blicke zu, als sie sich gleichzeitig erhoben.

Kaum hatten sie sich aufgerappelt, begannen die Bewohner, Beifall zu klatschen. Elios Herz raste vor Aufregung, sein Blick schweifte über die jubelnde Menge, da er nach Nora Ausschau hielt. Doch von der Jägerin fehlte jede Spur. Ihm wurde bewusst, dass er sie bereits seit seiner Ankunft am Sandtümpel aus den Augen verloren hatte.

„Ich sehe sie nicht", zischte er Daniel ins Ohr.

„Sie wird sich wieder in ihr Zelt verkrochen haben", erwiderte dieser lustlos.

Ezechiel forderte sie mit einem Handzeichen dazu auf, nach vorne zu treten, woraufhin sie sich nacheinander durch die Reihen der sitzenden Menschen bahnten. Als sie das Ufer des Tümpels erreichten, ließ der Häuptling seinen strengen Blick über die laute Menge schweifen. Anscheinend konnte auch er die Jägerin nicht ausfindig machen.

„Ich hätte mir denken können, dass sie nicht auftaucht", zischte er genervt, nachdem sie vor ihm zum Stehen gekommen waren. Daniel stand zu seiner Linken und Elio zu seiner Rechten.

Schweigend starrten sie in die ehrfürchtigen Gesichter der Menschen. Der Beifall verstummte nach einer Weile. Erneut hob Ezechiel die Stimme an:

„Nicht jeder der genannten Helden ist heute anwesend. Einer von ihnen hat im Kampf gegen die Dunkelheit sein Leben gelassen und ruht im Angesicht der heiligen Ataraxie. Aaron kämpfte mit seinem ganzen Herzen gegen die Biester, die mir meine Tochter entrissen, doch sie zwangen ihn in die Knie. Er verlor sein eigenes

Leben, um jenes meiner Alexandria zu retten, wofür ich ihm auf ewig dankbar sein werde." Die Bewohner wurden wieder unruhiger. Einige von ihnen warfen Daniel ängstliche Blicke zu. Betrübt starrte er auf den Sand.

Der Häuptling riss Daniels Arm in die Luft. „Der oberste Späher des Trupps kämpfte bis zum letzten Atemzug an seiner Seite! Fast hätte er seinen Arm im Kampf gegen die Bestien verloren!", rief dieser, dabei deutete er mit der freien Hand auf die tiefen Narben. „Er hat sich der Mission bedingungslos hingegeben, wie es von einem Anführer erwartet wird. Nicht nur einen Gefährten, sondern einen Freund verlor er im Kampf, aber selbst dieses tragische Schicksal hielt ihn nicht davon ab, aufzustehen und weiterzukämpfen. Niemals werden seine Heldentaten bei unserem Volk in Vergessenheit geraten." Kaum hatte Ezechiel seinen letzten Satz beendet, fegte ein tobender Beifall durch die Menge. Es huschte doch noch ein leichtes Schmunzeln über Daniels trübes Gesicht. Der Häuptling hielt seinen Arm eine Weile lang fest. Der Jubel wurde nur noch lauter. Als er ihn losließ, kramte er etwas aus der Hosentasche.

Es war eine dünne Lederkette, die im Wechsel mit langen und kurzen Reißzähnen bestückt war. „Die Wolfszähne werden dich immer an deine Tapferkeit erinnern", raunte Ezechiel, der ihm diese behutsam um den Hals legte. Daniel lächelte ihm dankbar zu, seinen Blick ließ er weiter über die laute Menge schweifen. Es schien so, als hätte er den Verlust seines Freundes einen Augenblick lang vergessen.

Als der Beifall allmählich verklang, wandte sich der Häuptling Elio zu, bevor er auch dessen Arm hoch in die Luft hielt, um laut zu verkünden: „Vor euch seht ihr den mutigsten Krieger, der mir je unter die Augen getreten ist! Ohne zu zögern, stieg er allein in den Abgrund herab, um meine geliebte Tochter den Fängen der Dunkelheit zu entreißen! Wegen ihm ist mir klar, dass die Legende des furchterregenden Ursuslupus, der in den Tiefen der Wälder sein Unwesen treibt, wahr ist." Während Ezechiel inne hielt, stießen die Bewohner ein ehrfürchtiges Raunen aus.

„Doch mir ist auch klar geworden, dass dieses blutrünstige Erzeugnis der Dunkelheit nicht unbesiegbar ist. Diesem Krieger gelang es, das Monster in einem blutigen Gefecht zu bezwingen, um es in lodernden Flammen aufgehen zu lassen und mein Fleisch und Blut aus der dunklen Höhle zu befreien! Vor euren Augen steht der Retter meiner Alexandria!" Abermals erklang ein lautstarker Jubel. Elio schloss die Augen, als die lauten Stimmen auf ihn einströmten.

Als er sie wenige Sekunden später wieder öffnete, hielt Ezechiel eine weitere Kette in der Hand, aber an dieser hingen keine Zähne, sondern einige gekrümmte Krallen. „Sie ist mit Bärenkrallen bestückt, die dich auf ewig an deine Stärke erinnern werden", raunte der Häuptling und legte sie um seinen Hals. Danach kramte er eine dritte Kette hervor, um ihm diese zuzustecken. Elio hatte sie nicht deutlich sehen können und spürte bloß, dass etwas Spitzes in seine Handinnenfläche stach.

Der Häuptling legte ihm seine Hand auf die Schulter, während er sich ein Stück nach vorne beugte, um etwas in sein Ohr zu flüstern: „Bring diese hier zu Nora. Ihr Verdienst soll nicht in Vergessenheit geraten." Elio nickte, woraufhin er die Kette zügig verstaute.

Die Stimmen wurden leiser, Ezechiel forderte die beiden Späher dazu auf, wieder zwischen den sitzenden Bewohnern Platz zu nehmen. Dann ließ auch er sich im Sand nieder, um mit einem Gebet vor dem Tümpel den Schmaus einzuläuten.

Eine Weile später war der Bereich um den Tümpel herum wie leergefegt. Bloß einzelne Menschen, deren Gemächer ganz in der Nähe lagen, trotteten durch den rötlichen Schimmer der Abenddämmerung.

„Hoffentlich verliert der alte Mann bald seine Sorgen und schickt uns wieder in die Wälder, wo wir hingehören", brummte Elio, der neben Daniel durch den Sand watete. Gerade hatten sie noch an ihrem Posten gestanden, aber zum Anbruch der Dunkelheit sollten andere Späher die Wache dort übernehmen. Sein Gefährte schüttelte den Kopf.

„Er wird uns erst wieder ziehen lassen, wenn hier die Vorräte knapp werden. So lange will er die ganze Streitkraft in der Nähe seiner Tochter bewahren", erwiderte dieser. Elios trübe Miene lockerte sich zu einem Lächeln, als er an Alexandria denken musste, obwohl er die Maßnahmen des Häuptlings nach wie vor für übertrieben hielt.

Schließlich verabschiedeten sich die beiden Späher voneinander, Daniel bog nach links ein, während Elio weiter Richtung Norden lief, denn er wollte zu Nora gelangen, um Ezechiels Geschenk zu überreichen. Auch den restlichen Tag über hatte er sie nicht gesehen. Nun kramte er die Kette aus seiner Hosentasche, um sie im Licht der Dämmerung genauer zu betrachten. An dem braunen Leder waren ebenfalls Reißzähne befestigt worden, doch diese waren so winzig, dass er nicht wusste, von welchem Tier sie stammten. Er verstaute sie wieder und ging weiter, um das Gemach der Jägerin zu erreichen. Zu so später Stunde begegnete er keinen anderen Bewohnern mehr auf dem sandigen Pfad.

Nach einer ganzen Weile hatte er die verlassenen Zelte an der nördlichen Grenze erreicht. Inzwischen war jegliches Licht der Sonne verschwunden. Der Halbmond leuchtete am funkelnden Nachthimmel. Im Dunkeln sah die Umgebung hier noch öder und trostloser aus als an jenem Tag, an dem er die Jägerin zum ersten Mal getroffen hatte. Diesmal hörte er keine liebliche Melodie. Vorsichtig schlich er weiter nach vorne, bis ihn nur noch wenige Schritte von ihrem Gemach trennten.

Der Spalt stand offen. Vorsichtig lugte er in den düsteren Innenraum hinein, woraufhin er seinen Augen kaum traute. Nora saß mit dem Rücken zu ihm im Sand. Abermals trug sie kein einziges Kleidungsstück an der Haut. Elio erkannte von hinten, dass sie ihre Beine an die Brust gepresst und mit den Armen fest umklammert hatte. Am ganzen Leib zitternd, wimmerte sie.

„Nora", zischte er. Erschrocken zuckte sie zusammen, schnell wirbelte sie herum. Er sah unter ihren geweiteten Augen dunkle und tiefe Ringe. Es schien so, als hätte sie bereits seit Ewigkeiten keinen Schlaf mehr gehabt.

„Ach du bist es, Elio", flüsterte sie mit einer teils erleichterten, teils bebenden Stimme.

„Nach so langer Zeit wollte ich nachsehen, wie es dir geht", erwiderte er. „Außerdem habe ich dir ein Geschenk vom Häuptling mitgebracht. Eines für unsere Taten in den südlichen Wäldern."

Nora kicherte plötzlich, dazwischen stieß sie immer wieder ein klägliches Schluchzen aus.

„Es ist nicht von Bedeutung, was wir dort vollbracht haben. Bald schon wird hier nichts mehr sein, wie es einmal war, mein Schöner", wimmerte sie leise, ohne ihn dabei anzuschauen. Elio warf ihr einen entgeisterten Blick zu, denn er konnte sich nicht im Geringsten vorstellen, wovon sie redete.

„Ich verstehe dich nicht, Nora. Wie kannst du nur sagen, dass unsere Opfer nicht von Bedeutung sind. Aaron gab sein Leben für Alexandrias Rettung." Nun hob sie den Kopf und schaute zu ihm auf, er blickte in ihre wässrigen Augen. Das Mondlicht schien auf unzählige Tränen, die an ihren bleichen Wangen herunterrannten. So hatte er sie noch nie gesehen.

„Du hast es erfasst, mein Schöner", stammelte sie. „Um unser Leben geht es. Bald schon werden sie alle in Gefahr schweben, denn der Sturm der Bestien ist nicht mehr aufzuhalten. Er weht Richtung Norden", Sie zitterte inzwischen so sehr, dass ihre Zähne klapperten. Hastig rieb sie die Handflächen über ihre dünnen Oberarme, als wollte sie sich aufwärmen. Elio hatte nicht den blassesten Schimmer, wovon sie sprach. Allmählich befürchtete er, dass die Jägerin dem Wahnsinn verfallen war. Sie war kaum wiederzuerkennen.

„Zieh dir etwas über die Haut", drängte er genervt. „Ich sehe doch, dass du frierst." Abermals stieß sie ein schluchzendes Kichern aus.

„Begreif es doch, Elio. Es ist nicht mehr von Bedeutung, ob ich friere oder schwitze. Bald schon werde ich nämlich beides nicht mehr können."

Elio kramte die Kette aus seiner Hosentasche. Die winzigen Reißzähne auf seiner Handfläche schimmerten im Mondlicht. Dann schaute er vorwurfsvoll auf sie herab und warf ihr das Schmuckstück vor die Knie. Es landete mit einem dumpfen Aufprall im Sand.

„Die soll ich dir vom Häuptling geben. Jetzt ist es am wichtigsten, dass du erstmal zu dir kommst und nicht vollkommen den Verstand verlierst", murmelte er verärgert. Einen Augenblick lang starrte Nora die funkelnde Kette schweigend an, bevor sie sich die Tränen aus dem Gesicht wischte und sie ergriff. Ihre zierlichen Finger strichen sanft über die spitzen Zähne, dabei verformten sich ihre Lippen zu einem Lächeln.

„Wie winzig die Beißerchen der Fledermäuse nur sind. Doch tödlich sind sie allemal", flüsterte sie gedankenversunken und legte sich die Kette um den Hals. Dann blickte sie wieder zu ihm auf, lächelte liebevoll, obwohl ihr Gesicht noch von den Tränen verquollen war. „Pass auf dich auf, Elio", raunte sie. Er lächelte bloß zurück, weil sie ihm leidtat.

„Ruh dich aus", erwiderte er. Dann drehte er sich um und verließ ihr Gemach. Noch die halbe Nacht lang bekam er ihren trübseligen Anblick nicht aus dem Kopf.

In den kommenden Tagen vergaß Elio die aufgelöste Jägerin. Alexandria erholte sich, wodurch sie das Zelt der Heiler verlassen konnte. Fortan verbrachten sie viel Zeit gemeinsam. Nachdem Elio seinen Posten an der südlichen Grenze verlassen hatte, eilte er voller Vorfreude zu ihrem Zelt. Dann machten sie lange Spaziergänge durch den Sandtümpel, bis die Sonne unterging. Elio vertraute ihr seine Vergangenheit an und erfuhr im Gegenzug immer mehr von ihr.

Alexandria war behütet in den Grenzen des Sandtümpels aufgewachsen. Früher hatte sie nicht oft mit den anderen Kindern in ihrem Alter gespielt. Zu oft war sie von ihnen neidisch oder verächtlich beäugt worden. Vermutlich, weil sie die Tochter des Häuptlings war. Wie Elio war sie in sich gekehrt. Sie verspürte Frieden dabei, mit sich selbst und ihren Gedanken allein zu sein.

Nach dem Tod ihrer Mutter war sie kurzzeitig in ein tiefes Loch gefallen. Doch durch den Beistand ihres liebevollen Vaters hatte sie den Schmerz überwunden. Alexandria und Ezechiel waren gestärkt aus dieser Wende des Schicksals hervorgegangen, um neue Visionen für ihr Volk zu entwickeln. Es kam nicht selten vor, dass der Häuptling seine Tochter um Rat fragte, wenn es darum ging, Entscheidungen bezüglich der Zukunft des Sandtümpels zu treffen. Immer wieder erlangte er durch ihren Scharfsinn und ihr warmes Herz Sichtweisen, die er zuvor nicht in Betracht gezogen hätte. Nicht zuletzt war er deswegen nach ihrem Verschwinden so verzweifelt gewesen.

Durch Alexandria begann Elio, Licht am Ende des schwarzen Tunnels zu sehen. Wenn er an ihrer Seite war, verspürte er Hoffnung, die seinen kalten Blick auf die Welt erwärmte. Sie belebte mit ihrem Wesen einen längst verstorbenen Teil seiner Seele. Ihm war inzwischen bewusst geworden, dass er sich verliebt hatte. Das Gefühl war berauschend, aber zugleich machte es ihm Angst. Elio erinnerte sich daran, dass die geliebtesten Menschen in seinem Leben durch ihr Sterben den größten Schmerz ausgelöst hatten. Er wusste nicht, ob er die Liebe zulassen oder lieber unterdrücken sollte. Alexandria bemerkte seinen inneren Zwiespalt. Sie fragte ihn, ob alles in Ordnung wäre, wenn er wieder einmal distanziert war oder trübselig in die Weite starrte. Ihm war bewusst, dass er sich bald entscheiden müsste.

Eines Abends standen die beiden vor Alexandrias Gemach. Der Vollmond leuchtete am Himmel, die Sterne glitzerten. Elio war klar, dass sie sich für gewöhnlich in diesem Moment voneinander verabschiedeten. Doch der Gedanke an ihre Abwesenheit tat jetzt mehr weh als an den vorherigen Abenden. Sie fühlte dasselbe. Das konnte er in ihrem trostlosen Blick sehen.

„Ich will dich nicht aufhalten, Elio. Schließlich musst du morgen früh an deinem Wachposten sein. Es war eine schöne Zeit mit dir, wie immer", flüsterte sie. Dann stellte sie sich auf die Zehenspitzen, um ihn zu küssen. Seufzend kehrte sie ihm den Rücken. Gerade wollte Alexandria in ihr Gemach schlüpfen, als er sie am Arm packte und zurückzog.

„Warte. Ich ertrage es nicht, dich wieder zu verlassen. Manchmal sollte man im Moment leben und alles andere vergessen. In dieser Nacht will ich nicht allein in meinem Zelt liegen, sondern ganz nah bei dir sein. Was morgen sein wird, ist nicht von Bedeutung." Er hatte das ausgesprochen, was beiden auf der Seele lag. Alexandria lächelte. Die Traurigkeit in ihrem Blick war verschwunden. Nacheinander schlüpften sie in ihre Stube, um die Nacht miteinander zu verbringen.

Er küsste die blasse Haut an ihrem Hals und berührte sie am ganzen Körper. Mit den Fingerspitzen krallte sie sich tief in seinen Rücken. Sie stöhnte leidenschaftlich, er vermochte es nicht, von ihr abzulassen. Noch nie hatte Elio sich so befreit von seinen Sorgen gefühlt. Alles ringsherum vergaß er. In diesem Moment waren Alexandrias Augen das Einzige, was er sehen wollte. Nun sah er den hellblauen Fluss unter der Sonne nicht nur, sondern schwamm mitten in der wilden Strömung. Das prickelnde Wasser spürte er überall an seiner entblößten Haut. Der Strom wurde immer stärker und riss ihn mit sich, doch keine Sekunde drohte er, zu ertrinken, denn die warmen Sonnenstrahlen hielten ihn an der Oberfläche.

„Ich werde dich nie mehr loslassen", flüsterte er ihr ins Ohr. Schweißperlen tropften seine Stirn hinunter. Sie bohrte die Nägel noch tiefer in seinen Rücken. So tief, dass er zu bluten begann, aber der stechende Schmerz fühlte sich wie ein Segen an.

„Ich liebe dich, Elio", hauchte sie erschöpft, während sie ihn fest umklammerte. Elio konnte das Ende des Flusses vor seinen Augen sehen. Die Strömung zog ihn mit einer rasanten Schnelligkeit dorthin und riss ihn in die Tiefe. Er verlor jeglichen Halt und fiel einen rauschenden Wasserfall hinunter. Unter seinen Füßen erstreckte sich ein riesiger See, sein Herz raste.

„Ich liebe dich auch", stöhnte Elio, als er mit einem dumpfen Platschen in das Wasser eintauchte. Das laute Rauschen des Wasserfalls verklang. Es wurde still, als Alexandria schwer atmend in der weichen Matratze ihres Bettes versank. Er hatte seinen Arm um ihren Rücken gelegt, ihr Kopf lag auf seiner Brust. Mit dem Rücken trieb er auf der Oberfläche des Sees. Die Sonne strahlte ihm ins Gesicht, seine Augen waren geschlossen.

Allmählich beruhigte sich seine Atmung wieder. Er gab ihr einen zärtlichen Kuss auf die Stirn. Versonnen starrte sie ihn an. Ihre Augen waren ausdruckslos. Es kam ihm so vor, als könne er durch diese hindurch in ihre verletzliche Seele schauen. Doch niemals wollte er sie leiden sehen. Für den Rest seines Lebens wollte er ihren wundersamen Duft in seiner Nase und ihre Haut auf seiner spüren.

„Glaubst du, der Sandtümpel ist wirklich alles, was uns diese verlorene Welt zu bieten hat?", fragte Alexandria, nachdem sie eine Weile lang geschwiegen hatten. „Es muss doch noch mehr geben als Wälder mit blutrünstigen Bestien und endlose Weiten aus trockenem Sand." Elio überlegte, dann kam ihm etwas in den Sinn, über das er bereits eine Weile lang nicht mehr nachgedacht hatte. Seine Gedanken führten ihn in einen endlosen Sternenhimmel hinein.

„Früher habe ich mir oft eine Welt vorgestellt, in der nicht die Bestien, sondern wir über die Natur herrschen. Eine, in der wir ihnen deutlich überlegen sind, uns nicht vor ihnen fürchten müssen", erwiderte er. Sie starrte ihn an.

„Ich hätte nicht gedacht, dass du dich vor ihnen fürchtest", sagte sie leise. Er lächelte leicht.

„Ich habe panische Angst, Alexandria. Am meisten davor, was sie denen, die ich liebe, antun könnten", erwiderte er.

„Wo findet man jene Welt, die von unseren Sorgen befreit ist?", fragte sie, woraufhin er mit dem Finger auf die Decke ihres Gemachs deutete.

„Sie liegt in den Sternen verborgen. Von hier aus können wir sie nicht sehen, doch es muss sie geben", flüsterte er.

„Ich verstehe nicht, wie du dir so sicher sein kannst. Du hast sie doch noch nie vor deinen Augen gesehen", erwiderte sie verblüfft und starrte an die Decke. Die Sterne am Nachthimmel schimmerten durch den dünnen Stoff hindurch.

„Kurz nachdem ich den Microchilupus entkommen war, streifte ich nachts allein durch die Wälder. Als ich zum Nachthimmel hinaufblickte, sah ich ein Licht aus jener Welt", raunte er. „Es war ein Stern, der vom Himmel herabfiel. Zuerst traute ich meinen Augen nicht, aber er kam immer näher, bis ich ihn deutlich vor mir sah. Er ließ einen hellen Schein auf mich fallen und beobachtete mich. Obwohl ich von den Bisswunden geschwächt war, versuchte ich, ihn einzufangen. Mir gelang es bloß, ihn flüchtig zu berühren, bevor er mir entwischte. Rasant stieg er den Himmel hinauf. Nun bin ich

mir sicher, dass die Menschen aus jener Welt ihn geschickt haben."
Alexandria blickte ihm tief in die Augen.

„Wenn es diese Welt wirklich gibt, will ich eines Tages mit dir gemeinsam die Sterne hinaufwandern", flüsterte sie, etwas fester schmiegte sie sich an seine Brust. „Dort leben wir dann bis an das Ende unserer Tage und unsere Kinder brauchen sich vor nichts zu fürchten." Ihr sanfter Atem kitzelte die Haare auf seiner Brust, sie war eingeschlafen. Auch er wurde schläfrig, seine Augen schlossen sich. Auf ewig wollte er sie in seinen Armen halten.

26. KAPITEL

DER STURM DER BESTIEN

„Bist du bereit, endlich wieder loszuziehen?", fragte Daniel, der zum ersten Mal seit langer Zeit wieder das breite Grinsen in seinem Gesicht hatte. Elio grinste zurück. Auch er konnte es kaum erwarten. Seit Alexandrias Rettung waren bereits einige Vollmonde vergangen. Erst am heutigen Tage hatte Ezechiel verkündet, dass die Späher wieder in die Wälder ziehen würden. Die beiden Gefährten trugen erhobenen Hauptes die Ketten, die ihnen vor dem Volk überreicht worden waren. Wieder standen sie vor dem südlichen Posten, den sie in den vergangenen Wochen bewacht hatten. Hinter ihnen hatte sich ein riesiger Trupp aus allen Spähern des Sandtümpels versammelt. Sie waren vom Häuptling dazu auserwählt worden, diesen anzuführen.

Vorsichtshalber sollten sie alle auf der ersten Expedition nach so langer Zeit beisammenbleiben. Gemeinsam waren sie stärker und Ezechiel wollte nicht riskieren, dass sich einzelne von ihnen in den südlichen Wäldern verliefen. Elio befürchtete bloß, dass es auf diese Weise schwer werden würde, sich unbemerkt an Beutetiere heranzuschleichen, aber in diesem Moment zählte für ihn einzig und allein, dass er nicht länger an den Sandtümpel gefesselt war.

Der Wind der Freiheit wehte in sein Gesicht. Voller Vorfreude blickte er auf den Speer des Federschweifs, den er vor ihrem Aufbruch noch einmal gründlich geschliffen hatte.

„Wir sollten keine Zeit mehr verlieren", raunte er und kramte das Holzröhrchen hervor.

„Mach schon", drängte Daniel. Tief holte Elio Luft, einige Sekunden lang blies er kräftig hinein. Das ohrenbetäubende Dröhnen war mit Sicherheit bis zu den gegenüberliegenden Wäldern zu hören. Die unzähligen Späher hinter ihnen grölten wild durcheinander und rissen feierlich ihre Waffen in die Luft, denn ihnen war klar, dass ihre Anführer soeben das Zeichen zum Aufbruch erteilt hatten. Elio und Daniel begannen, Richtung Süden zu rennen. Die riesige Horde stürmte ihnen mit lauten Schreien hinterher. Sie waren so schnell, dass der Sand unter ihren Füßen aufgewirbelt wurde. Ihre Beine verschwanden in den Staubwolken. Offenbar hatten sie alle sehnlichst auf diesen Moment gewartet.

Als sie vor den ersten Bäumen der Wälder zum Stehen kamen, legte sich der Staub allmählich wieder. Elio befahl ihnen, ihm zu folgen, bevor er seinen Speer zückte. Langsam drang er in das Dickicht ein, dann holte er tief Luft, denn seine Nase hatte den Duft des Waldes vermisst. Als er den Kopf in den Nacken legte, fielen die Strahlen der Morgensonne durch die Blätter der Baumkronen auf sein Gesicht. In seinen Ohren strömte das Gezwitscher der Vögel. Er schloss die Augen, aber blieb auf der Stelle stehen. Als er sie wieder öffnete, führte er die Späher weiter in die Tiefen des Waldes.

Nachdem sie bereits eine Weile durch die Wildnis gestreift waren, machten sie wenige Meter vor einer großen Lichtung Halt. Daniel und Elio hatten zuvor einen Kurs Richtung Osten eingeschlagen, um die südlichen Wälder auf gerader Strecke bis zum Beginn der östlichen Wüste zu durchqueren. An dieser Stelle wollten sie Ausschau halten, um anschließend den Rückweg von dort zum Sandtümpel anzutreten. Dies war eine überschaubare Route, welche sich ihren Einschätzungen zufolge gut für einen ersten Marsch seit langem eignete. Sie hofften darauf, währenddessen eine Vielzahl an Beutetieren zu sichten, denn Ezechiel hatte ausdrücklich darauf hingewiesen, dass die Nahrungsvorräte allmählich knapp wurden.

„Seid still", zischte Elio. Sofort verstummte hinter ihm das leise Gemurmel der Späher. Daniel gab ihnen mit Handzeichen zu verstehen, auf der Stelle zu stoppen. Sie blieben stehen. Keiner von ihnen wagte es, auch nur einen Finger zu regen. Durch das Dickicht vor ihnen hatte Elio zuvor erkennen können, wie sich auf der hellen Lichtung etwas bewegt hatte. Auf leisen Zehenspitzen pirschte er sich an die hohen Gebüsche heran, aber Daniel blieb stehen, um den Trupp im Auge zu behalten.

Als er durch die Blätter hindurchblinzelte, sah er, dass seine Augen ihn nicht getäuscht hatten. Auf der blühenden Wiese stand ein großer brauner Hirsch mit einem prächtigen Geweih, der den Kopf gesenkt hatte und damit beschäftigt war, das Gras aus dem Boden zu rupfen. Ein Fang, welcher die Mägen einiger Bewohner stopfen würde. Elio drehte sich leise um, woraufhin er nacheinander die Gesichter der schweigenden Späher betrachtete. Er wollte einem von ihnen die Chance überlassen, die grasende Beute selbst zu erlegen.

Sein Blick blieb bei einem schmächtigen Jungen stehen, der einen Bogen in der linken Hand hielt. Der dazugehörige Köcher war fast so breit wie sein schmaler Rücken. Er konnte noch nicht lange zu ihnen gehören, denn er war mindestens einen Kopf kleiner als alle anderen Späher. Seine großen Augen, die immer wieder umherwanderten, ließen ihn eingeschüchtert wirken. Elio winkte ihn zu sich. Er zögerte, bevor er aus den Reihen der Späher hervortrat. Auf zittrigen Beinen taumelte er in dessen Richtung.

„Duck dich", zischte Daniel ihm zu. Er ging in die Knie, um noch ein Stück weiter zu schleichen. Neben ihnen machte er Halt.

„Wie ist dein Name?", flüsterte Elio.

„Florian", stotterte der Junge leise.

„Florian, siehst du den Hirsch auf der Wiese?", fuhr er fort. Florian blickte angestrengt durch das Gebüsch hindurch. Zögerlich nickte er. „Von seinem Fleisch werden drei Familien satt", raunte Elio ihm ins Ohr. „Sie werden alle stolz auf dich sein, wenn es dir gelingt, ihn zu erlegen."

Florian nickte, während er langsam einen Pfeil aus dem Köcher zog, aber seine Hand war so zittrig, dass er es nicht schaffte, diesen auf die Sehne zu legen.

„Beruhig dich", flüsterte Elio. Der junge Späher holte tief Luft. Er versuchte es ein weiteres Mal. Es gelang ihm. „Atme langsamer, lass den Kopf nicht aus den Augen", zischte Elio ihm zu. Florian drückte ein Auge zu, mit dem anderen zielte er über die Pfeilspitze hinweg auf die Lichtung. Es schien so, als würde er sich allmählich entspannen, denn seine verkrampfte Haltung lockerte sich und er zitterte nicht mehr. Er ließ den Pfeil aus seinen Fingern gleiten, dieser schoss durch die Luft, woraufhin ein klägliches Winseln erklang.

Elio sprang auf, um auf die Lichtung zu blicken. Er sah, wie das getroffene Tier in sich zusammensackte. Der Hirsch lag regungslos auf der Wiese. In seinem dicken Hals steckte der Pfeil. Elio warf Florian einen triumphierenden Blick zu. „Du hast ihn erwischt, Kleiner!", rief er und klopfte ihm kräftig auf die Schulter. Der junge Späher schaute ihm in die Augen. Er strahlte über das ganze Gesicht, was den Anschein erweckte, als hätte er zuvor selbst nicht an sich geglaubt. Offenbar hatten auch die anderen Späher mitgekriegt, was geschehen war, denn sie alle begannen gemeinsam, laut zu jubeln und seinen Namen zu grölen.

„Der Häuptling wird dich dafür in Ehren halten!", verkündete Daniel mit erhobener Stimme, auch er klatschte in die Hände.

Die Dämmerung war bereits angebrochen, als die Späher den Anfang der östlichen Wüste erreichten. Auf dem Marsch war es ihnen trotz der Größe ihres Trupps noch gelungen, reichlich Beute zu erlegen. Einige von ihnen keuchten und schwitzten bereits vor Anstrengung, weil ihnen die Last der erschossenen und erschlagenen Tiere auf die Glieder drückte. Elio und Daniel hatten gemeinsam Florians prächtigen Hirsch hergeschleppt, den sie behutsam auf der trockenen Erde niederlegten. Abgespannt setzten sie sich auf einen kleinen Felsvorsprung, um in die Weiten des Sandmeeres zu blicken. Ein kleines Stück hinter ihnen ließen sich die anderen Späher nieder. Einige von ihnen fielen vor Erschöpfung auf den Rücken und schlossen die Augen, andere redeten noch immer hektisch aufeinander ein.

„Der Hirsch war ein großer Fang, Bruder. Einer, der einem für gewöhnlich nicht einfach vor die Nase fällt", raunte Daniel, der in die Ferne starrte. „Du weißt genau so gut wie ich, welche Bedeutung dieses Fleisch für unser Volk hat. Jeden von ihnen konntest du auswählen. Doch du hast dich für den Schwächsten entschieden, der auch noch die geringste Erfahrung hat. Ich grüble bereits seit Stunden und begreife es noch immer nicht. Also sag mir, was dich dazu getrieben hat." Elio schmunzelte leicht und betrachtete nachdenklich den roten Horizont über der endlosen Wüste.

„Ich sah in ihm etwas, das ich einst in mir selbst sah", erwiderte er. „Du musst wissen, dass meine Eltern mich verließen, bevor ich denken konnte. Als ich ein kleiner Junge war, konnte ich mich einzig und allein auf mich selbst verlassen. Es gab sonst niemanden, der mir große Beachtung schenkte. Ich war anders als die Kinder, die Eltern hatten, deshalb konnte ich zu den wenigsten Menschen einen Draht finden, was mich Jahre lang quälte. Denselben Schmerz sah ich heute in seinen Augen. Ich wollte ihm die Chance geben, sich vor den anderen zu beweisen, denn nur wenn du ihnen deine Stärke zeigst, gewinnst du auch ihren Respekt." Daniel hörte ihm gebannt zu, während er zustimmend nickte.

„Ich verstehe, was du meinst", erwiderte er. „Ich sah meine Eltern sterben, aber ich schätze dennoch jede Sekunde, die ich mit ihnen verbringen durfte. Nach ihrem Tod gab es niemanden mehr, der mir den Weg wies. Ich musste mir die Kunst des Überlebens selbst aneignen, was nicht immer leicht war. Es ist so, wie du es sagst. Auch ich kenne diesen Schmerz." Elio lächelte ihn an.

„Ich weiß, Bruder. Auch in deinen Augen habe ich ihn bereits gesehen", raunte er.

Plötzlich nahm er ein leises Tippeln wahr, es raschelte in einem Busch neben dem Felsvorsprung. Eine kleine schwarze Schnauze guckte hinter Daniel aus dem Dickicht, aber bevor dieser sich umdrehen konnte, hoppelte der Hase bereits auf das Gestein und machte vor der Kante des Felsens Halt.

„Ein solches Vieh ist mir noch nie über den Weg gelaufen", sagte Daniel verblüfft. Elio glaubte kaum, was er sah, als er die hellblau leuchtenden Augen des schwarzen Hasen erblickte. Zu jeder

Zeit und an jedem Ort würde er diese wiedererkennen, aber einen Mondhasen hatte er bereits seit Ewigkeiten nicht mehr gesehen. Der Anblick des Wesens war anders als er ihn in Erinnerung hatte, denn die winzigen Augenlider zitterten leicht. Sein Bauchgefühl sagte ihm, dass es sich vor etwas fürchtete.

„Das ist ein Mondhase. Seine Anwesenheit bedeutet nichts Gutes", raunte er. Der Hase regte sich nicht. Von der Schar aus seinen blinden Untertanen fehlte noch immer jede Spur.

Nach einer Weile wandte er seinen nervösen Blick wieder von den Gefährten ab, um weiter in die Wüste zu spähen. Inzwischen zitterte er am ganzen Leib. Eine Rauchwolke zog sich in der Ferne über den Rest der Sonne am Horizont.

„Siehst du das auch?", fragte Elio aufgeregt. Auf einmal bebte der Felsvorsprung, auf dem sie saßen, leicht. Der Mondhase gab ein schrilles Jaulen von sich, bevor er eilig hinunterhoppelte und in den Schatten des Waldes verschwand. Elio sprang auf die Beine. Beinahe hätte er sein Gleichgewicht verloren.

„Nicht schon wieder ein Erdbeben", brummte Daniel mürrisch, der sich gemächlich aufrappelte. Schlagartig wurde es dunkler. Auch die restlichen Späher hievten sich wieder auf die Beine, um verblüfft zum Horizont zu starren.

Aus der einzelnen Rauchwolke war rasant eine riesige graue Nebelwand geworden, die auch das letzte Licht der Abendsonne verschluckt hatte. Elios Herz pochte schneller, denn irgendetwas stimmte hier nicht. Unter seinen Füßen pochte es immer stärker. Bald schon fiel es ihm schwer, sich auf den Beinen zu halten. Der Erdboden begann, ein dumpfes Grollen von sich zu geben. Daniel starrte ihn geschockt an. Spätestens jetzt schien auch er unruhiger zu werden.

Elio sah, wie einige Späher phobisch umhertaumelten oder zu Boden fielen. Sie alle redeten laut durcheinander und warfen der gewaltigen Nebelwand am Horizont ängstliche Blicke zu.

Diese kam rasant näher. In ihrem Inneren türmten sich immer größere Rauchwolken auf. Jede weitere Sekunde schien nur noch mehr Panik unter die Späher zu bringen und Elio wusste, dass er schleunigst etwas tun musste. „Wir müssen sofort weg hier", stammelte Daniel, der fassungslos auf den bedrohlichen Nebelberg starrte.

Ohne zu zögern, nahm Elio das Holzröhrchen aus seiner Tasche, trat vor den aufgewühlten Trupp und blies kräftig hinein. Das schrille Pfeifen ließ sie alle verstummen. Mit hilflosen Blicken starrten sie ihn an. Die bebende Erde unter ihnen grollte immer lauter.

„Wir ziehen uns zurück, um dem Häuptling von der Lage zu berichten!", rief Elio. „Lasst eure Beute liegen, damit wir den Sandtümpel so schnell wie möglich erreichen!" Doch die Späher blieben wie angewurzelt auf der Stelle stehen, woraufhin sie wieder wirsch aufeinander einredeten.

„Wenn wir sie hierlassen, war alles umsonst!", rief einer aus der Menge.

„Habt ihr ihn nicht gehört! Bewegt euch hier weg, und zwar schnell!", schrie Daniel plötzlich, der sich zügig durch die Menge hindurchdrängelte und im Wald verschwand. Ihr wildes Getuschel verstummte wieder. Die erlegten Beutetiere ließen sie auf der bebenden Erde liegen. Nacheinander hetzten sie hinterher. Elio blickte ein letztes Mal auf den gewaltigen Nebel, der bereits die Hälfte des blutroten Himmels bedeckte. Am Ende zog auch er sich in den Schatten des Waldes zurück.

Nach einer Weile sahen sie in der Ferne die Zeltspitzen des Sandtümpels. Das grollende Beben unter ihren Füßen hatte während des Marsches aufgehört, aber die Späher waren noch unruhiger als zuvor. Die meiste Zeit über waren sie gerannt, nun stapften sie keuchend durch den Sand.

Elio ging dicht gefolgt von Daniel an der Spitze des Trupps. Unmengen an Schweiß tropfte von seiner Stirn. Er begriff noch immer nicht, was sie in der östlichen Wüste gesehen hatten, doch er dachte nur noch daran, die südliche Grenze des Sandtümpels zu erreichen. Obwohl er die Späher auf dem Marsch durch die Wälder immer wieder mit lauten Rufen getriezt hatte, war er selbst fast am Ende seiner Kräfte angelangt, als sie bereits so nah waren, dass die unzähligen Zeltreihen deutlich sichtbar waren. Sogar seine Stimmbänder taten ihm weh.

„Bewegt euch schneller! Nur noch ein kleines Stück!", rief er über die Schulter. Vor den ersten Gemächern blieben sie stehen. Hektisch tauchten einige Bewohner auf, die aufgeregt miteinander tuschelten. Schnell versammelten sie sich um die keuchenden Männer herum, von denen die meisten vor Erschöpfung auf die Knie fielen. Unter ihnen waren sogar einige Köchinnen, die Holzplatten mit dampfendem Fleisch auf den Armen trugen. Viele der verschwitzten Späher griffen gierig nach den Speisen, andere würgten und standen davor, sich zu erbrechen. Ihre Ankunft musste bis zu den großen Kesseln für Aufruhr gesorgt haben.

Plötzlich erkannte Elio Martha, die sich zwischen den Frauen in blauen Gewändern zu ihm und Daniel hindurchzwängte.

„Was soll denn der ganze Lärm?", fragte sie verblüfft, als sie vor ihnen zum Stehen kam und skeptisch in ihre verschwitzten Gesichter blickte. „Ihr seht so aus, als hätte euch eine Horde wildgewordener Schweine durch die Wälder gejagt." Elio legte den Arm um ihre Schultern, um sie ein Stück von den anderen Bewohnern wegzuführen, denn er wollte diese nicht noch unruhiger machen als sie es ohnehin schon waren.

„Im Osten sind wir auf ein Erdbeben gestoßen", flüsterte er bestimmt in ihr Ohr. „Es folgten dichte, riesige Rauchwolken, die geradewegs in unsere Richtung ziehen. So etwas habe ich noch nie gesehen. Deswegen muss ich auf der Stelle mit dem Häuptling sprechen." Martha starrte ihn mit erschreckten Augen an. Es schien so, als würde auch sie allmählich den Ernst der Lage erkennen.

„Vor kurzer Zeit sah ich noch, wie Ezechiel Richtung Norden stapfte. Womöglich hat er sich in sein Gemach zurückgezogen. Also gehe zuerst dorthin, wenn du ihn finden willst", riet sie. Elio nickte ihr zu, dann wandte er sich an Daniel.

„Ich werde den alten Mann aufsuchen, um ihm Bericht zu erstatten", flüsterte er.

„Ich komme mit dir", erwiderte Daniel, der sich zügig in die Richtung der Zeltreihen bewegte. Hektisch griff Elio seinen Arm, um ihn zurückzuhalten.

„Nein, einer von uns muss hier bleiben, um die Bewohner im Zaum zu halten", zischte er. „Du siehst doch selbst, wie beunruhigt sie sind." Daniel wirbelte herum, seinen Blick ließ er über das laute Getümmel schweifen.

„Du hast recht. Ich werde bei ihnen bleiben und dafür sorgen, dass niemand den Verstand verliert, aber beeil dich", raunte er. Elio nickte und klopfte ihm auf die Schulter.

„Das werde ich. Pass auf dich auf, Bruder", erwiderte er leise, wandte sich ab, um so schnell wie möglich in die Zeltreihen hinein-zurennen.

Ein weiteres Mal stieß er die Füße so kräftig wie möglich in den Sand. Der gesamte südliche Teil des Sandtümpels schien in Aufruhr versetzt worden zu sein, denn er musste sich immer wieder durch Massen aus aufgewühlten Bewohnern bahnen, welche in Richtung der Grenze hetzten. Keuchend preschte er nach vorne.

Der Trubel legte sich allmählich, als er die nördlichen Zelte hinter dem Tümpel der Ataraxie erreichte. Hier lag eine einsame Stille in der Luft. Die aufgeregten Stimmen hinter ihm wurden immer leiser. Mit letzter Kraft legte er noch einen Zahn zu, seine Beine verkrampften sich bereits. Doch er durfte nicht aufhören, zu rennen. Endlich sah er Ezechiels Gemach, das über die Spitzen der nördlichen Zelte herausstach. Die letzten Meter bis dorthin waren eine Qual, aber er verlangsamte sein Tempo nicht, bis er keuchend vor dem zugeknöpften Spalt zum Stehen kam.

Von außen hörte er bereits gedämpfte Stimmen, die energisch aufeinander einredeten. Ohne zu zögern, riss er gewaltsam die fei-nen Knöpfe auseinander und stürmte ins Innere.

„Es wird nicht über uns herziehen oder uns umbringen. Wir sind immer noch im Schutz der heiligen Ataraxie", murmelte der Häupt-ling, aber er verstummte, nachdem Elio durch den Spalt hineinge-stürzt war.

Außer ihm standen noch seine beiden bewaffneten Leibwächter und Nora in dem überraschend leeren, aber großen Innenraum. Bis auf ein großes Holzbett, das an der linken Wand lehnte und augenscheinlich mit dem flauschigen Pelz der Außenfassade bezo-gen war, stand nichts auf dem Sandboden. Elio traute seinen Au-gen nicht, als er an Ezechiel vorbeischaute. Alle Anwesenden außer Nora warfen ihm entgeisterte Blicke zu.

Die Jägerin stand mit ausgestreckten Armen vor einem lodernden Feuer, dessen Flammen aus verkokelten Holzscheiten im Sand
hinaufstiegen. Leise summte sie ein Lied vor sich hin, von dem
er kein einziges Wort verstand. Ihr Blick richtete sich zwar auf
das Feuer, aber die Pupillen in ihren weißen Augäpfeln waren verschwunden. Plötzlich verfärbten sich die Flammen hellgrün, bevor
diese ein Bild zeigten. Elio war gefesselt von dem Anblick.

Er sah mitten in die riesigen Rauchwolken, die aus der Wüste
quollen, hinein. Diese schienen ihm näher als je zuvor zu sein. Es
grollte unter dem Sand furchtbar laut. Mit einem Mal tauchte er in
den dichten Nebel aus aufgewühltem Staub hinein, der ihn von allen Seiten umringte. Hier schleuderte der lärmende Sturm gewaltige
Sandmassen in die Luft, welche einen riesigen Tornado geformt
hatten, der mit einem schrillen Pfeifen über den Wüstenboden fegte. Die Sicht nach vorne wurde bedeckt. Elio spürte einen kalten
Schauder über seinen Rücken laufen, denn all dies hatte er bereits
gesehen.

Plötzlich erklang ein scharfes Fauchen, welches ihm nicht fremd
war, aus dem dichten Staub. Angestrengt kniff er die Augen zusammen, um etwas zu erkennen. Im Nebel tauchten die Umrisse einer
riesigen Kreatur auf.

„Halte noch etwas durch, Nora! Wir müssen es sehen!", rief
Ezechiel, der seinen Blick längst von ihm abgewandt hatte. Wie
seine Leibwächter starrte er gebannt in die hellgrünen Flammen.
Die Jägerin fing am ganzen Leib an, zu zittern. Sie gab ein schmerzerfülltes Wimmern von sich. Aus ihrer Nase tropfte Blut, das hellgrüne Abbild wurde immer blasser.

„Es schlängelt sich über den Sand", raunte Noel, seine geweiteten Augen waren noch immer von den Flammen gefesselt.

„Doch es scheint auch Beine zu haben", erwiderte Alexander.

Ihre ausgestreckten Arme sackten nach unten. Mit einem er-
schöpften Stöhnen fiel Nora auf die Knie. Ihr Kopf war gesenkt.
Das Blut troff aus ihrer Nase auf den Sand. Das Abbild auf den
Flammen war verschwunden und zugleich hatten sie ihr hellgrünes
Schimmern verloren.

„Nein!", rief Ezechiel, der sich verzweifelt beide Hände gegen die Stirn presste. „Du hättest nur noch eine Sekunde durchhalten müssen! Fast hätte es sich gezeigt!" Auch Noel und sein Bruder gaben gleichzeitig ein enttäuschtes Seufzen von sich. Nora hechelte bloß, die sich mühsam über die blutende Nase wischte.

„Ich habe es nicht mehr ausgehalten", stammelte sie benommen. Als sie aufblickte, sah Elio, dass ihre Pupillen wieder aufgetaucht waren. Verblüfft starrte sie ihn an.

„Was führt dich denn hierher, mein Schöner?", fragte sie. Sein entsetzter Blick schweifte wortlos über die Gesichter aller Anwesenden.

„Ihr alle wusstet von der Bedrohung, sie ist nicht länger aufzuhalten", stammelte er fassungslos. Ein Tränenmeer bildete sich in den Augen der Jägerin, bevor sie ein leises Schluchzen von sich gab.

„Ich wollte es dir anvertrauen. Das musst du mir glauben, Elio. Doch unser großer Häuptling hat es nicht gestattet", wimmerte sie und warf Ezechiel einen vorwurfsvollen Blick zu. „Die Bewohner sollen sich um nichts sorgen und weiterhin in ihrer heiligen Welt leben, nicht wahr?" Ezechiel schenkte ihren Worten keine Beachtung, sondern wandte sich an Elio.

„Warum sagst du, es ist nicht mehr aufzuhalten?", fragte er beunruhigt.

„Es ist nicht mehr aufzuhalten, weil wir es heute in der östlichen Wüste sahen! Bei seiner Geschwindigkeit wird es nur noch eine Frage der Zeit sein, bis es den Sandtümpel erreicht hat!", schrie Elio ihn an. Er konnte nicht fassen, dass der alte Mann ihn die ganze Zeit über im Ungewissen gelassen hatte.

„Das kann nicht sein", stammelte dieser, während er Nora entgeistert anschaute. „Du sprachst davon, dass es noch Jahre brauchen wird, um über uns herzuziehen." Die Jägerin schniefte und wischte sich wieder über das verheulte Gesicht.

„Das sagte ich, weil es vor wenigen Tagen noch ohne Eile übers Land zog", erwiderte sie. „Jetzt bewegt es sich schneller als je zuvor, als hätte es unser Fleisch gewittert." Ezechiel schwieg einige Sekunden lang, der sie weiterhin ängstlich anstarrte. Er öffnete den Mund, als wollte er etwas sagen. Unter ihren Füßen bebte der Sandboden leicht. Aus weiter Ferne erklangen Schreie.

„Ataraxie, steh uns bei", flüsterte der Häuptling. Ohne zu zögern, ging er auf sein Bett zu und wühlte ein massives Eisenbeil aus dem Sand darunter hervor. Durch den geöffneten Spalt trat er ins Freie. Noel und Alexander zückten ihre Speere, um ihm zu folgen, aber Nora kniete immer noch regungslos im Sand. Mit ihren verheulten Augen warf sie Elio bettelnde Blicke zu.

„Ich habe mich jeden Tag dafür geschämt, es dir zu verschweigen. Doch Ezechiel ließ mir keine andere Wahl. Verzeih mir bitte, mein Schöner", winselte sie.

„Es gibt immer eine andere Wahl", raunte Elio, der ihr verächtlich den Rücken kehrte, um das Zelt des Häuptlings zu verlassen. Hinter sich hörte er noch ihr klägliches Schluchzen. Das Erdbeben gewann von Sekunde zu Sekunde an Stärke. Als er nach draußen trat, wurde ihm eine brennende Ladung Sand ins Gesicht gefegt.

„Es ist riesig", stammelte Alexander.

„Noch viel riesiger als es uns das Feuer gezeigt hat", erwiderte Noel mit zittriger Stimme. Elio rieb sich den Sand aus den Augen, bis seine verschwommene Sicht wieder klarer war. Was er in weiter Ferne über den Zeltspitzen sah, raubte ihm den Atem.

Der gewaltige Sandsturm, welcher von dem staubigen Nebel verschleiert war, hatte sich bereits über den gesamten Horizont gelegt. Er hatte die grüne Linie der südlichen Wälder verschluckt und preschte geradewegs auf die Grenze des Sandtümpels zu. Die verängstigten Schreie der Bewohner wurden von dem bedrohlichen Grollen übertönt.

„Wir müssen zu ihnen!", rief Ezechiel seinen Leibwächtern zu, woraufhin er sich ein letztes Mal zu Elio wandte.

„Ich habe versagt, Bruder. Es ist zu spät, um nach Vergebung zu bitten. Ich weiß, dass ich sie nicht verdiene. Wenn ich heute im Kampf um mein Volk sterbe, dann soll es so sein. Doch bitte rette meine Tochter. Sorge dafür, dass sie lebt und bis an das Ende ihrer Tage glücklich ist", flüsterte er ihm zu. Eine Träne lief seine faltige Wange hinunter. Bevor Elio etwas erwidern konnte, stürmte er mit erhobenem Beil Richtung Süden, Noel und Alexander hefteten sich an seine Fersen. Sie rannten so schnell, dass sie bald zwischen den Zeltreihen verschwunden waren.

Elios Herz pochte mit einer solchen Wucht gegen seinen Brust-korb, dass ihm übel wurde. Sein Kopf war vollkommen leer, aber trotzdem konnte er nur an das eine denken. Er musste Alexand-ria so schnell wie möglich finden. Wie von einer nicht greifbaren Macht angetrieben, rannte er in westliche Richtung.

Gleich hinter dem Zelt der Heiler lag ihr Gemach, welches er in den vergangenen Wochen ununterbrochen aufgesucht hatte. Oft hatten sie bis tief in die Nacht gemeinsam zu den Sternen hinauf-geschaut, bevor sie in seinen Armen eingeschlafen war.

Er hatte dann immer gebannt beobachtet, wie eine Strähne aus ihrem leuchtenden Haar in die Luft gepustet worden war, diese war wieder sanft auf ihrer weichen Haut gelandet, nachdem sie aus-geatmet hatte. Dies könnte er sich den ganzen Tag lang anschauen, aber leider waren wenige Minuten bereits genug gewesen, um ihn in einen tiefen Schlaf fallen zu lassen. Jener Schlaf, der niemals Alb-träume mit sich brachte.

Als er den Bereich der Heiler erreichte, grollte die Erde bereits. Das Beben wirbelte immer mehr Sand auf. Er musste den Kopf nach unten senken, um seine Augen zu schützen. Er sah, dass der Spalt offenstand, rasch warf er einen Blick hinein. Im Inneren brannte Licht. Auf den hohen Tischen standen immer noch die Glasrohre, in denen die leuchtenden Flüssigkeiten brodelten. Doch von den Heilern war jede Spur verschwunden. In seinem Inneren breitete sich Panik aus, denn sie waren alle bereits zur südlichen Grenze gezogen.

Er wirbelte herum und ließ seinen Blick über den stürmischen Nebel aus aufgewühltem Sand schweifen. Mit Entsetzen musste er feststellen, dass die offen stehenden Spalte der Zelte ringsherum im peitschenden Wind wehten. Offenbar war niemand noch hier. Aus seiner Verzweiflung heraus hetzte er die letzten Meter zu Alexan-drias Gemach, das etwas größer war als die anderen Zelte. Es be-stand aus derselben feinen Seide wie jenes der Heiler. Kurz bevor er es erreicht hatte, pochte es unter dem Sand so kräftig gegen seinen linken Fuß, dass er hinfiel. Mühsam musste er auf den geöffneten Spalt zukriechen.

Als er endlich ins Innere hineinblicken konnte, wurden seine Befürchtungen wahr, denn von Alexandria fehlte jede Spur. Vor lauter Wut stieß er einen lauten Schrei aus und schlug mit seiner Faust in den Sand hinein.

„Alexandria!", rief er einige Male so laut wie möglich in den Nebel hinein, aber seine verzweifelten Schreie verloren sich in den Sturmböen, er erhielt keine Antwort. Bloß die gedämpften Rufe der Bewohner hörte er in unerreichbarer Ferne. Ihm blieb keine andere Wahl. Auch er musste sich zur südlichen Grenze begeben, um die Tochter des Häuptlings zu finden. Mühsam stützte er sich auf seinen Speer, um sich zurück auf die Beine zu bringen, damit er noch tiefer in das tobende Unwetter hineinstürmen konnte.

Seine Kehle war voller Sand, als ihn nur noch wenige Zeltreihen von der südlichen Grenze trennten. Die verängstigten Schreie der Bewohner wurden mit dem pfeifenden Wind in seine Richtung getragen, doch es waren so viele auf einmal, dass er kein einziges Wort verstehen konnte. Endlich ließ er die letzten Zelte hinter sich. Keuchend und hustend kam er zum Stehen. Bis auf den dichten Staub, welchen die aggressiven Sturmböen durch die Luft wirbelten, gab es nichts mehr, das ihm die Sicht auf die Wüste versperrte. Die lauten Schreie der Menschen dröhnten in seinen Ohren. Hunderte ihrer vernebelten Silhouetten rannten vor seinen Augen orientierungslos über den grollenden Wüstenboden. Hier war das pure Chaos ausgebrochen. Er hörte eine bekannte Stimme in dem Sturm.

„Beruhigt euch wieder! Wir müssen in den Norden ziehen, bevor es zu spät ist!", rief Ezechiel. Doch keiner der aufgewühlten Menschen schien ihm Beachtung zu schenken. Elio stapfte in die Richtung, aus der seine verzweifelten Rufe gekommen waren. Der

Gegenwind peitschte so stark in sein Gesicht, dass er nur langsam vorankam. Das Beben riss inzwischen kleine Löcher in den Wüstenboden hinein, er musste seinen Blick gesenkt halten, um nicht in eines von ihnen hineinzufallen. Plötzlich verloren seine Füße ihren Halt. Mit einem erschrockenen Aufschrei stürzte er in eine enge Grube, die ihm etwa bis zur Hüfte reichte. Sein Speer rutschte ihm aus der Hand, der ein Stück vor ihm landete.

Jetzt steckte er im Sand fest. Abermals flog eine graue Staubwolke in sein Gesicht, wodurch ihm schwarz vor Augen wurde. Nur noch das Pfeifen des Sturms und die Schreie der Menschen sausten ihm durch die Ohren, während er sich die brennenden Augen rieb.

Als er diese wieder geöffnet hatte, sah er wenige Meter vor sich die Silhouette eines stämmigen Mannes, der ein Beil über den Kopf gehoben hatte. Sogleich erkannte er, dass es Ezechiel war, vor dem aus dem nichts jener Berg aus gewaltigen Rauchwolken auftauchte, den er bereits in der östlichen Wüste gesehen hatte. Seine Beine schliefen ein. Vehement versuchte er, sich aus der bebenden Erde zu befreien.

„Komm aus deinem Versteck, zeig dich endlich! Bevor du dich an meinem Volk vergreifst, musst du an mir vorbei!", rief der Häuptling, der sein Beil in die Luft schwang.

Im nächsten Augenblick hörte Elio das scharfe Zischen, welches seine Glieder gefrieren ließ. Etwa fünf Meter über Ezechiels Kopf schoss eine dünne gespaltene Zunge aus dem Nebel heraus. Keine Sekunde später tauchten zwei gelb-funkelnde Augen auf. Es waren dieselben, in die er geblickt hatte, als er vor einigen Jahren seine Freunde verloren hatte. Mit aller Kraft versuchte er, sich mit den Armen aus dem Loch unter der Sandschicht hochzudrücken, aber dieses verengte sich durch das Beben immer mehr, wodurch seine eingequetschten Beine sich kaum bewegen ließen.

Er beobachtete, wie Ezechiel einige Schritte nach hinten taumelte, weshalb er stolpernd in den Sand stürzte. Aus dem grollenden Rauch erklang ein bedrohliches Fauchen. Der gewaltige Kopf der Bestie tauchte auf. Aus den beharrten Schläfen ragten die kreisenden Fühler heraus, welche sich auf den liegenden Häuptling richteten. Das Maul mit der zischenden Zunge und den scharfen

Reißzähnen war weit aufgerissen. Elio nahm ein dumpfes Stapfen aus dem tobenden Unwetter wahr. Allmählich bildeten sich in den Rauchwolken die Umrisse des restlichen Körpers. Die sechs monströsen Pranken der Bestie stampften gemächlich über die donnernde Erde. Darüber schwebte der mit gewaltigen Schuppen gepanzerte Schlangenrumpf, welcher so lang war, dass er das Ende nicht sehen konnte. Dieser Sandgeist war mindestens zweimal so groß wie der Serpenstigris, den er einst im fernen Süden gesichtet hatte.

Mit einem lauten Zischen schossen die beiden Fühler auf den Häuptling zu, der sein Beil mit beiden Händen fest umklammerte. Um ihnen auszuweichen, rollte er sich durch den aufgewirbelten Sand. Dennoch erwischten sie seinen Rücken, woraufhin er einen lauten Schmerzensschrei ausstieß. Panisch schlug er mit dem Beil nach hinten, wodurch dessen Klinge einen von ihnen durchtrennte. Der abgetrennte Saugnapf löste sich von seiner Haut, aus dem eine Ladung Sand herausströmte. Der Serpenstigris stieß ein lautes Fauchen aus. Doch keine Sekunde später hatte sich das Ende des Fühlers neugebildet und saugte sich in Ezechiels Rücken fest.

„Nein!", schrie Elio verzweifelt, der erneut versuchte, sich aus dem Sand zu zwängen. Der Häuptling holte noch einmal aus. Als er zuschlagen wollte, sackte sein Arm träge in sich zusammen. Tatenlos musste Elio dabei zusehen, wie sich seine braungebrannte Haut bläulich verfärbte. Die Bestie saugte den letzten Funken Leben aus ihm heraus.

„Halte durch Ezechiel!", schrie eine nahe Stimme aus dem Sandsturm. Elio drehte den Kopf etwas nach links, wodurch er Alexander und Noel sah, die mit ihren erhobenen Speeren auf den Serpenstigris zustürmten. Er wollte sich bemerkbar machen, um sie von ihrem Vorhaben abzuhalten, aber nachdem er den Mund geöffnet hatte, um in ihre Richtung zu rufen, flog ihm eine gewaltige Sandwelle in die Kehle. Statt laut zu rufen, würgte und hustete er bloß. Die beiden Brüder kamen der Bestie immer näher.

Plötzlich wankte diese ein Stück zur Seite. Die Rechte der riesigen Vorderpranken hob sich aus dem Sand, holte aus und verpasste Alexander mit enormer Wucht einen Hieb. Die mächtigen Krallen rissen mühelos ein Loch in seine Bauchdecke hinein, aus dem

Unmengen an Blut strömten. Der Leibwächter brachte keinen Ton mehr heraus und fiel auf die Knie, kippte nach vorne, woraufhin sich unter seinem regungslosen Leib eine Blutlache bildete, die den Sand dunkelrot färbte.

„Bruder, steh wieder auf!", schrie Noel verzweifelt, der keuchend versuchte, Alexander auf die Beine zu hieven. Doch trotz aller Mühe sackte dieser immer wieder in sich zusammen. Verbittert ließ er von ihm ab, richtete sich auf und stieß einen wutentbrannten Schrei aus, bevor er erneut auf den Serpenstigris zurannte. Mit gefletschten Zähnen fauchte dieser laut, ohne sich nach vorne zu bewegen.

„Kehr um! Du wirst sonst auch sterben!", krächzte Elio in Noels Richtung, nachdem sein Rachen von dem kratzenden Staub befreit war. Doch dieser schien ihn nicht zu hören, denn anstatt umzukehren, um das Weite zu suchen, zielte er mit der Speerspitze auf den Kopf der Bestie. Einer der Saugnäpfe löste sich von Ezechiels blaugeschwollenem Rücken, auf dem sich bereits rote Pusteln bildeten.

Bevor Noel ausholen konnte, schoss der Fühler auf ihn zu und saugte sich an seinem Brustkorb fest. Er schrie auf, seine linke Hand rüttelte kräftig an dem Saugnapf, aber es schien so, als wäre dieser an ihm festgewachsen. Langsam holte er mit seinem rechten Arm aus, aber der Speer fiel aus seinem zittrigen Griff heraus. Benommen taumelte er nach hinten. Die letzte Kraft wurde aus seinem Inneren herausgesaugt. Elio wurde bewusst, dass es auch für ihn zu spät war. Noel stammelte nur noch etwas leises vor sich hin, der neben seinem gefallenen Bruder in den Sand stürzte.

Ein weiteres Mal drückte Elio seine Handballen so kräftig wie möglich in den Wüstenboden hinein, denn ihm war klar, dass er sich sofort aus dem Loch befreien müsste, wenn er nicht wie Ezechiel und die Leibwächter enden wollte. Der Serpenstigris stapfte noch etwas weiter nach vorne, aber offenbar hatte dieser ihn noch nicht bemerkt, denn die gelb-funkelnden Augen richteten sich bloß auf die Leichen im Sand. Endlich spürte Elio, wie sich sein eingeklemmtes Bein allmählich aus der Verengung löste, sein Rumpf glitt etwas weiter nach oben. Keine Sekunde später steckte er wieder fest. Das scharfe Zischen der Bestie ließ ihn aufblicken.

Die langen Fühler zerrten an der Haut. Er traute seinen Augen kaum, als diese Ezechiel und Noel in die Luft hoben. Ihre schlaffen Körper baumelten über dem weit geöffneten Maul der Bestie. Inzwischen hatten sich auch auf Noels Haut die roten Pusteln gebildet.

Plötzlich hörte Elio in dem Sandsturm eine zarte Stimme, welche sein Herz noch schneller schlagen ließ: „Vater!" Als er den Kopf nach links drehte, sah er Alexandrias helles Haar im Sturm wehen. Mit leeren Händen rannte sie geradewegs auf den Serpenstigris zu, doch dieser schien ihre schwachen Rufe nicht zu hören und ließ die beiden Männer in seinen sabbernden Schlund fallen. Ihr Fleisch und ihre Knochen kaute er mit kräftigen Bissen durch. Ein dumpfes Knurren dröhnte aus seiner Kehle.

„Nein, Vater!", schrie Alexandria schluchzend. Hektisch bückte sie sich, um nach Noels verlorenem Speer zu greifen. Abermals drückte Elio sich mit all seiner Kraft nach oben. Inzwischen steckten nur noch seine Beine im Sand fest. Alexandria hielt den Speer schwankend in beiden Händen, den sie im Angesicht der fauchenden Bestie unbeholfen durch die Luft wirbelte. Es war mehr als offensichtlich, dass sie noch nicht oft eine Waffe geführt hatte.

„Alexandria, lauf weg!", rief Elio so laut er nur konnte durch den Sturm. Augenblicklich ließ sie ihre Arme nach unten sacken und drehte sich um, woraufhin er geradewegs in ihre tränenden Augen sah. Ihr helles Haar flatterte wild in den Sturmböen. „Lauf weg!", schrie er verzweifelt, aber sie regte sich nicht, auch ihm schossen Tränen in die Augen. Der lange Speer fiel aus ihren Händen, sie starrte ihn mit einem versteinerten Blick an. „Bitte beweg dich!", schrie er so laut, dass seine Stimmbänder schmerzten. Hunderte Tränen flossen seine Wangen hinunter, doch sie blieb weiterhin stehen. Auf ihrem bleichen Gesicht bildete sich bloß ein schwaches Lächeln. Plötzlich schossen beide Fühler der Bestie auf sie zu.

„Ich werde dich immer lieben, Elio!", rief sie, die giftigen Saugnäpfe hefteten sich an ihre Schultern.

„Lass sie los!", schrie Elio mit einer zittrigen Stimme. Verzweifelt streckte er den Arm nach dem Speer des Federschweifs aus, welcher etwa zwei Armlängen von ihm entfernt lag. Doch er erreichte diesen nicht, der Serpenstigris zog Alexandria schnell in die Luft und sperrte sein blutiges Maul auf. Ihre bleiche Haut war noch nicht bläulich angeschwollen, aber ihre Augen fielen zu. Sie baumelte an den Fühlern, die Saugnäpfe lösten sich von ihrer Haut und Elio musste mitansehen, wie sie in das Maul hineinstürzte.

Als ihr zierlicher Körper mit kräftigen Bissen zerfleischt wurde, hatte er das Gefühl, sein pochendes Herz würde mit einem gewaltigen Ruck von beiden Seiten auseinandergerissen werden. Schlagartig wurde seine Sicht schummrig, er musste hastig nach Luft schnappen. Seine Arme fielen in den Sand, er hörte auf, zu versuchen, sich aus dem Loch zu zwängen, denn sein Antrieb, zu überleben, war in Luft aufgegangen. Ringsherum tobte der Sturm, der Serpenstigris zerkaute knurrend Alexandrias Fleisch.

Plötzlich tauchte in den Rauchwolken hinter der Bestie ein riesiger Sandwirbel auf. Der Tornado gab ein schrilles Pfeifen von sich und Elio spürte an der Haut einen kräftigen Sog, der ihn in südliche Richtung zerrte. Allmählich lösten sich seine Beine durch die mächtige Anziehung aus der Verengung. Es war nur noch eine Frage der Zeit, bis er entweder von dem gewaltigen Wirbel verschluckt oder zwischen den Reißzähnen der Bestie in Stücke gerissen werden würde, aber das war ihm gleichgültig geworden.

„Komm und friss auch mich! Hol mich endlich!", rief er verbittert. Die unzähligen Tränen verwischten sein nebliges Blickfeld nur noch mehr. Die Bestie fletschte mit einem lauten Zischen die Zähne und drehte ihren Kopf herum. Geradewegs blickte er in die funkelnden Augen. Aus dem blutverschmierten Maul schnellte immer wieder die zischende Zunge hervor. „Worauf wartest du noch! Komm, töte mich!", rief er hasserfüllt. Mit den Händen schleuderte er Sand in ihre Richtung. Die Bestie streckte ihre Schnauze in die Luft, stieß ein dröhnendes Gebrüll in den Himmel, bevor sie sich langsam in Bewegung setzte.

Elio ließ sich vorwärts in den Sand kippen, als sie sich auf ihn zubewegte. Der näherkommende Tornado zog immer kräftiger an seiner Haut, seine Ohren waren durch den Lärm der Sturmböen bereits taub geworden. Er schloss die Augen. Seine müden Glieder und sein leeres Herz wollten nichts mehr spüren, wodurch er bereit war, die Welt der Lebenden zu verlassen. Auf einmal nahm er eine gedämpfte Stimme in dem lauten Sturm wahr.

„Elio, steh auf!", rief diese einige Male, während sie immer lauter wurde. Erst spürte er eine kalte, raue Hand auf seiner Schulter, zwei kräftige Arme hievten ihn aus dem Sand. Grob zerrten sie ihn nach hinten. Durch den Ruck lösten sich seine Beine aus der Verengung, aber dennoch bebte und grollte es unter ihm stärker als zuvor. Benommen hob er den Kopf und blinzelte, um zu sehen, wer ihm zur Hilfe geeilt war. Hoffnungslos blickte er in die wachen, hellgrünen Augen seines Freundes.

„Wir müssen sofort weg hier!", schrie Daniel in sein Gesicht.

„Es hat doch keinen Sinn mehr, Bruder", stammelte er mit schwacher Stimme. Keine Sekunde später klatschte Daniels flache Hand mit einem lauten Knall gegen seine Wange.

„Ich lasse dich nicht zurück!", rief dieser wütend. Elio riss seine Augen weit auf, denn der Schlag hatte ihn wach gemacht.

Hektisch griff er nach seinem Speer, bevor er sich aufrappelte. Auf dem zitternden Wüstenboden konnte er sich nur noch mit Mühe auf den müden Beinen halten. Mit einem Blick über die Schulter sah er, dass ihn nur noch wenige Meter von der Bestie und dem bedrohlichen Nebel aus Rauchwolken trennten. Erneut erfasste ihn der Sog des pfeifenden Sandwirbels, er verlor sein Gleichgewicht. Benommen taumelte er nach hinten.

Das Brüllen des Serpenstigris dröhnte in seinen Ohren. Rasant preschten die beiden Fühler auf seinen Rücken zu, aber Daniel packte ihn am Arm und zog ihn mit sich, wodurch die tödlichen Saugnäpfe bloß die Luft erwischten. Orientierungslos hetzte er seinem Gefährten hinterher, der seinen Arm nicht losließ.

„Du musst rennen, Bruder!", schrie Daniel hektisch über die Schulter. Obwohl seine Beine bereits taub waren, rannte Elio los. Mit jedem weiteren Meter wurde der Sog des Sandwirbels schwächer, das Brüllen der Bestie leiser. Obwohl der scharfe Wind in seiner Kehle ihm den Atem raubte, blieb er dicht an Daniels Fersen.

Der aufgewirbelte Sand peitschte ihnen in die Gesichter. Geradewegs stürmten sie durch das Getümmel aus angsterfüllten Bewohnern. Auch das Gekreische weinender Kinder zog durch ihre Ohren.

„Rennt in den Norden!", rief Daniel immer wieder, aber niemand schien ihn zu beachten. Schon bald ließen sie die kläglichen Schreie hinter sich und rannten in die verlassenen Zeltreihen hinein. Elios Kopf war ideenlos. Er preschte nur noch nach vorne, blickte nicht mehr zurück.

27. KAPITEL

SCHIMMER EINER FREMDEN WELT

Allmählich legten sich die Sturmböen, als sie keuchend die nördliche Grenze erreichten. In weiter Ferne zogen die krachenden Rauchwolken bereits über die südlichen Zelte hinüber. Der Sandtümpel würde bald nur noch ein riesiger Trümmerhaufen sein. Elio stoppte vor dem Gemach des Häuptlings.

„Lauf schon weiter!", rief Daniel, der die nördliche Grenze mit zügigen Schritten überquerte. Dahinter lag bis zum Horizont nichts außer dem riesigen Sandmeer, über dem sich die Wolken des rötlichen Abendhimmels erstreckten. Doch es war der einzige Weg, den sie einschlagen konnten, um dem tobenden Sturm zu entfliehen.

„Warte", zischte Elio, der durch den geöffneten Spalt blickte, denn er wollte nachsehen, ob Nora sich noch im Inneren aufhielt. Doch die Flammen über den verkohlten Holzscheiten waren erloschen. Von der Jägerin fehlte jede Spur. Rasch zog er seinen Kopf aus dem Zelt und folgte Daniel in die endlose Wüste.

Die halbe Nacht lang waren sie bereits über die kühle Sandlandschaft gelaufen, als das schwache Licht des Vollmonds auf ein fernes Zelt aus Baumwipfeln schimmerte. Weit hinter ihnen erklang noch das dumpfe Dröhnen des Erdbebens, obwohl sie sich auf ihrem Marsch nicht ein einziges Mal ausgeruht hatten. Der wütende Sturm aus dem Süden schien nicht aufzuhalten zu sein.

„Dort können wir uns niederlassen", keuchte Daniel erschöpft und deutete auf die Wälder.

Elio hatte die meiste Zeit des Weges über geschwiegen. Auch jetzt gab er keinen Mucks von sich. Allmählich wurde ihm bewusst, dass Ezechiel selbst sein Volk in den Untergang geführt hatte, denn bereits lange vor der erschreckenden Beobachtung in der östlichen Wüste, hatte dieser die mächtige Bedrohung kommen sehen. Aus Angst vor ihrer Reaktion hatte er die Bewohner des Sandtümpels in Ungewissheit gelassen. Offenbar hatte er fest daran geglaubt, dass seine Gebete an eine Gottheit die blutrünstige Bestie und den mächtigen Sturm in Luft auflösen würden. Für Elio war die heilige Ataraxie von nun an kein Thema mehr. Nie wieder wollte er sich blind auf etwas verlassen, das nicht sichtbar und unantastbar war. Er glaubte, alles klarer zu sehen, obwohl er alles gegeben hatte, um seine Hoffnung in die Menschen zu bewahren. In seinen Augen hatte der Häuptling des Sandtümpels etwas mit dem Federschweif gemeinsam, denn sie beide hatten sich darum bemüht, eine trügerische Fassade aufrechtzuerhalten.

Dennoch gab er sich selbst und keinem anderen die Schuld für Alexandrias Tod. Eine Schuld, welche ihn innerlich von Augenblick zu Augenblick noch mehr zerfraß. Nach der Flucht aus der östlichen Wüste hätte er zuerst ihr Gemach, nicht das ihres Vaters aufsuchen sollen. Er hätte sie gewarnt und wäre ihr nicht mehr von der Seite gewichen, bis sie den Sandtümpel weit hinter sich gelassen hätten. Doch dafür war es zu spät. Sie war fort, nichts auf dieser Welt würde sie ihm zurückbringen. Mit ihrem Tod war das hellste Licht in seiner dunklen Seele erloschen.

Nach einer Weile hatten die Gefährten den Schutz der dunklen Wälder erreicht. Sie ließen sich auf einer kleinen Lichtung nieder, die mit raschelndem Laub bedeckt und von dicht bewachsenen Baumkronen umringt war. Das ferne Poltern der bebenden Erde war kaum noch zu hören. Es wurde von den friedlichen Gesängen der Zikaden übertönt. Gemeinsam hatten sie zuvor im Wald einen Haufen Äste gesammelt, diesen legten sie im Mittelpunkt der Lichtung nieder.

Daniel schleuderte mit der Hand etwas Laub auf die Äste, woraufhin er sich hinkniete. Seine Feuersteine schlug er hart aneinander. Zügig verwandelten sich die Funken in Flammen. Es dauerte nicht lange, bis das knisternde Feuer entfacht war. Mit ihren unbelebten Blicken starrten sie hinein.

Nach einer Weile unterbrach Daniel das Schweigen: „Du konntest sie nicht retten. Es war nicht deine Schuld." Elio fixierte weiter die Flammen, welche sich in seinen trüben Augen spiegelten.

„Das mag sein, aber es ändert nichts daran, dass ich mich schuldig fühle. Ihr Leben wurde in meine Hände gelegt. Es lag allein an mir, es mit meinem eigenen zu schützen. Dies wurde mir bewusst, nachdem ich sie aus der Höhle befreit hatte. Das Biest hätte mich zerfleischen sollen. An meiner Stelle sollte sie weiter unter den Lebenden verweilen", raunte er.

„Keiner von uns hat den Sturm kommen sehen", erwiderte Daniel. Elio ballte seine Hände zu Fäusten. Zorn braute sich in ihm zusammen. Er hatte seinem Gefährten noch nicht erzählt, was er im Gemach des Häuptlings beobachtet hatte.

„Ezechiel, seine Leibwächter und die Jägerin wussten von der Bedrohung. Sie haben es uns allen verschwiegen", zischte er verärgert. Daniel stierte ihn entgeistert an, als würde ihm nicht einleuchten, was er soeben gesagt hatte.

Bevor dieser etwas erwidern konnte, raschelte es in einem Gebüsch hinter ihnen. Blitzschnell sprangen sie auf und fegten herum. Elio griff nach seinem Speer, den er zuvor ins Laub gelegt hatte. Die dichten Blätter wurden im Dunkeln beiseitegeschoben. Zwischen ihnen kroch auf allen vieren eine kleine Gestalt hervor. Nachdem sie das Dickicht hinter sich gelassen hatte, hievte sie sich hechelnd auf die Beine, bevor sie auf die Mitte der Lichtung zutaumelte, bis ihr gesamter Körper vom Schein der tänzelnden Flammen beleuchtet wurde.

Elio ließ den Speer wieder fallen, als er Nora erkannte. Das lange Haar der Jägerin war vollkommen zerzaust. Ihre dünnen Arme waren mit unzähligen Schürfwunden übersät. Sie musterte die beiden Gefährten abwechselnd mit ihrem trüben Blick, ihre hektische Atmung beruhigte sich wieder.

„Du wusstest also davon, dass der Sandtümpel nicht mehr sicher war", zischte Daniel verächtlich. Sie senkte den Kopf und schaute auf das Laub am Boden, wieder rannen Tränen ihre bleichen Wangen hinunter.

„Ich sah den Sturm der Bestien kommen", wimmerte sie. „Jeden Tag entfachten wir im Stillen ein Feuer, um ihn zu beobachten. Doch keiner von uns hat erwartet, dass er uns so schnell einholt. Auch ich sah es nicht. Bloß mein Gefühl sagte mir, dass großes Unheil naht. Ich wollte sie alle warnen, aber Ezechiel hat es nicht gestattet, denn er wollte sie nicht in Schrecken versetzen und sich Zeit lassen. Zeit, die wir nicht hatten. Wir alle haben kläglich versagt."

Sie schniefte, mit der Hand wischte sie über ihre tränenden Augen. Daniel stieß einen Seufzer aus. Vorwurfsvoll schüttelte er den Kopf. Eine Weile lang standen sie dort und schwiegen sich an.

„Das Feuer zeigt dir Dinge, nicht wahr?", fragte Elio.

„Es liegt in der Familie. Schon meine Mutter war eine Seherin. Das Feuer spricht zu allen Frauen meiner Blutlinie, aber jene Einsicht in das Bevorstehende raubt uns Kraft und ist verbunden mit großen Schmerzen", flüsterte Nora zögernd.

„Ich will es sehen", erwiderte Daniel und deutete auf das lodernde Feuer hinter sich. „Das bist du uns schuldig nach allem, was du getan hast. Falls sich auch mein Leben bald dem Ende neigen wird, dann will ich es nun erfahren, nicht erst, wenn aus dem Nichts ein Sturm über mich herfegt." Nora blickte sie schweigend an. Elio nickte ihr zu. Seufzend bewegte sie sich auf das Feuer zu.

Kurz davor blieb sie stehen. Sie streckte die Arme aus, ihre zierlichen Finger spreizten sich auseinander und ihre Augen fielen zu. Elio und Daniel sahen gebannt dabei zu, wie sich die Flammen hellgrün färbten, aber die Jägerin stöhnte auf, als würde ihr das Sehen zu schaffen machen. Allmählich entstand in dem Feuer ein Abbild aus unzähligen winzigen Punkten, die hell leuchteten.

„Was soll das sein?", fragte Daniel verblüfft.

„Es sieht aus wie der Sternenhimmel", raunte Elio. Nora stieß einen schrillen Schmerzensschrei aus, woraufhin sie ruckartig in einem großen Bogen durch die Luft gewirbelt wurde. Nachdem die Flammen wie von Geisterhand erloschen waren, landete ihr Rücken einige Meter abseits ihrer Gefährten unsanft im Laub.

Eilig zückte Elio seinen Speer, sein aufgeschreckter Blick schweifte durch die Dunkelheit, um zu erkennen, was die Flammen erstickt und die Jägerin weggepustet hatte. Doch ringsherum war nichts zu sehen. Hechelnd stützte Nora sich wieder auf die Beine.

„Seht doch, dort oben!", rief Daniel aufgeregt und deutete in den Nachthimmel. Elio legte seinen Kopf in den Nacken und traute seinen Augen kaum, denn einer der hellen Sterne wurde rasant größer. Ein Bild, das er nicht zum ersten Mal sah.

„Sie kommen zu uns", raunte er mit geweiteten Augen. Aus dem Himmel erklang ein tiefes Summen, das von Sekunde zu Sekunde lauter wurde. Bald schon war der Schein des summenden Etwas so groß und grell geworden, dass er den Blick senken musste. Aber er spürte von oben kräftige Luftstöße, die das Laub unter seinen Füßen aufwirbelten. Als er wieder blinzelnd aufsah, wanderte das helle Licht über die Baumwipfel Richtung Süden.

„Es wird sicher in der Wüste landen!", rief Nora. Ohne zu zögern, rannten sie dem grellen Schein hinterher. Das Sandmeer war nicht weit entfernt, denn sie waren zuvor nicht äußerst tief in den Wald eingedrungen. Je näher sie dem fliegenden Licht kamen, desto lauter dröhnte das Summen in ihren Ohren. Auch die Windstöße über den Baumkronen wurden immer kräftiger und ließen einen dichten Blätterregen auf sie herabprasseln.

Bereits wenige Augenblicke später spürten sie den trockenen Sand der Wüste unter ihren Füßen. Schnell schoss der helle Schein über ihre Köpfe hinweg, aber keine Sekunde später verlangsamte er sich, bis er schließlich stehenblieb. Elio sah, wie dichte Staubwolken unter dem surrenden Licht am Sternenhimmel aufgewirbelt wurden. Er und seine beiden Gefährten stolperten staunend nach hinten, bevor sie eilig in den Gebüschen am Waldesrand untertauchten.

Aus nächster Nähe beobachteten sie, wie der Schimmer dem Sand näherkam. Allmählich erkannte Elio im trüben Licht des Vollmonds, dass darüber ein riesiger Schatten schwebte, der zu einer Halbkugel geformt war. Dieser sauste zunächst rasant herab, verlangsamte sein Tempo dann und flog nur noch wenige Meter über dem Wüstenboden. Das dröhnende Summen war zu einem leisen Piepsen geworden, das sich allmählich im Pfeifen der einsamen Böen verlor. Der Lichtschein fiel zum einen auf den glitzernden Sand, zum anderen auf die silbern glänzende Außenfassade der Halbkugel, welche offenbar mit festem Metall gepanzert worden war. Das Etwas stieß ein langes Zischen aus. Aus seinem kreisförmigen Rand wurden langsam vier parallel zueinander liegende Beine ausgefahren, die sich in den Wüstenboden bohrten, wo sie zum Stillstand kamen. Es war still, ringsherum regte sich nichts.

Plötzlich zischte die Halbkugel erneut. Eine große Platte kippte aus ihrem Boden. Mit einem dumpfen Scheppern krachte sie in den Sand. Elio zog seine aufgerissenen Augen wieder eng zusammen, um etwas zu erkennen. Aus der Dunkelheit im Inneren stießen Schatten heraus. Diese betraten die glänzende Fläche, die geradewegs auf den Wüstenboden führte. Ihre Schritte erzeugten nachhallende Klänge. Es waren drei Gestalten, die von Kopf bis Fuß in den gleichen pechschwarzen und weiten Gewändern eingehüllt waren. Ihre Gesichter versteckten sich hinter zerfledderten Kapuzen.

Fortsetzung folgt...